KB172463

제국과 민족국가 사이에서

탈식민시대 영어권 문학 다시 읽기

이석구 지음

이석구(李奭具)는 연세대학교와 같은 학교 대학원 영어영문학과를 졸업하고, 미국 인디애나 대학교(블루밍튼)에서 영문학 박사학위를 받았다. 2003년과 2010년에 풀브라이트 방문교수로 오리건 대학교와 캘리포니아 대학교(샌디에이고)에서 연구를 했고, 지금은 연세대학교 영어영문학과 교수로 있다. 공저로 『탈식민주의:이론과 쟁점』『에드워드 사이드 다시 읽기』『일곱 개의 강의: 포스트콜로니얼리즘』 등이 있다. 역서로 『어둠의 심연』이 있으며, 최근 논문으로 「『제스처 라이프』에 나타난 인종주의와디아스포라 문제」「죄의 알레고리인가, 알레고리의 죄인가?: 쿳시의 『치욕』과 재현의 정치학」「「오스트레일리아」에 나타난 "인정" 의 정치학」「영화 「꽃잎」에 나타난 남성적 시선과 애도의 문제」 등이 있다.

제국과 민족국가 사이에서
탈식민시대 영어권 문학 다시 읽기

지은이 · 이석구
펴낸이 · 김언호
펴낸곳 · (주)도서출판 한길사
등록 · 1976년 12월 24일 제74호

주소 · 413-756 경기도 파주시 교하읍 문발리 520-11
www.hangilsa.co.kr
E-mail: hangilsa@hangilsa.co.kr
전화 · 031-955-2000 팩스 · 031-955-2005

상무이사 · 박관순 | 영업이사 · 곽명호
편집 · 배경진 서상미 신민희 김지희 홍성광 강성한 | 전산 · 김현정
마케팅 및 제작 · 이경호 박유진 | 경영기획 · 김관영
관리 · 이중환 문주상 장비연 김선희

CTP출력 및 인쇄 · 현문인쇄 | 제본 · 광성문화사

제1판 제1쇄 2011년 6월 25일

값 28,000원

ISBN 978-89-356-6006-3 03840

• 잘못 만들어진 책은 구입하신 서점에서 바꿔드립니다.

• 저작권자를 찾지 못해 계약이 체결되지 않은 일부 도판에 대해서는, 연락주시면 저작권 계약을 체결하고 그에 상응하는 사용료를 지불하겠습니다.

이 도서의 국립중앙도서관 출판시도서목록(CIP)은
e-CIP 홈페이지(http://www.nl.go.kr/cip.php)에서 이용하실 수 있습니다.
(CIP제어번호: CIP2011002147)

＊아모스 투투올라
Amos Tutuola, 1920~97

＊치누아 아체베
Chinua Achebe, 1930~

＊응구기 와 시옹오
Ngugi wa Thiong'o, 1938~

＊부치 에메체타
Buchi Emecheta, 1944~

영어권 아프리카의 대표적인 작가들

아체베와 응구기는 영제국주의를 통렬하게 비판한 영어권 아프리카의 대표적인 작가다. 이들의 문학은 식민주의의 참상을 고발하는 탈식민 담론의 정수를 보여준다. 투투올라는 요루바 족의 신화를 판타지 형식으로 담아낸 영어권 아프리카 최초의 소설가이며, 에메체타는 아프리카의 가부장적 전통과 영제국주의 모두를 비판한 이보 출신의 여성주의 작가다.

*루이스 응코시
Lewis Nkosi, 1936~2010

*내딘 고디머
Nadine Gordimer, 1923~

*J.M. 쿳시어
J.M. Coetzee, 1940~

아프리카너와 흑인으로 양극화된 남아프리카공화국을 소재로 한 작가들

응코시는 아파르트헤이트의 폐지를 위해 테러리즘을 고취했던 남아공의 급진주의적인 작가다. 노벨 문학상을 받은 고디머와 쿳시어는 아프리카너와 흑인으로 양극화된 남아공의 권력구조 내 어디에도 속하지 않았던 영어 사용 백인들의 정치적 한계와 도덕적 딜레마를 형상화함으로써 심오한 예술적 성취를 거둔 것으로 평가받는다.

* 토머스 커넬리
Thomas Keneally, 1935~

* 피터 캐리
Peter Carey, 1943~

* 루이스 어드릭
Louise Erdrich, 1954~

북미 원주민과 오스트레일리아 원주민 문제를 다룬 작가들

어드릭은 미합중국의 "명백한 숙명"을 위해서 식민화를 겪어야 했던 북미 원주민들의 비극을 그려낸 원주민 출신의 작가다. 커넬리는 오스트레일리아가 백인의 국가로 탄생하기 위해 인종청소를 당했던 오스트레일리아 원주민의 문제에 관심을 가졌으며, 캐리는 영어권 최고의 문학상인 부커상을 두 번이나 받은 오스트레일리아 최고의 소설가다.

*살만 루시디
Salman Rushdie, 1947~

*V.S. 나이폴
V.S. Naipaul, 1932~

*제이디 스미스
Zadie Smith, 1975~

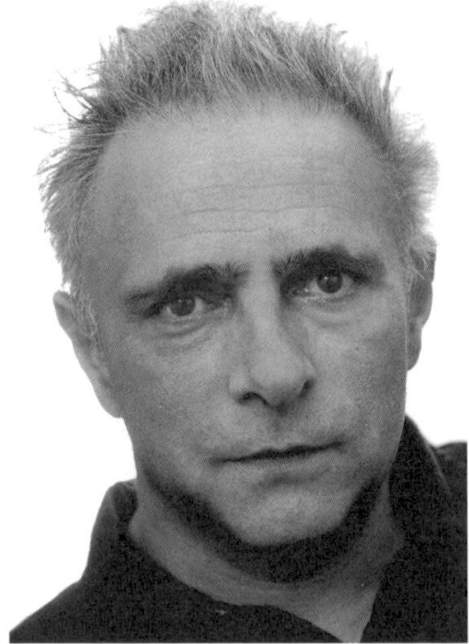

*하니프 쿠레이시
Hanif Kureishi, 1954~

디아스포라와 이민 2세대 작가들

루시디와 나이폴은 뿌리 잘린 이민자의 눈으로 세상을 조망한 디아스포라 작가다. 이슬람 문화를 비판적으로 그린 루시디는 이슬람법에 의해 사형선고를 받은 바 있으며, 나이폴도 출신국의 문화를 백인의 시각으로 그려냈다는 비판을 받는다. 스미스와 쿠레이시는 런던의 다문화주의를 새로운 감수성으로 노래한 영국의 대표적인 이민 2세대 작가다.

제국과 민족국가 사이에서
탈식민시대 영어권 문학 다시 읽기

7 미합중국 「독립 선언문」과 소수민의 재현

8 디아스포라 담론과 (초)민족주의

9 재인종화와 마이크로 정치학

10 초민족시대 문학 비평의 책무

책머리에

아프리카 문학을 처음 접하게 된 것은 지금은 고인이 되신 인디애나 대학의 앨버트 워사임(Albert Wertheim) 선생님의 학부 과목을 유학 시절에 청강했던 때였던 것 같다. 지금은 응구기나 아체베 같은 작가들의 작품을 한국의 영문학과 교과목에서도 곧잘 찾아볼 수 있지만, 80년대 말에는 미국의 대학이나 대학원에서도 이른바 영어권 문학만을 가르치는 경우는 그리 흔하지 않았다. 나는 학위 과정 중에 빅토리아조와 현대의 영국소설을 주로 연구했으니 사실 영어권 문학에 대한 연구는 학위를 마친 뒤에 본격적으로 시작했다고 하는 편이 옳다.

학위를 마친 뒤 나는 현대 영국소설 전공자로서 강단에서 이 분야를 강의해왔지만, 나의 연구실은 임용된 첫해부터 과거 식민지 국가들의 문학 작품으로 채워지기 시작했다. 이른바 정전(正典)에 속하는 작가들이 아닌 "주변부"의 작가들과 사랑에 빠진 이유는 이들이 고민하던 정치적 의제에 내가 공감하는 바가 컸기 때문이 아닌가 한다.

과거 영제국의 지배를 받았던 식민지 출신의 작가들은 식민주의의 유산뿐만 아니라 해방 이후에 들어선 민족주의 정권과도 종종 싸워야 했다. 그들이 문학을 통해 치열하게 씨름했던 사회 모순은 일제의 식민 통치에 이어 군사 독재와 급격한 근대화를 동시에 겪으면서 우리 사회가 안은 문제와 크게 다르지 않았다. 우리의 현실에서 공명(共鳴)되는 그들의 고통스런 경험이 나를 그들의 문학으로 이끌었나보다.

나는 이 책에서 대략 9개국 출신의 22명의 작가들이 발표한 33편의 작품을 당대의 역사적 맥락 속에서 분석했다. 그중 절반은 내가 학술지에 출판한 논문들에서 발췌한 것인데, 새롭게 쓴 나머지 절반의 내용에 맞추어 이를 수정했다. 그러다보니 이 책에는 이미 출간된 논문에서 내가 했던 주장과 내용이 달라진 경우도 더러 있는데, 이 책에서 보인 입장을 최종적인 것으로 생각해주었으면 한다.

여러 국가의 작품을 다루면서 나는 각 나라의 대표작을 선정하고, 그에 관한 소논문을 한 편씩 써서 한 권의 책으로 엮을 것인지, 아니면 저서의 각 장이 해당 지역의 역사와 문학을 함께 소개하는 일종의 개요서를 쓸 것인지를 두고 고민했다. '탈식민시대 영어권 문학 다시 읽기'라는 거창한 부제를 단 마당에 달랑 한두 편의 작품 분석으로 일개 국가나 지역에 대한 논의를 대신할 수가 없다는 생각이 들었기 때문이다. 그러나 후자를 택할 경우 아무래도 분석의 깊이에서 대가를 지불할 것이 예상되었다. 내가 쓰고 싶은 것은 평론집이지 문학사(文學史)는 아니라는 결론에 도달했기에 나는 작품 분석을 위주로 작업을 해나갔다. 그리고 가능하면 각 장의 서두 부분에서 해당 국가나 지역에 대한 배경 지식을 제공함으로써 연구 반경을 제목에 걸맞게 조금이나마 넓혀보려고 했다. 두 가지 작업이 얼마나 조화롭게 이루어졌는지는 독자의 판단에 맡기기로 한다.

문학에 대한 나의 열정이 꺼지지 않고 계속 타오를 수 있었던 것은 내게 영문학을 처음 가르쳐주신 모교 은사님들의 덕택이다. 이분들에게 감사드리고 싶다. 대학에 입학한 뒤 그간 배우고 가르치느라 캠퍼스에서 보낸 시간을 따져보니 어느 새 30년이 되었다. 30년의 세월 동안 나의 주변에는 항상 한 사람이 있었다. 그는 한때는 같은 학과의 선배이자 동아리의 선배였다가, 또 한때는 같은 지도교수를 둔 유학생이었고, 또 나중에는 직장 동료요, 같은 학문을 하는 동지였지만, 동시에 인생의 조언자이기도 했다. 산천이 몇 번이나 바뀌는 동안 시간의 흐름에 따라 그의 역할도 이처럼 바뀌었다. 하지만 바뀌지 않은 것은 그의 한결같은 마음이다. 이경원 교수에게 감사의 마음을 전한다.

이 책의 기획은 2004년에 연세대학교에서 저술 연구비를 받음으로써 가능했다. 학문적인 관심이 향하는 대로 내가 자유롭게 연구에 전념할 수 있도록 재정적 지원과 연구 공간을 마련해준 연세대학교에 고마움을 표하고 싶다. 또한 이 저술 작업이 완성되기까지는 2003년에 오리건 대학에서, 2010년에는 또다시 캘리포니아 대학(샌디에이고)에서 방문교수로 연구할 수 있도록 재정적 지원을 해준 한미교육위원단의 도움이 있었다. 파격적인 지원을 두 번이나 한 한미교육위원단에 이 책이 조그만 보답이 되었으면 한다. 나를 초청해준 오리건 대학의 아리프 디릭(Arif Dirlik) 교수, 캘리포니아 대학의 리사 로(Lisa Lowe) 교수에게도 감사드린다.

이 책의 완성에는 그간 나의 강의를 수강한 학생들의 도움도 컸다. 항상 느끼는 것이지만 나는 가르침을 통해 배운다. 학생들이 제기하는 질문이나 그들과의 열띤 토론은 나로 하여금 텍스트를 새로운 시각으로 보게 해준다. 그래서 가르치는 일이 즐겁다. 그들이 그간 강의실 안밖에서 내게 해준 질문과 도전에 감사한다. 아프리카 인명의 한글 음역에 도움을 준 이보 출신 위주(Nwizu Ihejirika)와 초고를 정성스럽게 읽어준 대학원생들이 고맙다. 자본의 논리, 경영의 논리 앞에서 인문학의 입지가 점점 좁아지는 현시점에 보석 같은 인문학 서적을 줄기차게 출판해온 한길사와 변변찮은 원고를 좋은 책으로 만들어주신 편집부에 감사한다.

끝날 듯 끝나지 않는 남편의 작업을 인내심을 가지고 기다리며, 아이들이 소란을 피워 작업이 방해될까봐 마음을 써준 아내가 고맙다. 쿳시어가 그러지 않았던가. 부모가 아이를 포옹할 때 이는 실은 포옹을 받기 위한 것이라고. 내게 달려오는 두 어린 아들을 껴안아줄 때마다 그 포옹에서 위로를 받는 것은 나였다. 힘든 시간마다 내게 힘이 되어주는 두 아들 유진, 유현에게 이 책을 바친다.

2011년 6월
이석구

1
영어권 문학 연구의 과제

혁명을 시작하는 것은 어렵고, 지속하는 것은 더 어렵다.

그러나 진정한 어려움은 훗날,

우리가 승리를 거두었을 때 시작된다.

• 「알제의 전투」

제국과 민족국가 사이에서

이 책의 부제를 한국의 독자들에게 익숙한 용어인 '제3세계 문학 연구'가 아닌 '영어권 문학 다시 읽기'라고 선택한 이유는 비(非)영어권 문학, 즉 영어를 모국어나 공용어로 사용하지 않는 국가들의 방대한 문학을 논의의 대상에서 제외했기 때문이다. 이처럼 영어로 출판된 작품들로 논의의 영역을 좁힌 것은 단지 필자의 언어적 한계에 따른 것일 뿐 토착어로 발표된 작품이 영어로 출판된 작품보다 예술적 가치가 떨어지기 때문이 결코 아니다.

여기서는 제3세계에 속하나 저항 작가로 분류하기는 모호한 작가들도 포함되어 있는데, 이 또한 '제3세계 문학 다시 읽기'가 이 책의 제목으로 적절치 않은 연유라고 판단되었다. '제3세계 문학'이라는 범주가 갖는 이데올로기적 무게나 정치적 함의를 고려할 때, 서구에서 활동하는 이민자 출신의 작가들이나 오스트레일리아나 남아프리카 공화국의 백인작가들까지 제3세계 문학에 포함시키는 포괄적인 접근은 제3세계 민족 문학 고유의 반(反)식민적 저항성을 후경화(後景化)시켜 결국 백가쟁명(百家爭鳴)식의 다양한 목소리 속에서 그 존재를 실종시킬 수도 있다는 문제가 예견되기 때문이다.

오스트레일리아의 백인작가들을 오스트레일리아나 북미의 원주민 작가들과 함께 동일한 '소수민'의 범주에 소속시키거나, 혹은 남아공 백인작가들을 흑인작가들과 함께 제3세계 문학에 소속시킬 때, 이러한 분류는 소수민 문학이나 제3세계 문학에 대한 기성의 이해와는 상충될 뿐만 아니라, 제3세계 문학의 출현을 가능하게 했고 그 성격을 규정지어온 특유의 정치성을 탈색시킬 위험이 다분히 따른다.

'문학과 사회의 관계'에 대한 이 책의 입장을 고려한다면 본 연구의 방법론은 넓은 의미에서 '탈식민문학 비평'이라고 부를 수 있다. 그러나 탈식민문학 비평은 영미의 정전과 이른바 '주변부 문학' 모두에 대한 연구를 포함하는 포괄적인 개념인 반면, 이 책에서는 분석의 대상을 주로 구(舊) 식민지의 문학에 한정했으며, 메트로폴리스 문학을 다룰 때라도 메트로폴리스의 소수민의 작품에 한정했다. 이 책의 부제로 '영어권 문학 다시 읽기'를 선택한 것은 이처럼 연구 대상을 좀더 구체적으로 명시하고 싶어서다. 뿐만 아니라 '영어권 문학'이 대중에 좀더 친근한 용어라는 점도 이유 중의 하나다.

'저항'은 이 연구의 중요한 화두다. 그러나 여기서는 식민통치에 맞서거나 그 유산을 청산하고자 하는 제3세계 민족국가의 이른바 '저항문학'에만 초점을 맞추지는 않는다. 저항의 최전선에서 벌어지는 담론의 교전 못지않게 피지배 집단 내부의 '비판과 균열'에도 주목함으로써 본 연구는 제국과 민족국가의 틈바구니에 '끼인' 존재들을 전경화(前景化)한다. 식민지배 이데올로기와 반식민민족주의 가운데 어디에도 완전히 포섭되지 않는 '제3의 세력'에는 민족국가의 불평등한 성(性) 정치학에 반대하는 여성은 물론이거니와 경색된 민족주의나 부족주의를 비판하는 엘리트도 포함되지만, 넓은 의미에서는 식민지 출신으로 제국에서 활동하는 디아스포라 지식인도 포함된다. 제목으로 '제국과 민족국가 사이에서'를 선택한 것도—제국이 되었든 식민지가 되었든—

민족국가를 더는 하나의 동질적인 단위로 볼 수 없다는 인식, 민족국가의 내부에 지배 이데올로기뿐만 아니라 때로는 저항 이데올로기에도 동의하기를 거부하는 세력들이 엄연히 존재한다는 인식을 그 근저에 두고 있다. 제3의 세력이 내려고 하는 독자적인 목소리를 청취하려는 것은 반드시 그들의 정치적 입장에 동의해서가 아니라, 이들의 목소리를 지배 이데올로기나 저항 이데올로기의 목소리와 함께 들을 때 비로소 민족국가들이 오늘날 안고 있는 사회적 문제나 정치적 현안을 좀더 다면적 · 객관적으로 이해할 수 있다고 판단했기 때문이다.

이 책에서 다루는 제3의 세력은 경우에 따라서는 스피박(Gayatri Spivak)이 "하위 주체"라고 부른 집단일 수도 있지만, 권력 구도 안의 소수파일 수도 있으며, 또는 메트로폴리스의 기득권층에 진입했거나 혹은 진입하기를 희망하는 이민자일 수도 있다. 어떠한 계층을 분석 대상으로 삼든지 간에 여기서는 그 집단에 속하는 개인들이 당대의 사회 모순과 어떤 관련을 맺어 왔으며, 또한 작가로서 어떤 '역사적 책무'를 수행해왔는지를 평가한다.

'당대의 사회 모순'이란 제3세계의 정치적 · 경제적 주권을 위협해온 (신)식민주의뿐만 아니라 식민통치로부터 해방된 민족국가 내부에서 발견되는 억압을 지칭한다. 두 가지 유형의 억압이 갖는 공통점은 제국이나 제3세계 민족국가 모두 '집단의 이름'으로 제3세계의 민중을 '호명'해왔다는 데 있다. 제국이 식민지의 민중을 복종적인 '이등 시민'으로 호명함으로써 통치의 수월성을 도모했다면, 민족국가는 이들을 충성심 높은 '전사'(戰士)나 '애국 시민'으로 호명함으로써 이들을 자신의 전열에 묶어 두려 했다. 이러한 점에서 제국과 민족국가를 운지여 온 지배 담론을 '순응'의 정치학이라고 이름 붙일 수 있다.

영어권 문학에 대한 연구의 필요성은 무엇보다도 옛 식민지 문학이 양적이나 질적인 면에서 보여준 근자의 발전에서 찾을 수 있다. 영어로 쓰인 문학에 수여되는 최고의 영국 문학상인 부커상뿐만 아니라 언어와 국경을 초월하여 당대 최고의 문인에게 주어지는 노벨 문학상 수상자들의 면면을 살펴보면, 유럽이나 영미의 백인작가들보다 오히려 식민지 출신의 작가들이 큰 두각을 나타냄을 알 수 있다.

한때는 '영연방 작가'로 불리기도 한 영어권 작가들의 활약을 살펴보면 대략 다음과 같다. 먼저 역대 노벨 문학상 수상자에는 트리니다드 토바고 출신으로 제3세계를 비판하여 "제3세계의 솔제니친"이라는 별명을 얻은 나이폴(V.S. Naipaul, 1932~)과 세인트루시아 출신인 월콧(Derek Walcott, 1930~), 남아프리카 공화국 태생으로 아파르트헤이트의 폐지를 외쳐 "남아공의 양심"이라고 불린 고디머(Nadine Gordimer, 1923~), 고디머에 비해 결코 뒤떨어지지 않는 필력과 통찰력에도 불구하고 남아공의 좌파 비평가들로부터 신랄한 비판을 받은 바 있는 쿳시어(J.M. Coetzee, 1940~)[1], 그 외에도 오스트레일리아 출신의 화이트(Patrick White, 1912~90), 아프리카 근대 연극계의 대부라 불리는 나이지리아의 소잉카(Wole Soyinka, 1934~) 등이 포함된다. 부커상 수상자 명단에는 쿳시어와 나이폴 외에도 이슬람 종교를 모독했다는 이유로 아야툴라 호메이니로부터 사형 선고를 받은 인도 출신의 루시디(Salman Rushdie, 1947~), 세계화와 신식민주의에 반대하는 운동에 뛰어든 인도의 로이(Arundhati Roy, 1961~), 나이지리아의 시인이자 소설가인 오크리(Ben Okri, 1959~), 오스트레일리

1) Coetzee는 국내에 '쿳시'라는 이름으로 잘 알려진 작가이며, 필자도 여러 편의 논문에서 같은 음역을 사용한 바 있다. 그러나 '쿳시'는 정확한 음역이 아니기에 '쿳시어'로 바로잡는다. 그밖에 아프리카 인명도 이번에 자문을 거쳐 바로잡는다. 국내 번역서 소개시 원제목과 번역서 제목이 서로 다른 경우 원제목을 괄호에 넣어 병기했다. 쿳시어의 이름에 대해서는 2008년 3월에 말루프(David Malouf)와 함께 한 강연을 참조할 것(http://www.youtube.com/watch?v=kd7rc_vxiRk&feature=related).

아의 피터 캐리(Peter Carey, 1943~) 등이 있다.[2)]

영어권 문학 연구의 필요성은 서구에서 이루어진 영어권 문학에 대한 기존의 평가를 점검해야 하는 시대적 요청에서도 찾을 수 있다. 이른바 서구 바깥의 문학에 대한 연구는 미국의 아카데미에서 먼저 도입되었다. 그 이유가 "아프리카의 뿌리에 관심을 갖게 된 미국 흑인지식인들의 민족주의적 경향 때문이었든지, 서구 문학에서 제국이나 식민지가 어떻게 재현되어 왔는지를 재고하게 만든 베트남 전쟁 때문이었든지"[3)] 간에, 제3세계 문학 연구나 영어권 문학 연구의 출범이 제1세계의 아카데미에 일종의 자기 반추의 기회를 주었음에는 의문의 여지가 없다. 뿐만 아니라 구 식민지의 문학이 서구와 비(非)서구의 만남을 피지배 민족의 입장에서 다시 서사화했다는 점에서, 그러한 문학에 대한 수집과 연구가 유럽의 정전에 맞서는 '대항 정전'을 구성하는 성과를 거두고 있는 것으로 평가를 받아왔다. 이러한 긍정적인 평가는 오늘날 새로운 비평적 화두로 자리를 잡은 탈식민문학 연구에서 주로 발견된다.

그러나 이러한 성과도 시각에 따라서는 달리 평가될 수 있다. 구 식민지 문학이나 탈식민주의 이론이 서구 시장의 '이국적 취향'이나 '다문화적 수요'에 맞추어 생산되고, 더 나아가 제3세계가 서구의 문화 소

---

2) 나이폴은 2001년에 노벨 문학상을 받았다. 쿳시어는 2003년에 노벨 문학상을 수상한 경력 외에도 1983년에는 『마이클 케이의 삶과 시대』로, 1999년에는 『치욕』으로 부커상을 두 차례 받은 바 있다. 월콧은 1992년에, 소잉카는 1986년에, 화이트는 1973년에 각기 노벨 문학상을 받았다. 캐리는 1988년에 *Oscar and Lucinda*로, 2001년에는 *True History of the Kelly Gang*으로 부커상을 수상했다. 로이는 1997년에 『작은 것들의 신』으로, 오크리는 1991년에 *The Famished Road*로 부커상을 받은 바 있다. 루시디는 『자정의 아이들』로 1981년에 부커상을 받았을 뿐만 아니라 25년 동안의 부커상 수상작들 가운데 최고를 가려 수여하는 '부커 중의 부커상'을 1993년에 받았다.

3) Aijaz Ahmad, *In Theory: Classes, Nations, Literatures* (New York: Verso, 1992), 63쪽.

비자를 위해 상품화되고 있다는 비판이 있기 때문이다. 또한 영어권 문학 연구의 초점이 비서구의 문화 전통과 역사를 증거하고 옹호하는 성향의 텍스트보다는 런던이나 뉴욕 같은 메트로폴리스와 친화적인 관계에 있는 작가들의 텍스트로 옮겨지고 있는 것이 아닌가 하는 의구심이 제기되기도 한다.

이러한 맥락에서 파키스탄의 마르크스주의 문학 이론가 아마드는 서구에서 활동하는 식민지 출신의 작가들이 내는 저항의 목소리라는 것도 결국 메트로폴리스가 "승인한" 담론에 지나지 않을 뿐만 아니라 제3세계를 세속적인 출세의 기반으로 삼았다는 점에서 "기회주의적 제3세계주의"라고 비판한 바 있다.[4] 달리 표현하면, 메트로폴리스의 구미에 맞는 제3세계 담론만이 서구의 문화 시장에 진입하고 유통될 특혜를 부여받는 것이다.

브레넌도 국제적으로 인지도가 높은 제3세계 출신의 작가와 서구의 문화 시장 간에 모종의 유착 관계가 존재함을 주장했다. 그에 따르면 엘살바도르의 급진주의적 시인 알레그리아(Claribel Alegria, 1924~)나 가르시아(R.D. Garcia, 1935~), 레바논의 시인이자 소설가인 아드난(Etel Adnan, 1925~)보다 페루의 소설가 요사(M.V. Llosa, 1936~), 칠레 출신의 아옌데(Isabel Allende, 1942~), 루시디 같은 작가들의 이름이 친숙하게 들리는 이유는 후자의 작가들이 반드시 더 뛰어나서가 아니라 이들이 '낯선' 이야기를 서구에 '낯익은' 방식으로 들려주기 때문이라는 것이다.[5]

이때 거명되는 '친숙한' 작가군이 모두 서구로 귀화했거나 아니면 적어도 서구에 적(籍)을 둔 인물들이라는 사실도 브레넌의 시각에서 보

---

4) 같은 책, 86쪽.
5) Timothy Brennan, *Salman Rushdie and the Third World: Myths of the Nation* (New York: St. Martin's Press, 1989), 36쪽.

았을 때는 무심하게 넘길 일이 아닌 듯하다. 이러한 관점에서 보았을 때 부커상 수상자 명단에서 민족주의적 성향이나 마르크스주의적 성향을 보이는 작가들, 예컨대 케냐의 응구기(Ngugi wa Thiong'o, 1938~)가 제외되고 나이지리아의 오크리가 선택된 것은 쉽게 추측할 수 있는 어떤 이유가 있는 것이 아닌가 하는 생각이 드는 것이다. 응구기의 경우, 그가 과거 유럽의 제국주의뿐만 아니라 오늘날 미국·영국·독일 등의 국가들이 아프리카의 매판적 부르주아지와 결탁하여 행하는 신식민주의적 지배를 고발한다는 점에서 서구의 비평계와 문화 시장은 그를 껄끄럽게 여겼을 것이다. 같은 맥락에서 식민 해방 직전의 나이지리아를 다룬 오크리의 장편 소설 『굶주린 길』(*The Famished Road*)이 부커상을 수상한 것은 그 서사를 추동하는 포스트모더니즘이 서구 부르주아지의 문화적 헤게모니에 심각한 위협을 제기하지 않았기 때문이라는 부커의 주장[6]은 설득력 있게 들린다.

부커나 아마드의 주장에 반드시 동의하지 않더라도 서구의 문화 시장에서 성공한 제3세계 출신의 작가들이 어떠한 정치·문화적 정체성을 갖는지에 대한 질문은 의미가 있다. 동시에 이러한 질문이나 그 작가들에 대한 비판이 '또 다른 유의 보편화'라는 오류를 저지르는 것은 아닌지 물어보는 것 역시 필요하다. 여기서 '또 다른 유의 보편화'라는 표현을 사용한 이유는, 제3세계와의 관계에서 서구가 보편화의 오류를 범한 적이 있기 때문이다. 제3세계를 조망할 때 서구가 사용한 평가의 잣대가 '유럽적인 휴머니즘'이었다는 점에서 서구는 문화적 '차이'를 인정하지도 존중하지도 못하는 보편주의의 오류를 저질렀던 것이다. 유럽 제국주의를 비판하는 사드드그의 표현을 빌리면 "유럽은 정당한

---

6) Keith Booker, "*Midnight's Children*, History, and Complexity: Reading Rushdie after the Cold War", *Critical Essays on Salman Rushdie*, Keith Booker 엮음 (New York: G.K. Hall, 1999), 291쪽.

인간적 지위를 자기 내부의 거주자들에게만 주었던 것”[7]이다.

그러므로 이번에는 비슷한 유의 보편화, 즉 ‘국지적 차이’를 삭제해버리는 오류가 영어권 문학 연구 내에서 발견되는 경우는 없는지 물어볼 필요가 있다. 예컨대, 루시디와 나이폴이 공히 서구에서 활동하는 세계주의자로서의 삶을 살아간다고 해서 이 둘을 동일한—매판적이든 민족주의적이든—범주에서 다루는 것이 정당한가. 또는 가부장제의 차별을 피해 해외에 거주하는 아프리카 출신의 여성들이 향토색 짙은 조국의 문화를 서사화할 때 이를 단순히 ‘이국적인 문화’를 서구의 문화 시장에 팔아넘기는 행위로만 볼 수 있는가. 더 나아가 이민 2세대나 3세대 작가의 문학까지도 탈식민적인 또는 반식민적인 관점에서 논의하거나 비판하는 것이 공정한 것인가 하는 질문이 있을 수 있다.

이쯤에서 ‘탈식민’이라는 용어에 대해 간략한 소개가 필요하다고 생각한다. 이 용어는 1955년 4월에 아시아와 아프리카의 29개국 대표들이 인도네시아의 반둥에 모여 모든 형태의 제국주의를 비판하고 제3세계의 출현을 알린 반둥 회의에서 처음 사용되었다. 이때 탈식민이란 표현은 제2차 세계대전 이후 식민통치에서 해방된 국가들을 지칭했다는 점에서 ‘식민시대 이후’나 ‘식민통치의 종결’을 뜻한다. 1970년대 말부터 이 용어는 문학 비평가와 문화 이론가들에 의해서 사용되기 시작했다. 이 경우 ‘탈식민’은 식민주의에 유래하는 다양한 문화 결과를 지칭하는 것이었다. 1965년 이후 등장한 영연방 문학 연구와 같이 과거에 식민통치를 받았던 국가들과 제국 간의 문화 교류와 그에 대한 연구를 지칭하는 데 사용된 것이 대표적인 예다.

그러나 근자에 들어 탈식민주의(postcolonialism)의 접두어 ‘포스

7) Jean Paul Sartre, Preface, *The Wretched of the Earth* by Frantz Fanon, Constance Farrington 옮김 (New York: Grove Weidenfeld, 1963), 25쪽.

트'(post)가 '이후'(past)를 의미한다는 의견에 대하여 반박이 제기되었다. 이 반박에 따르면, 라틴 아메리카의 독립국들에 대한 미국의 군사 개입 사례나, 동티모르와 모잠비크가 포르투갈의 지배에서 해방되자마자 이웃 국가에 의하여 예속과 간섭의 상태에 들어가게 된 사례에서도 알 수 있듯, 유럽 식민주의로부터의 해방이 곧 식민주의의 '종말'을 의미하지는 않았다.

더구나 서구와 비서구의 빈부 격차가 식민시대보다 오늘날 더욱 심화되는 현실을 감안할 때, 반식민 투쟁은 여전히 "미완의 기획"이다."[8] 제3세계의 천연 자원과 전통 지식에 대한 제1세계의 '생물학적 약탈'(bio-piracy)의 사례에서도 드러나듯 공식적인 식민지가 없을 때조차 경제적 식민주의는 더욱 교묘하게 이루어지고 있으며, 문화 생산 양식이 특정 국가들에 의해 독점되고 통제됨에 따라 문화의 다양성과 공정한 경쟁이 질식당하는 현실을 고려할 때에, '포스트'의 개념을 '이후'라고 해석하는 것은 매클린톡의 표현을 빌리면 "성급한 자축행위"다.[9]

더욱이 식민통치를 받은 국가들의 국지적 다양성을 '탈식민'이라는 전일(全一)적 개념으로 포괄하려는 것은 다양한 현실을 오도하는 위험이 따른다.[10] 즉 지역별로 식민화 과정이나 식민통치방식이 각기 달랐다는 점도 그렇지만, 문화적 수준, 종교, 인종적 · 부족적 갈등 등 지역 상황에 따라 "탈식민의 역사[가] 다기한 길을 걷게 된다는 점에서도" 탈식민 연구가 자칫 탈역사적으로 될 가능성이 있는 것이다.[11]

일례로, 홍콩의 경우 1997년에 영국의 오랜 식민통치로부터 독립했

---

8) 이경원, 「탈식민주의의 계보와 정체성」, 『비평과이론』, 제5권 제2호(2000), 6쪽.

9) Anne McClintock, *Imperial Leather*(London: Routledge, 1995), 12쪽.

10) Ania Loomba, *Colonialism/Postcolonialism*(London: Routledge, 1998), 14~15쪽.

11) 서강목, 「탈식민주의 시대에 다시 읽는 은구기—『한 알의 밀』과 『피의 꽃잎』을 중심으로」, 『실천문학』, 제55집(1999), 264쪽.

으나 "인민의 군대"의 위협을 느끼는 홍콩인들의 입장에서 보았을 때 중국으로 귀속되는 것이 반드시 해방을 의미하는 것이 아닐 수도 있다. 이와는 반대로 중국이 2008년 올림픽을 유치하면서, '중국인'이라는 정체성에 자부심을 느끼는 홍콩인이 이제는 전체 인구의 절반을 상회한다는 최근의 기사는 같은 국가나 지역에서도 시간과 상황에 따라서 '포스트'의 의미가 달라질 수 있음을 시사한다.

유사한 맥락에서 미국도 영국으로부터 독립을 쟁취했다는 점에서 탈식민 주권국임을 자부하겠지만, 북미 원주민의 입장에서 보았을 때 북미의 탈식민은 '또 다른 식민주의'의 본격적인 시작을 예고했을 뿐이다. 이러한 맥락에서는 탈식민이 '식민시대 이후'가 아니라 식민통치와 그 유산에 대한 '저항과 극복'의 의미를 띠는 것이라는 주장이 설득력을 얻는다. 이러한 점들을 고려하여 이 책에서는 영어권 작가들의 문학이 다룬 정치적 의제를 새롭게 점검할 뿐만 아니라, 이들에 대해 그간에 제기되었던 비판의 유효성도 논의하고자 한다.

탈식민 담론과 민족주의

이 책은 영어권 문학에 관한 사상적 · 정치적 지형도를 그려내는 데 '민족주의'를 길잡이 가운데 하나로 채택했다. '왜 민족주의인가?' 세계사에서 민족주의가 누려온 상징적인 힘은 종교에 비견될 만큼 절대적인 것이었다. 이러한 권위 덕택에 민족주의는 제1세계뿐만 아니라 제3세계에서도 일종의 '마법의 주문'처럼 내부의 불평과 불만을 신기하게 잠재워왔다. 이는 먼 나라 이야기만은 아니다. 우리 사회에서 독재시대를 살았던 개인의 불만을 잠재웠던 것도 다름 아닌 조국 근대화라는 "발전주의 담론"과 함께 "민족주의 담론"이었다.[12]

민족주의가 개인과 집단에게 행사하는 배타적이고도 절대적인 영향력은 다민족국가들을 내부에서 분열시킬 뿐만 아니라 자치나 독립 같은 최종 목적이 달성될 때까지는 어떠한 타협이나 양보도 허락하지 않는 분리주의의 역사가 잘 증명한다. 알바니아계에 대한 세르비아계의 테러로 시작한 인종 청소와 알바니아계의 역테러로 발전한 코소보 전쟁이 그 예다. 민족과 민족주의가 누려온 '신성'에 가까운 권위는 진보적인 역사학자나 정치학자들이 이미 지적한 바 있다. 앤더슨이 주장하듯, 민족주의 시대가 곧 끝날 것이라는 예측은 오래전부터 이루어졌지만 민족주의는 "우리 시대의 가장 보편적으로 합법적인 가치"라는 지위를 마음껏 누리고 있다.[13)]

하물며 유럽 제국에 대항하는 전쟁을 치러야 했던 식민지에서 민족주의는 무엇에도 견줄 수 없는 강렬한 정서적 반향을 일으키는 구호였다. 뿐만 아니라 식민 해방 이후 제3세계 국가들이 추구했던 각종 진보적인 문화 기획들을 이해하는 데 필요불가결한 코드도 민족주의다. 예컨대, 식민 지배에서 벗어난 아프리카 각국에서 최우선으로 이루어진 기획은 식민주의가 왜곡하고 단절한 민족문화를 복구하는 것이었다. 프랑스어권 아프리카에서 생고르(Léopold Senghor, 1906~2001)와 세제르(Aimé Césaire, 1913~)가 유럽의 식민주의를 비판했고, 영어권 아프리카에서 아체베(Chinua Achebe, 1930~)와 응구기가, 또는 이들보다 훨씬 먼저 요루바 족의 신화를 소설로 담아낸 투투올라(Amos Tutuola, 1920~97)[14)]가 각각 전통문화를 복구하는 노력을 경주했던 것이다. 유럽 문명에 대한 세제르의 비판은 "식민화는 식민 지배자를 탈문

---

12) 황병주, 「박정희 체제의 지배담론과 대중의 국민화」, 『대중독재』, 임지현과 김용우 공편 (책세상, 2004), 484~485쪽.

13) Benedict Anderson, *Imagined Communities: Reflections on the Origin and Spread of Nationalism* (New York: Verso, 1992), 3쪽.

14) 흔히 아체베를 아프리카의 탈식민 작가의 효시로 보는 경향이 있으나 실은 이보다 먼저 투투올라가 요루바 족의 신화를 담은 소설을 1946년에 집필하고

명화시켜, 문자 그대로 야만화시키고 타락시켜 그의 내면에 숨겨진 본능과 탐욕, 폭력, 인종적 증오, 도덕적 상대주의를 깨어나게 만든다"[15]는 것으로 요약할 수 있다. 식민주의 사업에 뛰어드는 순간 해당 국가나 문명은 야만적인 상태로 회귀한다는 것이다. 다음 장에서 논의하겠지만 아체베가 이보 족의 오랜 관습에 대해서 들려주는 것이나 응구기가 키쿠유 족의 할례식이나 성인식을 공들여 제시하는 것, 그리고 투투올라가 요루바 족의 오랜 신화를 서사화하는 것 모두 전통을 복원하려는 시도다. 그러니까 전통의 복구라는 민족주의적 기획은 제3세계의 탈식민문학이 안고 있는 의제를 분석하는 데 핵심적인 요소라 하겠다.

그러나 이러한 사실을 고려한다고 해서 본 연구가 '탈식민문학은 민족주의에 바쳐진 애모의 노래'라는 어찌 보면 단순한 결론을 준비하는 것은 물론 아니다. 아프리카의 탈식민문학에 대해 본 연구가 취하는 입장은 사실 이와 많이 다르다. 아프리카의 작가들은 탈식민시대 아프리카의 공통 과제였던 '민족국가 건설'이라는 민족주의적 기획에 가장 공감했을 때조차 자신의 문화적 뿌리에 대해서 비판적인 시각을 견지하고 있었다는 것이 나의 입장이다.

이러한 시각은 아체베와 응구기의 작품에 큰 수정 없이 적용할 수 있다. 즉, 탈식민문학가들이 공동체의 문화적 '기원'을 복구하는 작업에 대하여 지대한 노력을 기울였음은 사실이나, '민족의식의 고취'나 '전

1952년에 출간했다. 평자에 따라서는 가나의 케이슬리-헤이포드(J.E. Casely-Hayford)가 1911년에 출판한 *Ethiopia Unbound*나 세퀴이(Kobina Sekyi)가 1918년에 연재물로 출판한 *The Anglo-Fante*를 최초의 아프리카 소설로 간주하기도 한다. 식민시대와 탈식민시대의 아프리카에서 출판된 영어 및 프랑스어 소설의 역사에 대해서는 Fredric Michelman, "The West African Novel since 1911", *Yale French Studies*, 53(1976), 29~44쪽을 참조할 것.

15) Aimé Césaire, *Discourse on Colonialism*, Joan Pinkham 옮김 (1955; New York: Monthly Review, 1972), 13쪽.

통의 옹호'라는 코드에만 의존하여 이들의 작품을 해석할 경우 작품이 그려내는 전체적인 그림을 설명해내지 못하게 된다. 탈식민시대의 작가들에게 민족주의는—적어도 해방 이후 얼마 동안의 기간에는—앙양의 대상이었지만 동시에 낙담과 실망의 원인이기도 했던 것이다. 그 이유는 파농이 잘 말해준다. 그에 따르면 해방과 더불어 민족 부르주아는 식민 지배자로부터 권력을 물려받았으나 곧 자신의 계급적 이익을 공고히 하는 데 열중해 민족주의의 성격이 변질되고 말았다. 이를테면 유럽의 지배자가 떠나간 뒤 코트디부아르의 주류 집단이 독점적인 상권을 확보하기 위하여 자국 내의 다오메이 족에게 가했던 차별이나 세네갈에 거주하는 수단인들이 받았던 차별은 유럽의 식민주의자들이 자행했던 인종차별 못지않았다. 르완다에서 지배 세력인 후투 족이 소수민인 툿시 족을 백만 명 가까이 살상한 사건 또한 '민족주의의 광기'를 잘 보여주는 예다.

아프리카 민족주의의 변질에 대하여 파농은 다음과 같이 비판했다. "우리는 민족주의에서 국수주의로, 쇼비니즘으로, 마침내는 인종주의로 변모해왔다."[16] 시간이 지나갈수록 국가 공동체 내의 다양한 부족과 인종 간의 갈등이 표면화되었고 '민족의 이름'으로 배제와 학살이 이루어졌던 것이다. 『정신의 탈식민화』에서 응구기는 한 걸음 더 나아가 민족국가 내의 부르주아 세력이 서구의 신식민주의와 공모 관계를 맺었다고 신랄하게 비판한다.

> 오늘날 아프리카에서 제국주의 전통은 다국적자뿐만 아니라 선동적인 현지의 지배계급을 이용하는 국제적 부르주아지에 의해서 유지되고 있다. 아프리카의 신식민적 부르주아지가 갖는 경제적이고 정

16) Frantz Fanon, 앞의 책, 156쪽.

치적인 〔서구〕 의존성은 경찰의 탄압, 철조망, 성직자들과 법관들을 동원하여 반항적인 민중에게 강요하는, 영문도 모르고 따라 하는 모방의 문화에 반영되어 있다.[17]

케냐의 지배 부르주아들은 케냐가 서구의 체제로 신속히 편입될 것을 주장했다. "케냐가 서구에 함몰되어 정체성을 속히 잃을수록, 제국주의적 이해관계에 속히 운명을 맡길수록 국가 발전과 20세기 근대화로의 이동이 빨라질 것"[18]이라는 게 그 까닭이다. 그러나 응구기의 관점에서 보면 탈식민시대 케냐의 지배계급은 "민족의 근대화"라는 슬로건 아래서 자신들의 이익을 도모하는 매판 세력에 지나지 않는다. 응구기의 문학은 (신)식민주의와 민족국가의 지배 이데올로기를 모두 비판한다는 점에서 앞서 설명한 '제3의 세력'이 추구하는 '저항적 시학'의 대표적인 사례가 된다.

'내부 식민주의' 문제

제2차 세계대전 이후 신생 독립국들이 떠안게 된 중대한 문제들 가운데 앞서 언급한 전통의 회복 문제나 토착 부르주아지와 서구 자본주의의 결탁으로 인한 신식민주의적 상황도 있지만, 이에 못지않게 심각한 것은 '정치적 대표성'이었다. 즉 제3세계 독립국가 내에서도 집단에 따라서 민족을 대표하는 정도가 달랐던 것이다. 공식적으로는 유럽의 지배에서 독립했다고 하지만, 집단에 따라서는 식민시대와 다를 바가 없는 상황에 놓인다. 이들의 관점에서 보았을 때 식민주의는 계속되는 것이다.

---

17) Ngugi wa Thiong'o, *Decolonising the Mind: The Politics of Language in African Literature* (1981; London: James Currey, 1986) 2쪽.
18) 같은 책, 102쪽.

이러한 정치적 대표성에 대한 문제는 계층 간에 발생하기도 하지만 남성과 여성의 관계에서도 발생한다. 페미니스트들의 안목을 빌리자면, 역사적으로 민족은 탈성적(脫性的)이거나 중성적인 존재가 아니었다. 민족주의와 민족국가를 성(性)의 관점에서 연구한 매클린톡은 다음과 같이 말한다. "모든 민족들은 강력한 성별화에 의존한다. 민중의 단결이라는 개념에 대해 많은 민족주의자들이 이데올로기적 투자를 했지만 민족이란 결국 '성차'(性差, gender difference)의 공인된 제도다. 세상의 어느 민족도 남성 · 여성 모두에게 민족국가가 보유한 혜택과 권리를 동등하게 분배하지 않는다."[19)]

민족주의 자체가 "남성화된 기억"이라는 주장이 드러내듯, 기성의 민족주의는 여성을 차별하거나 배제함으로써 스스로를 정의해왔다. 여성은 민족해방전선에서 남성들과 함께 싸웠고, 민족 공동체의 인적 자원을 재생산하는 기능을 담당해왔다. 하지만 문화적인 차원에서 종종 민족의 상징적 기표로 사용되어 왔음에도 불구하고, 과거 민족주의 운동 내부에서 이들의 목소리가 들렸던 적은 드물다.

아프리카의 민족 담론과 운동의 주인공은 누구인가? 대부분의 경우 이들은 엘리트 남성들이었으며, 식민 해방과 함께 이익을 챙긴 이들도 남성들이었다. 이를테면, 남아공에서 여성은 백인민족주의뿐만 아니라 흑인민족주의 내에서도 보이지 않는 존재였다. 남아공의 지배 계층에는 네덜란드 정착자들의 후손인 아프리카너와 영어 사용 백인들이 있다. 이중 아프리카너 민족주의는 민족이 어떻게 고안되며, 공동체의 단결이 어떻게 고취되는지를 잘 보여주는 사례로 평가받는다. 아프리카너 민족주의의 뒤편에는 농속 여성들을 배제한 남성들의 비밀결사체인 '아프리카너 형제 동맹'(Afrikaner Broederbond)이 있었다. 매클린톡

19) Ann McClintock, 앞의 책, 353~355쪽.

에 따르면 이 배타적인 결사체는 약해진 조직의 힘을 강화하기 위해 이례적으로 문호를 개방하여 아프리칸스를 사용하는 혼혈족들을 받아들이기로 결정하기도 한다. 그러나 놀랍게도 이때 아프리카너 여성은 여전히 가입이 거부되었다.[20] 이는 민족주의를 표방하는 아프리카너 공동체에서 여성의 지위를 상징적으로 드러내는 사건이었다.

남아공에서 여성을 배제한 것은 아프리카너 민족주의자들만은 아니었다. 남아공 흑인들이 전개한 해방 운동의 경우도 초기에는 소수의 인텔리겐치아와 프티 부르주아들이 운동을 주도하면서 하층 흑인들이 배제되었다. 뿐만 아니라 흑인여성들은 적극적인 참여에도 불구하고 31년이란 긴 세월 동안 정회원의 자격이 주어지지 않았다. 그들은 언제까지나 남성들이 주도하는 운동에 봉사하는 '보조원'에 지나지 않았고, 여성의 권익에 대한 그들의 요구는 민족주의 전선의 분열을 낳는 것으로 간주되어 침묵 당하기가 일쑤였다. 1990년 5월에 이르러서야 '아프리카 민족회의'(ANC)는 "여성의 해방이 민주주의나 민족 해방이나 또는 사회주의를 위한 투쟁의 부산물이 아님"을 인정했다.[21]

민족주의 담론 내에서 하층 계급과 여성의 목소리가 들려지지 않았다는 점에서는 인도도 아프리카와 상황이 다르지 않다. 룸바가 지적하듯, 영제국으로부터 인도의 해방은 개인이 어떤 카스트에 속하느냐에 따라 그 의미가 다르다. 카스트의 최하층에 속하는 이들에게는 해방 이후가 해방 이전과 크게 다르지 않을 수 있는 것이다. 또한 같은 카스트에 속하더라도 남성에 비해 차별을 받는 인도 여성의 입장이나 힌두교도에 비해 절대적으로 열세인 이슬람교도의 입장에서 보았을 때에, 인도의 주류 민족주의자들이 내세우는 민족 정체성은 '타자'의 것일 수

20) 같은 책, 369쪽.
21) 같은 책, 381쪽, 383쪽.

있다. 인도 민족주의의 '임의성'은 20세기 초에 인도의 차우리 차우라에서 농민들이 일으킨 반식민 무장봉기가 간디의 비폭력 민족주의와 노선이 달랐기에 근대 인도의 민족사에서 그 모습을 감추게 되었다는 사실을 보아도 알 수 있다.[22]

'민족'이라는 보편적 범주에 따라 빼앗긴 목소리를 찾으려는 여성들의 노력은 "여성이 해방되기 전까지 그 민족은 결코 해방되지 못할 것"이라는 구호가 잘 대변한다. 이처럼 민족이라는 범주 내에 다양한 이해관계가 존재해왔음을 고려할 때, 성적 · 계급적 차이에 따르는 '내부 식민주의'에 대한 고려는 영어권 문학 연구에서 중요한 자리를 차지한다. 이 저서의 두 번째 화두로서 여성의 문제를 선택한 것도 이와 같은 까닭에서다.

민족국가와 다양한 관계를 설정하면서 논란을 일으키는 또 다른 의제로 디아스포라(diaspora)를 꼽을 수 있다. 우리말로 '이산'(離散)으로 번역되는 디아스포라는 원래 바빌로니아로 강제 이주를 당한 유대인들을 지칭했다. 고대 그리스에서 이 용어는 정복지에 정착한 그리스인들을 일컫는 말이었으나 이제는 고향을 떠나 타국에서 정착하게 된 사람들이나 그들의 이동과 정착을 뜻한다. 협의의 면에서 디아스포라 문학과 정체성은 주류 문화와의 차이, 즉 출신국과의 관계에서 조명된 이민자들의 문학과 정체성을 의미하는 것이다. 그러나 디아스포라 문학이 출신국과의 문화적 연속성만을 강조하는 것은 아니다. 영어권 문학의 대표적인 디아스포라 작가들에는 루시디나 나이폴 외에도 무커지(Bharati Mukherjee, 1940~), 드사이(Anita Desai, 1937~) 등이 있다. 이 작가군은 그들이 경험한 다중적 정체성의 문제를 작품에서 형상화했다. 일례로, 인도의 콜카타에서 태어나 유럽에서 지낸 후 아이오

22) Ania Loomba, 앞의 책, 201~202쪽.

와에서 유학하고 몬트리올·뉴욕·버클리에서 차례로 가르친 무커지는 제3세계의 조국을 등진 이민자 집단이 갖는 정체성을 "일련의 유동적인 정체성"[23]이라고 표현한 바 있다.

브레넌에 따르면, 이 작가들은 대체로 급진적인 탈식민 이론에 대해서 회의적인 입장을 견지하고, 민족문화를 복구하려는 작업을 무시하거나 풍자하는 태도를 취하며, 문화적·혈통적 혼종성이나 다중성을 주창하는 특징을 공유한다.[24] 모든 디아스포라 문학이 민족적 정체성의 순수성이나 진정성(眞正性)을 부정한다고는 할 수 없지만, 혼종성을 노래하는 문학이 민족 정체성이나 민족문화에 대해 종종 반근원주의적(anti-foundational) 태도를 취하는 것이 사실이다. 이렇게 말하고 보면 디아스포라는 세계주의나 초민족주의(transnationalism)에 가깝게 들린다. 이러한 반근원주의적 입장 때문에 디아스포라 문학은 민족주의나 마르크스주의적 성향을 가진 제3세계 비평가들로부터 비판을 받아왔다.

그러나 다른 한편으로는 디아스포라에 대한 평가를 반드시 출신국이나 출신국의 민족주의와의 관계에서 내려야 하는지에 대한 질문도 가능하다. 왜냐하면 이른바 이민자 문학도 이민 2세대나 3세대 정도로 내려가면 출신국의 문화와는 상당한 거리를 갖기 때문이다. 소수민 문학이나 이민자 문학이기에 메트로폴리스에 대해 전복적인 자세를 취해야 한다거나 출신국의 정치적 입장을 도와야 한다는 생각은 디아스포라 담론을 지나치게 단편적으로 취급한 것이다. 디아스포라는 전복의 기능만 수행하는 것이 아니고 정착과 동화의 기능도 수행한다. 탈식민주의 비평의 입장에서 보면 후자는 이른바 '순치된' 디아스포라의 유형이

23) Bharati Mukherjee, *Darkness* (Markham, Ontario: Penguin Books, 1985), 3쪽.
24) Timothy Brennan, 앞의 책, 34~35쪽.

될 것이다. 그러나 이민 2세대나 3세대까지 메트로폴리스에 대한 저항을 기대하고 그러한 잣대로 그들의 문학을 평가하는 것은 탈식민주의 비평이 '또 다른 식민주의'로 작동한다는 비판을 초래할 수 있다.

이민자나 그 후손이 겪는 '현지화'의 정도가 개인에 따라 상이할진대, 사실 도착국에 이미 적응한 이민 2세대나 그들의 문학을 디아스포라 담론이라는 하나의 범주로 묶기는 적절치 않은 면이 있다. 디아스포라는 다양한 스펙트럼을 가진 현상이며 민족주의와 맺는 관계도 복합적이고 다면적일 수 있다. 이 책에서 마지막 화두로 디아스포라를 선택한 것도 이러한 디아스포라가 맺는 '관계에 대한 지도'를 그려내기 위해서다.

흑인을 숭배하는 자는 그를 경멸하는 자만큼이나 병들어 있다.

• 프란츠 파농

2
탈식민 아프리카 문학과 민족문학

인종 담론과 '차이의 정치학'

아프리카의 대표적인 반식민 운동을 손꼽으라고 한다면 사하라 이남 지역에서 가나를 최초의 독립 국가로 이끈 응크루마(Kwame Nkrumah, 1909~72)의 투쟁, 영국인들에게 땅을 빼앗기고 소작농이나 임금 노동자로 전락한 케냐의 키쿠유 족이 시작한 마우마우 운동, 프랑스의 식민 통치에 대항해 알제리의 민족해방전선이 주도한 1954~62년의 알제리 독립운동 등을 거명할 수 있다.

해방 이후 아프리카 문학이 걸어온 길은 이러한 반식민운동이 내건 민족자결의 구호와 궤를 같이한다. 즉, 탈식민시대의 아프리카 작가들은 유럽이 남긴 식민주의 유산을 청산하고 아프리카의 문화적 자존심을 복구하는 것을 첫 번째 과제로 삼은 것이다. 그도 그럴 것이 유럽이 행한 정치적인 억압과 경제적 수탈도 문제지만, 그러한 식민통치를 승인하고 지원한 식민 담론이 아프리카인들의 정신을 옥죄고 있었기 때문이다. 아프리카의 문화적 자존심을 회복하려는 작가적 사명을 아체베[1]는

1) 아체베의 작품 가운데 번역된 책으로는 다음이 있다. 『파키스탄행 열차; 아프리카의 어떤 여름; 민중의 지도자』, 박태순과 전채린 공역(한길사, 1981); 『신

다음과 같이 표현했다.

> 〔아프리카 작가의 주제는〕 아프리카의 민족들이 문화라는 말을 유럽인들로부터 처음 들은 게 아니라는 것, 아프리카는 정신의 세계가 없지 않은 사회, 깊고도 가치 있는 아름다운 철학을 가졌던 사회라는 것, 그리고 그 사회가 시(詩)를, 무엇보다도 존엄성을 가졌다는 것이다. 식민시대에 많은 사람들이 잃어버렸던 것이 바로 이 존엄성이며, 그들이 지금 다시 회복해야 할 것도 바로 그것이다. 한 민족에게 일어날 수 있는 최악의 일이 바로 존엄성과 자긍심을 상실하는 것이다. 작가의 임무는 이들에게 무엇이 일어났고 무엇을 잃어버렸는지를 인간적인 관점에서 보여주는 것이다. 〔……〕 결국 작가의 임무는 조간신문의 헤드라인과 이야깃거리 경쟁을 할 것이 아니라 인간 조건을 심도 있게 탐구하는 것이다. 역사에 대한 올바른 감각을 갖추지 않는다면 작가는 아프리카에서 이 임무를 수행할 수 없다.[2)]

아프리카의 탈식민 작가들이 맞서야 했던 유럽의 식민 담론은 한편으로는 진화론이나 여타 생물학적 담론 같이 권위적인 과학 담론에서, 다른 한편으로는 당대의 대중에게 제국주의적 상상력을 키워준 모험소설 같은 대중문학에서도 발견되는 것이었다. 식민주의 문학, 특히 모험소설 장르에서 일종의 공식처럼 사용되어온 인종 담론 가운데 하나가 바로 '차이의 강조'다. 잔모하메드는 서구의 식민주의를 "물리적 실천"

의 화살』, 권명식 옮김(벽호, 1993); 『모든 것은 무너진다』, 임정빈 옮김(동쪽나라, 1994); 『모든 것이 산산이 부서지다』, 조규형 옮김(민음사, 2008); 『제3세계 문학과 식민주의 비평: 희망과 장애』, 이석호 옮김(인간사랑, 1999).

2) Chinua Achebe, "The Role of Writer in a New Nation", *Nigeria Magazine*, 81(June 1964), 157쪽.

과 "언술적 실천"으로 구분하면서 후자가 "마니교적인(Manichean) 알레고리"에 따라 작동한다고 지적한 바 있다. 그에 따르면 식민주의의 언술적 실천에서 지배자와 피지배자 사이의 역사적 · 사회적 차이가 "흑백, 선악, 우열, 문명과 야만, 지성과 감성, 합리성과 감성, 자아와 타자, 주체와 객체 간의 다양하고도 상호교환 가능한 대립 체계"로 구체화되어 있다.[3]

이러한 '차이'의 강조는 적어도 이념적으로는 유럽 제국이 "미개인의 계몽"을 구호로 삼았기에 이러한 '계몽적' 노력이 존속하기 위한 선행 조건이 피지배 민족의 열등성이라는 사실과 직접 관련이 있다. 이러한 점에서 식민주의 문학은 식민 지배자와 피지배자의 사회적 · 문화적 차이가 하루아침에 극복될 수 있는 성질의 것이 아니라는 메시지를 직설적으로나 암시적으로 전달하는 임무를 충실히 수행한 것이다.

영국의 식민주의 정책이 19세기부터 본격화됨에 따라 당대의 대중문학도 이와 공생적인 관계를 맺으며 꽃을 피우게 된다. 영국의 아프리카 진출을 소재로 삼아 『솔로몬 왕의 보물』(*King Solomon's Mines*, 1885)과 『그녀』(*She*, 1887) 등을 출판한 해거드(H. Rider Haggard, 1856~1925), 『어린 나팔수들』(*The Young Buglers*, 1880) 등 다작으로 유명한 헨티(G.A. Henty, 1832~1902), 영국의 인도 지배를 정당화한 키플링(Rudyard Kipling, 1865~1936)으로 이어지는 모험 소설의 전통은 비서구인은 곧 야만인이며 식인종이라는 통속적인 등식에 충실해왔다.

이를 두고 해몬드와 자블로는 "제국주의 시대의 작가들은 아프리카인들보다 식인풍습에 더 중독되어 있었다"고 지적한 바 있다.[4] 그 예로

3) Abdul JanMohamed, "The Economy of Manichean Allegory: The Function of Racial Difference in Colonialist Literature", *Critical Inquiry*, 12.1(Autumn 1985), 61쪽.

『그녀』에서 불에 달궈진 항아리를 씌워 사람을 죽이는 아마하거 족은 백인의 모험문학에서 할당된 식인종의 역할을 충실하게 수행한다.

인종 담론은 또한 1913~19년 동안 나이지리아 북부에서 식민지 관리로서 봉사한 경험을 바탕으로 조이스 캐리(Joyce Cary, 1888~1957)가 쓴 일련의 아프리카 소설에서도 발견된다. 캐리의 『아프리카의 마녀』(*The African Witch*, 1936)나 『미스터 존슨』(*Mister Johnson*, 1939)에서 흑인들은 예외 없이 야만인이나 원숭이로 불린다. 벨기에령 콩고에서 식민 사업에 동참한 적이 있는 콘래드(Joseph Conrad, 1857~1924)의 『어둠의 심연』(1899)도 주목할 만하다. 이 소설에서 백인화자는 콩고 강을 거슬러 올라가는 항해를 "시간 여행"으로 표현한다. 흑인들을 '낯선 지역'의 존재가 아니라 '낯선 시간대'의 존재로, 즉 아득한 태고의 존재로 인식하는 것이다.

그곳은 이 세상 같지 않았다. 우리는 차꼬가 채워진, 정복된 괴물을 보는 데 익숙하지만, 그곳에서는, 그곳에서는 자유롭게 날뛰는 괴물 같은 것을 볼 수 있다. [……] 그것들은 동물 소리를 꽥꽥 지르고, 펄쩍 뛰거나 빙빙 돌기도 하며, 무시무시한 인상을 썼다. 그러나 정작 당신을 오싹하게 만드는 것은 그들도 당신처럼 인간이라는 생각이었다. 당신이 미개하고도 격렬한 소동과 먼 연관성이 있다는 생각 말이다. 역겨웠다.[5)]

---

4) Dorothy Hammond와 Alta Jablow 공저, *The Africa That Never Was* (New York: Twayne Publishers, 1970), 94쪽.

5) Joseph Conrad, *Heart of Darkness: An Authoritative Text, Backgrounds and Sources, Criticism*, Robert Kimbrough 엮음, 3rd ed.,(London: Norton, 1988), 37~38쪽; 조지프 콘래드, 『어둠의 심연』, 이석구 옮김(을유문화사, 2008), 79~80쪽.

『어둠의 심연』의 인종주의나 제국주의적 성격을 두고 다양한 해석[6]이 있지만, 적어도 이 대목에서 화자는 백인과 아프리카인의 차이가 단순한 문화적 차이 이상임을 믿고 싶어하는 유럽인의 모습을 보여준다. 즉 "비인간적인 것들"과 자신이 공동의 조상을 두고 있다는 생각이 화자를 견딜 수 없게 만든 것이다. 이 텍스트에서는 또한 유럽 문명의 총화였던 백인이 도덕적 파탄을 맞은 원인으로 아프리카와 아프리카인의 "야만성"이 지목된다.

유럽의 식민 담론에서 인종적 타자와의 차이는 단순한 문화적 차이가 아니라 '진화의 차이'와 '형이상학적 차이'로 규정되었다. 식민지의 후진성과 열등성에 대한 백인들의 강조는 식민지 지식인들에게서 이를 반박하는 담론을 낳았다. 대항 담론 중의 하나가 프랑스어권 아프리카에서 시작된 네그리튀드 운동이다. 이 운동은 생고르가 1970년의 논문에서 제기한 "흑인감성론"이 웅변적으로 대변한다. 이 주장에 따르면 아프리카인은 "사물의 물질적 측면"에서 "존재의 본질"을 읽어내는 "감수성"을 가진 존재다. 또한 아프리카인은 본래 도덕적인 존재이며, 그의 "도덕적인 법은 〔……〕 원래 세계에 대한 아프리카인의 사유, 그의 존재론에서 자연스럽게 도래한다."[7] 아프리카의 "생명의 기운"에 대한

---

6) 『어둠의 심연』의 제국주의적 성격에 대한 논란은 오래된 것이다. 아체베가 콘래드를 인종주의자로 비판하면서 본격화된 이 논란은 최근의 국내 비평에서도 계속된다. 아체베를 반박하는 글로는 박상기, 「콘래드의 독특한 아프리카 재현」, 『영어영문학』, 제51권 제2호(2005), 403~421쪽; 왕철, 「콘라드의 소설과 아체베의 소설의 대화적 관계」, 『현대영미소설』, 제4권 제1호 (1997), 137~151쪽; 반대 입장의 글로는 김순식, 「Chinua Achebe's *Things Fall Apart* as a Counter-Conradian Discourse on Africa」, 『비교문학』, 제25권(2000), 333~355쪽 참조.

7) Léopold Senghor, "Negritude: A Humanism of the Twentieth Century", *Colonial Discourse and Post-Colonial Theory: A Reader*, Patrick Williams와 Laura Chrisman 공편(New York: Columbia UP, 1994), 30쪽, 31쪽.

생고르의 이상주의적 견해는 죽어 가는 서구 문명을 고칠 수 있는 치유력이 아프리카에 있다는 자랑스러운 주장으로 이어진다.

아프리카 작가 가운데 노벨 문학상을 최초로 수상한 소잉카는 네그리튜드 운동이 당대에 수행한 정치적 역할이 결코 평가절하되어서는 안 됨을 전제로 함과 동시에 그 한계를 냉철하게 지적했다. 흑인의 정체성을 규정하고 옹호하는 데 네그리튜드 운동은 유럽의 마니교적 사유가 만들어놓은 이분법의 틀을 부정하기는커녕 그대로 물려받는 오류를 저질렀다는 것이다.

마니교적 분류에 따르면 유럽은 분석적 사유를 할 수 있는 발달된 문명인 반면, 아프리카는 그러한 사유가 결여된 후진적인 문명이거나 또는 비(非)문명이라 할 수 있다. 이러한 상황에서 "감성은 전적으로 니그로적인 것이요, 이성은 그리스적인 것"이라는 생고르의 외침은 아프리카인에 대한 불공정한 재현일 뿐만 아니라 유럽의 마니교적 사유의 한 축, 즉 아프리카인은 이성을 결여하고 있다는 주장을 스스로 긍정한 셈이 되고 만다.[8] 식민주의를 존재론적으로 담보하는 '차이'의 형이상학을 아프리카 지식인들이 수용해 이를 대항 담론으로 변형시킨 것이다.

네그리튜드를 이끈 지도자들은 감성적 · 직관적인 특성을 강조하는 반면 이성적인 특성을 포기한 셈인데, 이러한 선택은 한편으로는 반식민 담론을 구성해야 할 당시의 전략적 필요성이라는 측면에서 이해할 수 있다.[9] 그러나 그러한 전략적 응수가 과연 전략적으로 현명한 선택이었을까 하는 의문이 드는 것도 사실이다. "유럽인만이 이성적인 존재"라는 등식이 허구임을 폭로하는 손쉽고도 현실적인 해결책을 놓아

---

8) Wole Soyinka, *Myth, Literature and the African World* (Cambridge: Cambridge UP, 1976), 127~129쪽.

9) 김준환, 「네그리튜드와 민족주의: 생고르와 쎄제르」, 『비평과이론』, 제9권 제2호(2004), 5~35쪽 참조.

두고 굳이 유럽이 설정해놓은 열등항을 선택하여 강조할 필요가 있었냐는 것이다.

문제점은 세제르에게도 발견된다. 1955년에 출간된 『식민주의에 대한 담론』에서 세제르는 아프리카 전통문화에 대해 다소 수정된 시각을 보인다. 그는 제국이 침략하기 전의 아프리카에도 문제가 있었음을 인정한다. 그러나 이러한 훗날의 시각도 엄정한 잣대에서 보면 총체적인 현실을 반영한다고 보기 힘들다. 그의 주장에 따르면, 유럽과 달리 아프리카 전통사회는 "사실이었고 관념인 체 하지 않았다. 잘못도 있었지만 그럼에도 사회들은 증오나 비난을 받을 대상은 아니었다. 그 사회들은 만족스러운 존재였다."[10]

그러나 세제르가 "만족스러운 존재"라고 부른 전통사회는 나이지리아의 천민 집단인 '오수'나 쌍둥이로 태어났기에 죽어야만 했던 영아의 입장에서 보면 "만족"과는 거리가 먼 공동체다. 이들에게는 생고르와 세제르가 칭송한 아프리카의 공동체가 아름답지도, 인간적이지도 않았다. 아프리카는 유럽을 치유할 메시아적 사명을 맡을 수 있을 만큼 건강하지 못하며 유럽도 그러한 치유에 관심이 없다는 논평을 통해 아체베는 네그리튀드 운동의 자아도취적인 성격을 비판한 적이 있다.

네그리튀드 운동의 문제점은 공동체 내의 소수자의 시각에서만 제기될 수 있는 것은 아니다. 공동체의 다수를 이루는 민중의 입장에서 보았을 때도 네그리튀드의 문제점이 부각될 수 있다. 네그리튀드가 프랑스에서 유학한 일부 식자층을 중심으로 전개된 운동임을 고려할 때, 이 운동이 민중의 열망이나 요구에 얼마나 부응하는지, 즉 대표성에 대한 의문이 제기될 수 있다. "네그리튀드가 정권의 공식 이데올로기였던 세네갈 같은 나라에서조차 그 운동은 대부분의 민중에게는 단순한 흥밋

---

10) Aimé Césaire, 앞의 책, 23쪽.

거리에 지나지 않았으며 젊은 지식인들과 문인들에게는 점점 더 진부하고도 관련 없는 표현이 되었다"[11]는 지적은 이러한 점에서 시사하는 바가 크다.

네그리튀드 운동이 실은 알맹이 없는, 행동을 결여한 슬로건에 지나지 않음을 소잉카는 "호랑이가 호랑이의 특성을 외치던가. 호랑이는 덤벼들 뿐이다"라는 신랄한 언어로 비판한 바 있다. 파농이 "흑인을 숭배하는 자는 그를 경멸하는 자만큼이나 '병들어' 있다"[12]고 했을 때도 바로 네그리튀드의 이상주의를 염두에 둔 것이었다. 아프리카의 "차이"를 긍정함으로써 유럽인으로부터 아프리카인을 변별하고자 했던 네그리튀드주의자들은 "나는 느낀다, 고로 나는 존재한다"고 외쳤다. 그러나 흑인성을 긍정하고 이상화하려는 시도는 사실 식민주의의 이분법적 인식론을 그대로 물려받아 역전시킨 것이라는 '역차별주의'의 논란에서 자유롭지 못했다. 뿐만 아니라 아프리카 문화나 아프리카인의 정체성을 독자적인 인식의 틀로 정립하지 못했다는 점에서 한계가 있는 운동이었다.

고발과 복원의 문학

민족문화 재건의 필요성을 역설하고 있다는 점에서, 아체베와 응구기[13]도 네그리튀드와 같은 목소리를 냈다고 판단된다. 궁극적으로

---

11) Wole Soyinka, 앞의 책, 135쪽.

12) Frantz Fanon, *Black Skin, White Mask*, Charles Lam Markmann 옮김(1952; New York: Grove Weidenfeld, 1967), 10쪽.

13) 응구기의 작품 가운데 국내 번역서는 다음과 같다. 『피의 꽃잎』, 김종철 옮김(창작과비평사, 1983); 『아이야 울지마라』, 김윤진 옮김(지학사, 1986); 『탈식민주의와 아프리카 문학』, 이석호 옮김(인간사랑, 1999); 『한 톨의 밀알』,

(신)식민주의에 의해 말살된 '아프리카인에 대한 믿음'을 복구한다는 목표를 지향하고 있다는 점에서 이 작가들은 공동의 노력을 경주하고 있다고 말해도 무방할 것이다. 영어를 아프리카 민족문학의 매개어로 채택하느냐의 여부를 두고 의견의 충돌을 보였지만 아체베와 응구기는 공통의 의제를 가지고 있다.[14)]

사실 아체베보다 6년이나 먼저 요루바 족의 전승 설화를 담은 『야자주 술꾼』(1952)을 출판한 투투올라[15)]도 글을 쓰는 이유가 아프리카의 젊은이들을 유럽의 영향력으로부터 보호하고 "우리의 전통을 기억하여 그것이 사멸되도록 방치하지 않는 것"[16)]임을 천명한 바 있다. 응구기는 한 걸음 더 나아가 『정신의 탈식민화』에서 제국의 지배는 탈식민시대에도 계속되고 있으며 제3세계를 예속시키기 위해 제국주의가 현재 휘두르는 무기가 "문화적 폭탄"임을 지적한 바 있다. 그가 전하길, 이 문화적 폭탄은 "자신의 이름 · 자신의 언어 · 자신의 환경 · 자신의 투쟁 전통 · 자신의 단결 · 자신의 능력과 궁극적으로 자기 자신에 대한 민족의 믿음을 말살시키는" 결과를 가져온다. 이처럼 정신적 예속화를 기도하

왕은철 옮김(들녘, 2000); 『중심 옮기기: 문화 해방을 위한 투쟁』, 박정경 옮김(지식을만드는지식, 2009). 이 책에서 언급되지 않은 주요 작품으로는 *The Trial of Dedan Kimathi*(1976)와 *Detained: A Writer's Prison Diary*(1981)가 있다.

14) 영어 사용 및 탈식민적 방법에 있어 아체베와 응구기 사이에 있었던 논쟁은 이경원, 「아체베와 응구기: 영어제국주의와 탈식민 저항의 가능성」, 『안과 밖』, 제12호(2002), 66~85쪽; 김상률, 「Language and Literature: Caliban or Ariel?: The Politics of Language in Postcolonial African Literature」, 『한국아프리카학회지』, 제16권(2002), 179~191쪽을 참조할 것.

15) 투투올라의 첫 작품 *The Palm-Wine Drinkard*는 『야자열매술꾼』(장경렬 옮김〔열림원, 2002〕)으로 번역되어 있다. 그밖에 *My Life in the Bush of the Ghosts*(1954) 등의 소설이 있다.

16) Michael Thelwell, Introduction, *The Palm-Wine Drinkard* by Amos Tutuola(New York: Grove Press, 1980), xiv쪽에서 재인용.

는 신식민주의에 대항하는 데 응구기는 "같은 지역에 거주하는 모든 민족들의 민주적 투쟁을 수호하고 농부와 노동자의 민족문화 전통을 애국적으로 지켜나갈 것"[17]을 촉구했다.

그러나 이 장의 대전제는 '자긍심의 회복'이나 '전통의 찬양'이라는 화두로만 탈식민시대의 아프리카 문학을 온전히 설명해낼 수 없다는 것이다. 짓밟힌 "〔전통〕문화와 감수성의 창조적 뿌리"[18]를 회복하려는 노력이 탈식민시대 초기에 주로 한정되었고, 아프리카의 작가들이 관습과 과거를 중시하는 전통주의나 의고주의에서 점차 탈피하는 경향을 보이기 때문이다. 탈식민시대 초기에도 영어권 아프리카의 작가들은 프랑스어권 아프리카 작가들과 달리 과거를 이상화하는 것을 경계해왔다. 영어권 아프리카의 작가들에게 '전통문화의 복원'과 '전통에 대한 비판적 사유'는 별개의 개념이 아니었던 것으로 보인다. 한편으로는 '인간적인 역사'가 존재했음을 강조하면서도, 다른 한편으로는 역사를 복원하는 과정에서 전통의 문제점을 감추지 않았던 것이다. 이 부분은 이 장의 후반부에서 따로 다룰 것이나 우선 아프리카 작가들의 문학이 '폭로'와 '복원'이라는 두 가지 기획을 어떻게 수행해왔는지 살펴보도록 하자.

나이지리아가 해방되기 직전인 1958년에 출판된 아체베의 『무너져 내리다』(*Things Fall Apart*)와 『신의 화살』(*Arrow of God*, 1964), 응구기의 『아이야 울지마라』(*Weep Not, Child*, 1964)와 『강을 사이에 두고』(*The River Between*, 1965)와 같은 초기 탈식민문학은 서구의 '아프리카론'(Africanism)에 대한 대항 담론의 성격을 띤다. 유럽의 식민 담론을 '되받아쓰는' 이 작업은 식민주의의 불법성을 직접적으로 비판

---

17) Ngugi wa Thiong'o, 앞의 책, *Decolonising the Mind*, 2쪽, 3쪽.

18) Wole Soyinka, Introduction, *Six Plays* by Wole Soyinka(London: Methuen, 1984), xvi쪽.

하는 '고발문학'의 형태를 띠기도 하지만, 아프리카에게 본 모습을 돌려주는 '복원문학'의 형태로도 나타난다.

고발문학으로서의 아프리카 탈식민문학의 면면을 먼저 살펴보면, 아체베와 응구기는 각각 자신의 저술이 유럽인이 유통시켜온 아프리카의 이미지를 반박한 것임을 밝힌 적이 있다. 구체적으로 아체베와 응구기의 되받아쓰기는 아프리카의 인간적인 지위를 복권시키는 동시에 유럽이 누린 특권적인 지위를 빼앗기도 한다. 예컨대, 아체베의 『신의 화살』에서 도로 건설을 위해 원주민들이 해야 했던 강제 노역이나, 족장직 임명을 거부했다고 해서 현지인을 기한 없이 옥살이를 시키는 식민지 관리의 불법 행위를 폭로하는 것이 그 예다.

식민 지배자의 도덕성에 대한 비판은 『무너져내리다』에서 한 명의 백인이 살해되었다고 해서 아바메 마을 전체를 학살한 영국 정부의 반(反)문명적 행위에 대한 폭로에서도 예각을 드러낸다. 응구기는 식민시대를 다루는 소설에서 지속적으로 '땅의 강탈'에 대한 문제를 제기함으로써 제국주의의 불법성을 고발한다.[19] 키쿠유 전통은 부족의 땅과 밀접한 관계를 맺기에 땅과의 단절은 그들에게 전통으로부터의 소외를 의미한다. 그러니 백인들에게 땅을 빼앗긴 키쿠유 족에게 '무호이' 즉 소작농이라는 신분은 단순히 자기 땅을 갖지 못하고 있다는 사실만이 아니라 전통을 빼앗긴 수치스러운 상태를 의미한다.

『아이야 울지마라』에서 응구기는 농부 응고소와 백인농장주가 땅에 대해 서로 얼마나 다른 태도를 가지고 있는지를 보여줌으로써 땅의 정당한 주인이 정작 누구인지를 밝힌다. 백인농장주에게 농원은 "임자 없는 야생"일 따름이며 따라서 정복과 "길들이기"에 의해 소유될 수 있는

19) 키쿠유와 땅의 문제를 다룬 아래의 논의는 이석구, 졸고 「Narrative Strategies and the Issue of Traditional Culture in Ngugi's Early Novels」, 『영어영문학』, 제53권 제5호(2007), 835~837쪽을 수정한 것이다.

대상이다. 반면 응고소에게는 땅을 잘 간수하는 것이 "조상과 가족과 태어나지 않은 후손들에 대하여 그가 지는 책무"[20]다. 농원으로 출근하는 길에서 그는 땅과 사랑에 빠진 자의 모습을 잘 보여준다.

> 응고소는 만물이 푸르고 작물이 꽃을 피우며 아침 이슬이 잎사귀에 열리는 우기(雨期)를 사랑했다. 그러나 그가 이슬방울을 흩뜨리며 작물들 사이에 만든 발자국 길은, 자신의 잘못으로 무엇인가를 상실한 것 같은 기분이 들게 했다. 이슬방울을 만지고 싶은 욕망에, 혹은 그것을 열어서 안에 무엇이 들었나 보고 싶은 욕망에 사로잡혔던 적이 있었다. 그는 아이처럼 몸을 떨었다. 그러나 손을 대자 이슬방울들은 곧 형체를 잃고 물기가 되어버렸고 그는 부끄러워져 그 자리를 뜨곤 했다. 지역 일대가 조용한 가운데 경작된 들판을 지나면 그는 때로 아무런 이유 없이 무룽구에게 감사함을 느꼈다.[21]

위 인용문에서 '무룽구'는 천지를 창조한 키쿠유 족의 신이다. 키쿠유 족의 전통신앙에 따르면 땅은 무룽구와 피조물 사이의 약속의 증표다. 그것은 키쿠유의 시조인 기쿠유와 뭄비가 무룽구에게 제물을 바치는 대가로 약속받은 선물인 것이다. 이는 곧 땅에 대한 키쿠유 족의 권리가 양도될 수 없는 성질의 것임을 의미한다. 또한 땅은 부족 내부에서도 특정인이 차지할 수 있는 것이 아니다. 그것은 케냐의 모든 사람들에게 주어진 공동의 자산이며 그 앞에서는 모두가 평등하다.

이러한 생각은 응구기의 세 번째 소설 『한 톨의 밀알』(*A Grain of Wheat*, 1967)에서 키히카의 입을 통해 구체적으로 드러나게 된다. "어

20) Ngugi wa Thiong'o, *Weep Not, Child* (1964; London: Heinemann, 1987), 35쪽.
21) 같은 책, 31쪽.

느 누구도 〔땅〕을 팔거나 살 권리가 없습니다. 〔땅〕은 우리의 어머니며, 우리는 그 어머니의 자식들이고, 또 우리는 그 앞에서 모두 평등합니다. 〔땅〕은 우리 공동의 유산입니다."[22] 궁극적으로 응구기는 땅을 존중하고 사랑하는 자와 땅을 정복의 대상으로 여기는 자 가운데 누구에게 땅을 소유할 권리가 있는지를 묻고 있다.

식민주의에 대한 비판은 아프리카 최초의 소설이라 할 수 있는 『야자주 술꾼』에서도 찾아볼 수 있다. 급사(急死)한 야자주 채취인을 찾아 인간과 신의 세계를 방랑하는 주인공의 여행을 그려낸 투투올라의 이 서사는 현지 지식인들과 해외의 평자로부터 상반된 평가를 받았다. 이 작품은 "미숙한 영어(young English)로 쓰인 섬뜩한 마법적인 이야기"[23]라는 딜런 토머스(Dylan Thomas)의 평가를 선두로, 이국적 취향을 가진 영미의 비평계로부터 상당한 호평을 받았다. 1953년 12월자 『뉴요커』에 실린 한 비평도 "문학의 발생기"에서 발견되는 "원시적 특질"[24]이 이 작품에서 발견됨을 언급한 바 있다.

해외에서의 주목과는 대조적으로 현지의 지식인들에게 이 작품은 자신들의 문화의 격을 원시적이며 주술적인 수준으로 낮추어버린 '공공의 수치'로 여기기도 했다. 일례로 나이지리아의 작가이자 비평가인 클라크는 이 작품이 서구의 주목을 받은 이유가 서투른 영어에 대한 백인의 온정주의 때문이라고 주장한다.[25] 흥미로운 사실은, 실상 이 작품이 나이지리아의 대중에게는 큰 인기를 누렸다는 점이다. 투투올라에 의해 극대본으로 개작된 이 작품은 1962년에 오군몰라(Kola

---

22) Ngugi wa Thiong'o, *A Grain of Wheat*, rev. ed (London: Heinemann, 1994), 97~98쪽.

23) Donald J. Consentino, "In Memoriam: Amos Tutuola, 1920~1997", *African Arts*, 30.4(Autumn 1997), 16쪽에서 재인용.

24) 같은 곳.

25) J.P. Clark, "Our Literary Critics", *Nigeria Magazine*, 74(Sep. 1962),

Ogunmola)에 의해 요루바어로 번역되어 연극 무대에서 대성공을 거둔 바 있다.[26)]

현실과 환상을 넘나드는 투투올라의 작품은 유럽의 시각에서는 비정치적이고 '무해한' 서사로 여겨질지 모른다. 그러나 이러한 해석은 나이지리아의 식민통치라는 역사적 맥락에 위치시켰을 때 이 소설이 띠게 되는 고도의 정치적인 의미를 간과한 후에야 가능한 것이다. 토비어스의 논평은 이러한 점에서 시사적이다. 그가 전하길, "『야자주 술꾼』의 대부분의 에피소드들이 하찮은 소극(farce)에 지나지 않는 것으로 여겨질지 모르나 사실 그 에피소드들 가운데 많은 수가 식민주의와 그것이 낳은 사회 환경에 대한 은밀한 조롱이다."[27)] 이러한 맥락에 위치시켰을 때, 주인공 야자주 술꾼이 겪는 오랜 방랑은 식민주의가 아프리카인들에게 야기한 갑작스러운 환경의 변화나 정체성의 혼란에 대한 알레고리로 읽힐 수 있다. 아래의 여행담을 보자.

> 백색의 동물들로부터 벗어나자 우리는 벌판에서 여행을 시작했다. 이 벌판에는 나무나 야자수가 없었고, 오직 기다란 야생의 풀만이 자라고 있었다. 〔그 풀은〕 모두 옥수수 줄기를 닮았고 잎사귀는 면도날처럼 날카롭고 털이 무성했다. 그리고 우리는 그 벌판을 저녁 다섯 시가 될 때까지 여행했고, 그 이후에야 비로소 아침까지 잘 수 있는 적당

79~80쪽; William R. Ferris, Jr., "Folklore and the African Novelist: Achebe and Tutuola", *The Journal of American Folklore*, 86.339(Jan.~Mar. 1973), 31쪽에서 재인용.

26) Robert G. Armstrong, "Amos Tutuola and Kola Ogunmola: A Comparison of Two Versions of *The Palm Wine Drinkard*", *Callaloo*, 8.10(Feb.~Oct. 1980), 165쪽.

27) Stephen M. Tobias, "Amos Tutuola and the Colonial Carnival", *Research in African Literatures*, 30.2(1999), 67쪽.

한 곳을 찾기 시작했다.[28)]

'백색의 동물'과 식민 지배자 간의 유사성에 주목하는 토비어스는 "낯선 벌판에서의 여행"이 나이지리아에서 유럽인이 경영하는 서구식 플랜테이션에 대한 비유로 읽힌다고 주장한다. 또한 같은 맥락에서 주인공이 낯선 벌판을 오후 다섯 시까지 방황한다는 사실은 플랜테이션에서 일하는 아프리카 노동자의 힘든 하루 일과에 대한 비유적 표현으로 읽힐 수 있다.[29)]

사망한 야자주 채취인을 찾아 방랑을 하던 주인공은 마침내 "사자(死者)의 마을"에서 그를 만나게 된다. 이때 망자는 주인공에게 "흑인과 백인 모두 죽어서 같은 사자의 마을에 살고 있다"[30)]는 이야기를 들려준다. 이 단순한 에피소드도 제국이 식민지에서 실시한 '인종 분리 정책'이라는 상황에서 다시 맥락화될 때 다분히 정치적인 의미를 띤다. 브라이스선이 주장하듯, 유럽 각국은 아프리카 현지의 전염병, 범죄와 소요 사태로부터 자국민을 보호하기 위해 일종의 '중간 무인지대'인 방역선을 설치했다. 이 방역선은 백인거주지와 흑인거주지를 상호 격리하기에 효과적인 정책이었다.[31)] 방역선을 둘러싼 식민 지배자와 피지배자의 갈등에 대해 아체베는 다음과 같이 말한다. "실제로 나이지리아의 식민 행정부는 2마일이나 되는 방역선 정책을 실시해왔으며 이러한 규정이 완화되기까지는 현지의 모든 민족주의 기구들의 저항이 있었다."

---

28) Amos Tutuola, 앞의 책, *The Palm-Wine Drinkard*, 43쪽; 필자 강조.

29) Stephen M. Tobias, 앞의 글, 70쪽.

30) Amos Tutuola, 앞의 책, *The Palm-Wine Drinkard*, 100쪽.

31) Deborah Fahy Bryceson, "Fragile Cities: Fundamentals of Urban Life in East and Southern Africa", *African Urban Economies: Viability, Vitality, or Vitiation?*, Deborah Fahy Bryceson과 Deborah Potts 공편(New York: Palgrave Macmillan, 2005), 15쪽.

[32] 방역선을 반대하는 나이지리아인들에게 "사자의 마을" 에피소드가 현실에서 벌어지는 인종적 불평등에 대한 신랄한 풍자로 읽혔을 것임을 추측하기란 그리 어렵지 않다.

신화 복원과 '일상화'의 전략

이제 '복원 문학'으로서의 아프리카 초기 소설에 대해서 알아보기로 하자. 맥기가 주장한 바 있듯,[33] "탈신비화"는 아프리카의 전통을 복원시키고 인간적인 모습을 아프리카에 되돌려주기 위해서 주로 사용되는 탈식민문학 전략이다. 즉 백인의 담론에서 아프리카가 탈역사화되어 악마적인 이미지를 부여받았다면, 아프리카의 탈식민문학은 식민주의 수사학을 반박하는 대항 담론의 역할을 수행하는 것이다.

예컨대 콘래드에 대한 와트의 연구가 잘 드러내듯, 『어둠의 심연』에서 아프리카에 원시적 · 악마적 이미지를 부여하기 위해 콘래드는 콩고 강변을 따라 세워진 "문명의 모습", 즉 보마 지역에 건설 중이던 건축물들과 기존의 경찰서, 감옥 등 군사시설과 상업시설의 대부분을 텍스트에서 배제했다.[34] 이로써 콩고는 원시 자연과 동일시될 뿐만 아니라 악과 결부된 "형이상학적 세력"으로 창조된 것이다.

이렇게 낯설게 된 아프리카는 아프리카 작가의 손에 의해 '야수'의 메타포를 벗어던진다. 즉, 아프리카는 오랜 전통을 지닌 평범한 시골 촌락으로, 또한 그 촌락을 에워싸고 있는 정답지만 때로는 무섭기도 한

32) Chinua Achebe, *Morning Yet on Creation Day: Essays* (Garden City, NY: Anchor Press, 1975), 24쪽.
33) Patrick McGee, *Telling the Other: The Question of Value in Modern and Postcolonial Writing* (Ithaca: Cornell UP, 1991), 136쪽.
34) Ian Watt, *Conrad in the Nineteenth Century* (Berkeley: U of California Press, 1979), 137쪽.

일상의 '낯익은' 자연으로 되돌아가는 것이다. 탈식민문학이 아프리카에 인간적 얼굴을 돌려주기 위해 탈신비화의 작업에만 의존했다고 생각한다면 그것은 오해다. 서구의 담론에 의해 악마적으로 재현되었던 전통과 관습을 '인간화'할 뿐만 아니라, 다른 한편으로는 아프리카 산천에 깃든 신령스러운 기운이나 마법적 전통을 토착 문화의 소중한 일부로 재현한다는 점에서, 아프리카 탈식민문학은 의도적인 '신화화'의 전략도 구사한다.

아프리카의 신화를 복원하는 작업부터 먼저 살펴보면, 『아이야 울지 마라』나 『강을 사이에 두고』에서 응구기가 들려주는 신화가 대표적인 예다. 벨처의 연구에 따르면 모가이 신은 세상을 창조한 후 케리냐가(지금의 케냐 산)를 휴식을 위한 처소로 정했다 한다. 모가이는 키쿠유족의 시조인 기쿠유를 창조한 후 그를 산의 정상에 데리고 가서 세상이 얼마나 아름다운지를 보여주고 이어서 무화과나무 숲에 정착할 것을 명한다. 하산한 기쿠유는 모가이가 창조한 뭄비를 아내로 받아들인다. 이 두 사람은 아홉 딸을 두었는데 케리냐가에 소원을 빌고 아홉 젊은이를 얻어 이들을 사위를 삼는다.[35] 이렇게 키쿠유 족의 아홉 시조는 시작된다.

창조 신화는 『아이야 울지 마라』에서 응고소의 입을 통해 다음과 같이 표현된다. "이 땅을 네게 주노라. 오, 남자와 여자여. 나의 성스러운 나무 아래에서 너의 신인 나에게만 제물을 바치며 평화롭게 다스리고 경작할지어다."[36] 응고소가 자식들에게 들려주는 신화에서 모가이는 무룽구라 불린다. 무룽구는 빛과 어둠, 키쿠유의 조상과 생명의 나무를 창조했을 뿐만 아니라 키쿠유의 시조에게 땅을 다스릴 권리를 주었다

35) Stephen Belcher, *African Myths of Origin* (New York: Penguin Books, 2005), 159~161쪽.

36) Ngugi wa Thiong'o, 앞의 책, *Weep Not, Child*, 23~24쪽.

는 점에서, 아담과 이브에게 "땅을 정복하고 모든 생물을 다스리라"고 명한 기독교의 신에 비견될 만한 존재다. 작가는 이처럼 키쿠유의 창조 신화를 소설에 들여옴으로써 키쿠유 족에게 아득한 신화적 기원을 부여하게 되는데, 이러한 행위는 부족의 문화를 서구의 기독교 문명과 대등한 위치에 세우는 효과를 거둔다.

무룽구와 기쿠유, 뭄비에 대한 신화는 이 소설보다 1년 뒤에 출판되었으나 실은 먼저 탈고한 『강을 사이에 두고』의 서두에서 좀더 자세하게 묘사된다. 식민주의가 강요하는 정신적 · 물질적 변화와 전통사회와의 갈등에서 살아남기 위해 노력하는 개인의 심리에 초점을 맞추고 있다는 점에서 이 소설은 『아이야 울지 마라』와 더불어 초기 응구기 소설의 전형을 보여준다. 동시에 아프리카의 자연에 깃든 '신성함'과 '마법적 신비'를 일정 한도에서 의도적으로 복원해내고 있다는 점에서, 이 소설은 이미 탈마법화된 아프리카를 그려내는 『아이야 울지 마라』와 변별된다. 신비스러운 기운이 다스리는 성소(聖所)로서의 아프리카 자연은 카메노 부락의 위대한 예언자의 마지막 후손인 와이야키가 아버지를 따라 찾아가는 어떤 구릉에 대한 묘사에서 잘 드러나 있다.

> 그들 앞에 조그만 구릉이 홀로 서 있었다. 그 꼭대기에 성소가 있었다. 와이야키의 가슴이 두근거렸다. 두려움과 흥분이 동시에 느껴졌다.
>
> 거대한 무구모 나무가 산마루 가까이 서 있었다. 그것은 굵고 신비스러운 거목이었다. 나무의 주변에는 관목이 자라나 경외의 절을 하고 있었다. 그리고 그곳에, 산 위에 우뚝 서서 그 지역 일대를 내려다보며 그 고목이 서 있었다. 성스럽고 경외로운 나무의 자태가 와이야키의 정신을 압도하여 그는 비소한 자신이 어떤 거대한 힘을 마주 대하고 있다고 느꼈다. 이것은 성스러운 나무였다. 이것은 무룽구의 나무였다. 이제 구릉의 꼭대기에 오른 와이야키는 나무의 반대편에 서

서 대지를 조망했다. 대지의 광활함에 압도되어 그의 심장이 멈출 것 만 같았다. [……] 저 너머 멀리 케리냐가 산꼭대기에 회색 구름이 걸려 있었다. 눈으로 덮인 산꼭대기가 무룽구의 거처를 드러내며 은은하게 빛났다.[37]

부락의 전설에 따르면 기쿠유와 뭄비가 무룽구와 함께 걸음을 멈춘 곳이 카메노 땅이다. 그들이 머문 곳에 신령한 숲이 생겨났고, 따라서 카메노 부락이 "영혼의 우수성"과 "지도력"[38]을 부여받게 되었다는 것이다. 여기서 주목할 점은 이 텍스트에서 자연은 경외의 대상일 뿐만 아니라 일상적인 경험의 영역이기도 하다는 사실이다. 후자의 자연은 아버지의 따뜻한 훈육 아래 와이야키가 발견하는 산천의 모습에서 찾아볼 수 있다. 와이야키의 아버지는 성소를 찾아 가는 길에서 눈에 띄는 나무와 풀을 하나하나 가리키며 아들에게 초목의 용도를 설명해준다.[39] 이때 두 사람의 눈에 포착된 자연은, 약용으로 사용하는 초목과 독을 갖고 있어 멀리 해야 할 과일이 함께 발견되는 실용적인 경험의 영역이다.

탈신비화 작업의 대표적인 경우로는 아무래도 아체베의 『무너져내리다』를 꼽아야 할 것이다.[40] 아체베는 이 작품에서 "비인간화된 아프리카"를 인간적인 역사의 맥락에 다시 위치시키는 작업을 수행한다. 이때 역사적 맥락이란 영국이 이보 족의 지역에 진출했던 1890년대 이전이

37) Ngugi wa Thiong'o, *The River Between* (1965; London: Heinemann, 1988), 15~16쪽.
38) 같은 책, 2~3쪽.
39) 같은 책, 14쪽.
40) 콘래드의 탈역사화, 악마화의 전략에 대한 대응으로서의 『무너져내리다』에 대한 논의 가운데 일부는 이석구, 졸고 「식민주의 역사와 탈식민주의 담론」, 『외국문학』, 제53호(1997), 136~157쪽에서 다루었다.

라는 사회적 상황이기도 하지만, 동시에 등장인물 개인의 역사, 더 나아가 공동체의 역사를 의미하기도 한다. 『무너져내리다』 첫 부분이 우무오피아의 오콘쿼를 소개하면서 시작하는 것도 바로 이러한 의미에서다. 비평가들이 곧잘 거론하는 소설의 첫 단락을 살펴보자.

> 오콘쿼는 아홉 마을과 그 너머에도 잘 알려져 있었다. 그의 명성은 뚜렷한 개인적인 성취에 기인했다. 18세의 나이에 그는 고양이라고 불린 아말린제를 집어던져 마을에 영광을 안겨주었다. 아말린제는 우무오피아로부터 음바이노에 이르기까지 어느 곳에서도 7년 동안이나 패배를 몰랐던 위대한 씨름꾼이었다. 그가 고양이라는 별명을 갖게 된 것도 그의 등이 땅에 닿은 적이 없기 때문이었다. 오콘쿼가 대결에서 물리친 자가 바로 이 고양이라는 별명을 가진 자였는데, 마을의 노인들이 전하길 그 대결은 마을의 시조가 7일 낮과 밤 동안 들판의 정령과 싸웠던 이래로 제일 격렬했다고 한다.[41]

인용문에서 먼저 개인의 이름이 주어지고 또한 무용(武勇)이 뛰어난 씨름꾼으로 소개됨에 따라 주인공은 식민주의 문학에서 아프리카인을 따라다녔던 '익명성'에서 해방되어 고유한 개인으로 존재하게 된다. 이어 주인공의 무용을 비교하기 위해, 우무오피아와 음바이노를 포함한 인근 지역이라는 구체적인 사회 공간과 마을의 창건이라는 아득한 신화적 시점을 소설 속에 끌어들임으로써, 텍스트는 주인공을 사회적·역사적 맥락 내에 위치시킨다. 아말린제와 벌인 대결에서 승리하여 마을에 영광을 가져다주었다는 대목은 공동체 내에서 주인공이 갖는 사회적 지위도 암시한다. 오콘쿼를 이렇게 사회적·역사적 존재로 묘사

---

41) Chinua Achebe, *Things Fall Apart* (New York: Fawcett Crest, 1959), 7쪽.

함으로써 얻는 성과는 주인공 개인의 차원에서 끝나지 않는다. 그와 대결한 아말린제뿐만 아니라 그가 속한 공동체도 같은 '역사화'의 과정을 거치게 되는 것이다. 비평가 기칸디가 『무너져내리다』를 두고 "이보 문화를 떠나지 않았던 문화적 정체성의 문제에 대한 가상적 응답으로 읽혀질 수 있다"[42]고 주장한 것도 이러한 점을 염두에 둔 것이다. 그러니 아체베의 텍스트는 콘래드의 아프리카, 즉 지구상의 어느 한 부분이라고는 도저히 여겨지지 않는 형이상학적 토포그래피를 그려낸 식민 담론에 대한 '되받아쓰기'의 의미를 띤다.

아체베의 작품에서 그려지는 이보 족의 마을 우무오피아는 콘래드의 주인공이 본 "자유롭게 날뛰는 괴물"이나 "사악한 의도를 가진" 형이상학적인 힘이 아니라 정령 신앙과 토템 신앙을 중심으로 운영되는 유기적인 공동체다. 마을 사람들은 자연의 섭리를 좇아 우기에 맞춰 씨를 뿌리고, 추수한 뒤 2~3개월은 수확의 기쁨으로 춤과 음악을 즐기며, 건기가 오면 모닥불로 추위를 쫓으며 겨울을 난다. 그들의 문화는 연륜과 남성적 가치를 중시해서, 연장자와 남성이 가족과 공동체 생활에서 중심이 된다.

비록 여성이 사회에서 종속적인 위치를 차지하는 것이 사실일지라도, 여성적 가치를 완전히 무시하지는 않음으로써 우무오피아 문화는 남성적 가치와 여성적 가치 간에 어느 정도 균형을 유지한다. 음바이노에 대한 전쟁 선포 여부를 결정하기 위해 약 만여 명이나 되는 마을 사람들이 회의를 여는 것에서도 드러나듯, 우무오피아의 정치 제도는 족장이나 왕이 다스리는 권위적 체제가 아니라 마을 사람들이 한데 모여 중요한 안건에 대하여 토론을 한 뒤 결정을 내리는 민주적인 체제다.

---

42) Simon Gikandi, *Reading Chinua Achebe: Language and Ideology in Fiction*(Portsmouth, NH: Heinemann, 1991), 27쪽.

아프리카 촌락과 산천의 평화스런 모습은 응구기의 소설에서도 강조된다. 아프리카의 강은 콘래드의 텍스트에서 유럽인의 지성을 유혹하여 혼을 빼놓는 '뱀'에 비유된 적이 있다. 이는 『강을 사이에 두고』에서 드러나는 강의 모습과 비교할 만하다.

> 강은 생명의 계곡을 관통하며 흘렀다. 경사면을 덮는 관목과 숲의 나무들이 없었다면 카메노나 마쿠유의 꼭대기에 올라서면 강을 볼 수도 있었을 것이다. 그러나 이제는 내려와야 했다. 그러나 그때조차 강이 우아하게, 조금도 서두르는 일 없이 뱀처럼 계곡을 따라 구불구불 흘렀기에 강의 전 유역을 볼 수는 없으리라. 그 강은 치유와 재생을 의미하는 호니아라 불렸다. 호니아 강은 결코 마르지 않았다. 그것은 가뭄과 기상의 변화를 조소하며, 삶에 대한 강렬한 의지를 지니고 있는 듯했다. 그리고 그 강은 결코 서두르지 않으며, 머뭇거리지도 않으며, 똑같이 흘러갔다. 사람들은 이것을 보며 행복해했다.[43]

콘래드의 소설에서 콩고 강은 "저주받은 유산"이요, 악이 지배하는 "역사 이전의 땅"이다. 그것은 백인들을 "태고 중에서도 태고의 세상"으로 끌어들여 복수하는 힘이 도사리고 있는 곳이다. 콘래드가 그려내는 콩고 강이 이처럼 야만성과 살인으로 회귀하는 시간 여행이 벌어지는 곳이라고 한다면, 응구기가 그려내는 호니아 강은 치유와 재생의 힘을 상징한다. 그 강은 인근의 부족들에게 유유한 흐름으로 봉사하고 유역 내의 동·식물들의 삶을 지탱해주는 생명의 젖줄이다.

아프리카를 다룰 때 식민주의 수사학이 즐겨 사용한 또 다른 은유는 '어둠'이다. 『어둠의 심연』에서 어둠은 아프리카의 원시성과 야만성을

---

43) Ngugi wa Thiong'o, 앞의 책, *The River Between*, 1쪽.

지칭할 뿐만 아니라 형이상학적 실체로서의 '사악한 세력'을 상징한다. 아프리카 작가들의 텍스트에도 어둠은 등장하나 그것은 아주 다른 용도에 봉사한다. 응구기는 식민주의 문학에서도 발견되는 "빛과 어둠"이라는 이분법적 수사를 물려받되 이를 전복적으로 이용하여 유럽이 스스로에게 부여한 특권적 위치를 박탈한다. 『아이야 울지 마라』의 주인공 은조로게가 케냐의 미래에 대하여 절망하는 친구에게 들려주는 격려의 말이 그 예다. "틀림없이 이 어둠과 공포는 영원하지 않을 거야. 이 모든 시련 이후에 틀림없이 따뜻하고 멋진 날이, 햇빛 찬란한 날이 올 거야."[44] 이 텍스트에서 어둠은 아프리카가 아니라 백인들이 문명화라는 명목 아래에 저지른 강탈을 일컫는다. 즉, 아프리카를 "어둠의 땅"으로 만든 것은 아프리카인이 아니라 백인이다. 그러니 어둠이 있다면 그것은 아프리카가 아니라 백인들의 내면에서 발견될 성질의 것이다.

'어둠'은 아체베의 되받아쓰기에서도 중요한 역할을 한다. 우무오피아 마을에 내린 어둠에 대한 작가의 묘사를 보자.

> 밤은 아주 고요했다. 달이 뜰 때를 제외하고 밤은 항상 고요했다. 어둠은 이곳 사람들에게, 이들 가운데 가장 용감한 자에게조차도 어렴풋한 공포를 줬다. 아이들은 악령에 대한 두려움 때문에 밤에는 휘파람을 불지 말도록 주의를 받았다. 위험한 동물들은 밤에 더욱 불길하고 섬뜩했다. 밤에는 뱀이 들을까봐 절대 뱀을 뱀이라고 부르지 않았다. 대신 뱀을 끈이라고 불렀다.[45]

맥기가 주장하듯, 아체베는 콘래드의 추상적인 개념인 '어둠'을 빌려

---

44) Ngugi wa Thiong'o, 앞의 책, *Weep Not, Child*, 106쪽.
45) Chinua Achebe, 앞의 책, *Things Fall Apart*, 13쪽.

와서 그것을 구체적인 세계에 돌려줌으로써, '제국주의적 은유'로서 어둠이 갖는 신비성을 교묘하게 해체한다. 어둠에 대한 공포가 언급되고 있기는 하나, 우무오피아 사람들이 대하는 어둠은 낯설고 냉혹한 형이상학적 힘이 아니라 일상의 구체적 경험으로 제시된다. 그러니 어둠이 우무오피아 사람들에게 주는 위협도 뱀을 끈이라고 부르는 사회적 · 언어적 전략을 통해 대처할 수 있는 일상적인 문제에 지나지 않는다.[46)]

'일상화'의 전략은 투투올라의 소설 『야자주 술꾼』에서도 발견된다. 한 비평에서는 이 소설이 아프리카의 전통사회에 편재했던 공포를, "끔찍한 죽음의 세계"[47)]를 진실되게 재현했다고 평가한다. 그러나 이러한 평가는 "무서운 민담을 좋아했다"[48)]는 작가의 진술에만 의존한 결과 민담이 작품에 편입되어 수행하는 기능을 제대로 보지 못한 것이다. 왜냐하면 공포의 대상이요, 흔히 미지의 영역으로 여기는 죽음은 환상적인 모험담에서 일종의 탈신비화 과정을 거치기 때문이다. 뿐만 아니라 죽음은 개인의 기지에 의해 대응이 가능한 존재로 재현된다. 이는 아프리카가 유럽의 상상력에서 "악과 죽음이 활개치는 곳"으로 각인되어왔다는 점을 고려할 때 시사하는 바가 크다.

작품에서 주인공은 망자가 된 야자주 채취인을 찾는 여행 도중 들른 한 마을의 할아버지로부터 "죽음"을 데려오면 야자주 채취인의 행방을 알려주겠다는 제안을 받는다. 어디로 가면 죽음을 찾을 수 있을지 고민하던 그는 마침내 사람들이 가장 많이 지나가는 길의 한복판에 누워 잠을 자는 척을 한다. 그의 예상대로 동네 사람들이 장터에서 돌아오는 길에 그를 발견하고 안타까운 마음에 한마디를 한다. "이 훌륭한 소년의 어머니가 누구기에 아이가 머리를 죽음의 길로 향한 채 길에서 잠을

---

46) Patrick McGee, 앞의 책, 136~167쪽.
47) William R. Ferris, Jr., 앞의 글, 33쪽.
48) Donald J. Consentino, 앞의 글, 17쪽에서 재인용.

잘까?" 주인공은 이 말에서 힌트를 얻어 "죽음"의 집을 찾게 되고 마침내는 "죽음"을 생포하게 된다. 그 이후의 상황에 대해 주인공은 다음과 같이 말한다.

> 내가 죽음을 그의 집으로부터 데리고 나온 뒤, 죽음은 영구적인 거처나 머물 곳을 잃었다. 그래서 사람들은 세상의 곳곳에서 그의 이름을 듣게 된 것이다.[49]

요루바의 구전 설화는 죽음을 이처럼 친숙한 일상의 경험으로 재구축한다. 뿐만 아니라 작가는 생명의 세계에 왜 죽음이 만연해야 하는지와 같은 종교적 · 철학적인 질문에 대해 나름의 설명을 제시하는 문화가 요루바 족에게 있음을 드러낸다.

앞서 콘래드의 텍스트에서 아프리카인이 "동물 소리를 꽥꽥 지르고, 펄쩍 뛰거나 빙빙 돌기도 하며 무시무시하게 인상을 쓰는" 야만인으로 재현됨을 언급한 적이 있다. 응구기의 『강을 사이에 두고』는 "비인격적인" 존재들의 섬뜩한 행위에 대해 일종의 '내부자의 시각'을 제공한다는 점에서 흥미롭다.

> 춤은 카메노의 공터에서 열리고 있었다. 호각과 뿔피리, 부서진 양철과 무엇이든 손에 쥐기 쉬운 것들은 모두 손에 들려져 노래와 춤의 단장에 맞춰 두드려졌다. 모두가 광란의 흥분 속으로 빠져들었다. 남녀노소 가릴 것 없이 모두가 춤의 마법 같은 동작 속에 빠져들었다. 남자들은 원을 그리며 돌다가 고래고래 악을 썼고, 소리 지르며 공중으로 펄쩍펄쩍 뛰었다. 그들에게는 바로 이 순간이 최고의 순간이었다. 바로

---

49) Amos Tutuola, 앞의 책, *The Palm-Wine Drinkard*, 12쪽, 16쪽.

이때가 그때였던 것이다. **여자들은 상반신을 벌거벗은 채 빈약한 젖가슴을 출렁이며 큰 모닥불 주위를 빙글빙글 돌았다. 그들은 엉덩이를 흔들며 온갖 도발적인 자세로 몸을 비틀었지만 늘 리듬을 놓치지 않았다.**[50)]

일견 카메노 부락의 축제는 "원시의 광란"이나 "야만적이고도 음란한 짐승들의 축하 파티"와 다를 바 없다. 즉, 『어둠의 심연』이 그려내는 콩고 강변의 짐승 같은 움직임의 재연인 것이다. 그러나 응구기는 호니아 강변에서 벌어지는 이 광란이 실은 카메노 족의 '할례 의식'임을 곧 밝힌다. 할례는 이들에게 부족의 구성원으로 인정받게 되는 신성한 의식이기에 이를 기리기 위하여 부락 사람들이 집단적인 가무(歌舞) 행위를 벌이는 것이다. 작가는 이어지는 단락에서 '광란'이 실제로 어떠한 규칙이나 금기(禁忌)에 의해 통제되며 어떠한 사회적 기능을 수행하는지 좀더 자세히 드러낸다.

그들은 자유로웠다. 남녀노소가 이날 밤만은 한데 어우러졌다. 그리고 사람들의 관계를, 특히 남녀의 관계를 규제하는 **강력한 사회적 규범**을 어기지 않나 하는 두려움 없이 남녀의 몸의 은밀한 부분에 대해 거리낌 없이 말할 수 있었다.[51)]

위의 글은 이날 밤 목격되는 카메노 부락의 광경이 '평상시'에는 볼 수 없는 모습임을 밝히고 있다. 이로써, 이 부족이 평상시에는 남녀노소의 관계를 규정하고 이를 통제하는 사회적 · 도덕적 규범을 가진 사회라는 것과, 무엇보다 성에 대해 엄격한 규범을 가진 공동체임을 '역

---

50) Ngugi wa Thiong'o, 앞의 책, *The River Between*, 41쪽; 고딕체는 필자 강조.
51) 같은 곳; 고딕체는 필자 강조.

으로' 드러내고 있다. 이러한 맥락에서 고려했을 때 '광란의 행사'는 실은 부락의 구성원들을 평소의 제약으로부터 일시적으로 해방시켜 억눌린 에너지를 발산시키는 사회적 기능을 수행한다.

응구기의 텍스트는 한 걸음 더 나아가 축제 기간에 사람들이 누리는 자유라는 것도 실은 언술의 자유이지 행동의 자유, 즉 방종한 행동을 허락하는 것은 아님을 밝힌다. 차마 입에 담기 어려운 말들이 스스럼없이 오가는 것을 들으며 낯 뜨거워하던 와이야키가 생각하듯, "그런 입담에도 불구하고 아무런 일도 일어나지 않을 것"인데 그 이유는 "이런 경우에 여자와 자러 가는 것은 실제로 금기였기"[52] 때문이다.

'마투모'라고 불리는 이 축제 의식에서 행하는 "음란한" 노래들에 대해 케냐의 독립투사이자 초대 대통령을 지낸 케냐타는 다음과 같이 설명한다. "〔모구모〕 나무 아래서 할례를 받을 당사자의 가족들과 친구들이 불러주는 노래들은 일반적으로 성에 대한 지식을 담고 있습니다. 이는 이제 부족의 정식 구성원이 될 이들에게 남성과 여성의 사회적 관계를 지배하는 모든 필요한 규칙과 규제에 익숙해질 기회를 주는 것입니다."[53]

서구인의 눈에는 음란하고 미개한 풍속으로 여겨질지 모르나 사실 이는 기성세대가 다음 세대에게 행했던 집단적인 성교육이자 사회화 과정의 일부였던 것이다. 마투모 행사가 성스러운 나무인 무구모(무화과) 나무 아래서 이루어졌다는 것도 이 의식에 부족이 부여하는 엄숙한 의미를 입증한다.[54]

---

52) 같은 책, 42쪽.

53) Jomo Kenyatta, *Facing Mt. Kenya: The Tribal Life of the Gikuyu* (New York: Vintage Books, 1965), 135~136쪽.

54) 이석구, 앞의 글, 「Narrative Strategies and the Issue of Traditional Culture in Ngugi's Early Novels」, 831~833쪽.

재역사화 작업의 양가성

앞서 논의했듯 탈식민시대의 아프리카 문학은 서구의 식민 담론이 탈역사화한 아프리카를 재(再)역사화하는 작업에 동참한다. 아체베나 응구기의 소설에서 이러한 재역사화의 작업, 즉 아프리카에 인간적인 문화를 돌려주는 작업이 객관적인 관점을 견지한다는 점은 매우 중요하다. 이러한 객관성은 아프리카가 겪은 침략과 굴욕을 논할 때 유럽 제국에 일차적인 책임을 묻지만 그렇다고 해서 과거의 전통사회를 식민 상태에 대한 대안으로 여기지 않는다는 데에서 드러난다. 왜냐하면 이들의 문학에서 식민통치 이전의 아프리카는 인간적인 모습을 취하기는 하나, 그 인간적인 자화상에는 도리언 그레이의 초상화처럼 '흉한' 부분이 있기 때문이다.

이러한 점에서 아체베와 응구기의 문학은 단순한 '토속주의'(nativism)나 프랑스어권 아프리카에서 일어난 네그리튀드 운동의 '이상주의'와는 명확하게 구분된다. '유럽 대(對) 아프리카'라는 이분법적 구도를 전복적으로 차용하여 흑인성을 찬양했던 생고르나 세제르와 달리 아체베와 응구기에게 민족문화의 복구는 처음부터 복합적이며 '양가적(兩價的)인' 기획이었다. 달리 표현하면, 전통에 대한 애정이 가장 강렬했을 때조차 이 작가들은 잊지 않고 그로부터 비판적인 거리를 설정했다. 이들의 서사에는 단절된 전통문화에 대한 애틋한 감정과 식민통치의 무도함에 대한 분노도 담겼지만, 동시에 공동체에 들어 있는 약점이나 분열에도 초점을 맞추고 있다. 또 이러한 문제를 일종의 '내부 고발자'에 견줄 만한 시각에서 그려내고 있다.

전통문화에 대한 아체베의 비판적인 시각은 어느 작품보다도 더 애정을 갖고 썼다는 『무너져내리다』에서도 드러난다. 소잉카는 강인함을 숭배하는 오콘쿼가 결국 파멸한다는 사실이 남성적인 자아를 중요시하는 사회에 대한 비판을 의도한 것이 아닌가 하는 질문을 아체베에게 한 적이 있다. 아체베는 질문에 동의하면서 우무오피아 사회는 '적응력'이 결여되었으며 이것이 "문화 자체의 결함"[55]임을 인정한 바 있다. 아체베는 이외에도 소설에서 쌍둥이를 내다버리거나, 오그반제[56]가 깃든 아이를 토막 내며, 천민 계급 '오수'를 비인간적으로 취급하는 관습을 소재로 다룸으로써, 이보 문화의 건강하지 못한 면을 드러낸다.

이보 사회의 과거를 다시 쓰면서 작가가 보여주는 객관성은 기독교에 대한 평가에서도 알 수 있다. 여기서 평가란 탈식민주의 문학에서 으레 등장하는 탄압에 대한 고발을 의미하지는 않는다. 아체베는 선교사와 토착사회의 관계를 조명함으로써 기독교가 제국주의의 첨병 노릇을 한 사실을 고발하기도 하지만, 토착종교에 의해 소외된 주변 집단에게 기독교가 해방의 기능을 하였음을 잊지 않고 지적하기 때문이다. 한 평자의 표현을 빌면, "우무오피아의 전통적 가치가 열어 놓은 간극을 기독교의 새로운 가치 질서가 어루만지며 대치해가는 과정을 보여줌으로써 아체베는 이보 문화의 배타적 성격에 비판적인 시선을 보낸다."[57] 예컨대 『무너져내리다』에서 기독교는 쌍둥이를 버려야만 했던 어머니, 이보 사회와 종교에 마음을 붙이지 못했던 오콘쿼의 장남 워예, 사회로부터 천시되는 오수들을 모두 자신의 울타리 안으로 따뜻하게 받아들인다. 전통에 대해 '이단적인' 생각을 가진 이들의 관점에서 보면 "무너져내린" 것이 없는 것이다.[58] 이러한 주변 집단의 관점에서 이보 사회의 변화를 읽을 때 『무너져내리다』는 단순히 전통문화를 복원시키는 사

---

55) Chinua Achebe, *Conversations with Chinua Achebe*, Bernth Lindfors 엮음(Jackson: Univ. Press of Mississippi, 1997), 11쪽.

56) '오그반제'란 사산되거나 일찍 죽지만 계속해서 태어나고 죽기를 반복하는 아이의 영혼을 일컫는다.

57) 홍덕선, 「탈식민 담론의 주체성: 치누아 아체베의 *Things Fall Apart*에 나타난 문화적 다원성」, 『현대영미소설』, 제4집 제1권(1997), 278쪽.

례가 아니라 기성의 가치 체계를 질문하고 "열린 사회로의 이행과 새로운 가치 규범"을 모색하는 텍스트로 간주된다.[59]

『무너져내리다』가 이보 사회와 영제국의 첫 만남에 대한 작품이라면 『신의 화살』은 이미 영제국의 지배를 받는 이보 사회를 그린 작품이다. 이 작품은 아체베가 세 번째로 발표한 소설이기는 하되, 내용에서는 『무너져내리다』 『신의 화살』 『더 이상 평안은 없어라』(*No Longer at Ease*, 1960)로 이어지는 3부작 가운데 두 번째에 해당한다. 실화에 근거한 이 작품에서 아체베는 부족 지도자의 무능과 분열이 이보 족의 몰락에 기여한 바 있음을 드러냄으로써 전통 사회에 대한 비판적인 입장을 밝힌다.

여섯 마을로 구성되어 있는 우무아로는 에제울루와 와카 간의 권력 다툼 때문에 분열하게 된다. 두 지도자의 다툼은 에제울루가 속한 우무아찰라 마을의 울루신과 와카가 속한 우무은네오라 마을의 신 비단뱀 간의 다툼이기도 하다. 지도자로서 에제울루의 문제점은 추수감사제의 실행 문제에서 잘 드러난다. 에제울루는 백인행정관에게 고분고분하게 굴지 않은 벌로 감옥에 갇히는데, 이때 그는 부락 사람들이 자신을 적극 지지하지 않은 것을 원망한다.

그런 일이 있은 뒤 여섯 마을에서 추수감사제의 집행을 그에게 요청하자 에제울루는 작년에 수확한 얌이 아직 남았다는 적법한 이유를 들어 이 기념제의 실행을 연기한다. 그러나 사실 그가 감옥에 갇히는 바람에 먹지 못한 얌이 남아 있었다는 사실을 고려한다면, 이 "적법한" 이

---

58) Biodun Jeyifo, "For Chinua Achebe: The Resilience and the Predicament of Obierika," *Chinua Achebe: A Celebration*, Kirsten Holst Peterson과 Anna Rutherford 공편 (London: Heinemann, 1990), 64쪽.

59) 이승렬, 「소멸과 해체의 변증법: 『모든 것은 무너진다』의 저항의 문제성과 성의 정치학」, 『비평과이론』, 제5권 제2호(2000), 138쪽.

유는 다분히 사적인 감정을 감추고 있는 것이다. 그 결과 우무아로 사람들은 애써 길러놓은 얌이 땅 속에서 말라죽는 것을 지켜보아야 할 뿐만 아니라 이웃 마을에서 얌을 사서 먹어야 하는 고통을 겪는다. 여섯 마을의 원로들이 에제울루를 찾아와 남은 얌을 한꺼번에 먹어서 한 해의 농사를 구해줄 것을 요청하나 에제울루는 자신은 울루의 명을 전달할 뿐이라며 이 편법을 거절한다.

텍스트는 어디까지가 신탁이고 어디까지가 에제울루 자신의 생각인지를 명확히 밝혀주지 않음으로써 에제울루의 행위가 순전히 개인이 꾸며낸 것만은 아닐 가능성을 제시한다. 동시에 에제울루가 개인적인 보복 차원에서 신탁의 내용을 이용하고 있음도 부정하지 않음으로써 개인의 권력욕과 완고한 전통 종교가 공동체의 생존에 위협이 됨을 드러낸다.

아체베 소설의 주인공 오콘쿼와 에제울루는 융통성과 적응력, 따뜻한 인간미가 결여되었다는 점에서 작가의 시각을 대변하지 못한다. 아체베의 시각을 작품에서 굳이 찾는다면 『무너져내리다』의 오비에리카 같은 인물로서 대변된다고 하겠다. 무조건의 복종을 요구하는 전통 사회에서 자율적인 공간을 확보하려는 오비에리카의 이성적인 면은 이케메푸나의 살해 사건에서 잘 드러난다.

이케메푸나는 한 우무오피아 여성의 억울한 죽음을 보상하기 위해 음바이노 마을이 우무오피아에 바친 아이다. 그는 오콘쿼의 가족에게 맡겨져 3년을 함께 지내면서 그들의 사랑을 받는다. 그러던 어느 날 우무오피아의 신은 아이의 죽음을 명하고, 오콘쿼는 가족처럼 아낀 아이를 죽이는 일에 직접 관여한다. 그는 친구 오비에리카에게도 신탁의 집행에 동참하기를 요청하나 오비에리카는 이를 거절한다.

아이를 죽인 뒤 죄책감에 괴로워하는 오콘쿼에게 오비에리카는 만약 자신의 아이를 죽이라는 명령을 신이 내린다면, 자신은 그 명령에 불복하지도, 명령의 집행인 노릇도 하지 않을 것이라고 말한다.[60] 즉 전통에 대한 오비에리카의 태도는 무조건적인 수용이나 또는 전면적인 반발 모두를 피하는 것이다. 그는 그러한 '모호성' 속에서 전통에 대한 불복이 가져다줄 징벌에서 자신을 지키면서 동시에 자신의 인간적인 면모도 지키는 제3의 길을 찾는다. 신탁은 아이를 죽이라는 명을 내렸지, 특정 개인이 그 결정을 집행하라는 구체적인 명을 내린 적이 없다는 점을 오비에리카는 현명하게 이용했던 것이다.

응구기의 초기 소설에서도 전통 종교는 한편으로는 "과거를 거슬러 올라가며" "삶의 원천을 제공하는" 부족의 정신적인 뿌리로서 인정받지만, 그런데도 오늘날에는 유효한 질서가 될 수 없다는 판정을 받는다. 전통 종교와 기독교의 갈등을 다룬 『강을 사이에 두고』에서 과격파 카보뉘에 대한 화자의 논평이 그 예다. 기독교 세력의 팽창을 염려하는 카보뉘는 민족주의 세력을 결집해 전통을 고수하려는 강력한 의지를 피력한다. 이때 작품의 화자는 이 기획의 유효성을 두고 다음과 같이 직설적인 언어로 논평한다. "사람들이 과거로 돌아갈 것을 원치 않음을, 촌락들이 더 이상 고립을 원하지 않음을 그가 어떻게 알겠는가?"

이 텍스트에서는 아프리카에서 공격적으로 전개되는 선교 활동 또한 화자의 비판을 비켜나지 못한다. 주인공 와이야키는 기독교를 두고 "한 민족의 문화를 존중하지 않는, 그 민족의 문화에서 아름다움과 진실을 인식하지 못하는 〔외래〕 종교는 쓸모없을" 뿐만 아니라 "개인의 영혼을 불구로 만든다"고 신랄하게 비판한 적이 있다. 동시에 와이야키는 "백인의 종교가 모두 나쁜 것은 아님"을 인정하며, 기독교가 가르치는 가치들 가운데 어떤 것들은 "자신의 영혼의 어두운 한구석에서 심금을 울린다"고 느낀다.[61] 이러한 점들을 종합적으로 고려할 때, 전통문화와

60) Chinua Achebe, 앞의 책, *Things Fall Apart*, 64~65쪽.

기독교에 대한 응구기의 입장은 어느 한쪽에 대한 절대적인 지지로 요약될 수 없다.[62]

전통문화와 기독교 모두에 대하여 응구기가 보여주는 유보적인 태도는 『피의 꽃잎』(*Petals of Blood*, 1977)에 와서 좀더 선명한 색깔로 바뀐다. 『피의 꽃잎』은 『십자가 위의 악마』(*Devil on the Cross*, 1980), 『마티가리』(*Matigari*, 1986)[63]와 같이 해방 이후 케냐의 현실을 다룬 작품이다. 이 소설에서 기독교는 성공회 목사 브라운, 제도로서의 교회보다는 개인의 믿음을 중시하는 부흥론자 릴리언, 그녀의 설교에 감화받아 기독교로 개종한 무니라가 대표한다.

아프리카인 브라운 목사는 추악한 이기주의와 물질주의를 좇는 위선자다. 그의 진면목은 지역구 국회의원에게 기록적인 가뭄이 가져다준 재난을 호소하기 위해 먼 길을 떠난 일모로그 마을의 대표단을 대하는 태도에서 드러난다. 대표단이 굶주림이라도 면하고 병이 난 일행을 치료할 약을 구하기 위해 목사의 집을 찾을 때, 그는 정신적인 양식의 중요성을 강조하며 이들을 쫓아낸다. 릴리언과 무니라의 경우도 초월적인 비전을 너무 강조한 나머지 현실에 대한 어떠한 참여도 인간의 오만함과 사탄의 사주로 치부해버리고 만다.

---

61) Ngugi wa Thiong'o, 앞의 책, *The River Between*, 144쪽, 141쪽, 86쪽.

62) 근대적 교육에 대한 응구기의 시각도 단순하지는 않다. 그 이유는 한편으로 근대적인 교육은 케냐가 식민주의의 현실을 타개할 수 있는 주요한 방편이지만 다른 한편으로는 교육의 시행 주체가 식민 지배자라는 점에서 식민지 교육의 한계를 벗어나지 못하기 때문이다. 남아공의 비평가 오구데는 이 두 초기 소설에서 "새로운 민족국가 케냐에 대한 상상"은 "교육"을 매개로 전개된다는 주장을 한 바 있지만 이는 식민시대의 교육이 갖는 이중성을 제대로 고려하지 못한 것이라 판단된다. James Ogude, *Ngugi's Novels and African History: Narrating the Nation* (London: Pluto Press, 1999), 22쪽 참조.

63) 두 작품 모두 키쿠유어로 먼저 출판되고 훗날 영어로 번역되어 출판된 바 있는데, 본문에 표기된 연도는 키쿠유어 판본의 출판연도다.

기독교의 '위선'과 '피안주의'에 대해 작가가 보여주는 노골적인 비판은 이전의 소설들에서 보여주었던 양가적인 태도와는 뚜렷이 구분된다. 현지의 종교를 일체 부정한다는 점에서 기독교는 비난받아야 마땅하나 그럼에도 민족의 앞날에 도움이 된다면 필요한 만큼 수용하겠다는 전유적인 태도가 『피의 꽃잎』에서는 나타나지 않는다. 『피의 꽃잎』에서 피안적인 세계를 강조하는 기독교는 억압적인 현실에 대항하여 싸워야 할 전사들을 정신적으로 무장해제시킨다는 점에서 "노동자를 억압하는 무기"로 비판받는다.[64] 기독교에 대한 이러한 변화는 한때 기독교 신자였던 응구기가 이 소설을 쓸 무렵에는 기독교를 떠났다는 사실과 무관하지 않다.

『강을 사이에 두고』에서 어느 정도 가치가 인정되었던 "과거로 거슬러 올라가는 전통"도 『피의 꽃잎』에서는 존엄한 제단에서 내려오게 된다. 등장인물 카레가는 전통을 박물관의 전시물처럼 보존하거나 이를 맹목적으로 따르는 의고주의에 다음과 같이 반대한다. "우리는 〔과거〕를 비판적으로 환상 없이 연구해야 하며, 오늘날 벌어지고 있는 미래와 현재의 전쟁터에 도움이 되는 교훈을 얻어낼 수 있어야 해. 그러나 그것을 숭배하는 것은 안 되지." 같은 맥락에서 카레가는 식민지 "중국은 위대한 과거의 문화들을 들려주는 가수들과 시인들에 의해서가 아니라 오늘보다 나은 내일을 위하여 벌인 노동자들의 창조적 투쟁에 의하여 구해진 것"[65]이라고 강조한다.

이처럼 전통과 의고주의를 비판하며 대신 노동자들의 투쟁을 강조하는 것이 '후기' 응구기의 특징이다. 이는 역사에 대한 작가의 변화된 입장, 즉 그의 이데올로기적 변화에 기인한다. 리즈 대학에서 석사학위

---

64) Ngugi wa Thiong'o, *Petals of Blood*(1977; New York: Penguin Books, 1997), 305쪽.

65) 같은 책, 323쪽, 301쪽.

과정을 밟았던 시절을 회고하며 응구기는 당시 영국에 유학 중이었던 아프리카 학생들에게 중대한 영향을 미친 파농에 대해 다음과 같이 회상한다. "프란츠 파농은 〔세계의〕 중심을 옮기는 투쟁의 선지자였으며 그의 저서 『대지의 저주받은 자들』(1965)은 당시 리즈 대학교에 수학하고 있던 서아프리카와 동아프리카 출신의 학생들 사이에서는 일종의 성경이 되었다."[66] 파농은 전통을 복구하고 이와 동일시하려는 식민지 엘리트들의 노력이 민족문화의 본질을 포착하지 못하고 단지 그 외연만을, 즉 "낡아빠진 고안물에 지나지 않는 박제화된 조각들"만을 숭배하는데 그칠 것이라고 경고했다. 문화를 '관습'이나 '전통'과 분리시키는 파농은 진정한 문화란 결국 억압에 맞서는 민중의 해방 운동과 관련된 것으로 역설한 바 있다.[67]

'탈식민' 아프리카와 신식민주의

파농에 따르면 문화가 정체되지 않고 역동성을 유지하기 위해서는 현재와 끊임없는 상관관계를 가져야 하며, 특히 제3세계 국가에서 민족문화는 해방을 위한 현재의 투쟁의 장에서 생성되는 것이다. 민족문화의 역동성과 사회참여의 필요성을 역설했다는 점에서 후기의 응구기도 파농과 유사한 인식을 하고 있다.

아프리카의 예술과 정치의 문제를 다룬 에세이에서 응구기는 다음과 같이 주장한다. "예술은 그 본질상 혁명적이다. 그것은 항상 자신을 개혁한다. 즉 낡은 형식을 전복하는 아방가르드인 것이다. 〔……〕 내용에서도 그것은 세상을 난시 있는 그대로가 이니라, 좀더 본질적으로, 가

66) Ngugi wa Thiong'o, *Moving the Center: The Struggle for Cultural Freedoms* (Oxford: James Currey, 1993), 2쪽.
67) Frantz Fanon, 앞의 책, *The Wretched of the Earth*, 224쪽, 233쪽.

능성의 관점에서 조망한다. 〔……〕 내용은 결코 정적이지 않다. 그것은 끊임없이 변화를 경험한다. 예술은 동적인 현실의 본질을 포착하려고 노력한다."[68] 예술이 포착하고자 하는 '현실'은, 예술이 담고자 하는 내용은 구체적으로 어떤 것인가? 『피의 꽃잎』에서 카렌자는 탈식민시대의 아프리카를 다음과 같이 요약한다.

> **우리는 모두 창녀다.** 왜냐하면 약탈과 강탈의 세상에서, 불평등과 부정의 구조 위에 세워진 세상에서, 누구는 일만 해야 하는 반면, 누구는 놀고먹을 수 있고, 누구는 아이들을 학교에 보내고, 누구는 그럴 수 없는 세상에서, 민중은 굶주리거나 하나님께 배고픔에서 구원해 주실 것을 빌며 교회 벽에 머리를 찧는 반면, 왕자나 군주, 사업가는 수십 억의 돈방석에 앉아 있는 세상에서, 그렇다, 이 땅에 발을 디뎌 본 적도 없는 사람이 세계의 가난한 사람들로부터 우려낸 수십 억의 돈방석 위에 앉아 있다는 이유만으로 뉴욕이나 런던의 사무실에 앉아서 내가 무엇을 먹고 읽고 생각하고 행할 것인지를 결정하는 세상에서, **그런 세상에서 우리는 모두 몸을 판 것이다.**[69]

카렌자가 작가를 대변하는 인물인지 의심스러우면 작가의 말을 직접 들어보자.

> 〔대부분의 아프리카 민중에게〕 독립은 의문부호가 붙어 있는 것이었다. 독립 이후의 시대는 독립 이전과 다를 바가 없는 새로운 계급과 새로운 지도층을 낳았다. 흰 가면에 검은 피부? 검은 가면에 흰 피

68) Ngugi wa Thiong'o, *Penpoints, Gunpoints, and Dreams* (1998; Oxford: Clarendon Press, 2003), 13쪽.

69) Ngugi wa Thiong'o, 앞의 책, *Petals of Blood*, 240쪽; 고딕체는 필자 강조.

부? 백인정착자들의 심보를 숨긴 검은 피부? [……] 그러나 정말로 이는 새로운 집단이었다. 제국의 이익을 수호함으로써 그들의 특징, 권력 그리고 영감을 얻는 아프리카의 모리배들의 집단이었다.[70)]

해방과 더불어 빼앗긴 땅을 돌려받을 것이라는 희망에 가슴이 벅찼던 농민들이 그 희망이 실현 불가능한 것임을 깨닫는 데는 그리 오랜 시간이 걸리지 않았다. 국토의 대부분을 다시금 소수의 지배 계층이 독식했고, 농민들은 그나마 가지고 있던 땅마저 서구의 다국적 기업 그리고 이와 결탁한 부르주아지에게 빼앗겨 품을 파는 임노동자로 전락한다. 작가의 표현을 빌리자면, 아프리카 "대륙의 구석구석이 이제 국제 자본주의의 강탈과 착취의 손길에 쉽사리 맡겨지게 된 것이다."[71)]

해방 이후의 케냐의 현실에 대한 응구기의 이러한 인식과 예술의 임무에 대한 그의 사유를 함께 고려할 때 응구기의 소설이 어떠한 방향으로 나아갈지를 추측하기란 그리 어렵지 않다. 소설 『피의 꽃잎』 이후에 출판된 『십자가 위의 악마』와 『마티가리』에서 민중을 착취하는 공범으로 신식민주의와 매판적 부르주아지를 제시한 것은 이러한 맥락에서 이해할 수 있다. 『마티가리』를 통해서 응구기가 수행하는 기획은 국내 비평에서 다음과 같이 요약된다. "응구기는 『마티가리』에서 '집'을 둘러싼 '매국노와 애국자' 두 적대세력 간의 갈등을 극대화함으로써 마티가리 부류의 반대편에 존재하는 부르주아 세력들의 정체성을 심문한다."[72)] 외세와 국내 특정 계급의 협력 관계는 『십자가 위의 악마』에서 식민주의를 상징하는 악마가 십자가에 못 박히자 현지의 부역자가 이

70) Ngugi wa Thiong'o, 앞의 책, *Moving the Center*, 65쪽.

71) Ngugi wa Thiong'o, 앞의 책, *Petals of Blood*, 262쪽.

72) 이석호, 「민족문학과 근대성: 응구기의 『마티가리』를 중심으로」, 『안과밖』, 제8호(2000), 61쪽.

를 구출하는 장면에서도 비유적으로 드러난다.

응구기에게 예술은 "가능태의 세상"을 꿈꾸는 매체라는 점에서 필연적으로 탈식민시대에 이루어지는 민중의 해방을 그 내용으로 할 수밖에 없다. 그리고 저항의 주역이 될 민중은 구체적으로 땅을 빼앗긴 농민들이요, 품을 팔게 된 노동자들이다. 그러므로 역사나 전통도 민중의 해방 투쟁과 관련될 때만 의미가 있다. 영국의 식민통치기 동안 전개된 비밀 결사 마우마우의 활동뿐만 아니라 1593년까지 거슬러 올라가 포르투갈의 침략에 맞선 케냐 농민들의 영웅적인 저항을 『피의 꽃잎』에서 소개하는 것도 바로 이러한 민중저항의 역사가 민족문화의 핵심이요, 신식민주의 시대에 계승되어야 할 전통이라고 작가는 믿기 때문이다.

독립 이후 새롭게 등장한 지배계급이나 민족주의 엘리트에 대한 환멸은 아체베도 공유하고 있다. 미래의 민족국가를 이끌어나갈 엘리트들에 대한 아체베의 실망은, 그가 두 번째로 출판했으며, 3부작 연대기 가운데 제일 마지막에 해당하는 『더 이상 평안은 없어라』의 주인공 오비 오콘궈의 모습을 통해 표출된 바 있다. 『무너져내리다』에서 비극적인 최후를 맞이하는 오콘궈의 손자인 오비는 우무오피아 마을의 재정 지원을 받아 영국에서 유학을 마친 후 식민 치하의 조국 나이로비에서 관리가 된다. 그러나 지위에 어울리지 않는 소비생활로 인해 경제적인 압박을 받은 오비는 결국 수뢰의 유혹에 빠지게 되고 급기야 재판정에 선다.

해방 이후의 나이지리아가 보여준 부정부패는 『민중의 아들』(*A Man of the People*, 1966)에서 문화부 장관 낭가와 그의 과거 제자 오딜리에 대한 묘사에서도 잘 나타난다. 오딜리의 기억에 따르면 낭가는 과거 식민시대에 후세 교육에 전념한 초등학교 교사였다. 그러나 소설의 시작 부분에서 오딜리가 만나게 되는 현재의 낭가는 국회의원이자 문화부 장관으로서 권력의 중심부에 서 있는 존재다. 아체베는 이 소설에서 7개의 침실과 7개의 욕실을 갖춘 대저택을 소유하며 유부녀와 처녀를 가리지 않고 방탕한 생활을 즐기는 낭가의 모습을, 또한 고가의 저택 10채를 외국 대사들에게 임대하고 있는 건설부 장관의 모습을 그려낸다. 이러한 권력 계층의 반대편에는 화장실이 없어 "플라스틱 똥통"을 사용하는 서민들을 세움으로써 작가는 "탈식민" 아프리카의 꿈을 배반한 '부의 양극화' 현상을 신랄하게 지적한다. 아체베 학자들이 즐겨 인용하는 유명한 비판은 다음과 같이 표현된다.

> 어제까지만 해도 우리는 모두 함께 비를 맞았다. 그러다 우리들 중 몇 안 되는—똑똑하고 운이 좋으나 결코 최고라고는 할 수 없는—사람들이 과거의 지배자들이 남겨놓은 유일한 피난처를 서로 차지하려고 설쳤고 그것을 차지한 뒤에는 다른 사람들이 못 들어오도록 막았다. 그러고 나서는 실내에서 수많은 확성기를 사용하여 나머지 사람들을 설득하려고 했다. 투쟁의 첫 단계에서는 승리를 거두었으나 그다음—피난처의 확장에 해당하는—단계는 더욱 중요한 것이어서 새롭고 고유한 전술을 필요로 한다고. 그 전술이란 모든 논쟁이 중단되어야 하며, 모든 사람들이 하나의 목소리로 말해야 하며, 집 바깥에서 벌어지는 어떠한 이견이나 논쟁도 집 전체를 뒤엎을 것이니 [조심하자는 것이다].[73]

이러한 비판적인 인식을 화자 오딜리는 소설에서 개진한다. 오딜리는 후세의 교육에 매진하는 탈식민시대의 지식인이다. 그러니 그의 경

73) Chinua Achebe, *A Man of the People* (London: Anchor Books, 1989), 37쪽.

우에도 비판적 지식인의 모습이 가면에 지나지 않음이 곧 드러난다. 한때 권력과 그에 추종하는 무리를 매섭게 비판했지만 자신이 권력의 수혜자로 발탁되는 순간 그의 비판적인 이성은 기능을 멈추기 때문이다. 위 인용문에서 드러나듯 해방 이후 민족 정권이 보여준 배반에 대한 그의 사유는 실은 그가 낭가의 영향력에 기생해 권력의 단맛을 보고 있을 때는 하지 못하던 생각이다. 정치적 후견인 노릇을 해주던 낭가로부터 버림받은 뒤에야 이러한 비판이 이뤄진다는 점에서 오딜리는 아체베가 비판하는 탈식민시대의 변절한 지식인의 전형이다.

탈식민시대에 대한 아체베의 비판은 『사바나의 개미탑』(*Anthills of the Savannah*, 1987)에서도 계속되는데, 이 작품에서 드러나는 사회적 비전은 후기 응구기의 비전에 상당히 근접하다. 아체베는 인터뷰에서 나이지리아에 대한 자신의 입장을 밝혔다.

> 저의 역할은 변화해왔습니다. 이러한 변화는 어쨌거나 모든 다른 작가들의 경우도 마찬가지라고 저는 생각합니다. 우리는 이 땅에도 무언가가—문명 · 종교 · 역사가—있음을 보여주는 것으로 우리의 작업을 시작했습니다. 이는 필요한 일이었지요. 그 뒤 우리는 독립 이후의 시대로 옮겨갔습니다. **저는 민족주의 운동과 함께 싸웠고 정치인들의 편을 들었지만, 독립 이후에 그들과 내가 이제 서로 다른 편에 서 있음을 알았습니다.** 그들이 해야 할 일이라고 우리 모두가 동의했던 일을 그들이 하지 않았기 때문입니다. **그래서 저는 비판자가 되어야 했습니다. 저는 자신들의 지도자와 맞서게 된 민중의 편에 서야 했습니다. 이번에는 흑인 지도자들과 맞선 것이지요.**[74]

74) Chinua Achebe, 앞의 책, *Conversations with Chinua Achebe*, 30쪽; 고딕체는 필자 강조.

응구기도 아체베와 이러한 인식을 공유하고 있다. 둘 다 "공동체에 대한 개인의 책임"을 강조했다는 점에서 후기의 응구기나 아체베는 공동체주의를 오늘날 아프리카에 만연한 쇠퇴, 부패와 소외에 대한 해독제로 간주했다고 볼 수 있을 것이다. 그러나 이때 공동체적 덕목이란 외부의 신식민주의적 세력과 내부의 부패한 지배계급에 맞서기 위해 필요한 단결을 강조한 것으로 이해해야지 특정한 사회적 의식을 오늘날 되살리려고 한 것으로 이해하면 곤란하다. 예컨대, 아체베가 콜라넛을 깨뜨려 먹는 의식을 통해, 응구기가 전통주인 텡에타를 담그는 법의 전승을 통해 과거의 정신을 되살리려고 했다는 주장[75]은 탈식민시대의 현실에 대한 아프리카 작가들의 인식을 안이하게 평가했다는 생각을 갖게 한다.

1983년에 출판된 『나이지리아의 문제』에서 아체베는 조국의 정치 · 경제적 문제는 "지도력의 결핍"과 "나쁜 국민적 습관"에 기인한다고 했다. 그가 열거하는 망국적 요인에는 부패 · 심각한 불평등 · 시끄럽고 천박함 · 이기주의 · 무능력 · 무절제"가 있으며 그 외에도 부족주의가 있다. 아체베는 나이지리아 국민들에게 이러한 악덕을 과감히 떨쳐버릴 것을 요청한다.[76] 아체베가 사회의 모순을 해결하기 위하여 이처럼 개인의 도덕심에 호소했다면, 응구기의 해결책은 이보다 훨씬 전투적인

75) Leonard A. Podis와 Yakubu Saaka 공저, "*Anthills of the Savannah* and *Petals of Blood*: The Creation of a Usable Past", *Journal of Black Studies*, 22.1(Sep. 1991), 112쪽, 106쪽.

76) Chinua Achebe, *The Trouble with Nigeria*(Portsmouth, NH: Heinemann, 1984), 2쪽, 5~8쪽. 아프리카 각국의 현재 지도가 과거 유럽의 식민통치의 산물이라는 점을 고려할 때 아프리카의 민족주의는 사실 봉합이 제대로 되지 못한 부족주의라고 할 수 있다. 나이지리아 연방에 의해 무력으로 해체된 비아프라 독립운동은 해방된 아프리카 각국이 겪게 된 분리주의 갈등의 대표적인 경우다.

것이다. 응구기는 "제국주의를 패배시키고 세계의 다른 민족들과 제휴해 고도의 민주주의와 사회주의 체제를 창출하기 위한 투쟁"이 필요함을 강조했다. 그는 또한 아프리카의 작가들은 "아프리카어를 사용하여" "아프리카의 조직화된 농민과 노동계급의 혁명 전통을 되살려야 함"을 주장한다.[77] 그는 이러한 혁명적 전통을 마우마우 운동에서 찾는다.

그러나 응구기의 혁명 비전에도 문제가 없는 것은 아니다. 응구기는 마우마우 전통을 신식민주의에 저항할 수 있는 정신적·문화적 원천으로 제시하나, 실은 마우마우 운동이 그만한 대표성이 있는지에 대해서 이견이 있기 때문이다. 특히 이 운동을 식민 해방 이후의 케냐에서, 그것도 키쿠유 외 부족들에게까지 신식민주의에 대한 대항 패러다임으로 제시하는 것은 식민시대에 키쿠유 족이 주도한 지역적인 항거를 과잉해석하는 것일 수 있다.

마우마우 운동의 지도자였던 케냐타까지도 해방 직전에는 초부족적인 케냐를 건설하기 위해 마우마우의 의미와 역할을 축소하기도 했다. 이는 마우마우 운동의 부족적 한계가 잘 드러나는 사건이다. 그러나 케냐타는 내부의 권력 구도가 변화하여 루오 족에 대한 정치적 대항세력이 필요하자 마우마우의 옛 전사들을 정치의 전면에 다시 세웠다.

오구데가 주장하듯, 이처럼 마우마우 운동의 역사는 현재에서 벌어지는 케냐 내부의 권력 투쟁의 향방에 따라 항상 새롭게 평가되거나 쓰이는 부분이 있다.[78] 그러니 키쿠유 족이 벌인 저항의 역사에 대한 응구기의 기록도 '역사적 서술의 정치성'이라는 관점에서 볼 때 다분히 문제적으로 다가올 수 있다. 응구기가 그려내는 반식민 저항의 전통이

---

77) Ngugi wa Thiong'o, 앞의 책, *Decolonising the Mind*, 29~30쪽.

78) James Ogude, "Ngugi's Concept of History and the Post-Colonial Discourses in Kenya", *Canadian Journal of African Studies*, 31.1(1997), 98~99쪽.

나 신식민주의에 대항하는 전선(戰線)에서 케냐의 다른 부족들은 보이지 않기 때문이다.

어쨌거나 응구기에게 국제 자본주의의 횡포, 이와 야합한 아프리카의 민족 부르주아지에 대한 대안은 궁극적으로 사회주의적 비전으로 수렴된다. 결론적으로, 응구기가 탈식민 케냐의 현실에 대한 타개책을 노동자와 농민의 '반식민 저항'에서 찾는다면, 아체베는 제도의 개혁이나 개인의 반성에서 찾는다. 비(非)혁명적인 수단들, 예컨대 개인의 양심이나 도덕성, 애국심에 호소한다는 점에서 아체베의 비전은 '개량주의적 휴머니즘'이 갖는 장점과 한계를 동시에 드러낸다.

아버지에게 매달리듯 남편에게 매달리는 여성은 고아의 죽음을 맞는다.

• 하우사 속담

3
내부 식민주의와 딸들의 불만

아프리카 문학과 '성 정치학'

식민시대의 청산을 목표로 하고 구성원의 통합을 촉구하는 반식민 민족주의 진영 내에서조차 여성은 타자의 위치에 서 있었다는 것이 제3세계 페미니스트들의 의견이다. 일례로 룸바는 인도의 순장(殉葬) 풍습에 관한 논란이나 여성의 교육에 관한 벵골 민족주의자들의 주장을 분석하면서, 식민주의 담론뿐만 아니라 반식민 민족 담론 내에서도 여성의 모습은 보이지 않는다고 주장한다. 그가 전하길 인도의 민족주의자들이 여성의 교육을 주장할 때 그 이면에는 여성을 좀더 훌륭한 "내조자"이자 "어머니"로 만들려는 의도가 있었으며, 순장 풍습이 영국 식민주의자와 인도 민족주의자들 사이에 논란이 되었을 때조차 여성이 발언권을 가진 주체로서 "자신의 생사"에 관한 논란에 참가했던 적은 없었다는 것이다.[1]

이 가운데 순장 문제는 일찍이 스피박이 논문 「하위주체는 말할 수 있는가?」에서 다뤘다. 스피박에 따르면, 순장을 당하는 인도의 미망인들은 "갈색 여성을 갈색 남성으로부터 구할 것"을 천명하는 영국 지배

---

1) Ania Loomba, 앞의 책, 219쪽.

자들뿐만 아니라 이 여성들이 "죽음을 원한다"고 주장하는 인도 민족주의 진영 내에서도 침묵을 강요당했다.[2] 이 페미니스트 비평가에 따르면 식민시대 인도에서 여성의 역할은 양 진영 사이의 "이데올로기적 교전을 위한 자리"를 제공하는 것에 지나지 않았다. 제국과 반식민 민족주의 세력의 관계에 대하여 룸바는 다음과 같이 단도직입적으로 표현한다. "그들 사이의 차이에도, 또한 식민지 여성들을 두고 서로 벌였던 다툼에도 불구하고, 제국의 가부장제와 식민지의 가부장제는 여성을 '종래의 자리'에 가두려는 노력에서는 종종 협력했다."[3]

아프리카에서도 해방 이전이나 이후나 여성들이 처한 상황은 그리 다르지 않았다. 식민통치 아래 케냐에서는 "케냐 아프리카 민족연합"이 사회적 불평등과 성적 불평등 모두를 배척할 것을 선언한 적이 있다. 독립 이후에는 케냐 정부도 기관지를 통하여 남녀평등을 강조했기에 탈식민시대의 케냐에서 여성의 인권이 향상될 것이라는 기대가 높았다. 그러나 놀랍게도 해방 이후 "여성의 인권에 관한 한 아프리카인들이 구성한 정부는 식민지 행정부와 다를 바 없이 무관심했을 뿐만 아니라 오히려 더 심한 편이라는 것이 옳다"[4]는 지적이 나온다. 탈식민 초기의 여성 작가들이 식민 지배자뿐만 아니라 동족 남성들에 대항하여 여성의 목소리를 복원하려는 것은 이러한 배경에서 나온 것이다.

이 복원 작업은 어느 정도 스피박이나 룸바가 제기하는 문제의식과 상통한다. 그러나 스피박과 룸바의 시각은 원칙적으로 동의할 수 있는 내용이기는 하되 이들이 제시하는 "하위 주체론"이 제3세계 여성을

---

2) Gayatri Spivak, "Can the Subaltern Speak?", *Marxism and the Interpretation of Culture*, Cary Nelson과 Lawrence Grossberg 공편 (Urbana: U of Illinois Press, 1988), 297쪽, 306쪽.

3) Ania Loomba, 앞의 책, 222쪽.

4) Audrey Wipper, "Equal Rights for Women in Kenya?", *The Journal of Modern African Studies*, 9.3(1971), 431쪽.

'정형화'하는 위험에 빠질 수 있음 또한 경계해야 한다. 예컨대, 아프리카 여성 작가들이 차별받는 여성들의 권익을 옹호했다고 해서, 이들이 가부장적 전통을 한 목소리로 비판했을 것이라고 생각하는 것은 큰 오류다. 아프리카라는 하나의 대륙 내에서도 어떤 시대를 살았으며, 어떤 부족과 어떤 계층에 속하느냐에 따라서 각 여성이 경험하는 성차별의 현실은 상당히 다를 수 있기 때문이다. 그러니 성차별에 대항하여 목소리를 내고자 하는 복원 작업도 작가마다 각기 다른 스펙트럼으로 나타날 수밖에 없다.

곧 논의하겠지만 전통에 대한 아프리카 여성작가들의 태도는 개인에 따라서 상당히 다르다. 이 장에서는 케냐의 오곳(Grace Ogot, 1930~), 나이지리아의 와파(Flora Nwapa, 1931~93), 에메체타(Buchi Emecheta, 1944~)에 대한 논의를 통해 아프리카 여성작가들이 전통문화와 맺는 관계를 점검하고 이들의 입장이 이데올로기적으로 어떠한 문제가 있는지를 살펴보고자 한다.

담론이 남성의 전유물일 때, 재현 체계에서 드러나는 여성의 이미지는 남성들의 필요와 요구에 따라 결정되게 마련이다. 즉 식민 지배와 그 유산에 대항하기 위해 남성 작가들이 어떠한 서사 전략을 채택하느냐에 따라서 여성의 모습이 결정된 것이다. 정도의 차이는 있으나 『무너져내리다』에서 그려내는 우무오피아에서도 아프리카 여성은 '부차성'이나 '주변성'이라는 특징을 갖는다. 남성적 가치가 여성적 가치에 의해 보완되지 않았을 때 생겨나는 파괴성과 독단주의를 지적하고 있다는 점에서, 『무너져내리다』에서 전통문화의 중요한 부분이었던 '남성성의 컬트'가 비판받는다고 볼 수는 있다.[5]

---

5) Ousseynou B. Traor, "Why the Snake-Lizard Killed His Mother", *The Politics of (M)Othering: Womanhood, Identity, and Resistance in African Literature*, Obioma Nnaemeka 엮음 (New York: Routledge,

그러나 오콘쿼의 아버지와 대조적으로 그의 어머니가 익명으로 등장한다는 점이나, 오콘쿼와 아버지의 관계, 그리고 그와 아들의 관계가 소설의 주축을 이루는 반면 아내들 간의 관계나 어머니와 딸들의 관계는 소설에서 주목을 받지 못한다는 점에서, 여성의 목소리는 아체베의 텍스트에서 주변적인 위치를 벗어나지 못한다. 페미니스트 비평가 스트래턴도 『무너져내리다』에서 여성이 차지하는 비중은 "한쪽 무릎을 꿇고" 남편에게서 술을 받아 마시는 첫째 부인 아나시가 상징적으로 보여준다고 주장했다. 또한 서사에서 여성의 상대적 위치는 "〔오콘쿼〕가 얌으로 가득 찬 창고와 세 명의 아내를 두었다"는 표현에서 단적으로 드러난다. 여성이 농작물과 같은 층위에서 남성에 의해 '소유되는 대상'인 것이다.[6] 아체베의 소설에서 비중 있는 여성 등장인물은 『사바나의 개미탑』에서야 모습을 드러낸다는 평가를 받는다.

아체베와 대조적으로 여성을 서사의 중심에 위치시키는 문학 전통도 아프리카에서 발견된다. 어머니의 '몸'을 노래한 생고르나 라이(Camara Laye, 1928~80), 프비텍(Okot p'Bitek, 1931~82)의 작품이 대표적인 예다. 이들의 서사에서 아프리카의 여성은 아프리카의 상징으로, "축복받은 다산(多産)의 땅"이 육화된 이미지로서 찬미되었다. 아프리카를 재현하면서 여성을 메타포나 상징으로 사용할 때 전략적인 장점이 분명 있을 것이다. 예컨대, 범(汎) 민족적인 감정을 고취하는 데는 모성의 이미지가 보편적인 호소력을 발휘하는 효과를 기대할 수 있다.

그러나 엄밀하게 보았을 때 이러한 시도도 문제일 수 있다. 아프리카 대륙에 존재하는 개개 문화들의 다양성과 이질성을 단일하고도 추상적

1997), 50~68쪽을 참조할 것.

6) Florence Stratton, *Contemporary African Literature and the Politics of Gender* (New York: Routledge, 1994), 25쪽.

인 상징체계로 지워버릴 수 있기 때문이다. 또한 '성 정치학'의 관점에서 보았을 때도 여성의 이미지를 빌려 아프리카를 재현하는 작업은 문제가 될 수 있다. '흑인여성'(femme noire)을 이상화함으로써 아프리카 여성이 처해 있는 억압적인 현실을 왜곡할 수 있기 때문이다. 이에 대해서 곧잘 지적되는 문인이 네그리튀드 운동을 이끈 생고르다.

> 생명의 빛깔로, 아름다운 형체로 옷 입은
> 벌거벗은 여인, 검은 여인!
> 나는 당신의 그늘 아래에서 자라났으며,
> 당신의 손길의 부드러움이 나의 눈을 가려주었소.
> 여름과 정오의 더위 속, 열기로 달아오른 높은 언덕 꼭대기에서
> 나는 당신을 발견하오, 축복받은 땅이여.
> 그리고 마치 한 마리 독수리가 벼락처럼 내려치듯
> 당신의 아름다움이 나의 마음속 깊이 내려치는구려.

이처럼 여성을 찬양하는 담론이 무대의 중심에 설 때 '여성의 현실'이 설 자리는 없어진다. 메타포나 상징으로서의 흑인여성이 현실세계의 흑인여성과 동일시될 수 없음을 르네 라리에는 다음과 같이 표현한다. "아프리카를 노래한 같은 작가들이 '어머니'라는 점에서는 모국 아프리카와 다를 바 없는 자신의 아내들을 찬미하지 않는 것은 아이러니컬하다."[7] 더욱이 아프리카의 전통사회에서 여성의 억압이 모성(母性)의 이름으로 이루어져왔다는 점을 고려할 때, 모성에 대한 강조는 가부장적 이데올로기와 공모한다는 혐의로부터 자유롭지 못하다.

---

7) Renée Larrier, "Reconstructing Motherhood", *The Politics of (M)Othering*, Obioma Nnaemeka 엮음 (New York: Routledge, 1997), 194쪽.

아프리카 여성의 재현에 따르는 또 다른 문제는, 여성이 처한 현실을 타개하는 진취적인 여성상은 차치하더라도, 여성이 남성들의 서사에서 종종 수동적이고도 모욕적인 위치에 선다는 점이다. 이와 같은 맥락에서 나이지리아의 비평가 에코는 아프리카의 남성 문학에서 여성의 위상은 성차별주의가 만들어놓은 역할에 한정되어 있으며, 여성에 대한 묘사도 이분법적 구도에 따라 지배된다고 주장했다.[8)]

그 이분법에 따르면 여성은 크게 두 유형, 즉 전통적인 도덕을 따르는 "순종하는 여성"과 여성의 독립을 주장하는 "타락한 여성"으로 나뉜다. 아프리카 여성을 비하하는 담론의 예로 흔히 지적되는 부류에는 생고르뿐만 아니라 응구기, 에크웬시(Cyprian Ekwensi), 셈베네(Ousmane Sembéne) 등 적지 않은 수의 아프리카 작가들의 작품이 있다. 에코는 개괄적인 수준에서는 이 아프리카의 남성 작가들을 도매금으로 비판한다. 그러나 개별 작가에 대한 논의에서는 응구기와 셈베네 등 몇몇 예외적인 경우로 인정한다.

아프리카 남성 작가들에 대한 좀더 엄격한 비판은 스트래턴의 비평에서 모습을 보인다. 그의 표현을 빌리면 아래와 같다.

> 생고르의 네그리튀드든, 응구기의 사회주의든 〔여성의〕 기능은 그들의 비전을 육화하는 것이다. 그리고 어머니로 찬양되든, 창녀로 낙인찍히든, 여성은 하찮은 존재로 왜곡된다. 그녀는 은유적으로는 최고의 중요성을 가지나 실제로는 아무것도 아니다. 그녀에게는 등장인물로서의 위상도, 아무런 자율성도 없다. 그녀의 인격과 그녀의 이야기는 〔남성작가〕의 비전이 요구하는 사항에 맞도록 설계되었기 때

---

8) Ebele Eko, "Changes in the Image of the African Woman: A Celebration", *Phylon*, 47.3(1986), 211~212쪽.

문이다.[9)]

여성의 재현 문제와 관련하여 보았을 때 응구기도 스트래턴의 잣대에서는 만족스러운 점수를 받지 못함은 흥미롭다. 응구기의 『피의 꽃잎』에서 완자는 학교를 그만두고 집을 떠나면서, 가난했지만 정직했던 삶을 버리고 매춘업에 뛰어든다. 완자의 이러한 인생의 변화에서 스트래턴은 식민통치, 해방 이후의 환멸, 신식민주의의 올가미에 다시 빠져든 케냐의 역사를 읽어낸다. 그리고 응구기가 신식민주의에 "몸이 팔린" 국가 케냐를 알레고리화하는 데 매춘녀라는 반여성적인 이미지를 사용하고 있음을 지적한다.

그러나 응구기의 『피의 꽃잎』을 페미니스트적 관점에서 비판할 때는 케냐의 저항 전통과 여성의 관계도 함께 고려되어야 함을 지적하고 싶다. 반외세 저항에 대한 작가의 묘사에서 여성들도 남성 못지않은 조명을 받기 때문이다. 이를테면 케냐의 저항 전통을 몸소 실천할 뿐만 아니라 그 저항의 전통을 이야기로 들려주며 차세대를 교육하는 완자의 외할머니 은야키뉴아, 마우마우 운동에 참여한 여동생과 그녀의 남편을 구하기 위해 부역자 남편의 폭행에 맞서는 완자의 어머니, 지주의 성적 압력과 남편의 폭력에 굴복하지 않고 꿋꿋이 살며 큰아들을 마우마우 전사로, 둘째 아들을 반식민 노조 운동가로 길러낸 마리아무 같은 인물을 묘사하는 데 작가는 상당한 공을 들인다. 그러므로 응구기에 대한 페미니스트 비평이 균형을 가지려면 이 여성들에 대한 작가의 열정을 함께 고려해야 할 것이다.[10)]

아프리카 출신의 여성 작가들, 예컨대 가나의 아이두(Ama Ata

9) Florence Stratton, 앞의 책, 52쪽.

10) 『피의 꽃잎』에 대한 종래의 연구는 여성들의 주도적인 역할에 주목하지 않았

Aidoo, 1942～), 수더랜드(Efua Sutherland, 1924～96), 남아공의 헤드(Bessie Head, 1937～86), 나이지리아의 와파와 울라시(Adaora Lily Ulasi, 1932～), 그리고 케냐의 오곳은 정도의 차이는 있을지 모르겠지만 크게 보면 지배 담론에서—담론의 주체가 제국이든, 아프리카 민족국가든—발견되는 남성중심주의를 폭로하는 작업을 한다.

아이두는 『아노와』(*Anowa*, 1970)에서 전통 사회에 맞서 여성의 입장을 대변하고 있으며, 울라시는 『네가 이해하지 못하는 많은 것』(*Many Thing You No Understand*, 1970)과 『많은 것이 변하기 시작한다』(*Many Thing Begin for Change*, 1971) 등에서 순장 풍습과 관련하여 벌어지는 영제국과 아프리카의 충돌을 그려낸다. 그러나 이 여성 작가들의 작품을 자세히 들여다보면 부족 문화나 전통에 대한 이들의 입장이 그리 단순하지 않음을 발견한다.

아체베나 응구기가 전통에 대하여 취했던 입장을 '무조건적인 옹호'와 동일시할 수 없듯, 가부장적 전통에 대한 아프리카 여성 작가들의 입장 역시 도매금의 비판이나 성토와 동일시될 수 없다. 이들이 부권주의에 대해서 날을 세운 비판을 가하나, 다른 한편으로는 전통과 동일시하거나 혹은 이를 향수에 가까운 시선으로 바라보는 부분이 있기 때문이다. 이 모순적인 태도의 이면에는 그 전통이 외세에 의해 훼손되고 단절되는 위기에 처해 있다는 사실이 있다. 다르지 않은 맥락에서 아프리카 여성 작가들이 서구인의 눈에는 명백히 악습으로 여기는 전통에 대해서조차도 비판의 칼을 뽑아들지 않는 경우가 있다. 서구 페미니스트의 입장에서 보면 이들의 조심스런 태도는 여성주의의 대의에 어긋나는 것으로 비칠 수도 있다. 그러나 이들을 평가할 때 유의할 점은 자

다. 이 연구는 최근에야 한 편 발견된다. 김준년, 「Isn't Nyakinyua a Fifth Main Character of Ngugi's *Petals of Blood?*」, 『영미문화』, 제6권 제2호(2006), 19～43쪽 참조.

국의 전통에 대한 아프리카 페미니스트들의 입장이 '바깥 세상'에 선 서구 페미니스트들의 입장과는 상당히 다를 수 있다는 점이다.

아프리카 여성문학과 전통

오곳은 영어권 아프리카 최초의 여성 소설가로 평가받는다.[11] 전통 문화에 대한 그녀의 입장은 첫 소설 『약속의 땅』(*Promised Land*, 1966)에서 잘 드러난다.[12] 제2차 세계대전이 막 끝난 시점을 배경으로 하는 이 소설은 부족적 유대감과 개인의 성취욕 사이의 갈등, 즉 공동체와 개인주의 간의 갈등을 전경화 시킨다. 갈등은 루오 족의 주인공 오촐라가 조상 대대로 물려받은 땅 세메를 떠나 탕가니카로 이주할 것을 꿈꾸면서 시작된다. 오촐라의 가족과 친지들은 그의 이주 계획을 "전통을 거스르는 행위"라며 극구 만류하나 그를 막지는 못한다. 부자가 되는 꿈을 좇아 홀로 된 아버지마저 고향에 두고 떠나는 오촐라는 아프리카에서 부상하는 개인주의 정신을 상징한다.

결국 이주를 강행한 오촐라는 비옥한 토지를 무상으로 갖게 되고 열심히 노력한 덕택에 단기간에 부자가 된다. 그러나 오촐라의 성공은 이웃 토박이 주술사의 원한을 사고 급기야 가족의 목숨까지 위협받는다. 이웃의 원한을 사게 된 배경에는 "주인 없는 땅인 양" 멋대로 땅을 차지하고 "주인 행세"를 하는 루오 족에 대하여 토박이들이 오랫동안 품어 온 반감이 숨어 있다.[13] 이웃의 주술에 걸려든 오촐라 가족은 겨우 목숨

---

11) 오곳의 소설에는 부족어인 루오로 출간된 몇몇 작품 외에 *Land Without Thunder*(1968), *The Other Woman*(1976), *The Island of Tears*(1980), *The Graduate*(1980) 등이 있다.

12) 와파와 오곳에 대한 아래의 논의 가운데 일부는 졸고 「아프리카 초기 여성문학에 나타난 여성주의: 누와파와 오곳의 비교」, 『비교문학』, 제44권(2008), 113~138쪽을 수정한 것임을 밝힌다.

만 부지한 채 빈털터리 신세로 고향으로 돌아간다. 이처럼 가족이나 부족 공동체에 대한 의무보다 개인적인 욕망을 우선시하는 주인공이 결국 실패하여 부족의 품으로 돌아간다는 줄거리는 작가가 전통과 개인주의 간의 갈등에서 전통의 손을 들어주는 것으로 해석된다.

전통에 대한 오곳의 태도는 토속신앙에 대한 묘사에서도 발견된다. 그의 소설에서 아프리카의 주술은 특정인에게 상해나 질병을 일으키는 효력이 있을 뿐만 아니라, 그 효력이 현대의 서구 의학으로는 해명할 수 없는 것으로 판명된다. 아프리카의 주술이 눈속임용 푸닥거리가 아닐뿐더러 서구의 지식 세계를 초월하여 존재한다는 메시지는, 주술로 인해 병에 걸린 오출라를 백인의사는 치료하지 못하는 반면 주술사 마궁구가 치유시킨다는 사실을 통해 드러난다.

오곳의 텍스트에서 아프리카의 주술이 차지하는 비중은 역으로, 그의 텍스트에서 드러나는 기독교의 위상과의 비교를 통해서도 파악할 수 있다. 백인종교에 대한 그의 입장은 백인의사 톰슨의 부인이 집 정원에서 느끼는 종교적 감정에서 암시적으로 드러난다.

> 〔그 나무의〕 붉은 꽃들은 그녀가 책에서 본 불꽃 나무를 닮았다. 그녀는 꼼짝 않고 그 나무를 쳐다보았고 하나님께서 자신을 주시하고 있다는 생각이 그녀를 두렵게 했다. 하나님께서 불타는 관목 속에서 모세에게 말씀하셨듯 그녀에게 말씀하시는 것이 가능한 일일까? 톰슨 부인은 하나님께서 거기 계실까 봐 눈을 내리깔았고 그분을 쳐다보는 것이 두려웠다. 그 감정이 너무나 생생해서 그녀는 하나님께서 진정 자신에게 말씀하셨다고 느꼈다.[14)]

---

13) Grace Ogot, *The Promised Land* (Nairobi: East African Educational Publishers, 1990), 24쪽, 63쪽.

톰슨 부인은 흑인들을 이해하지 못할 뿐만 아니라 이들에게 의료 행위를 베푸는 남편도 못마땅해 하는 인물이다. 위의 종교적 "에피파니"가 있기 직전에 그녀는 흑인환자의 간호를 얼마 동안 맡아줄 것을 간청하는 남편과 심하게 다툰 바 있다. "배은망덕한 것"들을 위해 아내에게 간호의 짐을 지우려는 남편을 미친 사람으로 취급하고 비난했던 것이다. 이 소설에서 톰슨 부인이 이처럼 전형적인 인종주의자로 등장함을 고려했을 때, 거룩한 존재를 목격했다는 그녀의 진술은 설득력이 떨어진다.

사실 에피파니의 정체는, 하나님께서 많은 사람을 제쳐두고 하필 톰슨 부인에게 모습을 드러내셨을 가능성보다, 죄 없는 남편을 비난한 뒤 그녀가 느끼게 된 죄의식이 불러낸 '자책적인 환상'일 가능성이 더 높다. 그러니 이기적이고 편협한 백인에게 일종의 '환상'으로 존재하는 기독교의 신이 멀쩡한 사람을 아프게도, 낫게도 만드는 아프리카의 주술과 비교되는 것이다. 오곳의 텍스트는 효력이라는 측면에서 아프리카의 주술이 갖는 '실체적 존재'를 강조하고 있다.

아프리카의 악습과 민간 신앙에 대한 입장은 나이지리아 소설가 와파의 첫 소설 『에푸루』(*Efuru*, 1966)에서도 나타난다.[15] 『약속의 땅』과 같은 해에 출판된 이 소설을 두고 오곳은 "여성의 세계를 선명하게 그려낸 몇 안 되는 소설 가운데 하나"[16]로 칭찬한 바 있다. 『에푸루』에 관해 특기할 사실은, 여성 할례 의식이나 신부 몸값, 일부다처제 같은 "악습"을 재현하는 데 직접적인 판단을 배제한다는 점이다. 일례로, 할례를 받는 당사자인 여주인공 에푸루나 전지적 화자 그 어느 누구도 이

---

14) 같은 책, 118쪽.

15) 와파의 작품 중에는 본 저서에서 언급된 작품 외에 *Idu*(1970), *Never Again*(1975), *Women Are Different*(1986) 등이 있다.

16) Grace Ogot, "Women's World", *East African Journal*, 3.7(1966), 38쪽.

제도를 가부장적 악습으로 비판하지 않는다는 사실은 유의할 만하다. 요컨대, 이 소설에서 여성 할례는 고통스럽지만 결혼한 여성이 응당 받아야 할 의식으로, 그 고통은 시어머니가 준비하는 몇 달의 성찬(盛饌)과 휴식으로 보상받는다.[17)]

할례에 대한 와파의 조심스러운 입장은 이 의식에 대한 여성들의 입장이 오늘날까지도 다양하다는 사실과 무관하지 않다. 최근의 연구에 따르면, 할례를 교육이 보편화될수록 없어질 전통으로 보는 여성이 있는가 하면, 부모를 졸라서 굳이 할례를 받은 여성이 있다고 한다. 즉 할례에 대한 아프리카 여성들의 의견이 분분한 것이다. 1967년에 태어나 1982년에 초등학교를 졸업한 뒤 할례를 받은 키쿠유 여성은 다음과 같이 진술했다.

> 나는 성숙한 여성이 되기를 원했지요. 그래서 "언제쯤 할례를 받을 수 있는지" 부모님을 졸라댔어요. 부모님은 제가 할례가 무엇인지 이해할 수 있을 만큼 나이를 먹을 때까지 기다리기를 원했어요.
>
> 나 자신이 원했기에, 우리나라가 변해서 할례를 금지하지 않는 한 나는 딸들이 할례를 받게 할 생각입니다. 우리의 문화에서 할례는 받아야 할 것이죠.[18)]

여성 할례는 서구 식민주의자와 서구 페미니스트들 모두 자신의 개입이 필요하다고 여기는 악습이다. '서구인의 눈으로' 보았을 때 이러한 악습에 동참하는 여성들은 모두 교육을 제대로 받지 못했거나 여권의식을 갖지 못한 여성들이다. 그러나 아프리카 여성들에게는 자신들

---

17) Flora Nwapa, *Efuru* (Oxford: Heinemann, 1966), 14쪽, 17쪽.
18) Helena Halperin, *I Laugh so I Won't Cry: Kenya's Women Tell the Stories of Their Lives* (Trenton, N.J.: Africa World Press, 2005), 273쪽.

의 몸과 관련된 이 전통이 서구에 의해 일방적으로 악마화되는 것도 문제지만, 서구의 "자매들"이 자신들의 보호자임을 자임하는 태도도 문제다. '연구 및 발전을 위한 아프리카 여성협회'가 이 전통을 옹호하는 입장을 취한 것도 이러한 맥락에서 이해될 수 있다.[19]

'신부 몸값'의 문제도 크게 다르지 않다. 이 악습에 대해서 등장인물 중 어느 누구도 근본적인 질문을 제기하지 않는다. 사실 주인공 에푸루를 아내로 맞이할 때 남편 아디주아도 신부 몸값을 치르지 않았다. 에푸루가 집안의 허락 없이 결혼하는 것만으로도 부권적 제도에 대한 저항으로 읽을 만한 것이다. 더욱이 아디주아가 신부 몸값을 지불하지 않는 것은 신부 가족뿐만 아니라 혼례 전통 자체를 대단히 모욕하는 행위다. 그러나 일탈적 에피소드를 자세히 읽어보면 에푸루와 아디주아가 이 전통을 사실상 존중하고 있음이 드러난다. 신부 몸값을 지불하기 전까지 이 부부는 자신들이 정식으로 결혼한 것이라 여기지 않기 때문이다. 즉 에푸루와 아디주아는 동거를 하고 있었을 뿐이며 이러한 점은 누구보다도 당사자들이 잘 알고 있었다. '사실혼' 이후라도 에푸루와 아디주아가 돈을 벌어 신부 몸값을 갚는 것도 결국 같은 이유에서다. 몸값을 치른 뒤에야 그들은 비로소 "처음으로 정말 결혼한 것으로 느꼈다."[20]

이러한 점을 두고 '여성주의적 소설이 맞기는 한가'라는 질문을 할 수도 있겠다. 사실 이러한 질문은 신부 몸값이 의심할 여지없이 반(反)여성적인 제도라는 사유에서 출발한다. 이와 관련하여 나이지리아의 비평가 은나에메카의 설명은 주목할 만하다. 그는 에푸루를 포함해 많은 사람이 신부 몸값을 그토록 치르고 싶어하는 까닭에 대해 다음과 같

19) Natasha M. Gordon, "'Tonguing the Body': Placing Female Circumcision within African Feminist Discourse", *A Journal of Opinion*, 25.2(1997), 26쪽.

20) Flora Nwapa, 앞의 책, *Efuru*, 24쪽.

이 설명한다.

> 에푸루 아버지의 경우에 그것은 명예와 존경의 문제입니다. 에푸루의 경우 그것은 예의와 마음의 평화의 문제이지요. 나중에 우리가 알게 되듯 에푸루의 결혼이 파경에 이르게 될 때 그녀가 돌아가는 곳이 바로 친정인 생가(生家)입니다. 에푸루가 신부 몸값을 갚아야 한다고 주장한 것은 바로 돌아갈 곳 없이 배수의 진을 치고 싶지 않았기 때문이지요. 그리고 그녀의 이러한 결정은 현실주의와 상식에 기초한 것입니다. 〔……〕 나는 미국에서 가정 폭력에 희생된 여성들을 위한 피난처에서 자원봉사를 하면서 그들로부터 학대적인 관계를 떠나지 못하는 이유가 갈 곳이 없기 때문이라는 말을 들었습니다. 우구타(이보 지역)에서 여성들은 어디로 갈지를 알고 있습니다. 그들은 친정으로 갑니다.[21]

물론 신부 몸값을 치르지 않은 여성에게는 친정행이 허락되지 않거나 허락되더라도 식구들에게 달갑지 않은 존재로 여겨지는 아프리카의 현실을 비판할 수는 있다. 그러나 이 제도가 여성의 권익이 보장받지 못하던 아프리카에서 일종의 '사회 보험'처럼 기능했다는 사실은 이 제도에 대한 외부인의 판단이나 개입이 자칫 섣부른 것일 수 있음을 경고한다. 그러니 은나에메카의 시각에 동의하지 않더라도, 와파의 소설이 적어도 여성의 해방을 위해 타파해야 할 관습의 목록에 신부 몸값을 올려놓은 것은 아니라는 점은 확실하다.

전통에 대한 와파의 입장은 『에푸루』에서 '디비아', 즉 주술 신앙과의

---

21) Obioma Nnaemeka, "Feminism, Rebellious Women, and Cultural Boundaries: Rereading Flora Nwapa and Her Compatriots", *Research in African Literatures*, 26.2(Summer 1995), 105~106쪽.

관계에서도 드러난다. 첫 남편 아디주아와의 사이에서 자식을 갖지 못하여 주위의 사람들로부터 "남자"라는 놀림을 받던 에푸루는 마침내 친정아버지와 함께 주술사를 찾아간다. 이때 디비아는 에푸루가 현재 생리 중이기에 자신에게 가까이 와서는 안 된다고 엄중한 경고를 하여 그녀를 깜짝 놀라게 만든다.[22] 이처럼 작가는 디비아의 신통력에 대한 전통적인 믿음을 부정하지 않음으로써 민간 신앙의 신비한 효력을 고스란히 보존해준다.

전통과 텍스트의 모호한 관계는 또한 아프리카 외부에 위치한 독자에게는 명백히 부권적인 제도인 일부다처제와 남아선호사상에 대해서 에푸루가 심각한 비판을 가하지는 않는다는 점에서도 드러난다. 예컨대, 아들을 낳지 못하여 아내로서의 책임을 다하지 못하게 되었을 때 에푸루는 남성의 대를 이어야 하는 전통적인 성 역할에 대해 질문하기보다는 자신이 불임의 몸임을 안타까워한다. 일부다처제에 대한 텍스트의 입장도 페미니즘과는 거리가 있다. 에푸루가 두 번째 남편의 아기도 갖지 못하자, 첫 남편의 이모 아자누푸가 에푸루에게 둘째 부인을 정하는 선제 행동을 취하는 것이 여러 모로 유리하다고 조언한다. 시어머니가 둘째 며느리를 들일 경우 둘째 부인이 본부인을 압도할 가능성이 있다는 것이다. 이 말을 들었을 때 에푸루는 남편이 둘째 아내를 맞이한 사실 때문이 아니라 자신이 불임의 몸으로 여겨진다는 것 때문에 괴로워한다.[23]

에푸루의 전통적인 면은 아디주아가 평판이 좋지 않은 여성과 눈이 맞아 집을 나갔을 때도 드러난다. 돌아오지 않는 남편을 기다리다 못해 에푸루는 친정아버지를 찾아가 상의하는데, 이때 아버지는 남편을 독

22) Flora Nwapa, 앞의 책, *Efuru*, 25쪽.
23) 같은 책, 165쪽.

점하려들지 말라고 훈계한다. 이에 대해 에푸루는 남편에게 둘째 부인을 정해줄 생각을 이미 하고 있었다며, 자신이 속상해하는 이유는 남편이 둘째 부인을 맞이해서가 아니라 평판이 나쁜 여자와 지내고 있기 때문이라고 대답한다.[24] 오늘날의 페미니즘의 시각에서 보았을 때, 이른바 '악습'에 대해 선전포고를 하지 않았다는 점에서 와파의 소설은 보수적인 텍스트다. 그러나 초기의 아프리카 여성 작가들은 이처럼 서구인의 눈에는 낯설거나 혐오스런 관습들도 토착 사회에서는 일정한 사회적 기능을 행사해왔음을 밝히고 있다.

아프리카 여성주의의 딜레마

물론 그렇다고 해서 와파의 텍스트에 분명한 여성주의적 의제가 없었다고 생각하면 오산이다. 와파가 『에푸루』에서 의제로 삼은 것은 '남편의 의무'와 '아내의 권리'의 문제다. 여성의 권리에 대한 주인공 에푸루의 고양된 의식은 아디주아가 잠적하여 배우자로서의 의무를 완전히 방기할 때 분명히 드러난다. 돌아오지 않는 남편 때문에 에푸루는 한동안 괴로워하다가 "무책임한 남편, 태만한 남편 때문에 고통받는 것은 고통의 품위를 떨어뜨리는 것"[25]이라고 선언하며 그를 떠난다.

비평가 우메에 따르면 에푸루의 이러한 삶은 작가의 전기적인 면, 즉 남편 은제리베(Gogo Nzeribe)와의 불행한 결혼 생활을 반영하는 것이다.[26] 부권적 사회가 기혼 여성에게 강요해온 순종에 대한 비판은 에푸루의 시어머니 오사이를 통해서도 표출된다. 오사이도 젊었을 때 며

24) 같은 책, 63쪽.
25) 같은 책, 62쪽.
26) Marie Umeh, "Flora Nwapa as Author, Character, and Omniscient Narrator on 'The Family Romance' in an African Society", *Dialectical*

느리와 비슷한 경험을 했으나 그녀는 며느리와는 정반대로 대응했다. 남편에게서 버림받았을 때 그녀는 주위의 재혼 권유를 뿌리치고 시댁에 들어앉아 남편이 돌아오기만을 하염없이 기다렸던 것이다.

이러한 오사이에게 언니 아자누푸는 경멸조로 말한다. "너는 모래를 먹고 못을 먹는 것 같은 시련을 겪을 때도 순종적인 아내로 불리기를 원했어. 그런 것이 네가 훌륭하다고 믿는 미덕이지. [……] 그것은 미덕이 아니야, 단순히 우둔할 따름이야."[27] 시어머니와 달리 에푸루는 행복할 권리를 주장하며 남편을 떠난다. 그러나 두 번째 남편도 그녀를 실망시키자 그녀는 이 결혼 생활도 끝낸다. 그녀가 호수의 여신 '우하미리'의 사제로서 새 삶을 시작하는 것으로 소설은 끝난다.

우하미리가 '여신'이라는 점에서, 더욱이 자식이 없는 신이라는 점에서 우하미리 숭배에는 여성주의적 해석을 유도하는 부분이 있다. 더 나아가 모성 이데올로기로부터의 해방을 뜻하는 것으로 유추할 수 있는 부분도 있다. 이러한 시각을 취하는 스트래턴에 따르면 작품의 결말은 급진적인 것이다. 이에 따르면, 결미의 에푸루는 "불임이 남성의 지배에 대한 일종의 저항임"을, 그리고 "비록 무의식적이기는 하나 그러한 저항을 실천하는 여성이 있음"을 깨닫는다. 그러나 이 비평은 이 텍스트가 순전히 비정치적이라고 보는 주장[28]만큼 문제적이다. 엄정하게 말하면 우하미리 숭배도 기성의 전통, 즉 부족의 전통신앙의 울타리 내에 속하는데, 이러한 사실이 에푸루의 행동을 급진적으로 읽는 것을 어

Anthropology, 26.3-4(2001), 343~347쪽. 흥미로운 사실은 1995년에 우메와 가진 인터뷰에서 와파 자신은 자신의 소설에 자전적인 요소가 있음을 강력히 부인했다는 점이다. Marie Umeh, "The Poetics of Economic Independence for Female Empowerment: An Interview with Flora Nwapa", *Research in African Literatures*, 26.2(Summer 1995), 26쪽.

27) Flora Nwapa, 앞의 책, *Efuru*, 79쪽.

28) Fredric Michelman, 앞의 글, 42쪽.

럽게 만들기 때문이다. 또한 이 소설에서 여성들이 모성에 충실하다는 사실과 더불어 에푸루도 모성 이데올로기에 저항하기 위해 아기를 갖지 않은 경우가 아니라는 점도 그러하다.

스트래턴의 주장과는 달리 우하미리가 "개인과 공동체의 고통을 경감시켜주는" 기능을 하는 것으로 보는 시각이 있다. 이에 따르면 우하미리 전통은 생물학적 생산 능력의 결여를 개인과 사회가 긍정적으로 보는, 그래서 신체적 · 사회적 "장애"에도 불구하고 개인의 창조적 능력이 상업적으로 발휘될 수 있도록 허용하는 사회 제도다.[29] 사회적 재생산의 기능을 담당할 수 없게 된 개인이 상업에 전념하여 능력을 발휘한다는 이야기는 성 평등을 위해 근본적인 해결책을 구하는 페미니스트의 입장에서 보았을 때 못마땅한 결론이다.

그러나 우하미리를 따르는 많은 여성들을 모성 이데올로기로부터 해방되기를 원하는 존재라고 해석한다면, 비록 오늘날의 페미니스트 잣대에 부합하는 결론이기는 해도, 이러한 비평은 이처럼 명백히 반(反)가족적 신앙이 아프리카의 전통 사회에서 어떻게 뿌리를 내릴 수 있었는지를 설명해야 하는 부담을 진다.

무엇보다 가족 제도 바깥에 서는 독립 여성으로서 하필이면 아기를 더 이상 가질 수 없는 에푸루를 선택한 것은 사회적 재생산의 기본 단위인 가족 제도와 모성을 정면으로 부정하고 싶지 않은 작가의 면모가 드러나는 부분이다. 아이를 병으로 잃은 뒤 첫째 남편과 헤어질 뿐만 아니라 둘째 남편과도 결국 갈라짐으로써 에푸루는 가족 제도의 바깥에 서지만 전통적인 공동체와의 관계에서는 여전히 제도권 내의 여성이다. 한 남편과 가정을 위해 일하는 대신 그녀는 주변의 불우한 사람

---

29) Anthonia C. Kalu, "Those Left Out in the Rain: African Literary Theory and the Re-Invention of the African Woman", *African Studies Review*, 37.2(Sep. 1994), 83쪽.

들에게 선을 베풀고, 이들과 우하미리의 원활한 소통을 위하여 일하기로 결정한 것이다. 그러니 와파가 주창하는 류의 여성주의는 전통 '내에서' 여성의 자율 공간을 모색하는 것으로 해석될 수 있다. 이러한 점에서 에푸루가 공동체 바깥이 아닌 그 내부에서 독립을 성취한 것[30]이라는 비평가 브라운 해석이 좀더 설득력 있다.

『에푸루』는 또한 여성의 시각에서 최초로 이보 사회를 그린 작품이라는 점에서도 의의가 있다. 이는 아체베의 『무너져내리다』와 비교할 때 구체적으로 드러난다. 와파는 『사바나의 개미탑』을 제외한 아프리카 남성 작가들의 작품 대부분이 아프리카 여성들을 제대로 그려지지 못했다고 질책한 바 있다.[31] 아체베의 첫 작품에서 여성은 익명이거나 익명에 가까운 존재로 묘사되었기 때문이다. 이 소설에서는 오그반제라고 여겨진 오콘쿼의 딸 에진마나 신 아발라의 여사제 치엘로를 제외하고는 비중 있는 여성 등장인물이 거의 없다.

아체베의 작품에서 여성이 익명화된 것은 당대의 가부장적 현실을 충실히 재현하려는 시도로 해석할 수도 있지만, 『에푸루』와 비교해보았을 때 여성에 관한 적지 않은 부분이 누락되어 있음이 드러난다. 와파가 그려내는 우구타의 여성들은 우무오피아의 여성과 달리 식민지의 법에 순응하기를 거부하는 용기 있는 인물들이다. 일례로, 식민 지배자들이 개인 양조를 금하는 법을 제정하지만 우구타의 이보 여성들은 이에 아랑곳하지 않는다. 이들은 감옥에 끌려가더라도 술 담그기를 계속할 것을 다짐하며, 밀주 제조를 멈추게 하려면 상점의 술값을 낮춰야 한다는 주장을 한다.[32] 이들 가운데 일부는 가부장적 권위에 무조건적

30) Lloyd Brown, *Women Writers in Black Africa* (Westport, CT: Greenwood Press, 1981), 144쪽.

31) Marie Umeh, 앞의 글, "The Poetics of Economic Independence for Female Empowerment", 27쪽.

으로 순응하기를 거부한다. 이는 분명 아체베가 적어도 초기 소설에서는 들려줄 수 없었던 '주체적인 여성들'의 이야기다. 또한 타인에게 봉사하는 정신을 진정으로 실현한다는 점에서 에푸루는 '공식적인 직함'만 없을 뿐 실질적으로 마을의 지도자다. 다시 한 번 '제도 내에서의 페미니즘'이라는 생각을 하게 되는 부분이다. 어쨌거나 우구타 여성이 보여주는 '베풂'과 '저항' 정신에 대한 와파의 생동감 넘치는 묘사는 분명 오콘쿼의 '이름 없는 아내들'과는 다른 차원에서 여성의 문제에 접근했다고 판단된다.

오곳의 텍스트 『약속의 땅』에서도 부권주의에 대한 비판을 찾아볼 수 있다. 가부장 제도가 인류의 역사상 오랫동안 존속할 수 있었던 데에는 여러 이유가 있겠지만 그중 하나는 가부장적 사회가 여성을 무조건 폄하하고 억압하는 정책을 펴서가 아니라 여성을 보호한다는 명분을 같이 내세웠기 때문이라는 주장이 있다. 아내 은야폴이 이주를 반대하자 이를 윽박지르는 오촐라의 모습이 이러한 면을 잘 드러낸다. "가정에는 단 한 사람의 남편이 있을 뿐이야. 내가 이 모든 어려운 결정들을 내리는 것은 당신을 행복하게 해주기 위해서야."[33] 하지만 은야폴도 지지 않는다. 그녀는 남편에게 눈물로 호소하거나 침묵으로 항의도 하고, 친지들을 동원하여 설득하는 등 갖가지 대항 전술을 구사한다. 이처럼 '배우자의 의사가 타진되고 존중될 것'을 요구한다는 점에서 은야폴은 가부장제 내에서의 여권을 대변하고 있다. 또한 탕가니카를 떠나기 싫어하는 남편의 등을 떠다밀어 결국 고향으로 돌아오게 만든다는 점에서 그녀는 남편의 의지를 꺾고 자신의 소원을 관철시키는 인물이다. 그러한 점에서 그녀가 "전통 사회가 여성에게 부과한 임무를 질문 없이

---

32) Flora Nwapa, 앞의 책, *Efuru*, 86쪽.
33) Grace Ogot, 앞의 책, *The Promised Land*, 15쪽.

수행하고 남편에게 순종하는 여성"[34]이라는 브라운의 평가는 재고해야 할 진술이다.

그렇다고 해서 은야폴을 전통적 관습을 거부하는 비순응주의자로, 오늘날의 페미니스트의 기대에 십분 부응하는 여권주의자로 보는 것도 또한 오류다. 이러한 시각에 따르면, 은야폴은 가부장제에서 살아남기 위해 순종적인 모습을 채택한 영특한 페미니스트다. 즉 은야폴이 시댁의 관습을 따르고 시가 친지들과의 관계를 돈독히 하는 '착한 며느리' 역할을 했던 것은 생존을 위한 전략적 행동이었을 뿐이었다. 그래서 세메의 문화적 영향권을 벗어나자마자 그녀는 루오의 전통을 무시하는 행동을 보여준다는 것이다. 새집에서 입주 첫날밤을 남편 혼자 지내는 루오의 관습을 탕가니카에서 남편이 따르려고 하자 이를 만류한 것이 그 예다.[35]

그러나 텍스트를 자세히 읽어보면, 남편이 입주 첫날밤을 혼자 지내는 것에 은야폴이 반대한 이유는 세메의 관습에 저항해서가 아니라 밤짐승이 들끓는 황량한 곳에서 남편이 홀로 있는 것을 걱정했기 때문이었음을 알 수 있다.[36] 이러한 점을 고려했을 때 은야폴은 남편과의 관계에서는 배우자로서의 권리를 인정받기를 요구하는 인물이며, 부족공동체와의 관계에서는 공동체의 전통과 동일시하는 여성이라고 보아야 한다. 땅과의 유대감이나 조상에 대한 의무, 그리고 부족과의 연대감을 주인공이 강조하는 것도 이러한 이유에서다. 사적인 영역에서는 아내로서의 권리를 지키려고 하나, 조상 대대로 내려온 땅과 루오 족 문화에 대한 공적인 영역에서는 전통을 고집하는 은야폴은 이데올로기적으로 문제적인 여성이다.

---

34) Lloyd Brown, 앞의 책, 26쪽.
35) Florence Stratton, 앞의 책, 69쪽.
36) Grace Ogot, 앞의 책, *The Promised Land*, 54쪽.

여성의 이혼권을 주장하는 『에푸루』와 비교할 때도 오곳의 첫 소설이 보여주는 여권 의식은 다소 떨어지는 것이 사실이다. 당대의 여성들의 여권 의식이 오곳의 소설에 제대로 반영되지 못하는 부분이 있음을 고려할 때도 그렇다. 작가 당대에 활발한 활동을 펼친 여성단체로는 '대학여성연합' '케냐 여성회' '여성 세미나' '케냐 여성 민족의회' 등이 있었다. 뿐만 아니라 스와힐리어로 여성의 진보를 뜻하는 '마엔델레오 야 와나와케'(Maendeleo ya Wanawake)만 하더라도 농촌 지역까지 지부를 두고 있는 최대의 여성 인권 단체였다. 케냐 여성들에게 가사(家事)에 관한 근대적 교육을 실시한 이 단체는 일찍이 1950년대에 조직된 것이다.

케냐가 독립하기 이전부터 여성 단체들은 남성과 여성의 활동 영역을 엄격히 가르는 성 이데올로기를 거부했다. 1962년 『동아프리카 스탠더드』(*East African Standard*)에 실린 '루오 연합운동'의 주장을 빌리면 다음과 같다. "우리는 부엌에 앉아 있으라는 말을 듣기가 지겨워졌다. 우리에게는 교육받은 여성들, 남성들보다 우리를 더 잘 대변할 수 있는 여성들이 있다." 이보다 2년 뒤인 1964년 마엔델레오의 회장 하브웨(Ruth Habwe) 같은 이도 "삶의 모든 영역에서 여성의 목소리가 들릴 것"을 요구한 바 있다.[37] 오곳의 텍스트에 이러한 여권 의식은 반영되어 있지 않다. 뿐만 아니라 땅이나 가축 등 재산에 대한 여성의 권리를 주장하는 목소리도, 미혼모에게 아이의 양육권을 부여하여 케냐 당대 사회를 분열시킨 '서출(庶出) 귀속법'[38]에 대한 반항도 오곳의 텍스트에서

37) Audrey Wipper, 앞의 글, 437쪽, 433쪽.

38) 남성에게 자녀 양육권을 주었던 기존의 법령에 비해 '서출 귀속법'은 양성 평등에 큰 걸음으로 다가간 법이었다. 그러나 이 법은 "음란함을 조장하고 결혼 의향을 저하시키며" "아프리카의 부족적 관습을 부정한다" 하여 많은 사람들의 비판을 받게 되며 급기야 법이 통과된 지 8개월 만에 폐지 법안이 상정된

는 들리지 않는다.

『에푸루』나 『약속의 땅』 같은 작품은 당대의 아프리카 여성들이 안고 있던 문제, 즉 여성의 권리에 대한 의식과 전통에 대한 향수 사이의 딜레마를 여실히 드러내고 있다. 부권주의에 대항하여 여성의 목소리를 내는 기획은 필연적으로 전통문화와 충돌한다. 더욱이 이러한 페미니스트 기획이 식민지에서 이루어질 때, 그 작업은 자신의 뿌리를 부정하고 더 나아가 식민주의 청산이라는 민족의 절대 명제를 거스르는 결과를 낳을 수 있다.

'홀로 서기'에 동반되는 이러한 불충한 결과를 우려하다보니 아프리카 여성 작가들은 전통에 대하여 양가적이거나 모호한 태도를 갖는 것이다. 와파의 주인공이 기성 사회와의 끈을 완전히 놓지 않는 것이나 민간 전통에 기대어 자신의 생존을 꾀하는 것으로 서사의 결말이 나는 것은 전통과 아프리카 여성주의 간의 끊을 수 없는 관계를 암시한다. 오곳의 주인공은 스스로를 전통과 동일시하기까지 한다. 오곳이나 와파의 소설에서 발견되는 이러한 이데올로기적인 문제는 바로 여성주의와 전통주의 사이의 중첩, 다시 말해 '아프리카 여성주의'와 '식민주의에 의해 위협 받는 전통' 사이에 존재하는 공감의 영역에 기인한다.

좀더 선명한 여성주의적 결말은 이 작가들의 후기 소설에 가서야 그 윤곽을 드러낸다. 기성의 가족 제도에 대한 대안적 사유는 와파의 후기 작품 『하나로 족해』(1981)에서 찾아볼 수 있다. 『에푸루』보다 15년 후에 출간된 이 작품에서 여주인공 아마카는 첫 결혼에서 아기를 낳지 못

다. 결국 서출 귀속법은 시행 10년 만에 다른 정부도 아닌 케냐 독립 운동의 대부 조모 케냐타가 이끌던 정부에 의해 1969년에 폐지된다. Lynn M. Thomas, "'The Politics of the Womb': Kenyan Debates over the Affiliation Act", *Africa Today*, 47.3-4(Summer/Autumn 2000), 156쪽, 152쪽, 155쪽 참조.

하고 이로 인해 본부인의 권리도 인정을 받지 못한다. 그러자 "결혼을 안 했거나 불임인 여성은 아무것도 아니란 말인가?"[39]라고 절규하며 남편을 과감히 떠난다. 라고스에 정착한 그녀는 자신의 '몸'을 이용해 사업을 키워나간다. 그녀는 생존을 위해 남자들과 관계를 맺고 결국에는 아이들도 낳는다. 그럼에도 아마카는 한 남자에게 매이는 삶은 거부한다.

아마카의 독립적인 정신은, 이 사생아들의 아버지가 결혼해줄 것을 청하자 결혼은 감옥이라면서 일언지하에 거절해버리는 데서도 드러난다. 이처럼 아마카의 독립이 전통이 규정해놓은 성의 금기와 결혼제도를 과감히 짓밟으면서 이루어진다는 점에서 이 작품은 초기 작품과 명백한 차이를 보여준다.

에메체타의 여성주의와 '자기 패배적 이중성'

에메체타의 『모성의 기쁨』(*The Joys of Motherhood*, 1979)은 전통과의 관계에서 와파나 오곳의 초기 소설과 선명한 대조를 이룬다.[40] 이 소설에서 에메체타는 식민지 사회에 대해 이보 여성 은누 에고와 아다쿠가 보여주는 서로 다른 반응을 통하여 식민주의와 가부장적 이데올로기 모두를 강력하게 비판한다. 은누 에고는 일견 전통적 미덕에 충실한 여성이다. 여기서 전통적 미덕이란 가부장적 사회가 규정한 여성의

---

39) Flora Nwapa, *One is Enough*(Enugu : Tana Press, 1981), 22쪽.

40) 에메체타의 작품 중에는 *Second-Class Citizen*(1974), *The Slave Girl*(1977), *The Moonlit Bride*(1976), *Our Own Freedom*(1981), *Destination Biafra*(1982), *Naira Power*(1982), *Gwendolen*(1989), *Kehinde*(1994) 등이 있다. 에메체타의 소설에 대한 분석의 일부는 졸고 「탈식민주의와 여성의 문제—부치 에메체타의 여성주의」, 『현대비평과 이론』, 제8권 제2호(1998), 80~109쪽을 수정한 것이다.

역할, 즉 출산의 의무와 순종의 의무를 의미한다.

이보의 관습에 따르면 아들을 낳지 못하는 여성은 친정의 명예에 먹칠을 하고 시댁에게는 대를 이어줄 의무를 저버린 "실패한 여성"으로 규정된다. 은누 에고도 첫 번째 결혼에서 실패한 여성이 된다. 은누 에고는 은나이페와 재혼하여 우여곡절 끝에 자식을 여럿 가진다. 셋째 아들을 낳은 뒤 친정 식구들이 그녀에게 한 칭찬의 말은, 아들을 둔 "온전한" 여성이 되는 것을 보고 싶어했던 아버지의 소원을 풀어준 훌륭한 딸이라는 것이다. 그러나 은누 에고는 남편의 무책임함 때문에 많은 자식을 홀로 부양하는 어려움을 겪는다.

미혼 여성의 가치를 신부로서 벌어들일 수 있는 몸값으로 따지고, 기혼 여성의 가치는 아들을 낳아주었는지에 따라 평가하는 전통 사회의 기준에 맞추기 위하여 애쓰며 한평생을 산 은누 에고는 오늘날의 페미니스트와는 거리가 먼 존재다. 생활고로 인해 사십대에 칠순 할머니의 모습이 된 그녀의 초상을 통해, 작가는 아프리카 전통사회가 제시하는 이상적인 여성상이 남성과의 관계에 의해 정의되는 '상대적인 자아'임을 폭로한다. 즉 진정한 자아는 없고, 남성과 남성의 이름을 위하여 봉사하는 역할만 있는 것이다.

어떤 점에서는 은누 에고를 단순히 부권주의의 희생양으로만 볼 수는 없다. 그녀는 아들들을 교육을 시키기 위해 딸들의 교육은 내팽개칠 뿐만 아니라 딸들에게는 행상을 시키기도 한다. 여성이 남자 형제를 위하여 겪은 희생은, 은누 에고가 딸 타이워를 결혼시킴으로써 받게 된 신부 몸값을 둘째 아들의 교육비로 쓰는 데서 극명하게 드러난다. 성공한 남자 형제는 여자를 남편이나 시대이 구박에서 지켜줄 든든한 방패막이가 된다는 것이 은누 에고의 생각이다.

자신도 여성으로서 불이익을 당했으면서도 불이익을 자식들에게 대물림한다는 점에서, 또한 여성은 시댁이든 친정이든 결국 남성에 기댈 수밖에 없는 존재라고 생각한 점에서, 은누 에고는 가부장제의 희생양일 뿐만 아니라 성차별의 공범이기도 하다. 가까운 곳으로 눈을 돌려보아도 여자로 태어났기에 오빠나 동생을 위해 희생을 감내해야 했지만, 자신이 어머니가 되었을 때는 아들을 선호하는 것이 아직도 적지 않은 여성들의 현실이다.

에메체타가 은누 에고를 통해서 들려주고자 하는 메시지는, 전통에 의해 숭고하게 만들어진 지배 가치의 사슬이 끊기 힘들다는 점이며, 지배 가치가 비록 억압적임을 알고 있다 하더라도 그 가치는 이미 주체에 의해 내면화된 것이기에 완전한 단절이 쉽지 않다는 것이다. 가부장적 이데올로기에 종속되어 있다는 점에서 은누 에고는 이상적인 페미니스트와는 거리가 멀다. 이는 에메체타가 강조하고 싶었던 점이다. 자신을 억압한다는 것을 알면서도 그 가치로부터 자유로울 수 없는 처지에 대해 작가는 이야기하고 싶었던 것이다. 작가는 그러한 이야기를 통해 여성의 현실에 대해 좀더 절절한 이야기를 들려줄 수 있었던 것이다.

이러한 이데올로기적인 종속의 예는 가나 출신인 아이두의 풍자 소설 『달콤함은 여기 없어라』(1970)에서도 드러난다. 이 단편 소설집에 실린 「어딘가에서 온 선물」(*A Gift from Somewhere*)에서 여주인공은 자신의 아이들이 연이어 죽는 상황을 맞게 된다. 비극적 여주인공은 이렇게 외친다.

> 이제 내가 해야 하는 일은 또 다른 임신을 준비하는 거야. 왜냐하면 그것이 내가 창조된 이유이니까. 일 년 열두 달 중 아홉 달 동안 아기를 가지는 것 말이야. 이로부터 벗어날 수 있는 길이 있을까? 그 길은 어디로 이어지는 걸까? 나는 〔아기를 갖는 것〕에 익숙해져야 해.[41]

41) Ama Ata Aidoo, *No Sweetness Here* (Harlow, Essex: Longman, 1970), 81쪽.

이런 자기 비하적인 발언을 통해 작가가 정작 의도하는 것이 무엇인지를 쉽게 짐작할 수 있다.

에메체타의 소설에 관련해 중요한 사실은, 이 텍스트가 이데올로기적으로 종속된 여성에 대한 묘사를 통해 반면교사(反面教師)의 메시지를 전달할 뿐만 아니라 그러한 종속을 극복하려는 비전도 제공한다는 사실이다. 이 소설에서 대안적 시각은 아다쿠에 의해 대변된다. 아다쿠는 남편과 사별한 뒤 딸과 함께 시동생 은나이페와 살게 된 여성이다. 자유분방하며 독립 정신이 강한 그녀는 기존의 가족제도가 자신의 미래를 보장할 수 없다고 여겨져 이를 과감히 버린다.

은누 에고가 남편에게 끊임없이 실망하고 그의 이기적인 처사를 원망하면서도 그의 곁을 떠나지 못하는 반면, 아다쿠는 아들을 낳지 못하는 자신이 은나이페의 가정에서 영원히 홀대를 받을 것임을 확신하자 당장 집을 떠나겠다고 선언한다. 은누 에고는 이 말을 자신의 수호신 '치'에게 빌러 가겠다는 뜻으로 해석한다.

> "치에 빌러 간다구?"
>
> "치는 무슨 얼어 죽을 치예요! 난 창녀가 될 테요. 나의 치는 저주나 받아라!"[42]

아다쿠의 반항은 정작 자신의 치 때문에 고통스러운 삶을 살고 있지만 치를 거역하는 불경스러운 마음을 품어 본 적이 없는 은누 에고의 순종과 대조를 이룬다.

아다쿠의 진보적인 의식은 『신부 몸값』(1976)의 주인공 아쿠나와도 비교된다. 에메체타가 가족의 반대에도 불구하고 온워디(Sylvester

---

42) Buchi Emecheta, 앞의 책, *The Joys of Motherhood*, 168쪽.

Onwordi)와 도피 결혼을 했듯, 아쿤나도 가족의 반대를 무릅쓰고 연인과 도피 결혼을 한다. 상대가 노예의 후손이라는 점에서 두 사람의 결합은 전통의 금기를 이중으로 깨뜨리는 것이다. 가족의 인정을 받지 못한 결혼일 뿐만 아니라 신부 몸값 또한 지불되지 않았기 때문에 아쿤나는 출산시 죽을 것이라는 저주를 받고, 실제로 그녀는 아기를 낳다가 죽고 만다.[43] 이 불운한 죽음을 두고 브라운이 주장하듯 금기를 깨뜨린 행위를 보복하는 초자연적인 힘의 존재를 증명하는 것으로 볼 수도 있다.[44] 그러나 이와 달리 저주 때문에 죽을지도 모른다는 공포감이 결국 주인공을 죽게 만들었다고 볼 수도 있다. 후자의 시각에서 보았을 때 이 텍스트는 전통의 힘이 개인의 의식을 얼마나 철저히 지배하는지를 드러낸다.

아쿤나와 대조적으로 아다쿠는 자신의 정신을 길들이고 지배하려는 전통을 아무런 두려움 없이 내팽개치고 짓밟는 여성이다. 아다쿠의 행동이 제도에 대한 반항임은 자신의 딸들에게 학교 교육을 받게 하여 자신보다 나은 장래를 갖도록 하겠다는 결심에서 드러난다.

> 나는 나의 딸들이 훌륭한 삶을 시작할 수 있도록 돕는 데 돈을 쓰겠어요. 딸들을 이제는 장터에 데리고 나가지 않을 거예요. 이들을 훌륭한 학교에 입학시키겠어요. 그들의 장래를 위한 좋은 투자가 될 거예요.[45]

가부장적 사회가 성차별 제도를 다음 세대로 세습시키기 위해서는 여성의 동조가 필요하다. 여성의 현재 상황이 전적으로 여성의 잘못이

---

43) Buchi Emecheta, *The Bride Price* (New York: George Braziller, 1976).
44) Lloyd Brown, 앞의 책, 49쪽.
45) Buchi Emecheta, 앞의 책, *The Joys of Motherhood*, 168쪽.

나 책임이라는 말은 물론 아니지만, 여성 자신이 남아선호사상을 버리지 않는 이상 남녀가 평등한 사회가 도래하기를 바랄 수는 없는 것이다. 이러한 맥락에서 이 소설에서 에메체타가 전달하고자 하는 메시지가 "여성 최대의 적은 여성"[46]이라는 우메의 주장을 이해할 수 있다. 남아를 선호하는 은누 에고와 달리 딸들에게만은 자신이 걸었던 가시밭길을 걷게 하지 않겠다는 아다쿠의 의지는 해방을 소망하는 아프리카 여성들이 갖추어야 할 최소한의 요건이다.

아다쿠가 부권적 사회에서 생존을 위해 주어진 여건을 최대한으로 활용한다는 점에서 그녀의 행위를 일종의 '전유의 정치학'이라 이름 붙일 수 있다. 아다쿠가 생존을 위해 가부장제에 대한 투쟁을 포기하고 체제에 동화되었다는 평자가 있기도 하다.[47] 그러나 아다쿠가 자신의 딸들을 위해 예비하는 삶이 가부장적 가치를 궁극적으로 전복한다는 점을 고려할 때, 체제 순응론은 설득력이 약하다. 텍스트는 아다쿠가 뛰어난 장사수완을 발휘하여 부를 축적했다고 진술함으로써, 그녀가 자신이 처한 상황을 적극적으로 타개해나가는 억척스러운 여성임을 강조하고 있다.

아다쿠의 진보적인 면은 무엇보다 딸들에게 서양 교육을 시킨다는 점에서, 즉 억압적인 전통문화에 대한 대항책으로서 서구의 문화를 이용한다는 점에서 잘 드러난다. 이는 은나이페를 떠난 뒤 남자에 의해 선택당하는 수동적인 운명을 벗어나 스스로 남자를 선택하는 적극적인 행동에서도 엿볼 수 있는 부분이다. 에메체타가 아체베나 응구기 같은

46) Marie Umeh, "Procreation Not Recreation: Decoding Mama in Buchi Emecheta's *The Joys of Motherhood*", *Emerging Perspectives on Buchi Emecheta*, Marie Umeh 엮음(Trenton, N.J.: Africa World Press, 1996), 198쪽.

47) Tuzyline J. Allan, *Womanist and Feminist Aesthetics: A Contemporary View* (Athens: Ohio UP, 1995), 98~104쪽.

위대한 남성 작가들에게 불만을 품는 이유는 이들의 작품에 바로 아다쿠와 같은 '신식 여성'이 부재하기 때문이다. 아프리카의 남성 작가들에 대한 에메체타의 논평을 인용하면 다음과 같다.

> 이보 여성들은 역경에도 불구하고 살아남는다. 아체베가 뛰어난 작가이기는 하나 그가 그려내는 여성들에 대해, 그리고 색채 없는 여성들을 창조하는 다른 남성 작가들에 대하여 나는 유감스럽게 생각한다.[48)]

오곳과 와파에 대한 논의에서 지적되었듯, 아프리카의 여성이 '여성의 관점'에서 글을 쓸 때 가지는 딜레마는 성(性)과 민족 간의 갈등이다. 앨런은 이러한 시각을 『모성의 기쁨』에 적용하여 이 소설이 "자기 패배적인 이중성"을 가지고 있다고 주장한다. 은누 에고가 아프리카 여성이 겪는 고통에 대하여 불만을 토로함에도 불구하고 결국 전통을 섬기는 착실한 종으로 남는 연유는 작가 내면에 있는 복합적인 성향, 즉 "페미니스트적인 의식"과 "자문화를 배반한다는 내밀한 불안"이라는 이중성 때문이라는 것이 앨런의 분석이다.[49)]

그러나 아프리카의 여성이 전통문화에 대해 가지는 이데올로기적인 이중성을 작가 에메체타에게 적용하는 것은 문제가 있다. 그러한 비평

---

48) Akachi Ezeigbo, "Conversation with Buchi Emecheta", *The Independent*. Lagos, Nigeria(Sep.~Oct. 1993), 16쪽.

49) Tuzyline Allan, 앞의 책, 107~117쪽. 이와 같은 주장을 앨런은 혼자만 하는 것은 아니다. 브라운과 레베카 부스트롬 역시 에메체타의 이데올로기적 모호성을 지적한 바 있다. Lloyd Brown, 앞의 책, 35~60쪽; Rebecca Boostrom, "Nigerian Legal Concepts in Buchi Emecheta's *The Bride Price*", 앞의 책, *Emerging Perspectives on Buchi Emecheta*, Marie Umeh 엮음(Trenton, NT: Africa World Press, 1996), 57~94쪽.

은 소설의 두 주인공 중 한 명만을, 즉 은누 에고만을 고려한 것이다. 남편을 버릴 뿐만 아니라 민간 신앙의 핵심인 '치'를 저주하는 아다쿠의 모습을 고려할 때, 이 소설은 그 어떠한 전통도 여성의 권리를 침해하는 한 탈식민 나이지리아에서 여성의 존중을 받지 못할 것임을 보여준다. 뿐만 아니라 이데올로기적 모호성의 대표적인 경우로 지적되는 은누 에고의 이중적인 면도 국가나 민족에 대한 주인공의 양가적 의식에 기인하는 것이 아니라, 앞서 논의한 지배 이데올로기의 강건함을 강조하는 장치로 해석할 수 있다.

이러한 맥락에서 보았을 때 소설의 결말은 상당히 중요한 의미를 띠는데, 이데올로기적 모호성의 관점에서 이 소설을 읽는 평자들은 대부분 이 부분을 간과한다. 『모성의 기쁨』의 결말에서 은누 에고의 후손들은 자식을 많이 낳아 여성의 '귀감'이 된 이 조상을 위해 사당을 건립하고 아이를 점지해달라는 기도를 올린다. 그러나 은누 에고의 혼령은 이에 응답하지 않는다. 이러한 응답의 부재는 "아들을 통하여 여성은 비로소 완성된다"는 가부장적 신화를 곧이곧대로 믿었지만 말년에 노후의 보장은커녕 결국 아들로부터 버림받은 데에 대한 주인공의 배신감의 표현으로 해석될 수 있다. 은누 에고의 혼령이 지키는 침묵을 이러한 관점에서 이해할 때, 작가가 자문화를 비판하는 것을 두고 "내밀한 불안을 가졌다"는 비평은 설득력을 잃는다.

'타자의 타자'가 쓰는 반식민 담론

에메체타는 식민주의에 대한 비판에 있어서도 오그괴 와파 같은 선배 작가들보다 직설적이다. 그녀는 영국 사회에 대한 비판을 자전적인 책에서 다음과 같이 명시적인 언어로 표명했다.

> 영국은 나를 냉대했다. 『이등 시민』에서 내가 말했듯, "만약 내가 예수였다면, 나는 영국을 한 마디 축복의 말도 없이 그냥 지나쳤을 것이다." 〔영국 사회의 경험은〕 마치 무덤 속으로 걸어 들어가는 기분이었다.[50)]

식민주의에 대한 비판 또한 조금도 덜하지 않은 신랄한 어조로 나타난다. 『모성의 기쁨』과 『샤비의 겁탈』(*The Rape of Shavi*, 1983) 두 작품을 통해서 이를 간략히 살펴보자. 은누 에고가 재혼의 삶을 사는 라고스는 백인의 법과 종교가 다스리는 곳이다. 백인의 법은 교회에서 이루어진 혼인만을 인정하기에 백인의 세상에서 은누 에고의 결혼은 적법하지 않다.

그토록 소원하던 첫아이를 가졌다는 기쁜 소식을 은누 에고가 남편에게 알렸을 때, 남편이 이를 반기기는커녕 두려워하는 것도 그 때문이다. '백인의 혼례'를 치르지 않았기에, 임신 사실이 알려질 경우 교회와 주인으로부터 받을 제재가 두려웠던 것이다. 또한 백인의 법의 억압적인 면은 병원이 아닌 집에서 사망하는 것을 불법으로 규정한 점에서도 드러난다. 그 법이 제정된 연유는 흑인들이 병을 고치기 위하여 주술사를 찾아가는 것을 막기 위한 것이었지만, 그 결과 라고스에서는 가족이 집에서 죽었을 경우 공개적으로 슬퍼하지도 못하게 되었다.

에메체타는 『모성의 기쁨』에서 식민통치 아래 급격하게 진행된 도시화와 자본주의화가 어떠한 병폐를 가져다주었는지를 기록한다. 그에 따르면 도시화와 자본주의는 전통적인 유대감을 손상시켜 가정에서도 소외 현상을 낳는다. 즉, 착취적인 경제체제 안에서 살아남기 위해서, 그리고 자본주의가 부추기는 소비 욕구를 채우기 위해 남편과 아내 모두가 노동

---

50) Buchi Emecheta, *Head Above Water*(London: Fontana, 1986), 29쪽.

력을 팔아야 하고, 그러다보니 가족 간에 두터운 정을 나눌 여유가 없는 것이다. 하루 종일 일해도 가족을 부양하기 힘든 백인의 경제 체제는 근대적 노예제도에 비유된다. 은누 에고와 그의 이웃의 대화를 살펴보자.

"이곳 남자들은 백인의 하인 노릇하기에 바빠서 제대로 남자 구실을 못 해. 우리 여성들이 가정을 꾸려나가지, 남편들은 아니야. 그들은 남성성을 도둑맞은 거야. 부끄러운 것은 본인들이 그러한 사실을 모른다는 것이지. 그들이 아는 것은 돈뿐이야, 빛나는 백인의 돈 말이야."

"하지만" 은누 에고가 반박했다. "우리 아버지는 백인들이 노예제가 불법이라고 했기에 노예들을 모두 풀어주었는걸. 그런데 남편들이 노예와 뭐가 다르니, 그렇지 않니?"

"남편들은 모두 노예들이야, 우리도 그렇고. 만약 주인들이 남편들을 괴롭히면, 남편들은 우리에게 그 화풀이를 해. [이전의 노예제와] 차이가 있다면 백인들이 남편들을 돈을 주고 사는 대신 부려먹고 임금을 지불한다는 점뿐이야. 사실 임금이라는 것도 이렇게 오래된 방을 하나 빌리고 나면 남는 게 없어."[51]

아프리카 남성들이 백인에 의하여 착취되는 '백인의 타자'라면, 그러한 남성을 남편으로 둔 아프리카 여성은 그 타자의 횡포에 시달린다는 점에서 '타자의 타자'다.

아체베가 『무너져내리다』와 『신의 화살』에서 아프리카와 영제국 간의 최초의 만남을 묘사하듯, 에메체타도 『샤비의 겁탈』에서 아프리카와 서구의 최초의 만남을 다룬다.[52] 에메체타는 이 소설의 시간적 배경을

---

51) Buchi Emecheta, 앞의 책, *The Joys of Motherhood*, 51쪽.

52) Buchi Emecheta, *The Rape of Shavi* (New York: George Braziller, 1979).

1983년으로, 공간적 배경으로는 사하라 사막의 '샤비'라는 가공의 아프리카 나라를 설정한다. 서구의 영향으로부터 고립되어 있던 이 나라에 어느 날 일곱 명의 이방인이 나타나는데, 이들은 임박한 핵전쟁을 피해 길을 떠났다가 비행기 사고를 당한 유럽인들이다. 그런데 이 백인들 가운데 한 명이 샤비의 왕자비(王子妃)를 겁탈할 뿐만 아니라 그녀에게 매독균을 옮겨 샤비 왕국의 혈통 계승에 엄청난 재난을 가져다준다.

비서구를 다루는 서구의 글과는 대조적으로 이 소설에서 두 인종의 만남은 '토착인의 눈'을 통하여 조명되며, 이러한 '관점의 이동'을 통하여 에메체타는 식민 담론에서 아프리카의 정복을 정당화하는 데 동원되었던 서구의 우월성이 사실은 자문화중심주의가 만든 수사에 지나지 않음을 드러낸다. 즉, 에메체타는 자신이 토로하듯 "우리의 땅이 어떻게 유럽에 의하여 겁탈되었는지"[53]를 고발함으로써 유럽의 제국주의를 미화하는 데 사용된 수사학의 허구성을 폭로하는 것이다. 또한 그녀는 서구에 비해 아프리카의 관습이 어떤 장점을 갖는지를 보여줌으로써 아프리카의 문화를 열등하게 취급했던 서구의 식민 담론에 대해 되받아 쓰기도 수행한다.

아프리카에 대한 에메체타의 재현은 자문화의 문제점도 동시에 지적하고 있다는 점에서 과거를 이상화하는 낭만적인 또는 의고적인 민족주의와는 구분된다. 작가의 객관적 입장은 서구 문명과 마주쳤을 때 아프리카가 보여주는 상대적인 취약성이나 아프리카 고래의 악습에 대한 정직한 지적에서 드러난다. 이러한 악습 중의 하나가 불구로 태어난 영아를 살해하는 관습이다. 자문화가 외세에 의해 단절되거나 위협받을 때 그것을 옹호하고 이상화하고 싶은 욕구가 드는 것이 자연스런 반응

---

53) Oladipo Joseph Ogundelel, "A Conversation with Dr. Buchi Emecheta", *Emerging Perspectives on Buchi Emecheta*, Marie Umeh 엮음(Trenton, NT: Africa World Press, 1996), 449쪽.

이다. 다른 이유도 있겠지만 그러한 유혹에도 에메체타가 객관성을 견지할 수 있었던 까닭은 자신이 재현하는 문화 속에서 그녀가 주변적인 위치에 서 있었기 때문이라고 생각한다.

여성주의의 '특수성'과 식민적 페미니즘

와파와 오곳도 에메체타처럼 가부장적 사회를 비판했음을 앞서 지적한 바 있다. 그럼에도 와파와 오곳의 주인공들이 그 사회의 어떤 가치들을 여전히 감싸안고 있음을 알 수 있다. 단적으로 표현하면 와파와 오곳의 소설에는 전통에 대한 존중이 있다. 그리고 독자들은 은야폴과 에푸루의 행동을 아이러니컬하게 읽지 않는 한 이 '존중'을 존중할 것을 요구받는다. 즉 여성의 권리에 대한 천명과 더불어 전통에 대하여 '대체로' 우호적인 태도가 와파와 오곳의 소설에서 큰 긴장감 없이 공존하는 것이다.

에메체타의 경우 그녀가 그려내는 대안적 비전이나 전통에 대한 입장이 와파나 오곳보다 선명한 것이 사실이다. 그러나 이러한 차이를 여권 의식이 진화된 정도의 차이로 설명하는 것은, 손쉽기는 하나 때로 위험한 발상일 수 있다. 지역적 특수성에 따라 아프리카 여성들이 전통문화와 갖는 관계가 상이하며 따라서 그들이 가부장제에 대처하는 방식이 상이할진대, 의식의 진화라는 구도는 이러한 '지역적 차이'의 특수성을 무시하게 만들기 때문이다.

뿐만 아니라 이러한 차이를 서구의 페미니즘이라는 잣대로 재는 것은 더욱 곤란하다. 이러한 방식의 평가는 아프리카에서 여권 의식이 진화하는 최종 목적지가 오늘날 서구의 급진적 페미니즘임을 전제로 하기 때문이다. 물론 아프리카라고 해서 의식의 변화가 없으리라는 법은 없으나 서구 여성이 보여준 특정한 변화를 모든 여성의 "보편적인 정신적 여정"으로 상정하는 것은, 유럽 제국이 식민 사업을 개시하면서 "보편적 휴머니즘"의 전파를 천명한 것과 질적으로 크게 다르지 않다. 이는 "자매들"의 관심이 '또 다른 식민주의'로 전화하는 순간이다.

아프리카의 여성주의 소설을 다루면서 캐서린 프랭크가 한 다음의 주장은 위에서 지적한 오류를 정확하게 반복하고 있다.

> 여성 작가들은 먼저, 무엇보다도 여성으로서 글을 씁니다. 이러한 관점에서 우리가 갖는 가장 근원적인 정체성은 성 정체성이지요. 자아를 구성하는 그 외의 모든 결정 요소들은 그것이 인종이든, 종족이든, 민족이든지 간에 일차적인 성적 정체성 위에 부가(附加)된 것에 지나지 않습니다.[54]

성차별을 모든 정치적 이슈에 선행하는 의제로 간주하는 서구의 페미니스트들에게는 아프리카 여성들이 처한 복합적인 상황을 가늠할 수 있는 다원적인 잣대가 결여되어 있다. 위의 주장이나 거기에서 한 걸음 더 나아가 와파의 『하나로 족해』나 에메체타의 『이중의 예속』(*Double Yoke*, 1983)이 "남성 없는 여성만의 세상"을 꿈꾼다는 프랭크의 급진적인 주장은 비평가 본인의 '문화적 색맹' 상태를 잘 보여주는 예다. 문화적이고 지역적인 차이에 대한 고려 없이 자신의 급진주의적 현안을 창으로 삼아 세상을 본다는 의미다. 아프리카 여성들이 전통문화에 대해 갖는 복합적인 입장을 두고 나이지리아의 비평가 오군예미는 "여성주의"(womanism)라는 용어를 사용하며 다음과 같이 주장했다.

---

54) Katherine Frank, "Women Without Men: The Feminist Novel in Africa", *African Literature Today*, 15(1987), 28쪽.

> 백인여성 작가에게는 성차별주의를 반대하는 것이 투쟁의 전부인 반면, 흑인여성 작가에게 성차별주의는 싸워야 할 여러 악습들 중의 하나일 따름입니다. 흑인여성 작가는 인종차별주의와 가난에서 기인하는 비(非)인간화와도 싸워야 합니다. 결국 게토에서 성적 평등이라는 것이 무슨 의미가 있습니까? 흑인여성 작가들의 의제는 그들의 여성성에 따르는 문제들에 국한되지 않습니다. 그들은 총체적 인간 조건이 불러내는 질문들을 다루기를 시도합니다. 그래서 여성주의적 비전이 흑인의 삶이 갖는 긍정적인 면들을 역설할 때 이는 의도적으로 인종을 강조한 것입니다.[55]

위의 인용문에서 드러나는바, 흑인여성 작가와 백인페미니스트 간의 입장 차이는 전자의 경우 여성적 시각과 인종적 시각이 필연적으로 맞물려 있다는 데 있다. 이러한 입장의 차이는 백인의 지배가 종결되기까지는 메워지지 않을 것이다. 그러니 흑인의 착취라는 인종적 문제가 해결되기 전에는 섣부르게 인종의 벽을 가로지르는 여권 운동 연합은 문제적일 수 있다. 앞서 오곳과 와파의 여주인공들이 전통에 대해 보여준 이데올로기적 모호성도 이러한 맥락에서 이해될 수 있다. 우메가 지적하듯, 와파에게 있어 "성차별주의는 인종, 계급 그리고 유색인종에 대한 착취에서 파생한 이차적인 문제"였을[56] 뿐이다.

아프리카의 여성 작가들과 서구 페미니스트들 간의 인식 차는 후자의 집단에게 일부다처제가 아프리카의 전통 가운데 최악의 성적 불평

55) Chikwenye Okonjo Ogunyemi, "Womanism: The Dynamics of the Contemporary Black Female Novel in English", *Signs*, 11.1(Autumn 1985), 68쪽.

56) Marie Umeh, 앞의 글, "The Poetics of Economic Independence for Female Empowerment", 22쪽.

등 사례로 여겨지는 데서도 잘 드러난다. 프랭크의 표현을 빌리면, "일부다처제는 당연히 전통적 아프리카 사회의 가장 현저하게 불평등적이고도 성차별적인 요소다."[57] 이 글을 읽는 독자들도 대부분 이 제도가 가부장제가 여성에게 강요한 가장 성차별적 관습일 것이라는 데 동의할 것이다. "악랄한 제도"에 대하여 오늘날 나이지리아의 교육을 받은 여성들이 어떻게 반응하는지 작가 와파의 입을 통해서 직접 들어보자.

> 미혼 여성들은 낙인이 찍히죠. 딸을 키우는 어머니들은 자식들에게 결혼해야 한다고 말합니다. 제 부족의 표현을 빌리면, "아무리 예쁘더라도 결혼하지 않은 여성은 아무것도 아닌 거죠." 서구의 교육을 받은 우리의 몫은 이러한 전통을 위축시키는 것입니다. 그러나 대학을 나왔고, 직업이 있고, 전문적인 변호사나 의사이면서 미혼인 여성이 둘째 부인으로 들어가는 것을 마다하지 않는 것도 통상 봅니다. 사실 일부다처제는 오늘날 나이지리아에서 서구 교육을 받은 여성들 사이에서 크게 유행하고 있습니다.[58]

교육받은 여성이 식민시대도 아닌 1990년대에 둘째 부인이 되는 것을 마다 않는 나이지리아의 현실은 서구의 페미니스트들뿐만 아니라 한국의 독자에게도 언뜻 이해되지 않을 상황이다. 와파의 의견에 따르면 이는 독립 이후 나이지리아에 다시 유행하기 시작한 사조다. 일부다처제가 다시금 각광받게 된 자세한 연유는 2000년에 이루어진 오군예미와 무토니(Wanjira Muthoni)의 공동 인터뷰에서 자세히 드러난다. 오군예미는 이 현상은 부분적으로 젊은 세대가 와파, 에메체타, 마리아마 바

57) Katherine Frank, 앞의 글, 18쪽.

58) Marie Umeh, 앞의 글, "The Poetics of Economic Independence for Female Empowerment", 27~28쪽.

(Mariama Bâ), 아마 아타 아이두, 사다위(Nawal El Saadawi) 같은 여성 작가들의 작품에 영향을 받은 결과라고 한다. 즉, 이들의 작품에서 그려진 일부다처제를 동시대의 현실에 맞게 변형시킨 결과라는 것이다. 오군예미의 말을 직접 인용하면 다음과 같다.

〔신세대 여성들은〕 일부다처 집안에 시집가기를 원합니다. 저의 세대처럼 결혼 생활에서 남성들의 억압을 받지 않기 위해서죠. 그래서 그들은 기혼자와 결혼하여 〔결혼 후에도〕 자신의 집에서 자신의 아이를 키우기를 원합니다. 아이들을 원하지만 동시에 결혼 생활에서 자유롭기를 원하는 거죠. 이것이 그들이 결혼 제도를 변형시키는 이유입니다. 결혼 제도가 사회에서 변화하는 방식이 마음에 들지 않으면 그때는 개인의 맞춤식 결혼 제도를 만들어내는 거죠. 〔……〕 결과적으로 남성들은 더 이상 예전처럼 여성들을 억누를 수 없음을 깨닫게 되었습니다.[59)]

무토니도 이러한 현상을 케냐에서도 흔하게 목격할 수 있다고 증언하며, 새로운 결혼 풍속도가 여성으로 하여금 "〔미혼과 기혼〕 두 세계의 최상의 것"을 누리게 해준다고 평가한다.[60)]

아프리카 전통에 대한 '전유적인' 태도는 에메체타에게서도 발견된다. 에메체타는 아프리카의 전통문화에서 발견되는 성차별주의에 반대하나 아프리카의 전통을 전면적으로 부정하지는 않는다. 아프리카 고유의 가족 제도와 여성의 동맹 관계에 대한 그녀의 태도는 다음과 같이

59) Susan Arndt, "African Gender Trouble and African Womanism: An Interview with Chikwenye Ogunyemi and Wanjira Muthoni", *Signs*, 25.3(Spring 2000), 716~717쪽.

60) 같은 글, 717쪽.

표현된다.

> 저는 책에서 가족에 대해 쓰는데 그 까닭은 제가 아직도 가족 제도에 대한 믿음을 갖고 있기 때문입니다. 저는 정말 불가능할 때까지 가족을 지키려고 애쓰는 여성에 대하여 글을 씁니다. 저는 자신의 아이들을 버리는 여성에 대해서는 공감할 수 없으며, 단지 사회적 체면 때문에 짐승 같은 남자와의 결혼을 지속해야 한다고 주장하는 여성과도 공감할 수 없습니다. 〔……〕 아프리카의 페미니즘은 서구의 낭만적인 환상의 족쇄로부터 자유로우며 훨씬 더 실용적입니다. 남성들이 보기에 아름답게 여겨지기 위해서가 아니라, 우리는 우리가 단지 우리 자신을 개발하기 위하여, 많은 것들을 위하여 여기 이 자리에 와 있다고 믿습니다. 자매애의 아름다움은 여성이 40세가 될 때 존재합니다.[61]

에메체타는 "여성 간의 동맹 관계"를 가능하게 한다는 전제하에서 서구의 페미니스트가 단호하게 배척할 일부다처제도 전략적으로 긍정한다. 그녀는 일부다처제가 여성에게 협소한 가족의 범위를 벗어나 동성 친구를 사귀는 것을 가능하게 하며, 육아 책임도 분담시켜 가정의 속박에서 벗어난 여성은 경제 · 문화 활동이 가능하게 된다고 했다.[62]

여기서 한 가지 유의할 사실은 이와 같이 일부다처제에 대한 아프리카 '내부의 시각'도 알고 보면 상당히 제한된 콘텍스트 안에서만 유효할 수 있다는 점이다. 오늘날 나이지리아나 케냐에서 여성들이 전략적

---

61) Buchi Emecheta, "Feminism with a small 'f'!", *Criticism and Ideology: Second African Writer's Conference*, Kirsten Holst Petersen 엮음 (Uppsala: Scandinavian Institute of African Studies, 1988), 175쪽, 177쪽.
62) 같은 글, 178~179쪽.

인 이유로 일부다처제를 수용한다는 진술은 대체로 도시의 교육받은 여성들에게만 적용되기 때문이다. 나이지리아 출신인 가루바에 따르면, 일부다처제는 오늘날 나이지리아의 농촌 지역에서도 여전히 이루어지고 있기는 하나 이 경우 여성 당사자의 소망과 무관한 경우가 허다하다.[63] 이는 아직도 하층 계급의 딸들이 가족들을 위해 신부 몸값을 벌어들이느라 원치 않는 결혼을 강요당함을 의미한다. 이 하위 주체들을 도시의 교육받은 여성들과 같은 범주로 분류할 때, 이들의 진정한 목소리는 "신여성의 전략적 선택"이라는 해석에 의해 침묵 당한다. 그러니 지역적 · 계층적 특수성은 아프리카의 여권 운동과 서구의 여권 운동 사이에서도 존중되어야 할 것이지만 아프리카 내부에서도 존중되어야 할 것이다.

위의 논의를 고려했을 때 일부다처제를 여성을 착취하는 '후진적인' 가부장적 제도로만 규정하는 것은 서구 페미니즘의 오류인 동시에 십중팔구 우리의 오류이기도 하다. 동시에 아프리카 밖으로 들려오는 몇몇 내부자의 증언을 토대로 아프리카 전체를 읽어내는 것도 경계해야 할 일이다. 올바른 평가를 위해서는 '그들의 의제'를 '그들의 시각'으로 보려고 노력하는 것이 필요하며, 이러한 노력이 성공하기 위해서는 아프리카의 문화를 접할 때 이를 지역적 · 계층적 특수성 속에서 다시 맥락화하는 일이 필요하다.

이러한 관점에서 보았을 때, 에메체타나 여타 아프리카 여권주의자들이 채택한 운동은 '현재의' 아프리카에 적합한 토착적 여성 운동이며, 이는 서구의 페미니즘과는 구별되는 것이다. 에메체타는 거창한 이데올로기적 문제가 아니라 아프리카 여성들의 일상사를 다룬다는 점에서 자신의 페미니즘을 소문자 'f'로 시작되는 페미니즘(feminism)이라고 일컬

---

63) Harry Garuba, personal interview(2 Dec. 2006).

었다. 이는 개인이나 지역의 특수성을 고려하지 못하는 페미니즘(Feminism)의 보편주의적 주장과 거리를 두고자 하는 것이다. 유사한 맥락에서 오군예미도 일부다처제를 "뒤집고 완전히 변형시켜" 개인의 용도에 맞추어 사용하는 것을 페미니즘이 아닌 "여성주의"라고 불렀다.

이밖에도 콜라월레(Mary Kolawole)의 여성주의, 아촐로누(Catherine Acholonu)의 모성주의(motherism) 등 아프리카 여성들에게는 다양한 목소리가 있다. 이처럼 아프리카 여성들이 아프리카 여성 운동에 '페미니즘'이 아닌 다른 이름들을 붙이는 데에는 서구의 페미니즘을 경계하는 의도가 있다. 서구의 페미니즘으로는 그들이 원하는 변화를 아프리카에서 성취하기가 쉽지 않음을 알고 있기 때문이며, '서구의 이름'을 가져다 쓰는 것에 따르는 위험을 경계하기 때문이다. 서구 페미니즘의 의제에 의해 아프리카의 여성 운동이 '식민화'되는 것을 차단하려는 노력인 것이다.

4
아프리카너 민족주의와 대항 담론

써먹지 못할 수학을 반투 어린이에게 가르친들
무슨 소용이 있는가? 교육은 인생에서 실제로
써먹을 수 있는 훈련과 가르침을 제공해야 한다.

• 헨드릭 페어부트
남아공 원주민 행정부 장관, 1950~58

아프리카너와 영식민주의

민족주의는 통상 하나의 공동체가 자신의 '고유함'이나 '다름'에 대한 인식을 갖게 됨으로써 시작되며 이러한 인식은 이민족(異民族)과의 접촉에서 발생한다. 아프리카너 민족주의도 케이프 지역에 정착한 아프리카너들이 현지 아프리카 부족들과 충돌하고 두 차례에 걸친 보어전쟁을 겪는 과정에서 생성된 것으로 평가받는다.[1] 여기서 '아프리카너'란 원래 네덜란드 동인도 회사가 남아프리카 희망봉을 지배했던 1652~1795년의 기간과 이어지는 영국의 지배 동안 정착한 서유럽의 개척자들과 종교적 난민 그리고 그들의 후손을 지칭한다. 네덜란드어 '아프리칸더'(Afrikander)에서 온 이 용어는 원래 '아프리카의 백인'을 의미한다.[2]

아프리카너에는 네덜란드인 외에도 프랑스와 독일 출신의 신교도들

---

1) Saul Dubow, "Afrikaner Nationalism, Apartheid and the Conceptualization of 'Race'", *The Journal of African History*, 33.2 (1992), 210쪽. 숙데오는 특히 제2차 보어전쟁이 아프리카너들의 민족주의 형성에 지대한 영향을 미친 것으로 평가한다. Anil Sookdeo, "Ethnic Myths from South Africa: Bigoted Boer and Liberal Briton", *The Journal of Ethnic Studies*, 18.4(Winter 1991), 26~45쪽 참조.

이 있으며 플랑드르인 · 프리슬란트인 · 왈론인 등이 포함된다. 케이프 지역에 대한 유럽의 최초의 지배는 1652년으로 거슬러 올라가며, 이어 1688년에는 프랑스에서 종교 박해를 피해 망명해 온 신교도들이 도착했다. 1795년에 영국은 네덜란드를 침략한 프랑스가 이곳에 미칠 영향력을 사전에 봉쇄하려는 전략으로 케이프 지역을 점령한다. 희망봉이 동인도 회사의 운영에 필요한 전략적 요충지였기 때문이다.

이후 케이프 지역이 영국의 식민지로 합병됨에 따라 이곳에서는 '영국화' 정책이 시행되고 1820년에는 최초로 대규모의 영국인들이 바다를 건너와 정착한다. 1830년대 중반에는 영국의 지배에 불만을 품은 아프리카너 농부들이 새로운 땅을 찾아서, 또한 남서쪽에서 영토를 확장해 오던 원주민 코사 족과의 영토 분쟁을 피해서 북방 내륙으로 이동한다. '대이주'(Great Trek)라 불리는 이 기간에 이들은 포장마차에 가족을 태우고 아프리카 부족들과 "영웅적인" 전투를 치르며 새로운 나라를 건설한다.

이들은 줄루 족의 땅에 나탈 공화국, 오렌지 자유공화국, 트랜스바알 공화국을 차례로 세우게 되나, 이 지역은 보어 전쟁을 거치면서 모두 영국의 식민지로 통합된다. 트랜스바알 전쟁이라고도 불리는 제1차 보어전쟁(1880~81)에서 아프리카너들이 승리하고, 그 결과 프레토리아 회의에서 트랜스바알은 완전한 자치를 획득한다. 이때 아프리카너 민족주의는 최고조에 이른다. 그러나 제2차 보어전쟁(1899~1902)에서 아프리카너들이 패하고, 영국은 1910년에 케이프 식민지, 나탈 식민지, 그리고 나머지 두 공화국을 모두 묶어 남아프리카 연방을 세워 영국인들과 아프리카너들은 하나의 정치 체제 아래서 산다.[3]

아프리카너 민족주의가 배타적인 인종주의로 변하게 된 것에는 복합

---

2) 같은 글, 31쪽.

적인 원인이 있으나 그 가운데 영제국도 중요한 변수 역할을 했다. 남아공의 인종 문제를 다루는 많은 서구 문헌들에서 아프리카너들은 흔히 독선적인 인종주의자로 그려진 반면, 케이프 지역을 통치한 영국인들과 그 후손들은 자유주의의 대변인으로 그려진다. 그러나 영국이 남아프리카에 대한 궁극적인 관심은 아프리카인을 보호한다는 인도주의나 문화의 전파와 같은 명목에서 비롯된 것이 아니었다. 애초에 아프리카 지역의 진출을 그다지 반기지 않았던 영국을 남아프리카 지역으로 이끈 것은 이 지역에서 차례로 발견된 다이아몬드와 금과 같은 값비싼 광물을 독점하려는 물질적인 욕심이었다고 하는 것이 정확할 것이다. 매클린톡은 영제국이 남아프리카에 진출한 배경을 다음과 같이 표현한 바 있다. "다이아몬드(1867)와 금(1886)이 발견된 뒤 진정한 의미에서의 제국주의적 사명도 없이 유니온 잭 아래 영국군이 파견되었다."[4)]

후대의 역사가나 비평가들이 남아프리카와 관련하여 영국에 대해 가지는 호의적인 이미지는 유럽의 어느 제국보다 먼저 영국이 노예매매 금지령(1807)을 입법화하고 1833년에는 노예제도 자체를 금지한 것과 관련이 있다. 흑인에게 이동의 자유를 제한한 '통행증법'을 아파르트헤이트의 대표적인 악법으로 기억하는 사람들은 많다. 하지만 이 법이 사실 케이프 식민지를 다스렸던 19세기의 영국 식민주의자들이 도입한 법임을 알고 있는 이는 많지 않다. 이 법은 흑인들의 백인구역 출입을 막았을 뿐만 아니라 한 구역에서 다른 구역으로 이동하는 것도 인증된 통행증이 없으면 금지했다.

영국인들에게 부여된 긍정적인 이미지에는 케이프 지역 정착시 영국

---

3) 김광수, 「남아프리카 공화국의 문화적 정체성과 국가건설(nation-building)과 아프리카너(Afrikaner)의 역할」, 『아프리카 연구』, 제14집(2001), 121~122쪽 참조.

4) Ann McClintock, 앞의 책, 368쪽.

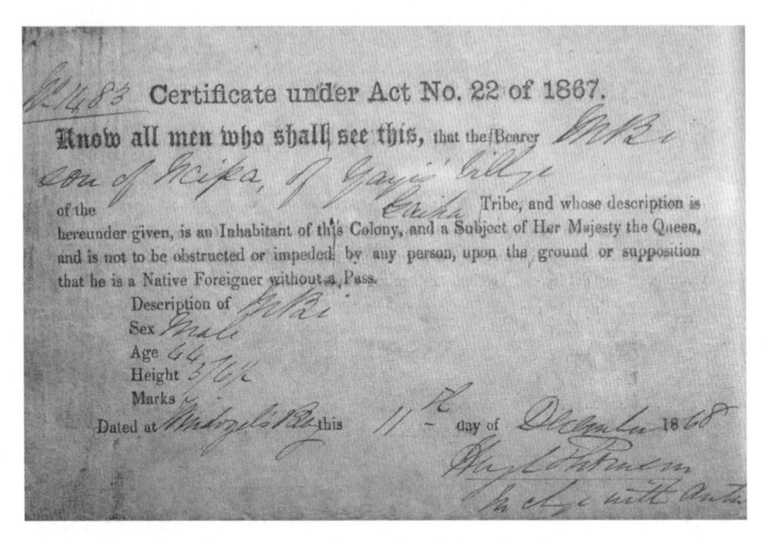

No. 1483 Certificate under Act No. 22 of 1867.

Know all men who shall see this, that the Bearer [illegible]
son of [illegible], of [illegible] Village
of the [illegible] Tribe, and whose description is hereunder given, is an Inhabitant of this Colony, and a Subject of Her Majesty the Queen, and is not to be obstructed or impeded by any person, upon the ground or supposition that he is a Native Foreigner without a Pass.

Description of [illegible]
Sex Male
Age 44
Height 5/6½
Marks
Dated at [illegible] this 11th day of December 1868
[illegible]

1868년 12월 11일, 케이프 식민지의 흑인에게 발행된 영제국의 통행증.

인들이 내세운 "아프리카인의 보호"라는 명목도 한몫을 했을 것이다. 그러나 현지인을 보호한다는 명목에도 수상쩍은 부분은 있다. 이와 관련하여 남아프리카에서 영국인 정착자들은 현지 아프리카인의 이익을 위해서가 아니라 영국의 이익을 위해서 아프리카인을 이용했다는 주장이 대두된 바 있다. 숙데오의 표현을 빌면, "영국인은 '흑인의 보호'라는 위협을 아프리카너들을 칠 '막대기'로 사용했다."[5] 아프리카너의 입장에서 보면, 그들의 배타적인 민족의식이나 인종의식은 영국인 정착자들이 남아프리카 지역에서 아프리카너들의 이익을 위협함으로써 생겨난 것이다. 적어도 영국인들이 대거 이주해 온 1820년 전에는 영국인 정착자들과 보어인들 사이에 적대적인 관계가 없었다는 주장이 있으며, 또한 영국인을 포함한 초기의 유럽인들이 모두 스스로를 민족의 구분 없이 "아프리칸더"로 여겼다는 주장[6]은 그 내용에 전적으로 동의할

5) Anil Sookdeo, 앞의 글, 37쪽.

사항은 아니라도 이 지역에서 대결적인 백인민족주의의 대두가 비교적 훗날의 일이며 이는 영식민주의의 출현과 무관하지 않은 일임을 입증한다.

이러한 시각에서 보면, 아프리카너 민족주의는 초기의 유럽 정착자들에게로 거슬러 올라가는 게 아니라는 편이 옳다. 초기의 아프리카너들은 공통된 역사의식이나 목적의식 없이 산만하게 흩어져 사는 사람들에 불과했다. 단일 언어도 갖추지 못한 이들은 고지 네덜란드어와 말레이 노예의 언어, 응구니와 코이 족의 언어를 섞어 의사소통을 할 정도였다.[7] 더욱이 아프리카너 민족주의는 아프리카너들이 영국 식민주의에 의해 위협을 받은 뒤, 더 나아가 영어 사용자들과 한 체제 아래서 살 것을 강요받은 후에 본격적으로 현재의 모습을 갖추었음을 고려할 때, 아프리카너 민족주의는 '어떤 의미'에서는 영식민주의에 대한 아프리카너들의 대응이었다. 이와 같은 맥락에서 아파르트헤이트에 대한 평가도 다소 달라질 수 있다.

영미권 연구에서는 좀처럼 보이지 않는 이러한 시각은 국내의 평에서 발견된다. "영국 제국주의와 아파르트헤이트 역사는 떼려야 뗄 수가 없는 관계에 있다."[8] 즉, 남아프리카의 한편에 아프리카너 민족주의가 있다면 다른 한편에는 1806년에 케이프 지역을 합병한 앵글로색슨의 식민주의가 있는 것이다. 특히 제2차 보어 전쟁 시 아프리카너들이 겪은 고통은 나치의 수용소에 비교할 수 있다. 그러한 점에서 아프리카너들은 영제국주의의 희생자였다. 영국과 벌인 전쟁에서 아프리카너들이 입었던 고통과 상처에 대한 기억이 아프리카너 민족주의를 극단적이고

6) 같은 글, 33쪽.

7) Ann McClintock, 앞의 책, 368쪽.

8) 왕철, 「탈식민주의 담론과 남아프리카 문학」, 『현대영미소설』, 제7권 제1호(2000), 123쪽.

전투적으로 만들었다는 주장[9]도 이러한 맥락에서 나온 것이다. 백인집단들 간의 식민 관계가 또 다른 식민주의의 역사를 낳았고, 아파르트헤이트는 그것의 결과물인 것이다.

코프의 표현을 빌리면, 1948년에 정권을 잡은 아프리카너 지도자들은 "자기들이 가장 사악한 면에서의 제국주의의 희생자였음에도 불구하고, 스스로 새로운 제국주의자들이 되었다. 그들은 영국에서 제국과 식민주의라는 외투를 인계받았다"[10]는 것이다. 이러한 사실을 고려할 때, 아파르트헤이트는 보수 우파가 지배한 아프리카너 정부의 배타적인 '단독 작품'이 아니라, 과거 남아프리카 지역에 존재했던 백인민족주의 정권들의 경쟁적인 식민주의 정책도 모체로 한다는 편이 좀더 정확하다.

아프리카너 국민당이 선거에서 승리를 거두어 본격적인 아파르트헤이트를 실시하게 되는 1948년 이후 '앵글로카너'(Anglokaner)를 비롯한 영어 사용자들의 정치적 힘은 현저하게 약해진다. 영어 사용 백인들의 법적인 지위는 아프리카너들과 동일하나 이들의 정치적 참여는 수적으로 우세한 아프리카너들에 의해 제한을 받는다.

이처럼 영어권 출신들을 '상대적으로' 소수민 입장으로 바꾸어놓은 권력 구도의 변화가 인종차별에 대한 책임에서 이들을 면제시키는 역할도 했음은 남아공 연구에서 좀처럼 지적되지 않는 사실 중의 하나다. 1961년에 영연방에서 탈퇴하고 남아프리카 공화국으로 독립한 이 지역에서 아프리카너들은 인종차별의 주역으로 떠오른 반면 영어 사용 백인들은 아프리카너들과 대비되어 자유주의 이데올로기와 동일시되어 왔던 것이다. 그러나 영어 사용 백인들의 정치적 위상 변화는 어디까지

9) Anil Sookdeo, 앞의 글, 26~45쪽.

10) Jack Cope, *The Adversary Within: Dissident Writers in Afrikaans* (Cape Town: David Philip, 1982), viii쪽; 왕철, 앞의 글, 121쪽에서 재인용.

나 지배계급 내에서의 이동이지 흑인들과 같은 피지배계급으로의 전락을 의미하지 않는다는 사실을 유의해야 한다.

숙데오는 현지 흑인의 태도를 다음과 같이 요약한다. "말만 번지르르한 영국인보다 차라리 노골적으로 인종차별주의자인 보어인을 위해 일하겠다!"[11] 케이프 지역을 식민화한 영국의 책임이나 불의에는 침묵하면서 지배계급으로서의 경제적인 이득을 십분 누린 영어 사용자들의 책임은 곧 자세히 논의할 것이다. 영어 사용 계층에 대한 이러한 언급이 인종 분리를 본격적으로 정책화한 아프리카너들에게 면죄부를 주려는 의도는 물론 아니다. 다만 남아공의 인종적 상황에 대한 기존의 시각에 편향된 부분이 있음을 지적하고 싶다.

민족주의, 칼뱅주의, 내부의 정치학

아프리카너 민족주의의 생성을 설명함에 있어 칼뱅주의를 빠뜨릴 수 없다. 개인의 구원에 관한 칼뱅의 예정설은 아프리카너 민족주의자들에 의해 수용되면서 '집단 예정설'로 변형된다. 이 새로운 예정설이 구원받은 민족과 그렇지 못한 민족 사이에 설정하는 차별적인 이분법은 영국이나 아프리카 흑인 부족들과의 관계에서 아프리카너들이 취한 극히 교조적이고도 독선적인 입장을 설명해준다. 여기서 유의할 것은 아프리카너들의 칼뱅주의 수용 시기에 대해서는 논란이 있다는 점이다. 그동안 학자들 사이에는 칼뱅주의의 수용이 아프리카너 정착 초기 시대까지 거슬러 올라간다는 것이 정설로 받아들여졌다. 정평 있는 역사서는 다음과 같이 말하고 있다.

---

11) Anil Sookdeo, 앞의 글, 29쪽.

처음부터 아프리카너들을 결속시키고 그들의 정치 철학을 형성하는 데 중요한 역할을 해온 또 다른 요소가 있었다. 그것은 90퍼센트의 아프리카너들을 신도로 거느린 네덜란드 개혁교회가 가르치고 실천한 칼뱅주의였다.[12)]

아프리카너 민족주의에 대한 패터슨의 연구도 이러한 시각을 공유한다. 그에 따르면, 아프리카너들은 약속의 땅을 찾아 이집트를 떠나 방랑하는 유대인들에게서 케이프 식민지를 떠나 공화국을 건설하러 '대이주'의 길을 간 자신들의 모습을 보았다.

보어인들에게 구약은 삶의 거울과도 같았다. 그속에서 그들은 사막과 샘, 가뭄과 역병, 생포와 탈출을 읽었다. 무엇보다 그들은 준엄하나 편파적인 신에 의해 이교도들 사이를 헤쳐 약속의 땅으로 인도되는 선민을 발견했다. 보어인들을 오늘날의 아프리카너로 만든 것은 바로 『구약』과 칼뱅의 교리다.[13)]

동일한 유추법에 따라 아프리카 부족들과의 영토 전쟁은 아프리카너들에게 "신의 이름"으로 싸우는 전쟁으로 여겨졌으며, 이들을 정복하고 박해하는 것 역시 "신의 이름"으로 정당화될 수 있었다. 이러한 점에서 칼뱅주의는 아프리카너 민족주의를 이해하는 데 중요한 부분을 차지한다.

---

12) René de Villiers, "Afrikaner Nationalism", *The Oxford History of South Africa*, Monica Wilson과 Leonard L. Thompson 공편 (Oxford: Oxford UP, 1971), 370쪽.

13) Sheila Patterson, *The Last Trek: A Study of the Boer People and the Afrikaner Nation* (London: Routledge, 1957), 177쪽.

훗날의 아프리카너들이 칼뱅주의를 자랑스러운 역사적 유산으로 내세우곤 한 것이 사실이나, 아프리카너들을 식민주의 사업에서 한데 묶어준 민족주의적 정서가 오롯이 칼뱅주의에 의해 추동되었다는 시각은 논란의 여지가 있다. 일례로 뒤 투아와 헥섬은 칼뱅주의를 아프리카너의 통시대적 이데올로기로 간주하는 시각이 잘못되었다고 주장한다. 뒤 투아는 아프리카너 민족주의가 칼뱅주의처럼 수백 년을 거슬러 올라가는 문화적 · 종교적 뿌리에서 연원하는 것이 아니라 사회 통합을 추구한 근대의 아프리카너 엘리트들의 이데올로기적 작업의 결과라고 주장한다.[14] 또한 엄밀히 말하자면 20세기 초의 아프리카너 민족주의자들이 본격적으로 사용한 신학도 칼뱅주의가 아니라 신칼뱅주의라고 해야 옳다. L.J. 뒤 플레시(du Plessis)와 H. 뒤 플레시 같은 아프리카너 신학자들이 1933년부터 『쿠쉬』(*Koers*)를 통해 신학 연구 결과를 수행하고 발표해온 게 대표적인 예다. 아프리카 민족주의자들이 교본처럼 인용한 카이퍼(Abraham Kuyper, 1837~1920)조차 민족을 강조하기 위해 칼뱅의 이론을 변형시켰다는 점에서 신칼뱅주의자라고 해야 옳을 것이다.[15]

오늘날 아프리카너 민족주의는 남아프리카에서 자행된 인종주의의 오랜 뿌리로 여겨지지만, 적어도 제2차 세계대전 이전까지 아프리카너 민족주의자들에게 인종 문제는 일차적인 관심사가 아니었다. 그들에게

14) André du Toit, "No Chosen People: The Myth of the Calvinist Origins of Afrikaner Nationalism and Racial Ideology", *American Historical Review*, 88.4(Oct. 1988), 920~952쪽; Janis Grobbelaar, "Afrikaner Nationalism: The End of a Dream?", *Social Identities*, 4.3(Oct. 1998), 385~398쪽. 이 시각에 따르면 아프리카너 민족주의는 17세기 중엽이 아니라 19세기 말경에 생성된 것이다.

15) 초기 아프리카너들이 칼뱅주의자들이 아니었다는 주장에 대해서는 Irving Hexham, "Dutch Calvinism and the Development of Afrikaner Nationalism", *African Affairs*, 79.315(Apr. 1980), 196~201쪽을 참조.

는 공화주의나 백인빈민층이 더 중요한 문제였다. 그러나 제2차 세계대전이 발발하면서 아프리카너 민족주의자들이 정치적인 중앙 무대에서 소외되고 이러한 위상의 변화는 당대의 아프리카너 민족주의가 급진적으로 변하는 계기가 되었다고 한다. 아프리카너 민족주의자들의 인종 이데올로기가 정치적인 영향력을 가진 데는 전쟁기 동안의 사회변화도 주요 원인으로 작용했다. 전시 생산체제의 급격한 확대로 인하여 흑인들이 도시의 노동 시장으로 대거 유입되면서 이들의 존재가 아프리카너 비숙련공들에게 심각한 위협이 되었던 것이다. 또한 이 기간에는 파업을 이끄는 흑인들의 노동조합운동이나 인권운동, 1943년에 모습을 드러낸 '아프리카인들의 선언'(Africans' Claims)[16], 흑인급진주의 단체인 '민족청년회의'가 등장했다.

인종 이데올로기는 이처럼 정치적 · 경제적인 영역에서 급부상한 흑인들의 새로운 위상에 대한 대응이라는 의미도 띠었다. 백인과 여타 인종의 관계를 재정립해야 할 필요성을 부각시킨 또 다른 요인으로는 아프리카너 지식인들의 운동이 있다. 1918년에 창설된 '아프리카너 형제동맹'은 1933년에 이르면 아프리카너 문화를 육성하고 정치권력의 획득을 도모하기 위하여 분리주의의 원안이라고 불리는 문건을 만든다. 이 문건은 아프리카 각 부족들의 거주와 사회 · 정치 · 경제활동을 특정 지역에 한정시키고 이들에게 자치를 부여하되 중앙 정부에서 통제할 것을 제안했다. 이는 훗날 아파르트헤이트의 원안이라고 불릴 만큼 분리 정책의 핵심 사상을 담고 있다.

1944년에 아프리카너 형제동맹이 이끄는 아프리칸스 문화협회연맹

---

16) 이 선언문은 제2차 세계대전 당시인 1941년 8월 14일 루스벨트 대통령과 처칠 수상이 공동 작성하여 발표한 '대서양 헌장'(Atlantic Charter)을 아프리카에 적용시킨 것으로 유럽의 지배로부터 아프리카 흑인들의 권익을 보호할 것을 요구한다.

이 주최하는 '국민회의'(Volkskongres)에서 발표한 인종정책은 다음의 6가지 원칙으로 요약된다.

1. 남아프리카 공화국 내의 백인과 비(非)백인 상호의 이익을 위하여 인종 격리 정책이 채택되어야 한다.
2. 비백인들이 자치 능력을 갖출 때까지 이들을 감독하는 것이 백인의 기독교적 의무다.
3. 모든 인종의 이익을 위해 더 이상의 혼혈이 있어서는 안 된다.
4. 백인거주지역 정부의 모든 권력을 백인이 갖도록 하는 게 남아프리카 공화국 백인의 소명이자 의무다.
5. 개인을 자신의 부족이나 민족으로부터 이탈시키는 정책 또는 개인의 발전이 자신이 속한 집단과의 단절을 가져오는 어떠한 정책도 거부되어야 한다.
6. 비백인의 진정한 복지는 자신의 집단, 부족 또는 민족에 대한 자부심과 가치를 향상시킴으로써 도모할 수 있다.[17]

아프리카너들이 실시한 악명 높은 인종 분리 정책에는 타인종과의 결혼금지법(1949), 부도덕행위금지법(1950), 주민등록법(1950), 집단지역거주법(1950), 공산주의금지법(1950), 반투 행정법(1951), 반투 자치법(1959) 등이 있다. 특히 유색인과 백인의 결혼을 금지하는 법령의 배경에는 아프리카너들 사이의 정치적인 헤게모니의 투쟁도 작용했다. 주지하다시피 1934년에 헤르조그(J.B.M. Hertzog)가 이끈 국민당이 남아프리카당과 합쳐 통합당을 만들자, 말란(D.F. Malan)은 19명의 반대파 의원을 이끌고 탈당해 '순수국민당'을 결성한다. 순수국민

17) Saul Dubow, 앞의 글, 210~212쪽, 216쪽.

당은 타인종과의 혼인을 금지할 것을 주장하며 여당인 통합당에 대해 대대적인 공세를 가한다.

이와 관련하여 남아공 사학자 히슬롭은 말란의 추종자들이 1934년 전에는 이러한 금지를 법제화하려는 진지한 시도를 한 적이 없음을 지적한다. 1934년 이전의 10여 년 동안 말란과 그의 추종자들이 여당에 속해 있었으면서도 말이다. 이는 이 법안의 출현이 신당 창당을 배경에 두고 있음을 의미한다. 즉, 여당에 맞설 세력을 결집하기 위해서 말란의 추종자들이 '인종적 포퓰리즘'을 전략적으로 선택한 것이다. 또한 여당 의원들도 이 안에 대해 의견이 나뉘어 있으므로 이 안을 이슈화함으로써 여당을 분열시킬 것을 기도했다.[18)]

필연적으로 여성의 몸이 관련될 수밖에 없었던 정치적 논란에서 여성의 목소리가 들리지 않았다는 사실은 흥미롭다. '대이주' 기간에도 여성들은 남성들과 함께 험난한 여정을 함께했다. 또 남아공이 제2차 세계대전에 참전해 전쟁을 수행하는 동안에도 아프리카너 여성들은 군과 민간 산업의 전사로 싸웠다. 그러나 여성의 권리에 대한 인정은 아프리카너 민족주의 담론에서 목격되지 않는다.

타인종과의 결혼금지법을 두고 일어난 논란의 중심에는 아프리카너 남성과 유색인 여성이 있지 않았다. 논란의 핵심은 아프리카너 여성과 흑인 남성의 관계였다. 이 법안과 관련하여 순수국민당이 1938년 5월 총선을 위해 제작해 배포한 한 포스터는 아프리카너 민족주의 정치학에서 여성이 차지하는 위상에 대해 시사하는 바가 크다.

히슬롭에 따르면, 포스터 중앙에 있는 아프리카너 여성의 상반신 그

---

18) Jonathan Hyslop, "White Working-Class Women and the Invention of Apartheid: 'Purified' Afrikaner Nationalist Agitation for Legislation against 'Mixed' Marriages, 1934~9", *The Journal of African History*, 36.1(1995), 59쪽, 61쪽.

림 위아래에 씌어진 글귀는 "남아프리카의 희망"과 "여러분께 고하니, 국민당에게 표를 주어 우리의 민족과 후손을 구합시다"라는 뜻이다. 또한 그림 아래에 배치되어 있는 작은 두 그림 가운데 왼쪽 그림에서 의자에 앉아 있는 인물은 백인여성이며, 그녀가 입고 있는 옷은 당대의 노동 계급 아프리카너 여성들이 주로 입은 흰색의 면 소재다. 여성의 반대쪽에는 담에 기대 담배를 피우는 흑인남성이 그려져 있다. 그들의 뒤편은 빈민가 주택의 모습이며, 그들 앞에는 백인아이와 흑인아이가 문간에서 놀고 있다. 그림 아래에는 "통합당이 법으로 금하지 않으려는 이민족과의 결혼"이라는 글귀가 발견된다.[19] 요약하자면 이 포스터는 "법으로 막지 않았기에" 많은 아프리카너 노동 계급 여성들이 처한 "비참한" 상황을 그렸다.

다니엘 프랑수아 말란이 이끄는 남아공의 순수국민당이 1938년 5월 총선을 위해 배포한 선거 포스터.

히슬롭은 여성들이 처한 "비참한" 상황에 대한 아프리카너 남성들의 불안을 사회학적으로 설명한다. 그에 따르면, 1920년대와 30년대는 제2차 산업이 발달하면서 아프리카너 여성들이 대거 도시의 노동 계층으로 유입되었던 시기다. 당시 요하네스버그에서는 이들의 수가 제조업 노동자 전체의 73퍼센트나 되었다고 한다. 백인여성 노동자가 이렇게 증폭된 배경에는 여성들이 동년배 남성들보다 학교를 일찍 그만두었기에 산업 현장에 먼저 진출할 수 있었고, 또한 상대적으로 저임금 노동

19) 같은 글, 58쪽, 57쪽.

자인 여성을 고용주가 마다할 이유가 없었다는 사실이 있다. 중상류층과 달리 이들은 노동 현장뿐만 아니라 열악한 거주환경에서 유색인종과의 접촉이 많았고, 이러한 이유로 이들이 "성적으로 타락할 가능성"이 높았던 것이다.[20)]

그러나 현실적으로 말란의 추종자들이나 다른 아프리카너들이 혈통적 순수성이 "오염"될 것을 염려할 만큼 흑인과 백인 간의 결혼이 많았는지는 의문이다. 전체 인구가 수백만에 이르는 반면 타인종과의 결혼이 연평균 100건에 불과하다는 지적[21)]이 있기 때문이다. 그럼에도 백인여성에 관한 이슈는 아프리카너 남성 유권자들에게 초미의 관심거리가 되기에 충분했다.

어쨌거나 문제의 포스터는 동족 여성이 처한 위험과 예상되는 결과에 아프리카너 유권자들의 관심을 집중시킨다. 아프리카너 여성을 민족의 희망으로 추켜세우며 동시에 그 희망을 위협하는 존재로서 흑인 남성을 각인한다는 점, 그리하여 궁극적으로 여성의 몸이 처한 "위협"을 이용해 민족을 결집시키고자 한다는 점에서, 이 포스터는 아프리카너 우파의 민족주의적 기획이 성 정치학과 인종주의를 어떻게 동원하는지 증명한다.

응코시의 『짝짓는 새들』과 분리 정책

아파르트헤이트 시절 영어로 쓰인 남아공 문학의 주된 경향은 '참여적인 것'이다. 이러한 문학은 주로 흑인들이나 혼혈작가들에 의해 주도

20) 같은 글, 62쪽.

21) The Reader's Digest Association South Africa, *Illustrated History of South Africa: The Real Story*, expanded 3rd ed.(South Africa: Reader's Digest Association Ltd., 1994), 375쪽.

되어왔는데, 응데벨레(Njabulo Ndebele, 1948~), 응코시(Lewis Nkosi, 1936~2010), 에브람스(Peter Abrams, 1919~), 라 구마(Alex La Guma, 1925~85)가 대표적인 작가들이다. 참여 문학의 목표가 인종주의의 야만적인 면을 폭로하는 것일진대 이를 효과적으로 수행하기 위해 이 작가들은 사실주의를 재현 방식으로 채택했다. "가시적 상징의 형태로 드러난 남아공의 극도로 억압적인 사회 구조가 고도로 극적이며, 고도로 예증적인 문학적 재현 형태를 발전시켜왔다"[22]는 응데벨레의 표현이나 "억압적인 상황에서는 교훈적 글쓰기를 넘어서는 선택은 없다. 억압의 도구가 되든가 해방의 도구가 되든가 둘 중 하나"[23]라는 코시트실레(Keorapetse Kgositsile, 1938~)의 주장은 남아공 저항 문학의 방향을 명료하게 요약해준다. 남아공의 마르크스주의 비평가인 음팔레레(1919~2008)도 아프리카 흑인문학을 "목전의 현실에 대한 반응이자 지배 정치 도의와 벌인 직접적이고도 급박한 대결"이라 정의하며 그 결과 "메시지의 극화가 주요한 현안이지, 문학을 만들려는 의도는 무시되거나 억제된다"[24]고 말한 바 있다.

응코시는 글을 통해 아프리카너 정권의 범죄를 고발하기도 했지만 아파르트헤이트를 종식시키기 위해 테러리즘을 주창한 급진주의자이기도 하다.[25] 남아공의 항구 도시 더반에서 태어난 그는 기술 대학을 1년간

---

22) Njabulo Ndebele, "The Rediscovery of the Ordinary: Some New Writings in South Africa", *Journal of Southern African Studies*, 12.2(Apr. 1986), 143쪽.

23) Bernth Lindfors, *Contemporary Black South African Literature: A Symposium* (Washington D.C.: Three Continents Press, 1985), 81쪽에서 재인용.

24) Es'kia Mphahlele, "South African Literature vs. The Political Morality (1)", *English Academy Review*, 1.1(1983), 14쪽.

25) 응코시의 소설로는 *Underground People*(2002), *Mandela's Ego*(2006)가

다닌 후 1955년부터 저널리스트로서 활동을 시작하여 '나탈의 태양'을 뜻하는 주간지 『일랑가 라세 나탈』(*Ilanga lase Natal*)과 이어서 월간지 『드럼』(*Drum*)에서 일한다. 1961년에 하버드 대학교의 장학금을 받고 미국으로 건너간 후 그는 평생 망명자로서의 삶을 살게 된다. 1971년에 『트랜지션』(*Transition*)에 실은 한 기고문에서 응코시는 서구 국가들이 아프리카가 과거 식민통치에서 해방되게끔 도와준 것에 대해서 감사하기는 하나, 서방의 도움을 정책적 근간으로 삼는 한 어떠한 흑인 해방 운동도 결코 승리할 수 없을 것이라 주장했다.

응코시가 전하길, 서구의 자유주의자들이 자유주의자인 한은—이는 곧 실용주의자임을 의미하는 것인데—패배자를 후원할 가능성이 없다. 그러니 남아공이나 로디지아에서 흑인들이 백인정권을 전복시킬 가능성이 당분간은 없어 보이는 근간의 정황으로 보아 서구의 자유주의자들이 흑인들을 후원할 가능성이 없다는 것이다. 또한 정치적 안정과 사회적 연속성을 절대적으로 필요로 하는 서구 자본가들에게는 자유 기업 제도를 갖춘 정권이 계속 유지되는 것이 그리 나쁠 것이 없다.

상황이 이러할진대 남아공의 해방을 위해서는 흑인들에게 새로운 자립심, 즉 서방의 도움에 의존하지 않는 정신이 필요하며, 이 정신이 남아공의 민중에 기반을 둔 투쟁을 가동시킬 수 있다. 적을 "죽이거나 불구로 만들 수 있는 배짱"을 동시대의 아프리카인들에게 요구하면서 응코시는 다음과 같이 충고한다. "〔팔레스타인 해방 기구의〕 알파타 소년 조직원이라면 요하네스버그에서 오늘날 무엇을 할지 생각해보라. 당연히 그들은 남아공에서 자전거나 밴 배달원이 되어 우체국이나 가게의 문간에 소포뭉치를 두고 갈 것이다. 청소부들은 백인전용 영화관 좌석

있으며, 그밖에 *Home and Exile*(1965), *The Transplanted Heart*(1975), *Tasks and Masks*(1981) 등의 산문집이 있다.

밑에 여행용 가방을 밀어넣을 것이다."[26]

응코시의 『짝짓는 새들』(*Mating Birds*, 1986)에서 아파르트헤이트는 사건을 촉발시키는 중요한 동인으로 작용한다. 분리 정책의 근간을 이루는 일련의 법안에 반투 행정법 · 집단지역 거주법 · 통행증법 · 부도덕행위금지법 등이 있음은 앞서 언급한 바 있다. 응코시의 소설은 이러한 법들이 흑인의 삶을 얼마나 피폐하게 만들었는지를 폭로한다. 일례로 반투 행정법은 1951년에 흑인에게 자치를 허용한다는 명목 아래에 각 종족을 '반투스탄'이라 불리는 집단거주지에 정착시키고, 이 지역의 행정을 정부가 임명한 원주민 족장들이 담당하도록 한다. 이 법은 흑인의 거주를 척박한 오지에 한정시킴으로써 백인들이 상업 개발지와 비옥한 땅을 독차지할 수 있도록 했다.

이는 모든 원주민들을 대표하는 대의 기구를 해체하고 종족별 지역 의회를 구성하여, 중앙 정부에 대한 흑인들의 발언권을 봉쇄할 뿐만 아니라 궁극적으로 흑인들을 분리 통치하고자 하는 의도를 가진 것이다. 반투스탄의 독립은 각 부족이 각자에게 맞는 독자적인 발전을 이루게 한다는 명목으로 제정된 1959년의 반투 자치법에 의해 더욱 강화되는 듯했다. 그러나 사실 이 법은 흑인들을 자치구에 소속시킴으로써 남아공 국민으로서 누려야 할 시민권을 박탈했다.

응코시 소설의 주인공 시비야가 태어난 줄루랜드도 남아공에 이렇게 탄생한 10개의 반투스탄 가운데 하나다. 시비야가 소년기를 보낸 줄루 촌락은 백인거주지에서는 한참 떨어져 있어 백인과의 갈등이 없던 곳이다. 그러나 그의 평화로운 소년기는 어느 날 갑자기 반투 행정관이 찾아와 부족에게 내륙으로 이주할 것을 명하면서 파국을 맞는다. 줄루 족

26) Lewis Nkosi, "Shades of Apartheid: On South Africa—The Fire Some Time", Transition, 75/76(1997), 286~292쪽.

에게 있어 땅은 생업인 목축업의 터전이기에 중요하기도 하지만, 무엇보다도 그들의 정신세계에서 중요한 뿌리를 구성한다. 땅은 "대대로 죽은 자들을 묻고, [……] 줄루 족 전사들의 피가 계곡과 줄루 평야의 붉은 땅과 섞인"[27] 조상의 영(靈)이 어린 곳이기 때문이다.

줄루 족에게 죽음이 의미 있는 이유는 사후 세계에서 "조상들을 만날 수 있다는 희망"[28] 때문이다. 그러니 조상의 영과 교통하는 터전을 내놓는다는 것은 줄루 족에게는 정신적인 뿌리를 잘리는 것과도 같다. 백인들의 거주지 확보를 위해 내륙의 보호구역으로 이주당하면서 시비야의 아버지가 돌연 사망하는 것도 뿌리로부터의 절연이 줄루 족에게 미치는 파괴적인 영향을 상징한다. 가장을 잃은 시비야와 어머니 논카네지가 대도시 더반으로 떠나고 또 다른 이들은 내륙의 원주민 보호 구역으로 떠나는 등 줄루 대가족은 뿔뿔이 흩어지게 된다. 전통적인 가족제도의 해체를 시비야는 이렇게 설명한다. "한 묶음의 짚단처럼 우리를 함께 묶어놓았던 끈이 풀린 것 같았다. 한방에 모든 것이 무너져내렸다."[29]

남아공 정권은 일련의 분리 정책을 통해 대다수 흑인들을 반투스탄에 묶어놓기는 했지만 백인거주지에서 흑인들을 멀리 쫓아내는 데는 실패한다. 그 이유는 백인의 산업과 가정 모두 흑인들의 값싼 노동력에 의존할 수밖에 없었기 때문이다. 이러한 기이한 의존 구조는 백인거주지의 외곽에 백인경제를 지원하기 위한 흑인빈민촌을 형성시킨다. 논카네지도 그러한 빈민촌 가운데 하나에 양철집을 빌려 정착한다.

흑인 슬럼 지역에 대한 묘사를 통해 작가는 전통 원주민촌인 '크랄'

27) Lewis Nkosi, *Mating Birds: A Novel* (New York: Harper & Row Publishers, 1987), 60쪽.

28) 같은 책, 47쪽.

29) 같은 책, 62쪽.

을 중심으로 내려온 공동체문화와 가치들이 무너져내린 후 아프리카 흑인들이 겪는 변화를 극명하게 보여준다. 사라진 크랄에 대한 향수를 가슴속에 간직한 채, 살기 위해 도시의 주위로 몰려든 흑인들은 미래가 없는 날품 노동자로 전락한다. 빈민촌 카토 매너에 거주하는 흑인들의 실상은 다음과 같이 표현된다.

> 카토 매너에서 아프리카 여성들은 스코키안이라 불리는 불법 주류를 제조함으로써 삶을 꾸려갔는데 이 술에 톡 쏘는 맛을 더하기 위해 메탄올 변성 알코올을 섞었다. 위험하고도 정신을 해치는 술은 매일 흑인 노동자들에게 제공되었다. 혹자에 따르면 이들은 일이 끝나기가 무섭게 매일 저녁 단골 무허가 술집으로 모여들어, 통행증 소지 여부를 확인하는 일제 수색의 고통, 제때 내지 못한 월세의 고통, 다 갚지 못한 가재도구의 임대료에 대한 고통을 잊기 위해 그 술을 허겁지겁 들이키나 이는 소용없는 일이었다.
>
> 음주는 새벽까지 이어졌다. 술자리에서는 싸움이 벌어졌는데 때로는 매우 난폭한 싸움이 있었으며 어떤 때는 사망자가 발생하기도 했다. 판잣집 사이로 어두운 통로를 따라 여성들이 부끄러운 줄 모르고 몸을 팔았으며 남자들은 이들을 세워놓거나 또는 벽에 기대어놓은 채 탐욕스럽게 그들의 몸을 취했다.[30)]

실상 카토 매너의 남성 노동자들도 몸을 판다는 점에서는 창녀들과 다를 바가 없었다. 이 남성들의 몸을 사는 이가 다름 아닌 백인자본주의자라는 점만 다를 뿐인 것이다. 알코올과 폭력, 매춘, 빈곤이 판치는 슬럼 지역에서 논카네지는 무허가 술집을 경영하라는 주위의 조언을

---

30) 같은 책, 90~91쪽.

뿌리치고 백인들의 옷을 세탁해주는 일을 고집한다. 그러나 아들에게 교육의 기회를 주기 위해 힘든 삶을 마다않던 그녀는 점차 변한다. "자중하는 줄루 과부"[31]의 모습을 지키려고 애쓰던 논카네지는 전통의상과 장신구를 집어던지더니, 곧 웃음과 술을 파는 술집 주인으로 전락하게 된다. 그러고는 결국 술집 단골에게 성을 팔다 아들에게 발각되는 지경에 이른다.

시비야는 루터교 신학교를 마친 뒤 나탈 대학에 진학하는데, 대학에서 그가 맞닥뜨린 것은 반투 교육법이 지배하는 아카데미였다. 1951년에 아이젠렌 위원회가 제출한 보고서를 토대로 만들어지고 원주민 행정부 장관 페어부어트(Hendrik Verwoerd)가 관장한 이 법은 교육을 반투 사회 개발계획의 일부분으로 간주했다. 그리하여 모든 교육 현장에서 흑백을 분리했을 뿐만 아니라 교육의 종류와 내용도 구분했다. 이 법령 아래서 아프리카 흑인학교에서는 수학과 과학이 배제되고 농업이 교과의 중요한 부분이 되었다. 이러한 정책을 적극 수용하지 않는 학교들은 정부의 재정 지원이 중지되었고 그 결과 이전까지 정부의 감독으로부터 어느 정도 자율성을 누리던 미션 학교들이 문을 닫았다.

반투 교육법은 각 부족어를 초등학교는 물론, 고등학교 교육의 매체로 지정했는데, 아프리카너 정부의 이러한 결정은 몇 가지 정치적인 목적을 염두에 둔 것이었다. 중구에 따르면 그 첫째 목적은 흑인학생들이 상급 학교에 진학하여 고급 학문을 취득하는 것을 어렵게 만드는 데에 있었다. 과학과 수학의 개념어에 해당하는 말이 아프리카의 부족어에 없다는 점을 고려할 때 부족어를 교육 매체로 지정하는 것은 다분히 전략적인 결정이었다. 또한 각 부족들을 상이한 부족 언어로 교육시키는 것은 부족 간의 연대나 소통을 강화시킬 수 있는 가능성을 사전에 제거

31) 같은 책, 96쪽.

함으로써 "분열을 통한 수월한 통치"라는 목적에 봉사한다.[32)]

반투 교육법이 미칠 영향에 대해 음팔렐레도 우려를 표명한 바 있다. 그의 표현을 빌리면, "이제 초 · 중등교육 기간에 반투어가 교육 매체가 되었다. 이는 대학에 들어갈 차세대가 바깥 세상을 이해하는 데 심각한 장애를 안음을 의미한다."[33)] 그러나 흑인들의 아프리칸스 사용률이 현저하게 하락하자 정부는 1974년에 아프리칸스 매체법을 새로 제정하여 모든 흑인학교에서 아프리칸스를 영어와 같은 비율로 의무적으로 사용했다. 아프리카너 지배자들의 언어를 강요한 이 법은 흑인학생들의 불만을 촉발시켜 급기야 1976년에는 소웨토 지역을 중심으로 학생 시위가 일어났다.

'금지된 욕망'의 정치성

주인공 시비야도 흑백분리정책에 따라 흑인학생들을 위해 따로 마련된 헛간 같은 곳에서 강의를 듣는다. 그는 대학의 분리정책에 반대하는 시위에 가담했다가 결국 퇴학당한다. 실의와 분노에 괴로워하던 그는 더반 해변에서 베로니카를 만나고 이 백인여성과 성관계를 맺는 도중 강간범으로 체포된다. 시비야가 법정과 상담 과정에서 맞닥뜨린 것은 흑인 전체를 잠재적 범죄자로 정죄하는 백인의 과학이다.

백인의 세상에서 흑인은 "과도하게 발달한 성(性)"이라는 편견을 꼬리표처럼 단다. 그리고 이러한 편견이 흑인남성을 "점잖은" 백인여성을

32) Yeyedwa Zungu, "The Education for Africans in South Africa", *The Journal of Negro Education*, 46.3(Summer 1977), 211~212쪽.

33) Bernth Lindfors, "Post-War Literature in English by African Writers from South Africa: A Study of the Effects of Environment upon Literature", *Phylon*, 27.1(1st Qtr. 1966), 62쪽에서 재인용.

노리는 "섹스광"으로 규정하는 인종 담론을 낳는다. 이 편견에 따르면 백인여성이 흑인남성을 욕망한다는 것은 있을 수 없는 일이기에, 둘이 성적인 관계를 맺는다면 그것은 강간 외에 다른 관계일 수가 없다. 사실 시비야를 유혹한 이는 베로니카였지만 백인의 담론에서 그녀는 성폭력에 희생된 "성녀"로 간주된다. 반면 주인공은 백인여성의 가냘픈 몸에 강압적으로 "자신의 무시무시하게 크고 검은 그것을 집어넣은"[34] 성범죄자로 간주된다.

아프리카를 인간적 성취가 결여된 곳으로, 아프리카인을 원시적인 존재로 간주하는 백인의 담론은 과학의 이름으로, 진실의 이름을 빌어 유통된다. 응코시의 소설에서 이 담론은 나탈 대학교의 역사학 교수 반 니케르크의 입에서 들려온다. 그에 따르면 "아프리카의 역사는 아프리카에 백인이 처음 도착하면서 시작되었고" 아프리카는 문명인에게는 "견딜 수 없는 정신적인 진공 상태"[35]다.

흑백의 인종 차이를 절대화하는 백인담론이 흑인에게 어떠한 폭력으로 다가왔는지는 파농이 이미 서술한 바 있다. 그는 "엄마, 검둥이 좀 봐! 나 무서워!"라고 외치는 백인아이의 시선을 통해 자신의 위상을 알게 되었다고 고백한다. 흑인을 공포의 대상으로 타자화하는 세상에 대해 파농은 다음과 같이 말한다. "나의 몸에 대해, 나의 인종에 대해, 나의 선조들에 대해 나는 동시에 책임을 지게 되었다. 나는 나의 흑인성을, 나의 인종적 특징을 발견했다. 원주민의 북, 식인주의, 지적 결여, 페티시즘, 인종적 결함, 노예선, 무엇보다도 '맛 조오타'라는 말이 나를 후려쳤다."[36]

흑인을 지적 능력의 결여, 식인주의나 과잉한 성, 단순히 "굶주린 밥

---

34) Lewis Nkosi, 앞의 책, *Mating Birds*, 13쪽.
35) 같은 책, 104쪽, 105쪽.
36) Frantz Fanon, 앞의 책, *Black Skin, White Masks*, 112~113쪽.

통"으로 규정하는 백인의 세계에서 흑백의 로맨스는 모순 어법이다. 흑백의 로맨스가 남아공에서 불법화된 것에는 당대의 (유사)과학도 한몫한다. 범죄학자 엘로프(Gerrie Eloff)의 인종생물학이 그 대표적인 예다. 그에 따르면 네덜란드, 독일과 프랑스의 혈통이 섞인 아프리카너는 새로운 생물학적 유형이며, 이 유형의 혈통적 순수성은 흑인으로 인한 "피의 오염"으로부터 보호받아야 한다. 엘로프는 흑백의 결합이 차세대 아프리카너의 신체적 · 정신적 · 도덕적 수준을 떨어뜨릴 것임을 문화인류학적 증거를 동원하여 입증하려 했다. 그리고 이 이론은 L.J. 뒤 플레시와 크로니에(Jeoff Cronjé) 같은 학자들에 의해 보편화된다.[37] 응코시의 소설에서 검사 카크머카르가 "백인여성과 성적인 공모를 했다"[38]는 피고 시비야의 주장을 일고의 가치도 없는 헛소리로 여기는 것이나, 피고의 이러한 주장을 들은 판사가 불쾌함을 금하지 못하는 데에는 혈통의 혼성에 대한 아프리카너들의 우려가 있기 때문이다.

시비야를 바라보는 과학적 '예단의 눈길'은 범죄 심리학자 뒤프레에게서도 발견된다. 뒤프레의 "과학적" 조사는 주인공의 행동을 "불우한 성장 배경에 비롯된 정신적 장애"라는 극히 사적인 틀에 위치시킴으로써 사건의 정치 · 사회적 맥락을 연구 범주에서 제외한다. 주인공의 "일탈적 행동"을 조사하는 "과학자"의 말투는 소설에서 "경찰 취조와 고문의 언어"에 비유된다. 이 과학자는 시비야에게 어린 시절에 대해 들려줄 것을 요구하는데 그 이유는 그러한 이야기가 "강박증의 기원, 타인종 여성에게서 성적 욕망을 충족시키고자 하는 〔그〕의 소망의 근원을 캐는 데 도움을 줄 것"이라고 믿기 때문이다.

뒤프레는 시비야의 어린 시절 중에서도 특히 그의 부모에 대해서 듣

37) Aletta J. Norval, *Deconstructing Apartheid Discourse*(London: Verso, 1996), 88~89쪽.
38) Lewis Nkosi, 앞의 책, *Mating Birds*, 166쪽.

고 싶어한다. 시비야는 자신이 행복한 소년 시절을 보냈을 뿐만 아니라 자신의 부모도 관계가 원만했다고 항변해보지만 뒤프레는 어떤 소년기도 정상적이지 않다는 과학적 담론으로써 이를 묵살한다.[39] 시비야에게서 "인간성의 결점" 또는 일종의 "정신적인 뒤틀림"을 읽어내고자 마음먹은 그는 "아프리카인 강간범에 대한 완전한 초상화"를 그려내는 데 도움이 되지 않는 진술은 모두 부정해버린다.

이처럼 타자에 의해 대상화되고 선(先)규정된 존재로서의 흑인에 대하여 파농은 다음과 같이 말한 바 있다. "나는 사물의 의미를 파악하고자 하는 의지를 가지고, 세상의 근원에 도달하려는 욕구로 가득 찬 정신으로 세상에 나왔다. 그러나 나는 내가 대상들 가운데 하나가 되어 있음을 발견했다."[40]

베로니카에 대한 시비야의 욕망은 뒤프레가 입증하고 싶어하듯 유년기의 정신적 문제에 기인하는 것이 아니다. 나탈 대학교에서 퇴학당한 후 더반의 해변을 거닐던 그는 유럽 · 아메리카 · 극동으로 향하는 여객선들을 바라보며 "억압과 처참한 착취의 삶에서 탈출"[41]을 꿈꾸는 것을 하루 일과로 삼았다. 그러던 가운데 해변에서 눈이 마주치게 된 베로니카는 시비야에게 일종의 현실로부터의 탈출구였다. 동시에 베로니카의 육체에 대한 주인공의 욕망은 복합적인 층위를 가진 것이다. 특히 흑백간의 성관계를 금하는 서슬 퍼런 '부도덕행위금지법'이 지배하는 남아공에서 백인여성과의 로맨스가 흑인에게는 곧 죽음을 의미함을 고려할 때, 베로니카의 몸을 단순히 도피 수단이나 성욕의 대상으로만 보기에는 적절치 못한 면이 있다.

베로니카에 대한 감정이 단순히 "성적인 욕망이 아니었음"[42]은 주인

39) 같은 책, 39~40쪽, 67쪽.
40) Frantz Fanon, 앞의 책, *Black Skin, White Masks*, 109쪽.
41) Lewis Nkosi, 앞의 책, *Mating Birds*, 38쪽.

공이 그 감정을 "단순한 욕망보다 훨씬 더 크고 더 슬프며 더 심오한 것"이라 부른다는 점에서도 드러난다. 그는 욕망과 뒤섞인 이 감정에 "분노"라는 이름을 붙인다. 이는 흑인의 인간적 존재를 부정하는 백인들을 향한 감정이다. 굳이 베로니카에 접근한 이유에 대한 주인공의 자문자답은 다음과 같이 제시된다.

> 욕정이 〔이유〕 중의 하나였음을 인정한다. 그러나 왜 하필이면 백인여성에 대한 욕정인가? 만약 욕정이, 욕정만이 나의 고통의 원인이었다면 그 욕정을 해소할 흑인여성들이 잔뜩 있었는데 말이다. 그것은 내가 대학에서 쫓겨난 것, 내가 의지할 대상의 상실, 방향 감각의 상실, 나의 최후의 절망과 상관관계가 있는 것이 아닐까?[43]

베로니카의 몸에 대한 주인공의 욕망은 결국 "사회가 나를 가둔 좁은 구속복에 대한 저항"의 의미를 띠는 것이다. 혈통적 순수성이 인종차별의 근간을 구성하는 것일진대 백인여성은 그러한 혈통을 지키기 위해서 타인종으로부터 보호되어야 할 존재다. 그러한 점에서 베로니카에 대한 주인공의 욕망은 인종차별 사회의 근간을 뒤흔드는 것이요, 무엇보다 분리 정책이 낳은 금기에 대한 위반을 꿈꾼다는 점에서 '정치적인' 욕망이다.

남아공의 백인사법부와 서구의 과학은 시비야를 섹스광이자 정신적 장애자로 규정하려고 하지만, 아이러니컬한 점은 시비야의 성적·정치적 "일탈 행위"에는 백인의 교육이 한몫했다는 것이다. 이 아이러니는 시비야가 투옥된 더반 중앙 감옥의 소장의 입을 통해 표출된다. 시비야

42) 같은 책, 7쪽.
43) 같은 책, 111쪽.

를 서구 교육이 타락시킨 원주민으로 지목하면서 소장은 원주민들을 그들의 부족 환경에 그대로 내버려두는 것이 최선이라고 주장한다. 그에 따르면 간혹 몇몇 특출한 흑인들이 아프리카에서 문제를 일으키거나 성범죄자로 변모하는데 그것은 남아공의 자유주의자들이 이들에게 서구 교육을 베푼 결과라는 것이다.[44] 즉, 교육을 받음으로써 흑인들이 백인과 평등하다는 생각을 갖다보니 백인의 삶이나 백인여성에 대한 욕망을 갖는 것이다.

소장의 이 이론은 아프리카너 민족주의자들이 1944년에 국민회의에서 제정한 "남아프리카 내의 백인과 비백인은 상호의 이익을 위하여 서로 분리되어야 한다"는 인종 정책의 제1원칙이 나온 배경을 드러낸다. 또한 원주민에 미치는 백인교육의 폐해에 대한 그의 지적도 반투 교육법의 취지를 반영하는 것이다. 서구 교육을 받은 흑인들에 대한 소장의 불평은 유럽의 식민주의가 당면한 '자기모순'을 예시한다는 점에서 흥미롭다. 식민주의는 "미개한 원주민의 교화"라는 사명을 전면에 내세움으로써 스스로를 합법화한다. 그러니 식민주의는 피지배자가 지배자보다 열등할 때만 정당화될 수 있는데 "교화 사업"이 진행될수록 그 존재 이유가 사라지는 것이다. 바바의 표현을 빌리면, 개화된 식민 주체를 양성하려는 기독교적 사명과 그 식민 주체가 가질 저항의 가능성 사이에 놓인 서구의 휴머니즘은 "스스로를 아이러니의 대상으로 삼고 말았다."[45]

교육을 통해서 정신세계가 확장된 시비야는 아프리카너들이 지배하는 남아공의 문제를 더욱 분명하게 깨닫는다. 이러한 깨달음은 그가 이등 시민의 자리에 앉아 있도록 가만히 놓아두지 않는다. 그의 표현을

44) 같은 책, 82쪽.

45) Homi Bhabha, *The Location of Culture* (New York: Routledge), 87쪽.

빌리면, "학교 교육을 받은 나는 더 이상 현재의 나에게 만족할 수 없었다. 허기, 좌절, 자긍심과 야망이 나를 가시밭길로, 마침내는 교수형으로 이끌었다."[46]

억울한 죽음을 눈앞에 둔 주인공의 입을 통해 응코시는 아파르트헤이트가 남아공 흑인들의 공적인 존재뿐만 아니라 사적인 욕망까지 어떻게 통제하며, 그러한 금기를 위반하는 개인이 어떻게 처벌되는지를 드러낸다. 작가는 또한 강간 혐의를 두고 벌어지는 재판 과정을 통해 아파르트헤이트가 흑인들이 아니라 실은 백인들을 도덕적 파산 상태로 만들고 말았음도 폭로한다. 특히 더반 중앙 감옥의 소장 같은 인물은 교육받은 흑인들의 정신 상태의 온전함을 의심하나, 아내가 자살했다는 소식을 접할 때 그가 보여주는 반응은 오히려 그의 정신 상태를 의심하게 한다. "그 악당 같은 창녀가 드디어 갔구나, 해냈구나!"[47]라고 외치며 울고 웃는 그의 모습은 정작 정신과 치료를 받아야 할 심각한 장애를 앓고 있는 이가 그 자신임을 드러낸다.

라 구마의 『때까치의 계절』과 무장 저항

무장 저항에 호소한 남아공 작가들을 소개할 때 라 구마를 빼놓을 수 없다.[48] 케이프타운의 빈민 지역 6구역 출신인 라 구마는 남아공의 인종 분류에 따르면 혼혈인을 의미하는 '컬러드'로 분류된다. 노동자, 노

---

46) Lewis Nkosi, 앞의 책, *Mating Birds*, 88쪽.

47) 같은 책, 80쪽.

48) 라 구마의 작품으로는 *A Walk in the Night*(1962), *And a Threefold Cord*(1964), *The Stone Country*(1965), *In the Fog of the Season's End*(1972)가 있다. 『때까치의 계절』에 대한 아래의 논의는 졸고 「알렉스 라 구마의 『때까치의 계절』에 나타난 인종주의 비판」, 『현대영미소설』, 제15권 제2호(2008), 107~132쪽을 수정한 것이다.

조운동가, 또한 공산당원으로 활동한 바 있는 그는 1955년에 케이프타운의 좌파 신문인 『신세기』(*New Age*)에서 기자로 일한다. 같은 해에 남아공 흑인들의 '자유헌장'(Freedom Charter)의 작성에 참여하면서 그는 반역 행위로 체포된다. 재판은 5년이나 계속되면서 라 구마와 다른 155명의 피고인의 삶을 피폐하게 만든다. 그러던 가운데 1960년에 통행증법에 반대하던 시위대가 경찰의 총격을 받은 악명 높은 '샤프빌 학살'이 발생한다. 이후 남아공에서는 계엄령이 실시되는데 라 구마는 이때 다시 체포되어 7개월이나 구금될 뿐만 아니라 1962년부터 5년간 가택 연금을 당한다. 1966년에 영국으로 탈출하면서 시작된 그의 망명 생활은 1985년에 쿠바에서 사망함으로써 끝을 맺는다.

라 구마의 소신은 1967년에 스톡홀름의 한 학술대회에서 그가 한 논평에서 극명하게 드러난다. "남아공의 작가로서 나는 총기를 밀매하고 라디오 방송국을 털 준비가 되어 있다."[49] 라 구마가 행동하는 혁명가로서의 작가적 소명을 이렇게 피력했을 때 그 배후에는 남아공의 현실에 대한 뼈저린 인식이 자리 잡고 있다. 같은 논평에서 남아공 문학은 "남아공의 현실에 관한 문학"이라고 정의한 뒤 라 구마는 "그렇다면 남아공의 현실은 무엇인가?"라고 묻는다. 그에 대한 대답은 다음과 같다.

> 우리가 책을 쓰려고 앉을 때, 나도, 내 동료도 작가로서 인구의 80퍼센트가 극빈 이하의 삶을 사는 현실에 직면한다. 우리는 남아공 감옥에 투옥된 죄수의 평균수가 7만 명에 이른다는 현실을 직면하게 된다. 우리는 작년에 사망한 비백인들 중 절반이 5세 이하였다는 현실을 직면하게 된다. 이것이 현실이다. 이 끔찍한 사실을 무시하고 남

---

49) Samuel Omo Asein, "The Revolutionary Vision in Alex La Guma's Novels", *Phylon* 39.1(1st Qtr. 1978), 74쪽에서 재인용.

아공의 문화와 예술에 대하여 생각하려 해도 우리는 사람들이 자신이 원하는 식으로 정신을 개발하는 것이 허용되어 있지 않다는 사실을 직면하게 된다.[50]

잠깐 응코시로 되돌아오면, 응코시는 남아공 흑인작가들의 문학에 대해 신랄한 비판을 제기한 바 있다. 그는 아파르트헤이트 아래의 흑인작가들이 당대의 긴박한 상황을 진실감 있게 표현하려 한 노력이 실은 "순진한 사실주의"로 흐르고 말았다고 본다. 이러한 문학이 유행하게 된 근원에는 사실주의에 대한 오해, 즉 언어적 기호가 대상을 그대로 재현할 수 있다는 잘못된 믿음이 있음을 지목한다. 응코시의 표현을 빌리면,

마치 언어가 현실을 소비하고 소화하여 마침내는 그것을 조금도 변형시키는 일 없이 그대로 게워낼 수 있다는 듯이, 남아공 흑인작가들은 그들의 글에서 현실을 재생산하거나 재연하려 한다. 거리에서 일어나고 있는 일이 문학에서는, 가장 참여적인 사회주의적 사실주의 소설에서도 결코 일어날 수 없다는 사실을 남아공의 많은 흑인작가들은 알지 못하는 듯하다. 셈파믈라(Sipho Sempamla)와 마트쇼바(Mtutuzeli Matshoba)의 소설이 보여주는 순진한 사실주의나, 응코보(Lauretta Ngcobo)의 『황금 십자가』(*Cross of Gold*)와 틀랄리(Miriam Tlali)의 『아만들라』(*Amandla*)의 연속적인 다큐 소설들은 아파르트헤이트 아래의 끔찍한 삶의 현실과 문학 간의 간극을 없애려는 좌절된 욕망에 상당 부분 기인한다.[51]

---

50) 같은 글, 74~75쪽에서 재인용.
51) Lewis Nkosi, "South African Fiction Writers at the Barricades", *Third World Book Review*, 2.1-2(1986), 43쪽.

응코시가 비판하는 문학의 대표적인 예는 라 구마 같은 이가 지향하는 사회주의적 사실주의다. 그러나 한 비평에서 지적하듯 라 구마만큼이나 응코시도 그러한 재현의 문제에서 자유롭지 못하다고 여겨진다.[52] 아래서 논하겠지만 문학적 성취도, 즉 인물의 심리묘사나 박진감 있는 스토리 전개, 은유나 상징의 사용 같은 기교의 면에서 보았을 때도 라 구마의 소설은 응코시의 소설보다 오히려 한 수 위라고 판단이 된다.

『때까치의 계절』(*Time of the Butcherbird*, 1979)에서 라 구마는 남아공의 각 인종이 처해 있는 현실을 그려낸다. 이 소설을 추동하는 중요한 의제 가운데 하나는 아프리카의 '땅'이다. 족장 흘랑게니가 이끄는 줄루 족은 집단지역거주법과 반투 행정법이 실시된 직후 조상 대대로 물려받은 땅으로부터 이주할 것을 명령받는다. 반투 행정법 때문에 족장의 지위에서 정부의 급여와 지시를 받는 하수인으로 전락한 흘랑게니는 백인의 법에 저항할 엄두도 내지 못한다. 이 부족이 강제 이주를 당한 연유는 소설의 중반에 가서야 나오는데, 줄루 족의 땅에 대해 이루어진 지질 조사에서 광물이 발견되자 정부와 인근 마을 홈 제임스의 아프리카너 주민들이 개발 이익을 나누기 위해서 흑인들의 이주를 결정했던 것이다. 응코시의 『짝짓는 새들』에서 줄루 족의 강제 이주가 백인거주지의 확장을 위한 것임이 폭로되듯, 『때까치의 계절』에서도 반투 행정법이나 집단지역거주법이 흑인들의 자치를 위해서가 아니라 실은 아프리카너들의 이익을 위해 자의적으로 실시되었음이 폭로된다.

『때까치의 계절』은 또한 민족주의가 교조적이고 국수적으로 흐를 때 궁극적으로 어떠한 형태를 띠게 되는지를 집중적으로 조명한다. 제2차 세계대전이 발발하자 남아프리카 연방은 전쟁에서 어느 편을 들 것인

---

52) Louise Bethlehem, "'A Primary Need as Strong as Hunger': The Rhetoric of Urgency in South African Literary Culture under Apartheid", *Poetics Today*, 22.2(Summer 2001), 373쪽.

지를 두고 국론이 분열되었다. 앞서 언급한 바 있듯, 1934년에 아프리카너들과 영어 사용 백인들이 국민당과 남아프리카당을 합쳐 '통합당'을 만들었는데, 그로부터 5년 뒤인 1939년에 남아프리카 연방이 영국의 편을 들며 제2차 세계대전에 참전하면서 통합당은 분열하게 된다. 나치 독일의 편을 들며 당을 깨고 나온 이들은 우파 국민당원들이었다.

라 구마는 홈 제임스의 정치인 하네스 뮬른의 회상을 통해 이 시기를 소설 속에서 재현해낸다. 하네스는 보어 전쟁 기념물 앞에서 일장 연설을 하던 아버지를 회상하는데, 이 장면은 우파 국민당원들과 나치의 정서적 · 이데올로기적 친연성을 드러낸다.

> 이들은 나치 독일과의 전쟁을 반대했다. 독일인들은 인종의 단합을, 신이 선택한 민족의 단합을 지지했다. 독일과의 어떠한 전쟁도 흑백의 잡혼, 잡종화, 영국인과 유대인이 외치는 자유주의적 사고가 활개치도록 할 것이다. 그래서 히틀러의 〔인종주의적〕 생각은 이 모임에 참석한 남자들의 생각과 일치했다. 〔하네스〕의 아버지는 붉은 얼굴을 열정으로 일그러뜨리며 "아프리칸더 국민은 인간의 손으로 이룩한 것이 아니라 신이 이룩하신 것이다"라고 외쳤다.[53]

위의 연설에서 드러나듯 아프리카너 민족주의자들이 인종 간의 성적 · 문화적 교류를 막는 연유에는 혈통적 · 문화적 순수성에 대한 집착이 자리 잡고 있다. 이러한 순수성의 신화는 아프리카너 민족주의자들에 의해 종교의 이름으로, 신의 이름으로 정당화되었다.

이 소설은 또한 교조적인 기독교가 아프리카너 민족주의의 자기합법

53) Alex La Guma, *Time of the Butcherbird* (London: Heinemann, 1979), 58쪽. 이 소설을 출전으로 하는 인용은 본문에 쪽수만 표기한다.

화에 어떠한 기여를 하고 있는지도 밝혀내고 있다. 아프리카너 민족주의와 아파르트헤이트의 형성에 대해 신칼뱅주의가 기여한 핵심적인 이론은 "선민사상"과 "분리주의"다. 앞서 논의한 바 있지만 여기서 신칼뱅주의란 변형된 형태의 칼뱅주의를 지칭한다. 개인의 구원을 역설했던 칼뱅주의의 핵심 사상은 아프리카너들에 의해 '집단 예정설'과 '위대한 분리자인 하나님'이라는 개념으로 변형되어 수용되었던 것이다.

뒤보가 밝히듯, 변형된 예정설과 신에 대한 아프리카너들의 개념은 1944년에 뒤 투아가 국민회의에서 한 주제 강연 「우리의 인종 정책의 종교적 토대」(*The Religious Basis of Our Race Policy*)에서 잘 드러난다. 네덜란드의 신학자이자 정치가인 카이퍼의 영향을 받은 뒤 투아는 이 연설에서 "위대한 분리자"(Great Divider)로서의 하나님의 개념을 역설한다. 이 이론에 따르면 하나님은 빛과 어둠, 하늘과 땅, 남자와 여자를 나누었듯 민족을 나눴다. 그러니 바벨탑의 일화가 증명하듯 하나님께서 나누어 놓으신 것을 인간이 합쳐서는 안 된다는 것이다. 그러한 점에서 아파르트헤이트의 이론적 근간을 분리주의 신학이 제공했다고 할 수 있다.

같은 맥락에서 '대이주'를 통해 온갖 곤란과 희생을 무릅쓰고 자신들의 공화국을 건설한 영웅적인 보어인들은 하나님의 의지를 실행한 "선민"이 된다. "유기체" 개념을 곧잘 사용한 카이퍼의 이론과 독일 민족주의는 아프리카너 민족주의자들에게 자연스럽고도 순수한 단위로서의 민족에 대한 낭만적이고도 이상주의적인 개념을 제공한다.[54]

홈 제임스의 목사 피셔의 설교는 아프리카너들의 기독교가 얼마나 속화된 것인지, 또 어떻게 민족주의의 이익을 옹호하는 시녀가 되었는지를 드러낸다. 기우(祈雨) 예배를 드리던 중 목사는 오랫동안 계속되

54) Saul Dubow, 앞의 글, 217~218쪽, 220쪽.

는 가뭄에서 백인문명이 직면한 위협을 읽으며, 두 위기의 원인을 혈통의 혼란에서 찾는다. 그의 표현을 빌리면 "죄는 아담이 선악과를 따먹은 데서 온 만큼 명백하게 혈통의 혼종에서 오는 것"이며, "혈통의 오염과 그에 따르는 타락이 오랜 문명을 사라지게 하는 유일한 원인"이라는 것이다. 민족주의 · 인종주의 · 독선적인 종교가 절묘하게 어우러지는 그의 설교를 들어보자.

> 우리의 명예로운 임무를 보장해주는 것은 바로 우리의 혈통적 순수성입니다. 결국 아이들을 위해 하나님께서 주신 땅과 흙을 지켜내는 이, 정신적이고도 현실적인 목표를 흔들림 없이 충실히 수행하는 것이 우리의 사명입니다. 이 목표에 충실히 하는 것이 과거에 지은 죄에 대해 용서를 받는 유일한 수단이며, 하나님과 민족의 이름으로 우리의 피를 순결하게 하는 유일한 수단입니다.(106쪽)

목사의 설교는 아프리카너들이 스스로를 유대 족과 유사한 선민의 위치에 두고 있음을 드러내고 있다. 그에 따르면 땅을 지키는 것이 곧 혈통의 순수성을 지키는 것이요, 또한 두 가지를 지키는 것 모두 하나님께서 아프리카너들에게 맡기신 민족적 사명이다. 혈통이 섞여서는 안 된다는 주장의 이면에 있는 것이 바로 "위대한 분리자"로서의 하나님의 개념이며, 하나님께서 주신 땅을 지켜야 된다는 주장의 이면에는 구약적 사고관과 결합한 식민주의가 도사리고 있다. 아프리카너들에게 아프리카의 정복은 약속받은 땅인 "가나안"을 되찾는 사건이요, 영국에 밀려 내륙으로 옮겨간 대이주는 출애굽과 같은 의미를 지닌 사건인 것이다.

순수성에 대한 강박적인 집착은 홈 제임스의 정치인 하네스의 신념에서도 반영된다. 자유주의 이데올로기의 영향 아래 흑인들의 소요가 있게 될 것을 장인이 염려하자, 하네스는 아프리카너들끼리 단결함으로써 이에 대처해야 한다면서 다음과 같이 말한다. "우리 민족의 토대요, 단결력은 〔……〕우리의 인종적 · 문화적 · 종교적 순수성의 윤리입니다"(64쪽).

아프리카너들의 입장에서 보았을 때 그들의 혈통적 · 문화적 순수성에 대한 위협은 무엇보다도 아프리카 흑인들로부터 연원하는 것이었다. 네덜란드인 정착민들과 영국인 정착자들에게 차례로 땅을 빼앗긴 남아프리카 지역의 흑인들은 아파르트헤이트 정책이 본격적으로 가동되자 백인의 정부에 대항하여 조직적으로 흑인들의 인권을 요구하기 시작한다. 1950년대에 아프리카 민족회의가 주도한 흑인들의 인권운동이나 인근 국가에서 시작된 독립운동은 당대의 아프리카너들에게 그들이 이룩한 모든 것을 원점으로 되돌리려는 시도로 여겨졌다.

백인들을 엄습했던 흑인봉기에 대한 두려움은 라 구마의 화자에 의해 다음과 같이 표현된다. "과민한 부인네들은 흑인일꾼과 식모들을 날뛰는 야만인 무리들의 전초병으로 여겼다. 두려움이 장식 커튼 뒤의 쥐처럼 허둥거리며 지나갔고, 마룻널의 끼익거리는 소리, 헐렁한 마루의 삐걱거리는 소리는 영원히 포위되었다는 망상을 불러내는 경보의 종소리와 같았다."(49쪽) 당시의 국내 위기에 대해 하네스의 장인은 다음과 같이 말한다. "우리는 사태를 새로운 시각에서 봐야 해. 그러나 어떠한 일도 우리의 문화, 우리의 명예를 손상시켜서는 안 되지. 도시에서는 흑인들이 소요를 일으키며 돈과 임금과 권리에 대해 불평하고 있지. 우리가 그들에게 권리를 주기 위해 최선을 다하고 있는데 말이야." 그러나 흑인들을 위해 최선을 다한다는 논리는 다음의 진술에 의해 그 진실성이 부정된다.

아마도 이것은 시대의 징후일지 몰라. 그러나 한 세기 전만 해도 바

퀴도 발명하지 못한 민족들이 무엇을 할 수 있겠나? 야만성이 들끓는 국가들은 야만성으로 퇴보하게 돼. 그것이 역사의 경험이지. 유럽인들이 물러난 이 대륙의 북쪽 지역에 무슨 일이 일어났는지 보라고. 이제 점점 가까이 내려오고 있지 않은가. 포르투갈인들이 지금 당하고 있어. 우리가 다음 차례일까? 자네도 말했듯 우리가 그들을 위해 기울이는 노력에도 불구하고 반투 놈들이 움직이고 있단 말이지. 우리에게 필요한 것은 우리의 민족과 우리의 문명을 보존하려는 힘과 결의야.(63~64쪽)

인종적 정의를 위한 투쟁

이 소설의 시대적 배경이 되는 1970년대는 남아공 인근 지역에서 식민통치에 저항하는 흑인들의 독립운동이 본격적으로 전개되던 시기였다. 남아공의 서북쪽에 위치한 앙골라에서는 '앙골라 해방을 위한 민중운동'과 '앙골라 해방을 위한 민족전선'이 흑인의 해방을 위하여 투쟁 중이었다. 남아공의 동북쪽에 위치한 모잠비크에서는 각개전투를 벌이던 '모잠비크 아프리카 민족연맹' '모잠비크 민족민주연맹' '독립 모잠비크 민족 아프리카 연맹' 등 세 단체가 1962년에 '모잠비크 해방전선'을 결성해 포르투갈의 식민지배에 맞서 무장 항쟁을 벌였다. 모잠비크의 해방은 라 구마의 텍스트에서도 완곡하게 거명된다. 화자의 표현을 빌리면, "북쪽 국경선 너머에는 간이 작은 포르투갈인들이 노호한 폭도들에게 굴복했다"(49쪽). 모잠비크와 앙골라는 1975년이 되어야 독립을 쟁취하게 된다. 남아공의 북쪽에 위치한 로디지아(오늘날의 짐바브웨)는 이미 1965년에 영국의 지배로부터 독립했다. 인근 국가에서 벌어지는 이러한 독립운동은 남아공의 아프리카너들에게 심각한 위협을 제기했던 것이며, 50년대와 60년대를 거치면서 아프리카너 민족주의는 흑인의 반발을 억누르는 더욱 완고한 모습을 갖추었다.

라 구마는 이 소설에서 인종차별에 대한 저항의 메시지를 다양한 경로를 통해 제시하고 있다. 그중 하나가 동생의 억울한 죽음을 보복하는 흑인 실링의 이야기다. 실링은 8년 전 동생과 함께 뮬른 가의 결혼식 준비에 동원되었다가 만취한 상태에서 주인의 양 떼를 풀어주고 만다. 이를 알고 격노한 하네스가 이 흑인형제를 밤새도록 나무에 결박한 채 두고, 병약한 동생이 이때 죽고 만다.

아침에 풀려난 실링은 자신을 결박한 하네스의 집사에게 깨진 병을 들고 달려든다. 그러나 그는 집사의 팔에 상처만 입힌 후 체포되어 살인 미수죄로 10년 노역형에 처해진다. 반면 실링의 동생의 죽음에 대해 하네스는 벌금을 물고 풀려난다. 하네스에게 벌금형이 가해진 것도 실은 그렇게라도 하지 않을 경우 자유주의자들이나 공산주의자들이 이 사건을 정치적으로 이용할 것이 두려워 할 수 없이 취해진 조치다. 10년의 옥살이를 8년 만에 마치고 고향에 돌아온 실링은 하네스를 사살하여 동생의 원한을 갚는다. 이러한 '시적 정의'의 실현은 하네스의 집사에게도 일찌감치 적용된 바 있다. 실링에게 찔렸던 팔이 나은 후 집사는 줄루 족의 대족장이 묻힌 성소를 미신으로 깔보며 침범했다가 독사에게 물려 사망했던 것이다.

식민통치에 대한 조직적인 투쟁은 족장의 여형제 음마 타우를 통해서 드러난다. 음마 타우는 도시에서 한동안 생활하다가 "그들에 의해" 쫓겨난 인물이다. 음마 타우는 도시에서의 자신의 행적에 대해서 별로 언급하지 않지만, 다음 진술에서 그녀가 아프리카너 정권에 대한 저항에 가담했을 것이라는 사실을 추론하기란 어렵지 않다.

> [흑인들]은 이제 지쳤어. 지침에 지쳤고, 끝없는 검약에 지쳤고, 불법 거주자를 색출하는 끝없는 단속에 지쳤어. 한 굶주린 남성이 대낮

에 식품가게에 들어가서는 닭 한 마리를 집더니 가게 바깥 인도에서 점원과 손님들이 빤히 보는 앞에서 그 닭을 삼켜버리더군. 그들은 굶주림에 지쳤어. 그녀는 생각했다. 공장의 지저분한 식당에서, 대문간에서, 마당에서, 담 너머로, 회합에서도 그들은 그것에 대해 이야기했고, 벽에도 핏빛 페인트로 그걸 그려놓았지.(88쪽)

도시의 여기저기서 발견되는 흑인들의 절망적인 행동은 아파르트헤이트에 대한 그들의 인내가 한계점에 도달했음을 드러낸다. 이처럼 도시에서 무르익는 봉기의 움직임을 목격한 음마 타우는 그러한 저항의 불길을 농촌 지역으로 옮기는 역할을 한다. 음마 타우가 도시에서 보고 겪었을 법한 삶의 고통은 많은 아프리카 원주민 작가들이 이미 다룬 바 있다. 앞서 논의한 응코시의 『짝짓는 새들』이나 에브람스의 『광산의 소년』(*Mine Boy*, 1946)이 그 고통을 웅변적으로 입증한다.

음마 타우는 자신의 부족에게 백인의 법을 따르지 말 것을 설득하며 실링에게도 집단행동에 동참할 것을 종용한다. 개인적인 보복에 관심이 있을 뿐이라는 실링에게 음마 타우는 집단의 빚에 비하면 실링이 받아내고자 하는 개인적인 빚은 극히 미미하다고 설득한다. 이에 실링이 자신은 8년이나 억울한 옥살이를 했다고 말하자, 음마 타우는 "우리 모두가 감옥에 있으며 나라 전체가 감옥"이라고 되받는다. 음마 타우가 부족을 움직여 저항운동을 조직한 데는 이처럼 남아공의 흑인들이 처한 상황에 대한 정확한 인식이 있다. 왜 자기를 자꾸 끌어들이려고 하는지 되묻는 실링에게 음마 타우가 하는 말을 들어보자.

당신은 우리에게 도움이 될 수 있어. 당신에게는 증오가, 강렬한 증오가, 정의를 찾으려는 욕망이 있으니까. 그러나 정의를 사적으로 실현할 수 있다고 해서 그것에 만족하지는 말아야 해. 한 민족이 정의를 요구하는 시점에서 그런 것의 의미는 하찮은 것이지. 내가 말했듯이 당신처럼 복수욕에 불타는 이는 자신의 민족과 함께해야 하는 거야.(80쪽)

인종적 정의를 요구하는 음마 타우는 부족을 이주시키려는 백인들의 시도를 일단은 성공적으로 저지한다. 그러나 부족민들은 종국에는 강제 이주를 당하는 듯하다. 이 소설에서는 도입부에서 현재의 상황이 서술된 후 곧 과거의 시점으로 돌아가 사건이 전개되는데, 이 도입부가 "쟁기질을 할 수도, 씨를 뿌릴 수도 없는 땅, 묻히기에도 적합하지 않은 땅"(1쪽)에 이주한 일단의 흑인들에 대한 묘사로 시작되기 때문이다. 그러나 중요한 것은 이들의 패배가 물리적인 힘의 차이로 인한 것일 뿐 그들의 저항 정신은 여전히 살아 있다는 점이다.

영어 사용 계층과 '방관의 죄'

라 구마의 소설에서는 남아공의 아프리카너들 못지않게 영어 사용 백인들도 비판의 도마에 오른다. 공식적으로 '영어 사용 남아공 국민'으로 분류되는 후자의 집단에는 세일즈맨 에드가와 메이지가 있다. 영화 속의 세계를 꿈꾸는 메이지는 남아공의 중류층 생활에 만족하지 못하고 일상으로부터 탈출을 기도한다. 거짓 임신을 핑계 삼아 에드가와 결혼한다든지, 결혼 뒤에는 옛 학교 동창과 불륜을 저지르는 등 그녀의 탈출 계획은 비뚤어진 형태로 나타난다. 그러나 그녀가 선택한 어떤 일탈도 그녀를 권태와 염증에서 구출해주지는 못한다. 이처럼 부르주아의 사치스러운 고민에 빠진 메이지가 주위의 상황에 무관심한 것이 당연하다. 메이지의 자기중심주의는 텍스트에서 여러 번 암시되는데, 그 중 하나가 카페에서 동창 윌리와 오랜만에 조우하게 되는 장면이다. 두 사람이 인사를 나누고 있는 동안 메이지의 눈앞에서 작은 사건이 하나 벌어진다.

> 숄로 포대기를 삼아 아기를 등에 업은 한 흑인여성이 길 건너 네모나게 그늘진 바닥에 주저앉았다. 거리에서는 차량들이 일광 아래 보석이 박힌 듯 빛을 발하고 있었다. 하얀 헬멧, 반바지와 구두, 총과 큼지막한 선글라스용 고글을 착용한 경찰이 인도를 순찰하다 걸음을 멈추고 그 흑인 여성에게 몸을 굽히는 것이 메이지의 시야에 들어왔다. 우주 영화에 나오는 인물 같아.
>
> 멍한 상태에서 메이지가 한 생각이었다. 화성에서 온 침입자. 고글을 착용한 괴물이 기괴하게 뻗어 나온 그의 손의 일부인 막대기로 흑인여성을 찌르고 있었다. 그녀가 일어서더니 아기를 다시 들쳐 업고 짧은 소매 옷과 선글라스를 착용한 행인들 사이로 거리를 따라 내려갔고, 로봇은 쿵쿵거리며 움직이기를 계속했다. 차들이 햇빛을 받아 반짝이며 꾸물꾸물 움직이고 있었다.(51~52쪽)

연약한 부녀자에 대한 경찰의 가혹 행위로 읽혀야 할 이 사건은 목격자에게 아무런 감정적인 파문이나 도덕적 고민도 일으키지 못한다. 이 사건은 따분한 일상에서의 탈출을 꿈꾸는 메이지에게는 자신이 동경하는 영화 속 세계의 한 장면으로 인식될 뿐이다. 즉, 현대식 진압 장비를 갖춘 경찰의 폭력이 그녀에게는 첨단 장비를 갖춘 '외계인의 침입 사건'으로 여겨질 뿐이다. 인종적 타자가 겪는 고통도 메이지에게는 공상 과학적인 판타지를 충족시키기 위해 필요한 계기에 지나지 않는 것이다.

흑인들의 고통과 해방의 문제에 대해 영어 사용 백인계층이 얼마나 무심했는지는 작품의 결미 부분에서 더욱 강조된다. 메이지의 자기중심적인 사유는 흑인시위대가 경찰에 의해 무참히 진압되는 모습을 보고서 가이 포크스 기념일을 떠올린다거나, 시위대에게 향해야 할 연민의 정이 자신에게로 향하는 것에서 단적으로 드러난다. 피가 흐르는 얼굴을 손으로 쥐고 걸어 나오는 시위대 여성의 모습을 보는 순간 그녀는 다음과 같이 중얼거린다. "한심한 에드가, 이이와 오도 가도 못하게 됐어."(115쪽) 인종주의 폭력의 현장에서 메이지는 흑인피해자들이 아니라 결혼이라는 제도의 희생자가 된 자신을 본 것이다. 흑인들에 대해 이러한 태도를 취하는 데 메이지는 혼자가 아니다. 위험하니 물러서라는 지배인의 경고에도 "이런 재미를 놓칠 수 없다"(114쪽)며 시위 진압 과정을 즐기기 위해 발코니로 몰려간 백인무리의 모습에서 볼 수 있듯 소설이 그려내는 백인들은 예외 없이 흑인들의 고통에 대해 이기적이고도 방관자적인 태도를 취한다.

메이지의 도덕적 파산 상태는 남편을 살해하는 계획에 골몰하는 모습에서도 잘 드러난다. 동창 윌리와의 불륜 관계가 끝난 뒤 메이지는 다른 탈출구를 찾다가 남편의 생명보험을 떠올리게 된다. 메이지는 한편으로는 보험금을 타기 위해 남편을 살해할 궁리를 하지만 다른 한편으로는 범죄가 발각될 경우 치를 대가를 몹시 두려워한다. 그러니 그녀는 '에드가가 저절로 죽어주면 얼마나 좋을까' 하고 생각한다. 카페에 앉아 남편의 죽음을 꿈꾸는 메이지의 상황은 다음과 같이 묘사된다.

> 그이는 2천 파운드짜리인데. 큰소리치기 좋아하는 한심한 허풍선이. 멍하니 고개를 들어보니 유리창에 자신의 모습이 일그러져 보였다. 푸른 두 눈이 있어야 할 곳에는 두 쌍의 흠이 난 유리구슬이 있었고, 핑크빛으로 칠한 입술에는 또 다른 입술이 갑작스럽게 포개져 있었다. 인형 같은 두 얼굴이 인상을 쓰면서 자신을 쳐다보고 있었고, 그 얼굴들은 유리 건너편에 있는 부스의 머리 뒤통수들과 한데 어우러져 있었다.(113쪽)

유리창으로 고개를 돌린 메이지의 얼굴은 창의 굴곡 때문에 두 얼굴로 나뉘어 보이기도 하겠지만, 이는 또한 그녀의 정신적 문제, 즉 그녀의 분열된 정신세계를 상징적으로 표현하는 것이다. 그녀의 내면에서 꿈틀대는 어두운 자아, 남편을 죽여서라도 안락한 삶으로의 전기를 마련하고 싶은 욕구가 그녀의 정신을 분열시키고 있는 것이다.

이 소설이 본격적으로 주목하는 영어 사용 백인은 메이지의 남편 에드가다. 그는 아프리카너와 흑인 모두를 경멸하면서도 어떻게 하면 이들에게 물건을 많이 팔아먹을 수 있을지만을 궁리하는 인물이다. 같은 백인이면서도 다른 민족, 다른 계급에 속하는 아프리카너들에 대해 그가 느끼는 심리적인 거리는 홈 제임스를 방문했을 때 잘 드러난다. 자동차가 고장이 나서 할 수 없이 홈 제임스의 호텔에서 유숙한 그는 그곳 주민들에 대해 다음과 같이 생각한다.

> 이곳 시골에서 그는 이방인이었다. 이곳 사람들의 **편협한** 오만함에 알랑거리지 않으면 사업을 해나갈 수 없음을 그는 알고 있었다. 그는 스스로를 **관대한 인물**이라 여겼다. 나도 살고 다른 사람도 살게 해주자. 도대체 내가 왜 이들의 무슨 주문(呪文) 같은 말과 씨름하는 대신 나의 언어를 말할 수 없는 걸까? **사실 그들만큼이나 나도 이곳에 속하는데 말이야.** 무엇보다도 나는 이들에게 봉사를 베푸는 입장인데. 그러나 호의를 유지하고, 플라스틱 빗, 제동용 체인, 전구 주문을 받기 위해서 **그는 자신의 정체성을 반납하고, 이 망할 놈의 네덜란드 놈들을 얼치기로 모방해야 했다.**(4쪽, 고딕체는 필자 강조)

> 망할 놈의 농사꾼들이 득실거리는 가운데서 지내야 하다니. **놈들이 기르는 양만큼이나 멍청하고 낙후된 네덜란드 놈들 속에서 말이야.** 〔……〕 빌어먹을, 망할 우마차와 쟁기하며, **이놈들 꼬락서니가 꼭 망할**

놈의 흑인이야. 누가 이 나라를 이끌어가는데?(24쪽, 고딕체는 필자 강조)

위의 인용문은 여러 가지 면에서 아프리카너 정권이 들어선 뒤 영어 사용 백인들이 가졌던 현실 인식을 잘 대변한다. 인용문은 한편으로는 영어 사용 백인들의 문화적 우월감을, 다른 한편으로는 아프리카너들이 지배하는 세상에서 살아남기 위해서 그들의 장단에 춤을 추는 척이라도 해야 했던 억울한 심정을 드러낸다. 에드가의 위계적 세계관에서 아프리카너들은 낙후된 인종으로 흑인과 다를 바 없었고, 그 세계의 정점에 영어 사용 백인이 있었다.

"우리 같은 사람들이 아니었다면 이 나라는 결코 문명화되지 못 했을 거야"(36쪽)라는 진술에서 보듯 에드가는 스스로를 아프리카를 문명화시킨 세력의 일부로 여긴다. 아프리카너들에 대해 이처럼 우월 의식을 가졌기에, 그들과의 권력 경쟁에서 패배하고 소수파로 전락한 변화가 에드가 같은 이들에게는 더 아픈 경험으로 다가오는 것이다. 그러나 아프리카너와 영어 사용 백인 모두 남아공에서는 '굴러들어온 돌'이며 이 돌들에 의해 자리를 빼앗겨야 했던 '박힌 돌'의 처지에 대해서 에드가는 아무런 문제의식도 가지고 있지 않다. 영어 사용 백인들의 처지는 아프리카 흑인들이 백인의 세상에서 겪어야 했던 박탈과 상실에 비할 바가 아닌데도 말이다. 에드가는 자신도 아프리카너만큼 "이곳에 속한다"고 분개하며 주장하지만 그가 그려내는 권리의 세계에 흑인들이 보이지 않음은 특기할 만하다.

자칭 관대한 인물이요, 문화적으로 우수하며, 타인종에게 "봉사"하는 에드가는 실링이 쏜 두 번째 총탄에 허무하게 죽음을 맞는다. 그의 죽음은 의로운 이의 억울한 죽음인가? 아니면 응당 치러야 할 죄에 대한 대가인가? 라 구마는 에드가에게 비극적 결말을 예비해둠으로써 그의 엘리트주의와 인종주의, 무엇보다도 불의를 방관한 부도덕성을 정죄한다. 에드가의 엘리트주의와 인종주의는 메이지와 흑백의 경제적 차이에 대해서 나눈 대화에서도 드러난다. "가난, 가난해야 할 필요가 없지. 당신은 가난해? 나는 가난한가? 아니지, 왜냐하면 우리에게는 진취적인 정신이 있으니까. 우리에게는 머리가 있거든." 즉 에드가는 흑백 간의 빈부의 격차를 아파르트헤이트라는 제도가 아니라 인종적인 두뇌의 차이에 연유하는 것으로 생각한다. 이 진술은 그가 남아공 사회의 구조적인 문제에 얼마나 무관심한지를 드러낸다.

'공동체의 결속'에서 발견되는 희망

흑인의 억울한 죽음이나 옥살이에 대해서 알 길이 없다손 치더라도, 아프리카너들이 줄루족을 강제 추방하려는 시도나 아프리카너들이 가뭄으로 인해 느끼는 집단적인 위기의식에 대해서, 다시 말해 타인에 대해서 에드가는 눈곱만큼의 관심도 없다. 그의 희망은 오로지 "가게를 돌며 주문을 다 받을 때쯤이면 정비공이 자신의 차를 고쳐놓는 것"이다.

그는 주민들과 "가뭄 · 사업 · 여성들의 건강에 대해"(108쪽) 긴 이야기를 나누지만 그의 모든 행동이 결국 세일즈를 위한 것임은 강조할 필요가 없다. 남아공에서 아프리카너들이 아파르트헤이트 같은 반인륜적 범죄를 '법의 이름'으로 저질렀던 것은 에드가같이 무관심한 자들이 있었기에, 즉 목전의 이익 외에는 눈과 귀를 막는 자들이 있었기에 가능했던 것이다. 그러한 점에서 에드가는 단순한 '방관자'가 아니라 아파르트헤이트라는 범죄에 편승해 자신의 이익을 좇은 '공범자'다.

그러한 점에서 에드가의 죽음이 우발적일지는 모르지만 억울한 것은 아니다. 탈식민문학 비평가 잔모하메드는 라 구마의 이 소설이 "남아공 농촌 지역 흑인들의 곤경, 〔그리고〕 전운이 감도는 상황에 연루되어 무고한 사람들이 어쩔 수 없이 겪는 희생을 감동적으로 그려낸 것"이라고 평가한 바 있다.[55] 잔모하메드는 이 비평에서 전운이 감도는 상황에 연루된 무고한 사람들이 누구인지 정확하게 밝히지는 않는다. 그러나 그의 글에서 "남아공 농촌의 흑인들"이 감내해야 했던 희생에 대한 논의가 이미 이루어졌음을 고려할 때 "무고한 사람들"의 부류에 흑인이 포함되지는 않는 듯하다.

이 작품의 결말에서 죽는 이는 하네스와 에드가 두 사람뿐인데 전자를 무고한 희생자로 보기는 만무하니 이를 제외하면 남는 이는 에드가다. 그러니 잔모하메드가 영어 사용 백인을 무고한 희생자로 보았다면, 그는 라 구마의 메시지를 완전히 놓친 것이라 여겨진다. 왜냐하면 라 구마가 그려내는 정의의 세계, 윤리적인 세계에서 에드가의 죽음은 무고한 죽음이 아니라 '징벌적인 죽음'이기 때문이다. 이러한 점에서 라 구마의 텍스트는 남아공의 탄압자 아프리카너들뿐만 아니라 영어 사용 백인들에게도 '당신들의 손이 깨끗지 못하다'는 강력한 경고의 메시지를 보낸다.

라 구마가 그려내는 백인의 초상화는 쿳시어나 고디머 같은 작가들과 비교할 때 그 의미가 좀더 선명해진다. 에드가와 메이지 같은 인물을 등장시킴으로써 라 구마는 영어 사용 백인계층에 대해서 이 백인작가들과는 대조적인 그림을 제공하기 때문이다. 쿳시어와 고디머의 백인주인공들은 대체로 양심적이기는 하되 지배 세력에 대응할 만한 입장에 있지 못하다. 그래서 그들은 당대의 급진적인 해방운동에 참여하지는 못하며 그로 인해 죄책감에 괴로워하는 인물들이다.

---

55) Abdul JanMohamed, *Manichean Aesthetics: The Politics of Literature in Colonial Africa* (Amherst: U of Massachusetts Press, 1983), 260쪽.

그러나 라 구마가 목격한 남아공의 영어 사용 백인들은 선량함이나 죄책감과는 거리가 있다. 이러한 백인들을 "자유주의적 영웅"으로 대중의 뇌리에 각인시킨 데에는 할리우드도 한몫했다. 영국계 후예인 앵글로카너 피케이(PK)를 '레인 메이커'라는 줄루 전설의 영웅으로 모시는 영화 『파워 오브 원』(*The Power of One*, 1992)이 대표적인 예다. 그러한 점에서 라 구마의 소설은 남아공에 대해 바깥 세상에 널리 알려진 사실을 탈신화화한다. 즉, 아프리카너들은 인종주의자이며, 영어 사용 백인들은 인종차별에 반대한 자유주의자라는 당대에 널리 퍼진 견해가 허구임을 드러내는 것이다.

라 구마의 이 소설은 강제 이주에 대한 저항이 실패로 돌아갔음을 암시하는 것으로 결말을 맺는다. 그러한 점에서 라 구마는 자신이 그려내는 주인공들이 당대의 사회적 여건을 초월하도록 허락하지는 않는다는 잔모하메드의 지적은 이 소설에도 적용된다. 잔모하메드는 또한 이 소설이 "개인적인 원한을 보복하고 싶어하는 억압받는 남아공 시민들의 욕망에 호소"함으로써 "그 이데올로기적 기능이 단순화되고 말았다"고 주장한다.[56]

그러나 이 소설의 결말이 반드시 암울한 것이라고 여기지 않을뿐더러 결말의 정치적 함의가 단순히 개인적인 원한을 푸는 것에 국한되지는 않는다고 생각한다. 실링이 동생의 복수를 하는 것은 사실이지만 그가 음마 타우의 충고를 결국 받아들여 부족의 집단적 저항에 동참한다는 사실이, 소설이 형상화하는 정치적 행동이 사적인 차원을 넘어서고 있음을 지시하기 때문이다.

또한 비록 흘랑게니는 백인에 의해 패주되었지만, 음마 타우 같은 지도자가 새롭게 출현해서 부족을 이끌고 나간다는 사실도 줄루 족의 미

---

56) 같은 책, 238쪽, 260쪽.

래가 힘들기는 해도 비전이 없지는 않음을 드러낸다. 무엇보다 작품의 초입에서 줄루 족이 함께 부르는 노래는 탄압과 강제 이주에도 이들이 '공동체로서의 결속'을 지켜나갈 수 있으리라고 전망하게 한다. 여기에 흑인들의 희망이 있다.

자유주의자들이 말하는 인종 통합이란

백인들이 말하고 흑인들은 듣는 그런 종류의 일방통행이다.

• 스티브 비코

5 아파르트헤이트와 자유주의

남아공의 정치 구조와 자유주의 논란

남아공의 반(反)아파르트헤이트 담론에서 흑인들의 해방 담론이 한 축을 차지한다면, 다른 한 축에는 흔히 "자유주의자"로 분류되는 백인들의 담론이 있다. 고전적인 의미에서 자유주의는 개인의 자율성과 자유의 보장을 목표로 하는 '개인주의적' 이데올로기다. 특히 남아공에서 자유주의는 구체적으로 억압적인 인종차별 제도에 대한 해결책으로 "점진적인 개혁"을 주장하는 정치 이데올로기를 지칭한다.

그러나 자유주의는 남아공 특유의 정치적 상황 때문에 또 다른 의미를 띠게 된다. 이 이데올로기는 시간이 지나면서 부정적인 꼬리표가 붙게 되며 급기야 백인들 가운데 진보적인 이들은 자유주의자로 불리기를 거부했다. 고디머의 표현을 빌리면 남아공에서 "자유주의자"라는 용어는 "더러운 말"이 되고 말았다.[1] 고디머의 이러한 표현은 동시대 백인자유주의자들에 대한 흑인들의 시각을 반영하는 것이다.[2]

---

1) Nadine Gordimer, Interview with Anthony Sampson, *Sunday Star*, Johannesburg(Apr. 5. 1987), 7쪽.

2) 첫 단편집 *Face to Face*를 1949년에 출판한 후 2007년 *Beethoven Was One-Sixteenth Black*을 펴내기까지 약 35권에 이르는 고디머의 장·단편소설과 에

아파르트헤이트 아래 남아공은 백인지배계층과 흑인피지배계층으로 양극화되었다. 남아공에서 백인은 총인구의 10퍼센트 정도인 반면, 흑인은 총인구의 79퍼센트 가량을 차지한다.[3] 흑인들은 크게 응구니(줄루 · 코사 · 스와지 · 은데벨레), 소토-츠와나 · 상가네-송가 · 벤다로 나뉜다. 단일 부족으로 가장 큰 집단은 줄루 족이다. 남아공에는 이들 외에도 총인구의 9퍼센트를 차지하는 컬러드로 분류되는 집단이 있다. 1950년의 주민등록법에 따르면 컬러드는 백인과 아프리카 흑인을 제외한 모든 사람을 지칭했다. 그 뒤 인도인과 아시아인은 따로 분류되었고, 컬러드는 남아프리카의 원주민이라 할 수 있는 코이코이 족이나 산 족 등 여타 인종의 결합으로 태어난 혼혈종을 일컫게 되었다.[4]

1860년과 1911년 사이에는 15만 2000명의 인도인이 계약 노동자로 나탈 지역에 이주하여 사탕수수 농장, 철도 공사장과 광산 지역에서 일하게 된다. 계약이 만료된 후 이들은 잔류하여 행상과 소매업이나 채소 재배업에 종사하고, 이밖에도 무역업자와 상인들도 이주하게 되어 인도인 세력이 급성장했다. 아프리카너들은 이 세력을 견제하고자 이들을 백인지역에서 추방하고 거주를 제한한다.

또한 인종적 · 계급적으로는 지배 계층에 속하나 권력 구도 안에서는 소수파가 된 영국계를 중심으로 하는 영어 사용 백인들이 있다. 이 중간 집단은 1953년에 남아공 자유당을 구성했는데, 이들은 처음에는 보수적이었으나 1960년 샤프빌 학살을 계기로 흑인의 인권 문제에 대하

세이 가운데 국내에 번역되어 있는 책으로는 다음과 같다. 『가버린 부르조아 세계』, 이상화 옮김(창작과비평사, 1988); 『거짓의 날들』, 왕은철 옮김(책세상, 2000); 『내 아들의 이야기』, 안정숙 옮김(성현출판사, 1991); 『보호주의자』, 최영 옮김(지학사 1987).

3) 2007년 남아공 정부 통계를 참조할 것(http://www.info.gov.za/aboutsa).

4) 김광수, 앞의 글, 14~15쪽.

여 진보적인 입장을 취하게 되었다. 1960년대에 들어 자유당은 흑백의 평등을 요구하다 정부의 탄압을 받게 되며, 1968년에는 남아공 정부가 다인종 정당을 금지하는 '부적절한 개입금지법'을 입법화하면서 해체되는 운명을 맞는다.

남아공의 진보적인 백인들은 민주주의와 인권을 대변하기도 했으나, 이들이 제시한 개혁 프로그램은 아프리카너 정부에 의해 사실상 흑인들의 저항을 봉쇄하거나 이들에 대한 억압을 교묘하게 강화시키는 수단으로 사용되었다는 평가를 받는다. 진보적인 백인들이 줄기차게 주장했고 남아공의 정부가 일부 받아들인 개혁 프로그램의 문제점은 남아공에서 "개혁"이 한창 진행되던 1984년에 출간된 한 유엔 보고서에서 다음과 같이 지적되고 있다.

> 보타 정권의 개혁 정책은 정권 지지자들의 주장과는 달리 인종차별 제도를 해체하는 것도 아니며, 일부 정권 비판가들의 주장처럼 겉치레의 변혁도 아니다. 정부가 시도한 최근의 개혁은 대부분의 흑인을 반투스탄이라 불리는 농촌의 노동력 보류지에 묶어놓는 반면, 기술직 노동자들만을 교육시킴으로써 흑인노동력을 좀더 효율적으로 통제했다. 흑인대중들을 극빈적인 상황에 버려둔 반면, 흑인사업가들과 산업노동자들에게만 경제적 · 사회적 특권을 부분적으로 허용함으로써 아프리카 공동체에서 계급 분열을 일으켰다. 또한 일반적인 정책 결정으로는 국가 치안기구에 더 큰 역할을 부여함으로써 치안기구를 강화할 것을 의도했다.
>
> [……] 비록 일부 흑인들이 최근의 개혁에서 득을 보았다고 할지라도 대다수는 이에서 제외되었다. 이것이 바로 정부의 의도다. 선택된 소수의 흑인들에게 경제적 · 정치적 기회를 증대시키고 교육받은 흑인계층과 흑인대중 사이를 이간질함으로써 정부는 전자의 세력을 자

신의 편으로 끌어들이기를 희망하는 것이다.[5)]

이처럼 개혁이 체제 연장의 수단으로 이용되면서 개혁주의자들은 피지배 계층으로부터 혹독한 비판을 받는다. 이러한 비판은 음팔레레의 글에서도 드러나는데, 이 마르크스주의 비평가는 백인개혁주의자를 "헌법적 수단에 의하여 정치적 불의를 바꿀 수 있다고 믿는 백인"이라고 정의하면서 다음과 같은 비판을 개진한다.

> 그는 자신이 제도권 내에 특정한 위치를 차지하는 것을 가능하게 한 바로 그 타협을 이용하여 압제자의 마음을 변화시킬 수 있을 것이라고 희망하며 합법적인 제도 안에 자리를 잡는다. 합법적인 정치권에서 개혁을 주창하겠다는 의도를 가지고 그는 선거에서 승리하기 위해 노력한다. 〔……〕 그러나 남아공 자유주의자들의 문제점은 자신의 정력 가운데 3분의 2를 무슨 일이 있더라도 혁명을 피하기 위해 사용하는 반면, 제도적 억압에 입으로만 저항하는 데에 나머지 3분의 1을 써버린다는 데 있다.[6)]

위의 인용문에서 진보적 백인들은 자유주의자와 동일시되며, 자유주의자는 또한 개혁의 구호 아래서 자신의 이익을 챙기는 보신주의자(保身主義者)와 다르지 않은 것으로 정의된다.

자유주의 논란은 남아공의 백인문학계에서 고디머와 쿳시어를 중심

---

5) Kevin Danaher, "Neo-Apartheid: Reform in South Africa", *The Anti-Apartheid Reader: South Africa and the Struggle against White Racist Rule*, David Mermelstein 엮음(New York: Grove Press, 1987), 246쪽, 254~255쪽.

6) Es'kia Mphahlele, *The African Image* (London: Faber & Faber, 1962), 67쪽, 87쪽.

으로 벌어진 바 있다.[7] 고디머가 유대계 이민자 부모 사이에서 태어난 반면, 쿳시어는 아프리카너 부모 사이에서 태어났다. 고디머는 영국의 최고 문학상인 부커상과 그외 다수의 국가에서 수여하는 문학상뿐만 아니라 1991년에는 노벨 문학상을 받았다. 쿳시어도 1983년에 『마이클 케이의 삶과 시대』(*Life & Times of Michael K*)로, 1999년에는 『치욕』(*Disgrace*)으로 부커상을 받음으로써 최초로 영국 최고의 문학상을 두 번 받는 영광을 안았다. 뿐만 아니라 쿳시어는 2003년에 노벨 문학상을 받음으로써 고디머에 이어 남아공이 배출한 두 번째 노벨 문학상 수상자가 되었다.

그러나 해외에서 이루어지는 호평에도 자국의 흑인들은 백인작가들에게 부정적인 반응을 보였다. 쿳시어의 『야만인들을 기다리며』(*Waiting for the Barbarians*, 1980)에 대하여 남아공 학생신문 연맹이 제기한 "어떠한 도전도 하지 않으며" "비판하는 바로 그 체제에 기꺼이 편입될 책"[8]이라는 혹평이 대표적인 예다. 즉 쿳시어의 소설은 억압에 대해서 아무런 출구도, 행동도, 정치적 참여도 보여주지 못한 비관적인 세계라는 것이다.[9] 애트리지의 표현을 빌면 "쿳시어의 소설은

7) 쿳시어의 거의 모든 작품이 국내 학자들에 의해 번역되었다. 『야만인들을 기다리며』, 표완수 옮김(두레, 1982); 『야만인을 기다리며』 왕은철 옮김(들녘, 2003); 『마이클 케이』, 조한중 옮김(정음사, 1987); 『마이클 K』, 왕은철 옮김(들녘, 2004); 『페테르부르크의 대가』, 왕은철 옮김(책세상, 2001); 『포』, 조규형 옮김(책세상, 2003); 『철의 시대』, 왕은철 옮김(들녘, 2004); 『소년 시절』, 왕은철 옮김(책세상, 2004); 『추락』(*Disgrace*), 왕은철 옮김(동아일보사, 2004); 『엘리자베스 코스텔로』, 왕은철 옮김(들녘, 2005); 『어둠의 땅』, 왕은철 옮김(들녘, 2006); 『동물로 산다는 것』, 전세재 옮김(평사리, 2006); 『어느 운 나쁜 해의 일기』, 왕은철 옮김(민음사, 2009); 『슬로우 맨』, 왕은철 옮김(들녘, 2009).

8) Susan VanZanten Gallagher, *A Story of South Africa: J.M. Coetzee's Fiction in Context*(Cambridge: Harvard UP, 1991), 12쪽에서 재인용.

남아공에서 항상 상반된 평가를 받아왔다. 세상의 바깥에서 그의 소설이 거둔 성공은 국내의 어떤 집단들이 그에 대해 느낀 의구심을 증폭시켜왔다."[10] 동료 작가 고디머조차 『마이클 케이의 삶과 시대』를 평가하면서, 쿳시어가 백인의 횡포를 적나라하게 고발하기는 하나 "저항적 의지의 에너지를 부정하며" 주인공을 "역사 밖"의 공간에 위치시키고 말았다는 비판을 했다.[11]

자국민의 사랑을 받지 못하고 있다는 점에서 사실 고디머도 쿳시어와 크게 다르지 않았다. 이미 오래전에 국제적인 인정을 받은 작가임에도 정작 남아공에서 고디머 소설의 판매는 저조했다. "우리는 고디머의 소설을 읽지 않는다"[12]는 음팔레레의 노골적인 폄하에서 드러나듯 고디머는 남아공 흑인들에게 비판의 대상이 되어왔다. 그러나 고디머에 대한 냉소적인 태도는 남아공 외부에는 잘 알려지지 않은 것이다. 그도 그럴 것이 남아공의 비평가들은 고디머를 공개적으로 비판하기를 꺼려왔기 때문이다. 그 이유로 피톡은 고디머에 대한 비판이 반인종주의 투쟁의 전선을 분열시킬지도 모른다는 우려를 지적한다.[13]

고디머에 대한 부정적인 평가는 부분적으로는 남아공의 기득권 층에 고디머 자신이 속해 있다는 사실이나, 응코시가 주장하듯[14] 제국주의

---

9) George Packer, "Age of Iron", *The Nation*, 215.21(1990), 777~780쪽.

10) Derek Attridge, "Age of Bronze, State of Grace: Music and Dogs in Coetzee's *Disgrace*", *Novel: A Forum on Fiction*, 34.1(Autumn 2000), 99쪽.

11) Nadine Gordimer, "The Idea of Gardening: *Life and Times of Michael K* by J.M. Coetzee", *Critical Essays on J.M. Coetzee*, Sue Kossew 엮음(New York: G.K. Hall, 1998), 142~143쪽.

12) Kathrin Wagner, *Rereading Nadine Gordimer*(Bloomington, IN: Indiana UP, 1994), 235쪽, 9번 미주에서 재인용.

13) Todd Pitock, "Unloved Back Home", *Tikkun*, 10.3(1995), 76~77쪽.

14) Lewis Nkosi, "Crisis and Conflict in the New Literatures in English: A Keynote Address", *Crisis and Conflict*, G. Davis 엮음(Essen: Verlag die

의 본산인 유럽의 문학적 전통과 가치를 그녀가 이어받고 있다는 사실과 무관하지 않다. 고디머는 자신이 한때 영국의 자유주의적인 문화 전통과 동일시했음을 인정하기도 했다.[15] 사실 1949년에 처녀작 단편집 『얼굴을 맞대고』(*Face to Face*)를 출간한 이래로 인종 문제와 관련하여 고디머가 취한 태도는 자유주의로 분류되는 것이다. 요하네스 리스와 가진 인터뷰에서도 고디머는 자신이 50년대에 자유주의에 영향받았음을 시인한 바 있다.[16]

그러나 1974년에 『보호주의자』(*The Conservationist*)를 출판한 직후 가졌던 기자 회견에서 고디머는 "백인급진주의자"임을 천명하면서 자신을 더 이상 자유주의자로 부르지 말 것을 요청했다. 고디머의 이러한 선언은 당시 남아공의 자유당을 이끌었던 정치인이자, 소설 『울어라, 사랑하는 조국이여』(*Cry, The Beloved Country*, 1948)로 유명한 페이턴(Alan Paton)과의 논전을 초래하기도 했다.[17]

비록 고디머는 훗날 자유주의적 신념이 바뀌었다고 주장하지만, 1979년에 브링크(André Brink, 1935~)와 음팔레레 두 문인과 가진 대담에서 드러나듯 아프리카 민족 문학보다는 유럽의 문학 전통이 그녀의 주된 관심이라는 사실은 '훗날에도' 큰 변함이 없다.[18] 이 대담은 아프리카 문학에 대한 작가들 사이의 시각 차이를 드러내준다는 점에

Blaue Eule, 1990), 20~21쪽.

15) Nadine Gordimer, *Conversations with Nadine Gordimer*, Nancy Topping Bazin과 Marilyn Dallman Seymour 공편(Jackson: U of Mississippi Press, 1990), 193~194쪽.

16) 같은 책, 101~102쪽.

17) Tony Morphet, "Stranger Fictions: Trajectories in the Liberal Novel", *World Literature Today*, 70.1(1996), 53~58쪽.

18) Nadine Gordimer, "South African Writers Talking"(with Es'kia Mphahlele and André Brink), *English in Africa*, 6.2(1979), 1~23쪽.

서 매우 중요하다. 이 대담에서 고디머는 영국의 문학 전통을 거부하는 젊은 흑인 작가들의 경향을 비판하며 이들이 유럽의 문학 전통에 동참할 것을 촉구한 바 있다. 이와 대조적으로 브링크와 음팔레레는 유럽의 영향에서 탈피해 아프리카 고유의 문학을 발전시키는 것이 아프리카 작가들의 당면 과제라고 주장했다.

문학 전통에 관한 문제에서 이들이 보여주는 이견은 정치적 입장에서도 그대로 반영된다. 브링크는 아파르트헤이트를 비판했을 뿐만 아니라 이를 철폐하기 위해 "행동할 것"을 촉구했다. 일례로 아파르트헤이트가 초법적인 폭력임을 폭로하며 양심적인 백인들의 책임 있는 행동을 촉구하는 브링크의 메시지는 그의 대표작 『백색의 건기』(*A Dry White Season*, 1979)에서 잘 드러나 있다. 사회적 불의에 맞서다가 주위로부터 소외될 뿐만 아니라 결국에는 목숨까지 잃게 되는 아프리카너 주인공의 외로운 투쟁과 의로운 죽음을 그려내는 브링크의 급진주의적 서사는 정치적 입장에서 고디머나 쿳시어의 문학과는 뚜렷한 차이를 드러낸다. 고디머나 쿳시어와 달리 브링크와 또 다른 급진주의 작가 브레이턴바크(Breyten Breytenbach)가 아프리카너라는 사실이 흥미롭다.

고디머의 '도덕적 경화증' 비판

고디머의 어휘에서 자유주의에는 항상 "무력한"이나 "공허한" 또는 "이상주의적"이라는 수식어가 따른다. '자유주의' 앞에 이 수식어들이 따르는 이유는 부분적으로는 자유주의의 또 다른 얼굴인 '개인주의'에 연유한다. 고디머의 소설에서 묘사되는 백인들 가운데 대부분은 모범적인 시민이며, 주위의 흑인들을 "인간적으로" 대우하는 선량한 인물들이다. 그러나 이러한 덕목을 소유함에도 그들은 인종차별적인 체제가 주는 혜택과 특권의 공정성에 대해서는 질문을 하지 않는다. 즉, 흑인의 처지에 대해서 동정적이기는 하되 이러한 관심은 자신의 기득권과 상치되지 않는 한도 내에서만 허용되는 것이다. 고디머는 초기작에서부터 일관되게 이러한 백인부르주아지의 "도덕적 경화증"[19]을 비판해 왔다. 백인들에 대한 고디머의 비판은 『가버린 부르주아 세계』에서 주인공 엘리자베스의 목소리를 통해 개진한다.

> 애완동물과 하인에게 친절한 백인들은 폭탄과 유혈에 경악했다. 1960년에 경찰이 샤프빌의 통행증 발급처 밖에서 여자와 아이들에게 총격을 가했을 때 경악했던 것처럼 말이다. 그들은 피를 보는 게 견딜 수 없었다. 그래서 변화를 가져오는 점잖은 방법은 합헌적인 수단에 의한 것이라는 인간적인 충고를 선거권이 없는 자들에게 다시 해주었다. 저항과 탄원, 대담한 발언으로 아무것도 이룬 게 없는 백인 자유주의자들은 테러리스트들의 무능과 그들의 시도가 보여준 소모적인 무분별함에 대해서 논평했다. 쩨쩨한 폭탄으로 그 커다랗고 흰 엉덩이를 자리에서 내쫓기를 바랄 수는 없다고.[20]

고디머의 작품에서 백인자유주의자들은 크게 두 부류로 나뉜다. 첫 번째 부류는 초기작 『거짓의 날들』(*The Lying Days*, 1953)이나 『이방인들의 세계』(*A World of Strangers*, 1958)에서 드러나듯, 흑인들의 인권 회복에 관심을 표명하기는 하나 변혁을 일으키기에는 용기가 모자라는 이상주의자들이다. 두 번째 부류는 입으로는 변화를 외치나 사실은 백인들에게 주어진 기득권을 은밀히 즐기고 있는 위선적인 기득권층이라고 할 수 있다. 그러나 위의 글에서 고디머는 이 두 집단을 구

---

19) Nadine Gordimer, *The Late Bourgeois World* (New York: Penguin Books, 1982), 31쪽.
20) 같은 책, 54~55쪽.

분하지 않는다. 용기를 결여한 이상주의자든, 위선적인 부르주아든, 백인자유주의자들이 내세우는 개혁의 구호는 자신이 누리는 특권을 포기할 의도가 없다는 점에서 현 체제를 영속화시키는 결과를 가져올 뿐이라는 사실을 고디머는 비판했다.

남아공의 지배 계층에 대한 비판은 고디머의 『보호주의자』에서 좀더 신랄한 언어로 개진된다.[21] 이 소설의 주인공 메링은 언뜻 보기엔 선량한 백인이다. 대기업의 회장이면서 교외 농장의 주인이기도 한 그는 흑인노동자들에게 우호적일 뿐만 아니라 농장과 자연에 대하여 지극한 애정을 보인다. 주말이면 도심의 사무실과 아파트를 떠나 근교에 있는 농장을 찾아가서 야생 조류와 식생을 보호하는 그의 면면을 보면 "보호주의자"라는 명칭이 그에게 잘 어울린다. 그러나 그 내면을 들여다보면 농장에 대한 그의 애착도 사실은 사업가로서의 소유욕과 크게 다르지 않다. 농장에 대한 그의 관심이 진정 어떠한 것인지 다음의 글을 보자.

> 메링은 거의 주말마다 농장에 갔다. 만약에 자신이 마음만 먹는다면, 시간만 더 내면 다른 일과 마찬가지로 농장에서 이익을 볼 수 있다는 것을 그는 알고 있다. 그러나 그렇게 하면 세금 공제는 끝장날 테고, 이는 현명하지 못한 일이다.[22]

메링이 농장에 대해 갖는 애정의 이면에는 농장 경영의 손해로 인해 받을 세금 감면에 대한 기대가 있다. 즉 세금 감면이 그가 회장과 이사

---

21) 고디머의 두 소설 『가버린 부르주아 세계』와 『보호주의자』에 대한 아래의 논의 가운데 일부는 이석구, 졸고 「A Reappraisal of Gordimer's Politics: Liberalism, Radicalism or Communitarianism?」, 『현대영미소설』, 제11권 제2호(2004), 251~272쪽을 수정한 것임을 밝힌다.

22) Nadine Gordimer, *The Conservationist* (New York: Penguin Books, 1974), 22쪽.

로 있는 국제적인 기업들이 벌어들일 막대한 수익을 '보호'해준다는 계산이 있는 것이다. 따라서 메링은 농장 경영을 하면서 적당한 태만과 적당한 관심을 절묘하게 배분한다. 메링이 농장을 구입하게 된 동기에는 또한 정부(情婦)와 낭만적인 하룻밤을 은밀하게 보낼 장소가 필요했다는 점과 주말 농장을 즐기는 부르주아의 사치를 동료 기업인들에게 과시하고 싶었던 점도 있다.

그러나 메링은 이윤을 극대화하기 위해 탈법을 일삼는 인물은 아니다. 그는 합법적인 테두리 안에서 이익을 추구하며, 무엇보다 타인에게 기꺼이 도움을 준다는 점에서 "선량한" 인물이다. 그가 여느 아프리카너 "인종주의자들"과 같지 않다는 사실은 그가 아프리카너가 아닌 독일계 백인이며, 나미비아에서 온 이민자라는 데서도 암시가 된다. 그는 농장을 방문할 때면 농장 책임자인 흑인 야코부스에게 담배를 선물하는 호의를 베풀 뿐만 아니라 이웃 농장주에게 자신의 차량을 흔쾌히 빌려주기도 하며, 낯선 사람에게 편승을 제공하기도 하는 꽤 신사적인 인물이다.

왜 작가는 흑인을 착취하는 전형적인 인종주의자가 아니라 준법적이며 양심에 비추어 '대체로' 부끄러울 데가 없는 백인, 누구에게서나 발견될 법한 일반적인 결점을 가진 백인을 소설의 주인공으로 설정했을까? 고디머의 서사 전략이 바로 여기에 있다. 고디머는 스스로를 선량하며 준법적이라고 믿는, 독자가 보기에도 별 문제 없는 백인을 주인공으로 선택함으로써, 남아공 정부가 인종차별적인 정책을 계속할 수 있었던 것은 바로 이러한 백인들의 침묵이 있었기 때문이라는 사실을 지적하고 싶었던 것이다. 자신이 안주하고 있는 체제에 적극적으로 저항하지 않음으로써 이들은 "선량함"에도 불구하고 반(反)인도주의적 범죄의 공범임을 드러내고 싶었던 것이다.

자신의 일관된 주제는 백인부르주아의 "현실에 대한 무관심을 비판하는 것"이라는 고디머의 지적을 고려한다면,[23] 농장을 사들임으로써 메링이 짓는 죄는 애초에 그 땅이 누구의 것이었으며, 어떤 과정을 통하여 그 땅이 거래 품목으로서 시장에 나왔는가라는 질문을 하지 않았다는 데에 있다. 흑인의 입장에서 본다면 그 땅은 식민주의자들이 자신의 선조들로부터 강탈한 일종의 '장물'(贓物)이다. 도둑질한 물건을 자신의 소유로 등록함으로써 메링은 불법 행위를 '세탁'하는 데에 기여한 셈이다. 그것도 극히 감각적인 욕구와 자기과시욕을 충족시키기 위해 흑인들에게서 그들의 문화적 · 경제적인 삶의 터전을 빼앗아버린다는 점에서 개인주의자 메링의 죄는 무겁다.

고디머는 한 인터뷰에서 다음과 같이 질문한 적 있다. "한 나라를 점령에 의해 빼앗아버렸는데 그 땅에 대한 법적인 취득증이 무슨 의미가 있습니까?"[24] 이러한 시각에서 보았을 때 남아공의 백인부르주아지는 애초부터 범죄 행위에 따라 성립되었으며 그 범죄에 계속 동참함으로써 사회적 지위를 보존할 수 있었던 것이다.

메링은 농장에 갈 때마다 지나치는 흑인거주지의 비참한 흑인들을 무심히 보아넘기지만, 이들의 존재가 있기에 메링의 기업은 저임금 노동력을 이용할 수 있었고, 그의 주말 농장도 일꾼을 구할 수가 있었다. 그러나 "도덕적 경화증"에 걸린 메링은 자신의 계급이 저지른 '원죄'에 대해 양심의 가책을 느끼지 않는다. 서구 자본주의적 사고방식에 익숙한 그로서는 농장의 땅은 값을 치른 것이므로 그 소유가 정당한 것이다.

쿳시어의 소설 『철의 시대』(*Age of Iron*, 1990)의 주인공 엘리자베스 커런도 비슷한 사유를 한다. 아프리카너 정권에 항의하다 경찰에 쫓

23) Nadine Gordimer, 앞의 책, *Conversations with Nadine Gordimer*, 259쪽.
24) 같은 책, 188쪽.

겨 자신의 집으로 피신해온 흑인소년들이 소동을 피우자 엘리자베스는 이들에게 나갈 것을 요구한다. 집주인으로서의 권리를 "당연히" 행사한 것이다. 그러나 나라를 통째로 빼앗긴 흑인들의 입장에서 보았을 때 엘리자베스가 주장하는 소유권은 기껏해야 '장물에 대한 권리'에 지나지 않는다.

"돈을 통한 소유"에 익숙한 메링의 삶의 방식은 비단 땅에만 적용되는 것이 아니다. 정부 안토니아와 나눈 대화에서 드러나듯 그에게는 사랑도 돈으로 살 수 있는 것이다. 그는 농장과 회사를 매입하듯 "돈을 지불하고 여자를 살 때 특별한 쾌감을 느낀다"[25]고 고백한다. 소유에 대한 메링의 집착은 그의 정신세계의 어떤 '결여'를 지시한다는 점에서 중요하다. 즉 돈을 대가로 취득한 인간관계는 그의 선조들이 강탈한 땅에 세운 국가와 마찬가지로 그의 내면 깊숙한 곳에서 나오는 '소속에 대한 욕구'를 만족시키지는 못했던 것이다.

메링의 정신적인 빈곤함은 그의 주위에 정신적 교감을 할 인물이 없다는 사실에서도 드러난다. 메링은 아내와 이혼했을 뿐만 아니라 하나뿐인 아들과의 관계도 소원하며, 정부 안토니아도 결국 그의 곁을 떠난다. 그는 새해 축하 파티를 농장 관리인 야코부스와 함께 할 계획을 세운다. 주인공의 시점에서 서술되는 이 서사에서 메링은 농장에서 야코부스와 술을 나누며 격의 없는 인간적인 관계를 갖는 듯하다. 그러나 이 회동은 메링의 환상임이 밝혀진다. 농장 관리인이 초대에 응하지 않았던 것이다.

유럽에서 수입하여 농장에 심으려고 한 밤나무처럼 메링은 자신이 살고 있는 바로 그 땅에 뿌리를 내리지 못하는 이방인이다. 이러한 점에서 메링은 남아공을 '강점'하는 데는 성공했지만 그 사회에 '소속'되

---

25) Nadine Gordimer, 앞의 책, *The Conservationist*, 77쪽.

지는 못한 백인들을 대표한다. 모든 것을 갖추었지만 어디에도 속할 수 없었던 메링의 비극을 통하여 작가가 제시하는 메시지는 단순하다. 그 메시지는 한 정치 철학자의 표현을 빌리면, "모든 개인은 개인의 영역을 넘어서는 어딘가에 소속되어야 하는데"[26] 개인주의적 태도만으로는 진정한 공동체에 소속될 수가 없는 것이다.

자유주의에 대한 고디머의 정치적 입장은 안토니아를 통해서도 나타난다. 안토니아는 남아공의 정치 상황에 대해 어느 정도 객관적인 시각을 견지하는 인물이다. 이러한 면모는 메링에게 땅을 소유하고자 하는 시도가 헛된 것임을 누차 지적하는 데서 잘 드러난다. 메링이 농장의 독점적인 소유를 만끽하려는 계획을, 그래서 죽어서도 자신의 농장에 묻히고자 하는 계획을 자랑스럽게 펼쳐 보일 때, 그녀는 다음과 같이 충고한다.

> 당신은 팔지 않는 것을 샀어요. 〔……〕 당신은 그런 계획을 이루기에는 백 년이나 늦게 왔어요. 400에이커의 땅은 당신의 자식들, 그리고 자식들의 자식들에게 대대손손 물려줄 수 없을 거예요. 〔……〕 등기소에서 당신이 산 서류들은 다음 세대에까지 유효하지도 않을 거예요. 우리 선조들이 흑인들로부터 땅을 차지했을 때 그들에게 주었던 것의 값어치밖에는 안 될 거예요. 흑인들은 당신의 서류를 찢어버릴 테지요.[27]

안토니아는 이처럼 남아공에서 백인이 맞이할 '역사적 운명'을 꿰뚫고 있을 뿐만 아니라 흑인들의 인권을 위해 싸우기도 한다. 그럼에도 그

26) Wolfgang Palaver, "Schmitt's Critique of Liberalism", *Telos*, 102(1995), 43~71쪽; http://www.epnet.com 17단락.
27) Nadine Gordimer, 앞의 책, *The Conservationist*, 176~177쪽.

녀는 텍스트에서 도덕적으로 문제가 있는 자유주의자로 묘사된다. 유부녀의 몸으로 메링과 성관계를 즐기는 점도 그렇지만, 경찰의 포위망이 좁혀오자 메링의 도움을 받아 남아공을 떠난다는 점도 그러하다. 메링이 흑인의 해방을 위해서는 사라져야 할 지배 계층이라는 점을 생각하면, 안토니아가 그러한 인물과 불륜 관계를 맺을 뿐만 아니라 자신이 비판했던 인종차별적인 기업에 소속된 고급 변호사의 도움을 받아 도피한다는 사실은 남아공의 진보적 백인들이 갖는 한계를 상징적으로 드러낸다.

주인공의 "도덕적 경화증"에 대한 고디머의 심판은 소설의 결말에서 최종적으로 이루어진다. 작품의 결미에서 메링은 자신에게 접근한 낯선 여성과 호젓한 숲 속으로 가는 도중 한 남자가 자신을 지켜보는 것을 발견한다. 메링은 이 여성이 만든 범죄의 함정에 자신이 빠진 것인지, 아니면 백인처럼 분장을 했지만 자세히 들여다보니 사실은 흑인인 듯한 이 여성과의 관계를 경찰에 발각당한 것인지 확실한 판단을 내릴 수 없다. 전자의 경우 그는 강도를 당하게 된 셈이며 후자의 경우 그는 남아공의 부도덕행위금지법을 어긴 현장범이 된다. 어떤 추측이 맞는지 소설은 밝히지 않지만, 메링은 이 일로 인해 정신적 공황 상태에 빠지게 되고 결국에는 그가 "사랑하는" 남아공을 떠난다.

쿳시어의 '자유주의 구하기'

남아공의 인종차별 정권과 백인들에 대한 비판은 쿳시어가 쓴 첫 작품 『어둠의 땅』(*Dusklands*, 1974)에서부터 줄곧 그의 소설의 주세를 이룬다. 쿳시어의 백인주인공들은 대체로 "휴머니스트"나 "양심적인 자유주의자"라는 평가를 받아왔다. 『야만인들을 기다리며』의 주인공이 대표적인 예다. 그는 가상의 제국 변방에 위치한 정착촌의 치안 판사다.[28] 수도의 치안대가 반란의 "예방조치"로 졸 대령을 변방에 파견하면서, 평소 "평화를 신봉하는" 판사의 삶은 뒤틀린다. "야만인들"의 반란을 사전에 막는다는 명목 아래 대령은 가축 절도에 연루된 혐의를 받는 유목민 소년과 노인을 고문할 뿐만 아니라 원주민 어부들을 "적"으로 간주하여 체포하고 고문한다.

판사는 대령의 어리석은 조치에 분개하며, 무고하게 고통 받는 원주민들을 인도주의적으로 대하려고 노력한다. 동시에 그는 졸 대령 같은 자를 책임자로 보낸 수도의 관리들에게 실망을 금치 못한다. 판사의 양심적인 면은 '자신의 모순'에 대한 성찰에서도 드러난다. 판사는 원주민들을 위해 취한 일련의 인도주의적인 행동에도 줄곧 자신의 행위가 '제국의 또 다른 얼굴'에 지나지 않음을 인식하고 있다. 그에 따르면 "취조관이 쓰는 가면도 두 가지, 그의 목소리도 두 가지, 그중 하나는 냉혹하며 다른 하나는 구슬리는 것"[29]인데, 자신은 그중 상냥한 가면에 지나지 않음을 고백한 바 있다. 소설의 결미에서도 계속되는 자아 인식은 다음과 같이 표현된다. "나는 세월이 좋을 때 제국이 스스로에게 들려주는 거짓말이었고, [졸]은 모진 바람이 불 때 제국이 실토하는 진실이었다."(135쪽)

인종적 타자를 배려하고, '평균인을 넘어서는' 고도의 감수성으로 자신의 부족함을 질책하는 면모를 갖춘 판사는 자유주의자나 휴머니스트로 평가받아 왔다. 일례로 마이클 본이 쿳시어의 소설을 자유주의 미학

28) 쿳시어의 『야만인들을 기다리며』에 관한 아래의 논의는 졸고 「쿳시의 『야만인을 기다리며』에 나타난 자유주의와 알레고리 문제」, 『비교문학』, 제46권(2008), 5~30쪽 가운데 일부를, 『철의 시대』에 대한 논의는 졸고 「J.M. 쿳시의 소설에 나타난 공동체의 정치학: 아파르트헤이트와 자유주의를 넘어」, 『현대영미소설』, 제9권 제2호(2002), 145~167쪽의 일부를 수정한 것이다.

29) J.M. Coetzee, *Waiting for the Barbarians*(New York: Penguin Books, 1982), 7쪽. 앞으로 이 소설의 인용은 본문에 쪽수만 표기한다.

과의 관계에서 논의한 바 있다. 그에 따르면, 『야만인들을 기다리며』의 판사는 자유주의적 소설의 주인공과 유사하며, 작가의 이전 소설에 비해 자유주의적 성향을 가진 독자를 비교적 덜 불편하게 만드는 텍스트다.[30] 이 작품을 후기 구조주의적인 맥락에서 해석하는 도비도 쿳시어의 작품이 "자유주의 휴머니스트 담론의 위기"[31]를 다룬다는 비평을 제기한 바 있다. 그의 표현을 빌리면, 이 소설은 자유주의 담론이 "식민주의의 군국화된 전체주의를 제대로 이해하고 저항하는 데 실패하고 말았음"을 보여준다. 갤러거도 판사를 고양된 자기 인식을 갖게 된 자유주의자라고 본다. 그의 표현을 빌리면 "고문과 투옥이 〔판사〕를 동물의 상태로 전락시켰지만, 이러한 경험이 그의 도덕적 인식을 고양시켰다"[32]는 것이다. 즉 작품 결말에서 주인공이 "야만인들"을 대하는 태도가 바뀌었다는 것이다.

국내의 선행 연구도 대체로 이러한 비평적 경향을 따른다. 판사가 고문을 받는 역경을 통해 "자유주의적 휴머니즘에 토대를 둔 자신의 입장이 실은 토착민들에 대한 제국주의적 행위의 한 이면으로서 공모 관계에 있음"을 깨닫는다는 주장이나, "야만인 소녀가 겪은 것과 유사한 경험을 통해서 〔……〕 결국 자신도 졸 대령과 다를 바 없는 제국주의자였다는 사실을 깨닫는다"[33]는 주장이 그 예다. 이처럼 자유주의적 휴머니

30) Michael Vaughan, "Literature and Politics: Currents in South African Writing in the Seventies", *Critical Essays on J.M. Coetzee*, Sue Kossew 엮음(New York: G.K. Hall, 1998), 58쪽.

31) Teresa Dovey, "*Waiting for the Barbarians*: Allegory of Allegories", *Critical Perspectives on J.M. Coetzee*, Graham Huggan과 Stephen Watson 공편(London: Macmillan Press, 1996), 141쪽.

32) Susan VanZanten Gallagher, 앞의 책, 130쪽.

33) 윤영필, 「쿳시의 소설에 드러난 몸과 언어: 『야만인을 기다리며』와 『포우』를 중심으로」, 『안과밖』, 제17호(2004), 255~256쪽; 왕철, 「J.M. 쿳시의 소설

스트의 반성(反省)을 다룬 비평은 쿳시어의 작품 세계를 관통하는 핵심어를 잘 짚어낸 경우라고 생각한다.

위의 논의와 관련하여 본 연구는 다음의 질문을 제기한다. 판사의 문제가 그가 신봉하는 자유주의 또는 자유주의적 휴머니즘이라는 '이데올로기'에 있는 것인가, 아니면 휴머니스트로 자처하는 '판사 개인'에게 있는 것인가? 이 질문을 하는 이유는 쿳시어의 텍스트를 자세히 읽어보면, 판사는 어쩌면 진정한 휴머니스트도 자유주의자도 아닐지 모른다는 생각이 들기 때문이다. 많은 비평가들이 권력의 횡포에 맞서기는 하나 정치적 변화를 가져오지는 못하는 판사의 모습에서 휴머니즘이나 자유주의의 한계를 읽어내지만,[34] 이 책에서는 엄밀히 말하자면 판사는 애초부터 정의의 사도도, 약자의 수호자도 되고 싶었던 인물이 아니었음에 주목한다.

여기서 중요한 또 다른 사실은 판사에게는 통상적으로 이해되는 자유주의나 휴머니즘으로는 설명이 불가능한 극히 이기적이며 자기기만적인 면이 있다는 점이다. 그래서 여기서는 쿳시어가 "자유주의자"라 불리는 당대의 백인들의 위선을 드러내기는 하되 이러한 폭로가 곧바로 자유주의라는 이데올로기에 대한 '유죄 선고'로 이어지지는 않는다고 주장한다. 즉, 쿳시어의 궁극적인 의제는 자유주의에 대한 비판이 아니라 흔히 자유주의자로 불리는 특정 백인집단에 대한 비판이며, 더 나아가 자유주의에 대해 남아공에서 이루어지는 '정치적 호명'의 엄정함이나 공정성에 대한 질문이라는 것이다. 이 말이 정확히 무엇을 의미

에 나타난 식민주의 및 제국주의—『야만인을 기다리며』의 상호텍스트성에 관하여」, 『영어영문학』, 제49권 제1호(2004), 307쪽.

34) 2002년에 발표한 졸고 「J. M. 쿳시의 소설에 나타난 공동체의 정치학」도 실은 이러한 비평적 경향을 따랐다. 판사에 대한 새로운 해석, 즉 그의 복합적이고도 양가적인 면에 대한 새로운 성찰은 2008년에 출간된 졸고 「쿳시의 『야만인을 기다리며』에 나타난 자유주의와 알레고리 문제」에 발표된 바 있다.

하는지는 판사에 대한 이야기로 돌아가서 논하도록 하자.

판사는 평화를 사랑하는 인물임에는 틀림없다. 하지만 그의 인성에 대한 판단은 "평온한 삶 외에 더 바란 것이 없다"(8쪽)는 그의 소박한 진술과 더불어 "어떠한 대가를 치러서라도 평화는 지켜야 하는 것이라고 믿는다"(14쪽)는, 어찌 보면 신념에 찬 그의 또 다른 진술이 함께 고려될 때 공정할 수 있다. 그 이유는 잘 생각해보면 "어떠한 대가를 치러서라도" 평화를 지키는 행위는 사실 평화를 지키는 것이 아니기 때문이다.

그러니 판사를 휴머니즘이나 자유주의의 대변자로 보기 전에 고려해야 할 사항은 그가 자신의 이기적인 행동을 고도의 '수사학'으로 정당화하는 면모다. 사실 판사는 자신의 행동을 정당화하기 위해 스스로를 기만하기까지 한다. 예컨대, 판사는 포로로 잡혀온 소년과 노인이 처음 고문을 당할 때 자신이 그들을 위해 아무런 행동을 취하지 못한 이유로서, 그들의 비명 소리가 들리지 않았음을 주장한 바 있다.

> 사람들이 후에 곳간에서 들었노라고 주장한 그 비명을 나는 듣지 못했다. 그날 저녁 사적인 용무로 바빴던 매 순간에도 나는 어떤 일이 일어날지 모를 가능성을 인식하고 있었다. 나의 귀는 고통받는 인간이 목이 터져라 외치는 소리가 들릴까 신경을 집중하고 있기까지 했다. 그러나 곳간은 육중한 문과 조그만 창이 달린 거대한 건물이었다. 그것은 남쪽 거주지의 도살장과 제분소 너머에 있었다. 또한 한때는 문명의 끝자락이었고 변방의 요새였던 것이 이제는 농업을 경작하는 정착촌으로, 3000명의 사람들이 모여든 마을로 성장했기에, 누군가가 비명을 지르고 있다 해서 따뜻한 여름날 저녁, 사람들이 내는 온갖 삶의 소음이 멈추지는 않았던 것이다.(5쪽)

위 인용문에서 판사가 고문실 옆 곳간의 구조와 위치, 마을의 규모에 대해서 장황한 이야기를 들려주는 이유는, 자신이 비명 소리를 들을 수 없었던 '필연적인 이유'를 늘어놓기 위해서다. 비명 소리가 들릴까봐 귀까지 쫑긋 세워봤지만 비명은 들리지 않아 제때에 적절한 행동을 취할 수가 없었다는 주장을 하는 것이다.

판사에 따르면 그가 고문에 대해 최초로 안 것은 노인의 사망 보고서를 접한 후 취조실을 직접 방문하게 되면서다. 적어도 이것이 판사가 독자와 스스로에게 확신시키고 싶었던 사건의 전모다. 그러나 판사가 인정하고 싶지 않은 사건의 스토리는 따로 있는데 그것은 나중에야 드러난다. 이 사건에 정말 연루되고 싶지 않았다는 말을 되풀이하던 판사는 본의 아니게 진상을 파악하고 만 것에 대해 깊은 회한을 토로한다. 그는 포로들을 대령에게 넘겨준 뒤 사냥 여행을 떠나버려야 했으며, 사냥에서 돌아온 뒤에 노인의 사망 보고서를 대충 읽고서 결재를 했어야 했다고 긴 탄식을 한다.

그러나 판사는 실제로는 그렇게 행동하지 못했던 것을 안타까워하다 그만 다음의 말을 내뱉는다. "그러나, 아, 나는 말을 타고 떠나지 않았던 거야. 농기구를 보관하던 곳간 옆 헛간에서 들려오는 소리에 **나는 얼마 동안 귀를 막았지.** 그러고는 밤에 되자 등불을 들고 나 자신이 직접 헛간을 찾아가고 말았던 거야."(9쪽, 필자 강조) 즉, 판사의 귀에는 비명이 들렸지만 그 소리를 못 들었노라고 자신을 속여왔으며, 그러던 가운데 호기심을 이기지 못하고 한밤중에 취조실로 내려갔던 것이다.

판사는 자신의 이 행동을 두고두고 후회한다. 피하려고 했지만 어쩔 수 없이 불의를 목도하게 되었을 때, 이 소시민은 자신의 기득권을 크게 손상시키지 않는 범위 내에서 개입한다. 고문이 끝난 뒤에야 부상자를 위해 사후 처방전 격의 조치를 취한 것이 그 예다. 또한 그는 대령의 만행을 상부에 고발하는 편지를 썼다가도 이를 "현명하게 찢어버리는"(20쪽) 등 기득권을 지키는 모습을 보인다.

이러한 관점에서 보았을 때, 판사가 정의를 사랑한다고 공언하는 대신 "평화"를 사랑한다고 한 발언은 참으로 그의 세계관의 정수를 꿰뚫는 것이다. 이는 동시에 판사의 보신주의를 고도의 수사학으로 정당화한 것이기도 하다. "평화를 위해서는 어떠한 것도 희생할 수 있다"는 그의 발언은 사실 '정의'도 '평화'를 위해 희생할 수 있음을 함의한다는 점에서 무서운 말이다. 이러한 생각을 하는 자는 실은 평화의 미명 아래 기성의 질서를 지키는 자이며, 그 질서와 함께 자신의 이익을 지키는 자다. 그러니까 판사가 사랑하고 지키고자 한 평화는 결국 자신의 '마음의 평화'였다.

흑인의식운동의 인유

이 소설에 관한 국내외 연구가 보여준 귀중한 안목에도, 그간의 연구가 제대로 주목하지 못한 부분이 바로 판사의 모순과 위선이다. 판사의 문제적인 인성은 자기기만에 그치지 않는다. 소년과 노인이 취조를 당하기 전에 판사는 대령에게 병든 소년과 노약자가 도둑 떼에 합류할 리 만무하다는 말을 한 적이 있다. 이 진술은 판사에게 포로들을 보호하려는 선한 의도가 있다고 판단할 수 있는 단서다. 그러나 이는 사실 판사가 이들의 결백함을 처음부터 알고 있었음을 드러낸다는 점에서 정반대로 해석할 수 있는 단서가 되기도 한다. 왜냐하면 판사의 말이 맞는다면 그는 죄 없는 자들을 감옥에 가두고는 며칠이 지나도록 아무런 행동도 취하지 않았기 때문이다.

이들을 아무 이유 없이 억류하고 있다가 대령이 도착한 후 결국에는 그에게 넘겨주고 만다는 사실은 판사의 정의심과 윤리 의식에 심각한 질문을 제기한다. 소년과 노인의 체포를 애초에 묵과했을 뿐만 아니라 이 사건을 속히 재판에 회부하지 않았던 이유, 그래서 이들을 속히 무죄방면하지 않았던 이유는 무엇일까.

판사의 표현을 빌리면 그는 "은퇴할 날만을 기다리며 **한가로운 변방**에서 말년을 보내는, 제국에 봉사하는 **책임 있는 관리**"(8쪽, 필자 강조)다. 그의 일과는 조세를 걷고, 주둔군에게 식량을 제공하며, 하급 관리들을 감독하는 일 외에는 "해가 뜨고 지는 것을 관찰하고, 먹고 자며, 만족한 삶을 보내는" 것일 뿐이다. 이런 한가로운 일정을 고려했을 때 주인공이 소년과 노인의 체포 사건을 신속히 다루지 않은 것은 자신의 직무를 저버린 행동이다. 그러나 이는 단순한 임무 태만으로 보아넘길 일이 아니다. 근원적인 문제는 직무에 충실하고 인도주의적이기도 한 주인공이 왜 하필이면 이때 임무를 소홀히 했느냐는 것이다. 왜냐하면 그가 한가로운 삶을 즐기는 인물이기는 하되 소설의 어느 곳에서도 천성이 게으른 자라는 암시나 언급을 찾아볼 수가 없기 때문이다. 이 질문에 대한 대답은 잠시 미루어두도록 하자.

판사의 모순된 행동은 유목민 처녀와의 관계에서도 드러난다. 유목민 처녀는 애초에 졸 대령이 체포하여 고문을 가한 원주민 가운데 한 명이었다. 이들을 고문하던 대령이 수도로 돌아간 후 판사는 포로들을 풀어주는데 이때 처녀는 고문으로 인해 입은 부상 때문에 정착촌에 잔류하게 된다. 추운 겨울날 길거리에서 구걸하고 있는 이 처녀를 집안으로 끌어들인 판사는 음식과 잠자리를 제공하는 대가로 부엌일을 돕게 한다.

그러나 판사에게 이 여성은 단순한 하녀 이상의 의미를 갖는 존재임이 곧 드러난다. 판사가 그녀의 더러운 발을 정성스럽게 씻겨주고 치료해주기 때문이다. 대령이 고문을 자행하는 동안 "잠이 더 이상 치유의 목욕, 생기의 회복"(21쪽) 과정이 아니라고 불평하던 판사는 세족식(洗足式)을 통해서 비로소 양심을 지킨 이에게만 허락되는 잠의 축복을 누릴 수 있게 된다. 그러한 점에서 판사에게 처녀는 마음의 평화를 얻기 위해서 연출해야만 했던 '속죄 의식'의 일부였다. 문제는 예수의 발을 씻기는 막달라 마리아의 행동을 연상시키는 세족식이 얼마 후 성적 애무로 변화한다는 데 있다. 씻고 닦는 손이 발에서 다리로, 가랑이 사이로, 엉덩이로, 젖가슴으로 이동하게 된 것이다. 뿐만 아니라 판사는 자신의 얼굴을 그녀의 배에 문지르기도 하고 자신의 아랫도리에 그녀의 발을 가져와 모으기도 한다.

그러나 한 가지 흥미로운 사실은 판사가 그녀를 범하지는 않는다는 점이다. 그녀의 가장 은밀한 부분과 접촉하고 있을 때조차도 판사는 자신에게 이 여성을 향한 성적 욕망이 없음을 극구 강조한다. 그의 표현을 빌리면 "이 땅딸막한 몸에 들어가고 싶은 욕망이 없다"(30쪽)는 것이다. 여러 날이 지나도록 판사는 "나는 그녀의 몸에 들어가지 않았다. 처음부터 나의 욕망은 그런 방향으로 향하지 않았다"(34쪽)고 주장한다.

판사가 유목민 처녀를 향한 욕망이 없다고 말했을 때, 이는 전적으로 거짓은 아니었다. 적어도 그의 몸이 처녀의 알몸 앞에서 뜨거워지지 않았다는 점에서 그의 주장은 진실이다. 그러나 이는 '부분의 진실'에 지나지 않는다. 여기서 누락된 '다른 진실'은 그가 유목민 처녀에 대하여 성적인 욕망은 결여했을지 모르나, 그녀를 '욕망하고자 하는 욕망'마저 결여한 것은 아니라는 점이다. 그의 진술을 들어보자. "어쩌면 그녀의 몸을 애무하는 동안 나는 결코 진정으로 돌아오지 않는 혈류의 쇄도를 기다리며 그녀 옆에 앉아 있었는지도 모른다."(33쪽) 여기서 "혈류의 쇄도"란 말할 것도 없이 '남성의 발기'를 의미한다. 이 진술은 애초부터 처녀에 대한 성적 욕망이 없었다는 판사의 주장이 사실임을 확인해주지만, 동시에 신체적 접촉을 통해서 성적 욕망이 생겨나지 않을까 하는 기대마저 판사에게 없었던 것은 아님을 암시한다.

둘 사이의 육체적 접촉이 진정 '누구를 위한 것이었는가' 하는 문제는 손으로 처녀를 자극하는 것에 실패한 판사가 창녀를 찾아가는 일화에서 좀더 명료하게 드러난다. 창녀와의 관계에서 희미하나마 욕망의 불꽃을 겨우 살려낼 수 있었던 판사는 오랫동안 이룰 수 없었던 일을 치렀다는 만족감에 미소를 지으며 생각한다. "그 여자는 완성된 존재가 아니었어."(42쪽) 여기서 "그 여자"란 다름 아닌 유목민 처녀다. 즉, 창녀와의 관계를 통해 자신의 성적 능력에 확신을 갖게 되고 그 순간 유목민 처녀에게 그간의 '무감흥'에 대한 책임을 돌린다는 점에서, 욕망이 애초부터 없었다는 판사의 주장은 그의 도덕적인 결백이 아니라 그가 이 처녀와의 관계에서 성적으로 무력했음을 증명해줄 뿐이다.

판사는 유목민 처녀와 신체적 접촉을 계속 시도함에도 자신이나 상대 모두 성적 흥분을 못 느끼는 이유는 상대방이 몸과 마음을 꼭 닫고 있기 때문이라고 생각한다. "이 여성과의 관계에서 그녀는 마치 내부가 없는 것처럼, 입구를 찾아 이리저리 뒤져야 하는 표면만 있는 것처럼 여겨졌다."(43쪽) 두 사람이 신체적인 접촉을 하는 도중에 정말 어떠한 일이 일어나고 있었던 것일까. 어느 날 판사는 두 사람의 접촉에 대해 자세한 설명을 들려준다.

> 다음날 밤 나는 기름을 바르고 문지르는 행위의 리듬감에 거의 잠이 들 뻔했다. 그때 나의 손이 멈추어지고, 쥐어지더니, 그녀의 다리 사이로 끌려가는 것을 느꼈다. 얼마 동안 그 손은 그녀의 성기 위에 놓여 있었다. 그러자 나는 따뜻한 기름을 더 많이 손가락에 털어 발랐고 그녀를 애무하기 시작했다. 즉시 그녀의 몸에서 긴장이 일어나기 시작했다. 그녀는 몸을 아치형으로 구부리고 떨더니 나의 손을 밀쳐내는 것이었다. 나는 몸과 마음이 느긋해져서 잠 속에 빠져들 때까지 그녀의 몸을 문지르기를 계속했다.
>
> 우리가 한 행동 중에서는 가장 상호 협력적이었던 이 행위에서 나는 아무런 흥분도 경험하지 못한다. 나는 그녀에게 조금도 더 가까워진 것 같지

않았고, 그녀에게도 아무런 변화가 없었던 것 같았다. 다음날 아침 그녀의 얼굴을 뜯어보았지만 아무 표정이 없다. 그녀는 옷을 입고 하루 일을 하러 부엌으로 비틀거리며 내려갈 뿐이다.

나는 몹시 애가 탄다. **"너의 마음을 움직이려면 내가 무엇을 해야겠니?"** 대화를 대신하게 된 비밀스러운 속삭임으로 나의 내면에서 들려오는 말이다. **"너의 마음을 움직이는 사람이 아무도 없단 말이니?"** 그 순간을 기다렸다는 듯 어떤 대답이, 상대방의 시선이 아니라 나 자신의 모습이 비춰 보이는, 곤충의 검은 두 눈 같은 유리알이 가린 얼굴의 이미지로 나타나는 것을 나는 깜짝 놀라면서 발견한다.(44쪽, 필자 강조)

위 인용문은 여태껏 판사가 유목민 처녀와의 관계에 대해 들려준 이야기가 실은 '사실'의 전달이 아니라 그의 자의적인 '해석'일 가능성이 농후함을 드러낸다. 이 인용문을 자세히 읽어보면 판사의 손놀림에 처녀는 온몸으로 반응하고 있기 때문이다. 그러므로 정작 그러한 반응을 제대로 '수신'하고 있지 못한 이는 다름 아닌 판사였던 것이다. 즉 상대방은 "흥분으로 몸을 아치형으로 구부리고" 있었으나, 그럼에도 "아무런 흥분도 경험하지 못한" 판사에게 문제가 있었던 것이다. 그러한 점에서 "너의 마음을 움직이려면 내가 무엇을 해야겠니?"라는 질책은 사실 판사가 자신에게 했어야 할 질문이다. 자신의 문제를 타자에게 전가한다는 점에서 판사의 질책은 타자 징벌적 심리의 전형적인 경우다.

위 인용문은 또한 판사의 "인도주의적인" 행동이 제국주의의 폭압과 실은 크게 다르지 않음을 암시하고 있다. "너의 마음을 움직이는 사람이 아무도 없단 말이니?"라는 질문을 판사가 제기한 후, 그에 대한 대답이 "곤충의 검은 두 눈 같은 유리알이 가린 얼굴"의 모습으로 나타난다는 판사의 고백은 그러한 점에서 음미할 만한 것이다. 왜냐하면 여기에서 "곤충의 검은 두 눈 같은 유리알이 가린 얼굴"은 다름 아닌 선글라스를 끼고 변병에 나타난 졸 대령을 지시하기 때문이다. 졸 대령이 낀 선글라스에 대령이 아니라 판사 자신의 모습이 비친다는 점 또한 제국주의자와 판사가 같은 통속임을 드러낸다.

처음에는 속죄의 의도를 가졌을지 모르나 희생자의 육체에서 점차 자신의 욕망의 자극과 충족을 찾았다는 점에서 판사는 젊은 처녀의 몸을 탐한 성적 착취자라는 비판에서 자유롭지 못하다. 이 처녀와의 관계에서 판사가 욕구를 느끼지 못한 데는 어쩌면 그의 알량한 양심이 작용했을는지 모른다. 유목민들이 졸 대령에게 받았던 고문에 대해 그가 느끼고 있었던 죄의식이 성적 욕망을 억제했던 것이다. 또는 그의 노쇠한 육체에 근본적인 원인이 있을 수도 있다. 또는 그의 육체적 무력함은 졸 대령과의 권력 관계에서 그가 보여준 정치적인 무력함의 우의적인 표현일지도 모른다. 그러나 이보다 더 근본적으로, 그가 아무런 감흥도 느끼지 못했던 근본적인 이유는 이 처녀에 대하여 그가 애초부터 가지고 있었던 '시각'에 있다고 여겨진다. 이는 궁극적으로 판사에게 처녀는 어떤 존재였는가라는 질문을 다시 하게 한다. 이 질문은 앞서 제기한 질문, 즉 "인도주의적인" 판사가 왜 무고한 노인과 소년을 그냥 감옥에 버려두었는지에 대한 질문과 다르지 않다.

남아공의 정치적 상황이나 식민주의의 맥락에서 판사와 처녀의 관계를 이해하는 것은 별반 새로울 것이 없는 시도다. 쿳시어를 연구하는 학자 애트웰도 이 성애적 사건에서 식민주의의 비유를 읽어낸 바 있다. 그에 따르면 판사의 손길이 유목민 처녀의 몸에 침입하지 못하도록 한 작가의 의도는 식민 지배를 "영속시키는 것을 거부함"[35]을 의미한다.

---

35) David Attwell, *South Africa and the Politics of Writing* (Berkeley: U of

이 독법에서 유목민 처녀의 몸은 식민 피지배 집단에 대한 비유로 해석되는데 이는 십분 동의할 사항이다.

문제는 판사와 처녀의 육체적인 관계가 애트웰의 해석이 보여주듯 지배와 저항이라는 패러다임으로 설명될 수 있는가 하는 것이다. 그러한 패러다임을 적용하기 위해서는 판사가 아닌 졸 대령이 필요하다. 왜냐하면 단순히 전제적인 지배자로 보기에는 너무 모호한 회색 지대에 판사가 위치하고 있기 때문이다. 애트웰의 독법이 성립하기 위해서는 또한 유목민 처녀의 몸을 '식민적 투쟁의 지점'으로, 판사에 대한 그녀의 태도가 은밀한 '저항의 의도'를 숨기고 있다고 보아야 하는데, 작품 후반에 판사의 하녀인 마이의 입을 통해 드러나는 유목민 처녀의 의중은 이러한 해석을 지지하지 않는다. 이 부분은 뒤에 다시 논의할 것이다.

이 소설에서 판사와 유목민 처녀를 등장시킴으로써 작가는, 식민주의에 대한 저항의 가능성을 탐색한 것이 아니라 권력 내부의 소수 집단과 피지배 집단 사이에 존재했을 수도 있을 '소통과 연대'의 가능성이 어떻게 무화되고 말았는지를 보여준다. 판사의 손길에 처녀의 몸이 어떻게 저항했는가가 화제가 아니고, 판사가 처녀를 어떤 존재로 보았는가가 진짜 화제다. 같은 맥락에서 판사가 스스로를 졸 대령으로부터 도덕적으로 변별시킬 수 없었던 것은, 판사 자신이 주장하듯 그가 졸 대령처럼 그녀의 몸을 열어 보이려고 했다거나, 좀더 직접적인 표현을 쓰자면, 그녀를 성적으로 흥분시키려고 했기 때문만은 아니다. 그가 토로하듯 어떻게 침대에서 내밀하게 일어나는 일이 취조실에서 일어나는 일과 같겠는가. 또 어떻게 애무의 손길이 고문의 손길과 같겠는가.

문제는 피식민인의 몸을 지배자가 애무했냐는 표면적인 사실이 아니

California Press, 1993), 79쪽; 왕철, 앞의 글, 「J.M. 쿳시의 소설에 나타난 식민주의 및 제국주의—『야만인을 기다리며』의 상호텍스트성에 관하여」, 304쪽.

라, 상대가 누구든지 간에 내밀한 손길에 응당 있어야 할 무엇이 없었다는 것이다. 그 '무엇'은 판사가 뒤늦게 깨닫게 되듯 이 처녀를 사랑의 대상으로 볼 수 있는 열린 마음이다. 이렇게 말하고 보면 앞서 "가장 상호 협력적인 행위" 중 처녀가 흥분하다 말고 왜 판사의 손길을 끝내 밀치고 말았는지, 왜 다음날 아침 그녀가 무표정하게 그를 대했는지 이해할 수 있다. 만약 자신의 몸을 집요하게 자극하는 손길에서 사랑이 없음을 발견한다면? 그 손길보다 더 모욕적인 것이 없을 것이다. 판사는 "그녀의 여성성과 자신의 욕망 사이에 〔……〕 어떤 관계도 없다"(43쪽)는 말로 자신에게 '사욕'이 없었음을 강조한 바 있다. 이 진술은 그의 결백함이 아니라 그가 그녀를 동등한 인격체로, 사랑을 주고받을 수 있는 '이성'으로 보고 있지 않음을 입증할 뿐이다.

사막을 가로지르는 여행 중 판사는 처음으로 유목민 처녀의 몸에 들어갈 수 있게 된다. 정착촌을 벗어나면서 처녀가 생기를 되찾고, 판사도 제국의 영향권을 벗어나면서 비교적 자유로운 존재가 된 것이다. 그러나 이후 천신만고 끝에 유목민을 만나게 되었을 때, 처녀는 판사의 바람에도 불구하고 부족에게 돌아갈 것을 결정한다. 이러한 결정을 지배와 저항의 패러다임으로 읽으면, 실은 소설의 중요한 포인트를 놓쳐버리는 것이다. 처녀가 판사를 따라가지 않겠다는 결정을 내린 것은 식민 지배에 저항하기 위해서가 아니라, 자신과 판사 사이에 인간적인 소통이 불가능함을 알고 있었기 때문이다. 그러므로 그녀의 결정은 판사에 대한 '저항'이 아니라 그와의 관계에 대한 '포기'의 의미를 띤다.

이는 남아공의 정치사에서 '흑인의식운동'이 취했던 노선을 인유하는 바가 있다. 1960년대 중반에 이르면 진보적 백인들과의 연대의 가능성을 추구했던 '아프리카 민족회의'가 정부의 탄압에 의해 무력하게 된다. 이러한 정치적 진공 상황에서 새롭게 등장한 흑인의식운동은 1976년에 지도부가 아프리카너 정부에 의해 추방되기까지 "흑인에 의한 흑인의 해방"을 주장하며 백인과의 제휴를 일절 거부했다. 지배 계층과의 소통의 가능성을 철저히 포기했다는 점에서 판사를 포기한 유목민 처녀는 이 흑인의식운동과 인식을 공유한다. 이 운동에 대한 연구를 인용하면,

> 흑인들이 새롭게 집단화되는 과정에서, 흑인의식운동은 아파르트헤이트에 대해 명확한 반대를 표명할 뿐만 아니라 백인들의 자유주의로부터도 거리를 두었다. 비코는 백인자유주의자의 존재를 "우리들 사이에서는 곤란하고 성가신 존재"로 부른 바 있다. 이런 생각은 부분적으로 체제 안에 존재하는 백인들은 모두 "형이상학적 죄"를 공유하고 있다는 생각, 부분적으로는 최상의 의도를 가진 백인들이라고 하더라도 흑인의 고통을 정말로 이해할 수는 없다는 생각, 또 부분적으로는 백인동조자들이 합류하게 되면 이들이 집단의 사상과 전략을 좌지우지하게 되어 흑인들의 자주와 자율을 저해하는 경향에 기인한다.[36]

비코(Steve Biko)는 진정한 자유주의자는 다른 백인들이 다수결에 의한 미래의 체제를 받아들이도록 준비하는데 혼신의 힘을 다 하는 백인이라고 부른 바 있다. 그는 이런 백인들이 생기기까지 흑인들은 단독으로 행동해야 한다고 주장한 바 있다.[37] 이러한 이유로 인도인이나 컬러드의 경우, 아파르트헤이트에 대한 반대의사를 표명하면 곧 흑인의식운동에 가입이 허락되었지만, 백인의 경우는 아파르트헤이트에 반대하더라도 가입이 허락되지 않았던 것이다.

---

36) David Hirschmann, "The Black Consciousness Movement in South Africa", *The Journal of Modern African Studies*, 28.1(Mar. 1990), 5쪽.
37) The Reader's Digest Association South Africa, 앞의 책, 447쪽에서 재인용.

제국의 시각과 각성의 한계

그러면 무엇이 판사와 유목민 처녀의 소통을 불가능하게 했는가? 앞서 했던 질문을 다시 하면, 판사에게 유목민 처녀는 어떠한 존재였는가? 그 대답은 판사가 줄곧 '제국의 시각'으로 이 처녀를 보아온 인물이라는 점, 이보다 더 큰 문제는 판사가 이러한 사실을 인식하지 못하고 있다는 점에 있다. 고문받은 유목민들을 방면하고, 유목민 처녀를 부족민에게 데려다줄 뿐만 아니라 그 때문에 자신이 고문을 당하는 등 일련의 양심적인 행동을 취했음에도 판사는 제국의 시각을 자신도 모르는 사이에 내면화하고 있었던 인물이다. 제국에 대한 비판자이면서도 다른 한편으로는 제국과 동일시하고 있었던 판사의 이중성은 소설이 끝나는 순간까지도 크게 변화하지 않는다.

판사를 무의식 중에 지배하고 있었던 제국의 이데올로기는 일찍이 유목민들이 공격한다는 소식에 대한 그의 반응에서도 찾아볼 수 있다. 유목민이 반란을 꾀한다는 소문이 수도에서 들려왔을 때, 판사는 자신이 변방에서 오래 살았지만 아직까지 한번도 '유목민 군대'를 본 적이 없음을 떠올리며 이 소문을 허무맹랑한 것으로 묵살한 바 있다. 그의 표현을 빌면 "변방에 사는 여성치고 침대 아래서 검고 야만적인 손이 뻗어 나와 자신의 발목을 잡는 꿈을 꾸지 않은 사람이 없고, 야만인들이 자신의 집에서 진탕 마시고 놀며, 그릇을 부수고 커튼에 불을 지르며, 딸들을 강간하는 환상으로 놀라지 않은 남성들이 없다."(8쪽)

그에 따르면 이러한 생각은 "생활이 너무 편해서 생겨난 것"이다. 자신에게 야만인의 군대를 보여주면 그때는 믿겠노라는 판사의 말은 분명 경험주의와 상식에 근거해 있는 발언이다. 그러나 판사는 야만인에 대한 두려움이 근거가 없다는 자신의 합리적인 판단을 행동으로 반박하는 모순을 보인다. 어느 날 저녁 자신이 발굴하고 있던 사막의 유적지를 어슬렁거리던 그는 동네 아이들의 충고대로 땅바닥에 귀를 갖다 댄다. "땅바닥 아래에서 쿵쿵거리는 소리와 신음소리"를 듣기 위해서다. 아무 소리도 들리지 않자 그는 어떤 "표식"이 혹시 나타날까 온몸의 신경을 곤두세우며 한 시간 남짓 앉아서 기다린다. 그의 표현을 빌리면 그 표식은 "나의 주변에 있는 것들이, 나의 발아래 있는 것들이 모래가 아니라, 뼛가루, 녹가루이고 파편이며 조각임"(16쪽)을 드러내어 줄 기호다.

그가 상상하는 뼛가루와 녹가루, 파편과 조각들은 어디에서 나온 것이며 무엇을 의미하는 것일까. 유적지 건물의 바닥에 서 있는 동안 판사의 정신을 사로잡은 상상을 들어보자.

> 어쩌면 내가 발굴을 했다는 것은 단지 표면을 긁어낸 것일지도 모르지. 아마도 지하 10피트 아래에 또 다른 요새의 폐허가 있을지도 모르지. 높다란 벽 뒤에서 안전할 거라고 믿었던 사람들의 뼈로 가득 찬, 야만인들이 파괴해버린 또 다른 요새의 폐허 말이야. 어쩌면 이 건물이 법정이 맞는다면 이 법정의 바닥에 서 있을 때, 나는 또 다른 판사의 머리통 위에 서 있는 셈일지도 모르지. 마침내 야만인을 직면하게 되어 자신의 사무실에서 죽게 된 머리가 허연, 또 다른 제국의 공복(公僕)의 머리통 말이야.(15~16쪽)

오랜 옛날에 문명인의 요새가 야만인들에 의해 전멸되었을 것이라고 상상하는 부분에서 알 수 있듯, 판사의 정신세계에서 유목민들은 여전히 '두려운 타자'로 각인되어 있다. 판사는 한편으로 경험주의적 사유에 따라 유목민의 반란설을 제국의 히스테리로 치부해버리지만, 다른 한편으로는 자신도 모르게 이들을 야만인, 곧 '문명의 적'과 동일시한다.

이러한 점에서 보았을 때 제국에 대한 매서운 비판에도 판사는 근본적으로 제국의 이데올로기적인 영향을 벗어나지 못한 인물이다. 그는 자신의 이러한 면을 인지하지 못하고 있을 뿐만 아니라 스스로를 제국의 정책에 반대하는 '비순응주의자'로 여기고 있다. 이것이 심각한 문제가 되는 이유는 자신이 제국의 비판자라는 의식을 가지고 있는 한, 그래서 비순응주의자라는 자기 이미지에 만족하는 한, 판사가 진정으로 변할 가능성이 없기 때문이다.

앞서 병든 소년과 노인을 투옥시켜놓고도 판사가 이에 대해 아무런 조치를 취하지 않은 이유가 무엇일까 물은 바 있다. 그 대답은 원주민들을 바라보는 판사의 시각에 궁극적으로 제국의 시각과 일치하는 부분이 있기 때문이다. 제국이나 판사 모두에게 변방의 원주민은 도태되어 가는 족속이다. 제국의 시각에서 보았을 때 원주민들은 역사의 진로에 참여해본 적이 없기에 빨리 사라지는 것이 나을 존재들이다. 제국과 바로 이러한 인식을 공유하고 있기에 판사는 이들을 무고하게 가두어 놓고도 '깜박' 잊을 수 있었던 것이다.

대령에게 끌려온 어부와 유목민 무리에 대한 판사의 상념에서도 이러한 시각은 드러난다. 그는 이들의 운명에 관한 두 가지 방안을 생각하며 자신은 제국이 선택한 방도와는 다른 '인간적인 길'을 선택한다고 주장한다.

> 세계 역사상 이 구석진 장(章)이 즉시 끝나버린다면, 추한 인간들이 지상에서 즉시 박멸되고 따라서 우리가 새로운 시작을 하겠다고, 그래서 불의도 고통도 더 이상 없을 제국을 경영하겠다고 맹세할 수 있다면, 그보다 나은 일이 없을 거야. 이들을 사막 깊숙이 행군시켜(행군을 하게 하려면 밥을 먼저 먹여야겠지), 그들 모두가 한번에 누울 수 있을 만큼 큰 구덩이를 마지막 젖 먹던 힘을 다해 파도록 만들어

(그들을 위해 구덩일 파줄 수도 있지!), 그들을 영원히 묻어놓고 새로운 의도와 새로운 결심으로 의기충천한 채 성벽으로 둘러싸인 마을로 돌아오는 것은 대단한 희생이 필요치 않은 일이지. 그러나 **이것이 나의 방법은 아니야.** 제국의 새 부류들은 새로운 출발, 새로운 장, 깨끗한 페이지를 믿는 자들인 반면, **나는 오랜 이야기를 붙들고 고생하는 편이지. 그 이야기가 끝나기 전에 이 고생을 할 만한 가치가 무엇이었는지 알 것이라는 희망을 붙들고 하는 그런 고생 말이야.**(24~25쪽, 필자 강조)

위 인용문에서 판사는 '역사의 행보'에 거치적거리는 유목민들을 전멸시키는 일이 대단찮은 희생이라고 믿는 제국으로부터 스스로를 구분한다. 이러한 구분은 그를 제국에 비해 도덕적으로 우월한 지위에 위치시킨다. 그러나 비록 논리적인 면에서 판사가 제국의 방도로부터 거리를 두기는 하나, 인용문의 '정서적인 구조'를 자세히 살펴보면 판사가 심정적으로 제국의 선택에 훨씬 더 마음이 끌리는 것을 알 수 있다. 유목민들을 "추한 인간"이라 부르고 그들의 역사를 "구석진 장"으로 간주하는 제국의 어법을 그대로 사용하는 데서 드러나듯, 판사는 유목민들에게서 거리를 둘 뿐만 아니라 그들에 대해 이미 일종의 가치판단을 내리고 있기 때문이다.

같은 맥락에서 행군을 시키기 전에 유목민들에게 먼저 밥을 먹여야 할 것이라는 판사의 생각에서 우리는 '중대 범죄에는 눈을 감되 소소한 친절을 베풂'으로써 자위하는 전형적인 쿳시어의 주인공의 모습을 발견한다. 뿐만 아니라 유목민들을 전멸시키는 제국의 행위에 대해 상상의 나래를 펴는 가운데 가상의 작전이 차질 없이 시행되기 위해서 미리 고려되어야 할 지엽적인 사실들까지 빠뜨리지 않고 마스터플랜 속에 포함시키는 판사의 용의주도한 모습에서 그러한 작전의 결과가 그다지 싫지만은 않은 심정을 엿보게 된다. 그러므로 '제국의 방안'을 그냥 반대하여 내치기 위해 만든 안이라고 보기에는 그것을 정교하게 만드느라 들인 품이 너무 많은 것이다. 이러한 맥락에서 읽었을 때 괄호 속의 "그들을 위해 구덩이를 파줄 수도 있지!"라는 말에는 자신에게서 늘 양심의 가책을 일으키는 이들이 없어지면 얼마나 속이 시원할까 하는, 성가신 존재들을 사라지게 만들기 위해서는 무슨 일인들 못할까라는 심정이 묻어난다.

반면 유목민들의 운명에 대한 판사 자신의 방안의 경우 이를 자세히 살펴보면 비록 그가 인도주의적 정신에서 그 안을 선택한 것처럼 큰소리치지만, 그가 사실 상당한 불만을 표시하고 있음을 알 수 있다. 예컨대, 그는 유목민들을 살려두기 위해 치러야 할 대가가 그만한 값어치가 있기를 "희망한다"고 말하는데, 이를 뒤집어보면 '가시밭길'을 선택한 행위가 궁극적으로 옳은 것인지에 대한 확신이 그에게 없음을 뜻한다. 아무리 봐도 살려둘 가치가 없는 이들을 위해 자신이 고생길을 가고 있다는 생각이 판사를 완전히 맥 빠지게 만드는 것이다.

물론 판사는 인종주의적인 조치에 반대하는 인물이다. 그러나 제국의 만행을 비판하고 이를 거스를 때조차 판사는 제국의 이데올로기에서 자유롭지 못하다. 엄밀히 말하자면 그가 "야만인"들을 위해 개입하는 것은 그들의 인권에 대한 굴하지 않는 믿음 때문이 아니라 명백한 불의를 무시하고 지나칠 경우 자신의 가치가, 정확하게 말하자면 자신의 체면이 입을 손상이 두려워서다. 일례로 판사는 대령의 행동이 판사 "자신을 곤란한 상황에 빠뜨리고 또 수치심을 느끼게 만들었다"(20쪽)고 불평한 적이 있다. 인종적 타자의 동등한 인간적 가치를 믿지 않는다는 점에서 그의 시각은 근본적으로 제국의 시각이요, 제국이 심어준 시각이다.

이 시각과 동전의 양면을 이루는 것이 야만인에 대한 두려움이다. 판사는 시간이 지날수록 제국의 사악한 성격에 대해 더 절실히 깨닫는 듯 하나, 이러한 깨달음이 정의를 세우는 데에 이르지는 못한다는 점, 그리고 야만인에 대한 두려움을 끝내 떨쳐버리지는 못한다는 점에서 그는 제국으로부터 정신적으로 독립하지 못한 인물이다.

판사와 처녀의 관계에 대한 진실은 훗날 마이의 입을 통해서 드러난다. 원주민 토벌 작전에 실패한 대령이 쫓기듯 떠나간 후 판사는 자유로운 신분이 된다. 집으로 돌아온 그는 마이와 성관계를 맺으나 마이는 판사의 마음이 다른 데에 가 있음을 느낀다. 어느 날 그녀는 이러한 사실을 판사에게 토로하며 유목민 처녀도 똑같은 말을 했다고 전한다.

> 그 아이도 제게 똑같은 말을 했어요. 당신의 마음이 다른 곳에 있다고요. 당신을 이해할 수 없다고 하더군요. 당신이 무엇을 원하는지 알 수가 없었다고 해요. 〔……〕 때로 그 아이는 울고, 울고, 또 울곤 했어요. 당신은 그 아이를 불행하게 만들었어요. 알고 계셨어요?(152쪽)

사건의 전모를 밝히는 이 충격적인 이야기는 판사에게 아무런 영향을 주지 못한다. 깜짝 놀랄 진실을 듣고도 판사는 마이와 유목민 처녀 모두의 무지함을 탓하며 다음과 같이 말한다. “당신이 모르는 이야기가 있지. 그건 그 아이도 들려줄 수 없는 이야기인데, 그 이유는 그 아이도 몰랐으니까.” 그러나 실은 이러한 ‘인식론적 한계’는 유목민 처녀나 마이가 아니라 판사 자신에게 적용되어야 할 것이라는 점에서 그의 진술은 비극적인 아이러니를 담고 있다. 처녀나 마이와의 성관계에서 드러나듯, 판사는 개인간의 가장 친밀한 접촉을 하는 그 순간에도 상대가 어엿한 인격체임을, 사랑과 존중으로 대해야 할 상대임을 깨닫지 못하고 있었던 것이다.

판사는 죽음에 가까운 고통의 여정을 겪고 ‘자신의 한계’를 깨닫지만 그 각성에도 여전히 한계는 발견된다. 자신에게 각인된 '유목민에 대한 제국의 시각'을 교정하는 데까지는 이르지 못한다는 점에서, 또한 타자에 대한 배려와 존중을 완전히 갖추지 못했다는 점에서 그의 각성은 명백한 '한계'를 안고 있는 것이다. 같은 맥락에서, 작품 마지막에서 예상되는 "적"의 공격에 대비해 진지를 공고히 하는 데 여념이 없는 판사의 모습은 정착민들을 휩쓴 야만인들에 대한 공포로부터 그가 끝까지 자유롭지 못함을 의미한다. 이러한 주장에 있어 이 책은 쿳시어의 주인공이 종국에는 윤리적인 각성을 성취한다는 국내외 연구들과 의견을 달리한다.

판사의 이러한 한계는 추상적인 수준에서 식민주의의 전횡을 막지 못했던 서구의 자유주의나 휴머니즘의 한계에 대한 우의적인 표현으로 간주할 수도 있다. 그러나 판사의 한계는 남아공의 권력 구도에 참여했던 소수파 백인에 대한 알레고리로 볼 때 좀더 정확하다. 남아공의 이 백인집단은 대체로 영어 사용 계층과 일치한다. 이들이 동시대의 흑인들에게서 자유주의자로 불린 것은 사실이나 그때 의미는 서구에서 일상적으로 이해하는 자유주의자와는 상당히 다르다. 앞서 인용한 고디머의 표현을 빌리면, 남아공의 "자유주의자"에는 "현실 변혁의 용기가 없는 이상주의자들"뿐만 아니라 "입으로만 변화를 외치나 백인의 권리를 은밀히 즐기는 위선적인 기득권층"이 포함된다. 또한 이에는 흑인들이 외치는 해방의 구호에 열린 마음으로 동의한 백인들, 심지어는 흑인들과 함께 거리로 나간 백인들도 포함이 된다.

그러므로 다양한 성향의 백인계층을 자유주의라는 추상적인 이데올로기로 아우르고, 이들에게서 발견되는 한계나 모순을 곧 자유주의의 그것과 동일시하는 것은 백인계층과 자유주의 모두에 대해서 공정하지 못한 평가를 하는 셈이다. 즉, 쿳시어는 판사와 같이 자기기만적인 제국의 일꾼을 그려냄으로써 남아공에서 사용되는 "자유주의"라는 범주가 얼마나 다양한 인물을 한 군데 묶고 있는지를 보여주고 싶었던 것이다. 이에 대해 쿳시어가 인터뷰에서 제기한 다음의 질문은 시사하는 바가 크다.

> 나는 자유주의자인가? 내가 "단순히" 자유주의자인가? [……] 나는 내가 "단순한" 자유주의자가 아니기를 바란다. 그러나 오늘날 어떤 자유주의자도 단순한 자유주의자가 아니다. 모든 자유주의자들은 "단순한" (고전적인) 자유주의로부터—아무리 사소한 점에서라도—변별되는 방식으로 스스로를 조심스럽게 정의한다. 이름 붙이고 특징짓는 현상과 행위, 또한 그에 따라 이름 지어지는 경험에 관여하게 되는 것이다. 나는 하나의 입장을 천명하지도, 천명하려고 노력하지도 않는다. 그렇다고 해서 하나의 입장이 천명되지 않음을 의미하지는 않는다. 나는 깃발을 흔들지는 않는다. 그러나 그렇다고 해서 깃발 하나가 나의 책에 꽂히지 않는 것은 아니다.[38]

위 인용문은 남아공에서 자유주의가 초래한 논란과 그에 따르는 정치적 · 도덕적 함의가 얼마나 복잡한 것인지를 짐작케 한다. 한편으로는 자유주의의 기본 정신과 동일시하면서도 다른 한편으로는 "자유주의자"로 매도당하기를 원하지 않는 작가의 심정에서 우리는 이데올로기적인 범주나 분류에 의해 개인을 무차별적으로 재단해버리는 남아공의 정치적 관행에 대한 작가의 두려움을 본다. 앞서 작가의 의제가 '남아공의 정치적 호명'을 질문에 붙이는 것이라는 말을 한 적이 있는데 그것은 바로 이러한 의미에서다.

---

38) J.M. Coetzee, "An Interview with J.M. Coetzee", *World Literature Today*, 70.1(Winter 1996), 107쪽.

대안적 세계를 향한 비전

고디머와 쿳시어 모두 남아공 백인들의 한계나 위선을 고발했다는 점에서 동일한 사회적 책무를 수행한 작가들이다. 그러나 이들을 비판하는 비평가들은 이들의 작품에서 인종주의나 개인주의에 대한 비판이 발견될지는 몰라도, 그에 대한 대안은 발견되지 않음을 지적한다.[39] 이러한 면이 "비판하는 바로 그 체제에 기꺼이 편입될 책"이라는 비평을 낳은 것이리라. 사실 고디머와 쿳시어의 문학에서 현실 정치에 대한 대안적 담론이 등장인물들의 입을 통해서 또는 그들의 직접적인 실천을 통해서 드러나지 않음은 사실이다. 그러한 점에서만 대안의 부재를 지적하는 비평은 옳다.

그러나 한계가 있는 등장인물, 또는 정치적 입장이 모호한 등장인물을 제시했다고 해서 작가의 비전을 등장인물과 동일시하는 것은 오류일 수 있다. 『가버린 부르주아 세계』의 주인공 엘리자베스와 『철의 시대』의 주인공 엘리자베스 커런이 각성을 하고, 그 결과 피지배계층을 위해서 희생하거나 희생할 것을 진지하게 고려한다는 점에서 자족적 개인주의의 한계를 벗어나는 점이 분명히 있기 때문이다. 『보호주의자』

---

39) 적지 않은 비평가들이 쿳시어를 자유주의의 한계를 벗어나지 못한 작가로, 또는 역사로부터 고개를 돌린 작가로 평했는데, 이중에는 『철의 시대』가 개인의 구원을 보여줄 뿐 변화에 대한 전망이 부재한다는 패리의 비판, 쿳시어가 남아공의 정치 상황에 대해 내리는 처방은 결국 역사를 피함으로써 스스로를 지키는 것이라는 왓슨의 평가, 자유주의의 잔재가 쿳시어의 소설에 남아 있다는 파커의 비판이 있다. Benita Parry, "Speech and Silence in the Fictions of J.M. Coetzee", *Critical Perspectives on J.M. Coetzee*, Graham Huggan과 Stephen Watson 공편(London: Macmillan Press, 1996), 59쪽; Stephen Watson, "Colonialism and the Novels of J.M. Coetzee", 같은 책, 35쪽; Kenneth Parker, "J.M. Coetzee: The Postmodern and the Post-colonial", 같은 책, 84쪽.

의 결말에도 개인주의적 한계를 넘어선다고 해석될 만한 부분이 있다. 이러한 점을 고려할 때 이 작가들의 텍스트에는 비록 구체적인 대안이 결여되어 있을지 몰라도 대안적 세계로 나아가기 위한 '비전'이나 '충동'마저 없다고 한다면 공정하지 못하다.

우선 고디머의 『보호주의자』의 결말을 보자. 클링먼도 지적하듯,[40] 『보호주의자』에서 흑인 시신의 출현은 고디머의 초기 작품과 같이 고려될 때 특별한 의미를 갖는다. 초기의 단편 「6피트의 땅」(*Six Feet of the Country*, 1956)에서 한 흑인노동자가 일자리를 찾아 떠돌다 요하네스 부근의 농장에서 죽는다. 이때 인근의 흑인들이 돈을 모아 장례식 준비를 하나 문제의 시신은 백인들에 의해 이미 매장당했음을 알게 된다. 적절한 장례 절차에 의해 선조의 땅에 묻힐 권리마저 빼앗긴 흑인의 모습을 그려냄으로써 고디머는 땅의 주인이 진정 누구인가, 누가 그 땅에 묻힐 권리와 자격이 있는가의 질문을 제기한다. 이 질문은 『보호주의자』에서도 반복된다. 그러나 땅을 두고 벌어지는 이 권리 싸움에서 작가는 백인의 손을 들어주지 않는다. 『보호주의자』의 마지막 장면은 다음과 같다.

> 농장이 받아들인 그 사람은 이름이 없었다. 그는 가족도 없었으나 〔농장 일꾼들〕의 아내들이 그를 위해 조금 흐느꼈다. 지금 그에겐 자식이 없으나 그들의 자식들이 거기 있어 그의 뒤를 이어 살아갈 것이다. 마침내 그들은 그가 휴식을 취하도록 보낸 것이다. 그는 돌아갔다. 그는 그들의 소유인 이 땅을 차지한 것이다. 그는 그들 가운데 하나였다.[41]

---

40) Stephen Clingman, *The Novels of Nadine Gordimer: History from the Inside*, 2nd ed.(Amherst: U of Massachusetts Press, 1992), 140~141쪽.

버려진 흑인의 시신이 폭풍우 때문에 다시 모습을 드러내자 야코부스와 농장의 가난한 흑인들이 힘을 합쳐 장례를 지내주는 것이다. 텍스트는 이름도 없는 이 흑인을 아프리카 대지가 받아들였으며, 더욱이 같은 땅에서 흑인들이 대대손손 살아갈 것이라고 예언한다. 반면 자신의 차에 편승시켜준 여성으로 인해 받은 정신적 충격을 극복하지 못한 메링이 농장을 계속 경영할 가능성은 희박해 보일 뿐만 아니라, 그의 외아들이 동성애자라는 암시를 고려할 때 메링의 땅을 물려받을 후손이 생길 것이라는 가능성조차 극히 불투명하다.[42] 이러한 맥락에서 보았을 때 이 소설은 "백인의 아프리카 지배의 뒤(아래)에 묻힌 시신들과 역사들에 대해 경의를 표한다"는 해석뿐만 아니라, 더 나아가 땅의 소유권이 백인에게서 흑인으로 넘어가는 "역사적 양도"에 대한 것 또는 "애초에 소유할 수도 없었던 땅에 대한 권리의 소멸"을 다루고 있다는 해석에 동의할 수 있을 것이다.[43]

이 소설의 결말은 알레고리로 해석했을 때 더욱 선명하고 급진적인 의미를 띤다. 억울한 죽음을 당한 흑인이 땅속에 파묻힌 뒤 버려졌으나 그의 시신이 결국 자연의 힘에 의해 다시 출현하여 '인정(認定) 의식'

---

41) Nadine Gordimer, 앞의 책, *The Conservationist*, 267쪽.

42) 메링의 최후에 대해서는 이견이 있다. 클링먼은 메링이 정신적 충격으로 도주한 후 땅을 포기한다고 보며, 잔모하메드는 장례식이 흑인시신뿐만 아니라 메링을 위한 것이라고 주장하며, 페터슨과 와그너는 메링이 외국으로 도주한다고 주장한다. Stephen Clingman, 앞의 책, 164쪽; Abdul JanMohamed, 앞의 책, 123쪽; Rose Petterson, *Nadine Gordimer's One Story of a State Apart* (Stockholm: Uppsala, 1995), 101~102쪽; Kathrin Wagner, 앞의 책, 212쪽 참조.

43) 조청희, 「Burying the Dead: Nadine Gordimer's *The Conservationist*」, 『현대영미소설』, 제15권 제1호(2008), 215쪽; Stephen Clingman, 앞의 책, 141쪽; Andrew Vogel Ettin, *Betrayals of the Body Politic: The Literary Commitments of Nadine Gordimer* (Charlottesville: Univ. Press of Virginia, 1993), 131쪽.

을 거쳐 대지와 하나가 된다는 것은, 땅을 빼앗긴 남아공 흑인들의 처지, 특히 정치 활동을 금지당하고 지하에서 활동해야만 했던 흑인해방운동과 알레고리를 형성한다. 무엇보다도 흑인의 시신을 지표로 올라오게 만든 폭풍이 다름 아닌 당시 혁명 기운이 떠돌던 모잠비크의 해협에서 발생했다는 사실은 폭풍을 새로운 세상을 가져다줄 아프리카의 혁명적 기운으로 읽을 수 있도록 한다.[44]

대안적 세상을 지향하는 추동력은 고디머의 『가버린 부르주아 세계』에서도 미약하게나마 발견된다. 이 소설은 반인종주의적 테러를 시도했다가 실패하고 결국 자살한 맥스와 그의 전처 엘리자베스를 중심으로 전개된다. 1964년 7월 24일, 요하네스버그에서 실제로 있었던 사건을 배경으로 하는 이 소설을 두고 고디머는 "젊은 백인저항주의자들을 낳았던 1963년부터 1964년까지의 사회적 풍토"[45]를 연구하기 위해 작품을 썼다고 밝힌 바 있다. 적어도 작품의 초·중반에서 엘리자베스는 개혁주의자들의 무력함과 이상주의를 비판하는 [illegible]로 그려진다.

엘리자베스가 비판하는 인물군에는 어쭙잖은 테러[illegible]스트인 전 남편도 포함된다. 그러나 그녀에 대한 텍스트의 묘사를 자세[illegible] 들여다보면

---

44) 이 장면을 정치적 알레고리로 읽는 비평으로는, Rose Petterson, [illegible]의 책, 97~98쪽; Stephen Clingman, 앞의 책, 139~140쪽; Barbara T[illegible]e-Thurston, *Nadine Gordimer Revisited*(New York: Twayne Publish[illegible] 1999), 74쪽을 참조할 것. 이러한 해석과 함께 고려해야 할 점은 혁명에 대한 고디머의 태도다. 보이어스(Robert Boyers) 외 다수와 1982년에 가진 인터뷰에서 고디머는 남미 · 아프리카 · 아시아 등 다른 나라들에서 성공을 거둔 혁명들이 남아공이 본받을 만한 적절한 모델이라고 생각하느냐는 질문을 받는다. 이때 고디머는 "그러한 혁명들은 피비린내 나는 것이고 무시무시한 것들 아닌가요?"라고 반문하며 "혁명의 모델"이라는 말이 두렵다고 대답한 적이 있다(Nadine Gordimer, 앞의 책, *Conversations with Nadine Gordimer*, 198쪽 참조).

45) Nadine Gordimer, "South Africa: Towards a Desk-Drawer Literature", *The Classic: Johannesburg Quarterly*, 2.4(1968), 71쪽.

그녀 자신도 부르주아의 삶이라는 안락한 울타리 내에서 안주하는 인물임을 알 수 있다. 엘리자베스는 의료 연구소에서 일하는 자신이나 변호사인 연인 그레엄이 인종차별적인 직업에 종사하지 않기에 "깨끗하다"고 믿는다.

> 우리는 깨끗해. 적어도 직장에 관한 한은. 우리는 값싼 노동력을 이용하여 돈을 벌지도, 특정 인종만을 위해 봉사를 하지도 않아. 내게는 대변이든 혈액이든 똑같지. 누구에게서 나온 것이든 말이야. 얼마나 다행스러운 일이야.[46)]

엘리자베스는 이처럼 현실로부터 거리를 둘 수 있다고 믿으며, 또한 그러한 믿음에서 마음의 평화를 얻는다. 그러나 남아공 백인들은 '더러운 정치적 현실에 편승하지 않는다'는 사실만으로 아파르트헤이트라는 극악한 범죄에 대한 면죄부를 살 수는 없다. 엘리자베스가 깨닫지 못하고 있는 사실은 남아공의 정치적 상황에서는 평등과 정의를 위해 '행동'하지 않으면 이는 곧 인종주의와 공모하는 것과 같다는 점이다. 엘리자베스처럼 "아무런 모험도 하지 않는" 인물들에 대해 고디머는 다음과 같은 판결을 내린 적이 있다. "어떠한 행동도 취하기를 거부함으로써 그들은 억압적인 정권을 돕고 있어요."[47)] 이러한 인식의 차이를 고려했을 때 엘리자베스와 고디머는 동일시될 수 없다.[48)]

---

46) Nadine Gordimer, 앞의 책, *The Late Bourgeois World*, 37쪽.
47) Nadine Gordimer, 앞의 책, *Conversations with Nadine Gordimer*, 205쪽.
48) 비평가 와그너는 맥스의 행동을 냉소적으로 평가하는 엘리자베스의 서사에 대해 작가가 어떠한 논평도 하고 있지 않다는 사실을 지적하며, 작가가 이 소설에서 자신이 공감한다고 선언한 흑인해방운동의 의미를 삭감시켰을 뿐만 아니라 정치적 행동주의를 평가절하하고 말았다는 주장을 한 바 있다. Kathrin Wagner, 앞의 책, 48~50쪽을 참조할 것.

그러나 이 소설에서 엘리자베스의 역할은 단순히 '반면교사'에만 그치지 않는다. 소설의 후반에 이르러 흑인해방운동가 포카세가 등장하면서 엘리자베스가 더 이상 현실에 방관적인 자세를 취할 수 없게 되기 때문이다. 이 현실 세계의 침입자는 그녀에게 부르주아 삶의 울타리에서 벗어나 행동을 취할 것을 요구한다. 그에게서 해방 운동을 위해 비밀 자금을 세탁해달라는 요구를 받은 엘리자베스는 흑인들을 돕고 싶은 욕망과 신변의 안전에 대한 두려움 사이에서 갈등한다. 여기서 주목할 사실은 주인공이 루크의 제안을 일언지하에 거절하지 않는다는 점이다. 엘리자베스는 루크를 도와줄 수 있는 길을 모색하다가 할머니의 은행 계좌를 사용할 수 있다는 생각까지 하고 이 부분에서 소설은 끝이 난다.

이 소설은 독자가 보고 싶어하듯 흑인들을 위해 몸을 던지는 행동가로서의 주인공의 모습을 시원스럽게 보여주지는 않는다. 그럼에도 독자는 진지하게 고민하는 엘리자베스가 자신의 생각을 실천에 옮길 것이라는 기대를 갖게 된다. 정치적 행동을 위해 개인의 안전이나 이익마저 '희생'할 것을 엘리자베스가 심각하게 고려한다는 사실은 맥스를 비판할 때 그녀가 줄곧 견지했던 개인주의적 태도와 변별될 만하다.

1987년 월터스(Margaret Walters)와의 회견에서 고디머는 작품 마지막 부분의 엘리자베스가 겪은 갈등에 대해 이렇게 말한 적이 있다. "그것이 시작이지요. 우리는 그녀에게 어떠한 일이 닥쳤는지는 알 수 없지만 그녀는 중대하고도 위험한 결정을 그때 내렸어요."[49] 이러한 긍정적인 평가를 고려할 때에 작가가 엘리자베스의 변화를 통하여 백인들이 흑인해방운동에 참여할 것을 촉구하고 있다고 생각된다.

이러한 정신적 변화는 쿳시어의 소설에서도 발견된다. 『야만인들을

49) Nadine Gordimer, 앞의 책, *Conversations with Nadine Gordimer*, 290쪽.

기다리며』에서 쿳시어는 모순적이고도 기만적인 남아공의 백인을 우의적으로 그려냈지만, 고디머와 달리 '자유주의자'라는 이름을 그에게 부여하지는 않는다. 남아공의 정치 상황에 대한 강력한 인유에도 이 작품은 비평가들에 의해 보편적인, 추상화된 역사를 재현하고 있다는 지적을 받은 바 있다.[50] 반면 『철의 시대』는 "자유주의자"의 문제점을 명시적인 언어로 표현했는데 그러한 점에서 이 소설은 비평가들이 쿳시어의 이전 소설에 내린 평가인 "형이상학적인 서사"의 범주를 벗어난다. 물론 이 소설에서도 증오와 폭력에 병든 남아공과 주인공의 병든 육신 사이에 유비(analogy) 관계가 설정되는 등 알레고리가 등장하지만 『마이클 케이의 삶과 시대』나 『야만인들을 기다리며』와는 다르게 주로 사실주의적 기법을 통해 사건이 전개된다.

'들리지 못한 목소리'의 옹호

『철의 시대』의 배경은 아프리카너 정부가 아프리칸스를 흑인 학교의 공식 교육어로 지정한 1976년으로 거슬러 올라간다. 이 법령에 반대하는 학생들이 소웨토 지역에서 경찰과 대치하고, 이때 시위 학생 일부가 경찰의 무차별 발포로 인해 사망한다. 어린 학생들의 죽음은 곧 남아공 전역에서 저항을 불러일으키고, 뒤를 이은 무자비한 탄압은 2년이 못 되는 짧은 기간에 수천 명의 사상자를 낳았다. 1977년 10월에 비밀경찰이 '흑인의식운동' 산하 저항 조직의 지도자들을 대거 체포함으로써 저항은 한풀 꺾이는 듯했으나 1980년에 아프리카 민족회의의 사보타지와 더불어 학생 운동도 다시 고개를 든다. 1983년경에 흑인학생들은 군경

50) Julian Gitzen, "The Voice of History in the Novels of J.M. Coetzee", *Critique: Studies in Contemporary Fiction*, 35.1(Fall 1993), 8쪽.

의 학내 철수를 요구하며 "교육보다 해방이 먼저!"를 외치며 동맹 휴학을 벌인다. 이들과 군경의 충돌이 본격적인 유혈 사태로 이어지는 1985년에 남아공 대통령 보타는 계엄령을 선포하는데, 『철의 시대』는 바로 계엄 기간에 해당하는 1986~89년에 쓰인 작품이다.[51)]

『철의 시대』의 주인공 엘리자베스는 대학에서 퇴직하고 케이프 타운의 백인거주지에 사는 미망인이다. 그녀는 소외계층을 동정하고 아프리카너 정권의 인종주의를 비판하는 인물이다. 이러한 그녀의 면모는 거지 퍼쿨과의 관계에서도 잘 드러난다. 의사에게 앞으로 살 날이 얼마 남지 않았다는 말을 듣고 낙담하여 집으로 돌아온 당일, 그녀는 한 거지가 자신의 마당 한 구석을 차지한 것을 발견한다. 그녀는 처음에는 이 무단 침입자를 쫓아내려 하나 곧 마음을 바꿔 동정을 베푼다. 그러나 두 사람의 관계는 단순히 '인정 많은 주인집 아줌마'와 그의 마당 한구석을 고맙게도 허락받은 임시 거주자의 관계는 아닌 것으로 드러난다.

엘리자베스는 퍼쿨에게 도움을 주고 싶어 잔디를 깎을 것을 제안하나 퍼쿨은 성의 없이 일을 조금 하다가 만다. 퍼쿨은 그렇게 번 돈을 술 마시는데 탕진할 뿐만 아니라 돈이 궁할 때는 그녀의 돈을 훔치기도 한다. 엘리자베스는 이 무위도식자의 썩어빠진 정신 상태를 바로잡아 '근면'과 '노동'의 가치를 가르치고 싶어한다. 그래서 하루는 돈을 주고는 싶지만 돈이란 일의 대가여야지 공짜로는 안 된다고 점잖게 설교하자, 퍼쿨은 되묻는다.

51) 소웨토 봉기와 흑인저항운동에 대해서는 Alan Brooks & Jeremy Brickhill 공저, "The Soweto Uprising, 1976", 앞의 책, *The Anti-Apartheid Reader*, David Mermelstein 엮음(New York: Grove Press, 1987), 228~235쪽 참조; 1984~86년 기간의 저항운동에 대해서는 Robert M. Price, *The Apartheid State in Crisis* (New York: Oxford UP, 1991), 190~219쪽 참조.

"왜요?"

"왜냐하면 당신은 받을 자격이 없기 때문이지."

그러자 퍼쿨은 혼자만의 미소를 지으며 말했다. "자격이라……. 도대체 누가 무엇이든 받을 자격이 있나요?"

"뭐, 누가 무엇이든 받을 자격이 있냐고?" 홧김에 나는 그에게 지갑을 내밀었다. "그럼 당신이 믿는 것은 뭐지? 그냥 가지는 것? 원하는 것을 뺏는 것? 자, 가져가봐요."

그는 말없이 지갑을 받아서 30랜드와 몇 개의 동전을 꺼내고는 지갑을 나에게 돌려주었다. 그는 가버렸고, 개가 깡충거리며 뒤를 따랐다.[52]

퍼쿨은 "그냥 가져간" 돈을 술 마시는 데 써버린다. 이 에피소드는 남아공에 있어 '자격' 문제에 대한 진지한 질문을 제기한다. 돈이란 일의 대가로 받는 것이라는 엘리자베스의 사유는 극히 건전하고 상식적이다. 이러한 상식적인 사유를 최하층민의 '비상식적인' 질문과 대결시킴으로써 작가는 도덕성이나 노동의 윤리 같은 미덕을 설교할 자격이 과연 남아공의 백인들에게 있는지를 질문한다. 남아공에서 '권리와 도덕' '대가와 자격'에 대한 자유주의자들의 논의는, 그들의 안락한 삶을 가능하게 한 기존의 체제에 대한 질문이 동반되지 않는 한, 잘해야 값싼 감상주의적인 발언일 뿐이며 자신의 존재에 깊이 뿌리박고 있는 더 큰 범죄를 외면하면서 타인을 책망하거나 교화하려는 위선적인 발언에 지나지 않기 때문이다.

남아공의 현실에 대한 엘리자베스의 태도는 '희생'의 문제와 관련해 급진주의와 두드러진 차이를 드러낸다. 남아공의 급진적인 흑인들

---

52) J.M. Coetzee, *Age of Iron* (New York: Penguin Books, 1990), 21쪽.

은 사회 정의를 실현하기 위해서 개인의 권리나 심지어는 생명까지도 희생시킬 수 있다고 믿는 반면, 엘리자베스는 어떠한 절박한 상황에서도 개인의 권익은 지켜져야 한다고 믿는다. 이러한 점에서 엘리자베스는 자유주의자다. 엘리자베스와 급진주의자의 차이는 그녀가 전투적인 흑인 학생들을 옹호하는 하녀 플로렌스와 벌인 논쟁에서, 또한 소유의 문제를 두고 플로렌스의 아들 베키와의 논쟁에서 드러나기도 한다.

그러나 불의를 바로 잡기 위해 폭력에 호소하는 흑인들의 태도에 수긍할 수 없었던 엘리자베스는 일련의 경험을 통하여 변모하게 된다. 애트리지에 따르면 이러한 변모는 궁극적으로 자유주의적 휴머니즘이나 전통적인 윤리의 유효성에 대한 질문을 가능하게 하는 것이다.[53] 구체적으로 베키와 그의 친구 존이 경찰에게 상해당하는 사건, 베키가 흑인 거주지에서 살해되는 사건, 존이 경찰에게 사살되는 것을 차례로 목격한 후 엘리자베스는 남아공에서 백인으로서 산다는 것이 무엇을 의미하는지를 깨닫는다.

자신의 삶에 대한 엘리자베스의 깨달음은 다음과 같이 표현된다. "한때 나는 살아 있었어요. 살아 있었으나 인생을 도둑맞았죠. 요람에서 절도가 벌어진 것이에요. 도둑맞은 아이의 자리에서 인형이 대신 양육되고 길러진 것이지요. 그 인형은 바로 내가 나라고 부르는 존재에요."[54] 개인의 자유와 자율이 보호받기를 기대하는 남아공의 백인들은 그들의 삶을 지탱해온 믿음이 현실과 유리된 것, 즉 "현실의 무게가 없는" 것이라는 점에서 허구적인 삶을 살아온 것이다.

---

53) Derek Attridge, "Literary Form and the Demands of Politics", *Critical Essays on J.M. Coetzee*, Sue Kossew 엮음(New York: G.K. Hall, 1998), 208쪽.

54) J.M. Coetzee, 앞의 책, *Age of Iron*, 109쪽.

자신의 삶이 현실과 절연된 허상에 지나지 않음을 깨달은 뒤 엘리자베스는 자신이 소중하게 생각했던 가치들을 차례로 부정한다. 무엇보다도 베키가 살해된 뒤 엘리자베스는 자신의 생명에 대한 애착마저 버린다. 이러한 변화는 베키의 시신을 발견하는 장면에서 다음과 같이 표현된다. "사람들이 나를 위해 무덤을 파고 손으로 가리킨다면 나는 한마디 말없이 기어들어가 누워서 손을 가슴 위에 올려놓았을 거야."[55)]

자신과 논쟁을 벌인 적이 있는 흑인운동가 타바네에게 경찰의 추적을 예상해 알려줄 뿐만 아니라, 존이 소유했던 총기가 자신의 것이라고 경찰에게 위증함으로써 엘리자베스는 다른 흑인들을 보호하려 한다. 특히 후자의 행위는 자기희생을 감수하는 의지를 보여주었다는 점에서 개인주의의 한계를 뛰어넘는 것이다. 이 자기희생의 기저에는 '연대 책임'에 대한 새로운 인식이 깔려 있다. 엘리자베스의 표현을 빌리면,

범죄는 오래전에 저질러졌어. 얼마나 오래전일까? 나는 알지 못해. 그러나 틀림없이 1916년 이전이야. 너무나 오래전이어서 나는 그 범죄 속에서 태어났어. 그건 내가 물려받은 유산의 일부이지. 그것은 나의 일부이고, 나는 그것의 일부야. 〔……〕 비록 그 범죄가 저질러질 것을 내가 요구한 적이 없지만 그것은 나의 이름 아래에 저질러졌어. 나는 때때로 더러운 짓을 한 자들에게 항의했지만—당신도 보았겠지만 그 하찮은 항의는 항의의 대상만큼이나 어리석은 것이었지—나는 어떤 의미에서 **그자들이 나의 내부에 있음을 받아들이게 되었어.**[56)]

55) 같은 책, 104쪽.
56) 같은 책, 164쪽; 필자 강조.

비록 흑인들에게 어떠한 해도 가한 적이 없을 뿐만 아니라 오히려 그들에게 인정을 베풀어온 선량한 사람임에도, 엘리자베스는 자신의 친절이 남아공의 인종적 범죄에 대한 면죄부를 가져다주지는 못함을 깨달았다. 사실 단순히 면죄부를 갖느냐 못 갖느냐의 문제가 아니라 그녀 자신도 출생과 더불어 천인공노할 범죄의 수치스러운 공범이 되었음을 인정하는 것이다. 개인과 공동체 간의 끊을 수 없는 유대관계를 정치학자 매킨타이어는 "나의 삶에 관한 서사는 나의 정체성이 유래하는 공동체의 서사에 항상 내포되어 있다"[57]고 표현했다.

남아공에서 "진보적인 백인"들의 문제는 공동체와의 분리 가능성을, 즉 자신의 무죄를 믿고 있다는 점이다. 고디머의 주인공 엘리자베스나 쿳시어의 엘리자베스도 한때 그러했듯, 이들은 자신이 인종차별에 직접 가담하지 않았기에, 또는 자신이 사적인 영역에서는 친절을 베풀기에 자신의 손과 양심은 깨끗하다고 믿는 것이다. 그러나 사실 남아공에서 억압적인 체제의 유지가 오랫동안 가능했던 이유는 바로 이처럼 자신의 결백을 믿는 백인들이 있었기 때문이다. 깨끗해 보이는 자신의 손이 사실 보이지 않는 피로 더럽혀져 있음을 깨달을 때, 다시 말하면 자신에게 조상과 동시대인들이 저지른 죄에 대하여 공동의 책임이 있음을 깨달을 때, 비로소 백인들은 체제를 근본적으로 변화시키는 운동에 참여할 수 있다.

고디머의 표현을 빌리면 남아공에서 영어 사용 백인들은 아무런 행동도 취하지 않음으로써 억압적인 정권을 돕는 범죄를 저질렀다.[58] 이들을 고디머는 "자유주의자"라고 부른다. 반면 책임을 통감하고 흑인들

57) Alasdair Mcintyre, "The Virtues, the Unity of a Human Life, and the Concept of a Tradition", *Liberalism and Its Critics*, Michael J. Sandel 엮음(Oxford: Basil Blackwell, 1984), 143쪽.

58) Nadine Gordimer, 앞의 책, *Conversations with Nadine Gordimer*, 205쪽.

의 대의에 동참한 백인들은 『보호주의자』가 출간된 뒤 고디머가 가진 새로운 정치적 명명 체계에 따르면 "급진주의자"다.

그러나 고디머와 달리 쿳시어는 깨달음을 얻은 주인공에게 새로운 정치적 명칭을 부여하지 않는다. 정치적 각성과 함께 연대 책임을 통감했다고 해서 엘리자베스 커런이 흑인들의 급진주의를 받아들인 것으로 보아야 하는가? 최종적인 대답은 부정적이다. 급진주의적 대의에 공감하는 것과 급진주의를 실천하는 것 사이에는 간극이 있기 때문이다. 고디머는 "급진주의"를 선택함으로써 자유주의와 인종주의에서 모두 거리를 둘 수 있었지만, 쿳시어에게 자유주의와 급진주의 사이의 딜레마는 쉽게 해결될 수 없는 문제였다. 쿳시어는 범죄 상황을 해결하기 위해서 자유주의가 표방하는 기본적인 가치들을 쉽게 포기할 수는 없었던 것으로 여겨진다.

그렇다고 해서 체제에 편승하는 남아공의 백인들과 동일시되는 것도 쿳시어는 원하지 않았다. 각성의 순간 이후 엘리자베스 커런은 아파르트헤이트를 종식시키기 위해서 희생도 감내하겠다고 밝혔다. 동시에 그녀는 소년들을 죽음으로 내모는 흑인들의 급진주의에는 동의할 수는 없다면서 "소견을 펼쳐 보이지도 못한 채 비난받았던 모든 것", 그리고 "들리지 못한"[59] 목소리를 자신이 대변하겠다고 선언한다.

이러한 점에서 주인공의 각오는 작가의 신념과 상통하는 바가 있다. 그녀가 대변한다는 정치적 신념에는 어떤 이름을 붙일 수 있는가? 아파르트헤이트 제도 아래 휘발성이 강한 정치 상황에서 쿳시어 같은 이의 목소리는 '들리지 않는 목소리'였다. 역사적 책임과 정치적 행동의 필요성을 인정은 하되 급진주의를 지지하지는 않는 쿳시어의 조심스러운 입장은 흑인해방론자들의 진영에서는 아무런 반향을 일으키지 못한다.

---

59) J. M. Coetzee, 앞의 책, *Age of Iron*, 146쪽.

그의 목소리는 흑인들에게는 경계해야 할 지배계급의 유화적인 모습, 또는 개혁의 기치 아래 기득권을 즐기는 "더러운" 자유주의자의 변명쯤으로 여겨졌을 것이다.

반면 지배계급인 아프리카너들에게는 그의 목소리가 정치 현실에 어두운 감상적인 내부자의 고발 정도로밖에 여겨지지 않았을 것이다. 한편에서는 지배계급의 쇼비니즘이, 다른 한편에는 혁명을 부르짖는 흑인급진주의가 자리 잡은 양극적인 대결 구도는 쿳시어의 입장을 '하나의 목소리'로 인정하지 않았던 것이다. 이러한 상황을 보면, 비록 쿳시어가 자신이 하나의 입장을 채택하려고 한 것이 아니라고 말하지만, 실상 남아공의 정치학이 그가 하나의 입장이라도 채택하는 것을 허용하지 않았다고 하는 편이 옳을 것이다. 또한 그에게 하나의 입장이 없었던 것은 아니었다고 말하는 편이 옳을 것이다. 그러한 점에서 자유주의 이슈는 고디머 연구보다 쿳시어 연구에서 훨씬 더 조심스럽게 다루어져야 한다.

고디머가 천명한 급진주의와 관련해 언급할 만한 사실은 작가가 대안 사회를 어렴풋이 그려낼 때조차도 구체적인 실천 방안에 대해서는 침묵하는 경향이 있다는 것이다. 『주빈』(*A Guest of Honour*, 1970)의 경우 흑인해방을 위한 투쟁 과정은 생략한 채, 해방 이후의 시점을 택하고 있는 것도 이러한 예에 속한다. 이 소설에서 미래 사회에 대한 고디머의 비전은 주인공 브레이 대령이 주창하는 실존적 사회주의와 유사한 형태의 여물지 않은 추상적인 모습으로 나타날 뿐이다.

심지어 흑인들의 봉기와 흑백의 전도된 관계를 다루어 급진적이라는 평가를 받는 『줄라이의 부족민』(*July's People*, 1981)에서도 고디머는 흑인들의 자치 가능성이나 무장 행위에 대해 유보적인 태도를 보인다. 고디머가 급진적인 입장을 취한다면 그것은 "배제에 대한 두려움," 즉 "혁명이 임박했는데도 아무 생각 없이 어슬렁거리고 있다는 두려움"[60]에 기인하는 것이라는 응코시의 혹평은 이러한 점을 염두에 둔 것이리라.

고디머는 1980년의 인터뷰에서 스스로를 "사회주의자"[61]로 칭했던 적이 있다. 인터뷰가 있고 나서 2년 뒤에 펴낸 에세이에서 고디머는 서구의 자본주의와 민주주의가 남아공에는 아무런 도움이 되지를 못함을 지적하면서 "대안적 좌익"이라는 표현을 사용한다.

> 공산주의의 실패에 환멸을 느낀 미국의 좌파는 자본주의의 실패를 증거하는 제3세계의 우리와 함께 경제적 · 군사적 공포가 없는 민주주의, 즉 **대안적 좌익**의 가능성을 믿고 이를 성취하기 위해서 집요하게 노력하는 모습을 보여줘야 할 것이다.[62]

비평가들이 후기의 고디머를 급진주의자로 간주했을 때, 이는 이러한 본인의 선언을 근거로 하는 것이다. 그러나 새로운 좌익에 대한 의미가 인터뷰나 소설을 통해 구체적으로 드러난 바는 없다.

쿳시어나 고디머가 남아공의 해방에 기여한 바가 있다면, 현실 변혁의 정치적 프로그램을 제시해서가 아니라 미래의 공동체에 대한 비전을 그려낸 데서 찾아야 할 것이다. 고디머가 평소 피부색 구별이 없는

---

60) Lewis Nkosi, "Resistance and the Crisis of Representation", Second Conference on South African Literature, Evangelische Akademic, Bad Boll, West Germany(11~13. Dec. 1987), *Dokumente Texte und Tendenzen: South African Literature: From Popular Culture to the Written Artifact*, 1988, 46쪽; David Attwell, 앞의 책, 25쪽에서 재인용.

61) Nadine Gordimer, 앞의 책, *Conversations with Nadine Gordimer*, 184쪽.

62) Nadine Gordimer, *The Essential Gesture: Writing, Politics & Places*, Stephen Clingman 엮음(New York: Alfred A. Knoff, 1988), 283~284쪽; 필자 강조.

"비인종 국가"(non-racial state)[63]의 필요성을 강조해왔다면, 쿳시어 역시 "어떠한 피부색도 우세하지 않는, 〔인종적〕 차이가 사라져 없어진 집단"[64]에 대한 비전을 표명한 바 있다. 또한 "남아공에서 미래의 삶을 보장받기 위해서 백인은 백인의 가치를 버리고 흑인과 공존하는 사회에서 살 준비를 해야 한다"[65]는 고디머의 평소 주장은 쿳시어의 『치욕』의 주인공들이 몸으로 구현해낸다. 포스트아파르트헤이트 시대의 흑백관계를 다루는 이 소설에서 백인여성 주인공은 흑인들이 과거에 백인 주인들로부터 당했던 일을 차례로 당한다. 그녀는 새로운 사회에서 생존하기 위해서 자신이 소유한 땅을 내놓아야 할 뿐만 아니라 성폭행을 겪고 흑인의 아이까지 가진다.

고디머와 쿳시어의 주인공들은 모두 인종주의적 사회의 지배계급에 속한다는 점에서 공통점이 있다. 지배계급의 부정적이거나 긍정적인 면에 대한 묘사를 통해 두 작가가 강조하려는 것은 아파르트헤이트가 종식되기 위해서는, 아파르트헤이트 이후의 세상에서 거주할 자격을 얻기 위해서는 백인들이 변화해야 한다는 사실이다. 즉 쿳시어나 고디머 모두 자유주의자들, 엄격히 말하면 '자유주의자로 불린' 영어 사용자들의 한계를 명백히 인식하고 이를 비판한다는 점에서는 동일하다. 그러나 쿳시어의 경우 남아공 백인들에 대한 그의 비판이 실은 동시대인들이 비판한 자유주의 담론의 준거 틀을 크게 벗어나지 못한다는 사실을 통렬하게 깨달은 작가라면, 고디머는 "급진주의"나 "대안적 사회

---

63) Nadine Gordimer, 앞의 책, *Conversations with Nadine Gordimer*, 196~198쪽, 214쪽; Olga Kenyon, "Nadine Gordimer", *Women Writers Talk: Interviews with 10 Women Writers*(New York: Carroll & Graf, 1989), 112쪽; Nadine Gordimer, 앞의 책, *The Essential Gesture*, 278쪽.

64) J.M. Coetzee, *Doubling the Point: Essays and Interviews*, David Attwell 엮음(Cambridge: Harvard UP, 1992), 342쪽.

65) Nadine Gordimer, 앞의 책, *The Essential Gesture*, 34쪽.

주의"라는 표현으로 그러한 아포리아(aporia)와의 직면을 피하고자 했던 작가라고 판단된다.

포스트아파르트헤이트의 정치적 알레고리

남아공은 1994년을 기점으로 인종 평등을 향한 획기적인 역사의 장을 연다. 모든 인종이 참여하는 사상 초유의 보통선거가 실시되었고, 투표 결과 아프리카 민족회의가 다수당이 됨으로써 아파르트헤이트가 철폐되고 민주주의 시대가 열린 것이다. 새 흑인정권은 인종 범죄의 역사를 청산하는 '진실과 화해 위원회'를 가동시키고 토지 개혁을 실시하는 등 정치적 · 경제적 정의를 회복하기 위해 노력했다.

그러나 포스트아파르트헤이트 사회는 인종적 다양성이 경축되고 존중받는 "무지개 국가"에 대한 애초의 장밋빛 전망과 달리 여러 가지 심각한 문제를 안고 있었다. 변화와 정의를 표방하는 새로운 정권이 들어섰지만 '변하지 않은' 남아공 사회의 현실은 다음과 같이 표현된다.

> 새로운 남아공이 보여주는 이미지에는 진실과 화해 위원회의 비극적인 증언들을 둘러싼 비통함, 심화되는 에이즈 위기, 이 전염병에 맞선 민족회의 정부의 지도력의 실패, 원시적이고도 폭력적인 인종 갈등의 재발, 국제 범죄 조직의 신속한 반란, 여전히 끔찍한 수준의 실업률과 이에 부수적인 사회 병리 현상들, 범죄, 질병, 빈곤, 절망이 있다. 만약 오늘날 남아공의 부와 특권의 인구 통계를 자세히 살펴보면, 어떤 의미 있는 변화도 발견하기가 힘들 것이다. 남아공의 어두운 과거가 더 이상 미래에 그림자를 드리우지 않을 것이라는 안이한 가정들은 정신을 번쩍 들게 하는 이러한 현실에 지속적으로 견주어 봐야 할 필요가 있다.[66]

포스트아파르트헤이트 시대에 남아공이 겪는 혼란과 좌절은 쿳시어의 『치욕』에서 생생하게 표현된다.[67] 다만 작가의 이전의 소설처럼 이 소설에서도 쿳시어는 백인의 관점에서 전환기를 기록함으로써 새로운 질서에 대한 작가의 의중이 정작 무엇인지를 가늠하기 힘들게 한다. 우선 작가가 남아공의 아파르트헤이트라는 인종적 범죄와 완전히 무관할 수는 없는 백인을 주인공으로 삼았다는 사실도 그러하고, 일견 제한되고 편협한 시각을 가진 주인공이 들려주는 이야기 속에서 작가가 시종일관 침묵을 지킨다는 사실이 이 작품을 더욱 모호하게 만든다.

쿳시어 문학의 모호성은 작품이 갖는 우의적 성격, 즉 알레고리에도 기인하는데, 일례로 앞서 다룬 『야만인들을 기다리며』는 작품의 시·공간적 배경 모두가 불특정하며, 『마이클 케이의 삶과 시대』는 시대 배경이 불특정하다. 이러한 배경은 작품의 의미를 추상화시켜서, 그 의미를 아파르트헤이트 아래 남아공이라는 특수한 인종적인 상황에 한정시켜야 할 것인지, 아니면 서구 문명 전반에 관련된 것으로 보아야 할지 독자를 혼란스럽게 만든다. 고디머가 『마이클 케이의 삶과 시대』의 서사방식이 "남아공의 모든 다른 사람들처럼 자신도 연루되었던 사건들과 그 사건들의 추잡하고도 비극적인 일상적인 결과들로부터 벗어나고 싶은 욕망"[68]에 연원한다는 비판을 제기했던 것도 알레고리가 서사의 탈

---

66) Shaun Irlam, "Unraveling the Rainbow: The Remission of Nation in Post-Apartheid Literature", *The South Atlantic Quarterly*, 103.4(Fall 2004), 696쪽.

67) 『치욕』의 성적·인종적 의제에 대한 아래의 논의는 졸고 「죄의 알레고리인가, 알레고리의 죄인가?: 쿳시의 『치욕』과 재현의 정치학」, 『현대영미소설』, 제16권 제3호(2009), 229~254쪽을 수정한 것이다.

68) Nadine Gordimer, 앞의 글, "The Idea of Gardening," 139쪽. 쿳시어에게 알레고리의 사용이 억압적인 정권에 대한 명백한 정치적 논평을 피하는 기능을 해왔다는 지적은 고디머가 처음 한 것도, 마지막으로 한 것도 아니다. 쿳시어의 알레고리 사용에 대한 비판적 논평은 Lois Parkinson Zamora, "Allegories

역사화에 기여하고 있음을 지적한 것이다.

그러나 알레고리의 기능이 필연적으로 역사적 맥락화나 정치적 비판의 기능과 상반되는 것은 아니다. 텍스트가 특정한 역사적인 맥락과 참조 관계를 맺는 것을 알레고리가 차단하거나 약화시키지만, 그 반대로 텍스트의 축어적(逐語的, literal) 수준에 또 다른 의미의 지평을 추가하는 기능을 할 수도 있기 때문이다.[69] 후자의 경우 추가되는 의미의 지평이 반드시 추상적이거나 탈역사적일 필요는 없으며, 어떤 점에서는 우회적인 참조가 직접적인 지시보다 훨씬 더 강력한 역사적 절박성을 띨 수도 있다. 『치욕』이 바로 그러한 경우다.

쿳시어의 문학이 당대의 역사와 "직접적인 관련"을 맺는지의 여부를 두고 비평적 논란이 일게 된 연유에는 작가의 진술이 큰 몫을 했다. 한 강연에서 쿳시어는 문학을 정치의 영역에 함몰시키지 말 것을 강조한 바 있다. 그에 따르면 자신의 문학은 역사에 의존하고 이를 보충하는 글쓰기가 아니라 역사의 경쟁자로서, 자신만의 절차에 따라 자신만의 의제를 다루는 자율적인 글쓰기라고 주장한 바 있다.[70]

그러나 쿳시어의 이 주장은 문학이 역사와의 무관하다는 뜻이 아니

---

of Power in the Fiction of J. M. Coetzee", *Journal of Literary Studies*, 2.1 (1986), 1~14쪽; Michael Wade, "The Allegorical Text and History: J.M. Coetzee's *Waiting for the Barbarians*", *Journal of Literary Studies*, 6.4 (1990), 275~288쪽; Teresa Dovey, 앞의 글, 138~151쪽을 볼 것.

69) 슬레먼이나 애시크로프트는 알레고리에서 오히려 저항 담론의 가능성을 읽기도 한다. 애시크로프트의 표현을 빌리면, 알레고리는 주류 담론에 대한 단순한 대응이 아니라 "내삽(interpolation) 전략을 통하여 주류 담론을 변형하고자" 하는 저항 담론의 한 유형이다. Bill Ashcroft, "Irony, Allegory and Empire: *Waiting for the Barbarians* and *In the Heart of Country*", *On Post-colonial Futures*(New York: Continuum, 2001), 141쪽; Stephen Slemon, "Monuments of Empire: Allegory/Counter-Discourse/Post-Colonial Writing", *Kunapipi*, 9.3(1988), 1~16쪽을 참조할 것.

70) J. M. Coetzee, "The Novel Today", *Upstream*, 6.19(Summer 1988), 3~4쪽.

다. 문학의 자율성에 대한 그의 강조는 어떤 특정한 역사적 필요성이나 정치적 목적이 문학의 내용이나 구조를 먼저 결정해서는 안 된다는 뜻으로 받아들여야 한다. 즉, 남아공의 문화에서 역사가 "강압적으로 〔다른 담론에 대해〕 우선권을 주장하고 주인 담론임을 주장하는 것"에 반대하는 것이다. 이러한 맥락에서 보았을 때 쿳시어의 문학은 동시대의 흑인 작가들이 애용한 사실주의 문학 양식과 마찬가지로 그것이 가장 우의적일 때조차 당대의 역사적 상황에 대한 반응이었다고도 볼 수 있다. 차이가 있다면 쿳시어의 문학은 아파르트헤이트 체제 아래 남아공 흑인들이 보고 싶어했던 속 시원한 정치적 해결책을 제시하지는 않았다는 점이다.

『치욕』은 알레고리가 역사와 어떤 관계를 맺을 수 있는지를 보여준다는 점에서 중요하다. 이 서사는 또한 성 담론이 소설에서 인종적인 메시지를 위해 어떻게 전용되는지를 보여준다는 점에서도 중요한데, 두 번째 국면은 '재현의 공정성'이라는 점에서 심각한 문제를 발생시킨다. 즉, 쿳시어는 알레고리의 수법을 통해 한편으로는 성적인 준거틀에서, 다른 한편으로는 인종적인 준거틀에서 세련된 서사를 동시에 전개하는 일종의 '이중 언술'을 해내는데, 이 서사적인 성취에는 무시할 수 없는 손실이 따르는 것이다. 이 장에서는 이러한 문학적 성취와 그에 따르는 '도의적 손실'에 대한 대차대조표를 작성함으로써 포스트아파르트헤이트 시대에 대한 쿳시어의 입장을 추론해보고자 한다.

『치욕』의 스토리는 두 건의 성폭력을 중심으로 전개된다. 그중 하나는 소설의 전반부에서 벌어지는 대학 교수 루리와 학생 멜라니 간의 "관계"요, 다른 하나는 소설의 후반부에 주인공의 딸 루시가 시골 농장에서 겪게 되는 강간 사건이다. 이중 첫 번째 사건에서는 백인남성이 가해자이며, 두 번째 사건은 흑인남성들이 가해자다. 소설에서 두 사건이 병치되어 있다는 사실은 많은 독자와 비평가들로 하여금 두 사건의 가해자를 같은 부류로 이해하도록 유도하는 면이 있다.

우선 루리가 멜라니나 다른 여성들과 맺는 성적인 관계를 축어적으로 해석하든, 알레고리로 해석하든 그의 행동을 '비교적' 가볍게 보는 비평을 발견하기란 쉽지 않다. 축어적 수준에서 루리는 딸의 강간범들과 동일시되는가 하면, 알레고리의 수준에서도 그의 여성 편력은 과거 아파르트헤이트 시대에 있었던 백인들이 흑인여성들에게 가한 성폭력의 비유로 읽는 것이 대부분이기 때문이다.[71] 멜라니와 루리 사이에 있었던 사건을 단순한 성적인 "관계"나 "불미스런 사건" 정도로 보아 흑인강간범들과 차별시키는 비평이 없는 것은 아니지만 이는 극소수다.[72]

루리는 두 번의 이혼 뒤 때로는 여성의 몸을 돈으로 사기도 하며, 때로는 주변 여성들과 부적절한 관계를 맺음으로써 성욕을 충족시켜온 인물이다. 그와 관계를 맺었던 여성 중에는 최근까지 만족스런 관계를 유지했지만 그가 우연히 뒤를 밟았다가 갑자기 관계가 끝나버린 매춘녀 소라야, 그 후 새로 소개를 받은 동명이인의 매춘녀, 학과의 비서, 또한 술집에서 만난 여성들과 동료 교수들의 부인, 급기야는 자신이 가르치는 낭만주의 과목의 수강생 멜라니 등이 있다. 멜라니와의 성추문

71) 전자의 비평으로는 Michael Marais, "'Little Enough, Less than Little: Nothing': Ethics, Engagement, and Change in the Fiction of J.M. Coetzee", *Modern Fiction Studies*, 46.1(Spring 2000), 175~176쪽을 볼 것. 후자의 비평으로는 다음을 참조할 것. 이진준, 「쿳시의 『추락』을 통해서 본 '진실과 화해'」, 『영어영문학』 제51권 제2호(2005), 433~434쪽; Gareth Cornwell, "Realism, Rape, and J.M. Coetzee's *Disgrace*", *Critique*, 43.4(Summer 2002), 315쪽; Shane Graham, "The Truth Commission and Post-Apartheid Literature in South Africa", *Research in African Literatures*, 34.1(Spring 2003), 438쪽.

72) Derek Attridge, *J.M. Coetzee and the Ethics of Reading*(Chicago: U of Chicago Press, 2004), 167쪽; Daniel Davies, "Ground Level", *The Lancet* 8(Jan. 2000), 152쪽을 참조할 것.

으로 인해 직장을 포기하고 딸의 농장으로 쫓겨 가다시피 간 이후에도 이성으로서는 탐탁지 않은 유부녀 베브와도 관계를 맺기도 하는 루리는 한마디로 '가용한' 대상은 그냥 두지 않는 인물이다.

이처럼 다양한 여성들과 분별없이 관계를 맺어왔다는 점에서 루리에게 '성적 약탈자'라는 불명예스러운 명칭이 어울린다고 판단된다. 그러나 이 소설과 관련해서 생겨나는 의문은, 아파르트헤이트가 종식되기는 했지만, 그 유산으로 인해 혼란스럽기 그지없는 남아공의 정국에서 왜 작가가 하필이면 성이나 욕망 같은 극히 사적인 문제를 다루었는가 하는 점이다.

물론 아파르트헤이트 시대나 그 이후에도 성범죄는 항상 있을 뿐만 아니라 심각한 사회 문제였다는 점에서, 특히 남아공의 성범죄가 주로 타인종 여성에 대한 인종주의적 폭력이었다는 점에서 성이나 욕망의 문제가 그 자체로 하나의 의제가 충분히 될 수는 있다. 그리고 그러한 맥락에서 유색인 여성들에 대한 루리의 성적 취향을 오리엔탈리즘의 관점에서 비판할 수도 있겠다.

그러나 이러한 해석에 대해 제기될 수 있는 질문은 주인공의 행동의 '개연성' 문제다. 루리를 단순한 성적 약탈자나 파렴치한으로 보기에는, 그가 왜 다른 식으로 해결할 수도 있었던 '욕망'을 채우기 위해 굳이 안정된 신분과 명예 모두를 박탈당하는 모험을 했는지, 또한 멜라니가 그를 고발한 이후 열린 대학의 진상조사위원회에서 그에게 '최저의 비용'으로 위기를 모면할 수 있는 타협안을 제시했을 때 이를 뿌리쳤는지, 무엇보다도 어떤 연유에서 자신의 행동과 그 결과에 대해 이 "강간범"이 일종의 '의로움'에 가까운 입장을 고집스럽게 견지하는지 등이 쉽게 납득이 되지 않기 때문이다.

멜라니의 고발이 진실인지의 여부를 묻는 진상조사위원회에서 루리는 자신이 유죄임을 즉각 인정할 뿐만 아니라 "유죄를 인정했으니 얼른 판결을 내리시고 각자 자기 볼 일을 보시라"는 식의 사무적인 태도를 취한다. 뿐만 아니라 사건의 정황을 고백하라는 압력이 가해지자 "에로스가 내게 들어왔던 것이지요"[73]라는 엉뚱한 답변을 한다. 사랑의 신 에로스에게 현실적이고도 법적인 책임을 돌리는 52세의 인문학자의 모습은 황당하다 못해 제정신인가 싶기까지 하다. 왜 그는 자신을 변호하기를 그토록 빨리 포기한 것일까? 뿐만 아니라 자기 과목을 수강하는 학생에 대한 성폭력 사건을 에로스나 욕망의 권리로 설명하는 그의 말을 진심으로 받아들여야 할 것인가? 그래서 그러한 주장을 축어적으로 해석해야 할 것인가?

루리의 욕망의 권리 이론, 즉 "미인은 자신의 아름다움을 타인과 공유해야 한다"(16쪽)는 이론을 뻔뻔스러운 성범죄자의 궤변으로 치부하며 읽는 것도 하나의 독법일 것이다. 그러나 이 서사를 알레고리로 간주하는 비평들 가운데 적지 않은 수가 '유죄는 인정하되 반성을 거부하는' 루리의 모습을 아파르트헤이트가 종식된 뒤 2년 반 넘게 계속되었던 진실과 화해 위원회의 활동과 관련해서 읽는다.[74] 청문회에 섰던 인종적 범죄자들에 대한 평가는 "진실과 화해 위원회 앞에서 자신의 행동에 대해 증언한 사람들의 대부분은 그 동기가 명백히 자신에 대한 본질적인 진실을 말하는 것이 아니라 사면을 얻는 것이었다"[75]로 요약된다. 이러한 점에서 루리를 가장 신랄하게 공격한 대학 청문회 위원 라술 박

73) J.M. Coetzee, *Disgrace*(1999; New York: Penguin Books, 2000), 52쪽. 앞으로 이 소설의 인용은 본문에 쪽수만 표시한다.

74) 이진준, 앞의 글, 426쪽; David Attwell, "Coetzee and Post-Apartheid South Africa", *Journal of Southern African Studies*, 27.4(2001), 866쪽; Michiel Heyns, "The Whole Country's Truth: Confession and Narrative in Recent White South African Writing", *Modern Fiction Studies*, 46.1(2000), 45쪽; Gareth Cornwell, 앞의 글, 315~316쪽 참조할 것.

75) Michiel Heyns, 앞의 글, 45쪽.

사의 다음 주장은 진실과 화해 위원회의 활동과 관련해서 제기되었던 당대의 비판을 그대로 요약하고 있다.

> 루리 교수는 두 가지 죄를 모두 인정한다고 합니다. 그러나 그가 실제로 무엇을 인정하는지 구체적으로 물어보려고 하면 교묘한 냉소주의를 보여줄 뿐입니다. **이는 명목상으로만 유죄를 인정하는 것임을 의미한다고 여겨집니다.** [……] 이 문제는 단순한 절차상의 문제를 넘어서는 것입니다. 루리 교수는 유죄임을 인정하나 제게는 다음과 같은 의문이 떠오르지 않을 수 없습니다. **이분이 유죄를 인정하는 것인지, 아니면 이 사건이 서류 더미에 묻혀 잊힐 것을 기대하면서 유죄의 시늉만 하는 것인지?** 만약 그가 단지 시늉만 하는 것이라면 최대치의 벌을 부과할 것을 제안합니다.(50~51쪽, 필자 강조)

성적 일탈의 해석적 모호성

진실과 화해 위원회라는 역사적 사건을 참조하며 읽을 때 루리가 대학의 진상조사위원회에서 보여주는 사무적이고도 형식적인 언행은 아파르트헤이트 가해자들이 한 "양심의 가책"이 빠진 고백, 세상이 바뀌었기에 할 수 없이 하게 되는 고백과 일맥상통한다. 그러나 여기서는 이러한 기성의 알레고리적인 해석의 대부분이 루리의 정치적인 입장을 성적 약탈자에서 유추해냄으로써 중요한 부분을 놓치고 있음을 지적하고자 한다. 루리가 아파르트헤이트 시절에 흑인들을 착취한 백인계급에 속했던 것도 사실이고, 그가 당대의 백인들의 비윤리적인 의식을 질 드러내고 있는 것은 사실이다. 그럼에도 그를 아파르트헤이트를 지지한 남아공의 대표적인 백인계층으로, 그의 성적 일탈을 아파르트헤이트라는 인종주의적 범죄의 비유로 이해하고 넘어가기에는 미묘하면서도 중대한 문제들이 있기 때문이다.

앞서 논의한 바 있듯 남아공의 백인계급은 크게 두 집단으로 나뉜다. 하나는 아프리카너들이고 다른 하나는 영어 사용 백인들이다. 여기서 주목할 부분은 자유주의자로 불리는 이 후자의 집단에 대해 내려지는 엇갈린 평가다. 이 논란적인 평가는 1974년 케이프타운 대학의 한 컨퍼런스에서 버틀러(Guy Butler)와 커크우드(Mike Kirkwood) 간에 있었던 논란에서 극명하게 드러난다. 버틀러는 영어 사용 백인을 문화와 문명을 전파하고 인도주의적 가치를 옹호한, 흑인과 아프리카너 간의 중재자로 옹호한 반면, 커크우드는 이들을 아프리카너와 동일한 이해관계를 가진 기득권층으로 비판한 바 있다.[76]

본 연구의 주장은 남아공에서 영어 사용 백인들을 둘러싼 이러한 논란, 즉 이들이 아프리카너와 다름없는 인종차별주의자인지, 아니면 비록 아파르트헤이트에 맞서 개인(흑인)의 권리를 주창하기는 했지만, 그 자신도 기득권을 포기하지는 못했던 지배계급이었는지, 아니면 자신이 소리 높여 비판하는 바로 그 체제와 실제적으로 공모 관계를 맺어왔는지와 같은 중요한 논란을 불러일으킨 '인종적 · 계급적 모호성'이 바로 이 텍스트에서 성적인 용어로 '치환'되어 표현되어 있다는 것이다.

이러한 점에서 루리의 여성 편력을 축어적으로 읽는 기성의 해석은 텍스트에서 작동하는 정치적 알레고리를 제대로 이해하지 못한 것이다. 또한 이 텍스트를 알레고리로 읽는 해석 중에서도 루리의 정치적 · 계급적 위치를 "성적인 약탈자"에서 유추해내는 독법은 남아공의 백인 자유주의자들을 둘러싼 논란의 한 면만을 고려한 것, 즉 남아공의 정치 구도에서 루리가 갖는 위상의 모호함을 제대로 읽어내지 못했다고 판

---

76) David Attwell, 앞의 책, *J.M. Coetzee: South Africa and the Politics of Writing*, 30~31쪽에서 재인용.

단된다.

위에서 남아공의 특정한 백인계층의 정치적 입장을 둘러싼 논란이 루리의 여성 편력에서 인유되고 있다고 말했다. 즉 정치적 모호성에 비견될 어떤 유형의 모호성이 루리의 성적 일탈에서 발견된다는 것이다. 이와 관련된 루리의 여성 관계를 구체적으로 들여다보자. 거의 모든 쿳시어 비평이 놓치고 있는 부분도 이 부분인데, 주인공의 여성 편력은 착취와 인간적인 배려 간의 회색 지대, 불법과 '인간적으로 봐줄 수도 있는 일탈' 간의 미묘한 중간 지대를 곡예하듯 걸어가고 있다는 인상을 준다.

먼저 소라야와의 관계를 보면, 성욕을 채우기 위해 매춘 행위를 한다는 점에서 루리는 도적적인 비난을 받아 마땅하지만, 다른 한편으로는 홀로된 지 오래된, 남성적인 매력을 잃어가는 나이 지긋한 이 남성이 성적 욕구를 해소할 방편이 마땅치 않았을 것이라는 식의 이해가 불가능한 것만은 아니다. 또한 비록 그는 매춘을 목적으로 소라야를 만나기는 했지만, 그녀를 단순히 매춘의 상대로만 보지는 않는다. 새해 선물로 상감 장식의 팔찌를 선물하는 데서도 드러나듯, 루리는 소라야에게 선물 주기를 좋아하는데 그 이유는 선물을 받고 기뻐하는 소라야의 모습이 좋아서다. 즉, 그는 소라야와 함께 보내는 시간에서 육체적인 결합이 주는 만족감도 얻지만 그밖에도 다른 인간적인 교감—비록 온전한 사랑이라고 할 수는 없지만—일종의 "애정"을 느끼고 그러한 감정이 충족됨을 느낀다. 또한 본의 아니게 소라야의 뒤를 밟게 되어 그녀의 아이들을 본 이후로는 루리는 자신을 그 아이들의 양아버지로 상상하는 엉뚱하지만 인간적이기도 한 면모를 보이기도 한다.

불법적인 관계를 어쩔 수 없이 유지하되 그 관계의 테두리 안에서 상대에게 인간적인 대우를 하기를 잊지 않는 루리의 이러한 면모는, 남아공의 정치 제도를 뿌리째 바꾸지 못하는 대신 제도 안에서 흑인들을 인간적으로 대하려고 노력한 자유주의자들의 정치적 입장을 인유한다. 그러한 점에서 루리의 성적 편력에서 발견되는 모호성은 『야만인을 기다리며』의 주인공 판사의 행동에도 비견될 만하다. 판사는 제국의 불법성을, 그리고 제국의 관리로서의 자신의 직위나 신분이 그러한 불법성에 의해 가능하게 되었음을 명백히 인식하지만 그는 자신에게 "정의"를 세울 수 있는 힘이 없음을 뼈저리게 깨닫는다.

판사가 제국으로 인해 고통받는 유목민들과의 관계에서 정의를 세우는 길은 성문을 열어 그들에게 제국이 차지한 땅을 내주는 것이리라. 그러나 판사는 이 원천적인 불법을 바로잡는 대신 유목민들의 상처를 치료해주고, 음식과 잘 곳을 그들에게 제공하는 등의 인간적인 배려를 해줌으로써 자신의 죄의식을 덜어보려고 한다. 즉, 피지배 민족에게 '소소한 친절 행위'를 베풂으로써 '원천적인 범죄'에 대한 보상을 하고자 하는 것이다. 판사의 이러한 면모는 자신이 매춘녀에게 약간의 '배려'를 해주고, 또 그녀와 잘 '소통'하고 있기에 자신이 비인간적인 성적 착취가 아닌 '인간적인 관계'를 유지하고 있다고 믿는 루리와 닮았다.

루리와 멜라니의 관계에도 위에서 언급한 것과 유사한 '관계의 모호함'이 발견된다. 루리는 캠퍼스에서 우연히 마주친 학생 멜라니를 유혹할 작정으로 그녀를 집으로 초대한다. 적어도 루리의 시각에 따르면 이날 두 사람은 약간은 '불장난'을 하는 기분으로 서로를 대한다.

"있다가 가. 나와 함께 밤을 보내줘."
그녀의 시선이 컵을 가로 질러 그를 줄기차게 응시한다. "왜요?"
"왜냐하면 그래야 하니까."
"왜 그래야 하죠?"
"왜냐구? 왜냐면 여성의 아름다움은 자신에게만 속하는 것이 아니거든. 그것은 이 세상에 태어나면서 가지고 온 상여금의 일부지. 여성은 그것을 다른 사람들하고 나눌 의무가 있어."

그의 손이 여전히 그녀의 뺨에 닿아 있었다. 그녀는 몸을 빼지도, 그렇다고 몸을 맡기지도 않았다.

"만약에 제가 이미 다른 누구와 나누고 있다면요?" 숨가빠하는 것이 그녀의 목소리에서 느껴졌다. 구애를 받는 일은 항상 흥분되는 것이다. 흥분되고 달콤한 것.

"그러면 더욱 많은 사람들과 나누어야지."(16쪽, 필자 강조)

멜라니는 자신의 뺨에 닿은 루리의 손을 물리치지도 그렇다고 그 손에 기대지도 않음으로써 루리에게 성적인 긴장감을 준다. 또한 멜라니 자신도 루리와의 낯선 상황에서 긴장감을 느끼고 있다. 그러나 첫 번째 만남에서 멜라니는 루리의 유혹을 결국 뿌리치고 집으로 돌아간다. 루리는 이틀 뒤 멜라니의 집 전화번호를 알아내고 그녀와의 두 번째 만남을 마련한다. 이 만남에서 그는 멜라니를 다시 집으로 데려오고 이번에는 그녀와 성관계를 맺는다. 멜라니는 관계 내내 "수동적"이었지만 루리는 그녀와의 관계에서 쾌락을 맛본다.

멜라니와 루리가 두 번째 성관계를 맺은 세 번째 만남은 그녀의 집에서 이루어진다. 두 번째 성관계에는 강요가 개입한다. 멜라니가 사촌이 곧 돌아올 것이니 "지금은 안 돼요!"(25쪽)라고 반대하지만, 루리는 이를 무시하고 자신의 욕망을 채운다. 그러나 보기에 따라서 이 관계의 성격을 불명확하게 만드는 것은 침대에 누운 멜라니의 태도다. 루리에 따르면, "그녀는 저항하지 않는다. [……] 그녀는 심지어 양팔을 들어 주고, 이후에는 엉덩이를 들어 [옷 벗기는] 그를 도와주기도 한다."(25쪽) 이 관계의 시작이 강요에 의한 것이었으니, 과정이나 결말이야 어쨌든 이는 성폭력에 해당하는 것일까. 아니면, 멜라니가 이처럼 협조적이었으니 둘의 관계가 완전한 강요는 아닌 것일까.

루리는 이후에도 멜라니와 또다시 관계를 맺는데, 이번에는 멜라니가 그를 찾아왔기 때문에 이뤄진다. 무슨 이유인지는 알 수 없으나 오갈 데가 없어 절망하여 찾아온 멜라니를 루리는 토닥거려주고 거처를 제공한다. 세 번째 관계에서 멜라니는 루리에게 이전보다 훨씬 더 적극적인 태도를 보여준다. "그녀는 그의 엉덩이 뒤로 다리를 걸어 그를 더 가까이 끌어당겼고, 그녀의 허벅지 안쪽 힘줄이 조여오자, [루리]는 기쁨과 욕망이 몰려드는 것을 느꼈다."(29쪽)

여기까지 본 루리와 멜라니의 관계에 대해 어떤 객관적인 판결이 가능할까? 교수와 학생 간에 있었던 세 번의 성관계는 각기 다른 성질의 것일까? 아니면 같은 것일까? 같다면 어떻게 같은 것이고 다르다면 어떻게 다른 것일까? 적지 않은 비평에서 주장했듯, 이 관계들은 루리의 딸이 훗날 당한 윤간에 비견되기에 조금도 부족하지 않은 성폭력일까, 아니면 억제할 수 없는 성욕에 몸이 달은 교수와 그가 싫지만은 않았던 학생 간의 비윤리적인 관계라는 것이 좀더 정확한 표현일까?

상황의 전모가 루리의 시각을 통해서 드러나기에 멜라니가 정말 무슨 마음으로, 어떤 의도로 루리의 유혹에 응했는지, 또 왜 그를 찾아가기까지 했는지, 더욱이 그런 일이 있은 뒤에 왜 나중에 학교 당국에 그를 고발했는지 정확히 알 수는 없다. 후에 제3자로 나타난 그녀의 남자친구가 개입한 것인지, 그 관계를 알고 격노한 그녀 아버지의 영향이 그 배후에 있는지도 정확히 알 수 없다. 이러한 사실은 멜라니와 루리 간의 관계의 '성격'에 대한 어떠한 결론도 상당 부분은 추정에 의존하지 않고서는 가능하지 않음을 의미한다. 그런데 흥미로운 사실은 이러한 해석적 모호성에 대한 인정이나 인식을 이 소설에 대한 기성 연구에서는 찾아보기 힘들다는 점이다.

사제지간에 일어난 관계의 모호성은 소설 내에서도 인정받지 못한다. 대다수의 등장인물들, 예컨대 대학 당국이나 학생들, 사회 일반의 여론이 한 목소리로 루리를 비난하는 것이다. 이 사건을 다루는 대학의 성희롱조사위원회도 멜라니가 한 고발의 진실성에 질문을 제기하지 않는다. 이와 대조적으로 고발을 당한 당사자는 수치심이나 죄의식도 느끼지 않는다. 성희롱에 관한 청문회가 끝난 뒤, 자신의 행동을 후회하느냐고 묻는 학생 기자에게 루리가 하는 대답은 멜라니와의 관계가 "〔자신의〕 삶을 풍요롭게 해주었다"(56쪽)는 것이다. 뿐만 아니라 자신이 고백하고 사과할 것을 요구하는 사회에 대해 "낯선 짐승을 구석으로 몰아놓고는 어떻게 마무리를 해야 할지 모르는 사냥꾼들"이라고 오히려 비난하는 모습을 보인다.

백인주인공이 자신에게는 죄가 없다고 하는 주장은 주지하다시피 쿳시어의 다른 소설이나 고디머의 소설에서도 자주 등장하는 소재다. 『철의 시대』의 주인공은 "나는 선한 사람으로 살아왔어. 자유롭게 공언할 수 있어. 나는 지금도 그래. 선한 것만으로는 충분하지 않는 이 시대는 도대체 어떤 시대인 거야!"(165쪽)라고 결백을 주장하며 흑인들의 비판적인 시선에 반발한 바 있다. 성추문에 대해 루리의 시각과 외부인들의 시각 사이에서 발견되는 차이는 아파르트헤이트 시절의 영어 사용자들에 대한 엇갈린 평가와 일종의 상동 관계(homology)를 형성한다.

진상조사위원회에 회부된 루리는 유죄임을 인정하면서도 공개적으로 사과하거나 참회하기를 거부한다. 그 이면에는 자신이 "억울한 의인"이라는 인식이 있다. 유죄와 억울함이 공존하는 기이한 모순은 남아공 영어 사용 백인들의 정치적 입장을 인유하는 바가 있다. 왜냐하면 이 백인들은 인종 범죄에 직접 참여하지는 않았다는 점에서는 죄가 없지만 그럼에도 원천적인 불법에 편승한 '원죄'를 갖고 태어났기 때문이다. 즉, 남아공에서 백인계층으로 태어나서 자라난 사람이라면, 그가 '애초에' 있었던 불법 행위의 수혜자라는 사실을 아무리 부인하려고 해도 부인할 수가 없다. 『철의 시대』에서 주인공의 표현을 빌리면, "나는 범죄 속에서 태어났다. 그것은 내가 물려받은 유산의 일부다. 그것은 나의 일부이고, 나는 그것의 일부다."(164쪽)

멜라니에게 관계를 강요한 것인가 아닌가라는 문제와는 별도로, 루리가 아무리 부인하려고 해도 부인할 수 없는 사실은 그가 멜라니를 '애초에' 유혹하지 말았어야 한다는 사실이다. 그 이유는 루리와 멜라니의 관계가 교수와 학생 간의 관계요, 따라서 본질적으로 권력관계이기 때문이다. 비록 멜라니가 자발적으로 찾아와서 성관계를 맺었다고 볼 수 있어도, 이러한 자발성이 두 사람 사이에 놓여 있는 권력관계를 부정하지는 못한다. 다시 말하면, 루리가 권력관계의 수혜자인 한은 약자를 착취했다는 비난으로부터 자유롭기가 힘든 것이다. 루리가 멜라니의 고발을 뜻밖으로 여기면서도 청문회에서 자세한 내막을 알아보거나, 더 나아가 스스로를 적극 변호하기를 포기한 것은 바로 이러한 '원죄 의식'에서 그가 자유롭지 못하기 때문이다.

새로운 소수자와 재현의 '공정성'

루리의 양가적인 심리를 통해 작가는 남아공의 영어 사용자들의 문제를 그려내기도 하지만 동시에 포스트아파르트헤이트 시대의 새로운 질서에 대해서도 나름의 입장을 조심스럽게 밝히고 있다고 생각된다. 루리가 성폭력에 대한 진상조사위원회에서 모순적인 행동을 보이는 이유 가운데 하나는 개인의 행동을 유형화된 관계에 따라 정죄하거나, 개인의 사적인 행위를 먼저 규정된 정치적 시각에서 판단하는 사회에 동의할 수 없었기 때문이다. 권력관계의 유무 여부만을 잣대로 삼아 판결을 내리는 심판대 앞에서 개인의 삶에 깃든 특수하고도 미묘한 양상들은 목소리를 낼 수가 없다.

그 나이에는 "다른 사람들의 자식들을 건드려서는 안 된다"고 전처인 로잘린드가 지적했을 때, 루리는 "내가 그 애를 사랑하는지 당신은 물어보지 않았어. 그것도 물어봐야 하지 않아?"(45쪽)라고 볼멘소리로 되묻는다. 이는 비록 로잘린드에게 한 말이기는 하나 실은 멜라니와 자신의 관계를 먼저 규정된 권력관계를 제외한 그 어떤 다른 관계로도 보려하지 않는 사회에 대해 그가 내뱉고 싶었던 질문이다. 그가 멜라니의 교수였다는 사실 하나만으로 두 사람 사이에 있었을 수 있는 관계의 가능성이나, 그 관계가 무엇이었든지 간에 그것에 대해 '가능한 다른 해석들'이 모두 배제되는 상황을 주인공은 승복할 수 없었던 것이다.

그러한 점에서 이 작품은 학생과 비윤리적인 관계를 맺은 교수를 심판대에 올린 것이지만, 이러한 심판 행위는 개인의 특수성, 즉 사적인 관계의 특수성을 인정하거나 고려하지 않고 일률적인 잣대만으로 개인을 평가하는 사회도 심판대에 동시에 서게 만들었다고 볼 수 있다. 이러한 맥락에서 보았을 때, 성추문 사건을 바라보는 루리의 시각에는 단순히 성적 약탈자의 궤변에 가까운 자기변호의 수준을 넘어서는 부분이 분명히 있다.

권력관계의 유무를 유일한 잣대로 삼아 개인을 판단하는 관행은 이 소설을 은유적으로, 또는 알레고리로 읽는 비평에서도 등장한다. 멜라니가 루리의 접근이나 유혹을 뿌리치지 못했던 것은 인종적인 권력관계에서 무력한 유색인종의 입장을 우의적으로 표현한 것이라는 비평이나, 멜라니에 대한 재현이 "인종주의, 남성중심주의의 덫에 갇힌 희생자 여성의 무기력한 상태"를 보여주는 것으로 이해된다는 비평이 대표적인 예다.[77] 주인공의 성적 편력을 흑인들에 대한 작위의 은유로 읽는

77) Gareth Cornwell, 앞의 글, 315쪽; 김현아, 「J. M. 쿳시의 『추락』: 인종주의 공간에서 서술되는 윤리적 딜레마의 수사학」, 『영어영문학연구』, 제51권 제2호(2009), 102쪽.

독법[78]도 주인공에 대해 유사한 잣대를 들이대고 있다고 판단된다. 이러한 해석은 성추문 사건을 루리의 시각이 아니라 루리에 대한 외부의 시각, 즉 사회 일반의 시각에서 충실하게 읽은 것이다.

그러나 이 소설에는 이러한 외부인의 시각 외에 루리 본인의 시각도 엄연히 작동하고 있다. 루리의 볼멘 항변이 일률적인 잣대나 흑백논리로 개인을 판단하고 심판하는 사회에 대한 비판을 함의하고 있음을 고려한다면, 적어도 주인공의 시각이 완전히 무시할 수만은 없는 '하나의 시각'임을 작가는 분명히 밝힌다고 판단된다.

루리가 하는 항변이 이유가 없는 것만은 아니라는 점은 로잘린드와의 대화에서도 감지할 수 있다. 로잘린드는 추문을 대하는 사회나 여론 일반의 공정성에 대해 다음과 같은 말로 문제를 제기한 바 있다. "데이비드, 어느 누구에게도 동정을 기대하지 말아요. 어떤 **동정도, 자비심도 오늘날 이 시대에는 없어요.** 모든 사람들이 당신을 비난할 거예요."(44쪽, 필자 강조) 로잘린드는 이 발언에서 루리의 현명하지 못했던 처신을 분명한 어조로 비판하지만, 이 발언에는 포스트아파르트헤이트 시대를 연 새로운 질서가 '인간적인 얼굴'을 하고 있지 않다는 불만도 공명하고 있다.

실제로 새로운 질서의 비인간적인 얼굴은 대학 진상조사위원회의 라술 박사가 잘 구현한다. 루리를 성범죄자로 단정 지은 그녀는 그에게 반성하는 태도가 없다는 점을 부각시킴으로써 최대한의 제재를 가할 것을 요구한다. 이러한 라술 박사는 보기에 따라서는 '정의의 판관'으로 여겨질 수도 있으나, 다른 한편으로 그녀의 분개한 모습에는—사회의 소수자들이 받은 박해나 차별의 오랜 역사 때문에—착취나 차별

78) 이진준, 앞의 글, 434쪽; 황정아, 「너무 '적은' 정치와 너무 '많은' 윤리: J.M. 쿳시의 『치욕』(*Disgrace*)」, 『현대영미소설』, 제14권 제2호(2007), 183~184쪽.

의 이슈가 생겨나면 감정적으로 반응하는 사회 일각의 히스테리가 묻어난다. 히스테리는 어떠한 처벌도 부과할 권한이 없는 단순한 진상 조사 위원회에서 그를 처벌해야 한다고 주장하며 극도로 흥분한 그녀의 모습에서 잘 나타난다. 위원장이 제재를 가할 권한이 위원회에는 없다고 지적하자 라술 박사는 그러면 즉각적인 면직과 연금 등 모든 권익을 박탈할 것을 상부에 "제안"해달라고 요청한다. 이처럼 분개한 나머지 즉각적이고도 최고의 응징을 주장하는 라술 박사의 모습을 바라보는 루리에게 다음과 같은 생각이 떠오른다.

> 의로움에 떠는 목소리로 말하는구나. 내게서 어떠한 모습을 보기에 그토록 분노감에 치를 떠는 걸까? 힘없는 새끼 물고기들 속의 상어? 또는 어떤 다른 환영? 무지막지한 손으로 울음을 틀어막으며 어린 여아를 짓누르는, 거대하고 무지막지한 골격을 한 남자의 모습? 말도 안 돼! 그러자 기억이 났다. 어제 여기에, 꼭 같은 방에 이들이 모였으며, 이들 앞에 자신의 어깨에 채 못 미치는 왜소한 멜라니가 섰다는 사실이. 그녀는 약자였다. 어떻게 그 사실을 부인할 수 있으랴?(53쪽)

라술 박사는 성범죄의 희생자의 권익을 지켜주려고 한다는 점에서 '의로운 대의'를 대변한다. 동시에 그는 특정한 사회적 히스테리를 여과하지 못한 채 그대로 보여준다는 점에서 자의식이 극도로 낮은 인물이다. 라술 박사의 이러한 점과 대조했을 때 루리의 성찰적인 면이 오히려 돋보이게 된다. 자신을 강간범으로 모는 라술 박사의 신술에 놀라면서도 루리는 다른 한편 자신과 비교했을 때 멜라니가 얼마나 (사회적) 약자인지를 성찰하고, 그러한 점에서는 자신이 책임을 면할 길이 없음을 깨닫는다. 그러한 점에서 루리는 자신의 욕망을 추구하는 이기적인 면도 있지만, 동시에 고도의 자기 성찰력을 갖춘 인물이다.

흑인들이 지배하는 새로운 사회가 인간적인 가치와는 거리가 먼 냉혹한 규율과 질서를 숭배하는 사회일 것이라는 예측은 『철의 시대』에서도 있었다. 엘리자베스는 아프리카너들이 지배하는 아파르트헤이트 체제를 저주하면서도, 아파르트헤이트 이후의 새로운 사회가 "규칙을 지키고, 이를 최고로 치는 새로운 청교도들"(82쪽)이 주인이 되는 사회일 것임을 예언하며 이 냉혹한 시대를 "철의 시대"라고 부른 바 있다. 이 불길한 예언은 포스트아파르트헤이트 시대에 들어와서 루리가 확언해 준다. 딸과의 대화에서 그는 새로운 사회를 "마오쩌둥의 중국"에 비견하며 "청교도적인 시대"(66쪽)라고 불렀다.

이러한 시각에서 보았을 때, 루리에게는 성범죄자로서의 면모나 아파르트헤이트 시대의 가해자 집단의 면모 외에도 새 질서가 하나의 잣대를 휘두르며 만든 피해자로서의 면모도 있다. 루리의 이러한 면은 새로운 질서가 들어서면서 구동된 일련의 합리화 과정과 무관하지 않다. 텍스트에 따르면 사회의 "대대적인 합리화"의 일환으로 케이프타운 대학이 케이프기술 대학으로 변모하고, 그에 따라 어문학과들이 문을 닫는다. 이러한 변화의 소용돌이 속에서 영문학과 교수였던 루리는 커뮤니케이션 학과에서 커뮤니케이션 기술을 가르쳐야 하는 신분으로 전락한다. 그의 표현을 빌리면 그는 "이처럼 변모된, 그가 보기엔 무력하게 된 교육 제도에서 전보다 더 어울리지 않은 존재가 되었다."(4쪽)

남아공의 교육 제도는 아파르트헤이트의 이전과 이후에 실제로 어떻게 달라졌는가? 포스트아파르트헤이트 시대에 남아공 정권은 신자유주의와 노선을 같이하여 "생산성"을 대학 교육 평가의 잣대로 채택했고 그러한 평가에 따라 대학의 구조조정을 실시했다. 새 질서는 과학과 기술 분야에서 다양한 작업능력을 갖춘 기술자를 배출하는 것을 목표로 삼았고, 그 결과 전통적인 인문학이 누려온 가치는 평가절하되었다.[79] 시장 가치가 지배하는 세상에서 인문학 교수들은 새로운 패러다임에 적응하지 못하는 이른바 "구닥다리"가 되고 만 것이다.

이와 같은 맥락에서 보았을 때 루리는 교육계에 밀어닥친 생산성이나 효율성 같은 자본주의적, 신자유주의적 가치에 밀려난 소수자다. 이 새로운 소수자의 위치는 포스트아파르트헤이트 체제 아래 백인들의 위축된 위상을 은유하는 바가 있다. 동시에 텍스트에서 소수자가 신자유주의나 전지구적 자본주의에 맞서 다름 아닌 인문학적 가치를—비뚤어진 방식이기는 하되—대변하고 있다는 사실은 시대에 대한 루리의 냉소가 '단순한 궤변'이나 '시대 부적응자의 불만'만은 아님을 의미한다. 이 소설에 대한 대부분의 선행 연구들이 한결같이 놓치는 부분이 바로 여기에 있다.

본 연구는 루리가 불만을 토로하는 이 시대를 남아공에서 만델라의 정권이 출범하면서 열린 포스트아파르트헤이트 시대라고 간주한다. 어쩌면 쿳시어는 멜라니와 그외 외부인들의 시각을 통하여 영어 사용 백인들이 정치적으로 얼마나 순진한지, 또한 어느 정도 위선적인지를 폭로함과 동시에,—이는 다소 위험한 발언인데—새로운 정치 질서가 인종 관계나 개인을 평가하면서 실은 구(舊) 질서의 유산을 그대로 물려받고 있음을 폭로하고 있는지도 모른다.

개인적으로 인종차별에 적극 참여한 적도 없고, 인종주의적 권력을 적극 행사한 적도 없으므로 자신은 도덕적으로 무결하다는 백인들의 믿음은 남아공의 흑인들에게 오래전에 저지른 원천적 범죄에 눈을 감

---

79) Gregory Anderson, "National-Liberation, Neo-Liberalism and Educational Change: The Case of Post-Apartheid South Africa", Annual Meeting of the American Sociological Association, San Francisco, CA(14. Aug. 2004); http://www.allacademic.com.

고 있다는 점에서나, 그들이 비판하는 그 체제의 오랜 수혜자라는 사실을 고려하고 있지 않다는 점에서 스스로를 기만하는 것이다. 동시에 쿳시어는 새로운 체제 아래에서 개인이 피부색이나 특정한 정치적 소속 같은 천편일률적인 잣대에 의해 정죄를 당하거나 또는 그 반대로 의로운 피해자의 위치에 서는 사회적 분위기에 대한 우려를 표명하고 있다는 것이다.

이러한 점에서 이 연구는 이 소설이 루리의 자기 정당화와 공모하고 있다는 루시디의 비판[80]과 다르다. 뿐만 아니라 루리의 시각이 텍스트에서 "무지개 국가"를 지배하는 새로운 이분법에 대한 비판을 위해 일정 부분 활용되고 있다고 주장한다는 점에서, 이 연구는 이 텍스트가 주인공을 편협한 인종주의자로 제시함으로써 독자가 주인공과 상반되는 일종의 대항 시각을 갖도록 유도한다는 스피박[81]과도 의견을 달리한다.

쿳시어의 소설을 이렇게 설명하고도 '재현의 공정성'이라는 문제는 아직 남아 있다. 그의 소설을 알레고리로 이해할 때 생겨나는 문제는 이러한 메시지를 좀더 효과적으로, 절박하게 전달하기 위해서 사용된 수단의 '합법성'이다. 왜냐하면 텍스트의 메시지가 무엇이 되었든, 그것의 표현을 위해 여성의 몸과 그 몸에 대한 유린의 가능성이 수단으로 사용되었기 때문이다. 특정한 집단의 정치적 · 도덕적 입장에서 발견되는 모호성, 즉 한편으로는 원천적 불법과 집단적으로 공모했지만 다른 한편으로는 사적인 차원에서 인간적인 얼굴을 유지하려고 했다는 모호성의 메시지가, 가해자이면서도 보기에 따라서는 희생자이기도 하다는

---

80) Salman Rushdie, "Light on Coetzee", *Sydney Morning Herald, Spectrum*(10. June. 2000), 7쪽.

81) Gayatri Spivak, "Ethics and Politics in Tagore, Coetzee and Certain Scenes of Teaching", *Diacritics*, 32.3/4(Autumn-Winter 2002), 24쪽.

이중성의 메시지가 여성의 몸을 매개하여 전달된다는 사실은 적지 않은 독자들을 불편하게 만드는 것이다. 왜냐하면 영어 사용 백인들의 딜레마나 정치적 모호성을 형상화하기 위해 여성을 남성적 욕망의 대상으로 재현하고 있다는 점에서 텍스트가 여성을 도구화하는 부권적 전통에 동참하고 있기 때문이다.

남아공에서 자유주의자들은 개인주의자들이다. 공공의 선보다 개인의 권익을 우선시하는 개인주의자들에게 목소리를 부여하기 위해 여성의 몸을 도구화할 수 있다는 발상에는 문제가 되는 부분이 있다. 개인 또는 개인주의자의 권익을 존중하거나 재현하려는 노력이 다른 개인의 권리를 훼손하면서 이루어진다면 이보다 더한 자기모순이 없을 것이기 때문이다.

'재현의 공정성'이라는 측면에서 쿳시어의 텍스트에 대한 판결은 주인공 루리가 대학의 진상조사위원회 앞에서 받는 심판과 그 성격에서 크게 다르지 않다. 루리는 자신이 멜라니와 인간적인 관계를 유지했다고 믿는다. 비록 루리 자신이 멜라니를 유혹한 점도 있지만, 어려운 처지에 놓였을 때 멜라니가 은신처로 생각하고 찾아온 곳이 루리의 집이라는 사실은 멜라니와의 관계에 대한 루리의 낭만적인 생각이 아주 억지스러운 것만은 아니라는 판단을 하게 한다. 그러나 문제는 루리에게 보호를 요청하며 다가온 멜라니가 그 이후 대학 당국에 교수에게 성희롱을 당했다고 고발한다는 것이다. 성희롱은 본인의 의도가 무엇이든간에 상대가 성적인 비하를 경험했다고 느낀다면 범죄가 성립하는 것이다. 이러한 법 앞에서 루리는 유죄를 인정할 수밖에 없다.

쿳시어의 텍스트도 같은 처지에 놓여 있다. 인종적 메시지를 위해, 또는 역사적 알레고리를 위해 이 텍스트가 여성의 몸을 도구화했다고 독자가 느낀다면, 특히 상당수의 여성 독자에게 성적 수치심을 유발시켰다면, 그 순간 『치욕』은 애초의 의도가 무엇이든지간에 재현의 공정성을 심각하게 위반한 셈이다. 백인주인공의 도덕적인 추락에 따르는 논란을 묘사하다 텍스트도 일종의 도덕적 추락을 한 셈이다.

작품의 결미에서 루리가 일종의 정신적인 변화를 겪는지 그렇지 않은지의 문제도 비평가들 사이에 많은 논란을 낳았다. 루리가 말미에 반성의 빛을 보인다고 해석할 때 여성의 몸을 성적 유린의 대상으로 재현함으로써 텍스트에 부여되는 정치적 · 도덕적 부담이 다소 줄어들 수는 있다. 자신의 성적 편력에 대한 루리의 반성이 이 텍스트를 반(反)여성주의라는 비판에서 스스로를 변호할 수 있는 근거를 제시해줄 것이기 때문이다.

그러나 루리가 자신의 과거를 반성한 사실을 이 소설이 확언해주지는 않는다. 흑인이 주인이 된 세상에서 이전과는 달라진 삶, 초라하고 치욕적인 삶에 의미를 부여하며 근근이 살아가려는 노력을 주인공이 기울인다면 모를까, 그가 과거를 반성함으로써 정신적인 구원을 얻었다고 보는 것은 서사에서 유종의 미를, 종결의 미를 발견하고 싶은 독자의 욕망 때문에 소설을 앞서 나간 것이 아닌가 싶다.

여기서는 다루지 않았지만 이 소설은 인종적인 면에서도 동일한 비판에 직면한다. 남아공의 새로운 질서 아래에서 살아가기 위해서 백인들이 치러야 할 대가나 책무에 대한 이야기를 하기 위해 성폭력을 은유로 사용하고, 더욱이 흑인을 가해자로 묘사하는 것은, 의도가 비록 진정한 화합을 위한 것이라고 할지라도 흑인에 대한 서구의 인종 담론을 재활용했다는 비판을 면하기는 힘들다. 즉, 인간으로서 존중받아야 할 권리를 박탈당한 흑인들과의 화해의 가능성을 모색하는 서사가 재현의 영역에서 바로 그 흑인의 인권을 무참히 짓밟는 모순을 안게 된 것이다.

작가에게는 창작의 자유, 표현의 자유가 주어져야 한다. 문학이 특정한 역사적 의제나 사회적 필요성에 의식적으로 봉사할 때, 예술성은 사라지고 프로파간다만 남기 십상이기 때문이다. 쿳시어가 문학의 역사적인 책무보다 자율성을 더 중요하게 생각하는 것은 이러한 맥락에서 십분 이해되고도 남는다. 그러나 문학이 역사나 역사의 유산에서 완전히 자유로울 수 있다고 생각하는 것 또한 순진한 발상이다. 역사의 진실이나 확실성을 부정하거나, 또는—쿳시어의 표현을 빌면—역사와 경쟁할 때도, 문학은 역사를 떠나서 존재할 수 없다. 역사에 대한 반박도 역사를 준거점으로 삼아야 하기 때문이다.

루리가 청문회에서 반성의 태도를 보여주지 않는 것을 신랄하게 비판하면서 라술 박사는 그의 고백이 "이 사건이 그 일부인 오랜 착취의 역사"에 대해 언급하지 않음을 지적했다. 한 개인에게 자신의 잘못뿐만 아니라 성적 착취의 오랜 역사에 대한 짐까지 지우는 이 진술은 루리의 시각에서 보았을 때 억울한 부분이 있을지 모른다. 그러나 우리는 루리에게 기대할 수 있는 것 이상을 작가 쿳시어에게 기대한다. 영어 사용 백인들의 한계에 대한 작가의 지적이나 새롭게 등장한 남아공의 질서에 대한 그의 우려에 동의를 하든 그렇지 않든, 루리의 정신을 지배하는 개인주의적 지평보다는 한층 넓은 지평, 소수자에 대한 배려나 책무 같은 공동체적인 인식을 작가에게서 기대하는 것이다. 작가가 우리로부터 이 정도의 기대를 받을 만한 자격이 충분히 있다고 믿기 때문이다.

남아공에서 고통과 핍박의 역사에 대한 기억이 아직 생생한 이상, 남아공에 대한 어떠한 종류의 진술도 그러한 불행한 역사를 준거점으로 삼을 때, 그에 대해 적절한 배려나 존중을 기대하는 것이 필연적으로 창작의 자유와 양립이 불가능하다고 믿지 않는다. 그러한 점에서 쿳시어의 이 소설은 이중적인 언술을 통해 성취한 만큼 잃은 것도 있으며, 구체적으로 그 손실은 소수자들이 겪어야 했던 고통을 재현의 영역에서 반복함으로써 발생했다고 볼 수 있다.

6

오스트레일리아의 민족국가 형성과 '기억의 정치학'

오스트레일리아는 최소의 대륙이나, 최대의 섬이요, 최상의 땅이다.

• 『불러틴』

오스트레일리아의 역사 담론과 원주민의 재현

오스트레일리아에 대한 영국의 공식적인 지배는 뉴사우스웨일스에 유배 식민지가 들어선 1788년 1월을 기점으로 삼는다. 이처럼 유배지에서 출발한 오스트레일리아는 점차로 정식 식민지로 승격이 되고, 한 걸음 더 나아가 1901년에는 연방국가로서의 체제를 갖춘다. 오스트레일리아가 이렇듯 어엿한 국가로서 '성인식'을 치르는 과정의 이면에는 인종 청소에 가까운 원주민 학살과 유색인에 대한 억압이 있었다. 즉 식민지의 한편에는 영국에서 파견된 관리와 이와 결탁한 정착자들이 있었다면, 다른 한편에는 헌법이 보장한 권리도 제대로 인정받지 못한 하위 계층이 있었던 것이다.

하위 계층 목록의 첫 순서에는 오스트레일리아 원주민이 있다. 영제국에 의한 오스트레일리아의 정착과 합병은 1829년에 완결되었고, 이때 오스트레일리아 원주민들도 자동적으로 "영국 백성"이 되었다. 그러나 이것은 어디까지나 이론에 지나지 않았는데 그 까닭은 백인의 신을 믿지 않았던 원주민들은 백인의 법정에서 선서도, 증언도 할 수 없었기 때문이다. 오스트레일리아 원주민들이 선거권을 가진 것은 1967년 국민투표의 결과라고 일반적으로 기억한다. 그러나 사실 빅토리아 · 뉴사우스웨일스 · 타스매니아 · 사우스오스트레일리아가 1856년에 헌법을 제정했을 때, 백인남성뿐만 아니라 원주민 남성들에게도 투표권이 주어졌고, 이어서 1895년에 사우스오스트레일리아에서 여성에게 선거권이 허락되었을 때, 원주민 여성들에게도 동등한 권리가 주어졌다.

그러나 자신에게 선거권이 있음을 알고 있는 원주민들이 드물었을 뿐만 아니라 법 조항의 보수적인 해석으로 인해 원주민들이 실질적으로 참정권을 행사할 수 없었던 것이 역사적인 사실이다.[1] 그러니 원주민들은 오스트레일리아가 '성인'이 된 후에도 자유국가 속에서 피식민인의 지위에 머물러야 했다. 하위 계층의 목록에서 원주민 다음에는 '백오스트레일리아주의'가 폐지되기까지 차별을 받았던 유색인 이민자들이 있다. 유색인종의 이민은 1840~50년대에 중국인들이 도제 계약 노동자로 유입되면서 시작된 바 있다.

백인들의 사회 내부에서도 초기에는 '죄수 출신'과 '자유민 이민자' 간에 차별이 존재했다. 그러나 형을 마친 죄수들은 청원을 통해 자유민과 동등한 권리를 얻었다. 두 집단의 법적 지위의 차이는 없어졌지만 시간이 지나면서 가진 자와 가지지 못한 자의 계급적 차이가 발생하게 되었다. 이중 전자는 '공유지 정착자'(squatters)라고 불리는 지주 계급이었다. 오스트레일리아 개척 초기에 공유지 정착자는 영국 왕실 소유지에 무단으로 정착한 죄수 출신들을 의미했으나 차츰 이 용어는 주로 잉글랜드와 스코틀랜드 출신으로서, 정부로부터 상당한 크기의 땅을 임대받거나 사들인 목장주를 지칭했다.

목장주들은 시간이 지나면서 농지의 대부분을 소유하면서 식민지 사회의 상류층을 형성했다. 영국 정부는 토지의 편중 현상을 해소하기 위

1) "Indigenous People and the Vote", Australian Electoral Commission; http://www.aec.gov.au.

방 한길

RT SPACE H

한길사

한길아트

토마토하우스

아이랜드 ISLAND

위대한 인문정신을 만나 오늘의 나를 넘

1 맹자

바른 정치가 인간을 바로 세운다

장현근 지음 | 400쪽 | 값 15,000원

2010년 대한출판문화협회 올해의 청소년도서

"인정을 펼치면 영광스러워지고, 인정을 펼치지 못하면 치
당한다. 지금 사람들은 치욕을 싫어하면서 어질지 못한 땅
살아간다. 만약 그것을 싫어한다면 덕을 소중히 여겨 선비
중하고, 현자가 높은 지위에 있고, 능력 있는 사람이 제 직
있도록 함이 최고다. 그리하여 국가가 한가로워졌을 때를
어 정책과 형벌체계를 투명하게 시행한다면, 아무리 큰 나
하더라도 반드시 두려워할 것이다."

• 맹자

2 프로이트

무의식을 통해 마음을 분석하다

강응섭 지음 | 336쪽 | 값 13,000원

"빛이 나타났다네. 다른 어떤 것이 다가올 미래에 틀림없
이 솟아오를 것일세. 꿈의 구조는 매우 일반적인 사용방법
수 있네. 그리고 히스테리의 열쇠는 정말로 꿈에 포함되
어. 나는 모든 노력에도 불구하고 왜 꿈의 문제에 대해 하
을 줄 수 없었는지 이해했다네. 만일 조금 더 기다린다면,
꿈의 정신적 과정을 그리는 데 이를 것이며 히스테리 징후
성과정이 포함될 것일세."

• 프로이트

한길인문학문고
생각하는 사람

우리 연구자가 저술해내는 우리 인문학

1 경계와 편견을 넘어서

우리시대 정치철학자들과의 대화

곽준혁 지음 | 348쪽 | 값 17,000원

"인식의 전환은 경험적 연구만큼이나 이론적 탐구로부터
된다. 문제의 재생산을 막기 위해서는 직면한 문제의 현상
착을 넘어 근원부터 찾아가려는 노력이 필요하기 때문이다
섯 명의 이론가와의 만남이 우리의 인문학적 상상력을 통
지하게 경험될 수 있다면, 그래서 현재의 문제가 유발한 열
운동이 관찰자적 안목과 신중함을 통해 삶의 세계로 돌아
과정으로 반복될 수 있다면, 새로운 제도를 가능하게 만들
적 상상력이 편견과 현실이라는 장벽을 넘으리라 기대한다.

• 곽준혁

2 조선의 의인들

역사의 땅 사상의 고향을 가다

박석무 지음 | 528쪽 | 값 20,000원
2010년 문화체육관광부 우수교양도서

"현실의 삶이 괴롭고 고달프거나 가야 할 방향이 어두울
연 역사적 경험이 아니면 어디서 지혜를 얻어 난관을 극복
는가. 나라의 정치가 혼란해 근심이 깊어지면, 난세에 어
량을 발휘해 그 어려움을 극복했는가를 알아볼 수 있는 선
경륜과 삶의 발자취를 살펴보아야 한다. 나라를 위해 목숨
버렸던 의인들의 자취를 방치해서는 안 된다. 지금이라도
조의 의로운 정신을 배워 우리의 정체성을 지켜야 한다."

• 박석무

해 1860년에 새로운 토지법을 통과시켜 하층민들에게도 왕실 소유지를 임대받을 수 있는 권리를 주는데, 이때 땅을 빌린 임차인들은 '선택농'(selectors)이라고 불렸다. 선택농들은 공권력을 등에 업은 지주 계급의 횡포 앞에서 자신들의 권리를 주장하기가 힘들었다.

오스트레일리아 원주민에 대한 재현의 문제부터 간략하게 살펴보자. 처음에는 군대와 죄수들에게, 곧이어 백인정착자들에게 삶의 터전을 빼앗겼던 원주민들에 대한 기록을 공식적인 역사 담론에서 찾기란 쉽지 않다. 오스트레일리아 대륙에는 백인의 침입이 있기 전인 약 4만 년 동안 인간이 살아왔던 것으로 알려져 있다. 그러나 오스트레일리아 역사의 권위자로 알려진 클라크의 『축약판 오스트레일리아사』나 휴스(Robert Hughes)의 『죽음의 해안』(*The Fatal Shore*) 같은 저서에서 원주민의 역사는 백오스트레일리아(White Australia)가 형성되기 전의 한 단계로 간략히 취급될 뿐이다.

『축약판 오스트레일리아사』는 쿡 선장(Captain James Cook) 등 백인들의 "지리적 발견"에 대해서 극히 간략한 첫 장을 할애한다. 이후 클라크는 영국인과 원주민의 최초의 만남을 다음과 같이 묘사한다. "유럽인들은 원주민이 문명의 혜택을 깨닫고 유럽인이 만든 사회의 최하층에서 노동력을 제공하기를 기대했다. 그러나 애초부터 원주민은 자신에게 접근하려는 모든 시도를 거부했다. 그래서 정착촌은 음식과 잠자리를 마련하기 위해 〔……〕 범죄의 길에 들어섰던 남녀의 노동에 의존해야 했다."[2] 그러고는 놀랍게도 300여 쪽에 해당하는 역사서에서 원주민의 모습은 거의 사라지고 만다. 이들이 다시 모습을 나타낼 때는, 뉴사우스웨일스의 매쿼리(Lachlan Macquarie) 총독이 "원주민의 교

---

2) Manning Clark, *A Short History of Australia*, 3rd ed.(1963; New York: Mentor, 1987), 28쪽.

화 사업"에 헌신했음을 입증하기 위한 때 정도다.[3] 그러니 오스트레일리아에 관한 백인의 역사 담론은 애초부터 원주민들에게는 관심이 없었다고 해야 옳다. 원주민들은 백인의 국가가 결성되기 위해 제거되거나 순화되어 한쪽 구석에 치워져야 할 존재들이었다.

원주민의 입장을 반영한 오스트레일리아의 역사는 레이놀스(Henry Reynolds) 같은 이의 손에 의해 비로소 다루어진다.[4] 반디만즈랜드(오늘의 타스매니아)에서 이루어진 원주민 사냥이나 수용소에서 원주민들이 겪어야 했던 질곡의 삶이 폭로되기 위해서는 원주민들의 후손이 백인의 언어를 습득할 때까지 기다려야 했다. 후손들 가운데는 시인 길버트(Kevin Gilbert, 1933~93), 극작가 데이비스(Jack Davies, 1917~2000), 소설가 모건(Sally Morgan, 1951~) 등이 있다. 이들의 작품은 땅에 대한 권리의 요구, 조상들이 누렸던 정신적·종교적 삶에 대한 향수, 백인들의 만행을 분노한 목소리로 담아낸다.

백인의 만행은 모건의 육성으로 다음과 같이 표현된다. "백인들은 달아나는 원주민들을 사냥개와 함께 추격했고 그렇게 잡은 사람을 짐승처럼 배를 갈라 내장을 사냥개에게 던져주었습니다. 그렇게 해서 타스매니아인은 멸종되었습니다."[5] 땅을 탐내는 백인들과의 전투에서 살아남은 원주민들은 수용소나 보호구역으로 내몰렸고, 그들의 자식들은 "백인화"의 명분 아래 가족과 생이별을 하여 선교사들이 가르치는 학교에 수용되었다. 2002년에 출시된 영화 「토끼 방책선」(*Rabbit-Proof*

---

3) 같은 책, 46쪽.

4) Henry Reynolds, *The Other Side of the Frontier: Aboriginal Resistance to the European Invasion of Australia*(Sydney: U of New South Wales Press, 2006); *Aboriginal Sovereignty: Reflections on Race, State, and Nation* (St. Leonards, NSW: Allen & Unwin, 1996) 등을 참조할 것.

5) 윤정민, 「오스트레일리아 원주민 작가 사리 모건과 그리니스 워드」, 『월간 말』, 제85호(1993년 7월), 213쪽에서 재인용.

Fence)[6]은 이처럼 강제 구인된 어린 원주민 아이들이 시설을 도망쳐 나와 원주민 사냥꾼을 피해 1,500마일이나 떨어진 집을 찾아가는 여정을 감동적으로 그려낸 바 있다.

백인과 원주민의 만남을 '원주민의 시각'에서 그려낸 대표적인 작품으로 『주술사 우레디의 세계 종말을 인내하는 처방』(1983)이 있다. 무드루루(Mudrooroo, 1938~)라는 이름으로 알려지기도 한 작가 콜린 존슨은 이 작품에서 유럽의 이분법적인 인종주의를 전복시킨다. 유럽이 바깥세상을 조망할 때 애용했던 "부도덕성" "동물성" "폭력성" 등의 수식어가 존슨의 텍스트에서도 등장한다. 그러나 이 텍스트에서 '시선의 주체'는 원주민 우레디이며 백인은 그의 시선에 포착되는 '대상'이다. 우레디의 인식 체계에 포착되는 백인들은 살인과 강탈, 강간을 일삼는 인간 이하의 짐승들이다. 이들의 행위가 잔혹하기 이를 데가 없어 원주민들은 이 백인들이 세상을 다스리는 악(惡)의 존재, "리아 와라와"의 지배를 받는 "귀신들"이라고 생각한다. 목장이나 경작지를 빼앗고 성욕을 채우기 위해 백인들은 눈에 띄는 대로 흑인들을 살해하고 강간하여 이들을 공포로 몰아넣는다. 이에 원주민들은 보복 행위로 양 떼를 습격하고, 백인들은 원주민들을 다시 급습하여 여성을 겁탈하고 유아까지 살해한다.[7]

존슨의 텍스트에서는 백인정착자들이나 죄수들뿐만 아니라, 이들의 횡포에서 원주민을 보호하고 문명화시키기 위해 영국 정부가 파견한 선교사들도 비판에서 자유롭지 못하다. 실제 인물이었던 선교사 로빈슨(G.A. Robinson)에 대한 묘사를 통해 작가는 선교 사업의 이면에는

---

6) *Rabbit-Proof Fence*, dir. Phillip Noyce, perf. Everlyn Sampi, Kenneth Branagh, David Gulpilil, Miramax Films, 2002.

7) Colin Johnson, *Doctor Wooreddy's Prescription for Enduring the Ending of the World* (New York: Ballantine Books, 1983), 98~99쪽.

총독으로부터 상으로 받게 될 광대한 토지에 대한 욕심이 있었음을 밝힐 뿐만 아니라 선교사들이 원주민들을 보호하고 개화시킨다는 미명 아래에 그들의 노동력을 착취해왔음도 폭로한다. 존슨은 한때 데이비스, 길버트와 함께 원주민 문학의 대부로 불렸으나, 그가 원주민 혈통이 아니라 아프리카계 미국인의 혈통을 물려받았음이 알려지면서 오스트레일리아 사회 내에서 '원주민 스캔들'을 일으키기도 했다. 이러한 물의에도 이 서사의 의의는 아프리카와 유럽의 최초의 만남을 원주민의 시각에서 그려낸 아체베의 노력에 비견될 만한 것이다.[8]

백인문학 가운데 식민지 질서에 대한 도전을 다룬 서사로는 실존 인물 가버너(Jimmy Governor, 1875~1901)의 삶을 그려낸 『지미 블랙스미스의 노래』(*The Chant of Jimmie Blacksmith*, 1972)와 네드 켈리(Edward Ned Kelly, 1855~80)의 삶을 그려낸 『켈리 일당의 실화』(*True History of the Kelly Gang*, 2000)가 있다. 혼혈 원주민 지미와 아일랜드계 말도둑 켈리 모두 '부시 레인저' 전통에 속하는 인물들이다. 부시 레인저는 죄를 짓고 숲 속으로 도피하여 노상강도가 된 자를 일컫는데, 그 시초는 18세기 말엽 유형지 시드니 코브를 도망쳐 산속으로 숨어든 죄수에서 유래했다. 지미는 1900년에 뉴사우스웨일스에서 백인을 연쇄 살인한 후 도주하여 악명을 떨쳤고, 켈리는 이보다 20여 년 전인 1878년에 "스트링이바크 살육"으로 뉴사우스웨일스를 떠들썩하게 만들었다.

이와 같은 부시 레인저의 전설은 오늘날의 오스트레일리아인들에게 특별한 의미를 갖는다. '오지' 속에서 국가를 건설하는 힘겨운 싸움을 해온 오스트레일리아인들에게 부시 레인저는 그들의 개척 정신, 감당

8) 무드루루(콜린 존슨)에 대한 긍정적인 평가는 윤혜준의 「오스트레일리아 원주민 문학에 있어서의 역사의 문제」, 『외국문학연구』, 제16권(2004), 119~138쪽에서도 발견된다.

하기 어려운 역경에 처했으면서도 굴하지 않는 '투사'(battler)의 정신을 환기시키기 때문이다. 무법자들에 대한 대중의 기억은 커넬리(Thomas Keneally, 1935~)와 피터 캐리에 의해 다시금 서사화되었다. 오스트레일리아인들에게 일종의 '로망'으로 다가오는 과거의 부시레인저를 오늘날 새롭게 되살리는 작업은 어떠한 정치적 목적에 봉사하는 것일까.

백오스트레일리아와 원주민 하위 계층

커넬리[9]의 『지미 블랙스미스의 노래』는 1900년에 지미와 조 형제 그리고 재키가 저지른 실제 사건을 서사화한 것이다. 실제 인물인 지미는 뉴사우스웨일스의 탈브라가 강 지역에서 원주민 샘 가버너와 혼혈인 애니 사이에서 태어났다. 소설에서 묘사된 바와는 달리 외할머니가 아일랜드계이니 혈통의 4분의 3이 원주민인 셈이다.

그의 행적에 대한 기록은 문건에 따라 서로 다르나 『오스트레일리아 인명사전』에 따르면, 지미는 1898년에 굴공의 한 성공회 교회에서 16세

9) 오스트레일리아에서 출생한 커넬리는 30여 권의 소설을 출판했다. 그 가운데 문단의 주목을 많이 받은 작품으로는 다음과 같은 책들이 있다. *Bring Larks and Heroes*(1967), *Three Cheers for the Paraclete*(1968), *Gossip from the Forest*(1975), *Confederates*(1979), *An Angel in Australia*(2000), *The Window and Her Hero*(2007). 이밖에도 그가 쓴 소설 중에는 부커상을 받은 『쉰들러의 방주』(1982)가 있다. 이 소설은 미국에서 『쉰들러의 리스트』라는 제목으로 출판되었다. 이는 국내에도 잘 알려진 스필버그(Steven A. Spielberg) 감독의 영화 「쉰들러 리스트」(1993)의 원작이기도 하다. 커넬리의 작품 가운데 유일하게 『쉰들러의 리스트』만 국내에 번역되었다. 『쉰들러의 리스트』, 김미향 옮김 (크리스찬 월드, 1994년); 김영근 옮김(청담문학사, 1994); 서영일 옮김(형상, 1994). 『지미 블랙스미스의 노래』는 출간되던 해인 1972년에 부커상 후보에 올랐다.

의 백인 페이지와 결혼한다. 그는 1900년에 백인목장주 모비에게서 목장의 말뚝 박는 일을 도급받아 생계를 이어간다. 그러나 조와 재키가 그의 가정에 더부살이를 하게 됨에 따라 식량 문제가 불거지고, 지미는 이 문제로 모비와 다투게 된다. 뿐만 아니라 모비 부인과 그 가정의 동거인 커츠로부터 모욕적인 말를 듣게 된 지미는 마침내 모비 가족을 살해하고 만다.[10)]

이 사건은 지미가 교수형당한 지 100년이 되는 해인 2001년에 『지미 가버너의 실화』(*The True Story of Jimmy Governor*)라는 이름으로 출판된 적이 있다. 그러나 이 소설은 커넬리의 작품만한 평가를 받지는 못했다. 영국의 식민통치 아래 가장 고통받은 집단에 속했던 지미를 바라보는 '공식적인 역사'의 눈길이 어떠한 것인지는 『오스트레일리아 인명사전』에 요약된 지미의 경력이 잘 대변해주고 있다. 이에 따르면 지미는 부시 레인저 · 처형된 범죄자 · 원주민 사냥꾼 · 살인범으로 요약되어 있다.

커넬리의 소설은 1878년부터 오스트레일리아가 연방국가로 발돋움하게 되는 해인 1901년까지 약 20년의 기간을 배경으로 한다. 주인공 지미는 백인남성과 원주민 어머니 사이에서 태어난 혼혈 사생아다. 지미가 출생한 1878년은 유배 식민지가 들어선 지 90년째가 되는 해인데, 그동안 백인의 지배는 원주민 문화를 상당 부분 파괴시키기에 충분한 것이었다. 소설의 시점인 19세기 말엽에는 백인들이 가져온 "질병과 땅의 상실, 폭력"에 의해 원주민 수가 90퍼센트 이상 줄었던 것으로 추정된다.

백인들이 자행한 원주민 문화의 파괴는 소설에서 매닝 강 유역의 부

---

10) "Jimmy Governor," *Australian Dictionary of Biography Online Edition*; http://www.adb.online.anu.edu.au.

족 성소(聖所)가 관광객들에게 무참하게 파괴된 것에서도 상징적으로 드러난다. 지미는 그곳에서 부족민의 영혼을 담은 돌인 "추링가"가 부서져 흩어져 있을 뿐만 아니라 성소도 관광객들의 낙서로 더럽혀진 것을 발견한다.[11] 백인문화가 미친 위해는 또한 지미의 양아버지나 외삼촌이 백인이 가져다 준 알코올에 중독되었다는 사실에서도 드러난다. 무엇보다 지미의 혈통 자체가 백인폭력의 부산물이다. 백인남성에게 있어 흑인여성은 성욕 해소의 도구였으며, 상대 여성이 기혼인가 미혼인가는 중요하지 않았다. 백인의 문란한 성도덕에 대해 작중 인물 파렐 경관은 다음과 같이 생각한다. "자신의 턱이나 코나 이마를 닮은, 트라코마에 걸린 혼혈 아이를 보면 가슴이 철렁 내려앉는 마을 어른들이 많지. 원주민 여성들이 협박 같은 비열한 짓거리를 모른다는 것이 항상 백인남성의 행운이지 뭐야."(36쪽) 지미는 이처럼 수태 직후 버림받은 수많은 혼혈아 가운데 하나다. 백인문화와의 접촉은 지미의 정신세계도 변형시키고 파괴시킨 것으로 드러난다. 이러한 변화는 지미가 성인식을 마친 뒤 적나라하게 밝혀진다.

> 성인식을 마치고 부족의 남성성으로 충만하여 집으로 돌아온 지미는 그후 3년간 자신의 통찰력과 네빌 가족의 영향력으로 인해 〔성인식의〕 가치를 질문하기 시작했다.
>
> 툴람과 뭉가라는 이제 무엇을 의미하게 되었나? 부족 남성들은 호텔 야외 화장실 뒤편에서 싸구려 헌터리버 셰리주를 토해대는 거지들이었다. 성인식 때 뽑은 치아를 소중하게 여기고 부족민의 영혼의 돌을 숨겨놓은 곳을 아는 부족의 원상사들도 브랜디 한 잔에 아내를

---

11) Thomas Keneally, *The Chant of Jimmie Blacksmith*(1972; London: Penguin Books, 1973), 148~150쪽. 앞으로 이 책의 인용은 본문에 쪽수만 표기한다.

백인들에게 빌려주었다.(7쪽)

성인식이나 특정 씨족과의 결혼 같은 부족 문화의 전통에 대해서 회의감을 느낀다는 점에서 지미는 일종의 '탈인종화'의 과정을 겪게 된다. 그도 그럴 것이 네빌 목사의 총아였던 지미가 교회에서 받은 교육은 사유재산제도에 기초한 자본주의적 가치와 백인의 혈통적 우수성이 주된 내용이었다. 지미가 받은 자본주의 교육은 다음과 같이 표현된다. "네빌 가 사람들은 그를 속물로 만드는 데 성공했다. 진정한 속물의 마음속에는 인간적 존재의 가치를 나타내는 제한된 기준이 있다. 지미의 기준은 집 · 가정 · 아내 · 땅이었다. 이것들을 소유한 자는 비교할 수 없는 복을 가진 것이다."(15쪽)

백인문화로의 동화가 진행될수록 지미는 원주민 문화로부터는 멀어진다. 원주민 문화의 경제적인 토대는 공동 소유다. 이러한 점에서 지미가 추구하는 자본주의 가치는 부족 문화와 양립할 수 없는 것이다. 목장 울타리를 세워주고 벌어들인 돈을 친지들에게 모두 빼앗기자 지미는 공동 소유의 전통에 대해 못마땅하게 여긴다. 그가 도주자를 쫓는 사냥꾼으로 일하라는 경찰의 제의를 받아들인 것도 실은 이 직장이 친지들이 자기에게 손 벌리는 것을 막아줄 것이라는 속셈에서 비롯되었다. 이러한 일련의 사실들은 지미의 정신적 지향점이 부족 공동체로부터 얼마나 멀어졌는지를 잘 드러낸다.

자본주의 체제에서 세속적인 성공의 기준은 물질이나 지미에게는 성공의 기준이 하나 더 추가된다. 그 기준은 네빌 부부가 그에게 들려준 다음의 충고에서 연유한다. "만약 네가 농장 출신의 괜찮은 〔백인〕아가씨와 결혼하면, 너의 아이들은 4분의 1이 혼혈일 것이고 너의 손자는 8분의 1이 혼혈일 테니 흑인의 피가 거의 없는 셈이지."(7쪽) 그러므로 지미에게 백인여성과의 결혼은 백인사회로 진입할 수 있는 입장권이자 자손의 혈통을 백인으로 바꾸기 위한 필요충분조건이다. 유색인의 이러한 심리를 파농은 다음과 같이 표현했다. “흑인에게는 오직 하나의 운명이 있을 뿐이다. 그것은 백인이 되는 것이다.”[12]

첫 도급 계약을 맺은 아일랜드 출신 농부 힐리의 평범한 아내를 지미가 “축복의 상징”으로 우러러보는 것도 이와 무관하지 않다. 그가 고백하듯 순종적인 백인아내는 “소유한 자”의 신분을 나타내는 표식이기도 하지만, 근본적으로 그의 후손을 백인의 혈통에 편입시켜줄 수 있는 존재이기 때문이다. 이러한 지미에게 툴람 족은 뭉가라 족과, 뭉가라 족은 가리 족과 결혼해야 한다는 부족 전통은 아무런 의미가 없다.

백인여성을 아내로 맞이하고 싶은 지미의 꿈은 목축업주 헤이스의 하녀 길다를 만나면서 현실이 된다. 그러나 “백인아내”와 “일꾼으로서의 호평”(53쪽)이 백인사회에서 위상을 향상시켜줄 것이라는 그의 꿈은 인종주의의 차가운 현실에 부딪혀 깨진다. 신분 상승을 시도하는 흑인, 무엇보다도 백인의 혈통적 순수성을 “오염”시키려는 흑인에 대해 백인사회가 보여주는 적대적인 태도는 예식을 올리기 위하여 찾아간 교회에서부터 시작된다.

지미는 목사에게서 백인여성과의 결혼이 어떤 결과를 가져올지 생각해보았냐는 질문 공세를 받을 뿐만 아니라 자그마치 2톤 분량의 장작을 패라는 지시를 목사 부인에게서 받는다. 목사 부인이 보여주는 극도의 증오심 때문에 공포에 질린 지미는 말없이 장작 패는 일을 완수한다. 일을 다 마친 그에게 목사 부인이 마지막으로 던지는 말은 “집에 가서 매일 밤 기도하라”(53쪽)는 것이다. 장작 패는 일은 결국 그가 저지를 “죄”에 대해 대가를 미리 치르는 속죄 처방이었던 것이다. 길다에게 피임까지 강권하는 목사 부인의 이러한 개입에는 혈통의 순수성에 대한

12) Frantz Fanon, 앞의 책, *Black Skin, White Masks*, 12쪽.

백인들의 강박관념이 도사리고 있다.

지미가 길다와 결혼을 서두른 것은 그녀가 임신을 했기 때문이다. 그러나 길다가 출산한 아이는 지미가 아닌 헤이스의 백인요리사를 닮았다는 점도 지미의 불행을 더해준다. 또한 그의 가정은 도급 계약을 맺은 뉴비 가족들에게 지속적으로 해체의 위협을 받는다. 뉴비의 집에 세 들어 사는 여교사 그라프는 길다에게 남편과 헤어져서 자선 단체의 도움으로 아이를 기를 것을 강요할 뿐만 아니라 자신이 결혼하면 그녀를 하녀로 고용할 뜻이 있음을 비치기도 한다. 지미의 결혼에 대해 백인들이 이처럼 보여주는 "도덕적인" 모습과 관심의 이면에는 실은 백인들의 추악한 모습이 있다. 일례로 그라프는 뉴비의 아들과 통정한 사이이며, 뉴비는 길다 앞에서 자신의 남근을 내보이며 자랑하는 인간이다.(72~73쪽) 그라프가 길다를 이혼시킴으로써 "도덕적 타락"에서 그녀를 구하려는 듯 보이지만 이 제안도 당대 오스트레일리아에서 백인 하녀를 구하기가 쉽지 않았음을 고려한다면 사실 그라프 자신의 이익을 도모하는 면이 있다. 지미의 가정이 겪는 가장 중대한 위기는 지미의 친척들이 방문하면서 시작된다. 동생 모턴이 사촌과 외삼촌을 동행하고 지미를 방문한 것이다. 이들은 백인아내의 몸에서 나올 사악한 마법으로부터 지미를 보호해줄 '성인식 치아'를 돌려주러 온 것인데, 이들이 지미의 집에 눌러앉으려는 기미를 보이자 뉴비는 자신의 땅이 흑인들의 빈민굴로 바뀔까봐 전전긍긍한다. 그는 결국 지미에게 친지들을 내쫓지 않으면 식료품 구입을 중단하겠다는 선포를 한다.

백인주인의 횡포로 인해 갓난아기와 산모가 굶자 그동안 억눌렸던 지미의 분노가 폭발한다. 지미는 자신을 착취하고 학대했던 백인들을 떠올리며 "미쳐 날뛸 권리"(76쪽)가 자기에게 있다고 생각한다. 그가 작성한 착취자의 명단에는 울타리 말뚝의 거리가 정확하지 못하다고 주장하며 임금을 떼먹은 힐리, 동생 모턴이 합류한 이후로 자신을 못살게 굴어 일을 그만두게 만든 루이스, 자신을 성적으로 학대한 경관 파렐, 자신의 가족을 굶게 만든 뉴비, 자신에게 모욕을 준 헤이스의 요리사가 있다.

백인에 대한 지미의 복수는 뉴비 부인과 두 딸, 그리고 그라프를 무참히 살해함으로써 막을 올린다. 이어 사촌과 외삼촌을 돌려보내고 마침내 길다와 아이까지 떠나보낸 뒤, 지미는 "백인과의 전쟁"을 선언하며 모턴과 함께 본격적인 복수의 길에 오른다. 이들은 추격대를 멋지게 따돌리며 힐리 부부와 아이마저 살해하고, 추격대원 토번도 죽인 후 교사 매크레디를 인질로 잡는다. 그러나 결국 지미는 매크레디의 꾐에 빠져 동생과 헤어지게 되는데, 홀로 남은 모턴은 곧 죽임을 당하고, 주인공도 마침내 체포되어 교수형을 언도받는다.

『지미 블랙스미스의 노래』가 그려내는 혼혈 원주민 지미의 연대기는 이처럼 백인정착자들의 위선과 인종주의를 고발하는 서사다. 오스트레일리아와 원주민을 대하는 백인들의 태도는 지미가 울타리 말뚝의 간격을 정확하게 자로 재었노라고 항변하자 힐리가 "중요한 것은 나의 자"(22쪽)라는 말로써 그의 입을 닫게 만든 사건에서 상징적으로 드러난다. 유럽인의 자로 잰 오스트레일리아는 주인이 부재하는 곳, 문명이 부재하는 "지도상의 빈 곳"에 지나지 않는다. 1770년 4월에 보터니 베이에 상륙한 쿡 선장이 오스트레일리아 동부 해안 지역을 뉴사우스웨일스라고 명명하여 영국의 속령으로 만든 사건이나, 후속 조치로서 영국정부가 1786년 8월에 보터니 베이를 유배지로 발표한 것도 "중요한 것은 나의 자"라는 시각의 연장이었던 것이다.

백색 연방의 '안과 밖'

커넬리의 소설의 의미는 단순히 몇몇 백인들의 탐욕이나 이기주의를 고발하는 데 있지만은 않다. 네빌 목사의 충실한 종에서 시대의 반항아로 변신하는 지미의 성장 서사는 6개의 독립된 식민지에서 연방국가로 발돋움하는 오스트레일리아의 국가적 서사와 동시에 발생한다. 소설의 주된 시대적 배경인 1890년대의 오스트레일리아는 연방을 향한 열망과 별개의 식민지들로 남으려는 분리주의적 정서가 충돌할 때다.

1823년 일련의 입법 과정을 통해서 유형지 뉴사우스웨일스가 영국의 정식 식민지로 결정되었을 때만 해도, 이는 백인정착자들에게 대단한 경사였다. 당대의 오스트레일리아 시인 웬트워스(William Wentworth, 1790~1872)의 표현을 빌리면 이 행정적인 변화는 오스트레일리아가 "다른 세상의 새로운 영국"이 될 것이라는 낙관으로 동시대인들을 들뜨게 만들었다. 그러나 본국과 식민지의 관계는 곧 삐걱거리기 시작했고, 이는 '자치 정부'를 실현시키려는 움직임으로 표출된다. 일례로 정식 식민지가 된 지 20년이 채 안 된 1841년 2월, 맥아더(James Macarthur) 같은 이는 이민자들과 죄수 출신의 자유인들이 힘을 합쳐 자치 정부를 구성해야 할 것을 호소하기 시작했다. 식민지 입법위원회 구성에서 본국이 보여준 차별과 토지 정책, 이민 정책 등이 백인정착자들을 자치 정부 지지자로 변모시켰던 것이다. 반디만즈랜드에서 자치를 요구하는 격렬한 운동이 일어난 것이나 뉴사우스웨일스에서 "대표 없이 세금 없다"라는 구호가 생겨난 것도 이런 배경에서였다.[13]

간간이 들려오던 이러한 자치의 요구는 1880년대에 이르면 각 식민지에서 본격적인 오스트레일리아연방결성운동으로 발전되는데, 이 문제는 소설에서 추격대원 토번과 동료의 대화에서도 드러난다. 토번은 오스트레일리아 내에서 일고 있었던 반영(反英) 의식을 대변하는 인물이다. 그에 따르면 당시 오스트레일리아인들이 목숨을 바쳐 참전했던

---

13) Manning Clark, 앞의 책, 57쪽, 101쪽.

보어 전쟁은 근본적으로 영국의 전쟁이지 오스트레일리아의 전쟁이 아니었다. "오스트레일리아인들이 총에 맞아 죽거나 열병에 걸리는 것은 모두 심한 생명의 낭비요. 우리는 연합할 거요. 우리는 이 세상에서 씨부럴, 강대국이 될 거요. 그리고 우리의 세상은 우리의 세상이란 말이오, 영국의 세상이 아니라."(107쪽)

보어인들이 영국의 권위에 먼저 도전하지 않았냐고 친영주의자 동료가 지적하자, 토번은 모욕했다고 해서 그렇게 짓밟는 법은 없다고 답한다. 그는 국가를 건설하기 위해 남아프리카의 악조건과 싸운 보어인들에게서 당대 오스트레일리아인의 모습을 발견한다. "보어인은 우리와 같은 민족이오. 그들은 강인하며, 그들이 없었다면 오늘날 그 어떤 남아프리카도 없었을 것이오. 영국의 더러운 도시에서 짓밟힌 자들, 전제적인 영국의 추방령에 당한 희생자들이 없었더라면 오스트레일리아가 없었을 것처럼 말이오."(108쪽)

여기서 보어인이란 아프리카너를 일컫는다. 초기 이민자들 가운데 일부가 종교 박해를 피해 조국을 떠나온 난민이었다는 점에서 이들을 희생자 집단이라고 볼 수는 있다. 그러나 범죄를 저지르고 오스트레일리아로 유배당한 초기의 아일랜드인들을 보어인들과 동일시하는 토번의 논리는 보어 전쟁과 영제국을 옹호하는 동료의 논리만큼 문제적인 것이다. 이보다 더 심각한 문제는 영국의 식민 지배를 받고 있는 아일랜드인이 바라본 남아프리카에서 피지배 계층의 모습이 보이지 않는다는 것이다. 남아프리카에서 흑인들은 유럽의 백인들이 싸워서 극복해야 했던 악조건의 일부에 지나지 않았다. 이는 토번이 그려내는 오스트레일리아에서 원주민들의 모습이 보이지 않는 것과 같은 이치다.

일찍이 지미가 찾아가는 머스웰브룩 농업국 사무실에서도 연방 결성에 관한 논의가 들려온다. 영국인 서기와 오스트레일리아 출신의 서기의 대화에서 오스트레일리아가 민족국가로서의 정체성을 모색하는 것이 그렇게 쉽지만은 않음이 드러난다. 캐나다와 미국이 그러했듯 오스트레일리아도 연방국가를 결성할 것이라는 견해를 오스트레일리아인 서기가 피력하자, 영국인 서기는 "몇몇 시인의 상상력과 〔주간지〕『불러틴』(*Bulletin*)의 편집 책상을 떠나서는 오스트레일리아인이라는 존재는 없다"(16쪽)고 단언한다. 즉 민족적인 의미에서 오스트레일리아인은 존재하지 않으며, 있다면 "뉴사우스웨일스인 · 빅토리아인 · 퀸즈랜드인" 등과 같은 식민지인만 존재한다는 것이다. 죄수의 후예들이 만든 오스트레일리아이기에 민족국가로서의 정체성을 가질 수 없음을 비꼬는 것이다. 영국인 서기는 이어 진정한 오스트레일리아인은 원주민일 뿐이며 이들은 오스트레일리아인이라 자칭하는 너희들에 의해 전멸되지 않았냐고 가시 돋친 발언을 한다. 격분한 오스트레일리아인 서기는 다음과 같이 대꾸한다.

"이곳은 살기가 힘든 나라야. **저열한 문화는 우월한 문화에 양보해야 해.** 당신네들도 그것을 믿잖아. 아일랜드 사람들과 빌어먹을 스코틀랜드 고지인들에게 당신네들이 무슨 짓을 했는지 보란 말이야. 우리 할아버지가 염병할 스코틀랜드 고지인이었어. 망할, 그들에게 기회를 줘보기는 했어? 했냐고? 그래, 빌어먹을 흑인 놈은 끝장이 난 거야. 안됐지만 끝장이 나야 했어. 그리고 이제는 모국에 무례를 범하지 않고서도 연방을 결성하여 공동의 적에 맞서길 원하는 여섯 국가가 있는 것이지."

"무슨 공동의 적?"

"아시아인들. 태평양을 향한 러시아의 야심 말이야."

그 영국인은 코웃음을 쳤다.(16쪽, 필자 강조)

오스트레일리아인 서기의 발언은 그가 지향하는 연방국가에서 원주민들의 자리는 없음을 극명하게 드러낸다. "문명의 발전"이라는 명목 아래 원주민의 문화는 사라져야 하는 것이다. 서기의 발언은 또한 유럽의 식민지 출신이라고 해서 오스트레일리아의 피지배 계층과 동일시하지는 않음을, 오히려 한때 자신이 겪었던 불행한 역사를 다른 집단에 기꺼이 강요할 수도 있음을 드러낸다.

민족주의자들이 종종 외부의 적을 만들기도 했다는 것이 역사가 들려주는 진실이라면, '상상된' 외부의 적은 내부의 결속을 공고히 하는 역할을 하는 것이다. 그런 점에서 "공동의 적"에 대한 오스트레일리아인 서기의 발언은 정작 본인은 모르고 있지만, 민족국가가 형성되기 위해서는 공동의 유산이나 전통 못지않게 외부의 적이 중요한 역할을 한다는 사실을 지적해내고 있다. 어떤 의미에서는 민족의 단결을 위해서 '적'이 실재하지 않으면 만들어내기라도 해야 한다. 오스트레일리아가 연방국가의 결성을 추진한 데에는 사실 내부의 사정도 있었다. 오스트레일리아인 서기가 언급한 "공동 방위의 문제"에 가려졌던 내부 사정을 클라크는 다음과 같이 설명한다.

> 〔국방의 문제 외에도〕 다른 동기들—유색인 노동자에 대한 공포, 경제적 이익, 1890년대의 국수주의—이 연방 결성을 촉진시켰다. 1880년과 1900년 사이에 유색인 노동자에 대한 공포가 식민지 동부에서는 히스테리에 달했다. 퀸즈랜드 · 뉴사우스웨일스 · 빅토리아의 노동자들은 백인과 유색인 노동자들 간의 경쟁으로 인해 그들의 생활수준이 저하될 것을 염려했다.[14)]

클라크의 글에서 언급되는 유색인 노동자란 아시아인과 원주민 노동

14) Manning Clark, 앞의 책, 184~185쪽.

자를 가리킨다. 이들에 대한 경쟁의식이 백색 연방에 대한 욕망을 낳았다는 것이다. 커넬리의 텍스트가 '유색인에 대한 백인의 공포'와 연방국가 결성의 관계에 대해서 명시적으로 발언하는 바는 없지만, 지미가 백인농장주에게 받았던 수모와 학대가 단순히 인종적 편견에 기인하는 것만은 아니라는 사실은 입증이 가능하다. 지미와 그의 고용주에 대한 묘사에서 계급적인 이해관계가 둘 사이에 개입하고 있음이 드러나기 때문이다.

노동 시장에서 백인을 위협하기 시작한 유색인에 대한 불안은 지미가 처음 맺었던 도급 계약에서도 발견된다. 지미는 힐리와 계약을 맺은 후 일주일 만에 100야드나 되는 울타리를 설치하는 일을 마쳐버린다. 힐리가 엄두도 못 내던 일을 짧은 시간에 완수해버린 지미의 능력은 힐리를 흡족하게 만들기는커녕 그의 기분을 몹시 상하게 만든다. 지미의 최종 목적이 그렇게 번 돈으로 땅을 구입하는 것임을 고려할 때, 백인농장주들이 미래의 이 부지런한 경쟁자에게 어떠한 감정을 느꼈을 지를 추측하기란 어렵지 않다. 그러니 뉴비가 지미를 괴롭힌 이유도 유색인 노동력이 야기하는 '경쟁에 대한 불안'이라는 맥락에서 이해될 수 있다.

연방정부의 합법성

커넬리의 텍스트는 도번의 동료들과 영국인 서기의 입을 통해 연방국가의 형성에 반대하는 목소리를 들려주기도 한다. 이들이 영국인이거나 친영주의자라는 점에서 이 목소리들은 하나의 국가로 부상하려는 오스트레일리아에 대한 영국인들의 곱지 않은 시각을 반영하는 것이다. 그러나 국가 결성에 대한 비판적인 시각이 친영주의자들에게서만 발견되는 것은 아니었다. 사실 식민지인들은 연방 결성에 대해 제각기 다른 입장을 취했는데, 그 이면에는 여섯 식민지들 간의 복잡한 이해관계가 있었다.

일례로 빅토리아는 보호무역제를 채택했고, 뉴사우스웨일스는 자유무역제를 채택했는데, 자유무역제를 채택한 경우에도 다른 식민지에서 들여오는 화물에서는 차별적인 운임제를 적용하는 등 식민지들 간의 이해관계는 다양하고도 첨예한 것이었다. 이러한 상황에서 연방을 결성할 경우 경제 규모가 작은 식민지가 경제력이 우월한 식민지에게 종속당할 것은 자명한 이치였다. 연방 결성의 문제가 일반 대중에게 어떻게 다가왔는지는 매크레디의 입을 통해 다음과 같이 들려온다.

> "40퍼센트 투표라." 매크레디가 말했다. "그들이 사람들에게 묻지……. 무엇을 원하냐고 그들은 묻지……. 그들은 묻지. 민족국가냐 또는 빌어먹을 여섯…… 식민지냐고. 가장 작은 대륙 ……가장 큰 섬 ……그리고 가장 사랑스런 땅 ……그들이 놈들에게 묻지. ……40퍼센트가 답했어. ……40퍼센트. ……아직도 우린 변경(邊境)에 지나지 않아. ……무엇하려고 투표하냐고? ……경계선이 있는 한? ……무엇하려고 투표하냐고? ……40퍼센트…… 그들은 몰라. ……그들은 알고 싶어하지 않아."(157~158쪽)

모턴의 등에 업혀 가는 도중 고열에 시달리며 무의식 중에 내뱉는 매크레디의 말에서 주목할 점은 연방 결성이 당시 대부분의 정착자들의 지지를 받는 의제가 아니었다는 사실이다. 실제로 연방헌법기초회의가 1897년부터 연방헌법초안을 만들게 되고 이 조안이 각 식민지에서 국민투표에 부쳐지게 되었다. 그사이에 뉴사우스웨일스에서는 찬성표가 8만 표를 넘어야 한다는 법안이 가결되었는데, 정작 1898년 6월에 있었던 국민투표에서 찬성표가 8만 표에 미치지 못하는 상황이 발생했다.

이에 각 식민지의 수상들이 다시 모여 연방 법안을 수정한 후 두 번째 국민투표가 실시된다. 이때 웨스트오스트레일리아를 제외한 5개 주가 참여했는데 찬성표는 고작 40퍼센트였고 반대표는 16퍼센트였다.[15) 총 유권자의 과반수가 간신히 넘는 이 투표율은 연방국가로서의 오스트레일리아의 '합법성'에 대해 질문을 제기한다.

합법성이라는 점에서 취약한 탄생의 역사를 지닌 오스트레일리아는 곧 다양한 계층을 아우르는 인권정책과 복지정책을 실시한다. 낙관주의와 축제 분위기에 싸인 오스트레일리아의 모습을 커넬리의 텍스트는 다음과 같이 묘사한다. "몇 명의 노동당 정치인들과 다른 몇 명의 의견을 묵살해버리고 나면 20세기가 얼마나 놀라운 모습을 할 것인지 알게 된다. 여성들에게는 참정권을. 노인과 과부에게는 연금을. 노동조합주의자들에게는 관대한 산업법을. 런던 · 파리 · 빈 · 워싱턴의 그 어느 누구가 이런 결말을 암시라도 할 수 있었던가?"(177~178쪽)

이러한 낙관주의는 당대 브리즈번의 노동 계급 일간지 『노동자』(*Worker*)나 주간지 『불러틴』(*Bulletin*)의 기사에서도 발견된다. 『노동자』에 실린 한 기사에 따르면, "오스트레일리아는 유색인종의 저주에서 벗어나고, 파업에서 해방되고, 빈민과 구빈원이 없기로 유명해지고, 민중의, 민중에 의한, 민중을 위한 정부가 되어야 할 것이다."[16)

이러한 낙관주의는 커넬리의 텍스트에서도 인용되는 『불러틴』이 오스트레일리아인들에게 바쳤던 찬사에서도 발견된다. "그들은 자신들이 선하다는 것을 알고 있었네. 그들은 자신들이 강하다는 것을 알고 있었네. 그들은 자신들이 자유롭고 평등에 대해 맹렬한 욕망을 가졌음을 알고 있었네."(178쪽) 그러나 20세기 세계의 강대국들과 어깨를 나

---

15) 같은 책, 188쪽.

16) 같은 책, 197쪽에서 재인용.

란히 할 것으로 기대된 "민중의, 민중에 의한, 민중을 위한" 연방국가 오스트레일리아에서 민중은 백인으로 엄격하게 제한되었다. 실제로 이 민중의 정부가 몇 년 후에 제정한 노약자 연금법의 제16조는 오스트레일리아에서 출생하지 않은 아시아인 · 오스트레일리아 원주민 · 아프리카인 · 태평양 제도의 주민을 연금 지급 대상에서 제외했다.[17] 그보다 앞서 오스트레일리아 정부는 유색인의 참정권 자격을 까다롭게 만들어 그들이 투표권을 행사하는 것을 실질적으로 불가능하게 만든 바 있다.

커넬리의 소설로 돌아가면, 1901년 오스트레일리아의 '성인식'이 전국적으로 성대하게 치러지는 동안 지미와 그의 외삼촌의 교수형은 계속 연기된다. 그리하여 9개월이나 지연된 5월이 되어서야 이들의 사형이 집행된다. 사형 집행이 연기된 까닭을 커넬리의 텍스트는 다음과 같이 표현한다. "연방이 결성된 직후 두 흑인의 목을 매는 것은 국가 형성을 위해 억눌러야 했던 것을 너무나 잘 드러내는 상황이었기에 부적절했다." (177쪽) 오스트레일리아가 연방국가로 성장하기 위해서 '제물'로 바쳐야 했던 존재가 지미 같은 원주민들이었음을 커넬리는 신랄한 어조로 지적하는 것이다. 백오스트레일리아가 새로운 역사의 장을 열기 위해서는 원주민들의 유구한 역사의 장을 닫아야 했던 것이다. 쿳시어의 주인공 판사의 표현을 빌리면, 오스트레일리아의 백인들은 제국의 "새로운 출발, 새로운 장, 깨끗한 페이지를 믿는 제국의 새 부류들"이었다.

민족국가의 성립에 대해 룸바는 다음과 같이 말한다. "민족국가란 단순히 특정한 연대관계를 만들어낼 뿐만 아니라, 다른 특정한 연대관계를 단절시키고 불어넣음으로써, 또한 단순히 과거에 대한 특정한 기억이나 해석을 고취하고 기억함에 의해서가 아니라 어떤 기억과 해석들이

---

17) 같은 책, 198~199쪽.

반드시 잊혀지거나 억압되도록 함으로써 창조되는 공동체"[18]다. 백오스트레일리아가 성립하기 위해서 억압되거나 지워져야 했던 기억과 해석들을 텍스트의 전면에 내세운다는 점에서 커넬리는 민족국가의 토대가 되는 '망각의 정치학'에 대항해 '환기의 정치학' 또는 '기억의 정치학'을 실천한다.

그러나 이러한 진보적인 메시지에도 불구하고 커넬리의 텍스트에는 그것이 표방하는 입장과 상충되는 문제점도 발견된다. 즉, 반(反)인종주의적 메시지의 전달을 위해 사용된 담론에서 인종 정형(racial stereotype)이 발견된다는 점이다. 원주민들을 경박하고 감정적이며 무엇보다 흥분하기 쉬운 기질의 소유자로 묘사하는 것이 그 예다.

네빌 목사에 따르면 지미의 가족 가운데 유일하게 지미가 "마음의 평정"을 유지하는 인물이다. 그 이유에 대해 목사는 지미의 생부가 아마도 "생각을 골똘히 하는 유럽인"이었을 것이라고 생각한다.(3쪽) 문제는 이러한 "사고하는" 유럽인과 "흥분하는" 흑인이라는 이분법이 텍스트에 의해 교정되지 않는다는 데에 있다. 같은 맥락에서 지미의 가족들은 감정을 제어할 수 없는 일가로 그려지며, 특히 어머니 달시와 동생 모턴은 실없는 웃음병에 사로잡힌 것으로 묘사된다. 일례로 지미와 모턴이 약간의 돈을 모은 뒤 집으로 돌아왔을 때 이들은 친지들에게 이 돈을 모두 내놓아야 할 상황에 처했다. 이때 지미는 공동 소유의 전통 때문에 경제적 손실을 입게 되어 인상을 찌푸리는 반면 모턴의 반응은 정반대의 것이다. 화자의 표현을 빌리면, 모턴은 "덜 복잡하고 〔백인의 영향을〕 적게 받았기에 집으로 돌아온 기쁨으로 낄낄거리는 것을 참을 수가 없었다."(16쪽)

이처럼 단순하고 계산에 어두울 뿐만 아니라 백인의 영향을 적게 받

18) Ania Loomba, 앞의 책, 202쪽.

았기에 감정을 억제할 줄 모르는 인물로 모턴을 그려내는 것은 분명히 '유럽인 대 원주민'이라는 인종주의적 이분법을 텍스트 내로 다시 들여오는 행위다. 도급 일을 맡았을 때뿐만 아니라 뉴비 가족을 살해한 뒤 도주할 때도 지미는 부지런함 · 억척스러움 · 일에 대한 열정 · 야심 · 냉철한 판단력 · 치밀함 등의 미덕을 보여준다.

그러나 지미의 가족 친지들 가운데 위에서 열거한 미덕 가운데 하나라도 가지고 있는 이를 찾아보기란 힘들다. 그들은 게으름 · 경박함 · 무력함 · 알코올 중독 · 흥분 · 감성 등을 공유한다. 지미의 아버지가 백인이라는 점을 고려할 때, 지미만 주위의 원주민들과 다르다는 사실은 지미의 "미덕"이 부계로부터 물려받은 것이라는 추정을 가능하게 한다. 지미 가족의 인성과 지미의 특징을 비교해볼 때 이 텍스트가 인종주의적 이분법에서 완전히 자유롭지는 못하다.

인종주의와 관련해 커넬리의 텍스트가 보여주는 모호한 입장은 지미와 백인들의 관계에서도 발견된다. 자신을 괴롭힌 백인들을 대하는 지미의 태도에는 자신의 의로움을 인지하는 데서 오는 당당함이 있다. 그에게 인질로 잡힌 매크레디조차 백인이 자행한 원주민의 대학살을 고려할 때, 지미의 행동이 이해할 만한 것이라는 의견을 표명했다. 그에 따르면 백인침략자들은 27만 명에 이르는 원주민들을 학살한 반면, 원주민과의 전투에서 목숨을 잃은 백인의 수는 불과 4~5천 명밖에 되지 않는다. 이러한 맥락에서 보았을 때 텍스트는 지미를 백인의 인종주의적 범죄에 맞서는 영웅으로 해석할 수 있는 가능성을 한껏 열어 놓는다.

그러나 문제는 텍스트에서 이 가능성이 열렸다가 다시 슬그머니 닫히고 만다는 데 있다. 그 순간은 힐리 가족을 살해한 뒤 도주한 지미와 모턴이 70세가 넘은 노인과 그의 아내를 산속에서 만나게 될 때다. '숲의 공포'로 행세하는 주인공들이 산중에서 만나게 되는 이 노인은 야무진 입매무새 · 굽지 않은 등 · 팔꿈치 안쪽에 돋아난 거대한 핏줄 · 놀랄 만큼 커다란 손 등을 갖춘 위풍당당한 인물이다. 지미 일당을 알아보고도 태연하게 장작 패는 일을 계속하는 데서 드러나듯 그는 지미 앞에서 조금도 정신적으로 위축되지 않는다. 그는 목숨을 살려달라고 애걸하기는커녕 병석에 누운 늙은 아내마저 죽일 거냐고 따지듯 묻는다.

노인의 위세에 눌린 지미는 처음에는 음식과 담요를 요구하다 곧 담요 두 장이면 된다고 요구 사항을 줄여 노인의 비위를 맞추려고 한다. 이어 모턴이 제발 집안으로 들여보내달라고 간청하자 노인은 이들의 요구를 퉁명스럽게 거절해버린다. 지미와 모턴은 음식을 약간 챙기고는 미안해하면서 담요 두 장 대신 숄과 담요 한 장을 가지고 떠난다.

> 모든 요구를 반박하며 위기로 몰고 가는 그런 대화 방식을 가지고서도 그 노인이 50년 전에 총을 맞지 않은 것이 경이로웠다. 다시 말하면 그가 대주교나 수상이 되지 않은 것이 놀라웠다.
>
> 지미는 숄과 널브러져 있던 담요 한 장을 낚아챘다.
>
> "우리도 이것들은 가져야 해요." 그가 노인에게 말했다. 그것은 애원에 가까운 말이었다. 만약 좀더 일찍 나타났더라면 뉴비의 집으로 가는 길을 막고 자신을 광기로부터 구해줄 수 있을 이 노인이, 이제야 나타나서 기를 죽이는 것이 또 다른 불의라고 생각하면서 지미는 힘이 빠지는 것을 느꼈기 때문이다.(123쪽)

노인은 이처럼 의롭고도 강건한 인물인데, 문제는 지미가 이러한 인물을 좀더 일찍 못 만났기 때문에 살인의 광기에 빠진 인물로 그려진다는 데 있다. 백인의 불의에 맞선 영웅이 한순간 올바른 정신적 감화를 받지 못하여 탈선한 살인광으로 위축되는 순간인 것이다. 백인을 때늦게 나타난 정신적 구세주의 위치에 세우는 이러한 구도는 흑백의 관계에서 백인이 마땅한 근거 없이 도덕적 우위를 선점한 식민 담론과 크게 다르지 않다. 이 구도는 또한 지미의 행위에서 '백인이 강요한 구조적인 악'에 대한 저항이라는 정치적 의미를 탈색시켜버리고 한 개인의 광기어린 복수극 정도로 왜곡시킨다는 점에서도 문제가 있다.

노상 강도의 문화적 부활

같은 부시 레인저에 속하면서도 지미와는 전혀 다른 차원의 대우를 받는 인물이 있는데, 그는 바로 네드 켈리다. 켈리의 역사적 사건에 대한 진술은 문건에 따라 다양하나 일단 『오스트레일리아 인명사전』의 공식적인 요약을 살펴보자.

네드 켈리는 존 레드 켈리(John Red Kelly)와 엘렌 퀸(Ellen Quinn) 사이에서 태어났다. 아일랜드의 티퍼레리 출신인 존은 1841년에 돼지 두 마리를 훔친 죄로 7년형을 선고받고 반디만즈랜드로 유배된다. 형기가 끝나는 1848년에 포트 필립으로 옮겨간 그는 1850년에 엘렌과 결혼하여 네 딸과 세 아들을 두게 된다. 1866년에 존이 사망한 후 그의 가족은 외조부 제임스 퀸이 자리를 잡고 있는 일레븐 마일 크릭으로 이사한다. 이 지역에서 퀸 집안의 사람들과 이모부들은 말도둑, 소도둑으로 경찰의 의심을 받고 있던 터였고, 네드와 그의 형제들도 자라나면서 가축 절도 혐의로 옥살이를 하게 된다.

네드의 도피 행각은 피츠패트릭이라는 경관이 1878년 4월 15일에 가축을 훔친 혐의를 받는 동생 대니얼(Daniel)을 체포하러 왔다가 네드의 총격을 받았다는 주장을 하면서 시작된다. 현장에 없었다는 자신의 주장이 받아들여지지 않자 그는 동생과 함께 잠적하고, 경찰은 대신 어머니와 매형, 이웃을 살인 교사 미수 혐의로 체포한다. 켈리 형제는 웜뱃 산악지대로 숨어들고, 친구 조와 스티브가 이에 합류하여 이른바 '켈리 일당'을 구성된다. 이들을 체포하기 위해 출동한 경관들을 켈리와 동료들이 스트링이바크 크릭에서 급습하여 이 가운데 세 명의 경관이 사살되고 나머지 한 명은 도주한다. 이 사건이 악명 높은 1878년 10월 26일의 '스트링이바크 살육'이다.

이 사건 이후에 켈리 일당은 경찰의 추적을 성공적으로 따돌리고 1878년 12월 9일과 이듬해 2월 10일에는 유로아와 제릴데리의 은행을 털어 은행 강도로 악명을 날린다. 1880년 6월에 글렌로완에 집결한 켈리 일당은 그곳 호텔을 접수하여 60명을 인질로 잡고 멜버른 발(發) 특별열차가 당도하기를 기다린다. 경찰 병력을 실은 이 열차의 도착 시간을 알고 있었던 켈리 일당은 철로를 훼손하고 자신들이 만든 철갑옷으로 무장하고 있었다.

그러나 이들의 계획은 켈리의 배려로 호텔을 빠져나간 학교 교장 커나우가 이 사실을 경찰에 제보함으로써 무산된다. 6월 28일에 조는 경찰과의 총격전에서 사망하고 대니얼과 하트는 경찰이 호텔에 지른 불길에 타서 사망한 채 발견된다. 켈리만 부상을 입은 채 체포되어 멜버른으로 호송되고 같은 해 11월 11일에 교수형을 당한다.[19)]

말도둑이자 은행 강도인 켈리는 지미 가버너처럼 부시 레인저 전통에 속하는 인물이다. 그러나 켈리는 오스트레일리아의 문화산업으로부터 지미와는 다른 대우를 받게 된다. 지미도 소설가와 영화 제작자의 관심을 받은 바 있지만 이는 켈리에 비할 바가 못 된다.

지미의 일생은 1970년대에 각각 클룬과 데이비스에 의해, 2001년에는 무어와 윌리엄스에 의해 서사화되었고, 1978년에는 프레드 세피시 감독에 의해 동명의 영화로 제작된 것이 고작이다.[20)] 이에 비해 켈리를

---

19) "Edward (Ned) Kelly," *Australian Dictionary of Biography Online Edition*; http://www.adb.online.anu.edu.au.

다룬 문화 상품의 목록에는 4편의 연극, 3편의 TV 미니시리즈, 11편의 영화가 있다.[21] 켈리 일당을 다룬 서사물 목록의 길이는 더욱 압도적이다. 그에 관한 픽션만 하더라도 램버트(Eric Lambert)의 『켈리』(*Kelly*, 1964)에서부터 쿠트(Maree Coote)의 『블랙 포트 벨리』(*The Black Pot Belly*, 2003)에 이르기까지 단행본이 13권 있으며, 다큐멘터리 논픽션으로는 26권이 출판되었다.[22] 이것은 켈리의 행적을 다룬 잡지 · 팸플릿 · 신문 등 그밖의 무수한 출판물을 제외한 것이다.

이외에도 켈리의 초상은 2003년에는 2달러 오스트레일리아 주화에, 1980년, 2001년, 2003년에는 우표에, 1995년에는 우편 봉투에도 사용되었다. 뿐만 아니라 그의 발자취가 남겨진 곳은 관광지로 개발되어 각국의 관광객들을 끌어 들이고 있다. 일례로 글렌로완에서는 켈리를 주제로 하는 두 개의 박물관과 여행 안내소를 개관했으며, 에브넬에서는

---

20) Frank Clune, *Jimmy Governor the True Story* (Sydney: Arkon, 1978); Brian Davies, *The Life of Jimmy Governor* (Sydney: Ure Smith, 1979); Laurie Moore와 Stephen Williams 공저, *The True Story of Jimmy Governor* (London: Allen & Unwin, 2001); *The Chant of Jimmie Blacksmith*, dir. Fred Shepisi, The Film House, 1978.

21) 켈리에 대한 영상물로는 1906년에 개봉된 테이트(Charles Tait) 감독의 *The Story of the Kelly Gang*을 필두로 하여 사우스웰(Harry Southwell)이 감독한 *The Kelly Gang*(1920)과 *When the Kellys Were Out*(1923)이 있다. 역시 사우스웰이 제작한 *When the Kellys Rode*(1934), 그의 뒤를 이어 캐스너(Rupert Kathner)가 감독한 *The Glenrowan Affair*(1951), 시드(Gary Shead)의 *Stringybark Massacre*(1960), 버스톨(Tim Burstall)의 *Ned Kelly*(1960), 리처드슨(Tony Richardson)의 *Ned Kelly*, 시리어스(Yahoo Serious)의 *Reckless Kelly*(1993), 2003년에는 조던(Gregor Jordon)의 *Ned Kelly*와 포사이드(Abe Forsythe)의 *Ned*가 상영되었다. 이중 조던의 영화는 「네드 켈리」라는 이름으로 2004년에 한국에서 상영되었고, 이때 켈리는 "오스트레일리아판 임꺽정"으로 소개되었다.

22) 켈리에 대한 픽션은 켈리 웹사이트 가운데 하나인 www.ironoutlaw.com를 참조할 것.

'네드 켈리 미로'라는 관광 상품을 개발했고, 2005년에 오스트레일리아 정부는 급기야 글렌로완의 켈리 유적지를 국립 사적지로 등록시킨다. 켈리는 또한 미술과 음악 영역에서도 각광을 받는다. 그가 세계적인 문화 소비재가 되기까지는 아방가르드 화가 놀런(Sydney Nolan)을 비롯한 많은 예술가들의 공이 있다.[23]

켈리는 이처럼 오스트레일리아의 중요한 문화 사업이 되었을 뿐만 아니라 공적인 영역에서도 중요한 위상을 부여받는다. 살아서 경찰에 쫓기던 켈리가 죽어서 누린 명성의 뒤에는 오스트레일리아 정부의 전격적인 지원이 있다. 2000년에 시드니에서 열린 올림픽 개막식을 지켜본 이라면 머리부터 발끝까지 검게 차려입은 기괴한 무리들이 총에서 불을 뿜으며 등장한 것을 기억할지 모르겠다. 이는 다름 아닌 글렌로완의 마지막 전투에 모습을 드러낸 켈리와 그의 일당이다. 이들이 방탄복으로 고안했던 철갑옷과 철가면을 개막식에 다시 등장시킴으로써, 오스트레일리아는 켈리 신화를 대중의 뇌리에 재 각인시켰을 뿐만 아니라 이 노상강도를 오스트레일리아를 대표하는 문화적 아이콘으로 변모시켰다.

이처럼 오스트레일리아 정부가 켈리를 민족의 아이콘으로 치켜세울 때, 같은 해에 출판된 피터 캐리의 베스트셀러가 "네드에 관한 유사 서사들의 폭발적인 출판, 전시회와 관광 운동"[24]의 선풍을 대중문화 속에

23) 마로니(Patrick William Marony), 존슨(Roydon Johnson), 웨이크(Chris Wake), 웹(Brad Webb) 같은 화가들도 그가 고급 예술로 다시 태어나게 하는데 공헌한다. 켈리는 또한 데이비스(Ashley Davies), 부시웨커스(Bushwackers), 맹고 잼(Mango Jam), 메머리(John Memery)에 의해서 대중음악의 중요한 주제로도 자리 잡았다.

24) Nathaniel O'Reilly, "The Influence of Peter Carey's *True History of the Kelly Gang*: Repositioning the Ned Kelly Narrative in Australian Popular Culture", *Journal of Popular Culture*, 40.3 (Jun. 2007), 492쪽.

서 일으키고 있었다. 일례로 캐리의 소설은 출판된 지 2년이 되지 않아 오스트레일리아만 해도 25만 부가 팔리는 성공을 거두었다. 한 비평가의 표현을 빌면,

오스트레일리아의 부시 레인저 네드 켈리가 착용했던 철갑옷.

> 비록 네드 켈리의 서사가 교육적 · 사회적 담론에서 각별한 위치를 차지하기는 했지만, 대중문화 속에서 지배적 위치를 차지한 것은 최근의 일이다. 켈리는 현재 오스트레일리아의 민족의식에서 중요한 인물이 되었는데, 이는 적지 않게 『켈리 일당의 실화』가 거둔 상업적 · 비평적 성공에 기인한다. 이 소설은 켈리 서사가 대중문화의 중심부에 확고하게 자리 잡도록 해주었을 뿐만 아니라 그에 대한 아류 서사들이 지속적으로 생산될 수 있는 상업적 · 문화적 환경을 조성했다.[25]

2002년 8월에 브리즈번 시의회에서는 급기야 '『켈리 일당의 실화』 읽기' 캠페인을 시작했고, 산하 32개 도서관에서 이 책을 구입하도록 했다. 이쯤 되면 켈리가 오스트레일리아의 민족 영웅이 된 것은 민관 합작품이라고 할 수 있다.

25) 같은 글, 488쪽.

'집단적 기억'의 해석학

켈리의 전설에 대한 오스트레일리아 정부의 애착은 올림픽이 있은 이듬해인 2001년 7월 31일 켈리가 경찰과의 전투 중에 입었던 철갑옷 가운데 위팔과 어깨를 덮는 쇳조각 하나를 경매에서 사들이기 위해 199,750오스트레일리아 달러를 지불하는 데서 상징적으로 드러난다. 구매자는 빅토리아 주립도서관인데 구입액 가운데 8만 달러는 도서관에서 지불하고, 차액은 연방정부가 지불했다고 한다. 그런데 실은 이미 5월에 연방정부가 문화유산보호법을 발동하여 이 쇳조각이 해외로 유출되는 것을 금지해놓았다.[26)]

이 유물에 대한 오스트레일리아의 집착은 2006년 9월, 비치워스 지역에서 켈리 일당이 착용했던 갑옷 조각과 유사한 낡은 쇳조각이 발견되었을 당시 오스트레일리아 국민과 정부가 보여준 들뜬 반응에서도 드러난다. 이 유물이 켈리 일당 가운데 한 명의 것일지도 모른다는 고고학자와 역사학자, 빅토리아 주 문화재청의 낙관적인 의견이 방송 매체를 타고 전국으로 흘러나가자 오스트레일리아 국민은 흥분을 금치 못했다.[27)]

도대체 왜 오스트레일리아 정부는 오래된 쇳조각 하나를 국가 소유물로 만들기 위해 그토록 안달을 한 것일까. 그것도 근자에 중요한 국영사업을 민영화하기에 주력해온 오스트레일리아 정부이기에 유독 켈리의 갑옷 조각을 국가의 관리 아래에 두려는 시도가 의아스럽다. 그

---

26) "State Library Buys Kelly's Armour", *The Border Mail* (1. Aug. 2001); www.bordermail.com.au.

27) "Tests show metal not from Kelly gang armour", *ABC News* (25. Jul. 2007); www.abc.net.au. 정밀검사를 실시한 결과 쇳조각은 조의 유물이 아니라는 사실이 2007년 7월에 밝혀졌다.

갑옷 조각이 오스트레일리아 국민에게 어떠한 의미를 갖는 것일까?

사실 오스트레일리아 연방정부가 이 '유산'의 국외 반출을 금지하는 순간 그것은 특수한 문화적 콘텍스트에 놓이게 된다. 국외 반출 금지령은 국경의 의미를 점점 퇴색하게 만드는 전 지구적 자본주의시대에 오스트레일리아 국경선의 '안과 밖'이라는 이분법적이며 배타적인 민족주의적 구도를 재각인하는 효과를 갖는다. 이러한 콘텍스트에서 켈리의 유물은 더 이상 애초에 쟁기에 붙어 있던 25센티미터 길이에 2.37킬로그램의 쇳조각이 아니라, 사수해야 할 민족적 가치가 각인되어 애국심을 불러일으키는 문화적 상징 외에 다른 의미로는 읽힐 수가 없다. 쇳조각에 "네드 켈리의 피가 묻어 있을 것이라고 추정된다는"[28] 사실에 대한 언론매체의 들뜬 강조는 켈리의 유품을 성의(聖衣)에 대한 종교적 숭배에 버금가는 위치까지 올려놓는다. 이는 켈리가 더 이상 무장강도가 아니라 국가적 아이콘이자 하나의 '컬트'로 변모되고 있음을 시사한다.

민족 신화로서 켈리가 갖는 의미, 즉 오스트레일리아의 민족 정체성과 켈리의 관계에 대해서는 이미 많은 평자들이 논한 바 있다. 대표적인 경우가 클라크의 논평이다. 그에 따르면 "네드는, 개념으로서의 네드는 오스트레일리아 현지인의 경험, 영국인들의 도덕을 거부하는 정신, 새로운 도덕성과 새로운 삶의 방식을 모색하는 정신을 상징하게 되었다."[29] 켈리와 그의 갑옷에 각인된 문화적 의미는 다음의 글에서 보다 잘 드러난다.

아마도 네드는 오스트레일리아인들이 가장 숭배하는 바를 잘 정형

---

28) "Fight for Ned Kelly's Armour", *ABC News* (18. May. 2001); www.abc.net.au.

29) Manning Clark, 앞의 책, 162쪽.

화하는 오스트레일리아 "원주민"일 것이다. 네드는 용감하게 '최후의 결전'을 벌이는 동안 갑옷을 착용했다. 그 갑옷은 네드의 성격에 최고의 안목을 제공해준다. 그것은 화해를 거부하고, 강하며 용의주도하나 충동적이고, 저항적이며 두려움을 모르는 성격을 상징적으로 보여준다. 그는 이길 수 없는 싸움이라는 것을 잘 알면서도 갑옷을 입고 전장으로 걸어 들어갔으며, 그렇게 함으로써 "네드 켈리처럼 용맹하다"는 칭찬을 유행시켰다. 그래서 많은 오스트레일리아인들에게 그 갑옷은 반항과 용기를 대표한다. 그것은 패배가 확실할 때조차 대의를 위해 싸우는 오스트레일리아인의 성향을 요약한다.[30)]

위 인용문은 네드의 컬트 현상이 '오지'를 어엿한 선진국으로 변모시킨 오스트레일리아의 개척 역사, 불굴의 도전의 역사와 무관하지 않음을 드러낸다는 점에서 주목할 만하다. 또한 네드를 "오스트레일리아 원주민"으로 표기하는 데 스스럼이 없다는 점에서 이 인용문은 현재 오스트레일리아의 '집단적 기억'에서 중요한 결여를 무의식적으로 지시하고 있다. 이 결여에 대해서는 다시 논할 것이다.

이처럼 한 범법자의 일대기를 반항과 용기의 전범(典範)으로, 또는 오지의 신화로 읽어내는 독법은 식민 유형지로 출발한 오스트레일리아가 겪어야만 했던 역경의 과거를 콘텍스트로 삼은 것이다. 그러나 어떤 점에서는 이러한 오스트레일리아의 국가사(國家史)라는 거시적 역사를 선택하는 행위는 다른 특정한 역사, 즉 좀더 구체적인 어떤 콘텍스트를 해석적 지평에서 배제할 수도 있다. "대의를 위하여 싸우는 오스트레일리아인의 성향"이라는 표현은 오스트레일리아의 전체 역사를 포

30) Nicky Cowie, "Ned Kelly's Armour—Enduring Aussie Icon", *Ned Kelly Bushranger* (6. Mar. 2002); www.bailup.com/NicollaneousArmour.htm.

괄할 만큼 보편적이면서도, 사실 오스트레일리아가 걸어온 어떠한 '구체적인' 역사적 발자취와도 실질적인 관련을 맺지 못하는 공허한 말이 될 수 있다.

이러한 거시적이면서도 추상적인 해석에 동반되는 문제점은 클라크의 인용문에서도 발견된다. 클라크는 켈리의 전설을 읽어내면서 개척시대, 초기 식민지 시대의 '오지의 오스트레일리아'라는 구체적인 역사적 상황을 사용한다. 그러나 이 특정한 콘텍스트에서 클라크가 읽어내는 켈리 전설의 의미는 "동료애와 평등"이나 "대담함 · 자유 · 용기"와 같은 보편적인 가치다. 이런 점에서 클라크의 독법은 궁극적으로 극히 비역사적 · 비정치적인 해석을 끌어낸다.

클라크가 역사가로서 사용하는 해석적 방법론의 유효성에 대해 여기서 질문할 생각은 없다. 여기서는 시드니 올림픽에서 사용된 문화적 아이콘으로서의 네드를 지금의 정치적 상황에서 읽어내는 작업의 중요성을 역설하고자 한다. 이는 특정한 문화 아이콘의 의미가 시대와 장소에 무관하게 존재하는 것이 아니라는 것, 즉 기호의 의미는 그 기호를 사용하는 당대의 '해석적 공동체'와 분리해서 생각할 수 없다는 것을 전제로 하는 말이다. 기념비나 기념사업이 대표적인 경우다. 나치에 의해 희생된 유대인들, 특히 1943년에 유대인들이 일으켰던 '바르샤바 게토 봉기'를 기념하기 위해 세워진 기념비에 관한 제임스 영의 분석이 보여주듯, 특정 기념물이 세워지거나 기념사업이 벌어질 때 그 기억과 의미는 "한 세대에서 다음 세대로 전수되는 것이 아니라 각 세대의 정신 속에서 새롭게 구성된다."[31] 헌사에서 명시적으로 표명되었듯 '바르샤바 게토 기념비'는 공식적으로는 나치로 인해 고통받은 유대인 희생자들과

31) James E. Young, "The Biography of a Memorial Icon: Nathan Rapoport's Warsaw Ghetto Monument", *Representations*, 26(Spring 1989), 91쪽.

나치에 저항한 유대인 영웅들에게 바쳐진 것이다.

그러나 폴란드의 반체제 인사들은 이 기념비에 다른 의미가 있다고 여겼다. 제2차 세계대전 이후에 폴란드에 들어선 소비에트 괴뢰정권에 반대하는 이들에게 이 기념비는 폴란드 민족주의의 움직임을 사전에 봉쇄하려는 현 정권과 소비에트의 의도가 담겨 있다고 간주되었다.

이러한 반응을 이해하기 위해서는, 바르샤바의 게토에서 유대인의 봉기가 일어난 지 1년 뒤에 폴란드 혁명군이 나치를 쫓아내기 위해 바르샤바에서 봉기했다는 사실, 소비에트가 보낸 적군(赤軍)이 강 하나를 사이에 두고 있으면서도 폴란드 혁명군을 지원하지 않았다는 역사적 사실을 알아야 한다. 폴란드에 대한 절대적인 영향력을 확보하기 위해 소비에트는 내심 이 민족 봉기가 실패하기를 바랐던 것이고, 실제로 전세는 소비에트가 원했던 방향으로 전개된다. 이러한 역사를 기억하는 폴란드 국민들이 보았을 때, 소비에트의 괴뢰정권이 1943년의 유대인 게토 봉기를 기념하는 건축을 허락하는 행위에는 반대급부적으로, 폴란드 반군이 그 이듬해에 일으킨 1944년의 봉기를, 그 봉기가 지향했던 주권국가에 대한 의지를 묻어두고 싶어 하는 정권의 소망이 담긴 것이었다.

제임스 영의 표현을 빌리면, "정부가 게토 기념비를 승인했을 때 그것은 단순히 폴란드 반군 영웅들을 유대인 사회주의 영웅으로 대체하고자 했을 뿐만 아니라, 나치가 혁명군을 잔인하게 진압했을 때 적군(赤軍)이 취한 수수방관적인 태도에 대한 기억을 삭제하기 위한 것"[32)]

---

32) 영에 따르면, 폴란드 혁명군의 봉기가 실패한 후 바르샤바에 진입하여 폴란드를 해방시킨 소비에트 해방군을 위해 1945년에 "무장한 형제"(Brotherhood in Arms)라고 이름 붙인 기념비가 바쳐진다. 폴란드인들이 이를 "잠자는 군인들"이라는 별명을 붙인 것도 폴란드 혁명군이 실패하도록 수수방관한 소비에트에 대한 폴란드인들의 실망과 분노를 드러내는 것이다. 같은 글, 91쪽.

이라는 의구심을 불러일으키는 것이다. 제임스 영의 분석이 우리에게 들려주는 메시지는 특정한 집단적 기억을 되살려내는 행위는 단순히 과거사를 복구하는 결과 외에도, '다른 과거'를 억압하거나 특정한 '다른 목소리'를 침묵시키는 결과를 낳기도 한다는 점이다.

시드니 올림픽과 '환유적 노스탤지어'

다르지 않은 맥락에서 우리는 시드니 올림픽이 켈리 전설을 다시 살려내는 행위가 보편적인 독자가 아닌 '당대의 오스트레일리아인'들에게 어떠한 의미를 주는지 논의할 필요가 있으며, 그러기 위해서는 이러한 '집단적인 기억 행위'가 누구를 위한 것인지 질문해야 한다. 기억이 개인과 집단의 자기 정체성 형성에서 수행하는 중요한 역할을 고려하건대, 특정한 기억을 특정한 방식으로 되살려내는 작업 의도에 대해 질문해야 한다.

이러한 질문과 함께 주목할 사실은 시드니 올림픽의 개막식이 열린 2000년은 오스트레일리아가 국민투표에서 공화제 안건을 부결시킨 직후라는 점이다. 영연방 소속으로 출범한 오스트레일리아에서 영국과의 관계는 항상 논란의 대상이었다. 특히 공화제 문제는 오스트레일리아가 연방국가로 출범하기 전에도 논의되었던 것이다.

그러나 오스트레일리아에서 항상 지엽적인 문제에 지나지 않던 이 논의가 정식으로 정치 의제가 된 것은 1982년에 노동당이 공화제를 지지하면서부터다. 1990년대에 이르면 각계각층이 이 논란에 참여하면서 이른바 '공화제 논의'가 꽃을 피운다. 일례로 1991년 7월 7일에 '오스트레일리아 공화주의운동'이 작가 커넬리에 의해 활동을 개시한다. 또한 이에 대한 반작용으로 1년 뒤인 1992년 6월 4일에는 군주제를 옹호하는 기구가 첫 집회를 가진다. 공화제 논란에 관한 오스트레일리아 국회도서관의 연구 보고서는 당시 여론의 항배에 대해서 다음과 같이 요약한다.

> 대략적으로 말해서 오스트레일리아인들은 1990년대까지는 군주제를 선호했다. 1960년대에는 25퍼센트, 1970년대에는 30퍼센트에 이르는 등 소수파의 덩치는 커졌지만 단 한 번도 공화주의자들이 다수가 되었던 적은 없었다. 1980년대의 기간 동안 군주제를 옹호하는 다수파는 항상 60퍼센트였고, 약 30퍼센트가 공화제를 지지했으며, 약 10퍼센트는 부동층이었다.
>
> 이러한 현상은 앞서 언급한 이유들로, 1990년대에 이르면 급속히 변하게 된다. 1988년의 헌정 200년사 기념 같은 사건들이 촉발시킨 민족주의의 성장, 오스트레일리아 공동체의 성격의 변화, 대중 조직과 정당으로부터 쏟아진 공화주의에 대한 적극적인 지지가 그 이유에 포함된다. 1991~92년 사이 공화주의에 대한 지지가 증가하고, 개별 여론 조사에서 공화제 지지율이 다수(50퍼센트 이상)가 되거나 아니면 최고 득표(군주제보다 지지율이 높으나 부동층 때문에 50퍼센트 이하인 경우)를 기록하기 시작했다.[33]

1995년 6월 7일과 6월 8일에는 당시 수상이자 공화주의자인 키팅(Paul Keating)과 군주제를 지지하는 야당 연합 대표 하워드(John Howard) 사이에 유명한 정치적 공방이 벌어졌다. 공화제 안건을 빠른

---

33) John Warhurst, "From Constitutional Convention to Republic Referendum: A Guide to the Processes, the Issues and the Participants", *Department of the Parliamentary Library, Information and Research Services, Research Paper No 25, 1998~99*(29. June. 1999); http://www.aph.gov.au.

시일 내에 국민투표에 부치자는 키팅의 주장에 대해서 하워드는 인민헌법회의에서 국민의 의견을 먼저 수렴할 것을 제안한다. 1996년에 하워드가 수상으로 취임하게 되자 공약에 따라 1998년 2월에 인민헌법회의가 소집되는데, 이 기구는 공화국으로의 전환을 89 대 52로 찬성하며, 또한 대통령 직선제가 아닌 양원에서 임명하는 임명제를 73 대 57로 지지하는 결과를 내놓는다. 1999년 1월과 3월의 여론 조사 모두에서 공화제 지지는 15퍼센트 차이로 군주제를 앞서고 있었다. 이쯤 되니 오스트레일리아가 공화제로 가는 것은 시간문제인 것으로 여겨졌다.

그러나 공화주의자들을 염려하게 만드는 한 가지 문제가 있었으니, 이는 인민헌법회의가 제안한 대통령 임명제에 대한 국민들의 지지가 대통령 직선제에 대한 지지보다 낮게 나온다는 점이었다. 그리하여 1999년 11월 6일에 국민투표를 치렀으나 개표 결과는 공화제 부결이었다. 여론의 추세를 뒤집은 이 결과는 적어도 공화주의자들이 보기에 하워드 정권의 교묘한 술책에 기인하는 것이었다. 하워드 정권은 공화제를 투표 안건으로 상정하지만, "양원이 대통령을 임명하는 공화제"에 대해서 국민들에게 가부를 묻도록 함으로써, 즉 공화제 문제를 대통령 선출방식과 연계시킴으로써, 대통령 직선제를 원하는 상당수의 공화주의자들을 공화제 지지의 대열에서 이탈시킬 수 있었다.

이러한 정치적 상황에서 오스트레일리아의 문화 아이콘으로서 켈리의 재등장을 읽었을 때, 그는 앞서 언급한 "오지의 신화"나 "불굴의 정신과 도전 및 용기의 전형"과는 다른 의미를 띤다. 무엇보다도 궁금한 것은 식민지 오스트레일리아의 지배계급에 대한 켈리의 비판이 쉽사리 공화주의로 번역될 수 있음을 고려할 때, 하필이면 공화주의자들이 분한을 삼키고 많은 오스트레일리아인들이 농간을 당했다는 느낌을 버릴 수 없었을 시점에, 오스트레일리아 정부가 켈리를 국가적 아이콘으로 세계무대에 세웠느냐 하는 것이다.

시드니 놀런, 「네드 켈리」, 1946.
켈리를 평면적인 인물로 희화화시킨 것이 인상적인 유화다.

이제 시드니 올림픽 개막식을 살펴보도록 하자. 이 공연에서는 켈리 일당을 상징하는 대역들이 총을 쏘며 경기장을 돌았으며, 대형 스크린에는 놀런의 그림이 투사되고 켈리 일당을 기념하는 글이 자막으로 등장했다. 이때 선택된 작품은 놀런이 그린 27편의 그림 가운데 1946년 작 「네드 켈리」인데, 이는 황량한 초원을 배경으로 라이플을 들고 말을 탄 켈리의 뒷모습을 그린 것이다. 이 영상에는 또한 켈리를 칭송하기 위해 놀런이 지은 시가 자막으로 등장했는데, 그 내용은 다음과 같다. "우리는 그들의 은행을 턴다네, 우리는 그들의 전열(戰列)을 줄인다네, 그러나 감사를 요구하지는 않는다네, 우리가 저지른 일에 대해서."[34)]

---

34) Anne Marsh, "Ned Kelly by any other name", *Journal of Visual Culture*, 1(2002), 61~62쪽에서 재인용.

놀런의 장난기 어린 짧은 시구에서 켈리는 시대의 도둑이자 저항적인 영웅의 위상을 부여받는다.

공연 텍스트로서의 '켈리 전설'이 저항적 진정성을 확보했는지, 아니면 구호뿐인 저항의 서사였는지, 또는 더 나아가 단순히 오락 산업의 일부였는지는 올림픽 경기장을 행진한 켈리의 대역들의 모습을 구체적으로 살펴봄으로써 더 잘 파악할 수 있다. 중요한 사실은 이 대역들이 실은 켈리를 모방한 것이 아니라 놀런이 1946년에 그린 「네드 켈리」를 모방했다고 해야 옳다는 점이다. 왜냐하면 대역들의 모습과 아직도 사진이 전해져 내려오는 실존 인물 사이에는 어떠한 외형적인 유사성도 없기 때문이다.

그러므로 올림픽 개막식에 등장한 켈리의 대역은 놀란의 그림을 모방한 것이고, 그 그림에 나타난 켈리의 이미지는 비(非)구상 계열에 속하는 것으로서 검은색으로만 칠해진, 입체감이 없는 평면적인 존재다. 주변의 배경뿐만 아니라 주인공이 탄 말조차 천연색으로 처리된 것과는 대조적으로 켈리만 실루엣으로 처리되어 있다. 실존 인물과 그림의 인물 사이에 발견되는 유일한 연결 고리는, 머리가 있어야 할 곳에 그려져 있는 켈리의 투구를 연상시키는 검은색의 사각형뿐이다.

철갑 전투모를 연상시키는 사각형에는 밖을 내다볼 수 있도록 일자 모양으로 난 기다란 창이 있다. 그림의 시선이 주인공의 뒤편에 위치해 있어서 관객은 주인공의 뒷모습만 보는데, 그런데도 문제의 투구 전면부에 있어야 할 창이 관객의 눈에는 보인다. 단순히 창만 보이는 것이 아니라 창을 통해서 보이는 바깥 세상까지 일자형 모양의 창 속에 그려져 있다.

올림픽 개막식에 등장한 켈리의 대역들이 놀런의 손에 의해 그려진 이 코믹한 이미지를 모방했다는 사실은 시사하는 바가 적지 않다. 올림픽이라는 공연 텍스트에 드러난 켈리가 실제 인물의 '아류의 아류', '모사의 모사'가 되어버렸기 때문이다. 이 아류의 아류는 '원본으로부터의 거리' 때문에 켈리가 상징하는 저항이나 비순응주의에서 이중으로 유리되고 말았다. 즉, 놀런의 그림에서 켈리는 예술로 승화되기 위해 가난 · 핍박 · 절도 · 살인 · 도주라는 개인적인 콘텍스트뿐만 아니라, 더 나아가 억압과 저항이라는 정치적 콘텍스트를 박탈당한 것이다.

우선, 껍데기뿐인 저항 영웅의 면모는 켈리가 단순화되고 왜곡되다 못해 그림자 같은 모습으로 재현되어 있다는 사실이 암시한다. 이 그림자 같은 존재가 들고 있는 라이플도 저항의 대의를 위해 들고 싸워야 할 강력한 무기가 아니라 잠자리채에 비견될 만한 한갓 작대기에 불과하다. 무엇보다 이 그림이 거대한 공권력에 맞선 개인의 불리한 상황을 상징적으로 드러낸 것이라고 보기에 켈리의 이미지는 너무 코믹하다.

그러므로 이처럼 대중적인 작품에서 식민지 빅토리아의 하층민의 고통이나 저항을 연상해내기란 어려운 것이다. 환언하자면, 올림픽 개막식에 모습을 드러낸 켈리는 바로 이러한 놀런의 켈리, 오락용 켈리를 재차 모방한 것이다. 이러한 재현 과정을 통해서 식민지 영국법에 대한 켈리의 준엄한 비판은 함몰되고 말며, 동시에 그 비판이—국민투표를 통해 영국으로부터 명실상부한 독립을 기대한 대다수의 오스트레일리아인에게—함의했을 공화주의 의제도 함께 함몰된다.

단순화의 과정을 거치고 유머가 첨가된 켈리의 전설은 기껏해야 '계급적 타자의 아슬아슬한 모험' 같이 현실에서는 불가능한 일탈에 대한 부르주아의 판타지를—현실적인 위협을 제기하는 일 없이—충족시켜주는 것이다. 이러한 관점에서 보았을 때 올림픽 개막식에서 "안무팀이 공화주의의 대의를 강조했을 뿐만 아니라 이들이 유머 · 신화 · 동성애 미학을 사용하여 보수적인 의견을 해체했다"[35]는 마시의 주장은 은

35) 같은 글, 61쪽.

밀하게 작동하는 재현의 정치학을 제대로 읽지 못한 것이다.

놀런의 회화 텍스트와 올림픽 공연 텍스트 모두 특정한 과거에 대한 회상이 오히려 역사에 대한 진정한 접근을 봉쇄하고 만다는 점에서 "환유적 노스탤지어 서사"에 가깝다. 제임슨에 따르면 포스트모던 시대의 문화의 "깊이 없음"은 이 시대가 경험한 "역사나 과거로부터의 단절"과 무관하지 않다. 즉, 소비주의에 함몰된 포스트모던 시대의 개인에게 역사는 더 이상 접근 가능하지 않게 되었으며 그 결과 유사 역사물, 즉 극히 우회적인 방식으로 역사적 향수를 충족시키는 서사인 "환유적 노스탤지어 서사"가 유행한 것이다.[36] 2000년의 시드니 올림픽에서 '재활용'된 켈리 전설도 저항의 역사를 진정으로 일깨우지 못하고 과거에 대한 향수만을 충족시킨다는 점에서 "환유적 노스탤지어 서사"로 분류된다.

오스트레일리아 민족주의와 대항 기억

켈리를 컬트화하는 데에는 캐리의 소설도 한 몫을 한다.[37] 이 작품 덕택에 작가는 『오스카와 루신다』(*Oscar and Lucinda*)로 1988년에 부커상을 받은 이후 두 번째 부커상을 2001년에 받는다. 올림픽에서 선을 보인 공적인 스펙터클로서의 켈리와 캐리의 소설에서 재생되는 켈리의 전설은 언뜻 보아 서로 비교할 만한 텍스트는 아닌 듯싶다. 그도 그럴

---

36) Fredric Jameson, "Postmodernism and Consumer Society", *Postmodernism and Its Discontents: Theories, Practices*, E. Ann Kaplan 엮음 (New York: Verso, 1988), 13~29쪽.

37) 피터 캐리의 작품 중에는 소설과 기행문이 각각 하나씩 번역되어 있다. 『도둑 길: 현내 이야기』, 정영문 옮김 (동아일보사, 2008); 『휴가지의 진실』, 김병화 옮김(효형출판, 2004). 그밖에 다른 소설로는 *Bliss*(1981), *Illywhacker*(1985), *The Tax Inspector*(1991), *The Unusual Life of Tristan Smith*(1994), *Jack Maggs*(1997), *My Life as a Fake*(2003), *His Illegal Self*(2008), *Parrot and Olivier in America*(2010) 등이 있다.

것이 세상에 선을 보인 연도가 2000년이라는 점과 주인공이 같은 실존 인물이라는 점만 일치할 뿐 둘은 전혀 다른 텍스트이기 때문이다.

그러나 비록 켈리의 전설을 연출하는 방식이 다를지라도 올림픽의 공연 텍스트와 소설 텍스트는 그 '효과'에서 일치하는 바가 있다. 공통점은 켈리가 저항의 예각을 제거당한 채 '순화된' 이미지로 재현된다는 것이다. 시드니의 안무가들이 켈리 전설을 재현할 때 주로 단순화와 희화화, 그리고 감각적인 스펙터클에 의존한다면, 『켈리 일당의 실화』는 세밀화에 비견될 만큼 많은 정보에 의존한다.

놀랍게도 400여 쪽에 가까운 분량의 소설에서 작가는 처음부터 끝까지 켈리 가족이 식민지 오스트레일리아에서 어떠한 시련을 겪었으며, 주인공이 어떻게 범죄자가 될 수밖에 없었는지에 대해서 마침표나 쉼표를 제대로 찍는 여유 없이 이야기를 펼쳐나간다. 쉼표나 마침표를 생략하는 것이 생전의 켈리의 글쓰기 특징임을 고려할 때, 소설에서 이러한 글쓰기 스타일을 선택한 것이나 소설의 장(章)을 편지 꾸러미의 형태로 제시하는 것은, 자신이 그려내는 주인공의 목소리에 '진정성'이나 원전의 '아우라'를 부여하고자 하는 작가의 의도가 엿보이는 대목이다.

열셋 꾸러미의 편지로 구성된 이 소설에서 각각의 편지 꾸러미가 그려내는 켈리 가의 삶은 시련과 핍박의 연속이다. 그러나 누가 누구를 핍박했는지의 관점에서 이 편지 꾸러미들을 살펴보면 예상 밖의 결과가 나와 흥미롭다. 예컨대, 제1장에 해당하는 첫 번째 편지 묶음은 반디만즈랜드로 유배를 온 아버지가 겪은 역경에 대한 간략한 언급에서 시작하여, 켈리 부인에게 집적거리는 경사 오닐의 부도덕성과 야비함, 굶주림에 지친 주인공의 소 도둑질과 아들 대신에 아버지가 투옥된 사건, 이어서 옥살이 동안 정신과 육체가 망가진 아버지가 결국 주인공이 열두 살이 되던 해에 사망하는 사건을 그려낸다. 이처럼 이민자들과 전과자들의 비참한 삶과 더불어 경찰의 횡포와 죄수들에 대한 혹독한 처우가 거론되었다는 점에서, 첫 번째 편지 묶음은 식민지의 권력에 대한 사회학적 보고서를 제공한다.

실존 인물 네드 켈리도 생전에 남긴 서한에서 소농을 괴롭히는 경찰과 지주 계급을 오스트레일리아의 독버섯 같은 존재로 몇 번에 걸쳐 묘사한 바 있다. 이 주장은 캐리의 소설에서 대체로 원용되는데, 이는 소설에서 켈리 가족을 괴롭힌 경관들에 대한 자세한 설명에서 드러난다. 소설이 작성한 악덕 경찰의 목록에는 오닐 외에도 순경 플러드, 홀, 피츠패트릭 등이 있다. 플러드는 네드와 매형이 수감되어 있는 동안 누이 애니를 임신시킬 뿐만 아니라 켈리 가의 말 30두를 훔친 장본인이며, 죄가 없는 대니얼을 고문한 악덕 경찰이기도 하다. 또한 홀은 주인공을 말도둑으로 몰아 살해하려 했고, 피츠패트릭은 결혼을 빙자하여 여성을 둘이나 농락하고도 네드의 또 다른 누이 케이트에게 구혼하는 파렴치한이다. 그는 여성 편력이 들통 나서 켈리의 집에서 쫓겨나자 앙심을 품고 네드에게 경찰 살인미수죄를 씌운다.

캐리의 소설에서 네드는 피츠패트릭에게 총격을 가하는데 그 연유는 이렇다. 피츠패트릭의 여성 편력을 알게 된 켈리 부인이 분노하여 그를 가격하자 피츠패트릭이 총을 빼어들었고, 네드가 어머니를 구하기 위해 할 수 없이 피츠패트릭의 손을 쏜 것이었다. 이 총격은 피츠패트릭이 자초한 것이었기에 그는 일단 사과하고 현장을 떠났다. 그러나 그는 곧 네드에게 살인미수혐의를 씌우고, 그의 어머니, 매형, 이웃을 살인교사 미수의 죄목으로 재판에 세운다. 켈리 부인은 재판에서 3년형을 언도받고 누명을 쓴 아들은 산속으로 몸을 숨기는데, 이것이 부시 레인저로서 살아간 네드의 삶의 시작이다.

켈리 가족을 괴롭힌 또 다른 계층에는 '공유지 정착자'들, 즉 목장주로 구성된 지주 계급이 있다. 남편과 사별한 후 켈리 부인은 '선택농'의 길을 간다. 집도 불에 타버린데다 생계가 막막해지자 척박한 일레븐 마일 클릭 지역의 땅을 정부로부터 임대받은 것이다. 이론상으로는 목장주들이 이미 점유하고 있던 땅도 임대가 가능했으나, 실제로 목장주들은 명의 도용을 통해 광대하고도 비옥한 땅을 선점해놓았다.

뿐만 아니라 이들은 오늘날의 알박기와 유사한 수법으로 수원(水源)이 있는 땅을 미리 사들여 물길을 독점한 결과, 인근의 땅을 농토용으로는 쓸모없게 만들었다. 그리하여 목장주들은 선택농들이 목장의 인근에 경쟁자로 자리 잡는 것을 효과적으로 막았던 것이다.[38] 그 결과 토지법이 시행된 이후에도 목장주들은 비옥한 땅에 거대한 목장을 여전히 소유할 수 있었고, 선택농들은 미측량된 오지의 땅을 개간하겠다는 약속을 하고서야 약간의 땅을 빌렸다. 켈리 부인도 이러한 선택농 가운데 한 사람이었다.

기득권을 이용하여 선택농들을 압박한 목장주들의 횡포는 캐리의 소설에서 비판받는다. 주인공의 표현을 빌리면, "정치인들과 경찰의 묵인 아래 이 나라 최고의 옥토에 알박기를 한 위티와 맥빈이 우리의 삶을 어렵게 만든 장본인이야."[39] 악덕 지주 위티와 맥빈의 횡포는 옥토를 독점하는데 그치지 않는다. 그들은 공유지도 자신의 것으로 선점했는데, 이런 행위는 가뭄이 들게 되면 선택농들의 가축 사육을 심각하게 위협했다. 네드에 따르면, 물길이 있는 초지를 위티가 선점해놓았기에 소농들은 가축을 놓아먹일 풀이 자라는 땅에 원천적으로 접근할 수가 없었다. 또한 길가의 풀이라도 먹여서 가축을 살리려고 하면, 위티는 사유지 침범을 이유로 소농들의 가축을 압류했다. 네드의 말 한 마리도

---

38) Jude McCulloch, "Keeping the Peace or Keeping People Down? Policing in Victoria", History of Crime, Policing and Punishment Conference, Canberra(9-10. Dec. 1999) by the Australian Institute of Criminology: www.aic.gov.au/conferences/hcpp/mcculloch.pdf, 5~6쪽.

39) Peter Carey, *True History of the Kelly Gang*(2000; New York: Vintage Books, 2003), 204쪽.

같은 방식으로 위티가 압류하자, 그는 이에 대한 보복으로 위티와 맥빈의 목장에서 말을 훔친다.

이러한 맥락에서 캐리의 소설을 읽었을 때, 켈리 일당 사건은 단순한 개인의 범법 행위를 넘어서는 사건이며 경제적 · 정치적인 차원을 서브텍스트로 갖는다. 이와 관련하여 실제 켈리 사건에는 목장주와 선택농의 갈등 같은 사회 · 경제학적인 차원이 있다는 주장과 이 역사적 사건이 "목장주의 특권에 대한 도전이요, 토지에 관한 좀더 넓은 지평의 투쟁에 관련된다"[40]는 주장이 있다.

그러나 이 소설에서 켈리 가의 삶을 힘들게 하는 집단이 경찰과 지주계층이라고만 생각하면 오산이다. 경찰과 지주 못지않게 켈리 가족을 괴롭히고 착취하는 이들의 목록에는, 아버지가 돌아가신 뒤 홀연히 나타난 삼촌 제임스, 이모와 이모부 로이드 부부, 두 의붓아버지, 주인공에게 강도짓을 가르치는 해리, 같은 계층이면서도 네드에게 사기를 친 와일드, 주인공에게 시비를 걸어 결국 3개월 형을 언도받게 만든 장사치 매콜믹 등 그 길이가 만만치 않다. 일례로 두 번째 편지 묶음에 등장하는 삼촌 제임스는 오닐의 뒤를 이어 켈리 부인을 유혹하며, 유혹이 자신의 뜻대로 되지 않자 켈리의 집을 불태워 가족이 흩어지게 만든다.

세 번째와 네 번째 편지 묶음에서도 켈리 가를 괴롭히고 착취하는 이는 식민 지배계급이나 영국법이 아니라 같은 하층민들이다. 그중 하나는 다름 아닌 어머니의 새 남편 빌이다. 그는 아내를 인격적으로 모독하고 박대한다. 뿐만 아니라 그녀가 개간을 전제로 임대받은 땅의 관리를 완전히 내팽개침으로써 땅을 환수당할 위기로 가족을 몰아넣는다.

세 번째 남편 조지도 결국에는 네드의 어머니를 매몰차게 버린다. 사

---

40) Francis John McQuilton, *The Kelly Outbreak 1878-1880: The Geographical Dimension of Banditry*(Melbourne UP, 1979), Ch. 3; Jude McCulloch, 앞의 글, 8쪽.

회의 최하층민이라고 할 노상강도 해리도 주인공을 착취하기는 마찬가지다. 네드의 어려운 처지를 이용하여 그를 조수로 십분 부려먹는 것이다. 주인공을 노상강도의 조수로 내몬 데는 그의 어머니도 한몫을 한다. 해리의 부하가 되기 전에도 네드는 꾐에 빠져 해리의 강도짓을 도왔는데, 이때 본인은 몰랐지만 실은 어머니가 해리에게 수업료로 돈을 지불하고 그를 데리고 다니도록 한 것이었다.

다섯 번째 편지 묶음은 로이드 부부의 탐욕과 야비함을 고발한다. 이 모부 로이드가 해리를 밀고한 대가로 거금을 챙겨놓고 네드가 밀고자라는 소문을 퍼뜨린 것이다. 밀고에 대하여 특별히 강한 반감을 갖는 아일랜드계 이민 사회에서 네드와 그의 가족은 완전히 따돌림을 당하는 어려움을 겪는다. 이렇게 보면 캐리의 소설은 지배계급에 대한 비판과 저항의 서사라기보다는 실은 '만인의 만인에 대한 착취'의 서사에 가깝다. 탐욕스러운 지배계급뿐만 아니라 피지배계급도 도덕성을 보장받지 못하는 세계인 것이다.

지배층과 피지배계층 모두에 의해 저질러지는 '질리도록' 많은 거짓과 배반, 억압의 세목들을 제공하다 보니, 캐리의 소설이 그려내는 피지배계층의 삶은 그러한 정보의 홍수 속에서 처절함의 상당 부분을 상실하고 만다. 이보다 더 중요한 것은 켈리의 가족사와 가족 구성원들 간의 관계, 특히 어머니와의 특별한 관계에 서사의 초점을 맞춘 결과, 캐리가 그려내는 켈리의 반항에서 식민지 사회 내부의 민족 문제나 사회·경제적 갈등의 서브텍스트보다 사적(私的)인 서브텍스트가 더 도드라져 보인다는 점이다.

소설을 보면 어머니와의 관계가 큰 아들의 삶과 죽음을 결정하는 가장 중요한 추동력이었다. 스트링이바크 살육이 있기 직전 주인공이 직접 들려주는 그간의 삶도 같은 맥락에서 이해할 수 있다.

> 평생 동안 나는 〔어머니〕를 지켜왔고 어머니가 고기를 드실 수 있도록 열 살 때에 머레이가 소유한 암소를 죽였고 불쌍한 아버지가 돌아가셨을 때 나는 어머니 옆에서 함께 일했고 나는 장남이었고 열두 살에 학교를 떠났고 그래서 어머니가 농장을 하실 수 있도록 했고 어머니에게 금을 갖다드릴 수 있도록 해리 파워를 따라 나섰고 집에 먹을 것이 없을 때 나는 노동을 했고 집에 돈이 없을 때 도둑질을 했다. 그래서 노란색 들개가 줄에 매인 암캐에 덤비듯 인간 말종 프로스트와 킹이 어머니 주위를 포위했을 때 나는 어머니를 구하려고 노력했지.[41]

켈리가 하원의원 캐머런에게 편지를 보냈으나, 이 청원이 무시당하자 제릴데리 은행을 턴 직후 출판사를 찾아가 두 번째 편지를 출판하려고 시도한 것 모두 사건의 진실을 널리 알려 어머니를 억울한 감옥살이에서 구하려는 의도였다. 유로아 은행을 털어 밀항 비용을 마련한 후에도 켈리는 아내 메리의 간곡한 요청에도 불구하고 아내와 딸만 미국으로 보내고 자신은 잔류한다. 자신의 편지를 인쇄하여 어머니의 억울한 사정을 알리려는 목적에서였다.

캐리의 소설에서 강조되는 켈리는 '가족적 가치'의 옹호자다. 그는 어머니를 구해내기 위하여 강도짓을 무릅쓰는 충실한 아들이요, 또한 딸에게는 이상적인 아버지다. 소설에서 주인공은 험난한 도주 생활 중에도 500쪽에 이르는 편지를 쓰는데, 불가능해 보이는 이 작업을 한 것은 얼굴도 모르는 딸을 위해서다. 딸이 아버지에 대해 가질지도 모를 오해를 풀기 위해 자신의 행동을 장문의 글로써 변호하기에 여념이 없는 그는 '부성애'(父性愛)의 화신이다. 또한 세 번의 인질극에서 인질 모두를 정중하게 다루는 그는 나무랄 데 없는 '신사'의 미덕을 소유하고 있다.

41) Peter Carey, 앞의 책, *True History of the Kelly Gang*, 239쪽.

이처럼 주인공의 거칠고 위협적인 면을 깎아내어 그를 이상적인 아들이자 아버지로 변모시켰다는 점에서, 캐리의 재현 작업은 야성적인 켈리를 '식민화'시키는 과정이다. 켈리에게는 실제로 아내도 자식도 없었음에도 캐리가 소설에서 이러한 가족들을 만들어낸 것은, 작가에게 주인공의 인간적인 면을 강조하려는 의도가 있었다는 추측을 방증한다. 그러므로 캐리의 주인공은 어쩌면 강도라는 직업이 어울리지 않는 사랑스러운 '가정인'이다. 그는 교화되고 길들여진 존재다. 캐리가 재현해내는 켈리가 순치된 인물이라는 주장은 맥더모트의 비평에서도 목격된다.

> 19세기의 감수성을 떨게 만듦으로써 자신의 존재를 알린 놀라운 야수가 캐리의 『켈리 일당의 실화』에서 이빨과 발톱을 박탈당한다. 네드의 수사는, (가상적인) 딸을 향한 서사의 일부로서 자리를 잡는다. 그의 말은 힘과 위협적인 성격마저 많이 상실한다. 그것들은 결코 처음에는 의도하지 않았던 임무를 위해 포섭된다. 그것은 이제 모두 가족사(家族事)에 지나지 않는다. 그것은 좀 시시해지고 만다.[42]

이러한 맥락에서 볼 때 캐리의 재현 작업은 특정한 기억에서 사적인 요소를 적극적으로 강조함으로써 '대항(對抗) 기억'으로서의 가능성을 사전에 차단해버린 경우에 속한다.

---

42) Alex McDermott, "In His Own Write", *Eureka Street Online*(Jan-Feb. 2001); http://www.eurekastreet.com.au/pages/102/102mcdermott.html, 21단락.

'식민관계'의 덮어쓰기

그렇다면 역사적 인물로서의 켈리는 어떤 인물이었던가? 이 질문에 대답하기 위해서 캐리의 소설이 켈리가 생전에 남긴 제릴데리 편지나 캐머런에게 보낸 편지와 구체적으로 어떻게 다른지 필수적으로 살펴봐야 한다. 이는 캐리가 켈리에 대한 집단적인 기억을 되살릴 때 어떤 부분을 누락시켰는지를 드러낼 수 있다. 그리고 이러한 작업은 궁극적으로 오스트레일리아가 인정하지도 기억하고도 싶지 않은 '어떤 과거'에 대해 중요한 단초를 제공하리라 판단된다.

1878년 12월 14일자 「캐머런 편지」와 이듬해 2월 10일자 「제릴데리 편지」의 공통점은, 켈리가 상당한 지면을 지주 계급의 횡포를 지적하는 데 할애한다는 점이다. 「캐머런 편지」에서 그는 자신과 의붓아버지 조지가 위티의 목장에서 말을 훔친 것은 인정하되, 이는 자신이 받은 피해를 보상받고자 한 것임을 밝힌다. 또한 살인미수 혐의에 대해서도 자신이 무죄라고 주장한다. 피츠패트릭이 영장도 없이 대니얼을 체포하려 하자 대니얼과 어머니가 그를 쫓아냈는데, 쫓겨난 피츠패트릭이 앙심을 품고 총격을 받았다는 거짓말을 지어냈다는 것이다. 또한 켈리는 피츠패트릭이 총격을 받았다고 하는 시점에 자신은 빅토리아에 없었다고 주장한다. 그는 자신이 빅토리아에서는 잘 알려진 존재이므로 만약에 빅토리아에 자기가 있었다면 어린애들도 이를 다 알고 있을 것이라는 논리적인 말로 무죄를 주장한다.[43] 또한 스트링이바크 사건에 대해서도 켈리는 이는 살인이 아니라 정당방위라고 밝힌다.

켈리의 이러한 육성은 캐리의 소설에서도 들려온다. 차이가 있다면

43) Edward Kelly, "The Cameron Letter"; http:// www.kellygang.asn.au/ things/K_kellys/K_CameronLetter.html, 4, 5, 6, 7단락.

캐리의 소설에서는 켈리가 총을 쏘기는 했지만 어머니를 구하기 위해 할 수 없이 총을 들고 있는 피츠패트릭의 손을 쏘았다고 한다는 점이다. 캐머런 편지와 소설 간의 좀더 중요한 차이로는 복수에 대한 다짐과 위정자들에 대한 협박이 있다. 서한에서 들려오는 켈리의 목소리는 다음과 같다.

> 이유 없이 법의 보호를 박탈당했고 상황이 이보다 더 나쁠 수 없으며 한 번 죽지 두 번 죽지는 않기에 만약 대중이 보는 앞에서 정의가 시행되지 않는다면, 하나님이 나에게 방아쇠를 당길 힘을 주시는 한, 나와 나의 가족에게 가해진 나쁜 평판과 모독에 대해 복수할 것이다. 피츠패트릭의 거짓말을 증명할 수 있는 증인은 광고를 내면 구할 수 있을 것인데, 만약 즉각적으로 이 일이 시행되지 않으면, 무시무시한 재앙이 뒤따를 것이며, 아일랜드에서 성자 패트릭이 뱀과 개구리가 살육당하는 원인이 되었지만, 피츠패트릭은 다음 세대에 이보다 더 큰 살육의 원인을 제공할 것이니, 나의 앞길에 놓인 것은 무엇이든지 약탈하고, 강탈하고 살해하더라도 나의 평판이 지금보다 더 나쁘지는 않으리라.[44]

이처럼 켈리는 「캐머런 편지」에서 자신의 요구가 수용되지 않을 경우 "대단한 규모의 학살"이 있을 것임을 예고한다. 그러나 바로 이러한 강도 높은 협박과 거친 언어가 캐리의 텍스트에서는 누락된다.

「제릴데리 편지」와 캐리의 소설을 비교해보면 더욱 뚜렷하게 차이가 드러난다. 캐리가 『켈리 일당의 실화』를 쓸 때 참고했다는 이 서한에서 영국 정부나 영국법, 색슨 족, 영국 여왕에 대한 거명이 거침없이 이루

---

44) 같은 글, 18단락.

어진다. 길지 않은 서신이지만 영국에 관한 언급이 도합 11번이나 이루어지는데 이는 400여 쪽에 달하는 캐리의 소설 전체에서 발견되는 영제국에 대한 언급과 거의 맞먹는 수치다. 캐리의 소설로부터 「제릴데리 편지」가 더욱 명확하게 변별되는 지점은 후자의 글이 보여주는 영국법과 영국 여왕에 대한 도전과 민족적 대결 구도다. 「제릴데리 편지」에서 켈리는 "영국법에는 정의가 없다"[45]는 노골적인 비판과 아울러 식민지 경찰뿐만 아니라 영국군에 대한 도전적인 발언도 서슴지 않는다. 제릴데리 편지 가운데 일부를 들여다보자.

> 고통받는 이 사람들에게 결백 · 정의 · 자유를 돌려주는 것이 정부에 도움이 되는 일이다. 만약 그렇게 되지 않을 경우 나는 **빅토리아 경찰뿐만** 아니라 **전 영국군**의 눈을 번쩍 뜨이게 만들 **식민지의 전략**을 보여줘야 하는데 그러면 틀림없이 그들은 자신들의 개가 엉뚱한 그루터기를 보고 짖고 있었음을 인정하게 될 것이다. 그리고 피츠패트릭은 아일랜드에서 성자 패트릭이 야기했던 뱀과 두꺼비의 살육보다 더 심한 **살육**을 **영국인들**에게 야기할 것이다.[46]

위 원전으로부터 캐리는 "식민지의 전략"이라는 용어만을 차용할 뿐, 그밖의 전복적인 어휘들을 소설에서 누락시킨다. 그리하여 위의 글은 캐리의 소설에서 앞뒤가 잘려 다음과 같이 바뀐다.

> 정부는 죄 없는 자들을 감옥에서 방면해야지 그렇지 않다면 나는 식민지의 전략을 보여줘야 한다. 그것이 무엇이 될지 나도 모르나 진

---

45) Edward Kelly, "Jerilderie Letter", State Library of Victoria; http://www.slv.vic.gov.au, 13쪽.
46) 같은 글, 19~20쪽; 필자 강조.

실을 말하자면, 빅토리아의 녹균병보다도, 뉴사우스웨일스의 메뚜기에게 건기의 목마름보다도 나쁠 것이다.[47]

켈리가 서한에서 식민지 전략이 군사 행동과 관련이 있으며 그 결과가 끔찍한 살육이 될 것임을 명시하고 있는 반면, 캐리의 소설에서는 식민지 전략은 명백한 지시 대상이 없는 모호한 기호로만 존재한다. 그것은 기껏해야 곡식의 "병충해"나 "건기의 목마름" 정도의 우회적이고도 추상적인 용어로 표현될 뿐이다. 더욱이 「제릴데리 편지」에서는 대규모 살육의 피해자가 "영국인"으로 적시되어 있으나 캐리의 소설에서 이러한 '민족적 지표'는 누락된다.

캐리의 소설에서 보이지 않는 제릴데리 편지의 또 다른 중요한 요소는 아일랜드계 경관에 대한 비판과 영국의 식민 정책에 대한 적개심이다. 제릴데리 편지에 따르면 식민지 빅토리아에서 아일랜드계 경찰은 자기를 낳아준 어머니와 조국에 불명예스러운 존재다. 이러한 비판은 이 편지에서 아일랜드가 겪어야 했던 고통스러운 기억을 환기시킴으로써 그 정당성을 확보한다. 아일랜드계 경찰이 "조국과 조상들과 종교를 배반한 역적인데 색슨과 크랜모어의 굴레가 지배하기 전에 그 조상들이 가톨릭이었으나 그 이후로 그들은 박해받고 학살당하고 순교자의 처지로 던져졌고 현세대가 상상할 수 없을 정도로 심한 고문을 받았다."[48] 여기서 "크랜모어의 굴레"가 빅토리아 여왕의 식민통치를 지칭함을 고려할 때 켈리는 단순히 아일랜드계 경관이 동족을 압박하는 행위에 대한 원망의 차원을 넘어서 아일랜드가 영국의 통치를 받았던 식민주의의 기억을 되살리고 있다. 켈리에 따르면 아일랜드계 식민지 경관은 또한,

---

47) Peter Carey, 앞의 책, *True History of the Kelly Gang*, 337쪽; 필자 강조.
48) Edward Kelly, 앞의 글, "Jerilderie Letter", 44~45쪽.

> 게으르고 빈둥거리며 비겁한 직장을 위해 **물푸레나무** 구석을 떠나고 참된 정신과 미의 상징 진정한 **토끼풀**을 버리고 그들의 조상들을 송곳 투성이 통에 넣어 언덕길에 굴리거나 손발톱을 뽑거나 바퀴에 매달아 굴리거나 모든 상상 가능한 고문에 의해 파괴하고 학살하고 살해했던 국가와 국기 아래 봉사하러 간 자이고, 더 많은 사람들이 반디만즈랜드로 호송되어 성경이 예언한 지옥보다 더한 폭군들 속에서 기아와 고통 속에서 젊음이 병들었고 조국의 땅에서 살해당하지 않은, 미국이나 다른 나라로 훗날 꽃을 다시 피우기 위하여 떠나지 않았던 진정한 혈통과 뼈와 아름다움을 지닌 존재들은 머콰리 항구, 퉁가비, 노퍽 섬과 에무 플레인즈로 가는 운명을 지게 되었고 그 폭압과 저주의 장소에서 많은 창창한 **아일랜드인들**이 **색슨의 굴레**에 굴복하느니 매질을 당하여 죽었고 노예의 족쇄를 찬 채 용감하게 죽었지만 **토끼풀**에 진실했고 **패디**의 땅에 명예로운 존재였다.[49]

위 인용문에서 "물푸레나무" "토끼풀" "패디"는 전부 아일랜드인이나 아일랜드 민족주의를 지시하는 향토색 물씬 나는 환유들이다. 이쯤 되면 아일랜드계 식민지 경찰에 대한 비판을 하기 위해서 아일랜드와 영국의 구원(舊怨)에 대한 기억을 되살리는 것이 아니라, 아일랜드계 식민지 경찰에 대한 언급이 실은 궁극적으로 아일랜드 민족주의를 고취하고 반영주의(反英主義)를 선동하기 위한 수사적 전략이라는 생각이 든다.

물론 캐리의 텍스트에서도 식민지의 잔인한 통치에 대한 비판의 목소리는 발견된다. 그러나 켈리의 서한과는 표현이 사뭇 다르다.

---

49) 같은 글, 45~46쪽; 필자 강조.

그들은 오스트레일리아인이었고 그들은 냉혹한 법의 공포를 잘 알고 있었고 불공정성에 대한 기억이 그들의 피에 흐르고 있었고 한 사람이 있어 그가 은행원이든 지배인이든 한번도 감옥살이를 해본 적이 없을지라도 감옥에서 흰 두건을 써야만 하는 것이 어떤 것인지 마음속으로 알고 있었고 간수를 쳐다보았다고 해서 채찍질당하는 것이 무엇인지 알고 있었다.[50)]

위 인용문에서 주인공 켈리의 입에서 들려오는 비판에는 '식민주의적 구도'나 '민족적 지시어'가 완전히 누락되었다. 중요한 사실은 식민지 피지배계급으로서의 아일랜드인들이 캐리의 소설에서 "오스트레일리아인"이라는 새로운 보편적 범주에 의해 대체되고 만다는 점이다. 즉, 오스트레일리아인이라는 새로운 포괄적인 민족적 범주가 기존의 식민 관계를 '덮어쓰기'하는 것이다. 이 과정에서 아일랜드인들이 과거와 현재에 겪었던 고통은 삭제되고 만다.

「제릴데리 편지」는 영제국에 대한 대항 전략을 수립하는 데 켈리의 지향점이 궁극적으로 전투적이거나 대결주의적 민족주의와 멀지 않음을 분명히 드러내고 있다. 켈리는 영제국의 목을 칠 수 있을지도 모를 전투의 발발 가능성을 미국에서 읽고 있다.

만약 미국이 전쟁을 선포하고 초록색 기를 올리면 영국은 어떻게 하겠는가. 미국의 군대와 요새와 포대를 책임지고 있는 자들이 아일랜드인들이고 심지어는 미국의 호위병들과 쇠고기 감별가들조차 아일랜드인들이니 그들이 몇 년이고 감히 입지 못했던 그 색깔을 위해 무장하여 닥치는 대로 살해하며 영국과 한판 붙으려 하지 않겠는가.

---

50) Peter Carey, 앞의 책, *True History of the Kelly Gang*, 312쪽; 필자 강조.

그래서 오랜 에린 섬을 회복하여 그 섬을 가난과 기아 속에 가두고 적군의 외투를 입게 만든 영국의 굴레가 가하는 압박과 폭정에서 다시 한 번 일어서도록 한다면. 영국이 그밖에 다른 무엇을 기대할 수 있단 말인가.[51]

"에린"이라는 표현이 아일랜드 민족주의자들이 조국을 가리킬 때 즐겨 사용하던 표현임은 두말할 필요가 없다. 영국에 저항하는 방안으로 켈리는 '아이리시 디아스포라'에서 무장의 가능성을 읽고 있지만, 이러한 전복적 요소는 캐리의 소설에서 언급되지 않는다. 대신 캐리가 제릴데리 편지에서 취한 부분은 자신을 두려워할 이유가 있는 자들은 미망인과 과부를 위해 11조에 해당하는 재산을 내놓고 빅토리아를 떠날 것을 요구하는 정도다.

요약하자면, 켈리가 대변하는 아일랜드 민족주의의 목소리는 캐리의 서사에서 부패 경찰과 목장주의 횡포를 비판하는 오스트레일리아인의 목소리에 의해 대체된다. 물론 캐리가 그려내는 주인공도 식민지 지배계층을 비판하는 발언을 하지만, 그의 비판과 저항은 어디까지나 '오스트레일리아인으로서' 한 행동일 따름이다. 즉, 민족주의적 지시어가 대부분 삭제되었기에 캐리가 그려내는 켈리는 가장 체제 비판적이었을 때조차도 여전히 오스트레일리아인이었으며 기껏해야 '식민지 빅토리아의 하층민'이었을 따름이다. 더구나 말도둑이자 노상강도에게서 발견될 법한 거칠고도 위험한 면이 깎인 켈리는 가족의 가치를 최우선으로 삼는 예의가 바른 '가정적인 인간'이다.

켈리가 살아서 갖지 못했던, 그가 그토록 갖고 싶었던 웅변적인 목소리를 캐리가 그에게 주는 듯하나, 작가가 준 것은 켈리 자신의 목소리

51) Edward Kelly, 앞의 글, "Jerilderie Letter", 48~49쪽.

가 아니다. 켈리에 대한 집단적인 기억을 이런 식으로 되살릴 때, 이 역사적인 반항아는 생전에 주장했던 반제국주의나 아일랜드 민족주의의 '불온한 목소리'를 빼앗긴다. 캐리가 재현하는 켈리가 아일랜드 민족주의자나 반(反)제국적 아일랜드계 이민자가 아니라 "오스트레일리아의 국민 영웅"이자 "낭만적인 시대의 반항아"로 대중의 뇌리에 각인될 수 있었던 것도 바로 이러한 연유, 즉 그가 오스트레일리아인의 성정과 고통을 대변하는 '보편적인 존재'로 그려졌기 때문이며, 이는 궁극적으로 특정한 민족이나 민족적 경험과의 '거리두기'가 가능했기 때문이다.

이러한 점을 염두에 둘 때 "오스트레일리아의 다수 국민들에게 그들이 누구인지를 말해주는 작가"라는 명칭을 캐리가 받은 것이나, 이 소설이 "민족적 정체성을 추구하는 오스트레일리아의 연대기"라는 식으로 오스트레일리아 내에서 칭송되는 것은 결코 놀랍지 않다.

오스트레일리아 민족주의가 아일랜드계 소수민의 전투적 대결주의나 아일랜드 민족주의를 '덮어쓰기' 했다는 점에서, 캐리의 소설에서 사용된 켈리의 이미지는 올림픽 개막식과 동일한 정치적 효과를 거두고 있다고 판단된다. 이러한 주장에 대해 여기서는 캐리가 "네드의 삶을 명민한 눈으로 읽어냄으로써" 역사적 진실을 지키고 있다고 본 비평이나 켈리의 서간문이 채 드러내지 못한 "인간적인 존재"를 캐리가 채워주고 있다고 보는 주장[52]과 거리를 둔다. 또한 이 책은 캐리가 그려내는 켈리가 영국과의 관계에서 억압받은 경험을 가진 다수의 식민지 오스트레일리아인들의 입장을 대변하는 존재일 뿐만 아니라 원주민을

---

52) Graham Huggan, "Cultural Memory in Postcolonial Fiction: The Uses and Abuses of Ned Kelly", *Australian Literary Studies*, 20.3(May. 2002), 153쪽; Paul Eggert, "The Bushranger's Voice: Peter Carey's *True History of the Kelly Gang*(2000) and Ned Kelly's *Jerilderie Letter*(1879)", *College Literature*, 34.3(Summer 2007), 132쪽.

포함하는 모든 소수민의 영웅이라는 오라일리의 견해[53]와도 거리를 둔다. 오라일리의 주장은 캐리의 소설이 오늘날 오스트레일리아에서 누리는 인기에 대해 말할지는 몰라도, 오스트레일리아 민족주의를 대변하기 위해 침묵되어야만 했던 켈리의 생전의 목소리에 대해서 어떠한 설명도 해주지 못한다.

1999년 말의 국민투표에서 공화제 안건이 예상을 뒤엎고 부결된 상황에서 출간된 캐리의 소설은 하워드 정권에 대한 공화주의자들의 분노에 도화선의 역할을 할 수도 있었지만 그렇게 하지 못했다. 오히려 살아서 반영주의자였던 켈리는 캐리의 소설에서 '아일랜드계 반항아'의 면모를 삭제당한 채 정파를 초월한 '보편적 오스트레일리아인'으로 기억되었다.

이 소설이 대부분의 오스트레일리아인들에게 어떻게 다가왔는지는 한 비평가에 의해 다음과 같이 표현된다. "이 민족의 위대한 신화들 가운데 하나를 읊었다는 점에서는 〔캐리〕의 역할은 음유시인이라고 할 만했다. 여기에 많은 수의 오스트레일리아 국민들에게 그들이 누구인지를 들려주는 오스트레일리아 작가가 있었던 것이다."[54] 아일랜드 민족주의를 덮어쓰기한 이 오스트레일리아의 영웅 서사는 군주제 지지자와 공화주의자 모두를 '오스트레일리아인'으로 '호명'했던 것이다. 이러한 호명의 결과로 국민투표로 양분된 오스트레일리아의 상처를 어루만져 줄 수 있었다.

그러므로 시드니 올림픽을 포함한 현대 오스트레일리아의 문화 산업이 유통시키는 켈리의 이미지는 보수적인 정치 구도가 스스로의 존립을 위해 필요로 하는 일종의 '위생 처리된 반항'의 아이콘이며, 정파를

53) Nathaniel O'Reilly, 앞의 글, 495쪽.
54) 같은 글, 493쪽에서 재인용.

초월한 모든 오스트레일리아인에게 값싼 저항의 포만감을 약속하는 인스턴트 식품이다. 국민투표 직후에 켈리를 내세우는 행위가 공화주의 같은 특정한 정치적 대의를 지원하기보다는 분열을 미봉하는 이데올로기적 임무를 수행하는 게 가능했던 것도 바로 이러한 맥락에서라고 이 책은 주장한다. 뿐만 아니라 오스트레일리아인의 전형으로서 켈리를 선택하는 행위는 바로 그 선택에 의해서 다른 스토리를, 다른 역사를 침묵시킨다. 이렇게 침묵된 다른 목소리, 다른 역사에는 앞서 논의한 아일랜드 민족주의만 있는 게 아니라 원주민들의 역사도 있다.

켈리 같은 하층민을 포함한 어떤 백인도 이들과의 관계에서는 결백함을 주장할 수 없다. 켈리의 스토리가 1850년대에 시작하는데, 이 시점은 식민지 빅토리아에서 원주민들이 생계의 수단이자 조상과 교감하는 종교적 터전인 땅을 되찾기 위하여 벌이던 투쟁이 깨끗이 종료되었던 때다. 원주민 문제를 다루기 위해서 빅토리아에 처음으로 경찰 병력이 투입되었던 때가 1830년대임을 생각할 때, 불과 20년 만에 원주민 문제가 "해결"되었다는 것은 경이로운 사실이다. 그러나 사실 원주민 문제가 빅토리아에서 이처럼 종결될 수 있었던 연유는 다름이 아니라 많은 수의 저항적 원주민들이 백인들과 경찰에 의해 살해되어 대부분의 부족이 해체되었기 때문이다.

오스트레일리아의 이러한 인종적 콘텍스트에 위치시켰을 때 캐리의 소설은 또 다른 정치적 의미를 띤다. 특히 서구에 의해 문화와 역사를 박탈당하고 인종 청소를 당한 원주민들에 대한 기억이 탈식민주의의 중요한 화두가 되고 있는 시점에서, '위생 처리된' 저항의 역사를, 그것도 백인의 저항을 장문의 서사적 틀로 재생산하는 행위는 더 중요한 저항의 역사를 은폐하는 위험을 초래할 수 있다. 결론적으로 시드니 올림픽의 공연 텍스트와 캐리의 소설 텍스트 모두 특정한 과거에 대한 회상이 오히려 역사에 대한 진정한 접근을 봉쇄시킨다는 점에서, 제임슨이

"환유적 노스탤지어 서사"라고 명명한 텍스트로 분류될 수 있다.

영화 「오스트레일리아」와 계몽의 기획[55)]

오스트레일리아에 무지했던 한국 관객들에게 2009년 1월에 개봉한 영화 「오스트레일리아」[56)]는 현지의 장엄한 풍광과 그 속에서 벌어지는 장대한 모험을 보여줌으로써 오스트레일리아에 대한 새로운 인상을 각인시키는 효과를 거둔 듯하다. 오스트레일리아 정부도 이 영화의 홍보를 위해서 220만 오스트레일리아 달러를 투자하는 등 오스트레일리아를 선전하는 데 재정적인 지원을 아끼지 않았다. 서오스트레일리아 정부 관광청의 한글 웹사이트는 이 영화와 오스트레일리아를 다음과 같이 동시에 선전한다. "영화 「오스트레일리아」의 배경이 되었던 서오스트레일리아에서 진정한 오스트레일리아를 발견해보십시오. [……] 킴벌리는 전 세계에 얼마 남아 있지 않은 오지이자 진정한 오스트레일리아식 아웃백 모험을 경험할 수 있는 곳이기도 합니다."[57)] 「오스트레일리아」는 이처럼 문명에 물들지 않은 "진정한 오스트레일리아"를 영상으로 포착함으로써 도시의 메마른 삶에 염증을 느끼는 관객들에게 기술 문명과는 다른 세계의 고마운 존재에 눈뜨도록 해준다.

영화가 보여주는 '대안의 세상'에는 도시인의 접근을 거부하는 황량한 벌판이나 깊고 붉은 협곡이나 삼림만이 있는 것이 아니다. 「오스트

---

55) 아래 「오스트레일리아」에 대한 논의는 졸고 「「오스트레일리아」에 나타난 "인정"의 정치학: 원주민 재현과 다문화주의」, 『문학과영상』, 제10권 제3호 (2009), 709~730쪽을 수정한 것이다.

56) 「오스트레일리아」, 바즈 루어만 감독, 니콜 키드먼과 휴 잭맨 주연, 20세기 폭스사, 2008.

57) 서오스트레일리아 정부 관광청 웹사이트를 참조할 것: http://www.westernaustralia.com.

레일리아」는 별천지를 영상화하면서도 그들 나름의 생활 방식을 고수하는 원주민의 모습을 빼놓지 않음으로써 오스트레일리아 대륙이 연방국가로 발돋움하는 과정에서 목소리를 빼앗겼던 오스트레일리아 원주민을 공영역에 다시 세우는 면모를 보여주는 듯하다.

오스트레일리아 바깥의 관객이 이 문제의 중대성을 얼마나 이해할 수 있을지 의문스럽다는 말로 시작하면서 오스트레일리아의 영화 비평가 레너드는 이 영화를 '도둑맞은 세대들'에 대한 백인들의 책임과 관련하여 이해한 바 있다. 도둑맞은 세대들이란 백인의 교육을 받기 위해 원주민 부모와 헤어져 강제 수용당했던 원주민 혼혈아들을 일컫는다. 레너드에 따르면 이 영화는 원주민 혼혈아 널라를 할아버지가 상징하는 부족 전통으로 돌려보냄으로써 "오스트레일리아 원주민들이 어떻게 부족적인 유산과 존엄성을 회복할 수 있는지에 대한 활발한 논의의 한 면"[58]을 대변하게 되었다고 한다.

레너드의 진술은 오스트레일리아의 사정에 무지한 해외 관객들에게 이 영화의 중요한 포인트를 놓치지 말 것을 요구하는 충고의 발언이다. 이는 감독 루어만(Baz Luhrmann)이 영화를 만들 때 가졌던 애초의 취지와도 부합한다. 루어만은 자신의 작품이 단순한 오락물만은 아님을 분명히 밝힌 바 있다. 뿐만 아니라 자신이 영화 제작을 통해서 오스트레일리아의 오지와 원주민 문제에 대해 좀더 잘 알게 되었음을 자인했다는 점에서 감독은 영화가 염두에 둔 '계몽의 대상'에 스스로를 포함시킨 바 있다.

오스트레일리아 공영 방송(ABC)의 오브라이언(Kerry O'Brien)과의 인터뷰에서 루어만은 「오스트레일리아」의 제작 과정을 "나의 조국을

58) Richard Leonard, "Down Under, Over Top: Baz Luhrmann's *Australia*", *America*(2. Feb. 2009), 34쪽.

나의 방식으로 배우는 여행, 조국의 역사와 원주민의 역사를 배우는 여행"이라고 불렀다. 감독은 이 인터뷰에서 이 영화의 역사적 배경으로 제2차 세계대전 당시 일본군의 다윈 공습 사건과 '도둑맞은 세대들'을 언급했는데, 비평가에 따라서는 인종주의적 모티프 · 로맨스 · 서사적 스케일이 모두 발견된다는 점에서 이 영화를 미국 남부의 노예제를 배경으로 벌어지는 로맨스 영화 「바람과 함께 사라지다」(*Gone with the Wind*)에 비교하기도 한다.

루어만이 언급하는 "조국의 역사"는 '원주민의 역사'와 평행선을 달리지 않았다. 두 역사가 조우하는 지점에는 '인종 청소'가 있었을 뿐이었다. 뿐만 아니라 아시아인을 포함한 유색인에 대한 철저한 차별이 있었다. 오스트레일리아에서 인종차별은 18세기 말엽 영국인들의 정착기까지 거슬러 올라가는 것이지만 연방국가가 결성된 후에도 유색인종에 대한 입장은 식민지 시대와 크게 다르지 않았다. 오스트레일리아는 연방국가로서 출범한 1901년에 백오스트레일리아를 염두에 둔 이민법을 상정하게 되고 이 법안의 인종차별적 성격을 두고 영국과 갈등을 겪게 된다. 피부색만으로 이민을 차별하는 명백한 인종주의에 영국이 반대를 한 것이다. 이민법을 두고 영국과 있었던 논란에 대한 오스트레일리아 주류사회의 시각은 1901년 6월 22일자 『불러틴』의 사설에서 잘 드러난다. 당대 최고의 이 시사 주간지를 인용하면,

> 오스트레일리아가 가치를 두는 것은 거의 모든 일에서 백인이 이 세상을 이끈다는 사실이다. 만약 〔영국 수상〕 체임벌린이 백인보다 더 고도의 문명을 소유하고, 더 고도의 정신적 능력과 세상을 이끄는 더 위대한 능력을 갖춘 흑인종이나 황인종을 보여줄 수 있다면, 그때는 오스트레일리아가 그 인종에 속하는 천만 명의 인구를 즉시 받아들일 것이다.

그러나 그러한 인종은 존재하지 않는다. 일본인이 아마도 가장 이에 가까울지 모르겠지만 그 기준을 만족시키지는 못한다. 만약 순수 유럽 혈통을 유지하고자 하는 오스트레일리아의 욕망이 영국을 충격에 빠뜨렸다면, 그렇다면 영국은 그 자신 백인의 위치가 갖는 가치를 알고 있지 못한 것이며, 검둥이, 그것도 아주 저급한 검둥이가 되어야 족할 것이다.[59)]

이 사설에 따르면, 백인과 유색인종 사이에는 쉽게 뛰어넘을 수 없는 문명의 차이 · 지적 능력의 차이 · 세상을 이끄는 지도력의 차이가 존재한다. 인종적 차이에 대한 이러한 믿음이 오스트레일리아 대륙에 대한 백인들의 애초의 정복을 정당화했고, 유색인종에 대한 훗날의 차별도 정당화했던 것이다.

이러한 역사적 맥락에 놓고 보았을 때, 루어만의 영화는 백오스트레일리아가 원주민들이나 여타 유색인종에게 오랫동안 거부해왔던 '인정'(認定, recognition)의 문제를 다루는 것이다. 사실 '도둑맞은 세대'들에 대한 원주민들의 증언이나 담론은 이미 오래전부터 있던 것이다. 원주민들 사이에서만 유통되었던 이러한 담론은 최근 들어 주류사회에서 주목받기 시작했는데, 이 담론의 목록에는 루지(Elsie Roughsey)의 『원주민 어머니가 옛 것과 새것에 대해 들려주다』(*An Aboriginal Mother Tells of the Old and the New*, 1984)를 필두로 샐리 모건의 『나의 자리』(*My Place*, 1987), 워드(Glenys Ward)의 『방황하는 소녀』(*Wandering Girl*, 1987) 등이 발견된다. 뿐만 아니라 강제로 격리 수용된 원주민들의 증언을 토대로 TV시리즈가 만들어지는 등 주류사

59) A.T. Yarwood, *Attitudes to Non-European Immigration* (Melbourne: Cassell, 1968), 99쪽에서 재인용.

회의 미디어도 '도둑맞은 세대들'의 문제에 관심을 가졌다. 영화 「오스트레일리아」가 원주민의 문제를 다룬 것도 바로 이러한 사회적 분위기에 부응하는 것이었다.

'도둑맞은 세대들'에 대한 감독의 강조를 염두에 둘 때 「오스트레일리아」는 과거의 인종주의에 대한 고발에서 출발하여 인종적 타자에 대한 '인정'으로 최종적인 결말을 맺는 것으로 이해된다. 인종적 타자의 역사를 배우고 그들의 문화를 인정할 것을 관객들에게 요청했다는 점에서 이 영화가 표방하는 정치학을 '다문화주의'라고 이름 붙일 수 있을 것이다. 그러나 이 영화는 오스트레일리아의 인종주의만을 비판하고 있는 것은 아니며 다른 다양한 진보적인 메시지들도 함께 제시하고 있다.

여기서는 우선 이 영화가 형상화하고, 오늘날의 오스트레일리아가 국가적 슬로건으로 삼기도 한 "다문화주의"가 구체적으로 어떠한 내용을 담고 있는 것인지를 논의하고자 한다. 이 책에서는 최종적으로 「오스트레일리아」가 강조하는 진보적인 메시지의 이면에 "다문화주의"와는 상충된 방식으로 작동하는 정치학의 존재를 원주민에 대한 재현을 분석함으로써 밝혀내고자 한다.

「오스트레일리아」는 계급 · 성 · 인종에 관한 당대 주류사회의 이데올로기 모두를 질문에 부친다. 먼저 계급 이데올로기 비판이라는 관점에서 살펴보면, 애슐리 부인과 드로버가 있다. 애슐리 부인은 영국 출신의 "진짜 귀족"인 반면 드로버는 오스트레일리아 출신의 백인 소몰이꾼이다. 빼어난 미모와 귀족 혈통의 소유자인 애슐리 부인은 다윈에 도착하자마자 현지의 상류사회에서 최고의 주목을 받는다. 다윈의 지배계급 속에서 그녀의 위치는 자신 파티에서 "그녀와의 첫 춤을 출 기회"가 경매에 부쳐지고 뭇 남성들이 그 기회를 붙잡기 위해 너도 나도 돈을 거는 모습에서 잘 드러난다.

반면 오스트레일리아 백인사회에서 드로버의 위치는 애슐리 부인이 그를 무도회에 초대했을 때, 드로버 자신의 입을 통해서 잘 드러난다. "저기 높으신 분들에게 나는 흑인과 다를 바가 없는 사람입니다. 나는 들개와 함께 뒹구는 존재지요. 공작부인들의 상대가 아니라. 그분들과는 어울리지 않아요." 다윈의 '사교계의 꽃'이 다름 아닌 들개와 함께 뒹구는 소몰이꾼과 사랑에 빠지게 만듦으로써 루어만은 연방국가 오스트레일리아를 높으신 분들과 그렇지 못한 계층으로 나누는 계급적 이분법에 도전한다.

이 영화가 도전하는 기성 질서에는 성차별 이데올로기도 포함된다. 당대 오스트레일리아의 성차별은 현지에 막 도착한 애슐리 부인이 안내인 드로버의 행방을 알아보려 한 술집에 들렀을 때 극명하게 드러난다. 드로버라는 사람을 찾는다는 그녀에게 술집 주인과 남성 고객들이 들려주는 대답은 그곳은 "여성 출입금지"요, "암탉의 휴게실은 저쪽이에요, 예쁜이"다. 물론 이러한 여성차별에 대해 애슐리 부인은 조금도 지지 않고 맞선다. 자신의 질문은 들은 체 만 체하며 나갈 것을 요구하는 술집 주인에게 그녀는 비수 같은 한 마디를 던진다. "이러니 손님이 없지." 묵묵히 남편을 내조하는 "집안의 천사"가 아니라 자신의 권리를 당당히 요구하는 '여장부'의 면모는 이보다 앞서 그녀가 오스트레일리아로의 여행을 결심하는 대목에서도 드러난다. 영화의 도입부에서 애슐리 부인은 남편이 오스트레일리아에서 목장 사업을 핑계로 바람을 피우고 있다고 판단한다. 여성 혼자의 몸으로 원거리 여행을 하는 것이 위험하다는 주위의 충고에도 그녀는 목장을 팔아치우고 바람둥이 남편을 귀국시킬 것이라 장담하며 오스트레일리아 여행을 감행한다. 이 여행과 관련하여 부부간에 오고간 서신을 보면,

> 사랑하는 새라, 제발 여행을 포기하구려. 전쟁이 임박했소. 끝.
> 메이트랜드, 전쟁에 관한 당신의 염려는 잘 알았음. 끝.

소들에 관한 계획이 있소. 킹 카니에게 양도하는 것은 필요치 않소. 시간이 더 필요하오. 끝.

말도 안 되는 소리. 끝. 제가 도착할 때에 맞춰 목장양도계약서를 작성할 것으로 아세요. 끝.

남편과의 서신 교환에서 드러난 애슐리 부인은 한번 마음먹은 바는 쉽게 바꾸지 않는 고집스러운 인물이다. 전쟁의 위험에 대한 경고도, 다른 계획이 있으니 목장 양도가 필요치 않다는 남편의 설득도 그녀를 말리지 못한다.

타협을 모를 뿐만 아니라 불의를 묵과하지 않는 그녀의 곧은 성정은 목장 지배인 플레처와의 관계에서도 잘 드러난다. 플레처가 목장의 소를 경쟁업체에 몰래 빼돌리고 있다는 비리를 널라가 폭로하자 이에 분노한 플레처는 아이를 폭행하기 시작한다. 애슐리 부인은 즉시 플레처의 얼굴을 말채찍으로 가격하며 "당신은 이제 더 이상 이 목장에서 일하지 말아"라는 말로 그를 해고시킨다.

이처럼 불의를 묵과하지 않고 과감히 나서 약자의 편을 든다는 점에서 애슐리 부인은 정의와 인본적인 가치를 구현하는 인물이다. 그러나 플레처를 쫓아낸 뒤 곧 애슐리 부인은 소 1,500마리를 다윈까지 몰고 가서 팔아야 하는 어려움에 처한다. 그녀는 경쟁업체인 카니 목축회사의 온갖 계략과 방해공작에도 불구하고 이 일을 억척스럽게 성사시킴으로써 자신이 주장하던 대로 여성에게도 "어느 남성 못지않은 능력이 있음"을 입증한다.

「오스트레일리아」는 무엇보다 낭내의 인종 이데올로기에 대해서도 비판적인 태도를 취한다. 백인우월주의에 대한 반박은 이 영화에서 구체적으로 백인의 부도덕함과 부정직함에 대한 폭로를 통해서 이루어진다. 플레처는 부패한 백인집단을 대표하는 인물이다. 그는 혼혈아 널라의 생부(生父)이면서도 양육 책임을 저버릴 뿐만 아니라 자신의 아이를 사업의 볼모로 삼기까지 한다.

앞서 간략히 언급했듯, 1869~1969년에 원주민 혼혈아들에 대한 오스트레일리아 정부의 정책은 원주민 가족들로부터 격리 교육시킴으로써 이들을 백인사회에 동화시키는 것이었다. 1930년대에 집중적으로 이루어졌던 격리 정책으로 약 10만 명의 아이들이 가족의 품을 떠나야 했다고 보고된 바 있다.

영화에서 혼혈아인 널라도 같은 상황에 처하자 경찰의 추적을 피해 애슐리 부인의 목장 파러웨이다운스에 숨어 산다. 애슐리 부인이 널라를 아낀다는 사실을 아는 플레처는 목장에서 해고당하자 이에 대한 앙갚음으로 널라의 존재를 경찰에 알려준다. 뿐만 아니라 널라가 경찰에 의해 체포되어 미션 아일랜드로 끌려가자 이를 안타까워하는 애슐리 부인에게 목장을 양도하면 널라를 수용시설에서 풀려나게 해주겠다는 비인간적인 사업 제안까지 한다.

혼혈아 수용 정책에 대한 가장 신랄한 비판은 혼혈아들을 위해 열린 자선 파티에서 애슐리 부인이 현지의 유력 인사들에 대해 던진 논평에서 잘 표현된다. 애슐리 부인은 파티 주최자인 바커 박사에게 널라를 입양할 가능성을 타진한다. 자식을 빼앗긴 어머니의 마음이 어떻겠냐면서 수용 정책의 비인간적인 면을 애슐리 부인이 지적하자, 박사는 혼혈아로부터 흑인성을 제거하기 위해서는 이들이 "원시적인 순수 혈통의 흑인으로부터 격리되어야" 하며, 원주민 어머니는 자식의 존재를 곧 잊어버리므로 강제 수용이 문제될 것이 없다고 답변한다. 그러자 애슐리 부인은 어떤 어머니도 자식을 잊지 않는다고 강변한 후 다음과 같이 말한다. "〔혼혈아들의〕 아버지들에게 〔이 문제에 대해〕 물어볼 순 없겠죠, 그렇죠? 〔……〕 아니 어쩜 물어봐야 할지도 모르겠어요. 〔……〕 사실 이곳에 그들이 다 모여 있으니까요." 애슐리 부인의 이 마지막 한

마디는 그곳에 모인 백인유지들의 이중인격을 비수 같은 예리함으로 고발하는 것이다.

언뜻 보기엔 이 백인들은 자선 파티에 참여하여 혼혈 원주민 아동을 돕고자 나선 인물들 같지만, 실은 그 아이들이 대부분 이들의 사생아일 수도 있다는 점에서 이들의 자선 행위는 위선을 드러낼 뿐이다. 그러나 '위선'은 이들이 저지른 죄목의 극히 작은 부분에 지나지 않는다. 혼혈아와의 관계에서 보았을 때, 그들은 자식을 사랑 없이 낳은 뒤 버린 비정한 아버지이며, 백인아내와의 관계에서 보았을 때는 혼외관계를 가진 간통자이며, 원주민 여성과의 관계에서 보았을 때는 우월한 지위를 이용하여 성관계를 강요한 강간범이기 때문이다.

물론 영화에서 등장하는 백인들이 모두 도덕적으로 문제가 있는 것은 아니다. 앞서 논의한 애슐리 부인 외에, 카니 회사의 방해 공작에 맞서 부인의 편을 들게 되는 드로버도 당대의 인종적 편견에 맞서 외로운 투쟁을 벌여온 인물이다. 그는 "흑인의 애인"이라는 주위의 멸시에도 불구하고 원주민 마가리와 격의 없이 지낼 뿐만 아니라 유색인종과 여성을 오랫동안 차별해온 테리토리 호텔의 클럽에서 자신의 주장을 굽히지 않는다.

그러나 원주민에 대한 드로버의 인간적인 태도가 이중적인 잣대를 가진 것으로 볼 수도 있다. 드로버가 마가리의 권리를 지켜주기 위해서는 눈물겨운 노력을 기울이지만, 원주민 여성들을 손쉬운 성(性) 파트너 정도로 여긴다는 인상을 주기 때문이다. 애슐리 부인을 목장으로 안내하는 도중에 그가 원주민 여성에 대해 보여주는 태도가 그 예다. 자신이 "오지의 여성들을 좋아할" 뿐만 아니라 그들은 "노력만 하면 사귀기가 참 쉽다"는 그의 진술이나 목장으로 향하는 마차에 접근하여 오랫동안 알아온 고객인 양 "얼마간 쉬어 갈 것"을 제안하는 원주민 여성과 키스를 나누는 모습은, 드로버가 원주민 여성을 '쉽게' 생각하는 다윈의 위선적인 백인남성들과 다르지 않다는 생각이 들게 한다.

이 인상은 나중에 드로버가 원주민 여성과 사별한 인물이라는 사실이 드러나면서 여지없이 깨진다. 더군다나 마가리가 드로버의 처남임을 밝힘으로써 영화는 원주민에 대한 드로버의 애정이 단순한 동정심이나 피상적인 인도주의가 아닌, 친족 관계에 바탕한 '보통 이상의 것'임을 드러낸다. 원주민들과 아내나 처남의 관계를 맺는 드로버의 이러한 면모는 영화에서 인종주의가 지배했던 당대 오스트레일리아의 주류 백인문화에 대한 비판적 잣대요, 대안적 가치로 작용한다.

다문화주의와 '상상적' 보상

앞에서 살펴본 것처럼, 제2차 세계대전 당시 오스트레일리아 주류사회의 보수적인 이데올로기를 다각적인 면에서 비판했다는 점에서 「오스트레일리아」는 '진보적인 정치학'에 의해 추동된다. 진보적 정치학이 타격 지점으로 삼은 곳은 독과점 자본주의를 상징하는 카니 회사나 그 회사의 하수인들이 득실거리는 테리토리 클럽이다. 유색인종은 발을 못 붙이게 만들고, 여성에게는 별도의 자리를 강제한다는 점에서 이 클럽은 당대 차별주의 문화의 축약판이다. 그러니까 백인우월주의 · 성차별주의 · 자본주의를 표상하는 '테리토리 클럽'이 한쪽 편에 있다면, 그 반대편에는 성 평등 · 인종 화합 · 인도주의를 표방하는 '파러웨이다운스'가 있는 것이다. 테리토리 클럽이 돈을 위해서는 살인도 서슴지 않는 플레처, 그를 조종하는 자본주의자 킹 카니 같은 악한 세력에 의해 움직인다면, 파러웨이다운스는 이 악당들에 맞서 사회적 약자를 보호하는 애슐리 부인과 드로버에 의해 운영된다.

널라의 표현을 빌면 "그 땅의 저주"와 같은 존재인 플레처를 일거에 몰아낸 애슐리 부인은 새로운 질서, 즉 인도주의와 정의 같은 새로운 가치를 표상한다. 그러나 새로운 질서는 애슐리 부인 혼자의 힘만으로는 이루어지지는 않으며 주위의 인물들이 기울이는 공동의 노력으로 가능해진다는 점을 유의할 필요가 있다. 예컨대, 애슐리 부인이 플레처를 해고한 후 소몰이를 감행해야 하는 곤경에 처했을 때, 목장의 하인들과 일꾼들이 새 주인을 돕는 일에 나선다. 새 주인에게 충성을 서약한 이 무리에는 "자신은 피고용인이 아니니 어느 누구도 자신을 고용할 수도, 해고할 수도 없다"고 주장하는 드로버 외에도, 플레처를 위해 이중장부를 만들어주기도 했지만 결국 애슐리 부인의 편으로 돌아선 백인회계사 플린, 원주민 하녀 데이지와 밴디, 데이지의 아들 널라, 중국인 요리사 싱송이 있다.

물탱크에서 익사하여 같이 떠나지 못한 데이지를 제외한 이들은 합심하여 다윈을 향해 멀고도 험난한 여정을 떠난다. 플레처의 방해 공작으로 소들이 모두 낭떠러지를 향해 돌진하는 위기에 처하기도 하나 플린의 목숨을 대가로 치른다. 또한 널라가 마법적인 능력을 발휘함으로써 이들은 위기를 극복한다. 이처럼 모두가 공동의 노력을 투자한 결과 애슐리 부인은 목장의 소를 가까스로 정해진 시간에 양도할 수 있게 된다.

소를 판매한 대금을 챙겨 오스트레일리아를 떠나는 대신 애슐리 부인은 쇠퇴한 파러웨이다운스를 다시 살려내기로 결정한다. 인정미 넘치는 여장부가 원주민 하녀들을 데리고 널라를 양자로 삼아 드로버와 함께 행복한 가정을 꾸리면서 파러웨이다운스는 새롭게 태어난다. 다양한 인종적 구성원들의 인간미 넘치는 상호 관계를 고려하건대, 파러웨이다운스는 현대 오스트레일리아가 지향하는 다인종·다문화 국가의 이상을 잘 반영하는 듯하다. 그러나 '오늘날'의 오스트레일리아가 지향하는 이상적인 공동체를 그려냈다는 점에서 이러한 목장의 재현은 시대착오적이다. 즉 실현되지 않은 미래를 과거의 시점에 재현해 보였다는 점에서 이 영화에는 일종의 예변법(豫辨法, prolepsis)이 작동한다고 할 수 있다.

그러나 「오스트레일리아」에 등장하는 원주민들의 면면과 그들의 역할에는 영화가 전달하는 "행복한 다문화 가정 또는 국가"라는 메시지만으로는 설명될 수 없는 부분이 있다. 이를 논하기 전에 먼저 다문화주의가 무엇을 의미하는지 살펴보는 것이 필요하다. 맥라런에 따르면, 보수적인 다문화주의에서 자유주의적 다문화주의, 그리고 좌파적-자유주의적 다문화주의에 이르기까지 다문화주의의 개념은 다양하다.[60]

슈미트(Alvin Schmidt) 같이 다문화주의를 아예 좌파 이데올로기와 동일시하기까지 하는 보수적인 논자들도 있지만, 다문화주의의 다양한 기능에 대한 균형 잡힌 견해는 아무래도 시카고 대학 문화연구팀의 글에서 명료하게 표현한다고 판단된다. 이들의 견해를 빌리면, 크게 다문화주의는 "지식을 생산하고 전달하는 데 관련된 규범들을 포함하여, 민족 내부에 위치하거나 다양한 민족들에 걸쳐 있는, 좀더 이질적인 사회에 적합한 문화적 · 정치적 규범들을 발견하려는 욕망을 표상한다." 현실 사회에서 다문화주의가 보여주는 기능에 대한 견해는 두 가지로 나뉜다.

> 사회 운동으로서의 다문화주의는 기성 규범들에게 도전하고, 정체성에 기반한 투쟁들을 차이와 저항이라는 공통된 수사학과 연결시켜주기를 노력한다는 점에서 중요한 강점이 있다. 〔……〕 그러나 학계와 관련이 없는 기업과 행정 기관들도 "다문화적" 논리를 자신의 목적에 맞게 변용하려고 똑같이 맹렬하게 노력하여 왔고, 그러한 개념이 대중문화에 자주 등장했다. 교육에서 다문화적 강조가 좀더 민주적이고 비

60) Peter McLaren, "White Terror and Oppositional Agency: Towards a Critical Multiculturalism", *Multiculturalism: A Critical Reader*, David Theo Goldberg 엮음(Oxford: Blackwell, 1994), 45~74쪽 참조.

판적인 사회를 가져다줄지, 좀더 섬세한 국제적 행정 능력을 갖춘 사회를 가져다줄지는 확실치 않다. 그러므로 다문화주의는 하찮은 구호가 될 수도 있다. 그것을 구호로 사용하는 이들은 다문화주의가 본질적으로 기성의 문화적 규범에 본질적으로 도전한다고 믿는 경향이 있다. 그러나 다문화주의는 아주 상이한 스타일의 문화적 관계를 지칭할 만큼 유동적임이 증명되고 있으며, **기업적 다문화주의는** 그 개념이 비판적 내용을 가질 필요가 없음을 입증하고 있다. 우리는 이것을 **베네통 효과라고** 부른다.[61]

위 글에 따르면 다문화주의는 한편으로는 포스트모던 시대의 서구 시장이 스스로를 살찌우기 위해 필요한 문화적 영양소들을 다양하게 보급해줌으로써, 전 지구적 자본주의의 우군이나 첨병 역할을 할 수도 있는가 하면, 다른 한편으로는 특정 인종 집단이 휘두르는 헤게모니를 다양성의 이름으로 도전하는 게릴라가 될 수도 있다.

원주민들이 영화의 전면에 등장하여 뜻을 같이하는 백인들과 함께 당대의 독점적 자본주의와 보수적인 문화에 대항하여 싸운다는 점에서 「오스트레일리아」는 기성 질서의 문화적 규범에 대항하여 비판적인 목소리를 내는 비판적 다문화주의의 역할을 다한다는 인상을 준다. 뿐만 아니라 계급적 타자가 보호받으며, 성적 타자가 경제적 주체로 인정받는다는 점에서 파러웨이다운스는 기성사회의 온갖 차별이 해소되는 이상적인 공간을 대변한다.

그러나 약자의 인권이 보호되며, 침묵당하고 소외당한 주변 집단이 문화적 '인정'을 받는다는 점에서 이상적인 이 공동체는 그 내면을 들

61) Chicago Cultural Group. "Critical Multiculturalism," 같은 책, 114쪽, 115쪽; 필자 강조.

여다보면 사실 민주적인 공동체와는 거리가 상당히 멀다. 우선, 당대 원주민들에게 가능했던 사회적 역할이 미미했을 것이라는 점을 고려하더라도, 애슐리 부인을 주인으로 모셔 행복한 밴디와 매부를 주인으로 모시며 그림자처럼 좇는 마가리는 사실 이상적인 공동체의 '평등한 일원'이 아니기 때문이다. 비록 이들이 자본주의 사회의 비인간적인 계약 관계에 의해 묶여 있는 존재가 아니라고 해도 말이다.

아무도 이들을 파러웨이다운스에서 봉사해야 한다고 강요하지 않지만, 그럼에도 목장을 떠나 플레처 같은 악당이 활개 치는 바깥 세상에서 직장을 구할 가능성은 유색인종들에게는 도저히 있을 수 없는 생각이다. 그러한 점에서 사실 원주민들과 애슐리 부인의 관계는 자비로운 군주를 충심으로 모시는 가신(家臣)이나 덕망 있는 영주를 모셔서 운이 좋은 농노에 비유될 만한 것이다. 즉 영화의 주요 등장인물들을 묶어주는 끈은 근대가 존재하기 위해서는 파괴되어야 했던, 흔히 유기체적 공동체에 비유되는 봉건적 관계에 가깝다고 해야 할 것이다.

「오스트레일리아」에서 원주민들의 기능은 일차적으로 애슐리 부인이 카니와 플레처에 맞서 싸우는 데 필요한 심복의 머릿수를 채워주며, 목장 경영에 필요한 최소한의 노동력을 제공하는 데 있다. 파러웨이다운스 구성원들의 불평등한 관계는 영화에서 애초부터 애슐리 부인에게 부여된 '특수한 지위'에서도 드러난다.

우선 널라의 외할아버지 킹 조지는 그녀가 플레처 같은 부류의 인물에 의해 오염된 땅의 "치유자"일 것이라고 예언한 바 있다. 널라가 할아버지에게 들은 바에 따르면, 그녀는 메마른 땅의 "비"와 같은 존재요, "무지개 뱀"이다. 원주민의 창조 신화에서 무지개 뱀은 인간에게는 생명과도 같은 물을 관리하는 존재일 뿐만 아니라 산과 계곡을 창조한 성스러운 존재다. 또한 무지개 뱀은 부족민을 보호하는 수호자이며 법이나 규칙을 어기는 자들을 가혹하게 처벌하는 응징자이기도 하다. 수호자 · 응징자에 대한 예언은 애슐리 부인이 플레처를 일거에 몰아내어 원주민 하인들을 구출해내는 장면에서 실현된다.

보호자와 피보호자의 관계는 또한 부인과 카니와의 대화에서도 잘 드러나는데, 목장을 팔라고 카니가 압력을 가하자 애슐리 부인은 돈이 문제가 아니라 책임감 때문에 팔 수 없노라고 사양한다. 이 장면에서 자비로운 후견인으로서의 그녀의 목소리는 다음과 같이 들려온다. "목장에는 제가 책임져야 하는 사람들이 살고 있어요. 누가 그들을 돌볼 것이죠?" 애슐리 부인의 이 질문이 고결한 인도주의를 천명함에도 불편하게 들리는 이유는, 원주민들의 행복과 불행, 생사의 문제가 한 백인에게 달려 있다는 점도 그렇지만, 애슐리 부인이 보여주는 신념이나 원칙 등 그녀가 표방하는 이상주의가 오스트레일리아의 정복과 지배라는 추한 역사에 대한 '상상적 보상'으로 작용하는 면이 있기 때문이다. 물론 문제는 '상상적 보상' 자체가 아니라 과거의 범죄에 대한 '실제적인 보상'이 오스트레일리아의 인종적 현실에서는 아직 요원하다는 데 있다.

최근까지만 해도 원주민들에 대해 저질러진 범죄에 대해 오스트레일리아는 눈을 감았다. 원주민들이 받은 고통에 대한 오스트레일리아 정부의 공식적인 사과는 26대 수상 러드(Kevin Rudd)에 이르러서야 이루어졌다는 평가를 받을 정도다. 2008년 2월 13일에 러드는 국회에서 "자랑스러운 민족과 문화에 가해진 모욕과 타락"에 대해 최초의 사과문을 발표했다. 사과문으로 인해 수상은 참석한 의원들로부터 기립 박수를 받았지만, BBC에 따르면 아무런 실제적인 보상 없이 사과문만 발표된 것에 대해 원주민 부족 지도자들은 분노를 표했다고 한다. 수상의 사과문에 대한 원주민들의 부정적인 반응은 "흑인들은 말로 보상받고, 백인들은 금전적 손해를 면했다"는 원주민 지도자 피어슨(Noel Pearson)의 진술에서 잘 드러난다.[62)]

오스트레일리아 역사상 최초로 도둑맞은 50년에 대한 보상을 받은 트레버로우(Bruce Trevorrow)처럼 법정 투쟁까지 벌여서 보상을 받는 경우가 없는 것은 아니다. 그러나 법정 보상은 극히 드문 경우라는 것이 현재의 관측이다. 그도 그럴 것이 가족들로부터 격리되는 트라우마를 겪은 원주민의 수는 10만 명에 이르지만 이들을 가족으로부터 격리시키는 과정에서 불법이 저질러졌음을 입증하는 서류가 남아 있는 경우는 거의 없기 때문이다. 트레버로우는 생후 13개월이 되는 1957년 12월에 복통 치료를 받기 위해 병원에 보내졌다가, 병원 측에서는 그를 무연고자로 만들어 백인부부에게 넘겨버렸다. 그의 경우, 명백한 불법 행위에 대한 증빙 서류가 현재까지 남아 있었을 뿐만 아니라 격리 수용이라는 변을 당하지 않은 다른 형제들이 모두 성공적인 인생을 살고 있다는 사실이 법정에서 그에게 유리하게 작용했다고 한다.[63]

그러나 트레버로우처럼 운이 좋은 원주민이 몇이나 될까. 증빙 서류를 구하는 것도 불가능에 가깝지만, 강제 수용이 백해무익했음을 증명해줄—백인들에게서 문명의 세례를 강제로 받지 않고도—성공한 형제자매가 있어야 하니 말이다.

인종적 범죄에 대한 실제적인 보상이 요원한 현실을 고려할 때, 영화 「오스트레일리아」가 그려내는 백인여주인과 유색인종의 행복한 가정은 다분히 상상적인 보상을 하는 셈이다. '상상적 보상'은 원주민들에게 현실에서 이루어지지 않는 보상을 '대리'한다는 점에서도 문제적이지만, 백오스트레일리아가 저지른 추악한 과거에 대한 백인들의 죄의식을 경감시킨다는 점에서도 문제적이다.

---

62) "Australia Apology to Aborigines", BBC(13. Feb. 2008); http://news.bbc.co.uk/2/hi/asia-pacific/7241965.stm.

63) "The Agony of Australia's Stolen Generation", BBC(9. Aug. 2007); http://news.bbc.co.uk/2/hi/asia-pacific/6937222.stm.

잊기 위해 쓰는 반성문

오스트레일리아의 영화 비평가 파이크가 지적하듯, 오스트레일리아의 초기 영화에서 원주민들은 백인산적의 충실한 조수, 무슨 일이 있어도 의리가 변치 않을 뿐만 아니라 경찰로부터 주인을 구하기 위해 목숨까지 바치는 인물들로 묘사되어 왔다. 또한 1960년대까지만 해도 원주민들은 오스트레일리아에서 제작된 영화에 실제로 등장하지도 않았고, 이들의 역은 분장한 백인들이 연기했다.[64] 이처럼 원주민을 다룬 오스트레일리아 영화 가운데 원주민의 시각에서 그들의 문제를 다룬 영화는 그리 많지 않다. 백인이 만든 영화 중에는 「워크 어바웃」(*Walkabout*, 1971)이 백인문명의 위선을 신랄하게 비판했으며, 또한 원주민 문화를 비교적 긍정적으로 그려냈다는 평가를 받는다. 그러나 타자의 문화에 대해 이 영화가 상당한 '인정'을 부여함에도 원주민 소년을 묘사하기 위해 사용된 이미지들이 얼마나 인종적 정형에서 자유로운가 하는 문제는 여전히 남는다. 원주민 문제를 그들의 시각에서 본격적으로 다룬 영화는 아마도 「토끼 방책선」이 제작될 때까지 기다려야 하지 않았나 싶다.

「오스트레일리아」가 이전의 오스트레일리아 영화 전통이나 할리우드 영화와 차별화를 시도한 부분이 있다면 그것은 영화의 끝 장면이다. 미션 아일랜드에서 구출된 뒤 널라는 애슐리 부인이 제공하는 따뜻한 가정과 문명의 보금자리가 아닌 할아버지 곁으로 돌아가기 때문이다. '도둑맞은 세대들'의 문제는 궁극적으로 백인들이 원주민 문화를 인정하지 않았기에 생겨난 것이나. 문화를 결여한 부족이기에 이들을 문명화시킨다는 명분 아래, 즉 "흑인성"을 제거하기 위해 이들을 가족의 "퇴보

64) Andrew Pike, "The Last Wave", *Rain*, 30(1979), 7쪽.

적인 영향"으로부터 격리시켜 백인의 가정으로 편입시켰던 것이다.

이러한 맥락에서 보았을 때, 널라를 부족 전통으로 돌려보내는 영화의 결정은 원주민들에게 그간 거부된 '문화적 인정'을 부여한다는 점에서 이전의 영화 관행을 탈피하는 것으로 보인다. 그러나 인종적 타자에 대한 이러한 인정이 제대로 평가되기 위해서는 영화에서 재현이 허락된 이 타자의 전통이 구체적으로 어떠한 모습인지 알아볼 필요가 있다.

영화에서 원주민의 문화는 주로 '자연의 영역'이자 '신비의 영역'과 등치되는데, 이는 부족 전통을 몸으로 구현하는 킹 조지에서 잘 드러난다. 조지는 백인의 문명으로부터 일정한 거리를 둔 채 자연 속에서 전통적인 방식으로 살아가는 주술사다. 영화에서 순간순간 모습을 드러내는 그는 어둠 속에서 홀로 지내며, 백인관객에게는 이해될 수 없는 소리를 내지르는 기괴한 존재다. 그는 어둠의 일부이며, 또한 신비로운 자연의 일부이기도 하다. 이 원주민의 부족 전통에서 꿈과 노래(이야기)는 중요한 요소다. 부족의 노래는 애슐리 일행을 구조하는 데 사용되기도 한다. 다윈으로 향하던 애슐리 일행이 사막을 횡단해야 하는 위기에 처하자 조지가 이들을 구조할 수 있었던 것은 "조상들이 만물에 부친 노래"를 그가 알고 있었기 때문이다. 나무 하나하나, 바위 하나하나에 부친 노래를 지도로 삼아 애슐리 일행을 물가로 인도할 수 있었던 것이다. 영화가 관객에게 허락하는 또 다른 주술의 영역은, 달려오는 소들을 벼랑 끝에서 마주한 널라가 이 동물들의 돌진을 아슬아슬하게 멈추는 사건에서 드러난다.

이러한 부족 전통으로 널라를 돌려보내는 영화의 선택은 '도둑맞은 세대들'이 표상하는 과거 백인의 범죄를 상상적 차원에서 교정한다는 상징적 의미를 띤다. 널라를 할아버지의 품으로, 자연으로 다시 돌려보내는 '재(再) 원주민화'를 통해 '탈(脫) 원주민화' 정책의 오류를 시정하며, 동시에 원주민의 부족 전통에 적절한 경의를 표하는 것이다. 백오스트레일리아의 반성문으로서 얼마나 그럴듯한지! 그러나 영화가 제공하는 교정과 보상이 자연으로의 복귀라는 점은 실로 의미심장한 것이다. 영화에서 원주민의 '빼앗긴 땅'에 대한 대토(代土)로서 허락된 자연이 '상징적이고도 마법적인 공간' 즉 탈역사적인 공간이라는 점에서 그러하다. 즉 부족 전통의 '영적인' 요소에 대한 강조를 통해 신비의 영역, 마법의 영역을 원주민들을 위한 '배타적인 영토'로 지정하는 것이다.

이처럼 상징적인 대토를 제공함으로써 '누가 현실의 땅에 대한 적법한 소유권을 갖는가'라는 근원적인 문제는 제기하지 않아도 된다. 이러한 맥락에서 고려했을 때 원주민의 문화를 주술적인 신비의 영역으로 자리매김하는 영화의 수법은 원주민에 대한 재현이 피하기 힘든 문제, 현실적으로 해결하기가 불가능한 정치적 문제를 탈정치화하려 한다는 혐의에서 자유로울 수 없다. 이 관점에서 보았을 때 영화에서 원주민들은 다시 한번 보호구역에, 이번에는 탈역사적인 재현의 보호구역에 감금된다.

이 영화의 원주민 등장인물들 가운데 자유를 가장 잘 구가하는 인물이 조지인데, 사실 '감금'이라는 은유에서 다시 살펴보면 그만큼 구속받는 존재도 사실 없다. 「워크 어바웃」과 「스톰 보이」(*Storm Boy*, 1976) 등 여러 편의 영화로 이미 잘 알려진 원주민 연기자 굴필릴(David Gulpilil)이 역할을 맡은 조지는 영화 전편을 통해 몇 차례 중요한 행동을 취한 바 있다. 그중 처음은 애슐리 부인 일행이 사막을 횡단하는 위기에 처할 때 유령처럼 나타나 길잡이 노릇을 하는 것이며, 또 다른 한번은 작품의 결미 부분에서 플레처가 널라를 살해하려고 할 때 임기응변으로 만든 창을 던져 널라를 구하는 것이다. 조지의 이러한 행동이 스토리 전개에 절대적으로 중요한 것임에도 불구하고 이 원주민은 영화에서 일종의 그림자 같은 존재에 지나지 않으며 어떤 점에서는 캐리커처에 가깝다.

그가 손자를 구조하는 행위는 영화의 전개에 막대한 파급력을 행사하지만 그에 걸맞는 주목을 받지 못하는데, 구조 행위가 너무나 손쉽게 이루어지기 때문이다. 조지가 애슐리 부인 일행을 쿠라만 사막에서 구해낼 때에도 그는 창 몇 개를 양 손에 쥐고 가끔씩 코믹하게 펄쩍 뛰며 주문과 같은 노래를 흥얼거리는 모습을 잠시 보여줄 뿐이다.

조지가 애슐리 경을 살해한 누명을 쓰고 감옥에 갇혔을 때조차 그의 상황은 그리 힘들어 보이지 않는다. 그가 처한 상황은 약 4~5초 정도로 짧게 처리되어, 일본군의 공습이 야기한 대혼란이나 미션 아일랜드로 잠입하여 아이들을 구해내는 드로버의 영웅적인 행위, 또는 애슐리 부인이 폭격으로 사망한 듯한 비극적인 정황에 삽입되어 스쳐 지나가듯 보이기 때문이다. 전쟁의 혼란 속에 풀려난 그가 달리 오갈 데 없어 물탱크 위로 올라가나, 하필이면 물탱크 아래서 플레처가 널라에게 총구를 향한 것, 그래서 비정한 아버지의 처단이 '쉽게' 이루어지게 만든 우연의 장치도 조지의 행위를 진지하게 받아들이기가 힘들게 한다. 그도 그럴 것이, 약간 과장하여 표현하자면 조지가 벌이는 이 모든 구조 행위보다 관객의 뇌리에 깊이 각인된 것은 긴 창을 쥔 그가 두루미처럼 한 다리로 서 있는 모습이기 때문이다. 「워크 어바웃」을 본 관객이라면 그의 뇌리에 각인되었을 이 장면은 「오스트레일리아」에서도 어김없이 강조된다. 관객들을 위해 시적이고도 명상적인 자세를 반복적으로 취하는 조지는 백인의 정형 담론에 감금된 존재다.

이러한 점에서 루어만의 영화는 기성 이데올로기에 대해 비판적인 자세를 취함에도, 원주민을 특정한 역할에만 한정해서 등장시킨 이전 오스트레일리아 영화의 전통을 벗어나 있지 못하다. 극중 역할이 무엇이든 원주민들이 '온전한 개인'으로 서지 못하기 때문이다. 비록 이들이 영화에서 은인에게 충성스럽고도 자신의 몫을 묵묵히 해내는 믿음

직한 존재로 그려지기는 하나, 이러한 미덕이 그들의 개성을 돋보이게 하는 것이 아니라 개성을 대가로 치루고 부여된 것이기에 더욱 그렇다. 여주인공과 달리 아무런 정신적 위기나 갈등을 겪지 못하며, 따라서 이를 극복하는 모습도 보여주지 못한다는 점에서 원주민 등장인물들은 극히 평면적이다.

폭스코리아에서 만든 홍보용 동영상에서 이 영화를 "서로 다른 세계의 두 남녀"의 "운명적인 만남"으로 요약하는 것이나, 이 회사가 제작한 포스터에서 이 영화를 "아름답고 웅장한 감동의 대서사 로맨스"로 분류하는 것도 이 영화에서 원주민들에게 주어진 역할이 무엇일지를 쉽게 추측할 수 있게 한다. 백인문명의 밖에서 대안적 가치를 상징하는 듯한 조지와 널라도 문명과 자연, 이성과 마법이라는 백인들의 이분법적인 인종 담론에서 자유롭지 못하다.

결론적으로 「오스트레일리아」가 표방하는 계몽적인 기획과 그것이 표방하는 타문화에 대한 "인정"의 철학은, 실은 한번 쓰고는 잊어버리는 반성문, 실상 '잊기 위해 쓰는' 반성문의 지면을 채우는 수사라는 혐의를 벗어버리기 힘들다. 당대의 정치적인 문제를 환기시킨다는 노력이 실은 그 문제를 대중의 기억에서 영구적으로 추방하는 것이다. 이러한 맥락에서 보았을 때, 영화가 표방하는 다문화주의에 대한 최종적인 진단은 고작 "베네통 효과"에 가까우며, 정치적 맥락에서 보았을 때 주류사회가 유령처럼 따라붙는 죄의식을 떨쳐버리고 앞으로 나아갈 수 있도록 그들의 추악한 자화상에 덧칠한 '화장 효과'에 불과하다는 것이 이 글의 결론이다.

나는 아직도 학살당한 여자들과 아이들의 주검이 서로 포개진 채
협곡의 굽이굽이에 흩어져 있는 것을 볼 수 있습니다.
나는 그 핏빛 진흙에서 눈보라 속에 묻혀 죽어 있는 다른 어떤 것도 봅니다.
한 민족의 꿈이 그곳에서 죽었습니다.
• 블랙 엘크의 '운디드 니 대학살'에 대한 회상

7
미합중국 「독립 선언문」과 소수민의 재현

「독립 선언문」의 보편성과 '자의식의 결여'

미합중국도 영국의 식민지에서 출발했다는 점에서는 오스트레일리아와 유사하다. 그러나 영국과의 관계에서 미국은 오스트레일리아와는 판이하게 다른 길을 걸어간다. 유형 식민지에서 정식 자치 식민지로 승격되고, 이어서 연방을 결성하여 영연방의 일부로 편입된 오스트레일리아와 달리 북미에서는 13개 식민지들이 혁명전쟁(1775~83)을 치른 뒤 영국으로부터 독립을 성취했다. 이후 미합중국은 에스파냐로부터 플로리다를 빼앗고, 텍사스 공화국을 합병하고, 멕시코에게서 캘리포니아를 빼앗으며 오늘날의 모습을 갖춘다. 뿐만 아니라 미합중국은 쿠바 독립 문제로 일어난 에스파냐와의 전쟁(1898)을 성공적으로 치른 후 필리핀과 괌 같은 에스파냐의 식민지에 대한 지배권을 가진다. 1898년에 미합중국은 하와이 제도를 합병하기도 한다. 오늘날에 이르기까지 미합중국의 이러한 팽창주의가 어떤 식으로 발전해왔는지를, 또한 이러한 외적 팽창의 이면에서 소수민들이 어떤 희생을 감내했어야 했는지를 살펴보는 것은 흥미롭다.

북미 흑인의 삶에 대한 문학적 재현은 미합중국이 독립하기 전의 시기로 거슬러 갈 만큼 오랜 연혁을 지녔는데, 일례로 위틀리(Phillis

Wheatley, 1753~84)나 해먼(Jupiter Hammon, 1711~1806) 같은 노예 시인들이 자신의 삶에 관한 작품을 출판했다. 북미지역에서 흑인들이 겪어야 했던 질곡의 삶은 노예 출신 더글러스(Frederick Douglass, 1818~95)와 제이콥스(Harriet Jacobs, 1825~1900)의 문학이 잘 증언한다. 노예 폐지 운동에 앞장서기도 한 더글러스는 자서전 『미국 노예 프레드릭 더글러스의 자서전』(*Narrative of the Life of Frederick Douglass, an American Slave, Written by Himself*, 1845)에서 강요된 노예로서의 정체성을 거부하고 흑인으로서의 주체성을 천명했다는 평가를 받는다.[1]

프레드릭의 자서전은 라이트(Richard Wright, 1908~60)나 엘리슨(Ralph Ellison, 1914~94)으로 이어지는 흑인남성 문학의 효시로 손꼽힌다. 반면 제이콥스와 윌슨(Harriet Wilson, 1825~1900)은 흑인의 고통과 상실을 여성의 관점에서 다루었다. 일례로 윌슨은 자전적 소설 『우리 검둥이, 또는 자유 흑인의 일생에 관한 스케치』(*Our Nig; or, Sketches from the Life of a Free Black*, 1859)에서 북부의 자유 흑인 여성이 겪게 되는 계약제 노동의 참담함을 그려냈으며, 제이콥스는 자서전 『한 노예 여성의 일생에 일어난 사건들』(*Incidents in the Life of a Slave Girl*, 1861)에서 흑인여성의 성(性)의 문제와 관련하여 흑백 간의 권력 구도를 밝혀낸다. 위선적인 백인사회에서 금기시되어온 흑백 간의 성관계를 광장으로 끌어냄으로써 제이콥스는 "피부색을 차이성의 지표로 삼는 백인우월주의의 인종담론을 해체한다"는 평가를 받는다.[2]

흑인문학의 꽃은 20세기 초기에 '할렘 르네상스 운동'으로 피게 된

---

1) 문상영, 「노예제도와 종교: 프레드릭 더글러스의 자서전에 나타난 수사학적 전략」, 『근대영미소설』, 제6권 제2호(1999), 61쪽.
2) 구은숙, 「19세기 흑인 여성 작가의 글쓰기와 흑인 여성의 정체성—해리어트

다. 이 운동의 주축 인물인 듀보이스(W.E.B. Du Bois, 1868~1963), 휴스(Langston Hughes, 1902~67), 허스턴(Zora Neale Hurston, 1891~1960) 같은 문인들이 있으며 이들은 흑인들의 고통과 새로운 정체성에 대한 열망을 노래했다. 특히 『컬러 퍼플』(*The Color Purple*)로 1983년에 퓰리처상을 수상한 워커(Alice Walker, 1944~)나 1993년에 노벨 문학상을 수상한 바 있는 모리슨(Toni Morrison, 1931~)에 의해 미국 흑인문학은 정상의 위치에 올랐다고 평가된다.

이들의 문학은 흑인들이 노예제도 아래서 겪었던 고통과 상실을 폭로하기도 했지만 동시에 새로운 공동체에 대한 비전을 표출했다. 특히 모리슨의 작품은 역사에서 "배제된 자를 기억하라는 요구에 응하는 공동체의 가능성"[3)]을 그려냈다고 평가받는다. 북미의 흑인작가들에 대해서는 국내외 비평가들이 이미 많은 연구를 이루어 놓았으므로 이 장에서는 다루지 않겠다. 대신 미합중국의 탄생을 알리는 「독립 선언문」과 "명백한 숙명론"에서 흑인노예나 북미 원주민이 어떻게 재현되는지를 다루고, 이어서 북미 원주민 문학 가운데 최근작을 선택해 오늘날 원주민 작가들의 의제가 무엇인지 논하고자 한다.

미합중국의 국가적 정체성의 토대를 제공한다고 할 수 있는 「독립 선언문」(1776)은 다음과 같이 시작한다. "인류의 역사에서 한 민족이 다른 민족과의 정치적 유대 관계를 해체하고 세계의 열강들 가운데서 자연과 자연의 신의 법이 부여한 독립적이고 평등한 지위를 차지하는 것이 필요할 때, 그 〔민족〕은 인류의 의견을 존중하는 뜻에서 독립을 추

윌슨의 자서전적 소설과 해리어트 제이콥스의 자서전」, 『영미문학 페미니즘』, 제4집(1997), 23쪽.

3) 김미현, 「기억과 글쓰기의 정치성: 토니 모리슨의 『어둠 속의 유희』, 『빌러비드』, 『노벨상 수상 연설』, 「레시터티브」」, 『비교문화연구』, 제12권 제1호(2008), 220쪽.

진한 까닭을 선언해야 한다."

전문(前文)에 해당하는 이 부분은 북미의 13개 식민지가 영국과는 다른 별개의 민족국가임을 최초로 천명했다는 점에서 정치적인 의미가 깊다. 「독립 선언문」은 이어서 모든 인간이 평등하게 창조되었을 뿐만 아니라 "생명" "자유" "행복 추구권" 같은 "양도할 수 없는 권리"를 신으로부터 부여받았다고 밝힌다. 또한 「독립 선언문」에 따르면 정부(政府)는 이러한 개인의 권리를 보호하는 목적을 위해 설립되며, 그 권력은 민중의 동의로부터 유래하므로, 민중은 그러한 목적에 반하는 정부를 변혁하거나 폐지할 권리를 소유한다.

이처럼 「독립 선언문」은 천부 인권론과 국민 주권론에 기대어 북미의 13개 식민지가 영국으로부터 독립하는 것을 정당화한다. 물론 이러한 사상은 초안을 기초한 제퍼슨(Thomas Jefferson)의 독창적인 생각은 아니었으며 당대의 영국과 미국의 지식인들에게는 이미 잘 알려져 있었던 이론이었다. 특히 로크(John Locke)의 「제2시민 정부론」(*Second Treatise of Civil Government*, 1690)이 선언문 작성에 참조되었다.[4)]

이 장에서는 우선 다음의 질문을 제기한다. 천부 인권론과 국민 주권론을 표방하는 「독립 선언문」이 당대의 북미지역에서 행해지던 자연권의 박탈에 대해서는 어떠한 태도를 취했을까. 18세기 후반의 북미지역에는 인권을 박탈당한 대표적인 유색인 집단이 둘 있었는데, 그중 하나는 흑인노예들이며, 또 다른 하나는 원주민들이다. 이들에 대한 미합중국 「독립 선언문」의 태도를 알기 위해서는 전문에 이어서 등장하는 당대 영국왕 조지 3세에 대한 고발을 볼 필요가 있다. 「독립 선언문」은 조지 3세가 북미의 국민들에게 행한 폭정을 나열한 뒤, 이를 시정해달라는 식민지의 요청마저 거부함으로써 통치자로서의 합법성을 상실했음

4) 안경환, 「미국 독립선언서 주석」, 『국제 · 지역연구』, 제10권 제2호(2001), 107쪽.

을 밝히고 있다. "폭군"은 "자유로운 국민의 지배자"가 될 수가 없다는 것이다. 영국 국왕의 폭정을 열거한 27개 조항 가운데 특히 마지막 조항이 주목할 만한데 그 이유는 이 부분이 「독립 선언문」에서 유색인종이 다루어지는 유일한 대목이기 때문이다. 이를 소개하면 다음과 같다.

> 그[조지 3세]는 우리들 사이에서 내란을 조장했으며, 연령과 성별, 신분을 가리지 않고 살인하는 것을 전쟁의 규칙으로 삼은 냉혹하고도 야만적인 인디언들이 변방의 주민들을 공격하도록 선동했다.[5]

위 인용문만 봐서는 「독립 선언문」은 "인디언"이라 불리는 북미 원주민 외의 인종적 타자에 대해서는 입을 닫고 있는 듯하다. 당대의 대표적인 하위 계층인 아프리카 노예들에 대해서 침묵하고 있는 것이다. 그러나 이러한 생각이 완전히 틀린 것은 아니지만 그렇다고 온전한 진실이라고 보기도 어렵다. 그것이 온전한 진실인지 그렇지 않은지는 조지 3세가 "우리들 사이에서 조장했다"고 하는 내란의 주체를 누구로 보느냐에 달려 있다.

위 인용문에서 내란의 주체가 누구인지는 주어진 글만을 가지고는 판단하기가 쉽지 않다. 이를 위해서는 제2차 대륙회의가 채택한 「독립 선언문」 최종본을 제퍼슨이 애덤스(John Adams)와 프랭클린(Benjamin Franklin)의 승인 아래 작성한 「독립 선언문」 초고와 비교할 필요가 있다. 이때 주목할 흥미로운 사실은 애초의 문헌 가운데 대륙회의의 인준 작업을 거치면서 삭제된 문구가 있다는 점이다. 그 문구는 다름 아닌 노예제도에 관한 것이다.

---

5) "A Declaration by the Representatives of the United States of America in General Congress Assmebled"; http://www. ushistory.org/declaration/document/congress.htm, 3단락.

〔영국왕〕은 자신에게 아무런 해를 가한 적이 없는 원거리 민족의 일원들을 노예로 포획하여 지구 반대편으로 이송하거나 이송 도중 처참한 죽음을 맞게 하여 그들의 생명과 자유의 가장 신성한 권리를 침해함으로써 반인륜적인 잔인한 전쟁을 수행했다. 이러한 해적질이, 이교도 국가들의 불명예스러운 짓이, 인간들을 사고파는 시장을 열어놓겠다 마음먹은 대영제국의 기독교도 왕이 사용한 전쟁 수법이었다. 그는 이러한 혐오스러운 상행위를 금지하거나 억제하려는 모든 입법적 시도를 좌절시키는 데 거부권을 남용했다. 이러한 일련의 만행만으로도 모자라서 그는 〔노예들〕이 우리들 가운데서 무장 봉기하도록 선동했다. 그래서 그들로 하여금 왕 자신이 노예제를 강요한 민족을 살해하게 함으로써 그가 빼앗은 자유를 되찾도록 선동했다. 이는 한 민족의 자유를 박탈한 〔왕 자신의〕 범죄에 대해 〔자유를 박탈당한〕 민족이 다른 민족의 생명을 빼앗는 범죄를 저질러 대가를 치르게 만든 것이다.[6)]

위 인용문에서 조지 3세가 포획하고 노예로 삼았다고 하는 "원거리 민족의 일원들"은 아프리카 흑인들을 일컫는 것이다. 제퍼슨은 이 글에서 노예무역의 반(反)인권적인 면을 비판하며 그 책임이 조지 3세에게 있음을 적시한다. 제퍼슨에 따르면 조지 3세는 죄 없는 아프리카인들을 노예로 팔았을 뿐만 아니라 또한 노예들을 선동하여 아메리카 식민지의 독립을 방해했다. 또한 노예들에게 자유를 약속함으로써, 자신이 노예를 팔아먹은 바로 그 식민지에서 이들이 반란을 일으키도록 부추겼다는 것이다.

---

6) Sidney Kaplan, "The 'Domestic Insurrections' of the Declaration of Independence", *The Journal of Negro History*, 61.3(Jul. 1976), 244쪽에서 재인용.

그러나 이 문구는 제2차 대륙회의 인준 과정에서 남부를 대표하는 대의원들에 의해 삭제당한다. 사우스캐롤라이나와 조지아같이 노예들의 노동력에 의존하는 남부의 경제적 구조와 이해관계가 충돌했던 것이다. 또한 대의원 자신들도 노예 소유주였기에 노예무역과 노예제도를 비인간적인 것으로 비판하는 것은 대내외적으로 낯 뜨거운 일이었다. 초안을 작성한 제퍼슨도 180여 명의 노예를 소유하고 있었음은 역사적으로 잘 알려진 사실이다. 한편으로는 자연법에 근거하여 "보편적인 인권"을 주창했지만, 다른 한편으로는 인권 보호의 대상에서 흑인노예들을 제외했다는 점에서, 「독립 선언문」의 초안은 스스로의 보편성을 부정하는 '모순적인 텍스트'다. 또한 이러한 모순을 안고 있음에도 이의 심각성을 제대로 인식하고 있지 못하다는 점에서 「독립 선언문」의 초안은 '자의식을 결여한 텍스트'이기도 하다.

노예들의 난과 '모호성의 수사학'

역사학자 로긴과 캐플런의 주장에 따르면, 「독립 선언문」 최종본에서 노예제도에 대한 비판이 사라지고 대신 들어간 것이 바로 "영국왕이 우리들 사이에 내란(domestic insurrections)을 선동했다"는 문구다.[7] 제2차 대륙회의 대의원들은 선언문 초안을 심의하는 과정에서 투표에 의해 즉석에서 문구를 삭제하거나 첨가하기도 했는데, 이때 조지 3세에 대한 긴 고발이 삭제되는 대신 이 문구가 첨가된 것이다. 캐플런과 로긴은 여기서 "우리들 사이의 내란"은 왕당파의 반혁명적 활동이 아니라 "노예들의 난"을 의미한다고 주장한다. 그 증거로서 노예들의 난에 대

7) Michael Rogin, "The Two Declarations of American Independence", *Representations*, 55(Summer 1996), 15쪽; Sidney Kaplan, 앞의 글, 246쪽.

한 불안이 당대에 심각한 수준이었음을 드러내는 역사적 자료를 제시한다. 매디슨의 1774년 서한이나 던모어 경(Lord Dunmore)의 유명한 선언이 그 자료다. 매디슨의 서한에서 일부를 인용하면,

> 만약 미국과 영국이 적대적인 관계로 갈라서면 노예들 간에 난이 조장되지 않을까 두렵네. 우리 식민지 가운데 한 곳에서 운수가 나쁜 몇몇 노예 녀석들이 모여서 영국군이 도착할 때 자신들을 지휘할 지도자를 선택했다네. 어리석게도 곧 영국이 올 것이며, 그들 편에 붙음으로써 자유를 얻을 것이라고 생각했던 게지. 그들의 의향은 곧 적발되었고 다른 노예들이 물들지 않도록 적절한 예방조치가 취해졌다네.[8)]

혁명의 기운이 무르익어가자 버지니아 주의 주지사이자 왕당파인 던모어 경이 1775년 11월 7일에 다음과 같은 포고문을 발표한다.

> 무기를 들 수 있고, 들 의향이 있는 자 중에 국왕의 군대에 합류하는 모든 도제 하인들과 흑인들, 그리고 (반란군에 속했던) 그 외의 자들이 자유인임을 선언하노라.[9)]

위의 포고문이 혁명 세력에게 어떠한 두려움을 주었을지 상상하기란 그리 어렵지 않다. 자유를 준다는 약속에 고무된 노예들이 식민지 곳곳

---

8) James Madison, "Letter to William Bradford", *The Papers of James Madison*, William T. Hutchinson과 William M.E. Rachal 공편(Chicago: Chicago UP, 1962), 제1권, 129쪽; Sydney Kaplan, 앞의 글, 253~254쪽에서 재인용.

9) 같은 글, 248쪽에서 재인용.

에서 저항을 전개할 경우 혁명 세력에게는 심각한 위협이 되었을 것이다. 자기가 팔아먹은(?) 노예들에게 백인주인을 배반하면 자유를 돌려주겠다는 영국왕의 졸렬함을 제퍼슨이 「독립 선언문」 초고에서 비판한 것은 이러한 맥락에서다.

캐플런은 비록 삭제되긴 했지만 "〔조지 왕〕이 우리 재산의 압류와 징발을 미끼 삼아 우리의 동료 시민들 사이에서 반역적인 난(treasonable insurrections)을 선동했다"는 문구가 초안에 있었음을 상기시키며, 앞의 경우와는 달리 여기서 "반역적인 난"은 왕당파의 반혁명적 행위를 지칭한다고 주장한다. 이때 "노예들의 난"을 배제하는 이유는 노예들이 시민의 신분이 아니었으므로 난을 일으킬 수는 있으되 반역을 꾀했다고 볼 수는 없기 때문이라는 것이다. 이와 관련하여 캐플런은 당시에 노예들의 저항을 지칭할 때는 단순히 '난'(insurrection)이라는 표현이 사용되었음을 지적한다. 그러니까 "우리들 사이의 내란"의 주체는 명백히 노예들이라는 것이다.

그런데도 대륙회의 대의원들이 이를 구체적으로 밝히지 않은 이유는 노예에 대한 명시적인 언급이 노예를 소유했던 대의원 자신들의 치부(恥部)를 드러낼 것이기 때문이다. 즉, 자기모순이나 위선에 대한 "수치심"과 "죄의식"이 이러한 명시적인 표현을 막았다는 것이다.[10] 결과적으로 「독립 선언문」 최종안에서 흑인 노예들은 북미 백인들의 불편한 심경을 덜어주기 위해 인종을 나타내는 표식을 박탈당한 것이다.

이 주장에 덧붙이자면, 선언문에서 노예들의 모습이 숨겨짐으로써 그들이 받았던 고통과 함께 미합중국의 독립전쟁을 촉발한 특정한 역사적 콘텍스트도 시야에서 사라졌다는 사실이다. 예컨대, 조지 3세와 아메리카 식민지 간에 사이가 나빠진 것은 제퍼슨의 주장과 달리 조지

---

10) 같은 글, 248쪽, 249쪽, 255쪽.

3세가 야만적인 노예무역과 노예제도를 승인해서가 아니라 그가 설탕이나 당밀, 럼주와 같은 상품들의 무역과 마찬가지로 노예무역도 통제하려고 했기 때문이었다.[11] 물론 이러한 사실은 천부 인권론을 표방하는 「독립 선언문」이 감추고 싶었던 역사적 사실이다.

노예는 역모를 꾸밀 수 없는 신분이며, 따라서 노예들의 난에는 "반역적"이라는 용어를 사용하지 않는다는 말은 충분히 수긍이 가는 주장이다. 그러나 여기서 지적하고 싶은 것은 왕당파 시민들의 난을 지칭할 때 "반역적"이라는 표현으로 그 난의 성격을 특정화할 수는 있으되, 중요한 것은 시민들의 역모도 노예들의 난과 마찬가지로 "내란"의 일종이라는 사실이다. 또한 엄격히 말하자면 아직 미합중국이 성립하지 않은 시점이기에 왕당파의 무장 봉기를 두고 '난'이라고 하면 모를까 '역모'라는 이름을 붙이는 것은 논리에 맞지 않다. 그러니까 "우리들 사이의 내란"을 굳이 노예들의 난에 국한시켜 이해할 이유는 사실 없다.

이 책에서는 "조지 왕이 우리들 사이에 선동한 내란"을 "노예의 난"이라는 특정한 하나의 사건과 결부시키는 것은 사실 「독립 선언문」의 의도를 제대로 못 읽어내는 것이며, 이처럼 난의 성격을 특정화하지 않고 포괄적이고도 모호하게 지칭한 데에 바로 「독립 선언문」의 이데올로기적인 의도가 있다고 주장한다.

「독립 선언문」의 작성에 관여한 미합중국의 대표들은 혁명에 중대한 위협을 제기했던 내부의 저항에 대해서 입장을 표명해야 할 필요성을 절박하게 느꼈겠지만 이에 못지않게, 그러한 입장을 명시적으로 표현함으로써 자신들의 도덕적 · 정치적 입지가 어려워지는 것도 원치 않았다. 대표들이 느꼈던 심각한 위협에는 노예들의 난만 있었던 것이 아니고 왕당파 시민들의 반혁명 투쟁이 있었다.

---

11) Michael Rogin, 앞의 글, 15쪽.

그러나 이들은 위협적인 동료 세력의 정체를 적시하여 비난하고 싶은 욕구 못지않게 입을 다물어야 할 필요성도 느꼈다고 봐야 한다. 예상되는 내란의 주체가 왕당파임을 밝힐 경우에 대륙회의는 흑인노예들을 적시할 때와 마찬가지로 자신들의 치부를 공개적으로 인정하는 꼴이 될 것이었다. 차이가 있다면 이때 국제적으로 드러날 치부는 영국과는 다른 "하나의 민족국가"임을 선언하는 미합중국이 실은 13개의 식민지가 제대로 합치지 못한 '망신스러운 민족'의 모습이다. 여기서 왕당파가 세력을 규합할지도 모른다는 불안이 노예들의 난에 대한 불안과 별개의 것이 아니라는 사실을 상기할 필요가 있다.

혁명 세력을 불안하게 만들던 왕당파의 움직임은 캐플런도 인용한 바 있는 던모어 경의 포고문에서 잘 드러낸다. 포고문은 노예들을 규합할 것을 시도할 뿐만 아니라 북미의 일반 시민들에게도 무기를 들고 일어설 것을 요구하기 때문이다.

> 이 문서에 의거하여 무기를 들 수 있는 모든 자가 국왕 폐하의 깃발 아래에 모일 것을 요구하며, 그렇게 하지 않을 경우 폐하의 왕권과 정부에 대한 반역자로 간주되어 법이 가하는 형벌에 처해질 것임을 선언하노라.[12)]

영국 편에 서서 싸울 경우 자유를 주겠다는 던모어 경의 선언이 있은 뒤, 적지 않은 수의 노예들이 그를 찾게 되고, 실제로 왕당파들은 던모어 경이 무장시킨 노예들과 함께 혁명군에 대항하여 전투를 벌였다. 캐나다의 총독이었던 칼턴(Carlton) 장군은 자기 휘하의 시민들뿐만 아니라 북미의 원주민들까지 혁명 세력을 공격하도록 선동하고 있었다.

---

12) Sydney Kaplan, 앞의 글, 248쪽에서 재인용.

「독립 선언문」이 공표되기 전에 북미지역에서는 이처럼 왕당파와 무장한 노예들이 혁명을 무산시키기 위하여 손을 잡았던 것이다. 따라서 미합중국의 「독립 선언문」이 "우리들 사이의 내란"의 주체를 구체적으로 밝히지 않은 것은 이처럼 어느 경우가 되었든지—난의 주체가 노예들이었든지, 그들을 사주한 왕당파이었든지—망신을 피할 수 없기는 마찬가지였기 때문이다. 그러니 "내란"이라는 표현은 "반역적인 난"과 구별되는 용어가 아니라 왕당파들의 "반역적인 난"과 "노예들의 난" 모두를 아우르는 포괄적인 용어라고 보아야 한다.

「독립 선언문」 최종본에서 왕당파의 반란을 모호하게 지칭한 데는 또 다른 이유가 있다. 사실 왕당파 시민 그들의 시각에서 보았을 때는 혁명 세력이 역모 집단이었다. 「독립 선언문」 초안에서 제퍼슨은 "[조지 왕]이 우리의 동료 시민들 사이에서 반역적인 난을 선동했다"는 문구를 집어넣음으로써 교묘하게 그 역모의 꼬리표를 "왕당파"에게 전가시켰다. 그러나 실상 "반역자"라는 끔찍한 꼬리표는 영국 정부가 혁명 세력에 붙였던 것이었고, "반역"이 함의하는 도덕적 비난이나 죄질의 흉악함을 고려한다면, 대륙회의 대의원들이 제퍼슨의 초안에서 "반역적 봉기"라는 표현을 발견했을 때 어떠한 심경이었을지 상상하기란 어렵지 않다.

비록 자신들의 대의가 정당함을 믿었을지라도, 또한 "반역적 봉기"가 '우리'가 아닌 '그들'의 행동을 지시하는 표현이었음에도, "반역"이라는 표현은 혁명이 실패로 돌아갔을 때 '우리'의 목을 겨누는 칼이 되어 돌아올 여전히 두려운 꼬리표였을 것이다. "반역적인 난"이라는 애초의 표현을 「독립 선언문」 최종본에서 한층 순화된 "내란"이라는 표현으로 대체해 제2차 대륙회의는 혁명을 준비하는 세력들에게도 부담이 되었던 역모의 맥락으로부터 '그들'과 '우리' 모두를 분리시키는 작업을 수행한 것이다. 그러니까 "우리들 사이의 내란"이라는 표현은 그 모호성과 포괄성으로 인해 복수(複數)의 내란의 주체들을 적절한 거리로 후경화하는 역할을 했다.

제임슨은 정치적 차원에서 문학 텍스트는 현실 세계의 "해결될 수 없는 사회적 모순에 대하여 상상적 또는 형식적 해결책을 제공하는 상징적인 행위"[13]라고 부른 바 있다. 유사한 맥락에서 미합중국의 「독립 선언문」도 당대 사회의 해결할 수 없는 모순에 개입한 문건이라 할 수 있다. 대륙회의 대의원들에게 "해결할 수 없었던 사회적 모순"은 왕당파들의 "반역적 행위"와 혁명파들의 실질적인—조지 왕에 대한—"역모" 사이에서 발견된다. 이 모순은 또한 보편적 인권에 대한 주장과 노예제도의 실질적인 희생자들에 대한 법적 · 도덕적 비난 사이에서도 발견된다. 왕당파의 존재는 미합중국의 내분을 드러내며 역모라는 부담스러운 논란을 동반한다는 점, 흑인 노예의 존재는 북미 백인들의 위선과 자기모순을 드러낸다는 점에서 둘 다 혁명 세력에게는 껄끄러운 이슈였다.

이러한 문제들에 대해 「독립 선언문」이 채택한 해결책은 당사자들 간의 '자리바꿈'이다. 왕당파 세력과 노예 집단을 한데 묶어 민주국가의 탄생을 위협하는 반동 세력으로 변모시킴으로써, 또한 이들을 적시할 경우 '우리'가 받게 될 심리적 타격을 예방할 수 있는 적절한 거리로 이들을 후경화시킴으로써, 「독립 선언문」은 이 집단들이 제기하는 부담스러운 문제들을 한꺼번에 해결한다. 그 결과 흑인노예들의 경우, 놀랍게도 반인륜적인 제도를 증거할 피해자가 「독립 선언문」 최종본에서 내란 세력으로 전락하고 만다. 이 순간은 영국 국왕과 북미 정착자들이 공동으로 저지른 범죄의 피해자가 어느새 역사의 진보를 방해하는 범죄자

13) Fredric Jameson, *The Political Unconscious: Narrative as a Socially Symbolic Act* (Ithaca: Cornell UP, 1981), 79쪽.

집단으로 변모하는 때다. 그러니 미합중국의 「독립 선언문」은 피해자를 비난하고 정죄한다는 점에서 "타자 징벌적" 텍스트의 면모를 보여준다. 아이러니컬한 사실은 흑인노예들의 "내란" 행위가 실은 「독립 선언문」이 표방한 정신을 올곧게 추구한 것이라는 점이다. 노예제로 살찌워진 반(反)인권적이며 전제적인 권력에 대항해 생명과 자유의 권리를 찾기 위해서 싸웠다는 점에서 노예들은 북미의 혁명 세력과 다르지 않았다.

노예제도와 관련된 역사의 아이러니는, 조지 3세 치하의 영국이 1807년에 제국 내에서 노예무역을 전면적으로 금지시켰으며, 1833년에는 노예제도 자체를 폐지했다는 사실이다. 미합중국에서는 링컨 대통령의 '노예해방선언'이 1863년에 이루어졌고, 1865년의 헌법 수정조항 제13조에 의해서 비로소 노예 소유가 불법화되었으니, 반인륜적인 제도를 폐지하는 데 이른바 "전제적인" 영국이 미국보다 한 걸음 앞선 셈이다.

흑인노예들에 대한 제퍼슨의 입장은 「독립 선언문」을 작성한 지 5년 후에 그가 집필한 저서에서도 드러난다. 그는 『버지니아 주에 대한 노트』에서 흑인노예 자손들을 해방시켜줄 것을 권고하되 백인사회가 포용할 것은 거부한다. 그는 그간의 갈등뿐만 아니라 "피부색과, 아마도 정신적 기능에서 오는 비극적인 차이"처럼 "자연이 만들어놓은 구분" 때문에 두 인종은 평화롭게 공존할 수가 없다고 생각했다. 또한 그는 흑백 간의 통혼(通婚)의 가능성을 방지하기 위해서 해방된 흑인들을 "흑백의 결합"이 불가능한 곳으로 이주시킬 것을 제안했다.[14)]

이러한 사유에서 미합중국의 "아버지"는 흑인들에 대한 당대의 편견을 그대로 수용하고 있다. 물론 제퍼슨의 이러한 제안은 미국 경제구조

---

14) Thomas Jefferson, *Notes on the State of Virginia*, NetLibrary Raleigh, N.C.: Alex Catalogue, e-book, 102~107쪽; http://www.netLibrary.com/urlapi.asp?action=summary&v=1&bookid=1085927.

의 상당 부분이 흑인노예들의 노동력에 의존하고 있었다는 점에서 애초에 실현될 수 없는 것이었다.

"야만적" 인디언의 점유권과 "명백한 숙명"

전문이 지향하는 인권의 보편주의에도 「독립 선언문」은 북미 원주민의 존재를 제대로 고려하지 못함으로써 두 번째 모순을 보인다. 북미 원주민을 "냉혹하고 야만적인 인디언"으로 지칭하는 데서도 드러나지만, 제퍼슨을 포함한 당대 지식인들이 원주민에 대해 가지고 있었던 생각은 극히 인종주의적인 것이다. 애초에 콜럼버스가 아메리카 대륙을 인도로 착각했다는 점에서 "인디언"이라는 표현은 잘못된 명칭이다. 이러한 오류를 반성 없이 계속하는 문제는 차치하더라도, 13개 식민지를 근간으로 하는 북미의 새로운 민족국가를 표방하면서 그 민족이 거주할 땅의 원 주인을 "야만인"으로 '호명'하여 민족적 경계 밖에 위치시키고 있다는 점에서, 「독립 선언문」은 향후 미합중국이 북미 원주민들을 어떠한 시각으로 다룰 것인지를 암시하고 있다.

『버지니아 주에 대한 노트』에서 제퍼슨은 당대에 이루어진 백인들의 영토 확장이 북미 원주민의 땅을 강탈한 결과라는 설이 일반적인 인식과는 달리 진실이 아니며 버지니아의 대부분의 땅이 매매에 의해 취득되었다고 주장했다.[15] 이와 관련하여 밝힐 사실이 몇 가지 있는데 그중 첫 번째는, 버지니아의 제임스 타운에 정착한 영국 식민주의자들과 그 지역의 알곤킨 족은 백인정착이 시작된 16세기 말엽부터 전쟁으로 얼룩진 관계였지 매매의 파트너가 아니었다는 점이다. 원주민 주장의 딸인 포카혼타스(Pocahontas)가 1614년에 기독교로 개종하여 백인과

---

15) 같은 글, 73쪽.

결혼한 얼마 동안 원주민들과 식민주의자들 간에는 평화가 유지되는 듯했다.

그러나 더 많은 경작지를 탐내는 백인들이 지속적으로 침범하자 포하탄(Powhatan)이 이끄는 원주민 부족들이 땅을 지키기 위해서 백인 정착지를 공격했고, 총으로 무장한 백인들이 보복전을 펼치는 악순환이 계속되었다. 급기야 1622년에는 부족 주술사가 백인들에 의해 살해되자 이에 격분한 포하탄이 부족 연맹군을 이끌고 공격을 감행하여 '1622년의 학살'이라고 불릴 만큼 많은 백인정착자들을 살해한다. 원주민들과 정착자들 간의 갈등이 다시 심화되자 1644년에 포하탄은 또 다시 전면전을 일으키나 결국 무기와 탄약의 열세로 패배한다. 1677년에는 버지니아 지역의 원주민 부족들이 뿔뿔이 흩어지고 남은 부족원들은 백인의 통제 아래 들어가고 만다.[16)]

백인이 북미의 땅을 손에 넣기 위해 사용한 수단은 매매 · 협잡 · 폭력 세 가지다. 백인이 땅을 빼앗기 위해 원주민들에게 한 많은 거짓말 가운데 대표적인 것은 1776년에 대륙회의가 부족들에게 했던 약속이다. 대륙회의 대표들은 백인들에게 땅을 모두 빼앗길 것을 염려하는 원주민 부족들을 다음과 같은 말로 구슬렸다. "백인과 이 거대한 섬의 홍인종 거주자들이 형제애를 돈독히 하고 사랑과 우의의 가장 탄탄한 끈에 의해 결합하는 것보다 우리가 더 열렬히 바라는 것은 없습니다."[17)] 대륙회의 대표로서는 영국과 전쟁을 벌인 마당에 원주민들까지 적으로 만들기는 싫었겠지만, 이후 벌어진 역사는 이 약속이 '뻔뻔한 거짓말'임을 밝히고 있다. 원주민들은 미합중국 정부로부터 백인개척자들이

---

16) Roger L. Nicols, *American Indians in U.S. History*(Norman: U of Oklahoma Press, 2003), 44~46쪽.

17) Lester D. Langley, *The Americas in the Age of Revolution 1750~1850*(New Haven: Yale UP, 1996), 45쪽.

부족의 땅을 더 이상 침범하는 일이 없을 것이라는 약속을 받는 대가로 광대한 땅을 이들에게 양도하나, 백인개척자들의 침범은 원주민들의 땅이 모두 사라질 때까지 계속되었던 것이다.

매매를 거쳐 땅의 권리가 백인에게 양도되는 "합법적" 과정에 대해서도 북미 원주민들의 입장은 제퍼슨과는 사뭇 다르다. 오하이오 지역 쇼와니족의 추장 테쿰세(Tecumseh)는 더 이상의 땅을 백인들에게 양도해서는 안 됨을 인근의 부족들에게 호소했을 뿐만 아니라 이미 빼앗긴 땅도 되찾기 위해 노력했다. 테쿰세가 1811년에 주지사 해리슨(William Harrison)에게 한 연설의 일부를 인용하면,

> 지나간 세기들과 교감하는 내면의 존재가 내게 말하기를, 이 대륙에는 과거에도 최근에도 어떠한 백인도 없었으며, 이 대륙은 모두 홍인종에게 속하고, 이 홍인종은 또한 같은 부모를 가진 아이들에게 속합니다. 이들을 만드신 위대한 정령이 이들을 이 땅 위에 정착하게 하시어 이 땅을 유지하고 오가며 그 생산물을 향유하면서 같은 종족으로 채우도록 하셨는데, 한때는 행복했던 이 종족이 결코 만족하지 못하고 계속해서 침입하는 백인들 때문에 불행해졌습니다. 이러한 악을 견제하고 중지하는 유일한 방법은 모든 홍인종들이 힘을 합쳐 땅에 대한 공동의 동등한 권리를 주장하는 것입니다. 왜냐하면 애초에도 그러했고, 또 지금도 그러해야 하는 것이며 이 땅은 결코 분할되었던 적이 없었고 누구나 사용할 수 있도록 모두에게 속한 것이기 때문입니다. 그러니까 종족의 몇몇 구성원이 〔이 땅을〕 매도할 권리가 없는 것이며, 이는 홍인족 상호 간의 거래에도 해당되며, 하물며—모든 것을 차지할 때까지 만족할 줄 모르는—이방인들을 상대로 하는 거래는 말할 것도 없습니다.
>
> 백인들은 인디언들에게서 땅을 빼앗을 권리가 없습니다. 그 이유는

> 우리들이 먼저 이 땅을 가졌고, 그래서 이 땅은 우리들의 것이기 때문입니다. 우리가 매도를 할 수는 있으되 모두가 참여해야 합니다. 모든 사람들이 참여하지 않은 한 어떠한 매매도 유효하지 않습니다. 최근의 매매는 잘못된 것입니다. 일부 사람들이 성사시켰기 때문입니다. 일부 사람들로서는 어떻게 팔아야 하는지 알지 못합니다. 모든 사람들을 위한 거래를 하기 위해서는 모든 사람들이 필요합니다. 모든 홍인종은 점유되지 않은 땅에 대해 동등한 권리를 소유합니다.[18]

이와 같은 입장에서 보았을 때 몇몇 원주민들로부터 땅을 사들이는 백인정부의 행위는 원천적으로 무효다. 일부의 원주민들에게는 땅을 매도할 권리가 애초에 없었기 때문이다. 땅의 문제를 두고 생겨난 원주민과 백인 간의 갈등은 한편으로는 공동체주의와 개인주의라는 문화적 차이에 기인하지만, 근본적으로는 끝을 모르는 백인들의 영토 소유욕에 기인하는 것이었다.

버지니아 주의 땅이 매매에 의해 취득되었다는 제퍼슨의 주장은 북미 원주민과 백인정착자의 관계를 평화적이고도 합법적인 거래의 당사자로 제시한다는 점에서 사실 관계를 오도한 것이지만, 마치 땅에 대한 북미 원주민들의 소유권을 미합중국이 애초부터 인정한 듯한 인상을 준다는 점에서도 문제다. 북미 대륙에 대한 미합중국의 태도는 "정복이 곧 소유권의 획득" 또는 "유럽 이외의 땅은 발견자의 것"이라는 제국주의 논리를 그대로 답습하고 있었기 때문이다. 예컨대, 서부로 영토 확장을 꾀하던 미 연방정부는 1803년과 1809년에 원주민들로부터 인디애나와 일리노이의 땅을 대량으로 사들인 적이 있기는 하나, 기본적으로 북미

---

18) William Jennings Bryan 엮음, *The World's Famous Orations* (New York: Funk and Wagnalls, 1906), 제8권, 14~15쪽.

대륙의 영토에 대한 원주민들의 소유권을 인정하지 않았다.

미 연방정부의 이러한 태도는 훗날 원주민들이 땅을 팔 권리를 두고 벌어진 소송에 대해 내려진 1823년의 대법원 판결이 적시하고 있다. 당시 대법원장 마셜(John Marshall)은 네덜란드 · 에스파냐 · 포르투갈 · 프랑스 · 영국이 이전에 북미지역에서 영토를 취득할 때 사용한 법률을 참고로 하여 "이 대륙에서 영토를 획득한 유럽의 제 국가들은 인디언들의 점유지에 대하여 〔최초의〕 발견자가 갖는 배타적 권리를 주장했으며 다른 국가들의 그러한 주장도 인정해주었다"고 강조한다. 그래서 아메리카 대륙에 대한 권리는 최초의 발견 행위에 의해 영국 왕실에 소속되었다가, 이는 다시 식민지에게 양도되었고, 마침내 미합중국에 의해 승계되었다고 마셜은 판결했다.[19)]

원주민들이 빼앗긴 것은 땅의 소유권만이 아니다. 일례로, 체로키 족이 거주하는 땅을 조지아 주가 넘보자 체로키 족은 1831년에 자신들을 별개의 국가로 인정해줄 것을 미합중국의 사법 제도에 호소한다. '체로키 민족 대 조지아 주' 소송에서도 대법원은 "최초 발견자가 갖는 배타적 권리"라는 제국주의 논리를 적용한다. 체로키 족이 미합중국의 일개 주가 아니기에 개개 부족원들은 외국인이며, 따라서 그들의 국가는 독립국으로 인정되어야 한다는 변호인단의 주장에 대해 마셜은 다음과 같은 판결을 내린다.

> 비록 인디언들이 현재 그들이 점유하고 있는 땅에 대해 의심할 바 없는, 그래서 의심되지 않는 권리를—우리의 정부에 자발적으로 양도함으로써 그 권리가 소멸되기까지는—소유하고 있음을 인정한다

---

19) Robert J. Miller, *Native America, Discovered and Conquered* (Westport, CT: Praeger Publishers, 2006), 51~52쪽.

고 할지라도, 미합중국에서 인정한 영토의 경계 안에 거주하는 이 부족들이 엄밀하게 별개의 국가로 명명될 수 있을지는 의문스럽다. 국내의 속국이라고 이름 붙이는 것이 더욱 정확하다. 그들의 의지와 무관하게 우리가 소유권을 주장하는 영토를 그들이 사용하고 있지만, **그들의 점유권이 소멸하는 순간 우리의 소유권은 효력을 발한다.** 그동안 그들은 미성년의 상태에 있는 셈이다. 그들과 미합중국의 관계는 **피보호자와 후견인의 관계**를 닮은 것이다.[20]

1831년의 판결문에 의해 북미의 모든 원주민들은 어느 날 갑자기 누군가가 그들을 "발견"했다는 이유만으로 영토뿐만 아니라 독립적인 국가로서의 주권을 박탈당하게 된다. 땅의 소유자가 아니라 점유자가 되고 만 것이다. 위의 판결문에서 흥미로운 사실은 원주민들이 "자발적으로 땅의 권리를 양도할 때까지" 미합중국이 이들의 "점유권"을 인정한다는 대목이다. 이는 한편으로는 원주민들의 권리를 부분적으로 인정하는 듯하다. 다른 한편으로 "점유권의 자발적인 양도"라는 구절은 그간 있었던 '비자발적인 양도'를 떠올리게 한다는 점에서도 아이러니컬하지만, 이 구절은 "명백한 숙명"이라는 미명 아래 곧 일어날 태평양 연안의 북서지역에 대한 합병을 예고하는 것이기도 하다. 1820년대부터 1840년대의 미합중국의 원주민 정책은 "자발적인 양도"에 대한 대법원의 판결이 현실에서는 어떻게 준수되는지를 잘 보여준다. 니콜스의 표현을 빌리면,

부족들과 정부는 충돌의 길을 가고 있었다. 조상 대대로 물려받은

---

20) Colin G. Calloway, *First Peoples: A Documentary Survery of American Indian History* (Bedford: St. Martin's 2008), 272쪽; 필자 강조.

고향을 떠나기를 원하는 인디언들은 거의 없었다. 다른 부족들이 서쪽의 땅을 이미 점유하고 있었을 때는 더욱 그러했다. 〔하지만〕 동시에 참정권을 가진 많은 시민들은 인디언들이 떠나기를 요구하고 있었다. 그래서 1820년 중반부터 1840년 중반까지—처음에는 자발적이었으나, 후에는 강제가 된—〔원주민의〕 이주가 국가정책이 되었다. 부족들은 위기에 대처하는 다양한 전술을 고안해냈다. 어떤 부족들은 〔백인정부와〕 협약을 맺어 내부 반대에도 불구하고 이주를 해야만 했다. 어떤 부족들은 오도 가도 못하고 강제 이주를 면하기만을 희망했다. 규모가 작은 소수의 부족들은 숨거나 그 존재가 간과되어 땅의 일부를 지킬 수 있었다. 다른 부족들은 백인지지자의 힘을 빌려 법정에서 정부의 조치에 대항해 싸웠다. 〔……〕 평화적이건, 강제적이건 이주의 과정은 많은 부족들에게 〔19세기〕 초에 있었던 전쟁과 간헐적인 약탈만큼이나 큰 고통과 불행을 안겨주었다.[21)]

북미 원주민의 역사에서 가장 비극적인 사건 가운데 하나로 꼽히는 '눈물의 길'(Trail of Tears) 사건도 바로 강제 이주 정책이 낳은 것이었다. 당시 미국을 방문 중이던 프랑스의 정치학자 토크빌(Alexis de Tocqueville)은 강제이주를 지칭하며 "에스파냐인들이 인디언들을 박탈하면서 폭력적인 명성을 얻었지만, 미국인들은 합법성과 인도주의라는 미명 아래 동일한 수식어를 얻었다"고 신랄하게 비판했다.[22)] '눈물의 길'은 체로키 족이 점유하고 있던 동부의 땅을 미시시피 강 서쪽의 땅과 교환한다는 내용이 담긴 1835년 '뉴 에초타 협약'에서 비롯되었

---

21) Roger Nicols, 앞의 책, 104~106쪽.
22) Colin G. Galloway, 앞의 책, 236쪽. 북미 원주민에 대한 미합중국의 인종주의적 태도는 양석원, 「미국의 인종 이데올로기와 인디언의 문학적 재현」, 『영어영문학』, 제47권 제3호(2001), 713~733쪽에도 요약되어 있다.

다. 이 협약은 애초에 미합중국이 자발적으로 서부로 이주하기로 작정한 소수의 체로키 부족원과 맺은 것이었다. 대 추장 존 로스(John Ross)와 대다수의 부족이 이 협약이 무효임을 주장했지만, 연방 정부는 1838년에 군대를 동원하여 체로키 족을 강제이주시켰다. 그 결과 7,000명의 체로키 부족원이 1838년에 미 연방군에 의해 강제수용되었다가 오클라호마 지역으로 이주당했다. 이런 수용과 이동 과정에서 4,000명에 이르는 체로키 부족원이 질병과 굶주림, 혹한과 혹서로 목숨을 잃었다. 중요한 사실은 체로키 부족의 어떤 추장도 "자발적인" 땅의 교환 협약서에 서명한 일이 없다는 점이다.

북미의 원주민들은 백인침략자들이 앗아간 조상의 땅을 되찾기 위해 필사적인 노력을 하는데, 이러한 노력은 미국과 적대적인 유럽 제국과의 동맹 관계로까지 발전한다. 일례로, 테쿰세는 당시 미국과 전쟁을 수행 중이던 영국군의 동맹군으로서 '1812년의 전쟁'에 참전한 바 있다. 사실 북미 원주민들과 유럽 제국의 협력 관계는 유럽이 북미지역에 발을 들여놓은 식민시대 초기까지 거슬러 올라가는 것이었다. 그러나 백인들과 협력 관계를 맺든 그렇지 않든 자기네 부족의 땅에서 결국 제국들의 전쟁이 벌어진다는 점에서 선택의 결과는 크게 다르지 않았다. 니콜스의 표현을 다시 빌리면,

> 비록 어떤 부족들은 특정 유럽 국가를 도와줌으로써 이득을 얻기도 했지만, 다른 부족들에게 제국과의 동맹은 무역의 단절, 촌락의 초토화나 거주 지역을 떠날 수밖에 없는 상황 외에는 가져다 준 것이 없었다. 이는 곧 18세기 대부분의 기간 동안 제국이 가져다 준 폭력과 전쟁이 북미의 동부 지역을 반복적으로 휩쓸었음을 의미한다. 유럽 제국 간의 주요 충돌전에서 인디언 지도자들에게는 선택권이 없었다. 인디언들은 전쟁 당사자들 가운데 어느 한쪽의 편을 들거나, 중

립을 지키거나, 이주를 할 수는 있었다. 어떤 선택을 하든지 그들의 삶은 이전보다 더 혼란스러워졌고 더 큰 위험에 처했다.[23)]

랭글리도 영국과 미합중국 간의 영토 분쟁에 낀 원주민들의 처지에 대해서 다음과 같이 주장한다.

> 자신이 초래하지 않은 갈등에 휩쓸리게 된 인디언 부족들은 자신들의 영토를 침략하는 영국과 미국의 양 군대로부터 구애와 공격을 [동시에] 받게 되었음을 알게 되었다. 대부분의 경우 살아남기 위해서 영국을 선택했다.[24)]

독립전쟁 당시 영국이 승리할 경우 백인정착자들에게 빼앗긴 땅을 돌려받을 수 있으리라는 희망을 갖고서 원주민들이 영국 편을 들었던 것이다. 그러니까 영국의 사주를 받고서 미합중국 군대를 칠 때도 원주민들은 영국을 위해서 싸운 것이 아니라 침범해 들어오는 미합중국 군대로부터 부족의 땅을 지키기 위해 싸웠다는 것이 옳다.

이러한 역사적인 보고서와 비교할 때, "야만적 인디언들"이 영국의 사주를 받아 백인정착촌을 위협했다는 제퍼슨의 주장은 앵글로색슨 족이 원주민들에게 가한 원천적인 폭력과 침략이라는 역사적인 사실 관계를 누락시켰다는 비판에서 자유롭지 못하다. 또한, 가해자의 폭력은 거론하지 않은 채 원주민들의 영토 회복의 노력에서 폭력적인 요소만을 부각시켰다는 점에서도 미합중국의 「독립 선언문」은 문제적이다.

앞서 논의한 바 있듯 「독립 선언문」 조안은 모순적일 뿐만 아니라 모

23) Roger Nicols, 앞의 책, 65쪽.

24) Lester D. Langley, 앞의 책, 45쪽.

순에 대한 인식도 결여하고 있다. 이 선언문의 정신뿐만 아니라 그 자의식의 결여까지 계승하고 있는 또 다른 텍스트로 미국의 저널리스트이자 정치가인 오설리번(John L. O'Sullivan, 1813~95)의 글이 있다. 오설리번은 당시 멕시코에서 분리되어 있었던 텍사스 공화국을 미합중국 연방에 가입시켜야 할 것을 주장한 인물이다. 이와 관련하여 쓴 1845년의 한 사설에서 오설리번은 "명백한 숙명"이라는 표현을 처음 사용했다. 이 글에서 오설리번은 텍사스의 합병을 "매년 몇 갑절로 증가하는 수백만 인구의 자유로운 발전을 위하여 신의 섭리가 정해준 이 대륙에서 확장을 거듭할 명백한 숙명의 성취"[25]로 설명한다.

"명백한 숙명"이라는 용어는 태평양 연안 북서지역 오리건 주에 대한 미합중국의 소유권을 정당화하기 위해 같은 해 12월 27일자에 발표된 사설에서 좀더 정교한 논리를 갖추고 나타난다. 문제의 사설인 「진정한 소유권」(True Title)에서 오설리번은 이전에 사용했던 "세력의 확장"이라는 표현 대신 "신의 섭리가 우리에게 맡긴 자유의 위대한 실험과 연방 자치 정부의 발달을 위해 대륙 전체로 세력을 확장하고 또 이를 소유할 명백한 숙명으로서의 권리"[26]라는 표현을 사용한다. 「독립 선언문」과 "명백한 숙명론" 간의 현격한 차이는 전자가 표방한 자유 민주주의의 정신이 후자에 와서 선민사상과 결합함으로써 백인들의 영토 확장이 종교적 신념으로 전화했다는 점이다.

미합중국이 이처럼 표방했던 선민사상과 민주주의에 대한 자부심은 또한 오설리번이 1839년에 발표한 사설 「미래의 위대한 민족」(The Great Nation of Futurity)에서도 드러난다. 평등사상을 토대로 하는 「독립 선언문」에 대한 언급과 더불어 다양한 민족들로 구성되었기에 미

---

25) John L. O'Sullivan, "Annexation", *United States Magazine and Democratic Review*, 7.1(Jul.~Aug. 1845); http://web.grinnell.edu, 3단락.

26) Robert J. Miller, 앞의 책, 119쪽에서 재인용.

국은 여타 민족과는 다르다는 말로 시작되는 사설에서 오설리번은 그 결말을 다음과 같이 맺고 있다.

> 그렇다, 우리는 진보의 민족이며, 개인의 자유, 보편적 참정권을 가진 민족이다. 권리의 평등은 우리 연방의 길잡이요, 그에 상응하는 개인의 평등을 잘 보여주는 위대한 모범이다. [……] 우리는 우리의 소명의 성취를 향해, 우리 체제의 원칙인 양심의 자유, 신체의 자유, 상거래의 자유, 자유와 평등의 보편성이 완전히 발전하도록 전진해야만 한다. 이것이 우리의 고결한 숙명이기에, 우리는 원인과 결과라는 자연의 영원하고도 피할 길 없는 명령 아래 그것을 수행해야 한다. 이 모든 것이 우리의 미래의 역사가 될 것이며, 그래서 인간의 정신적 존엄과 구원을, 하나님의 불변하는 진실과 자비를 지상에 실현하게 될 것이다. [……] 우리나라가 미래의 위대한 민족이 될 운명을 가졌음을 누가 의심할 것인가?[27]

위에서 언급한 보편적 참정권과 자유와 평등의 보편성에 흑인노예들이나 북미 원주민들이 포함되지 않음은 말할 필요가 없는 사실이다. 「미래의 위대한 민족」에 원주민들이 등장하기는 한다. 그러나 글에서 원주민들은 17세기의 청교도들이 박해를 피해 숨어들어야 했던 땅의 "야만인들"로, 그들의 터전은 "황무지"로 재현된다. 결국 "인간의 존엄과 구원" 그리고 "하나님의 불변하는 진실과 자비"가 다른 인종들을 노예로 부릴 뿐만 아니라, 그들의 터전을 빼앗고 전통을 말살시키는 반인륜적 행위에 의해서 실현될 수 있다고 믿었다는 점에서 오설리번의 사

27) John L. O'Sullivan, "The Great Nation of Futurity", *The United States Democratic Review*, 6.23(Nov. 1839), 430쪽.

설은 자기모순적이다. 그리고 그 모순을 인식하고 있지 못한다는 점에서 「독립 선언문」의 전철을 밟는다.

16세기에 시작된 백인들의 북미지역 침입은 미합중국의 탄생으로 가속화되었고, 시간이 지날수록 원주민들은 조상 대대로 거주해온 땅을 버리고 보호구역으로 이주하라는 거센 압력을 받아왔다. 그러나 보호구역으로의 이주는 원주민들에게 삶의 방식을 급격히 바꾸는 것을 의미했다. 즉, 수렵 생활을 포기하고 농업에 종사하라는 연방 정부의 요구는 원주민들에게 단순히 경제 활동의 변화만 아니라 그들의 문화와 종교가 단절되는 것을 의미했다. 경제적 터전뿐만 아니라 문화적 터전이요, 종교적 성역인 거주지를 떠나지 않으려 했던 원주민들 대부분은 미합중국 군대와 싸워서 죽거나 아니면 멕시코나 캐나다로 도피해야 했다.

부족의 성지를 지키고 보호구역 행을 피하기 위해 수(Sioux) 족의 지도자 시팅 불(Sitting Bull)이 벌인 일련의 항전이나, 1890년 부녀자를 포함한 250명의 라코타 수 부족의 부녀자와 아이들까지도 연방군에게 무참히 학살당한 '운디드 니 대학살'이 19세기 후반 북미 원주민들의 상황을 잘 드러내는 사건이다. 보호구역에 이주한 원주민들의 상황도 별반 다르지 않았는데, 그 이유는 그들에게 주어진 땅이 농작물 경작에 부적합했기 때문이다. 미국 사회는 끊임없이 원주민들에게 동화할 것을 요구했고, 1891년에는 취학 법령을 제정하여 모든 원주민 자녀들을 백인이 가르치는 기숙학교에 취학시켜, 원주민의 문화적 전통을 말살하고자 했다. 원주민 자녀들을 백인선교사 학교에 강제로 수용한 오스트레일리아의 취학 법령이 생각나는 부분이다. 19세기 후반 북미 원주민들이 처한 상황은 다음과 같이 묘사된다.

모든 부족들이 전통을 버리고 미국의 백인문화에 동참할 것을 〔백인] 관리들은 요구했다. 인디언들은 몇 세대에 걸쳐 그러한 끈질긴 요구에 직면했고 종종 가장 큰 피해를 가져올 결과들을 용케 피할 수 있었다. 그러나 한번 독립적인 지위를 잃고 보호구역으로 이동하고 나면 그 집단의 선택권은 현저히 줄어들었다. 교회와 학교, 쟁기를 사용하는 정부 정책은 이제 인디언들을 농부로 정착시키는 프로그램의 핵심이 되었다. 농업은 서부지역의 많은 보호구역과 특히 맞지 않았는데, 그곳에서는 토질이 척박하고 용수가 부족했기에, 또한 시장이 될 법한 곳들로부터 너무 멀리 떨어져 있었기에 농경에 대한 가장 야심찬 시도들조차 좌절되었다.[28]

백색 신화와 북미 원주민의 대응담론

오늘날 주목받고 있는 북미 원주민 작가로는 마마데이(N. Scott Momaday, 1934~)와 비즈너(Gerald Vizenor, 1934~), 웰치(James Welch, 1940~2003), 실코(Leslie Marmon Silko, 1948~), 그리고 어드릭(Louise Erdrich, 1954~) 등이 있다. 이들의 문학의 공통점은 백인과 원주민의 만남이 부족의 전통적인 삶에 어떠한 영향을 미쳤는지를 원주민의 관점에서 그려냈다는 것이다. 북미 대륙에서 원주민들은 땅을 빼앗기고 보호구역에 격리 수용되는 물리적인 식민화를 겪었을 뿐만 아니라 그들의 고유한 역사를 부정당하고 백인의 역사 속으로 편입되는 정신적인 식민화도 겪었다.

식민 이데올로기에 따르면 원주민들은 백인과의 만남으로 인해서 처음으로 역사의 장에, 진보의 행진에 모습을 드러낼 수가 있었다는 것이다. 원주민 작가들의 작품이 갖는 의의는 이른바 '백색 신화'가 왜곡했

28) Roger Nicols, 앞의 책, 146쪽.

거나 누락시킨 그림을 바로 잡아주는 데 있다. 비즈너는 다음과 같이 통렬한 어조로 대항 담론의 필요성을 지적했다.

> 길들여진 야생에서 평화롭게 지내느니 도시에서의 전투에서 지는 편을 택하리라. 우리가 기억하는 이야기들은 정부의 평화로운 보호구역에서는 살아남을 수 없는 것들이다. 우리의 목소리는 말 재주꾼들, 선교사와 인류학자들의 차가운 손에 죽었다. 이야기들의 전쟁을, 우리의 동물들이 도시로 옮겨간 대이주를 어찌 다른 식으로 기억할 수 있으랴. (……) 우리의 동물들을 사냥하고 우리의 목소리를 묻어버린 이 언어의 악마들이 우리의 부족들을 만들었다. 부족들은 이제 죽은 목소리들이다.[29)]

비즈너가 "언어의 악마"라고 부르는 자들은 다름 아닌 백인역사가들과 작가들이다. 이러한 점에서 원주민 작가들의 책무는 부족의 죽은 목소리 위에 산 자의 목소리가 우렁차게 울려 퍼지게 하는 것이다. 원주민의 전통이나 문화를 기록하는 작업은 실코의 초기작 『의식』(*Ceremony*, 1977)에서도 묘사된다. 라구나 푸에블로 출신의 이 혼혈 작가는 인간을 포함한 자연의 모든 구성원들이 "생명의 망"으로 연결된 상호 의존적인 존재라고 역설한다. 모든 생명에 대해 라구나 푸에블로 족이 가졌던 경외의 사상은 사냥감과 사냥꾼이라는 일견 '화해할 수 없는 관계'에도 적용되는 것인데, 사냥한 사슴의 배를 가르기 전에 웃옷을 벗어 사슴의 눈을 가리거나 진혼식을 거행하는 것이 그 예다.

실코는 이러한 묘사를 통해 주위의 생명체들에게 빚을 지고 살아가

---

29) Gerald Vizenor, "Dead Voices", *World Literature*, 66.2(Spr. 1992), 241~242쪽; http://web.ebscohost.com, 3~4단락.

는 인간이 응당 지녀야 할 겸허함을 강조한다. 조화와 공존에 대한 작가의 태도는 백인을 악의 근원으로 적대시하지 않고 이들도 원주민들과 같은 악의 희생자로 봄으로써 백인을 끌어안으려는 데서도 드러난다. 그러나 초기작을 관통하는 치유와 융합의 주제는 10년이나 걸려 완성되었다고 하는 『사자의 책력』(*Almanac of the Dead*, 1991)에서는 더 이상 보이지 않게 되고, 대신 혁명을 부르짖는 목소리가 들려온다.

원주민의 역사를 바로잡으려는 노력은 웰치의 경우 『피의 겨울』(*Winter in the Blood*, 1974)에서 몬태나 주의 남부 피간 족이 실제로 겪어야 했던 비극적 역사를 서사 속으로 편입시키는 형태로 나타나기도 한다. 블랙피트 연맹에 속했던 피간 족은 1883년의 겨울에 극심한 추위와 기근을 맞아 400명이 넘는 부족원을 잃고 생존자들이 척박한 보호구역에 강제로 수용당하는 비극을 겪는다. 들소를 쫓아 이주하는 원주민들은 들소가 사라지자 아사(餓死)와 보호구역 중에 선택을 하지 않을 수 없었던 것이다.[30)]

사실 이들의 식량원이었던 들소가 사라진 배후에는 백인들이 있었다. 전통적으로 들소는 원주민들에게 자급을 위한 식량이었지만 백인들에게는 상업적인 기회였다. 들소 사냥이 백인들에게는 관광 상품으로 인기가 있었을 뿐만 아니라 1870년대에는 들소 가죽이 중요한 수출 상품이 되어 매년 수십만 두의 들소가 살해되었다. 들소의 대학살에는 정부와 군대도 조직적으로 참여를 했는데, 그 이유는 주요 식량원을 멸종시키는 것이 백인의 정착에 반대하는 원주민들을 그들의 땅에서 몰아내는 데 있어 효과적인 방편으로 여겨졌기 때문이었다. 웰치는 『피의 겨울』에서 이와 같이 백인들이 자행한 파괴의 역사를 복원시킬 뿐만 아

30) A. Lavonne Ruoff, "History in *Winter in the Blood*: Backgrounds and Bibliography", *American Indian Quarterly*, 4.2(May 1978), 170쪽.

니라 전통으로부터 격리된 원주민들이 오늘날 겪는 정신적인 방황을 기록한다.

"죽은 목소리를 압도할 새로운 목소리"로부터 상실한 과거에 대한 향수만 울려나오는 것은 아니다. 원주민의 문학에는 백인문명의 파괴적인 면에 대한 통렬한 고발이 있다면, 그에 못지않게 변화에 적응할 줄 모르는 전통주의의 완고함에 대한 지적도 발견되기 때문이다. 웰치는 "변화를 거부하고 식민지 이전의 순수한 문화나 전통을 고집하는 민족주의적 사고방식이 현대 인디언의 삶을 무기력하게 만들 수 있다는 점을 분명히 한다"[31]는 평가를 받는다.

마마데이도 그러한 점에서 크게 다르지 않다. 그에게 퓰리처상을 안겨준 『새벽으로 지은 집』(*House Made of Dawn*, 1968)에서 작가는 뉴멕시코의 왈라토와에 자리 잡은 키오와 족의 과거와 현재를 방향 감각을 상실한 원주민 젊은이를 통해서 그려낸다. 주인공의 좌절과 방황은 제2차 세계대전의 참전 경험이 그에게 남긴 트라우마와 폭력적인 백인사회와의 접촉에 일차적으로 기인하지만, 이에 못지않게 젊은 세대의 감성이나 변화를 수용하지 못하는 부족 전통의 완고함에도 기인한다.[32]

백인의 국가에서 문화적인 뿌리를 단절 당한 북미 원주민들의 피폐한 삶은 노스다코타 주의 터틀 산을 배경으로 하는 어드릭의 소설에서 절절하게 그려진다.[33] 터틀 산지는 연방정부가 동화 정책의 일환으로

---

31) 강자모, 「마마데이, 실코, 웰치 소설의 포스트 식민주의적 글읽기」, 『현대영미소설』, 제5권 제2호(1998), 21쪽.

32) Guillermo Bartelt, "Hegemonic Registers in Momaday's *House Made of Dawn*," *Style*, 39(Winter, 2005) 471쪽.

33) 어드릭의 소설 가운데 국내 번역서로는 『아름다운 눈물』, 이형식 옮김 (오솔길, 1993); 『발자취』, 이기세 옮김 (열음사, 1998); 『사랑의 묘약』, 이기세 옮김(열음사, 2000) 등이 있다. 이 책에 언급된 소설 외에도 *The Beet Queen*(1986), *The Antelope Wife*(1998), *The Last Report on the Miracles*

1882년에 보호구역을 설립한 곳이다. 제이콥스의 연구에 따르면 이 보호구역에 정착한 원주민들은 원래 북미 대륙의 동부지역에서 거주하다가 1200년경에 오대호 쪽으로 이동한 알곤킨어 족에 속한다. 시간이 지나면서 알곤킨어 족에서 갈라져 나온 오지브와는 1600년경에 다시 서쪽으로 이동하여 슈페리어호 부근에서 두 집단으로 나뉘는데, 호수의 남쪽에 자리 잡은 부족은 치페와로 알려지고, 호수의 북쪽에 자리 잡은 부족은 북부 오지브와로 알려진다. 치페와 족은 다시 위스콘신과 미네소타 북부로 이동을 했고, 이들 중 일부는 1820년경에 노스다코타의 레드리버밸리로 이동했다. 노스다코타에는 여러 모피 회사가 거래소를 두고 있었기에 원주민들이 모피 거래를 위해 이 지역에 모여들었고, 그 결과 새로 생겨난 무리들이 터틀 산 치페와다.[34]

오대호 부근에서 수렵 생활을 한 치페와 족은 일찍이 16세기말부터 프랑스 모피상들과 거래했고, 이방인과의 접촉은 원주민의 문화에 상당한 영향을 미친다. 프랑스 모피상들은 현지 여성과 결혼이나 동거를 했고, 이 특수한 관계는 "[모피상] 남성들이 황야에서의 떠돌이 생활에 만족하게 해주었을 뿐만 아니라 그들의 사업에 필요한 새로운 인력을 제공하여 주었기에" 모피 회사들에 의해 장려되었다고 한다.[35] 프랑스인들과의 접촉은 치페와 족이 총으로 무장하여 강력한 국가를 형성하

---

at Little No Horse(2001), *The Master Butchers Singing Club*(2003), *Four Souls*(2004), *The Painted Drum*(2005), *The Plague of Doves*(2008), *Shadow Tag*(2010) 등이 있다.

34) Connie A. Jacobs, *The Novels of Louise Erdrich: Stories of Her People*(New York: Peter Lang, 1981), 70~71쪽.

35) Julie Maristuen-Rodakowski, "The Turtle Mountain Reservation in North Dakota: Its History as Depicted in Louise Erdrich's *Love Medicine* and *The Beet Queen*", *Louise Erdrich's* Love Medicine: *A Casebook*, Hertha D. Sweet Wong 엮음(Oxford: Oxford UP, 2000), 16쪽.

는 것을 가능하게 하기도 했지만 동시에 백인들로부터 얻은 질병과 배운 음주가 원주민들을 육체적 · 정신적으로 피폐하게 만들었다. 원주민들의 이러한 상태는 가톨릭교의 개입을 가져왔고, 1885년에는 신부 벨쿠르가 보호구역에 학교를 설립하며, 이어서 수녀원도 생겨난다. 치페와 족에게 프랑스인들과의 접촉이 이처럼 오랜 시간을 거슬러 올라가는 것임을 고려할 때에 혼혈과 가톨릭교가 부족 문화의 일부가 되었다는 사실은 놀랍지 않다.

어드릭의 소설이 그려내는 터틀 산 치페와는 적어도 200년 이상 계속되어온 프랑스의 영향과 더불어 미국 주류사회에서도 동화의 압력을 받아온 부족이다. 어드릭은 『사랑의 묘약』(*Love Mediclue*, 1984, 1993)과 『발자취』(*Tracks*, 1988) 등의 소설에서 보호구역에 정착한 치페와 부족의 삶을 5세대에 걸쳐 섬세하게 그려내고 있다.[36]

치페와 족과 "부재하는 내용"으로서의 공동체

1984년에 출판된 『사랑의 묘약』은 14개의 장으로, 1993년에 펴낸 개정증보판은 18개의 장으로 구성되어 있다. 각 장이 일인칭 화자가 들려주는 단편의 형식을 취한다는 점에서 이 서사는 비평가들로부터 특별한 관심을 받아왔다.

총 7명의 화자가 등장하여 각기 자신의 삶에 얽힌 이야기를 들려주는 이 서사는 정통 북미 원주민 문학이라는 평가를 받아왔다. 비평가 허사웡에 의하면 『사랑의 묘약』은 복수(複數)의 화자를 갖는다는 점에서 "자율적인 주인공" "지배적인 서사의 목소리" "직선적 시간성"의 특징

36) 어드릭의 『사랑의 묘약』에 대한 논의 중 일부는 졸고 「루이스 어드릭의 『사랑의 묘약』과 "부재하는 내용"으로서의 공동체」, 『미국학 논집』, 제39권 제3호(2007), 193~214쪽에 실린 것이다.

을 갖는 서구 서사와는 확연히 구별되는 것이다. 그리고 원주민 작가들에게 이러한 "집단적 주인공"의 존재는 분열이나 소외를 반영하는 것이 아니라 개인보다 공동체를 우선시하는 전통을 반영하는 것이다.[37] 이 주장은 알렌(Paula Gunn Allen)의 비평을 참고로 한 것인데, 알렌은 북미 원주민의 문학에는 "하나의 으뜸가는 요소"가 있는 것이 아니라 "다양한 요소들에게 가치를 균일하게 배분하는 경향"이 있으며, 이는 북미 원주민들의 "평등한" 사회 조직을 반영하는 것이다.[38]

웡은 일견 산만한 이 소설을 통합시켜주는 연결 장치에 주목하며 다소 거창한 결론을 내놓는다. "어드릭의 순환적 이야기들은, 개인들이 자신의 땅, 공동체, 가족과 맺는—비록 미약하나 그러한—관계들이 갖는 중심적인 위치를, 〔……〕 식민 지배와 문화적 상실에 저항하고 개인의 정체성과 공동체의 역사를 자신의 방식으로 복원해내는 관계들의 힘을 연대기적으로 다루고 있다."[39]

어드릭의 서사를 북미 원주민 문학의 한 형태로 파악하나 웡의 주장과 다소 다른 비평으로는 『사랑의 묘약』이 출판된 그 이듬해에 나온 샌스의 논문이 있다. 1984년에 출판된 어드릭의 최초 판본을 두고 샌스는 작가의 서술 방식이 형식적인 면에서 북미 원주민의 구술 전통에 정확하게 일치하지는 않음을 지적한다. 어드릭의 서사 기법은 부족 신화를

---

37) Hertha D. Sweet Wong, "Louise Erdrich's *Love Medicine*", *Louise Erdrich's* Love Medicine: *A Casebook*, Hertha D. Sweet Wong 엮음(Oxford: Oxford UP, 2000), 88~89쪽. 이러한 주장에 있어 웡은 혼자가 아니다. 어드릭의 서사 형식에서 포크너의 영향을 읽어낸 자스코스키 또한 그의 서사를 전통적인 서사와 구분한다. Helen Jaskoski, "From the Time Immemorial", 같은 책, 33쪽. 어드릭 자신도 빌련의 인터뷰에서 포크너에게서 받은 영향을 인정한 적이 있다. Hertha D. Sweet Wong, 앞의 글, 108쪽, 109쪽.

38) Paula Gunn Allen, *The Sacred Hoop: Recovering the Feminine in American Indian Traditions*(Boston: Beacon, 1986), 240~241쪽.

39) Hertha D. Sweet Wong, 앞의 글, 89쪽.

재연하는 제의적 전통과 다를 뿐만 아니라 기나긴 겨울 밤 동안 모닥불 주위에 둘러앉아 이야기를 들려주는 것과 같은 구술 전통과도 다르다는 것이다. 그에 따르면 어드릭의 서사 기법은 "공동체의 가십이라는 세속적이고도 일화적인 서사 과정"에 연원한다. 이와 관련해 소설에서 새로운 인물이 등장할 때 흔히 제공되는 정보가 『사랑의 묘약』에서는 거의 주어지지 않는다는 사실은 주목할 만하다.

어드릭의 서사를 처음 대하는 독자들이 한동안 무슨 일이 왜 일어나는지 어리둥절해하는 것도 같은 이유에서다. 서사 기법과 가십의 관계에 대해 샌스는 다음과 같이 설명한다. "인디언 공동체에서 같은 무리에 속하는 모든 개인들은 서로 잘 알고 있고 또한 각 가족의 행동에 대해서도 잘 알고 있으므로 가십 전통은 더욱 생략적이다. 더군다나 일화적인 서사는 심한 편견으로 차 있고 또 분열되어 있어서 전체 이야기에 관여하는 개인은 없다. 같은 사건들이 말하고 또 말해져서 정보의 조각들이 쌓이는 것이다."[40]

『사랑의 묘약』이 다중적 서사 관점을 가지게 된 것은 이 서사를 구성하는 총 14장(또는 총 18장) 가운데 11개장이 1982년부터 1984년에 걸쳐 별도로 발표된 단편들이라는 사실과도 무관하지 않다.[41] 그러나 이 소설을 형식적인 면에서 다루는 비평들 가운데 적지 않은 수가 이러한 사실을 언급하지 않는 것은 놀랍다. 『사랑의 묘약』에서 이야기들이 어떤 연유나 과정에 의해 한 권의 소설로 묶여 출판되었는지의 문제와는 별도로, 다중적 서사 관점이 원주민 공동체의 구술 문화와 유관한

---

40) Kathleen M. Sands, "*Love Medicine*: Voices and Margins", *Studies in American Indian Literature*, 9.1(Winter 1985), 15~16쪽.

41) 소설로 묶이기 전에 단편으로 출간된 어드릭의 이야기들은 다음과 같다. "The World's Greatest Fisherman" "Saint Marie" "Wild Geese" "The Island" "The Beads" "Lulu's Boys" "Flesh and Blood" "The Red Convertible" "Scales" "Crown of Thorns" "Resurrection".

것이 사실이며, 또한 이 소설에서 다양한 개인들이 목소리를 가지면서 보호구역의 삶에 다면적인 접근이 가능해진 것도 사실이다.

그러나 이 책에서 다중적 관점을 통해 작가가 그려내는 개인과 공동체의 관계가 "식민 지배와 문화적 상실에 저항하고 개인적 정체성과 공동체의 역사를 자신의 방식으로 재구축해"내는 힘을 가지고 있다는 주장이 설득력을 가지려면 좀더 조밀한 논거가 필요할 것이다. 예컨대, 이 서사가 중요한 등장인물인 립샤의 귀향을 통해 일종의 "종결감"을 성취한다[42]고 주장할 수 있을지는 모르되, 반식민적이거나 탈식민적인 해결책을 강구한다거나 또는 그런 해결책을 강구해낼 수 있는 관계를 그려냈다는 비평에는 동의하기가 힘들다는 것이다. 이러한 비평이 비교적 공동체적 요소가 강화되었다는 평가를 받는 개정증보판이 아닌 1984년의 최초 판본에 관한 것임을 고려할 때 더욱 그러하다.

『사랑의 묘약』은 반식민적 저항이나 문화적 복원력을 갖춘 힘 있는 공동체를 그려내기는커녕 그러한 공동체의 부재에 대한 서사이며, 전통적 공동체가 붕괴된 뒤 개인들이 삶을 지탱시켜 줄 의미를 찾기 위해 발버둥치는 모습을 그려내는 서사다. 어드릭의 주인공들이 경험하는 일탈적인 상황은 신세대일수록 더욱 심하고 빈번하게 나타난다. 달리는 열차에 뛰어들어 자살하는 헨리, 각기 다른 아버지를 가진 여덟 명 아이를 둔 어머니 룰루, 형제 헨리의 장례식 때 그의 부인 룰루와 관계를 맺은 후 이중혼을 하는 베벌리, 남편과 가족을 버리고 방황하다 죽은 준, 아내 준을 잃고 알코올 중독자가 된 고디, 월남전에서 돌아온 뒤 죄책감에 못 이겨 자살하는 헨리 2세, 수감과 도주를 밥 먹듯이 하는 탈옥범 게리, 몸과 마음이 완전히 망가져서 가성 폭력을 휘두르는 킹 등

42) Lorena L. Stookey, *Louise Erdrich: A Critical Companion* (Westport, CT: Greenwood Press, 1999), 40~41쪽.

『사랑의 묘약』의 세계는 "개인이 공동체와 맺는 관계의 힘"을 그려낸다고 보기에는 사회적 부적격자로 너무 가득 차 있다.

어드릭의 소설에서 이 "부적격자들"에 대한 묘사는 땅과 문화를 빼앗긴 후 망가질 대로 망가진 원주민들의 현주소를 폭로한다. 이 소설의 애초 판본이 조화나 회복 같은 주제와는 거리가 멀다는 주장은 채브킨의 비평에서도 발견되는 바다. 그의 표현을 빌리면,

> 1984년에 『사랑의 묘약』이 출판된 후 어드릭은 이 소설이 너무 비관적이라는 결론을 내린 듯하다. 가난 · 문제적인 가정 · 성적인 문란 · 어린이 학대와 유기 · 알코올 중독 · 문화적 소외 같이 현대의 인디언들이 겪는 끔찍한 문제들을 선명하게 그려내기만 했을 뿐 어떠한 해결책도 내놓지 않았던 것이다.[43]

유사한 맥락에서 오웬스도 이 서사가 궁극적으로 "공동체적 · 종족적 정체성을 잃어버린 극심한 고통"[44]을 다루고 있다고 주장했다. 이러한 관점에서 고려되었을 때 어드릭의 서사에서 발견된다는 북미 원주민에 대한 기존의 인종적 · 성적 편견도 달리 해석된다. 일례로 『사랑의 묘약』에 등장하는 대부분의 여성들이 "아무 남자고 가리지 않고 사귈 것 같은" 부류라는 서평이 나온 바 있다. 이 평에 따라 밴 다이크는 텍스트가 북미 원주민 여성이 음란하다는 기존의 편견을 강화한다고 해석한

---

43) Allan Chavkin, "Vision and Revision in Louise Erdrich's *Love Medicine*", *The Chippewa Landscape of Louise Erdrich*, Allan Chavkin 엮음(Tuscaloosa, AL: U of Alabama Press, 1999), 112쪽.

44) Louis Owens, "Erdrich and Dorris's Mixed-bloods and Multiple Narratives", *Louise Erdrich's* Love Medicine*: A Casebook*, Hertha D. Sweet Wong 엮음(Oxford: Oxford UP, 2000), 55쪽.

바 있다.[45] 하지만 서사에서 발견되는 치페와 여성에 대한 묘사는 기존의 성 편견을 수용한 것이 아니라 실은 이들이 경제적으로나 정신적으로 얼마나 취약한 상황에 놓였는지를 폭로하는 것으로 해석해야 마땅하다. 이러한 점에서 보았을 때 "식민 지배와 문화적 상실에 저항하고 역사를 복원해내는 관계들의 힘"을 그려내고 있다는 웡의 견해에는 어드릭이 수행하고자 하는 중요한 기획 가운데 하나인 '폭로의 정치학'을 후경화시킬 가능성이 다분히 있다.

무엇보다도 여러 명의 일인칭 화자가 등장하여 자신과 타인의 삶에 대해 중복되는 이야기를 들려준다고 해서 이 소설이 원주민 공동체주의를 반영한다고 보기는 힘들다. 엄격히 말하자면 부족적 공동체는커녕 제대로 기능하는 가족도 이 서사에서는 찾아보기가 힘들다. 그러니까 어드릭의 『사랑의 묘약』에서 공동체나 연대의식이 존재한다면 그것은 모더니즘 미학에 대한 리요타르의 표현을 빌자면 "부재하는 내용"(missing contents)[46]으로서다. 리요타르는 "표현할 수 없는 것"의 존재에 대하여 갖는 관심이라는 점에서 근대 미학과 포스트모더니즘을 리얼리즘과 구분한 바 있다. 그에 따르면 리얼리즘은 규칙에 의거하여 통일적이고 단순하며 소통 가능한 사실을 보여주었고, 이러한 재현 방식은 사실 "예술과 관련된 실재의 문제를 회피한" 것으로 평가된다. 반면 근대의 미학은 "표현할 수 없는 것"을 표현해야 하는 아포리아를 "부재하는 내용"으로 제시함으로써 재현의 문제를 풀어냈다. 마치 흰

---

45) Annette Van Dyke, "Of Vision Quests and Spirit Guardians", *The Chippewa Landscape of Louise Erdrich*, Allan Chakvin 엮음(Tuscaloosa: U of Alabama Press, 1999), 137쪽.

46) Jean-François Lyotard, *The Postmodern Condition: A Report on Knowledge*, Geoff Bennington과 Brian Massumi 공역(1979; Minneapolis: U of Minnesota Press, 1984), 81쪽.

바탕에 흰 사각형을 그린 카시미르 말레비치의 회화처럼 근대의 미학은 비유나 재현에 의존하는 것이 아니라 "보이는 것을 불가능하게 만듦으로써 〔오히려〕 우리로 하여금 보게 만들었다"[47]는 것이다.

이것이 리요타르가 지적하는 근대 예술에서 발견되는 "숭엄의 미학"이다. 리요타르가 설명하는 이 근대 예술의 원리에는 원주민 공동체에 대한 어드릭의 재현 방식과 상통하는 부분이 있다. 물론 "거대 서사에 대한 불신"과 같은 리요타르의 테제가 후기 산업 시대의 서구를 설명하는 패러다임인 반면, 어드릭의 서사는 식민주의가 북미 원주민 문화에 미친 영향을 다루었다는 점에서, 둘은 완전히 다른 콘텍스트를 가지고 있다. 그럼에도 회복할 수 없는 상실을 경험했고 이에 대한 아련한 향수를 가지고 있기에 후기 산업 시대의 서구 사회와 치페와 족 사이에는 공통점이 있다.

현시점의 터틀 산 치페와 족은 그들을 한데 묶어주며 집단적 삶에 의미를 부여하는 전통문화를 상실했기에, 어드릭의 소설에서 공동체는 '충만한 현존'의 형태로 모습을 드러낼 수 없다. 그것은 오히려 개인의 삶에 메워질 수 없는 '구멍'과 '결여의 상처'를 남김으로써, 다른 말로 표현하면 '부재함'으로써 오히려 그 존재감을 더욱 강렬히 드러내고 있다고 판단된다.

『사랑의 묘약』에서 중요한 모티프 가운데 하나로 '귀향'(歸鄕)이 사용되는 것도 돌아갈 고향과 가족이 엄연히 존재함을 강조하기 위해서가 아니라 오히려 그 '부재'를 절절하게 드러내기 위한 것으로 이해된다. 구체적으로 귀향의 모티프는 준 · 베벌리 · 헨리 2세 · 립샤를 통해 반복적으로 모습을 드러낸다. 그러나 베벌리의 첫 번째 귀향은 불륜으로 끝이 난다. "스스로를 인디언이라고 생각하는 사람들을 낙후되었다

47) 같은 책, 75쪽, 78쪽.

고 보는 양친"[48] 아래서 무조건 성공할 것만을 배운 베벌리에게 보호구역으로의 회귀는 아무런 의미가 없는 것이다. 그의 두 번째 귀향 역시 순전히 상업적인 것으로 돈벌이에 이용할 조카 헨리 2세를 데리러 온 것이다. 두 번째 귀향은 이중혼과 도주 행위로 끝이 난다. 월남전 참전 용사 헨리 2세의 경우 귀향길의 끝에는 자살이 기다리고 있다. 미약하나마 긍정적인 음조를 띠는 부분이 제1장에서 처음이자 마지막으로 등장하는 준의 귀향과 마지막 장을 장식하는 립샤의 귀향이다.

제1장에서 준이 남편과 이혼한 뒤 방황하다가 "마지막으로 한번 시도해본 곳이 돈 많고 독신인 인간 말종 사기꾼들이 득실대는 윌리스턴"이었다. "그녀의 옷이 안전핀과 숨겨진 눈물로 가득 차 있었다"는 표현에서 드러나듯, 보호구역의 경계선을 넘어 윌리스턴으로 준을 내몬 것은 경제적 곤궁이라고 추측된다. 그녀는 그곳에서 우연히 만난 남자에게 몸을 허락하나 결국 귀향길에 동사한다(9쪽). 그러나 준의 슬픈 삶에 대한 이 짧은 이야기에 조금이나마 긍정적인 면이 있다면 그것은 비록 실패는 했지만 상실한 '무언가'를 그녀가 진정으로 추구하고 있었다는 사실이다.

결여된 '무언가'의 정체가 정확하게 무엇인지 텍스트는 명시적으로 설명해주지 않는다. 윌리스턴에서 만난 타인과 성관계를 갖기 전 준이 어떤 생각을 하고 있었는지 잠시 살펴보자. "그가 계산을 할 때 슈퍼마켓에서 바나나를 묶는 데 사용하는 고무 밴드로 묶은 돈뭉치가 눈에 들어왔다. 그 돈뭉치가 도움이 되었다. 그러나 그보다 중요한 것은 그녀에게 느낌이 있었다는 것이었다. [그가 준] 계란은 행운의 징조였다. 그에게는 무언가 다른, 온후한 여유로움이 있었다. 이 사람은 다를 거

48) Louise Erdrich, *Love Medicine* (1984; New York: HarperCollins, 1993), 109쪽. 앞으로 이 소설의 인용은 본문에 쪽수만 표기한다.

야, 그녀는 생각했다."(3쪽) 그녀는 "다른" 사람을, 즉 "다른 관계"를 찾고 있었던 것인데 다른 관계가 정확하게 어떤 것인지 텍스트는 말해 주지 않는다.

준에 대한 전지적 작가 시점의 서사가 희망을 주는 부분이 있다면 그것은 마지막 문장, 즉 "준이 〔눈 위〕를 마치 물처럼 밟고 집으로 돌아왔다"(7쪽)는 표현이다. 그러나 독자에게 준이 무사히 귀향했다는 인상을 주었다면 위의 문장은 거짓말을 한 셈이다. 왜냐하면 이어지는 서사에서 준이 살아서 돌아올 수 없었다는 사실이 곧 밝혀지기 때문이다. 비록 준은 죽어서라도 집으로 돌아왔다고 하지만 그녀가 돌아온 집은 어떠한 곳이었는지, 또는 살아서건 죽어서건 그녀에게 돌아올 집이나 고향이 있었는지 물어 볼 필요가 있다. 적어도 그녀의 사촌 오렐리아의 답변은 부정적이다. 오렐리아는 당시의 정황을 다음과 같이 설명한다.

> "준은 짐을 다 꾸려놓았고 집으로 올 작정이었다구. 그녀의 방문을 부수고 들어가 보니 가방이 있더래. 그녀가 그곳으로 갔던 것은 단지"—오렐리아는 더듬거렸고, 그러다 기운을 되찾았다—"**집으로 돌아오려고 했다니, 뭐 하러? 올 이유가 없잖아!**"(13쪽, 필자 강조)

오릴리아에 따르면 준에게는 돌아갈 가정이 없었던 것이다. 준의 어머니는 일찍이 그녀를 숲 속에 홀로 남긴 채 세상을 떠났고, 무책임한 아버지와 외할머니는 그녀를 이모에게 맡겨버렸다. 자신의 마음이 이미 떠나버린 전남편의 품으로 돌아갈 수는 없었을 것이며, 더욱이 상습적으로 가정 폭력을 일삼는 술주정뱅이, "책임감이라곤 가져본 적이 없는" 아들 킹에게 마음을 붙인다는 것도 불가능한 일이었을 것이다.

고향에는 부모 대신에 준을 친딸처럼 거둬준 일라이가 있기는 하다.

크리 족의 전통을 물려받은 일라이는 주변의 존경을 받는 온후한 성격의 소유자이기는 하나, 그를 중심으로 결속력 있는 공동체가 성립하기에 그는 너무나 연로하며 영향력도 극히 제한되어 있다. 일라이의 쌍둥이 형제인 넥터는 젊어서는 부족 의장으로서 정부와 협상을 벌이는 등 정치적 지도력을 발휘하기도 했지만 이제는 맑은 정신도 제대로 유지하지 못한다. 그러니 준에게는 돌아갈 가정도 공동체도 존재하지 않는다. 그러나 현실에서 '부재'하는 가정과 전통적인 공동체는 역설적으로 그녀의 귀소 본능에 의해서만 존재가 드러나며, 목숨을 건 그녀의 귀향 행위가 '부재하는' 존재의 필요성을 역설하는 것이다.

'부재하는 가정'이라는 주제는 제1장에 잠시 등장한 뒤 소설의 마지막에 다시 모습을 드러나는 립샤의 서사에서도 강조된다. 마리가 어릴 때부터 데려다 키운 립샤는 자신의 부모가 누군지도 알지 못하는 사생아다. 그는 마리의 손자이자 이부형제(異父兄弟)인 킹의 학대를 받으며 자라난다. 자신을 버린 어머니에 대한 증오심을 마음속에 키워가고 있었던 립샤는 일찍이 어머니가 지금 돌아와서 무릎을 꿇고 용서를 빌어도 마음이 풀리지 않을 것이라고 말했다. 그러던 가운데 립샤는 친할머니인 룰루에게서 자신의 아버지가 유명한 탈옥 전문가이자 미국 원주민 운동의 카리스마적인 인물인 게리라는 사실을 알게 될 뿐만 아니라 친할아버지가 신통력이 있는 산 사나이 모세 필라저라는 사실도 알게 된다.

이처럼 자신의 혈통적 계보를 파악하자 립샤는 이전에 느껴보지 못했던 기분을 경험한다. "나는 킹이 무엇이라고 생각하든 귀속된 존재야. 나는 이제 진짜 사식, 아니 반쯤은 진짜인 것이야."(348쪽) 필라저 가문의 신통력과 룰루의 통찰력, 그리고 마리의 점술 능력까지 물려받았음에도 버려진 자식이라는 자괴감과 소외감으로 괴로워하던 립샤가 귀속감을 갖게 된 것은 그의 인생에서 중대한 전환점이 된다. 트윈 시티로 간 립샤는 탈옥한 게리가 국경을 넘어 캐나다로 도망갈 수 있도록 도와준다. 립샤는 집으로 돌아오는 길에 강을 건너며 다음과 같이 생각한다.

> 그것은 어둡고 탁하며 굽이치는 강이었어. 강바닥은 깊고 좁았지. 나는 〔어머니〕 준에 대해 생각했어. 물은 나의 아래에서 소용돌이치며 놀고 있거나 가라앉은 자동차들 위로 굽이쳤어. 어머니에 대한 나의 기억은 얼마나 희미한 것인지. 말이 될지 모르겠으나 어머니는 이 휘몰아치는 강물과 함께 떠내려가는 거대한 외로움의 일부였어. 말하건대, 어머니가 나를 위해 한 일에는 좋은 점이 있었어. 나는 이제 알아.(366쪽)

전에는 증오하던 어머니에 대해 이처럼 좋은 기억과 동정심을 갖게 된 립샤의 마지막 말이자 소설의 마지막 문장은 "그러니 이제는 강을 건너서 어머니를 집으로 모시고 가는 일만 남았다"다. 제1장에서 립샤가 어머니에 대해 보여준 태도와 비교해볼 때 결미의 립샤는 고인이 된 어머니와 화해를 한 듯하다. 그는 이제 진정으로 어딘가 속한다는 귀속감을 가진 것이다. 그러나 아이러니컬한 것은 그가 비로소 갖게 된 가족이 이제는 현실에 존재하지 않는다는 점이다. 상상 속에서 화해한 어머니는 이미 세상 사람이 아니고, 아버지는 자신의 법적인 가족에게로 돌아가기 때문이다. 그러한 점에서 립샤가 성취하는 귀속 의식은 부재하는 가족, 결여된 가정을 향한 것이다. 정도의 차이가 있을지는 모르나 준과 립샤의 서사 모두에서 가족은 부재함으로써 그 존재를 더욱 강렬하게 드러낸다.

전통에서 너무 멀어진 부족 공동체

『사랑의 묘약』에서 가족의 존재가 그러할진대 부족 공동체의 경우는 말할 것도 없다. 어드릭이 그려내는 터틀 산 치페와 족은 문화적 · 혈통적으로 그들의 공동체를 되살리기에는 전통으로부터 너무 멀어져버렸다. 치페와 족의 신통력이 립샤를 통해 전승되는 면이 있기도 하며, 앞서 논의한 바 있듯 립샤가 화해와 소통의 가능성을 보여주기는 하나 이는 극히 '사적인 수준'에 그치고 만다는 점에서 부족 공동체의 문화나 정신이 되살아날 수 있는 계기로 보기에는 무리가 있다.

터틀 산 치페와 족은 혈통적 · 문화적으로나 혼종 부족이며, 특히 일찍부터 있었던 프랑스계 캐나다인들과의 교류가 그들 고유의 전통을 많이 잠식하는 데 결정적인 기여를 한다. 먼저, 치페와 족 중에는 순수한 혈통을 지닌 이가 많지 않다. 1세대 원주민들 가운데 순수 원주민의 혈통을 가진 가문은 캐쉬포와 나나푸쉬 정도에 불과하다.

모리시 집안, 라자르 가문, 라마르틴 가계뿐만 아니라 숲의 신비한 인물로 알려져 있는 모세 필라저도 실은 성(姓)에서 알 수 있듯, 프랑스인의 피가 섞인 혼종의 혈통을 가졌다. 사실 3세대 정도로 내려오면 순수 혈통을 지닌 나나푸쉬와 캐쉬포의 후손을 찾아보기란 힘들다. 3세대인 룰루가 나나푸쉬의 성씨를 물려받기는 한다. 그러나 앞선 세대를 다루는 『발자취』에서 드러나듯 룰루는 실은 플뢰르 필라저가 세 명의 남성으로부터 성폭행당한 뒤에 낳은 아이이다. 그러한 점에서 룰루의 부계 혈통은 확실치 않되, 적어도 모계로부터는 필라저 가문에 흐르는 프랑스인의 피를 물려받은 혼종이다. 즉, 룰루는 성만 물려받았을 뿐 실질적으로 나나푸쉬와 혈통적으로 무관하다는 것이다. 룰루는 사생아인 게리에게 나나푸쉬의 성을 주기는 하나 게리 역시 혈통적으로는 필라저 가의 후손이지 나나푸쉬와는 무관하다.

소설 속의 또 다른 순수한 원주민 혈통은 캐쉬포 가문인데 이들의 혈통은 일라이에서 대가 끊기며, 그의 쌍둥이 형제 넥터에 와서는 마리와의 결혼을 통해 프랑스 혈통과 섞인다. 마리는 자신에게 "인디언의 피가 많지 않다"(403쪽)고 고백할 정도이며, 그녀의 아들 고디는 모리시와 라자르의 피가 섞인 준과 결혼할 뿐만 아니라, 마리의 손자인 킹은 백인 리네트와 결혼한다. 결국 캐쉬포 가계는 5대인 킹 2세에 와서는 모리시와 라자르의 혼종혈통과 리네트의 백인혈통이 뒤섞인다. 마리의 딸인 젤다 쪽을 보아도 상황은 크게 다르지 않다. 젤다가 스웨덴 남성과 결혼하여 앨버틴을 낳았기 때문이다.

이쯤 되면 어드릭이 그려내는 원주민들은 적어도 혈통적인 면에서 보았을 때는 프랑스가 '식민화'했다고 하는 편이 더 정확할지도 모르겠다. 물론 백인문화와 섞이지 않은 순수한 토착 문화만이 원주민 문화로 불릴 자격이 있는 것은 아니며, 또 보호해야 할 가치가 있는 것은 아니다. 그러나 백인과의 혈통적 교류가 진행될수록 원주민들의 정체성과 공동체의 와해가 가속화되었다는 점은 사실이다.

원주민의 삶에 백인문화가 행사하는 영향력은 아들이 가톨릭교도와 결혼해야 한다고 주장하는 젤다의 요구에서도 드러나며, 립샤와 넥터가 성당에서 나누는 대화에서도 나타난다. 미사를 보는 도중에 할아버지가 고래고래 소리를 지르자 립샤는 왜 그러시냐고 묻는다. 이에 넥터는 그렇게 하지 않으면 하나님께서 듣지 못하신다고 대답한다. 이 말을 들은 립샤는 할아버지의 말이 전적으로 옳다고 생각한다. 구약 시대 이래로 하나님은 인간들의 요청에, 그들의 행 · 불행에 눈과 귀를 막고 계신 것이다. 이러한 구약 시대의 신과 원주민의 신을 립샤는 비교한다.

> 오늘날에는 구약에 나오는 당신들의 신이 있고, 치페와 족의 신들도 있지. 장난을 잘 치는 나나보조나 저기 마치마니토 호수에 사는

물귀신 미시페슈 같이 인디언 신들은 선하기도 하고 악하기도 해. 그 물귀신이 모습을 드러내었다고 들은 마지막 신이었어. 그 신은 어린 아가씨들만 보면 사족을 못 써서 필라저 집안의 여자아이 하나를 보트에서 끌어내렸다고 해. 〔……〕 우리의 신들은 완전하지는 않아, 그게 내가 말하고 싶은 바야. 그러나 적어도 이 신들은 말을 들어줘. 올바르게만 요구한다면 신들은 부탁을 들어준다는 말이지. 고래고래 소리 지르지 않아도 돼. 내가 말했지만, 그러기 위해선 올바르게 간구하는 법을 알아야만 해. 그런데 그것이 문제야. **왜냐하면 가톨릭교가 퍼진 다음부터는 치페와 족이 올바르게 간구하는 기술을 잊어버렸기 때문이야.** 높으신 존재께서 우리에게 등을 돌려버리신 것인지, 우리가 고함을 질러야 들으시는 건지, 우리가 신이 알아들을 수 없는 말로 간구를 하고 있지는 않은지 궁금해.(236쪽, 필자 강조)

이러한 생각 끝에 립샤가 내린 결론은 "정부(政府)처럼" "귀를 막아버린 하나님께 의지하는 것은 소용이 없다"는 것이다. 위 인용문에서 립샤는 백인의 종교가 북미 원주민의 삶을 얼마나 깊이 파고들었는지를, 동시에 원주민이 자신의 문화로부터 얼마나 유리되었는지를 증언한다.

치페와 족을 포함한 알곤킨어 족에 속하는 부족들은 '대 주술회'를 뜻하는 '미듀이윈'(Midéwiwin)의 오랜 전통을 가지고 있다. 미듀이윈에 속하는 주술사들은 신비한 비전의 추구, 약초, 주문, 신의 가르침 등을 이용하여 부족원의 정신과 육체를 인도했다. 이들은 또한 동쪽에서 시작한 오지브와의 이동 경로나 시노, 가계도, 신들의 가르침 등을 자작나무 껍질에 기록하여 보관하고 이를 설명해주는 책임을 맡고 있었다. 한 비평에 따르면 미듀이윈은 '태양춤'과 더불어 20세기 초까지만 하더라도 치페와 족에게 중요한 역할을 했다.[49]

그러나 1934~85년의 기간을 다루는 『사랑의 묘약』에는 주술사도 미듀이윈도 등장하지 않는다. 신통한 치유력은 립샤를 통해 전승되는 듯하나 부족 전체를 가톨릭교가 이미 잠식한 상황에서 그 힘은 극히 미약하다. 터틀 산 치페와의 삶 속에 자리 잡은 가톨릭교는 립샤가 만드는 사랑의 묘약에서도 영향력을 드러낸다.

마리는 룰루와 다시 사랑에 빠진 남편 넥터의 마음을 돌리기 위해 사랑의 묘약을 만들 것을 립사에게 부탁한다. 사랑의 묘약을 만들기 위해서는 희귀한 씨앗이나 교미 중인 개구리가 필요하나 이런 것들을 구하기가 힘들다고 판단한 립샤는 궁리 끝에 기러기의 염통을 쓰기로 마음먹지만 기러기 사냥에서 실패한다. 궁여지책으로 식료품 가게에서 칠면조 염통을 구입한 립샤는 이 가짜 묘약 재료를 영험하게 만들기 위해 어느 곳을 찾아가는데 그곳이 바로 수도원이다. 신부님과 수녀님께 칠면조 염통에 축복 기도를 해 주실 것을 요청하러 간 것이다.

이 요청이 거절되자 립샤는 결국 성수(聖水)에 담근 자신의 손으로 칠면조 염통을 축복한 후 이를 할아버지가 드시게 만든다. 공교롭게도 할아버지는 이를 드시다가 돌아가시고 립샤는 죄책감에 시달리다 사실을 할머니에게 털어놓는다(230~258쪽). 립샤가 전통 묘약을 만들기 위해 식료품점에서 재료를 구입할 수밖에 없었다는 사실이나, 영험한 힘을 빌리기 위해 수도원을 찾아갈 수밖에 없었다는 사실은 치페와 족이 고유의 문화로부터 얼마나 멀어졌는지를 잘 드러낸다.

『사랑의 묘약』이 그려내는 치페와 족의 삶에서 전통문화는 잊혀진 과거에 속한다. 오지브와나 치페와의 전통신앙 중에는 물귀신에 대한 신앙, 변신에 능한 나나바조 신앙, 곰에 관한 토템 신앙이 있는데 이 역시

---

49) Alanson Skinner, "The Cultural Position of the Plains Ojibway", *American Anthropologist*, 16(1914), 317쪽.

백인의 문화에 동화되고 세속화된 이후로 치페와 족에게 공명하는 바가 크지 않은 것으로 드러난다. 토템 신앙은 캐쉬포의 부인 마거릿의 또 다른 이름인 러시스 베어(Rushes Bear)에서나 발견되는 정도이며, 나나바조의 변신 능력은 탈옥에 능한 게리에게서 어렴풋이 느껴진다. 또한 물귀신 신앙은 호수의 귀신 미시페슈가 나타났다는 소문에서 등장하는 정도다.

이러한 면을 고려했을 때 1984년의 『사랑의 묘약』을 두고 굳이 치페와 족에 관한 원주민 서사라는 이름을 붙일 수 있을까 의문스러울 정도다. 1984년판 『사랑의 묘약』은 너무나 세속화되어버린 서사였기에, 엄격히 말하자면 그 판본이 다루는 터틀 산 치페와 족의 삶이 너무나 세속화되어버렸기에, 부족의 전통을 조금이나마 살려내려면 『사랑의 묘약』을 새로 써야만 했다. 1993년 개정판에서 어드릭은 「섬」을 새롭게 추가하고 「구슬 목걸이」에도 새로운 내용을 대폭 추가하게 된다. 그리하여 나나푸쉬와 러시스 베어와 같은 1세대와 신비한 숲의 사나이 모세와 플뢰르 같은 2세대 인물들을 위한 공간을 서사에 마련한다.

1세대를 다루는 『발자취』에서 처음 모습을 드러내는 나나푸쉬를 『사랑의 묘약』 증보판에 등장시킴으로써 어드릭은 원주민 장례식인 풍장(風葬)을 서사에 들여오게 되고, 『발자취』에 처음 등장하는 또 다른 인물인 모세를 증보판에 등장시킴으로써 자연과 호흡을 같이 하는 삶의 전통을, 그리고 플뢰르를 통해 아직도 효험이 강력한 주술의 존재를 자신의 서사로 가져온다. 즉, 이처럼 부족의 전통을 체화하고 있는 인물들을 새로 들여옴으로써 작가는 서사에서 부족 문화의 정신적 차원을 일부나마 복구하는 시도를 하는 것이다.

제이콥스는 어드릭의 1994년 작인 『빙고 궁전』(*Bingo Palace*)에서뿐만 아니라 『사랑의 묘약』 증보판에서도 전통적인 가치들과 공동체주의가 잘 드러난다고 주장한 바 있다. 증보판에서 제이콥스가 주목하는 부분은 새롭게 추가된 제16장, 즉 「토마호크 공장」이다. 원주민 제식인 '파우와우'가 재연된다는 점에서 『빙고 궁전』이 전통문화를 어느 정도 살려낸다는 제이콥스의 의견에 동의할 수 있다. 예컨대, 이 제식을 위해 립샤가 집으로 불려오고, 라이먼이 죽은 형 헨리 2세를 기리는 전통적인 "풀 춤"을 추며, 비전을 얻기 위한 준비 단계로 땀을 흘려 몸과 마음을 깨끗하게 하는 '정결 의식'(Sweat Lodge)이 주술사의 지휘 아래 이루어진다. 또한 부족의 상당수가 이 의식을 통해 공동체의 문화를 다시 확인한다.

그러나 이러한 주장이 『사랑의 묘약』에 그대로 적용되기에는 문제가 있다. 제이콥스의 해석에 따르면, 「토마호크 공장」은 "옛 방식과 전통의 유산이 아직 잊혀지지 않았으며, 아직도 현대 치페와 족의 삶에 그것들을 위한 자리가 있음"[50]을 보여준다는 것이다. 일례로, 룰루를 비롯한 전통주의자들이 오지브와 족의 삶의 기반인 들소를 다시 키우고, 전통적인 옷을 입으며 전통적인 언어를 일상에서 흉내 낸다.

그러나 이러한 시도로 공동체를 다시 살리는 것은 불가능에 가깝다. 원주민의 전통 언어는 룰루와 그녀의 사생아 라이먼의 대화에서도 모습을 드러낸다. 들소를 바라보며 룰루가 말한다.

> "네 발 달린 이들. 한때 이들이 우리 두 발 달린 이들을 도와주었지."
>
> 이것이 아메리카 인디언 운동에 참여하는 그 무리들이 말하는 방식이었다. 마치 땅에 근원을 둔 애초의 부족어를 번역하듯이 말이다. 나는 물론 이 무리들이 영어를 말하면서 자라났다는 것을 잘 알고 있었다. 그러니 환장할 노릇이었다.

---

50) Connie A. Jacobs, 앞의 책, 96쪽.

어머니는 생각에 잠긴 채 말을 계속했고, 나는 귀 기울이려고 노력했다. "옛날에는 창조란 모든 것이 서로 연결되어 있는 것이었지."

"지금도 잘 연결되어 있어요"라고 내가 말했어. "〔제 집의〕 상하수도 배관이 연결만 되면 저도 즉시 윤회적 삶의 일부가 될 텐데요." (307~308쪽)

동물들을 "네 발 달린 이들", 사람들을 "두 발 달린 이들"이라고 부르는 데서 알 수 있듯, 룰루와 그의 동료들은 모든 생명체를 동등하게 취급하는 전통적인 사유를 되살려내려고 한다. 그러나 이어지는 라이먼의 비아냥거림은 비록 그가 백인문화에 동화된 인물임을 고려하더라도, 세속화될 대로 세속화된 보호구역 사회에서 룰루의 시도가 시대착오적인 행동이 되고 말았음을 지적하고 있다고 해석된다. 치페와 족은 전통을 회복하기에는 너무나 많은 것을 상실해버렸고, 현대 문명의 이기에 너무 오래 길들여졌던 것이다.

토마호크 공장에 고용된 부족원들이 공장 설비를 파괴하는 행위도 백인의 문화에 대한 저항과는 거리가 먼 것이다. 제이콥스는 이 집단적 행위의 원인으로 "자신들이 만들어내도록 요구받은 싸구려 기념품에 대한 노동자들의 분노"[51]를 꼽는다. 즉, 전통문화를 싸구려로 팔아먹는 행위에 대해 노동자들이 저항한 것이다.

그러나 공장 노동자들의 집단행동은 실은 앙숙인 마리와 룰루의 "구슬 전투"에서 촉발되었다. 마리가 룰루의 아들 라이먼의 출생 비밀을 폭로하자 이에 분노한 룰루가 마리의 초록색 구슬판에 자신의 다른 색 구슬들을 부어버림으로써 마리의 작업을 완전히 망쳐놓는다. 두 앙숙의 다툼에 말려든 공장 노동자들은 평소에 그랬듯 두 패로 나뉘어 대판

51) 같은 책, 96~97쪽.

싸움을 벌이고, 싸움이 끝난 뒤 기력이 남아 있던 몇몇 사람들이 공장 설비를 파괴해버리는 것이 공장에서 벌어진 결전의 전모다. 그러므로 이 사건이 백인문화에 대한 집단적 저항이라는 견해는 싸움을 촉발시킨 개인적인 원한과 복수라는 극히 사적인 맥락과 공장 노동자들 간에 이미 존재하고 있었던 분열을 무시하고야 가능한 것이다.

앞서 어드릭의 소설에서 가족은 부재로 인해 더욱 강렬하게 느껴진다고 말한 바 있다. 유사한 맥락에서 어드릭이 『사랑의 묘약』에서 그려내는 현대의 터틀 산 치페와 족에게 공동체는 부재한다. 그리고 그 부재로 인해 독자의 마음속에 더 큰 아쉬움으로 각인된다.

8
디아스포라 담론과 (초)민족주의

지금의 전통주의보다 덜 전통적인 것도 드물다.

• 크와메 안소니 아피아

디아스포라 담론과 반근원주의

새프란의 고전적인 정의에 따르면 디아스포라의 구성 요건은 "조국에 대한 기억과 신화의 공유(共有)" "조국에 대한 이상화(理想化)" "조국의 번영과 보존에 모두가 헌신해야 한다는 믿음" "장기간에 걸친 민족공동체 의식의 유지" 등을 포함한다.[1] 오늘날 디아스포라는 이보다 훨씬 더 넓은 의미에서 사용되는데, 이전의 패러다임에서 '출발국'이 이민자들의 가치나 정체성의 원천으로 여겨졌다면, 최근의 패러다임에서는 '도착국과의 관계'도 중요한 비중을 차지한다.

브루베이커도 과거에 디아스포라가 "조국 지향성"과 "문화적 경계의 보존" 등의 특징이 있었다면, 최근의 시각은 많이 달라졌음을 지적한 바 있다. 일례로 "귀환의 욕망"이나 "뿌리에 대한 관심"보다는 "현지에서 나름의 문화를 재생산할 수 있는 능력"이 디아스포라의 중요한 특징이 되었다는 것이다. 또한 이전의 패러다임이 "도착국에서 이민자 고유의 문화적 정체성을 유지하는지"의 여부를 판단 척도로 삼았다면, 최근

---

1) William Safran, "Diasporas in Modern Societies: Myths of Homeland and Return", *Diaspora*, 1.1(1991), 83~99쪽.

의 이론에서는 이질성과 다양성, 혼종성을 중시한다.[2)]

과거와 현재의 패러다임을 모두 고려했을 때 디아스포라는 고전적인 의미에서는 일종의 '장거리 민족주의'에 근접하며, 근자의 의미에 따르면 혼종성과 다양성, 다국적 네트워크, 탈영토성을 특징으로 하는 '초민족주의'에 다가간다. 이중 장거리 민족주의의 예는 미국에서 이스라엘의 국익을 도모하는 유대계 미국인들이나 일본의 조총련계 한인들이 '출발국'과 맺는 관계가 될 것이다.

오늘날 디아스포라 작가로 흔히 꼽히는 인물들 중에는, 뭄바이 출신으로 영국과 미국에서 활동하는 루시디[3)]나 콜카타(구 캘커타) 출신으로 미국에 정착한 무커지, 트리니다드 토바고 출신인 나이폴[4)]이 있다. 이외에도 팔레스타인 출신의 에드워드 사이드, 인도 출신의 바바와 스피박, 가나에서 자라난 아피아(Kwame Anthony Appiah) 등 굵직한 문화 이론가들도 이주의 경험을 갖고 있다. 주지하는 바와 같이 런던과

---

2) Rogers Brubaker, "The 'diaspora' diaspora", *Ethnic and Racial Studies*, 28.1(Jan. 2005), 5~7쪽.

3) 루시디의 작품 가운데 국내 번역서로는 『한밤의 아이들』, 안정빈 옮김(영학출판사, 1989); 『자정의 아이들』, 정성호 옮김(행림출판, 1989); 『무어의 마지막 한숨』, 오승아 옮김(문학세계사, 1996); 『악마의 시』, 김진준 옮김(문학세계사, 2001); 『하룬과 이야기 바다』, 김석희 옮김(달리, 2005); 『분노』, 김진준 옮김(문학동네, 2007) 등이 있다. 그밖에 이 책에서 다루지 않은 작품으로 *Grimus*(1975), *East, West*(1994), *The Ground Beneath Her Feet*(1999), *Shalimar the Clown*(2005), *The Enchantress of Florence*(2009) 등이 있다.

4) 국내에 소개된 나이폴의 작품은 다음과 같다. 『자유의 나라에서』, 이명재 옮김(친우, 1989); 『자유국가에서』, 오승아 옮김(문학세계사, 1996); 『잃어버린 그림자』, 안기섭 옮김(길 출판사, 1994); 『세계 속의 길』, 최인자 옮김(문학세계사, 1996); 『흉내』, 정영목 옮김(강, 1996); 『거인의 도시』, 김영희 옮김(강, 1997); 『미겔 스트리트』, 이상옥 옮김(민음사, 2001). 그밖에 이 책에서 다루지 않은 작품으로는 *The Mystic Masseur*(1957), *A House for Mr. Biswas*(1961), *Finding the Center*(1984), *The Enigma of Arrival*(1987), *Half a Life*(2001), *Magic Seeds*(2004) 등이 있다.

뉴욕 같은 메트로폴리스에 거주하는 제3세계 출신의 지식인들은 이주에 따르는 문화적 혼란이나 상실감을 문학적 · 이론적 주제로 삼는다. 이들은 또한 순수하거나 단일한 형태의 민족적 정체성을 부인한다는 점에서 초민족적이고도 반근원주의적이라는 평가를 받는다.

나이폴과 루시디는 민족적 순수성이나 근원에 대한 부정적인 사유로 인해 마르크스주의 진영과 제3세계 민족주의 진영 양쪽에서 비판을 받는다. 이 작가들은 유럽의 식민통치에서 해방된 신생 독립국들에 대한 비판에 주력해왔는데, 이러한 사실 또한 그들의 이데올로기적 혐의를 확인해주는 듯하다. 이러한 문학 경향은 제3세계 출신의 작가들이 이른바 "제국주의에 대한 어제의 전투"를 지면을 통해 계속했던 것과는 대조적인 양상을 띤다.

이와 관련하여 나이폴과 루시디의 문학에서 민족주의적 지평을 넘어서는 주제나 모티프를 찾기란 어렵지 않다. 우선 나이폴부터 살펴보면, 『흉내내는 사람들』(*The Mimic Men*, 1967)의 주된 정조(情調)는 다름 아닌 민족의 울타리나 국가의 경계를 떠나 "난파"당하고 "표류"하고 있다는 느낌이며, 『강의 한 굽이』(*A Bend in the River*, 1979)에서 인도계 주인공이 아프리카의 신생 독립국에서 겪어야 하는 것도 "뿌리 뽑힌 이방인"의 삶이다. 자신이 서인도제도 작가로, 자신의 작품이 "국지적 서사"로 인식되는 것을 원하지 않는다는 나이폴의 고백[5]도 그의 정신적 지평이 특정 문화나 국가의 경계선을 넘어섬을 지시한다. 나이폴에게 "세계주의자"라는 명칭이나 "초민족적"이라는 수식어가 따라다니는 것은 바로 이러한 이유에서다. 근원과 순수성을 부정했다는 점에서 나이폴은 후기 구조주의적 식민주체론이 전범(典範)으로 소개되며, "존

---

5) V.S. Naipaul, *Conversations with V.S. Naipaul*, Feroza Jussawalla 엮음 (Jackson: Univ. Press of Mississippi, 1997), 10쪽, 16쪽.

재론적 조건으로서의 삶의 뿌리 없음이나 난파 상황에 대한 타고난 인식을 가진 것으로 간주된다."[6)]

제3세계 비평가들이 나이폴에 대해 갖는 불만은 그가 반근원적 언어로 민족성의 부재를 표현했다는 점에 그치지 않는다. 나이폴은 제3세계 국가들이 독립 뒤에 보여준 문제들, 예컨대 자치 능력의 결여 · 민족주의 정권의 부패 · 종교적 근본주의 · 마르크스주의의 문제점 등을 노골적이고도 신랄한 언어로 지적했다. 이러한 비판은 『자유국가에서』(*In a Free State*, 1971), 『세계 속의 길』(*A Way in the World*, 1994)과 같은 일련의 소설들과 아시아와 남미, 아프리카 등 제3세계를 여행한 뒤 출판한 논픽션 모두에서 드러나는 경향이다.[7)]

이처럼 조국과 제3세계의 문제점을 비판한 결과 나이폴은 서구에서는 진실을 위해 조국을 버린 "제3세계의 솔제니친"으로 평가받는 반면, 제3세계에서는 "제3세계에 대한 서구의 부정적인 시각을 내면화한 '갈색 피부의 영국인'"으로 지목된다.[8)] 조국에 대한 비판으로 문학적 명성뿐만 아니라 영국 여왕에게서 작위까지 얻게 되었다는 점에서도 나이폴은 "신식민주의의 가증스러운 하수인"[9)]이라는 혐의에서 자유롭지 못하다. 그를 향한 적개심은 서인도제도에서 열린 학술대회의 한 참가자

---

6) Homi Bhabha, 앞의 책, 87쪽, 88쪽; John King, "'A Curious Colonial Performance': The Eccentric Vision of V.S. Naipaul and J.L. Borges", *The Yearbook of English Studies*, 13(1983), 232쪽.

7) 이하 나이폴과 루시디에 대한 논의는 이석구, 졸고 「나이폴의 "객관적 비전"과 누락의 죄」, 『안과밖』, 제17호(2004), 275~303쪽; 졸고 「국적 없는 작가들: 포스트모더니즘과 이산의 정치학」, 『문학과 사회』, 제16권 제1호(2003), 220~239쪽 가운데 일부를 수정한 것임을 밝힌다.

8) Jane Kramer, "From the Third World", *New York Times Book Review*(13. Apr. 1980), 11쪽; Bart Moore-Gilbert, *Postcolonial Theory: Contexts, Practices, Politics* (New York: Verso, 1997), 66쪽; 바트-무어 길버트, 이경원 옮김, 『탈식민주의! 저항에서 유희로』(한길사, 2001), 172쪽.

가 그를 저격할 것을 자원한 유명한 일화에서 드러난 바 있다.

'기원'과 '순수'에 대한 부정은 루시디의 문학에서도 강력한 반근원주의적 언어로 표출된다. 그는 스스로를 "요리할 때 사용하는 양념처럼 흑색 · 백색 · 갈색이 서로 침투한" "혼종적인 역사의 사생아"[10]로 부르기도 했다. 민족국가에 대한 루시디의 근본 입장은 앤더슨의 "상상의 공동체" 개념에 대한 인유에서 잘 드러난다. 앤더슨은 민족주의뿐만 아니라 민족성 자체가 인위적인 것이라는 주장을 했다. 그에 따르면 인쇄 자본주의의 발달로 문자 매체를 공유한 개인들이 공동체 의식을 가질 때, 그 의식은 대면 접촉의 범위를 넘어선다는 점에서 "상상된" 것이다.[11]

루시디는 앤더슨의 언어를 빌려 국가의 기원이 사실 국민들의 믿음 속에 있으며, 독립 국가 인도가 "상상된" 세계라면 파키스탄은 그나마 "제대로 상상되지도 못한" 경우라고 주장한다.[12] 이 주장은 민족국가의 기원(起源)이나 문화적 순수성에 대한 믿음을 정면으로 반박하는 것이다. 『자정의 아이들』(*Midnight's Children*, 1981)의 주인공의 인종적 정체성이나 『악마의 시』(*The Satanic Verses*, 1988)의 주인공 살라딘에 대한 묘사를 통해 루시디는 "순수성"이 아니라 "혼종성"이 개인을 구성한다고 주장한다. 혼종성의 메시지는 『악마의 시』의 또 다른 주인공 지브릴이 부르는 노래의 가사에서도 묻어 나온다.

> 오, 나의 신발은 일제라네. 이 바지들은 영국제요. 나의 머리에는 붉은 러시아 모자. 그런데도 나의 마음은 인도인이라네.[13]

---

9) H.B. Singh, "V.S. Naipaul: A Spokesman for Neo-Colonialism", *Literature and Ideology*, 2(Summer 1969), 85쪽.

10) Salman Rushdie, *Imaginary Homelands: Essays and Criticism 1981~1991* (New York: Penguin, 1991), 394쪽.

11) Benedict Anderson, 앞의 책, 4쪽, 6쪽.

12) Salman Rushdie, 앞의 책, *Imaginary Homelands*, 387쪽.

『악마의 시』에 등장하는 두 그루의 나무, 호두나무와 접목수(椄木樹)도 이러한 맥락에서 보았을 때 특별한 의미를 부여받는다. 민족주의자인 창게즈가 아들 살라딘의 탄생을 기념하여 뭄바이의 자택에 심었으나 결국 잘리고 마는 호두나무가 인도의 "순수한" 민족성을 대변한다면, 영국인이 되고 싶은 유대인 코헨의 집 정원에서 자라나는 나도싸리와 금작화의 "키메라적인 접목"은 혼종성을 대변하는 것이다. 두 나무가 맞이하는 서로 다른 운명은 작가의 공감대가 어디에 놓여 있는지를 잘 드러낸다. 소설에 관한 루시디의 입장은 한 에세이에서 좀더 직접적인 어조로 표현된다.

> 『악마의 시』는 혼종 · 불순함 · 뒤섞임 · 인간 · 문화 · 사상 · 정치 · 영화들 · 노래들 간의 새롭고 예상치 못하는 혼합에서 생겨나는 변형을 노래한다. 그것은 잡종화를 축하하고 순수의 절대주의를 두려워한다. 뒤범벅, 짬뽕, 이것과 저것을 조금씩 모은 것, 이것이 세상에 새로움이 등장하는 방식이다. 이것이 대단위 이주가 세상에 주는 위대한 가능성이며, 나는 그것을 포용하려고 노력해 왔다. 『악마의 시』는 융합에 의한 변화를, 접합에 의한 변화를 위한 것이다. 그것은 우리의 잡종화된 자아에 바치는 연가(戀歌)다.[14]

이렇게 개괄하고 보면 나이폴과 루시디의 텍스트가 민족문화나 민족적 정체성에 대한 본질론, 즉 순수하거나 본질적인 형태의 민족성이나 민족문화가 있다고 보는 시각을 반박하고 있다는 주장이 설득력을 가진다. 루시디나 무커지, 나이폴, 아옌데 같은 작가들이 모두 급진적인

---

13) Salman Rushdie, *The Satanic Verses* (London: Viking, 1988), 5쪽.
14) Salman Rushdie, 앞의 책, *Imaginary Homelands*, 394쪽.

탈식민 이론에 대해서는 회의적인 입장을 견지하고, 민족문화를 창달하는 작업을 무시하며 문화적 혼종성을 주창한다는 브레넌의 주장[15]이 상기되는 대목이다.

위에서 논의한 바를 고려할 때 나이폴과 루시디의 문학이 순수함보다는 불순함을, 진정성보다는 혼종성을, 단일성보다는 다양성을 강조하는 반근원적 담론이라는 주장은 수긍이 간다. 문제는 그다음이다. 반근원적 사유가 곧 탈역사적인 포스트모더니즘을 수용한 것이라는 주장이나 한 걸음 더 나아가 서구의 신식민주의에 영합한다는 주장은 예단에 근거한 논리일 수 있다. 포스트모더니즘에 대한 제임슨의 견해에 따르면, 후기 자본주의 시대의 자본의 흐름이 보여주는 다국적이며 초국적인 추세는 문화의 장(場)에서 본질과 현상의 구분이나 기표와 기의의 구분을 사라지게 만들어 원본이 없는 모방의 세계, 즉 "시뮬라크라"(simulacra)의 세상이 도래하게 만들었다.[16]

제3세계 출신의 이주민 지식인들을 비판하는 진영에서는 이들의 신념과 문학이 이처럼 포스트모더니즘의 반근원주의에 기반하고 있음을 지적한다. 일체의 전통을 희화화하고 기원을 부정하는 반근원적인 시각에서 보았을 때, 민족의 '역사적 시원(始原)'이나 민족적 정체성의 순수성에 대한 믿음은 무의미해진다. 마르크스주의 비평가들은 이와 같은 반근원주의적 성향의 문화나 예술이 서구 신식민주의의 첨병 노릇을 할 수 있음을 경계한다. 즉 본질에 대한 부정적인 태도가 '근원'에 기초하는 민족국가 간의 경계선을 삭제함으로써 서구의 전 지구적 자본에 따라서 주도되는 "세계체제화"에 공조하고 있다는 것이다.

---

15) Timothy Brennan, 앞의 책, 34~35쪽.
16) Fredric Jameson, "Postmodernism, or The Cultural Logic of Late Capitalism", *Postmodernism: A Reader*, Thomas Docherty 엮음(New York: Columbia UP, 1993), 70쪽, 74쪽.

아마드의 유명한 표현을 빌리면, 근원과 주체를 부정함으로써 포스트모더니즘은, 다국적 · 초국적 기업이라는 간판 아래 후기 자본주의 시대를 실질적으로 지배하는 기업들과 제1세계 간에 엄연히 존재하는 이해관계를 은폐한다.[17] 유사한 맥락에서 산 후안도 스피박과 바바의 이론이 차용한 "텍스트주의"의 형이상학이 서구 포스트모더니즘의 이데올로기적 효과를 신비화함으로써 제3세계가 중심부와의 관계에서 시도하고자 하는 변혁에 걸림돌이 된다는 주장[18]을 제기했다.

나이폴과 루시디를 위와 같은 관점에서 비판하는 것이 불가능하지는 않으나, 그러한 비판을 개진하려면 이보다는 좀더 설득력 있는 논지가 필요할 것이다. 제3세계 비평 진영에서 나이폴이 세계를 조망하는 방식에 이의를 제기할 부분이 있는 것은 분명한 사실이나 그의 세계관을 서구 포스트모더니즘의 영향력에 기인한다고 보는 것은 문제다. 또한 루시디의 혼종성도 '포스트모더니즘의 영향'으로 설명할 수는 있되 이러한 설명이 루시디의 문학이 갖는 '의미적 가능성'을 소진시킬 만한 것이라고는 판단되지 않는다. 더욱이 나이폴과 루시디는 이민자 출신으로 조국을 서사화 한다는 점만 같을 뿐, 이들을 동일한 '디아스포라' 범주로 묶기에는 무시하지 못할 차이가 그들 사이에 있다. 이 작가들이 관련된 포스트모더니즘 논쟁은 곧 다시 하도록 하자.

나이폴과 제3세계의 일그러진 초상

나이폴의 문학에서 어떤 정치학이 작동하는지를 논하기 전에 먼저 나이폴을 옹호하는 비평가들이 어떤 주장을 펼치는지 살펴보자. 나이

---

17) Aijaz Ahmad, 앞의 책, 130~31쪽.

18) E. San. Juan, Jr., *Beyond Postcolonial Theory*(New York: St. Martin's Press, 1998), 22쪽.

폴을 옹호하는 비평가들 중에는 하니가 있다. 그는 민족주의와 민족문화를 구분하며, 제3세계에 대한 나이폴의 비판이 편협한 민족주의로부터 민족문화를 해방시키는 공로를 한 것이라고 주장한다. 더 나아가 그는 "제국주의와 식민주의의 사악한 결과가 항상 나이폴의 중심 주제였으며, 제3세계를 무시하는 그의 태도는 이러한 맥락에서 나온 것일 뿐임"[19]을 강조한 바 있다. 이데올로기와 정파를 초월한 나이폴의 비전을 비평가 호는 "강철 같은 시각, 주변부의 벌거벗긴 정직성"이라고 부른 바 있다.[20] 자칭 유배자인 나이폴의 객관성에 대한 영미비평가들의 신뢰는 다음의 글에서도 잘 요약된다.

> 어느 곳을 그가 조국이라 부를 수 있을까? 어느 곳을 그가 자연스럽게 받아들이고 어느 곳이 그를 자연스럽게 받아들일까? 어디로 가든 그는 방문객일 따름이다. 〔……〕 그는 지배적인 이데올로기나 당대의 감상주의에 의해 왜곡되지 않은 모습으로 세상을 인식할 수 있는 지적 자유를 획득했다.[21]

나이폴에 대한 근자의 국내 비평에서도 평자에 따라서 부분적으로 또는 전체적으로 긍정적인 자리매김을 하는 것이 눈에 띈다. 나이폴이 "제3세계에 대하여 구조적이고 역사적 인식"을 갖지는 못했으나 "나름의 구체성을 가지고 당대의 한 중요한 면모를 포착했다"[22]는 지적이나,

---

19) Stefano Harney, *Nationalism and Identity: Culture and Imagination in a Caribbean Diaspora* (London: Zed Books, 1996), 144~145쪽.

20) Irving Howe, "A Dark Vision", *New York Times Book Review* (13. May. 1979), 1쪽.

21) Larry David Nachman, "The Worlds of V.S. Naipaul", *Salmagundi*, 54 (Fall 1981), 620쪽.

22) 김영희, 「나이폴—주변인의 초상」, 『한국문학』, 제25권 제2호 (1997), 466쪽.

"나이폴은 제3세계와 이슬람 국가에서 군림하는 압제자들을 비판하며 성역과 금기에 도전하는 용기 있는 작가"일 뿐만 아니라 내부자의 "균형 잡힌 비판적 시각"[23]을 견지하는 작가라는 평, 제3세계에 대한 그의 비판을 제3세계의 "자기반성"을 요구하는 것으로 해석하는 예, 더 나아가 『흉내내는 사람들』을 신생 독립국의 "저항적 정체성의 형성"에 관한 텍스트로 새롭게 읽어내는 예가 그것이다.[24] 이러한 시각에서 보았을 때 나이폴에게서 높이 살 점은 현실을 호도하기를 거부하는 '객관적 시각'이라고 할 수 있을 것이다.

1971년에 나이폴이 한 인터뷰에서 피력한 소감은 이른바 '정직한 고발자'로서의 면모를 살펴볼 수 있는 기회를 제공한다.

> 예컨대, 아프리카에서 현실 상황을 인정치 않으려는 심각한 거부를 목격하게 됩니다. 사람들은 현실의 문제들을 마치 해결이라도 된 양 밀쳐놓습니다. 〔아프리카에서 발견되는〕 인간적인 결함의 역사 전체가 마치 [백인들의] 한때의 억압과 편견에 기인한 것으로 설명할 수 있는 것처럼 말입니다. 이제는 그러한 억압과 편견이 없어졌으니 어떠한 비판도 그러한 편견의 반복이므로 무시해도 좋다는 것입니다. 〔……〕 저는 이제 사방에서 아프리카의 시대라는 말을 듣습니다. 마치 아프리카가 갑자기 기술적 · 교육적 · 문화적으로 선진화되며 정치적으로 강대국이 될 것처럼 말입니다. 보잘것없는 기술을 가진 사람들이 소박한 자신들이 모든 문명 · 모든 문화 · 모든 문학 · 모든 기술의 씨앗

---

23) 박종성, 「탈식민담론에서 제3의 길 찾기」, 『실천문학』, 제55집 (1999), 304쪽; 박종성, 「문화비평가로서의 나이폴: '탈'식민사회 진단시각과 전략」, 『안과 밖』, 제5호(1998), 197쪽, 202~203쪽.

24) 왕철, 「나이폴의 소설과 트리니다드 토바고, 그 애증의 역학」, 『현대문학』, 제543호(2001년 11월), 52쪽, 55쪽; 고부응, 「나이폴의 『흉내 내는 사람들』과 민족공동체」, 『초민족 시대의 민족정체성』(문학과지성사, 2002), 306쪽.

을 배태하고 있다고 확신하는 데 저는 경악했습니다.[25)]

나이폴의 이러한 평가는 서구의 오랜 식민 지배에 벗어난 기쁨과 민족 자결의 장밋빛 전망에 들떠 있던 아프리카 각국에는 심히 귀에 거슬리는 진술이었을 것이다. 이러한 지적이 그에게 "탈식민 세계의 징벌자, 모든 해방 운동과 모든 이데올로그와 혁명가의 무자비한 비판가"[26)] 라는 별명을 가져다 준 것이다. 그의 지적을 아프리카의 정치적 · 경제적 현실을 똑바로 볼 것을 촉구하는 것으로 해석할 때, 나이폴의 비판이 단순한 비관주의나 냉소주의에 기인한 것은 아니라는 평가를 내릴 수는 있을 것이다.

그러나 '생산적인' 비판을 수행하고 있다고 여겨지는 이 글귀에서조차도 독자의 심기를 불편하게 하는 대목이 있으니, 이는 아무런 껄끄러움 없이 아프리카 대륙을 "인간적인 결함의 역사"와 동일시하는 부분이다. 물론 아프리카 각국에서 목격되는 민족주의 정권, 엄밀히 말하자면 민족주의를 표방하는 군사 정권이 보여준 실패에 대한 지적이 있을 수는 있겠다. 또한 아프리카 전통 사회가 갖고 있었던 전(前)근대적인 문제점들을 지적할 수도 있겠다. 아피아도 주장했듯, 1950년대와 60년대의 아프리카 문학 작품들 가운데 적지 않은 수가 민족주의 정권이 복구하려고 한 전통을 정당화하거나 합법화하는 데 주력한 반면, 그 뒤를 이은 탈식민 2세대 문학은 민족 부르주아지의 부패와 실패를 폭로함으로써 제국주의와 초기의 민족주의 모두를 거부하는 양상을 띠었다.[27)] 그러나 해방 이후 아프리카 각국이 안은 문제를 지적하는 것과 아프리

25) V.S. Naipaul, 앞의 책, *Conversations with V.S. Naipaul*, 26쪽, 28쪽; 필자 강조.

26) 같은 책, 136쪽.

27) Kwame Anthony Appiah, "Is the Post- in Postmodernism the Post- in

카 대륙을 "인간적인 결함"으로 보는 것은 별개의 문제다.

근대화와 민주화를 향한 여정에서 제3세계 국가들이 겪은 모순을 관찰할 때 나이폴은 서구 식민주의가 후진국에 미친 영향을 언급하기는 한다. 그러나 문제는 이러한 언급이 정치 · 경제 · 문화의 각 영역에서 식민주의가 제3세계 국가를 어떻게 변형시켰으며, 또 이러한 과거가 이 국가들의 미래를 어떤 식으로 결정지었는지에 대한 심도 있는 역사적 통찰로 이어지지 않는다는 점이다.

비록 나이폴의 글이 제3세계의 어지러운 현 상황에서 서구 식민주의의 존재를 읽어내는 탈식민 비평의 기능을 수행하는 듯하나, 이렇게 어렵사리 획득한 비평적 유효성마저 서구 중심적인 편견에 의해 결국 상쇄되고 만다. 이를테면, 제3세계 국가들이 안고 있는 문제가 그의 글에서 민족 내부의 원천적 모순의 문제로, 나이폴의 표현을 빌리면 내적인 "결여"나 "결함"의 문제로 환원되고 마는 것이다.

제3세계 국가들이 안고 있는 어려움을 민족 내부의 문제로 돌리는 것은 희생자를 문책한다는 점에서 문제적이다. 그뿐만 아니라 이 환원적 시각은 종종 '부정적인 예단의 논리'를 동반한다. 식민통치를 경험한 사회가 안은 정치적 · 경제적인 문제를 논하는 데 식민주의와 그 유산이라는 역사적 맥락을 후경화시키고 대신 '어쩔 수 없는 민족성'을 강조할 때, 이는 그 사회의 과거와 현재의 모습을 왜곡할 뿐만 아니라 미래의 가능성조차 닫아버리는 선입견으로 작용하는 것이다. 나이폴의 이러한 태도는 실은 앞서 언급한 국내 비평에서도 지적되었다. 제3세계의 "문제를 그들의 내부적인 것으로 돌리며 [아프리카에는 미래가 없다]는 식으로 말하는 나이폴의 태도는 앞으로도 두고두고 논란이 될 것

Postcolonial?", *Contemporary Postcolonial Theory: A Reader*, Padmini Mongia 엮음 (London: Arnold, 1996), 55~71쪽.

이다"라는 지적이나 "아프리카 민족주의에 대한 〔소설의〕 비판과 풍자에서도 그릇된 방향을 지적하기보다는 워낙 불가능한 시도라는 예단이 지배적으로 드러난다"는 지적이 그 예다.[28)]

제3세계에 대한 나이폴의 입장이 균형을 잃은 것임은 1979년에 『뉴요커 타임스 북 리뷰』에 실린 한 인터뷰에서 좀더 잘 드러난다. 비록 훗날 농담이었다고 해명한 바 있으나, 인도 여성의 이마 위의 점이 무엇을 의미하는가 라는 질문을 받자 나이폴은 "그 점이 의미하는 바는 나의 머리가 비었다는 뜻"이라고 답한 바 있으며, 아프리카의 미래에 대한 질문을 받자 "아프리카에는 미래가 없다"[29)]고 답변했다. 심지어 노벨 문학상을 수상한 며칠 뒤 『뉴욕 타임스』에 실린 인터뷰에서 드러나는 그의 태도 역시 초기와 크게 달라지지 않았음을 보여준다. 무엇이 9·11 사태를 유발시켰냐는 질문에 나이폴은 다음과 같이 답변한다.

> 그것을 유발시킨 것은 없습니다. 종교적 증오, 종교적 동기가 주된 이유라면 이유입니다. 미국의 대외 정책 때문이라고는 생각지 않습니다. 인도에 관한 콘래드의 단편소설 가운데 한 야만인이 자신이 이 세상에서 가진 것 없는 존재임을 발견하고 분노의 소리를 내지르는 장면이 있습니다. 본질적으로 그러한 상황이 발생한 것이라고 나는 생각합니다.[30)]

---

28) 왕철, 앞의 글, 「나이폴의 소설과 트리니다드 토바고, 그 애증의 역학」, 63쪽; 김영희, 「떠도는 이방인의 눈으로 본 탈식민사회」, 『거인의 도시』, 김영희 옮김 (강, 1997), 390쪽.

29) Elizabeth Hardwick, "Meeting with V.S. Naipaul", *The New York Times Book Review* (May. 13. 1979); Caryl Phillips, "The Enigma of Denial", *The New Republic*, 222.22(29. May. 2002), 47쪽에서 재인용.

30) Adam Shatz, "Questions for V.S. Naipaul on His Contentious Relationship to Islam", *The New York Times*(28. Oct. 2001), 19쪽, c1.

9·11사태의 원인을 논하면서 종종 제국주의적인 작가로 비판을 받는 콘래드의 시각에 의존하는 것도 문제지만, 이슬람 세계와 미국이 주도하는 서방 세계 간의 갈등을 절대적인 빈곤이 유발한 "야만인"의 광기 어린 분노의 문제로 전치시키는 나이폴의 모습은 사이드가 말하는 "오리엔탈리스트"의 모습과 크게 다르지 않다. 나이폴의 이러한 진술들을 고려할 때, 제3세계 민족국가나 민족주의에 대하여 그가 그토록 냉혹한 비판을 할 수 있었던 것은 서구중심적인 가치를 내면화했기 때문이 아닌가 하는 의문이 떠오른 것이 당연하다. 1980년에 벌어진 이란 인질 사태와 1990년에 발발한 걸프전 등 중동지역이 세인의 관심을 끌 때마다 나이폴이 인기 있는 '제3세계 전문가'로 미국 대중 매체의 전면에 등장했던 것도 이와 무관하지 않다.

민족국가에 대한 나이폴의 사유를 지배하는 예단은 초기작인 『대서양 중간항로』(*The Middle Passage*, 1962)[31]뿐만 아니라, 『흉내내는 사람들』『강의 한 굽이』『세계 속의 길』 같은 작품에서도 드러난다. 『흉내내는 사람들』을 먼저 살펴보자. 가상의 국가 이사벨라를 배경으로 작가는 지식인 싱의 일대기를 통해 제3세계 민족국가의 탄생과 근대화의 노력이 어떻게 '중심'의 '어설픈 모방'에 그치고 마는지를 그려낸다. 문화의 영역에서 서구를 흉내 낼 뿐만 아니라 열대의 자연 환경조차도 "꾸며진 것"이라는 점에서 이사벨라는 주인공에게 고유한 민족 정체성을 결여한 "모방의 세계"로 여겨진다.

진정성을 추구하는 싱은 "세상의 중심부"인 영국으로 유학을 떠나지만 런던에서의 삶도 그의 결여를 채워주지는 못한다. 떠나온 세계와 도착한 세계 모두에서 뿌리를 내리지 못한 주인공은 다시 이사벨라로 돌

31) 대서양 중간항로는 16세기 초부터 19세기 중엽까지 이루어졌던 노예무역에서 아프리카 노예들이 신대륙에 도착하기까지 거쳐야 했던 항로를 일컫는 용어다.

아와 정치 지도자로서 새로운 출발을 한다. 주인공과 급우 브라운이 표방한 사회주의는 민중의 지지를 얻지만, 이들이 추구하던 개혁은 결국 실패로 돌아간다. 이러한 실패에는 정치인들의 부패나 기득권층의 저항도 관련이 있지만, 해방 이후에도 이사벨라의 경제를 여전히 통제하는 영국의 신식민주의도 한몫을 하는 것으로 나타난다.

싱의 정치 경력을 이렇게 정리하고 보면, 나이폴은 제3세계의 부패한 민족주의 세력과 제1세계의 (신)식민주의 모두에 대해서 비판의 날을 세우는 작가라는 평에 어느 정도 수긍할 수 있다. 그러나 이사벨라가 주권 국가로서 서지 못한 데에는 독립 이후에도 계속된 영국의 지배나 토착 관료들의 부패, 또는 다인종사회의 인종적 불협화음 같은 정치 상황에만 돌릴 수 없는 부분이 있다. 일례로, 자신과 정치적 동료인 브라운이 내건 사회주의 이념에 대하여 싱은 다음과 같이 생각한다.

> 우리는 사회주의자였다. 우리는 노동자의 존엄함을 대표했다. 우리는 빈곤의 존엄함을 대표했다. 우리는 우리들의 섬의 존엄함을, 우리가 당한 모욕의 존엄함을 대표했다. **빌려온 말들!** 좌파, 우파, 어느 쪽이든 무슨 상관인가? 우리가 사유 재산제의 철폐를 믿었는가? 〔……〕 **생각으로부터 도피하는 수단으로**, 민중들이 보기를 원했지만 우리 자신은 맞대면할 수 없었던 **현실로부터의 도피 수단으로**, 우리는 **빌려온 구호들을** 사용했다.[32]

사실 "빌려온 것"이 모두 본질적으로 공허한 것은 아닐 것이다. 빌려온 것이 공허하게 된 연유에는 그 용도를 애초부터 "현실 도피"에 국한

32) V.S. Naipaul, *The Mimic Men* (1967; New York: Random House, 1985), 198쪽; 필자 강조.

시킨 사용자의 태도가 도사리고 있다. 특정한 정치적 이념이 현실에서 꽃을 피울 수 있는지는 그 이념이 외래적인 것이냐 아니냐가 아니라 그 이념을 수용하는 공동체의 노력과 정치인들의 지도력에 달려 있다.

이사벨라의 민중을 대하는 싱의 태도에는 존중과 애정이 결여되어 있다. 싱이 바라본 군중은 "저속함"[33]으로 요약된다. 토착 정권을 뒷받침할 만한 강력한 정치세력이 이사벨라에 애초에 없었던 것은 식민통치가 '물려준 여건'임에는 틀림없으나, 독립한 뒤에도 독자적인 정권이 뿌리를 내릴 수 없었던 것은 정치 지도자의 책임이다. 자신이 표방하는 신념을 본인이 믿지 않거나 국가의 근간이 되는 민중을 경멸하는 지도자는 실패의 길을 걸을 수밖에 없다. 현실과 거리를 두는 이방인의 자세로는 참된 선택을 할 수 없으며, 더욱이 그 선택을 실천에 옮길 수도 없는 것이다. 싱의 경우에는 빌려온 것의 가능성에 대한 부정적인 사유가 '자기실현적 예언'이 되고 말았던 것이다.

싱이 보여주는 부정적 사유나 예단의 논리는 서인도제도를 바라보는 작가의 시각에서도 교정되지 않고 나타난다. 1968년 『선데이 타임스』(*Sunday Times*)와 가진 인터뷰에서 작가는 싱의 문제가 자신이 안고 있는 문제와 다르지 않다고 인정한 적이 있다.[34] 이 진술이 아니더라도 싱이 여러 가지 면에서 나이폴의 시각을 대변하고 있음을 파악하기란 그리 어렵지 않다. 예컨대, 싱의 정치 경력을 망쳐놓은 '이방인'의 태도는 바로 작가의 것이기도 하다. 나이폴이 전하길, "나는 자메이카 사람들과 아무것도 공유하고 있지 않습니다. 그런 점에서는 다른 [서인도제도의] 섬들도 마찬가지입니다. 나는 그들을 이해하지 못합니다."[35]

---

33) 같은 책, 194쪽.

34) Richard Kelly, *V.S. Naipaul* (New York: A Frederick Ungar Book, 1989), 89쪽에서 재인용.

35) V.S. Naipaul, 앞의 책, *Conversations with V.S. Naipaul*, 10쪽.

싱이 이사벨라의 정치적 가능성에 대해 보여주는 예단도 트리니다드 토바고에 관한 작가의 진술에서 공명된다. "트리니다드 토바고에서 민족주의는 불가능합니다."[36] '빌려온 것은 필연적으로 순정적이지 못하다'는 싱의 강박관념은 제3세계 국가들에 대한 작가의 다른 소설이나 여행기에서도 발견된다. 『강의 한 굽이』에서 콩고가 서구 민주주의와 근대화를 아무리 모방하려 해도, 이 외래 문물이 "수풀이 지배하는 곳"에는 뿌리내릴 수 없다는 논리가 그 예다.

나이폴이 비(非)아랍권 이슬람 국가를 방문한 뒤 발표한 여행기에서도 싱의 강박관념은 드러난다. 아시아의 이슬람교도에 대한 나이폴의 냉소는 『믿음을 넘어』(*Beyond Belief*, 1998)에서도 드러나는데, 이에 대해 사이드가 제기한 비판을 보자. "〔나이폴에 따르면〕 말레이시아인 · 파키스탄인 · 이란인 · 인도네시아인은 이슬람교 개종자로서 필연적으로 순정적이지 못할 운명을 겪게 되어 있다. 그들의 전통으로부터 단절되어 이도 저도 아닌 어정쩡한 처지에 남게 된 그들에게 이슬람교는 획득된 종교일 뿐이다."[37] 여기서 "어정쩡한 처지"란 개종을 위한 대가로 고유의 전통을 잃었으되 이슬람교가 외래의 것이기에 결코 "진실한" 이슬람교도가 될 수 없는 처지를 의미한다. "비진정성"(非眞正性)에 대한 나이폴의 강조는 "냉소적인 시각이 비교적 많이 누그러졌다"고 평가받는 『세계 속의 길』에서도 여전히 발견된다.

---

36) V.S. Naipaul, 앞의 책, *The Middle Passage: The Caribbean Revisited* (1962; New York: Random House, 1990), 69쪽.

37) Edward Said, "An Intellectual Catastrophe", *Al-Ahram Weekly On-line*, 389(6~12. August. 1998); http://www.ahram. org.eg/weekly, 7단락.

'뿌리 없음'의 역사적 뿌리

나이폴의 문제점은 특정 지역의 정치적 · 경제적 문제를 그 민족 내부의 모순으로 환원시키는 데에도 있지만, 또 다른 심각한 문제는 제3세계에 대한 그의 시각이 '내부 고발자'의 그것이 아니라 자신이 비판하는 집단의 '외부'에 위치하고 있다는 것이다. 만약 그를 내부자라고 부른다면 그것은 태생적인 면, 즉 그가 카리브 해 연안국 출신이라는 의미에서만 가능할 것이다. 이것이 제3세계에 대한 그의 서사가 '생산적인 비판'이 되지 못하고 현지인들의 분노를 사는 데 그치는 이유라고 판단된다.

작가의 이러한 시각은 트리니다드 토바고 정부의 후원으로 카리브 해 연안국을 돌아보고 쓴 초기작인 여행기 『대서양 중간항로』에서부터 명확히 드러난다. 여행기에서 나이폴은 프루드, 킹슬리와 트롤로프 같은 영국 지식인들의 시각을 빌려 조국을 설명한다. 그런데 문제는 킹슬리가 "각 민족은 자기 영토의 잠재력을 개발하든지 아니면 그 영토를 개발할 능력이 있는 민족에게 양보해야 함"[38]을 믿었던 제국주의 작가였으며, 다윈과 스펜서, 칼라일을 열렬히 추종한 영국 역사가 프루드는 자신이 쓴 여행기와 사기(史記)의 부정확함으로 오명(汚名)을 얻은 바 있는 인물이라는 점이다. 특히 프루드는 『서인도제도의 영국인들』에서 아프리카 흑인들을 "우리의 영토로 데리고 오지 않았다면 어차피 자신의 나라에서 노예가 되었을 것이며, 적어도 이주함으로써 이들이 손해 본 것은 없다"고 주장한 인물이다. 그는 또한 "서인도제도인들은 자신들의 부족함을 잘 알기에 어떠한 체제보다도 영국인 지배자를 선호할 것이며, 그들을 내버려두면 한두 세대 내에 야만의 상태로 퇴보할 것"

---

38) Charles Kingsley, *Miscellanies* (London: Parker, 1860), 제2권, 21~22쪽.

이라고 주장함으로써 영국의 지배를 서인도제도 전역으로 확대할 것을 촉구했다.[39]

프루드가 견지하는 백인우월주의는 거의 80년이 경과한 뒤 나이폴의 『대서양 중간항로』에서 제사(題辭, epigraph)로 온전히 인용된다. 앞으로 전개될 내용을 예시해주는 이 제사는 "그들만의 목적이나 특색을 가진 진정한 의미에서의 민족이 〔서인도제도〕에는 없다"로 끝이 난다. 이러한 도매금의 부정은 서인도제도에 "창조된 것이 없다"는 작가의 평가나 아프리카 대륙은 "인간적인 결함의 역사"라는 견해와 궤를 같이 하는 것이다.

서인도제도에서 발견되는 흑인과 인도인 간의 반목에 대해서 프루드는 다음과 같이 말한 바 있다. "두 인종은 백인과 흑인들보다 더욱 절대적으로 나뉘어 있다. 인도인들은 자신의 우월성을 강조하지 않으면 백인이 이를 잊어버릴까 걱정하고 그 사실을 더욱 강조한다." 『대서양 중간항로』에서 나이폴은 프루드의 이 주장을 그대로 인용한 직후 다음과 같이 덧붙인다. "진화를 간청하는 원숭이처럼 서로 상대방보다 더 희다고 주장하면서, 인도인과 흑인들은 가상의 백인관중에게 그들이 얼마나 서로를 경멸하는지 알아줄 것을 호소한다. 그들이 서로를 경멸하는데 비판의 기준점은 백인인 것이다."[40] 놀랍게도 프루드의 인종주의적 언사가 나이폴에 와서 '동물에 대한 직유법'의 첨가로 말미암아 더욱 명확해진다.

그러나 사실 나이폴의 비판은 그 자신에도 적용될 수 있는 것이다. 서인도제도의 서구 지향성에 대한 나이폴의 가시 돋친 지적은, 그 지적이 다름 아닌 서구의 시각을 참조하고 있다는 점에서 슬픈 아이러니를

---

39) James Anthony Froude, *The English in the West Indies* (London: Green, and Co., 1888), 49쪽, 56쪽.

40) V.S. Naipaul, 앞의 책, *The Middle Passage*, 78쪽.

보여준다. 나이폴의 글이 유럽 중심적인 작가들의 글과 맺는 이러한 '상호 텍스트성'을 고려할 때, 작가가 제3세계와의 관계에서 서구의 편향적이고도 오만한 시각을 채택하고 있다는 인상을 떨쳐버릴 수 없다.[41] 세인트루시아 출신의 작가 월콧의 표현을 빌면, 나이폴은 영국 "빅토리아 조의 안경"을 통해 서인도제도를 본 셈이다.[42] 나이폴에 대해 국내외에서 이루어진 평가의 안목을 높이 사면서도 긍정적인 평가에 마음 편히 동의할 수 없는 이유가 여기에 있다.

제3세계 민족국가에 대한 나이폴의 서사는 "보편적인 경험에 대한 서술"이나 "포스트모더니즘적인 진술"로 읽히기도 한다. 예컨대 『세계 속의 길』 가운데 세 번째 내러티브에서 화자가 라틴아메리카의 한 정권을 타도하기 위해 내륙의 원주민들에게 도움을 청하는 여행을 떠난다. 그는 여행 도중 카사바 빵을 먹으면서 문득 생각한다. 그곳 원주민의 선조들이 아시아에서 건너오기까지는 얼마나 많은 세월이 흘렀으며, 카사바를 발견하기까지 얼마나 많은 세월이 흘렀고, 또 카사바에서 독을 제거하는 데는 얼마나 많은 세월이 지나갔을까.[43] 장구한 세월을 거슬러 올라가면 그곳의 원주민들도 사실 애초에는 원주민이 아니었을 것이라고 주인공은 짐작한다. 이러한 사유에서 "어느 누구도 '근원의 자리'에 있지 않다"는 포스트모더니즘적인 해석을 도출하기란 어렵지 않을 것이다. 즉, 나이폴이 "시간적, 공간적 전치(displacement)가 인간의 기본

---

41) 브루스 킹은 서인도제도를 바라보는 나이폴의 냉소적인 시각이 "브라만의 우월주의"에 기인한다고 하나, 이로써 제3세계 전체에 대한 나이폴의 태도를 설명하기에는 부족하다고 여겨진다. Bruce King, "V.S. Naipaul", *West Indian Literature*, Bruce King 엮음(Hamden, CT: Archon Books, 1979), 169쪽 참조.

42) Derek Walcott, "History and Picong", *Sunday Guardian*(30. Sep. 1962), 9쪽.

43) V.S. Naipaul, *A Way in the World* (New York: Vintage Book, 1995), 50쪽.

적인 경험"임을 그려냈다고 볼 수 있는 것이다.[44)]

국내에서도 유사한 평가가 이루어진다. "결국 나이폴이 세 번째 내러티브에서 제시하고자 하는 것은, 그러한 이주와 이식의 역사가 트리니다드 토바고에 국한된 것이 아니라 보편적인 인간의 경험이라는 것이다."[45)] 이러한 해석은 『세계 속의 길』에서만 목격되는 것은 아니다. 『흉내내는 사람들』에서도 "흉내내기는 식민지만의 속성이 아니라 모든 사람들한테서 발견되는 보편적인 속성임을 나이폴이 설득력 있게 보여주는 셈"[46)]이라는 주장이 제기된다. 인도의 한 비평가도 싱이 겪는 소외 · 무질서 · 정체성의 결여 · 유배 등은 "서인도제도에 국한되는 경험이 아니라 세상 어디서든 마주치는 전형적인 현대인의 경험"으로 보아야 하며, 이 소설을 "개인적인 고백록의 수준을 넘어서는 현대인의 실존적 알레고리로 읽어야 한다"[47)]고 주장한 바 있다.

빈번한 이주와 이식에 따르는 정체성의 분열이나 결여가 트리니다드 토바고에 국한되지 않는다는 주장은 틀린 말이 아니다. 그러나 '특수한' 경험에서 '보편적' 의미를 도출해내려는 시도는 역사를 은폐하거나 왜곡할 위험을 동반할 수 있다. 즉 나이폴이 그려내는 제3세계를 논할 때, 제3세계가 처한 상황의 보편적인 의미에 무게를 두면 자칫 제3세계가 서구를 모방하는 것 외에 다른 선택을 불가능하게 만든 '구조적인 상황'이나 '역사적 현실'이 경시될 수 있다는 것이다. 또한 설령 작품이 명백히 보편성을 지향할 때조차 그 의도에 '저항하는 독법'이 필요한 경우도 있다.

---

44) Philip Gourevitch, "Naipaul's World" *Commentary*, 90.2 (Aug. 1994), 27~31쪽; http://www.epnet.com, 10단락.

45) 왕철, 앞의 글, 「나이폴의 소설과 트리니다드 토바고, 그 애증의 역학」, 57쪽.

46) 박종성, 앞의 글, 「탈식민담론에서 제3의 길 찾기」, 300쪽.

47) N. Ramadevi, *The Novels of V.S. Naipaul: Quest for Order and Identity* (New Delhi: Prestige, 1996), 74쪽, 70쪽.

나이폴의 서사에서 보편적인 의미를 읽거나 그의 서사를 포스트모더니즘과 관련해 읽어내는 독법이 안게 되는 문제를 논의하기 위해서, 먼저 나이폴이 어린 시절을 보낸 도시 포트오브스페인이 어떠한 곳이었으며, 시각을 좀더 넓혀 트리니다드 토바고가 어떤 역사를 가졌는지를 알아볼 필요가 있다. 포트오브스페인은 다인종 · 다문화적인 도시로서 아프리카계 흑인들과 인도인들이 다수를 이루는 도시다. 트리니다드 토바고에서 흑인들과 인도인들은 경쟁적인 관계였는데, 흑인들의 적대적인 태도를 경험하면서 자라난 나이폴은 트리니다드 토바고를 일찍부터 고향으로 받아들일 것을 거부했다고 한다.[48] 또한 나이폴의 가계(家系)가 트리니다드 토바고에 정착한 역사가 고작 3세대에 지나지 않는다는 사실도 트리니다드 토바고가 그의 정신세계에서 '고향'으로서 깊게 뿌리를 내리지 못했던 까닭이었을 것이다.

『세계 속의 길』에서 작가는 트리니다드 토바고에서 보낸 시절을 회고하며 다음과 같이 말한다.

> 수년 뒤에 나는 〔내가 느낀〕 공허감이 나의 기질, 즉 혼종적인 공동체에 최근에 자리 잡은 인도계 이민자 집단에 속한 아이의 기질과 관련이 있다고 생각했다. 그 아이가 과거를 돌아보았을 때 가족의 과거란 전혀 없고 단지 공백만을 발견했던 것이다. 그러나 이제 나는 내가 상실한 어떤 것, 뿌리까지 뽑혀버린 어떤 것에 반응하고 있었다는 느낌을 갖는다. 〔……〕 우리에게는 배경이 없었다. 우리에게는 과거가 없었다. 대부분 우리에게 과거란 할아버지의 시절쯤에서 멈추고 말았으며 그 이전은 공백일 뿐이었다.[49]

---

48) Arnold Rampersad, "V.S. Naipaul in the South", *Raritan*, 10(Summer 1990), 45~46쪽.

49) V.S. Naipaul, 앞의 책, *A Way in the World*, 74~75쪽, 81쪽.

증조부의 고향인 인도를 방문했을 때도 나이폴은 그곳에서 벌어지는 종교적 · 민족적 분열을 목격한 후 소속감을 느끼기는커녕 그곳을 "하나의 국가"라고 부를 수 있을지 의아했다.[50)]

여기서 강조하고 싶은 것은 "부표(浮漂)처럼 떠돌기"[51)]를 즐기는 나이폴의 면모가 포스트모더니즘이 아니라 그가 태어난 '트리니다드 토바고의 역사'에 연유한다는 점이다. 공동체의 부재에 대한 작가의 뼈저린 인식은 『대서양 중간항로』에서 다음과 같이 강조되고 있다.

> 공동체라는 것은 없었다. 우리는 다양한 종교 · 인종 · 집단 · 파벌로 이루어져 있었는데 어쩌다보니 조그만 섬에 함께한 것이다. 이 공동의 거주 장소 외에 우리를 묶어줄 수 있는 것은 아무것도 없었다. 민족주의적 감정이 없었다. 깊은 반제국주의적 감정도 없었다. 사실 우리들에게 어떤 정체성을 제공하는 것이 있었다면 그것은 단지 우리가 영국적이라는 사실, 대영제국에 소속되어 있다는 것뿐이었다.[52)]

'정신적 무국적자'로서의 나이폴의 이면에는 빈번한 이주와 식민으로 인한 트리니다드 토바고의 분열의 역사가 있다. 1498년에 콜럼버스가 서인도제도를 발견한 뒤 트리니다드는 에스파냐의 식민통치를 받았다. 노동력을 제공하던 원주민과 카리브 해의 섬주민이 줄어들자 에스파냐는 아프리카로부터 흑인노예를 대체 인력으로 들여온다. 프랑스 혁명기에는 프랑스인들이 이곳으로 이주해오고 1802년에 트리니다드는 영국령이 된다. 1833년에 노예제가 폐지되자 영국 정부는 15만 명이 넘는 인도 노동자들을 대체 노동력으로 이주시킨다. 영국과 프랑스,

---

50) V.S. Naipaul, 앞의 책, *Conversations with V.S. Naipaul*, 41쪽.

51) 같은 책, 11쪽.

52) V.S. Naipaul, 앞의 책, *The Middle Passage*, 36쪽; 필자 강조.

네덜란드가 차례로 지배한 토바고 섬은 1889년에 트리니다드와 합병되어 하나의 영국령 식민지가 된다.

이처럼 트리니다드 토바고가 노예제와 계약이주에 비롯하는 '강제된 다인종사회'임을 고려할 때, 인종 갈등이 그 사회를 떠나지 않는 것은 어찌 보면 지극히 당연한 결과다. 트리니다드 토바고가 서구에 의해 '형성'되었을 뿐만 아니라 동시에 '변형'되고 '분열'되기도 했다는 사실을 고려할 때, 이 나라가 겪는 정체성의 문제는 "인류의 보편적인 문제" 또는 "현대인의 전형적인 경험"이기에 앞서 서구 식민주의에 기인한다. 이러한 점에서 비록 나이폴의 서사가 "뿌리 없음"을 주제로 하고 있다고는 하나, 엄밀히 말하자면 그 뿌리 없음의 주제는 식민 역사에 깊은 '뿌리'를 두고 있다고 해야 할 것이다.

객관적 비전인가, 선택적 진실인가

나이폴이 고민해온 문제인 "진정성의 결여"는 상당 부분 트리니다드 토바고의 역사에 뿌리를 두고 있다. 그러나 그렇게 뿌리를 두고 있다고 해서 나이폴의 서사가 현지의 역사를 충실히 '반영'하고 있음을 의미하지는 않는다. 트리니다드 토바고에 대해서 나이폴이 가지고 있는 기억과 인상은 극히 '선택적'이며 '부분적'이기 때문이다. 개인의 정신세계가 형성되는 데는 어떠한 사회적 · 역사적 현상에 '노출'되느냐가 중요한 역할을 하지만, 이에 못지않게 어떠한 현상으로부터 '고립'되었는지 또는 관심이 거기에서 '유리'되었는지의 여부도 중요한 역할을 한다. 진정성의 결여나 모방의 한계에 대한 나이폴의 인식이 형성되고 굳어진 데는 트리니다드 토바고에서 인도계 이민자가 갖는 특수한 위치도 한몫했지만, 서인도제도가 중대한 변화를 겪고 있었던 시점에 그가 조국을 떠나 있었다는 사실도 기여한 바가 컸다는 말이다.

예컨대 트리니다드 토바고에 대한 나이폴의 서사에서 올곧은 민족주의 운동이 부재하는 것은 서인도제도 국가들에서 민족의식이 깨어나고 있었던 시기, 특히 쿠바 혁명이 승리를 거둔 1959년 전후의 시기에 작가가 서인도제도에 없었다는 사실에서 연유한다. 이러한 점에서 쿠드조의 다음 지적은 의미심장하다. "나이폴을 비롯한 서인도제도 출신의 문인들은 그 중요한 시기에 민중이라는 창조적 원천으로부터 분리되었고, 〔당시〕 생성 중이었던 민족의식이나 민족국가를 건설하려는 노력에 아무런 영향도 받지 않았다."[53] 한편 나이폴이 서인도제도에 대한 설명에서 빠뜨린 부분은 C.L.R. 제임스의 목소리로 다음과 같이 채워진다.

> 비디아 〔나이폴〕이 『대서양 중간항로』에서 서인도제도에 대해 말한 것은 정말 사실이고 또한 아주 중요하다. 그러나 그가 작품에서 배제한 것은 두 배 더 사실이고, 네 배 더 중요하다.
>
> 서인도제도의 사람들에 대해 비디아가 그려낸 초상화에는 시프리아니 대위와 그가 만들고 이끌었던 위대한 운동에 대해 한 줄의 글도 없다. 그는 또한 오늘날의 우리를 있게 한 1937~38년의 파업에 대해서 한마디도 하지 않는다. 〔……〕 자신의 책에서 비디아는 민중독립운동의 형성을 둘러싼 대중의 열광에 대해서, 차구아라마스를 놓고 벌어진 투쟁에서 모든 서인도제도 사람들이 보여준 정치적인 에너지와 열망에 대해서 한마디도 하지 않았다.[54]

---

53) Selwyn R. Cudjoe, *V.S. Naipaul: A Materialist Reading* (Amherst: U of Massachusetts Press, 1988), 94쪽.

54) C.L.R. James, "The Disorder of Vidia Naipaul", *Trinidad Guardian Magazine*(21. Feb. 1965), 6쪽.

위 인용문에서 언급된 시프리아니(Arthur Andrew Cipriani) 대위는 제1차 세계대전에 참전한 전쟁 영웅이자 영국의 통치와 기득권층에 맞서서 민중의 권익을 수호했던 인물이다. 영국이 트리니다드 토바고에 자치를 결국 허용한 것도 지칠 줄 모르는 그의 투쟁의 공로다. 또한 나이폴이 트리니다드 토바고를 방문했을 무렵인 1960년은 인종과 계급의 차이를 넘어서는 범민족적인 에너지가 미군 기지로 사용되었던 차구아라마스를 반환하라는 민중의 요구로 표출되었던 때이기도 하다.

C.L.R. 제임스의 주장에 따르면 나이폴은 서인도제도를 서사화할 때, 자신의 부정적인 시각에 상충될 만한 부분을 배제하고 만 것이다. 사실 서인도제도를 설명하는 데 나이폴이 트롤로프와 킹슬리, 프루드를 인용하되, 프루드를 반박한 J.J. 토머스(Tomas)는 제외하고 있다는 사실도 나이폴이 견지하는 시각의 '선택적인 면'을 잘 드러낸다.[55]

사회의 총체적인 진실을 담아내는 작업이 말처럼 쉬운 일은 아닐 것이다. 또한 작가가 그려내는 세계가 특정 사회에 대한 일면의 진실만을 담고 있다고 해서 그것이 반드시 틀렸다는 법도 없다. 문제는 일면의 진실이 총체적인 진실로 행세할 때요, 개인의 극히 주관적인 경험이 외부 세계로 투사될 때다. 자신이 그려내는 진실이 부분일 수도 있다는 인식, 즉 전체적인 그림에 비추어볼 때 그것이 편파적일 수도 있다는 자의식을 갖지 못할 때 '부분'은 '전체'로 둔갑한다.

부분적인 진실을 의도적으로 강조하는 것은 거짓으로부터 그리 멀지 않으며, 루시디의 표현을 빌리자면 "누락의 죄"를 짓는 것이다. 이러한 맥락에서 나이폴 연구자들은 작가의 서사에서 "객관적 비전"을 찾기 전에 서인도제도나 다른 제3세계에 대한 묘사에서 그가 무엇을 선택함으

---

55) Rob Nixon, *London Calling: V.S. Naipaul, Postcolonial Mandarin* (Oxford: Oxford UP, 1992), 47쪽.

로써 무엇을 배제하고 있는지를 질문하는 것이 필요하다. 『신자들 사이에서』(*Among the Believers*, 1981)에서 나이폴은 1979년 혁명 직후의 이란과 파키스탄, 말레이시아 등에서 목격한 이슬람교에 대하여 신랄하게 비판했다. 이에 대해 루시디가 내리는 평가는 정곡을 찌른다.

> 문제는 〔나이폴의 이슬람 비판이〕 고도로 선택적인 진실이라는 점이다. 이란의 예를 들어보자. 해당 글에서 새로운 이슬람 세계에 호메이니주의 외에 많은 다른 것들이 있다는 암시, 또는 민중에 대한 율법학자들의 지배가 실제로는 아주 미약한 것이라는 암시조차 없다. 나이폴은 무자히딘-이-칼크의 지도자 라자비가 다당(多黨)적 민주정부 체제를 구현하려고 한다는 사실에 대해서도 아무런 언급을 하지 않는다. 그러나 무자히딘도 분명 신자들이다. 〔……〕 이슬람의 이름 아래 오늘날 무시무시한 일들이 벌어지고 있다. 그러나 문제를 단순화시키는 것은 아무런 도움이 되지 않는다. 나이폴이 자신의 잘 알려진 거만한 혐오 때문에 쉽게 왜곡할 수 없는 일체의 것들을 단순화 작업으로 누락시켜버린다면 말이다. 한때 나이폴은 친구 샤피에게 '당신이 고정관념을 가지고 미국을 여행하면 놓쳐버리는 것이 있을 것이요'라고 말한 적이 있다. 이러한 비판은 나이폴이 반대 방향으로 떠난 여행에도 적용된다.[56]

제3세계에 대한 나이폴의 시각을 두고 "제3세계의 벌거벗긴 정직성"이라는 주장도 있지만, 해당 국가의 입장에서 보았을 때 작가가 그려내는 "당대의 중요한 면모"가 '당대의 중요한 거짓'일 수도 있다. 또한 그의 서사가 "제3세계의 자기반성을 요구하는 것"이라는 주장이나 제3세

56) Salman Rushdie, 앞의 책, *Imaginary Homelands*, 374~375쪽; 필자 강조.

계의 문제점에 대한 고발이라고 보는 시각이 있으나, 나이폴이 어떤 자격으로 제3세계의 민중에게 자기반성을 요구하는 것인지 물어보지 않을 수 없다. 나이폴로부터 반성의 요구가 없다면, 말을 바꾸어 그의 정치적인 안목을 빌리지 못하면 내부에서는 독재 정권과 외부로부터는 신식민주의에 시달리는 제3세계 민중이 '무엇이 잘못되었는지'를 인식할 수 없을 것이라는 말인지 물을 수 있다. 더 나아가 그의 서사가 하나의 고발이라면 무엇을 고발하는가도 문제지만, 더욱 문제가 되는 것은 '누구를 판관(判官)으로 두고 하는 고발인가' 하는 것이다.

나이폴은 "고향이 없음"이 단순한 관념이 아니며 자신이 "유배자니 망명객이니 하는 말을 할 때 그 말들을 은유로 사용한 것이 아니라 진정으로 한 말"[57]이라고 주장했다. 위에서 논의했듯이 서인도제도의 역사적 특수성과 나이폴 개인의 행적을 총체적으로 고려할 때, "진정성의 결여"와 "모방"에 대한 나이폴의 강박관념은 공동체의 역사와 개인의 특수한 상황이라는 두 가지 사건에 따라서 중첩적으로 결정되었다는 것이 이 글의 요지다. 즉 서인도제도에 대한 작가의 재현이 문제적인 성격을 가진 연유에는 서인도제도가 물려받은 강제적 분열과 통합이라는 서구 식민의 역사도 있지만 작가가 애초에 서인도제도로부터 설정한 미학적 · 심정적인 거리도 있다.

민족의 형성에 대해 르낭이 다음과 같이 말한 적이 있다. "민족의 정신적 원칙을 구성하는 것에는 두 가지가 있는데, 그중 하나는 과거에 있으며 다른 하나는 현재에 있다. 첫째는 귀중한 기억의 유산을 공유하는 것이며, 둘째는 현재 순간에서의 동의(同意), 즉 함께 살고자 하는 욕망이다."[58] 즉 민족의 구성에는 혈연이나 지연 같은 연고주의나 공통

---

57) V.S. Naipaul, 앞의 책, *Conversations with V.S. Naipaul*, 31쪽.

58) Ernest Renan, "What Is a Nation?", *Nation and Narration*, Homi Bhabha 엮음(New York: Routledge, 1990), 19쪽.

의 언어가 중요한 작용을 하는 것이 사실이지만, 그에 못지않게 "소속의 의지"가 중요한 것이다.

나이폴을 괴롭혀온 "진정성의 결여"는 일차적으로 트리니다드 토바고의 특수한 여건이 개인에게 남겨준 과제겠지만, 나이폴이 조국에 대해 가졌던 심정적인 거리를 끝내 극복하지 못한 데에는 르낭이 "소속의 의지"라고 부른 것이 그에게 결여되었던 것도 한 가지 이유라고 여겨진다. 이러한 심정적인 거리는 서인도제도뿐만 아니라 다른 제3세계 국가와의 관계에서도 발견된다. 새프란의 관점에서 보았을 때 나이폴의 문학은 디아스포라 담론으로 분류하기에 적합하지 않다. 나이폴의 문학은 이민자 출신으로서 출신국을 지속적으로 서사화한다는 점만을 제외하고는, "조국의 이상화" "조국의 번영과 보존에 모두가 헌신해야 한다는 믿음" "장기간에 걸친 민족공동체 의식의 유지" 같은 디아스포라의 어떤 특징과도 일치하지 않기 때문이다.

순혈적 민족주의와 루시디의 '혼종성'

인도와 파키스탄에 대한 루시디의 시각은 나이폴과 좋은 비교가 된다. 루시디 또한 자신의 소설에서 아대륙 인도에서 발흥한 '순혈주의적 민족주의'가 실은 뿌리 없는 것임을 폭로하고 있기 때문이다. 일례로 루시디는 『상상의 고향들』에서 민족국가 파키스탄이 "제대로 상상되지도 못한"[59] 경우라고 주장했다. 이러한 발언은 민족과 민족주의에 대한 루시디의 입장을 파악하는 데 중요한 단초를 제공한다. '자연적이고도 본질적인 범주'로서의 민족을 명시적으로 부정했을 뿐만 아니라 스스로 아대륙 인도와 영국이라는 두 문화권에 걸쳐 있는 존재임을 인정했다

59) Salman Rushdie, 앞의 책, *Imaginary Homelands*, 387쪽.

는 점에서, 루시디의 정치적 비전은 특정 민족에 대한 소속감을 넘어서는 것으로 이해된다.

그러나 민족문화의 순수성이나 고유함을 부정했다고 해서 이것이 반드시 민족주의와 대척적인 것인지는 선뜻 대답할 수 있는 문제가 아니다. '문화순혈주의에 대한 비판'이나 '반근원주의적 사유'가 아마드가 주장하듯 반드시 서구 문화 시장에 포섭된 결과인지, 혹은 더 나아가 신식민주의의 첨병이나 우군의 역할을 하게 되는지에 대해 루시디의 문학은 다른 답을 한다고 여겨지기 때문이다.

『수치』(*Shame*, 1983)가 파키스탄의 정치사를 다루고 있다면 『자정의 아이들』은 1910년부터 1976년에 이르는 아대륙 인도의 역사를 다루고 있다.[60] 이 소설들에서 루시디는 영국의 식민 지배로부터 해방된 인도가 표방하는 "통일 인도"나 민족국가 파키스탄이 표방하는 "문화적 순수성"이라는 구호가 경험적 현실과는 동떨어진 허구에 지나지 않음을 지적하고 있다. 예컨대 『자정의 아이들』에서 작가는 국가의 기원이 사실 국민들의 믿음 속에 있을 뿐이며, 독립국가 인도는 "상상된 세계" 또는 "집단적 꿈"에 불과하다고 주장했다.[61] 앤더슨의 "상상의 공동체"를 연상시키는 이 언급은 민족주의가 스스로를 정당화하기 위해 '역사 담론'나 '문화 순수주의'를 우군으로 불러낸다는 사실을 고려할 때 시사하는 바가 크다. 여기서 민족주의가 동원하는 역사 담론은 "축적적 시간성"[62]을 토대로 하는, 유구한 전통을 경축하는 담론을 의미한다. 민족주의자들이 민족의 기원을 가능한 한 아득한 태고의 시점으로

---

60) 이하 루쉬디의 『자정의 아이들』에 대한 논의는 이석구, 졸고 「루쉬디의 『자정의 아이들』에 나타난 문화적 혼종성과 민족주의 문제」, 『영어영문학』, 제52권 제3호(2006), 483~503쪽을 보완한 것이다.

61) Salman Rushdie, *Midnight's Children* (New York: Penguin Books, 1981), 129쪽, 130쪽.

62) Homi Bhabha, 앞의 책, *The Location of Culture*, 145쪽.

설정하고자 하는 것도, 낡은 문화적 파편을 이용하여 찬란한 과거를 가공해내고자 하는 것도, 바로 이러한 축적된 시간성에 기대어 현재를 정당화하고자 하는 의도를 띤 것이다.

아피아가 "지금의 전통주의보다 덜 전통적인 것도 드물다"[63]고 일갈했을 때도 문화 민족주의의 인위적이고도 가공적인 성격을 지적한 것이다. 민족주의가 동원하는 '문화 순혈주의'는 한 민족이 창조하고 누려온 물질적 · 정신적 결과물이 그 공동체에 고유하다는 사유에 기초해 있다. 환언하면 이는 한 민족의 문화가 대내적으로는 동질적이며 대외적으로는 분명하게 변별된다는 생각인데, 이 사유는 민족주의가 흔히 도모하는 민족의 단결이나 통합을 지원한다. 이러한 맥락에서 보았을 때 앤더슨에 대한 루시디의 인유는 자기동일성이나 문화적 순수성을 내세우며 자기 합법화를 시도하는 민족주의에 대해서는 쉽사리 동의할 수 없음을 밝히고 있다고 해석된다.

『자정의 아이들』에서 순혈주의에 대한 루시디의 비판은 인도를 대표하는 주인공 살림의 가족사(家族史)를 통해서 전개된다. 『자정의 아이들』의 주인공과 인도의 상응 관계는 텍스트 곳곳에서 드러난다.[64] 이는

---

63) Kwame Anthony Appiah, "Out of Africa, Topologies of Nativism", *The Bounds of Race, Perspectives on Hegemony and Resistance*, D. LaCapra 엮음(Ithaca: Cornell UP, 1991), 145~146쪽.

64) 이러한 논의를 위해서는 먼저 이 텍스트가 갖는 알레고리적 성격에 대한 규명이 이루어져야 할 것이다. 다수의 비평가들이 『자정의 아이들』을 국가에 대한 알레고리로 간주한다. Michael Gorra, "'This Angrezi in which I am forced to write': On the Language of *Midnight's Children*", *Critical Essays on Salman Rushdie*, Keith Booker 엮음(New York: G.K. Hall, 1999), 188~204쪽; Dubravka Juraga, "The Mirror of Us All: *Midnight's Children* and the Twentieth Century Bildungsroman", 같은 책, 129~153쪽; Neil ten Kortenaar, "*Midnight's Children* and the Allegory of History", *Ariel*, 26.2(Apr. 1995), 41~62쪽; Fawzia Afzal-Khan, *Cultural Imperialism*

살림의 출생이 신생 독립국가로 새 출발하게 된 인도와 동시 발생적이라는 관계에서나, 그를 "우리 자신의 거울"이라고 부르며 살림의 출생을 축하하는 네루의 편지에서도 나타난다. 『자정의 아이들』의 중요한 서사의 축을 이루는 살림의 출생 비밀부터 살펴보면, 그는 산파가 신생아를 바꿔치기 하는 바람에 적자인 시바를 대신해 시나이 가문의 아들로 행세한다. 사실상 그의 친모는 거리의 악사의 아내 바니타이고, 친부는 영국인 통치자 메스올드로 추정된다는 사실을 고려할 때, 살림은 인도의 순수 혈통과는 거리가 꽤 먼 존재다.

그러나 좀더 정확히 말하면 텍스트는 살림이 정말 그런 관계에서 태어났는지를 암시할 뿐 최종적인 확인을 하지 않기에, 살림의 생부가 정녕 누구인지에 대해서는 미궁에 빠져 있다. 살림이 인정하듯 그의 아버지 후보로는 메스올드, 길러준 아버지 아메드, 생모 바니타의 법적 남편 윙키, 그를 길러준 어머니가 자신을 임신시켰다고 믿는 첫남편 나디르 칸이 포함된다. 이뿐만이 아니다. 살림은 그가 집에서 쫓겨났을 때 아버지 노릇을 한 삼촌, 그를 장티푸스에서 구해준 은인인 유럽인 교수 샵스테커, 훗날 델리의 게토에서 그에게 정신적 스승이 된 사회주의자이자 마법사 픽처 싱도 아버지로 생각한다. 이처럼 해방된 인도를 상징하는 주인공의 혈통적 또는 정신적 계보가 다민족적이라는 사실은 식민 지배로부터 벗어난 신생 독립국의 첫 과제가 문화적 순수성을 회복하는 것임을 고려할 때 의미심장하다.

루시디에 따르면 문화적 혼종성은 독립국가 인도에서만 발견되는 현상이 아니라 아대륙 인도의 역사에 상당히 깊이 뿌리박고 있다. 이러한 사실은 살림의 선조에 대한 묘사에서 드러난다. 작가는 먼저 살림의 아

---

and the Indo-English Novel (University Park, PA: Pennsylvania State UP, 1993).

버지의 성을 시나이 산에서 빌려옴으로써 살림에게 이슬람과 기독교 문명을 가로지르는 다문화적인 배경을 제공한다. 살림의 외할아버지 아담 아지즈(Aadam Aziz)의 성과 이름도 그러하다. 그의 성은 포스터(E.M. Forster)의 소설 『인도로 가는 길』(*A Passage to India*, 1924)에 등장하는 영국에서 교육받은 이슬람교도 의사 아지즈로부터 빌려왔고 그의 이름은 인류 최초 인간인 아담에게서 온 것이다. 외할아버지 아담은 하이델베르크에서 의학을 공부하고 독일 아나키스트들과의 친교를 통해 유럽의 정치적 이상주의의 세례를 받은 인물이기도 하다.

고향 카슈미르에 돌아온 뒤 그는 자신이 이슬람교도로서의 믿음을 잃어버렸음을 발견한다. 그는 돼지가죽으로 만든 왕진 가방을 들고 다닐 뿐만 아니라 결혼 후에는 아내에게 전통 의상인 푸다를 벗을 것을 요구하는 등 전통문화로부터 일탈하는 모습을 보인다. 살림 외가의 가족사와 인도 역사의 상응관계를 고려할 때, 가계의 원조인 살림 외할아버지의 이름이 여러 문화권에 걸쳐 공명될 뿐만 아니라 그가 서구의 문물을 일찍이 받아들였다는 사실은 인도의 역사 내에 깊숙이 뿌리내린 외래문화의 존재를 암시한다.

통일 인도에 대한 루시디의 비판은 문화적 순수성이나 고유함이 한갓 '신화'에 지나지 않을 뿐만 아니라 인도가 표방하는 동질성이 어떠한 대가를 치르고 얻는 것인지를 폭로하는 데서 드러난다. 즉 독립 전부터 상이한 민족과 종교를 아우르기 위해 인도가 표방해온 통일과 평등의 비전이 실현 과정에서 불평등과 강제적 수단에 의존했다는 점이다. 『자정의 아이들』에 따르면 반식민 투쟁 과정에서 인도의 정치 지도자들이 애초에 추구한 "하나의 인도"는 종교적 · 민족적 다양성을 포용하는 비전, "모두가 꿈꾸기를 동의한"[65] 비전이었다. 대립과 차별이 아

65) Salman Rushdie, 앞의 책, *Midnight's Children*, 130쪽.

니라 화합과 조화에 기초한 새로운 인도에 대한 네루의 비전은 소설에서 다음과 같이 인용된다. "우리는 이 나라의 국민들이 모두 함께 거주할 수 있는 자유로운 인도라는 고귀한 저택을 건설해야만 할 것입니다."[66] 그러나 저택에 모여 사는 다양한 거주자들의 권리가 인정되지 않을 때 그것은 공동 저택이 아니라 '공동의 감옥'이 된다.

루시디는 인도라는 대저택이 유지될 수 있는 유일한 길이 "세속적 민족주의"에 있다고 본다. 그 까닭은 종교를 초월하는 국가 체제 내에서만 다수파 힌두교도뿐만 아니라 이슬람교도 · 시크교도 · 불교도 · 자이나교도 · 기독교도 등 소수파들이 평화롭게 공존할 수 있기 때문이다.[67] 아대륙을 힌두교와 이슬람교에 따라 나누는 "두 국가론"을 반대했던 네루는 다음과 같이 주장했다. "왜 단 두 국가만이 있어야 하는지 모르겠습니다. 종교에 따라 국가를 나누자면 많은 국가들이 인도에 있어야 할 것입니다. [……] [힌두교도와 이슬람교도가 두 국가에 속한다면] 이 국가들은 경계선이 없는 국가들이요, 상호 중복되는 국가들입니다."[68]

새롭게 표방된 인도는 『자정의 아이들』에서 "5천 년의 유구한 역사를 가졌음에도 불구하고 극히 상상적인 세계, 신화의 땅, 놀라운 집합적 의지에 따르지 않고는 결코 존재하지 못했을 나라"[69]로 표현된다. 이 "놀라운 나라"가 망각하고 싶어하나 루시디가 끊임없이 '상기'시키고자 하는 사실은 이 집단적 판타지가 현실 세계에서는 "피의 의식"에 의해서 가능했을 뿐만 아니라 그 의식이 제공하는 "정화와 재생을 주기적으로 필요로 하게 되었다"[70]는 점이다. '피의 의식'의 예로서 『자정의

---

66) 같은 책, 136쪽.

67) Salman Rushdie, 앞의 책, *Imaginary Homelands*, 385쪽.

68) Mushirul Hasan, "The Myth of Unity", *Contesting the Nation: Religion, Community, and the Politics of Democracy in India*, David Ludden 엮음(Philadelphia: U of Pennsylvania Press, 1996), 205쪽에서 재인용.

69) Salman Rushdie, 앞의 책, *Midnight's Children*, 129쪽.

아이들』에서는 펀자브 주 국경 지역과 벵갈에서 있었던 살육을 언급한다. 그러나 인도가 통일 국가로 출범하면서 인도인들이 '망각'해야 했던 것은 단순히 서부 펀자브와 동부 벵갈이 파키스탄 편입을 지지함에 따라 각기 두 동강 났다는 사실만은 아니다. 1947년에 통일 인도가 탄생하기 전 영국은 아대륙 인도의 500여 개 왕국들에게 인도와 파키스탄 연방 가운데 하나에 참여할 것을 권유했다. 그 결과 독립일 이전에 주나가드 · 하이더라바드 · 카슈미르 세 왕국을 제외하고는 모든 왕국이 어느 한쪽을 택했다. 이 나머지 세 왕국이 훗날 인도에 병합되는 역사적 과정을 자세히 살펴보면 "모두가 꿈꾸기로 동의"했다는 통일 인도의 성립은 '무력에 의한 강제'를 동반할 때만 가능한 것임이 드러난다.

월퍼트의 설명에 따르면 주나가드 왕국은 뒤늦게 파키스탄 연방에 참여하려 했지만 인도 정부는 경제적 봉쇄를 취한 뒤 힌두교 이주자들로 구성된 군대를 동원하여 이 왕국을 접수했다. 인도 정부로부터 편입 요구를 받던 하이더라바드 왕국의 경우는 1년간 자치 상태를 유지하게 되나, 그 기간이 만료되자 인도 정부는 1948년에 군대를 보내 4일 만에 이 왕국을 접수해버린다.[71] 인도의 독립과 통일을 둘러싸고 벌어진 이러한 비극적 사태는 훗날 카슈미르를 두고 발생하는 인도와 파키스탄 간의 전쟁뿐만 아니라 인도 내의 무수한 유혈 분리주의 운동의 출현을 예고하는 것이다.

집단적 상상력의 실패

아대륙 인도에서 이런 유혈 사태가 벌어진 데는 네루가 주장했던 "소

---

70) 같은 책, 130쪽.

71) Stanley Wolpert, *A New History of India*(Oxford: Oxford UP, 1993), 352쪽.

수파들과의 제휴"를 버리고 힌두교 민족주의로 돌아선 인디라 간디, 그리고 그녀의 뒤를 이어 정권을 잡은 그녀의 아들들의 책임이 크다. 이러한 맥락에서 보았을 때 오늘날의 통일 인도란 피비린내 나는 추한 역사를 은폐하고 부정함으로써 가능했던 것이다.

통일 국가의 출현에 대해 루시디가 보여주는 비판적인 사유는 앞서 언급한 바 있는 르낭에 의해 이미 제기된 바 있다. 그에 따르면 민족의 형성을 가능하게 하는 사회적 자본에는 "영웅적인 과거"나 "위인" "영광"을 공유하기도 하지만, 동시에 "망각"도 중요한 요인이다.[72] 바바는 이 주장을 받아 르낭이 말하는 "민족을 향한 의지"야말로 폭력으로 얼룩진 과거 역사를 잊고자 하는 기이한 망각의 장(場)으로 이해되어야 한다고 주장한다. 즉 망각을 통해서 민족과의 집단적 동일시가 가능해지므로 민족 주체가 창출되어왔다는 것이다. 그러니까 민족이 출현하기 위해서 새로운 신화의 창출만큼 중요한 것이 신화에 기여하지 않는 요소들을 제거하는 일이며 또한 제거했다는 사실을 망각하는 일이다. 룸바의 표현을 빌리면 민족국가란 단순히 과거에 대한 특정한 기억을 고취함에 의해서가 아니라, 특정한 "다른 기억"들이 잊혀지게 함으로써 창조되는 것이다.[73]

르낭과 바바는 이러한 공동체의 대표적인 예로 프랑스를 지목한다. 민족국가 프랑스가 출범하기 위해서는 "모든 프랑스 시민들이 성 바르톨로메오 축일 밤에 있었던 대학살이나 13세기에 미디에서 있었던 학살을 잊어버려야만 했던 것이다."[74] 1572년 8월 24일 성 바르톨로메오 축일에 시작된 학살 사건은 신교도인 위그노와 가톨릭에 의해 분할되었던 프랑스가 통일된 근대국가로 전환되는 과정에서 생겨난 것으로 7

72) Ernest Renan, 앞의 글, 19쪽, 11쪽.

73) Ania Loomba, 앞의 책, 202쪽.

74) Homi Bhabha, 앞의 책, *The Location of Culture*, 160쪽.

만 명이나 되는 위그노들을 죽음으로 몰고 갔다. 프랑스가 민족국가로 태어나기 위해서는 이러한 학살이 은폐되고 잊혀지는 것이 필요했던 것이다.

"집단적 상상력의 실패"[75] 사례로서의 인도의 면모는 『자정의 아이들』에서 독립 국가 인도에 잔류한 이슬람교도가 겪어야만 했던 억압이 증명한다. 아메드의 공장이 힌두교 폭력단에 의해 불타게 되는 사건이나 그의 재산이 정부에 의해 동결되는 사건이 대표적인 예다. "집단적 상상력의 실패"는 살림의 실패나 "자정의 아이들의 회합"의 실패에서도 비유적으로 드러난다. "자정의 아이들의 회합"은 독립 국가 인도와 같은 시간에 태어난 특출한 능력을 지닌 아이들의 모임이다. 이들의 회합이 붕괴된 까닭은 구성원들 간에 애초부터 있던 갈등도 문제가 되지만 살림의 이기주의에 더 큰 원인이 있다. 자신이 그동안 누려왔던 모든 특권이 사실은 시바의 것이라는 사실이 알려질 것이 두려웠던 살림은 현재의 안락한 삶과 회합의 주도권을 지키기 위해 시바를 회합에서 축출하고, 나중에는 아예 회합의 소집 의무를 회피한다. 뿐만 아니라 그는 인도의 전역을 돌아다니며 독심술을 이용해 세상사를 마음대로 조종한다.

살림은 파키스탄 군대에 소속된 뒤에는 초인간적인 후각 능력을 사용하여 방글라데시 분리주의자들을 색출하기도 한다. 가족이 파키스탄으로 이주한 지 4년 만에 뭄바이로 돌아온 그는 회합을 다시 소집하나 이 시도는 실패로 돌아간다. 자정의 아이들이 회합 소집을 회피한 책임을 물어 살림을 심하게 질타한 뒤 그가 보내는 신호에 더 이상 응하지 않게 된 것이다.

살림이 저지른 직무 유기와 그에 따르는 회합의 실패는 인도가 힌두

---

75) Salman Rushdie, 앞의 책, *Midnight's Children*, 136~37쪽.

교를 제외한 다른 종교와의 관계에서 보여준 실패에 상응한다. 살림의 문제는 그토록 뛰어난 재능을 가지고도 공동체에 이바지하기는커녕 극히 이기적이고도 파괴적인 목적에 재능을 낭비하고 말았다는 데 있다. 살림의 이러한 실패는 높은 기대와 희망 속에서 출발했지만 네루 가문의 이기주의에 의해 물거품이 된 인도의 실패를 인유한다.

권력욕과 이기주의라는 면에서 살림은 의회당을 이끌었던 네루의 딸 인디라 간디 개인과도 유사한 면이 있다. 가족이 파키스탄으로 이주하기 전에 살림은 출생을 축하하는 네루의 편지와 『인도 타임스』에 실린 자신의 사진을 버킹엄 빌라의 정원에 묻은 바 있다. 후세에 자신을 기억시키려는 이러한 과대망상적인 행동은 해방 이후 인도의 근대사에 관한 만 단어 분량의 문건을 타임캡슐에 넣어 땅에 묻음으로써 자신의 치적을 남기려고 한 인디라 간디의 오만한 욕망에 상응한다.[76)]

루시디는 인디라 간디가 "권력욕에 굶주려" 자치권을 바라는 지방 정부의 "온건한 요구"를 짓밟음으로써 정국의 혼란을 가져왔다는 비판을 제기한 바 있다. 그에 따르면 인디라 간디는 자치를 요구하는 시크 과격주의자들이 점거한 성소(聖所) "황금사원을 공격함으로써 시크 교도들의 표를 포기하고, 〔카슈미르의〕 파루크 압둘라의 직위를 뺏음으로써 이슬람교도들의 표를 포기했다."[77)] 그 결과 시크교도, 이슬람교도, 천민 집단 같은 소수파들이 모두 의회당을 떠났다. 수천 명 시크교도의 목숨을 앗아간 "황금 사원의 대학살"에 대해 결국 인디라 간디는 자신의 목숨으로 그 대가를 치른다. 인디라 간디의 견제 심리 때문에 투옥된 살림은 인디라의 권력욕과 자기중심주의에 대해 이렇게 말한다.

---

76) Catherine Cundy, *Salman Rushdie*(Manchester: Manchester UP, 1996), 35쪽.

77) Salman Rushdie, 앞의 책, *Imaginary Homelands*, 42쪽, 43쪽.

국가와 내가 동격이라는 나의 오랜 믿음이 〔인디라 간디〕 "여사"의 마음속에서 당시 유명했던 문구로 변형된 것인가? "인도는 인디라이며, 인디라는 인도"라는 문구로? 우리가 중앙집권적 권력을 두고 경쟁하는 사이였던가?[78]

결국 살림과 살아남은 다른 자정의 아이들은 시바의 밀고를 받은 인디라 간디의 지시에 의해 불임수술을 당하게 된다. 그 결과 이들에게 떨어진 성적 무능력이라는 운명은 "가능성이 부정되고 희망이 배신당한" 인도를 상징하게 된다.

루시디는 작품의 첫 부분에서 살림의 몸이 산산조각 날 것임을 언급한 적이 있는데, 소설은 그의 파편화가 임박했음을 다시 예고함으로써 결말을 맺는다. 인도의 역사를 한 몸에 담았다는 점에서 살림의 "파열"은 독립국가 인도의 와해를 의미하는 듯하다. 종교적 · 민족적 차이를 넘어서 한 사람의 인도인이기를 희망한 살림의 외할아버지도 "파열"에 의해 사망했다는 사실 역시 통일 인도의 미래를 암시한다.

이러한 관점에서 브레넌은 루시디의 소설이 해방 이후 인도가 겪게 된 혼란에 대한 책임의 문제를 다루기는 하나 아이러니컬하게도 독립 인도가 영국만큼 추악할 수 있음을 증명함으로써 결국 인도의 정신을 훼손시켰을 뿐이라고 주장했다.[79] 브레넌의 이러한 주장을 접하고 보면 루시디의 문학적 지평에서 "민족"은 부정적인 함의를 띠는 말이 된다. 아마드가 루시디의 서사를 두고 스스로의 잘못을 끊임없이 책망하는 제3세계의 "애도적 민족주의"라고 불렀을 때, 이러한 맥락을 염두에 두었을 것이다. 뿐만 아니라 아마드에 따르면 "근원"을 부정하는 루시

78) Salman Rushdie, 앞의 책, *Midnight's Children*, 501쪽.
79) Timothy Brennan, 앞의 책, 27쪽.

디의 태도는 "부표같이 떠도는 기표"의 상태에 비교될 수 있으며, 이 점이 바로 그가 루시디의 문학을 포스트모더니즘의 한 지류로 파악하는 근거다.

그러나 루시디의 문학을 포스트모더니즘으로 이해한다고 해서 반드시 아마드의 주장과 같은 결론이 내려지는 것은 아니다. 이는 포스트모더니즘 자체가 제3세계에서 양극화된 반응을 불러온 것과 연관된다. 한쪽에서는 포스트모더니즘의 수용이 피아의 구분이나 근원을 부정하는 해체주의적 시나리오에 의해 주변부가 무장해제를 당하는 결과를 가져올 것이라고 주장하는가 하면, 다른 쪽에서는 주변부가 중심부에 대등한 위치에 서게 될 기회라고 주장했다.

유사한 맥락에서 루시디와 포스트모더니즘의 관계도 상반된 평가를 불러왔다.[80] 루시디는 일부 비평가들의 주장대로 포스트모더니즘 계열의 작가인가? 이는 '예'와 '아니오' 둘 중 하나의 대답만을 예상하게 만든다는 점에서 오도적인 질문이다. 포스트모더니즘은 루시디의 문학을 들여다볼 수 있는 여러 창들 가운데 하나일 뿐이기 때문이다.

루시디를 포스트모더니즘 계열의 작가로 이해하는 입장에서 무심히 넘기지 않는 사실은 그의 텍스트에서 포스트모더니즘의 특징으로 흔히 간주되는 패러디 · 자기반영성과 상호텍스트성 · 패스티시 · 꿈과 현실

---

80) 이에 대해 아마드 외에 크리슈나스와미와 하수마니의 비평을 보라. 국내의 필진 중에서는 김순식과 한현진이 루시디의 소설을 포스트모더니즘적인 소설로 파악했다. Revathi Krishnaswamy, "Mythologies of Migrancy: Postcolonialism, Postmodernism and the Politics of (Dis)location", *ARIEL*, 26.1(Jan. 1995), 125~146쪽; Sabrina Hassumani, *Salman Rushdie: A Postmodern Reading of His Major Works*(Madison, NJ: Fairleigh Dickinson UP, 2002); 김순식, 「현대영국문학과 탈식민주의적 경험의 형상화」, 『현대영미소설』, 제1권(1994), 27~51쪽; 한현진, 「다시 쓰는 역사와 리얼리티: 샐먼 루시디의 "자정의 아이들"」, 『영어영문학』, 제19권 제2호(2000), 207~233쪽.

의 상호침투 등과 같은 요소들이 발견된다는 사실이다. 그러나 이때 간과하기 쉬운 사실은 이러한 형식적 특징들이 실은 인도의 전통적인 서사를 읽고 자라난 독자들에게는 아주 친숙한 것이라는 점이다.

예컨대, 『자정의 아이들』은 18세기 영국의 소설가 스턴(Laurence Sterne, 1713~68)의 『트리스트람 섄디』(*The Life and Opinions of Tristram Shandy*, 1759~67)에 영향받은 만큼이나, 여담에서 여담으로 끝없이 이어지는 인도의 고대 서사시인 『마하바라타』(*Mahabharata*), 『라마야나』(*Ramayana*)의 영향을 받기도 한 것이다.[81] 또한 루시디의 작품에서 사용되는 연재물의 성격이나 즉흥적이며 개체화되지 않은 화자의 존재는 인도의 전통 민담에서 차용된 것이다.[82]

한 인도 출신의 비평가에 따르면 『자정의 아이들』의 플롯은 오늘날 인도 영화의 산실인 발리우드에서 차용해온 것이기도 하다. 발리우드 영화의 특징적인 요소에는 "운명 · 짝사랑 · 느리게 진행되는 구애 · 출생시 바뀐 아기들, 즉 부유한 회교도 가정의 적자로 자라나는 가난한 힌두교도 남자 아이, 힌두교도 아버지에게 양육되는 부유한 회교도 남자 아이, 우연 · 반복 · 신화의 풍부한 인유"[83] 등이 있다.

루시디의 텍스트를 설명하는 주제어는 여기에서 멈추지 않는다. 사실, 『자정의 아이들』이나 『수치』, 『악마의 시』에서 발견되는 비사실적 요소들—예컨대, 자정의 아이들이 초능력을 타고날 뿐만 아니라 살림의 출생과 성장에 인도의 근대사 전체가 기여한다는 사실, 수피야의 변신, 살라딘과 지브릴이 3만 피트 고공에서 일어난 비행기 폭발 사고에서 살아남을 뿐만 아니라 폭발 후 악마와 천사의 외양으로 변모하는 예

---

81) Catherine Cundy, 앞의 책, 27~28쪽.

82) Kumkum Sangari, "The Politics of the Possible", *Cultural Critique*, 7 (Fall 1987), 177쪽.

83) Rosemary George, personal interview(6. Mar. 2010).

등—은 포스트모더니즘보다는 루시디가 자신에게 지대한 영향을 미쳤다고 인정하는 마르케스(G.G. Marquez)가 대표하는 마법적 사실주의에 가깝다고 하는 편이 옳다.[84)]

이러한 변신의 모티프는 또한 힌두 신화에서 어렵지 않게 발견되는 것이기도 하다. 루시디의 문학을 평가하는 것이 쉽지 않은 이유는, 이처럼 서구의 포스트모더니즘과 마법적 사실주의, 인도의 토착 서사와 발리우드의 모티프가 분명한 형체를 잃고 뒤섞여 있다는 점이다. 그러니 루시디의 작품을 두고 포스트모더니즘 계열의 서사로 한정하여 이해하는 것은 그의 작품에서 인도의 전통 민담, 고대 인도의 산스크리트어 서사시, 발리우드 영화의 모티프, 마법적 사실주의를 모두 무시하고서야 가능할 것이다. 인도 문화의 혼종성에 대한 루시디의 생각은 아래의 에세이에서 좀더 명징하게 드러난다.

> 인도의 전통은 항상 혼성적인 전통이었고 현재도 여전히 그렇다는 것이 나의 견해입니다. 순수한 인도의 전통이 있다는 생각은 일종의 오류이지요. 인도 전통의 성격은 항상 다중적이었고, 복합적이었으며, 혼합적인 것이었습니다. 〔……〕 순수한 문화라는 개념은 인도에서는—이는 정치적으로도 중요한 것인데—저항해야 할 개념입니다.[85)]

루시디의 이러한 진술을 고려하면 그의 문학에서 발견되는 혼종성이나 반근원주의는 서구의 포스트모더니즘에 연원하는 만큼 인도 문화의

---

84) 남미의 마법적 사실주의와 서구 포스트모더니즘의 구분에 대해서는 위에서 인용한 상가리의 논문을 볼 것.

85) Salman Rushdie, "*Midnight's Children* and *Shame*", *Kunapipi*, 7(1985), 10~11쪽.

역동적이고도 복합적인 성격에 기인한다고 판단된다.

디아스포라 담론의 두 얼굴

전 지구적 자본주의라는 맥락에서 고려했을 때, 소속이나 뿌리에 대한 루시디의 비판적 사유는 마르크스주의자 아마드에 따르면 사실 제1세계에 뿌리를 두었으나 초국적인 행세를 하는 "자본의 정체"를 은폐하는 혐의를 받는다.[86] 같은 맥락에서 디릭도 『탈식민적 아우라』에서 우연성이나 혼종성에 의거해 사회현상을 설명하는 탈식민주의 문학과 비평은 전지구적 자본주의가 구축하는 새로운 세계 질서의 문제를 효과적으로 다룰 수 없다고 지적한 바 있다.

디릭은 인도 출신의 역사학자 프라카시(Gyan Prakash)를 인용하며 다음과 같이 말한다. "탈근원주의적 역사는 본질과 구조를 거부하고 동시에 이질성을 긍정하느라 제3세계 주체와 하나의 범주로서의 제3세계의 설정도 거부하고 말았다."[87] 브레넌이나 아마드, 디릭이 들려주는 경계(警戒)의 말에는 제3세계 국가에서 마땅히 귀 기울여야 할 부분이 있다. 그러나 이 주장들이 자칫 개인의 입장이 갖는 복합성이나 문학의 다양성을 간과하고 '혐의'가 있는 개인들을 모두 하나의 잣대에 따라 평가하는 결과를 낳을 가능성에 대해서도 경계해야 할 것이다.

또한 디아스포라적인 반근원주의와 제1세계의 관계도 그리 간단하게 결론내릴 문제는 아닌 듯하다. 디아스포라에서 반제국적 연대의 가능성을 읽는 평자들도 있기 때문이다. 국내 비평에서도 그러한 사유가 발견된다. 그에 의하면 "자유를 향한 개인들이 탈주를 통해서 새롭게 형성된

86) Aijaz Ahmad, 앞의 책, 113~119쪽, 130쪽.

87) Arif Dirlik, *The Postcolonial Aura: Third World Criticism in the Age of Global Capitalism* (Boulder, CO: Westview, 1998), 57쪽.

디아스포라적 주체들이 경계를 넘어" 새로운 연대를 구성함으로써 "자본과 군사력을 앞세워 진군 해오는 제국의 힘을 저지할 수 있다."[88] 그러니 반근원주의적 사유나 초민족주의가 필연적으로 민족국가와 적대 관계에 설 뿐만 아니라 신식민주의의 다른 얼굴에 지나지 않는다는 주장도 예단(豫斷)일 수 있다. 루시디의 문학은 이러한 논의에서 중요한 사례를 제공한다.

디릭이나 아마드의 우려와 달리 혼종성과 민족주의 간에는 한 가지 관계만 있는 것이 아니다. 혼종성이나 반근원주의적 사유도 민족주의에 봉사할 수 있을 뿐만 아니라, 민족주의도 정체된 보수 이데올로기로 전락하지 않으려면 이러한 사유들을 포용할 수 있어야 하기 때문이다. 혼종적인 사유나 반근원적인 상상력에는 소수의 민족 엘리트들이나 국가 관료들이 민중에 대해 행사하는 통제력을 약화시키는 면이 있기는 하다. 반근원주의의 탈신화적 성격이 특정한 권력체제를 자연스러운 것으로 미화하는 국가 이데올로기의 작용에 거스르기 때문이다.

또한 반근원주의적 사유나 초민족주의는 새로운 민족적인 정체성을 상상하는 것을 지원할 수 있다. 펭 체에 따르면, 민족이 민중과 지배 엘리트가 헤게모니를 두고 줄다리기를 벌이는 장(場)이라고 한다면, 세계주의는 민중과 지배 엘리트, 또는 국민과 국가 간에 존재하는 기존의 접합력을 약화시킴으로써 민중이 새롭게 민족을 정립할 수 있게 해준다.[89] 국가와 민족이 반드시 상호 동일시되지는 않을 뿐더러, 둘 사이의 솔기 없는 합체가 반드시 이상적인 결과를 낳지는 않는 것이다. 그

88) 김상률, 「아프리카계 미국인의 탈주의 정치학」, 『한국아프리카학회지』, 제21집(2005), 19쪽.

89) Pheng Cheah, "Given Culture: Rethinking Cosmopolitical Freedom in Transnationalism", *Cosmopolitics: Thinking and Feeling beyond the Nation*, Pheng Cheah와 Bruce Robbins 공편(Minneapolis: U of Minnesota Press, 1998), 316쪽. 그러나 이러한 견해가 이 책의 최종적인 입

러므로 "세계주의자 문학과 민족단위 문학이 결코 대척적이나 배타적으로 작용하지 않는다"[90]는 주장이 가능한 것이다.

이러한 맥락에 위치시켰을 때 루시디의 작품에서 발견되는 기성 민족주의나 국가주의에 대한 비판도 "신식민주의의 첨병"과는 다른 의미를 갖게 된다. 즉, 인도와 파키스탄이 맞이한 비극에 대한 루시디의 풍자와 부정의 기저에서 '새로운 긍정에의 의지'를 발견할 수 있다.

이와 관련해 국내 비평에서 루시디의 소설이 "관 주도 민족주의의 단선적인 민족형식에 맞서는 새로운 민족형식의 모형을 보여주고 있는 것"이라는 주장과 루시디의 반근원주의적 사유가 "피식민국들이 가치의 혼재 속에서 자신에게 필요한 원리들을 합성해 새로운 정체성을 지니고 서서 정직하게 자기 성찰과 반성을 하게 해주는 수단이 된다"는 주장이 제기된 바 있다.[91]

『자정의 아이들』과 '민족주의' 간의 생산적인 관계는 문제의 텍스트가 국가주의나 순혈적 민족주의에 대해 비판을 제기하고 있다는 점에서 가능성을 담보받기는 하나, 그 가능성의 윤곽은 하층 계급 출신의 등장인물에서도 찾아볼 수 있다. 언뜻 이 소설에서 드러나는 민중의 모습은 극히 미약하거나 부정적이기조차 한 것이다. 『자정의 아이들』에서 민중을 대표하는 인물로는 전통을 상징하는 카슈미르의 뱃사공 타이 외에도 주인공의 수발을 들며 이야기를 들어주는 파드마, 마법의 힘으로 주인

장은 아니다. 디아스포라나 초민족주의에 대한 최종 입장에 대해서는 저서의 마지막 장을 참조할 것.

90) 조규형,「코즈모폴리턴 문학과 민족문학」,『안과밖』, 제8호(2000), 46쪽.

91) 박인찬, 「신세계화 시대의 탈식민주의 민족소설: 아프리카 작가들을 중심으로」, 『한국아프리카학회지』, 제16집(2002), 231쪽; 전수용, 「탈식민주의 존재양태로서의 잡종성(Hybridity)—루시디(Rushdie)의 『악마의 시』(*The Satanic Verses*)를 중심으로」, 『현대영미소설』, 제4권 제1호(1997), 261쪽 참조.

공을 구해 방글라데시에서 인도로 데려다 주는 파르바티가 있다.

타이는 카슈미르의 유구한 역사의 산 증인이다. 세수와 목욕을 몇 년째 거부해왔다는 사실에서 암시되듯 그는 "불변하는 전통"을 상징하는 인물이다. 그는 유럽화된 아지즈를 "이방인"이라고 멀리하며 결국 마을에서 쫓아낸다. 근대화나 서구화를 무조건 거부하는 그는 '쇄국적 민족주의'에 가깝다. 민족주의자로서 타이의 면모는 인도와 파키스탄 간에 분쟁이 일어났을 때 그가 "카슈미르인을 위한 카슈미르"를 외치는 데서도 드러난다. 그러나 전통에만 집착하는 타이가 부르짖는 민족주의는 현실성을 결여한 공허한 구호에 지나지 않는다. 돈키호테 같은 행동으로 인해 결국 그는 인도와 파키스탄 양쪽 군에 사살되고 만다.

이와 같은 타이의 비극적인 운명은 거대 국가들 틈바구니에 끼여 독립을 외치나 결국 인도와 파키스탄, 중국과 같은 강국에 의해 분할 통치되고 마는 카슈미르의 운명을 상징한다. 타이처럼 민족주의적 노선을 견지하면서도 사회주의를 주창하는 인물로 픽처 싱이 있다. 토착적 사회주의를 주장하는 그는 북경과 모스크바 등 외세에 의해 다양한 파벌로 나뉘어 있는 사회주의자들을 화해시키고 사회 변혁을 위해 이들을 결집하려는 인물이다. 부의 균등한 분배와 사회 정의를 위해 혁명을 설파하는 그는 일견 민중의 이상적인 지도자인 듯하다. 그러나 그 역시 민중을 선거철이면 "어릿광대같이 구는"[92] 집단으로 간주하는 등 엘리트주의를 벗어나지 못하는 한계를 보인다. 뿐만 아니라 세계 제일의 뱀 마법사 자리를 놓고 벌인 시합을 마치고 힘이 소진되어버린 그에게 더 이상 희망을 발견하기는 힘들다.

루시디의 소설에서 '재생의 가능성'은 마법사 싱과 같은 엘리트 사회주의자나 타이 같은 민족주의자보다는 사적인 영역에서 미덕을 실천하

92) Salman Rushdie, 앞의 책, *Midnight's Children*, 477쪽.

는 인물들에서 드러난다. 예컨대 파드마는 그녀의 이름이 "연꽃 여신"을 뜻하지만 동시에 "배설물을 가진 자"[93]를 의미한다는 점에서 서민적이다. 우아함과는 거리가 먼 외모에 문맹인 파드마에 대한 작가의 묘사는 하위 계층이나 여성에 대한 편견을 드러내는 것으로 해석될 여지가 있다. 그러나 이와 동시에 고려되어야 할 점은 파드마가 현학적인 지식과 자의식이 과잉된 살림의 서사에서 균형 잡는 역할을 한다는 점이다. 그녀는 "직선적인 서사"를, 즉 "요 다음에는 무엇이 일어났는지 보여주는 세계"[94]를 요구하는 등 끝없이 일탈하는 살림의 서사에 개입한다. 이야기를 빨리 진행하라는 파드마의 닦달에 못 이겨 살림은 결국 1919년에서 1942년으로 시간적인 비약을 한다.

그녀의 건강한 "육체적인" 존재는 또한 자의식이 과잉된 살림에게서 결여된 부분을 드러내고, 그것을 메우는 역할을 한다. 파드마의 중요성은 여기에 그치지 않는다. 살림에 대한 그녀의 애정은 매우 지극하여 자신이 성적 불구일 뿐만 아니라 곧 죽을 운명이라는 살림의 고백에도 그를 보살피겠다는 일념으로 그와 결혼하려 한다. 소설에서 예고된 대로 죽음에 임박한 살림은 파드마를 미망인으로 만들 것인데, 이러한 점에서 그녀는 이기주의나 죽음과 등치되는 또 다른 미망인 인디라와 대척되는 지점에 선다. 이처럼 파드마가 서사에서 중요한 역할을 하는 것은 사실이나, 그녀가 육체적인 존재로, 살림의 결여를 메우는 보족적인 존재로 묘사되었다는 점에서 루시디는 기존의 성 편견을 재활용했다는 논란에서 자유롭지 못하다.

마법사 파르바티 역시 인도의 하위 계층 출신의 힌두교도다. 그녀는 "자정의 아이들"이 회합에서 살림의 우군 역할을 한다. 파르바티는 훗

93) 같은 책, 21쪽.
94) 같은 책, 38쪽.

날 살림이 기억상실증을 극복하는 데 결정적인 기여를 할 뿐만 아니라 그를 인도군으로부터 구해주는 생명의 은인이기도 하다. 그녀는 시바와의 관계에서 아들 아담을 낳지만, 곧 이슬람교도로 개종하여 살림과 다시 결혼한다. 시바가 살림에게 시나이 가문의 적자 자리를 빼앗겼다는 사실을 고려할 때, 파르바티의 이러한 행동은 큰 소동이나 혼란을 일으키는 일 없이 시바의 아들을 시나이 가문의 적자의 위치에 다시 올려놓는 행위다. 힌두교도 친부모를 둔 그가 이슬람교도인 시나이 가문의 적자 자리를 차지한다는 점에서도 아담은 '힌두교와 이슬람교의 결합'이라는 중요한 상징적인 의미를 띤다.

이러한 사실을 고려할 때 『자정의 아이들』에서 파르바티는 하위 계층이자 여성이라는 '이중적인 주변성'에도 불구하고 두 적대적인 종교 간의 화해를 성취할 뿐만 아니라 시나이 가계를 바로 잇는 매우 중요한 역할을 해낸다. 종교 간의 갈등을 봉합하고 불의를 바로잡는 일이 비록 사적인 차원에서 이루어진 것이기는 하나, 이 텍스트에서 사적 영역이 공적 영역과 맺는 알레고리의 관계를 고려할 때 파르바티를 통해 작가는 중요한 희망의 메시지를 보내고 있다.

아담은 특출한 재능을 가진 자정의 아이들이 남긴 유일한 2세라는 점에서 1세대가 충족시키지 못한 희망을 실현시키리라 기대되는 인물이다. 아담이 외증조부 아담 아지즈의 이름을 물려받을 뿐만 아니라 그처럼 코끼리 머리를 한 힌두신 '가네시'를 닮았다는 사실을 고려할 때, 그는 민족과 종교의 차이를 초월하고자 한 선조의 염원을 구현하는 인물이기도 하다. 힌두교에서 가네시는 번영과 평화를 상징한다는 점에서도 그의 존재는 시사하는 바가 있다. 반면 이러한 아담과 비교해볼 때 출생과 함께 자신의 지위를 도둑맞고 빈민굴에서 정글의 법칙을 체화한 시바는 동료를 배반하고 파괴를 일삼는 인물이라는 점에서 인도의 미래를 이끌어가기에 부적합하다. 살림 역시 출생의 비밀을 숨길 뿐만 아니라 자신의 재능을 개인의 이익과 호기심의 충족에 사용한다는 점에서 인도의 미래를 대표하기에는 부족하다.

살림과 시바 사이의 적대 감정이 초래한 비극적인 사태를 생각해볼 때, 어쩌면 인도의 미래는 이들 세대가 끝이 날 때 비로소 시작될 수 있는 것이다. 살림의 종국적인 파편화는 살림 개인으로서는 비극적인 결말이지만 인도라는 국가 공동체로서는 갈등과 구원(舊怨)을 넘어서 새 출발하기 위해서 반드시 겪어야 할 과정인 것이다.

그러한 점에서 주인공 살림의 육체가 "6억 개의 먼지"[95]로 파열될 운명이라는 소설의 예고는 한편으로는 절망적인 것이면서도 다른 한편으로는 '절망을 끝내기 위한 파국'이라는 측면도 갖는다. 루시디가 하위 계층 가운데 주변인에 대한 묘사를 통해 절망과 파국을 넘어서는 비전을 제시했다는 점은 일견 초민족적이라고 여겨지는 그의 디아스포라 담론이 제3세계의 민족과 맺게 되는 관계에 대해서 시사하는 바가 있다.

루시디의 다음 진술은 민족주의나 민족에 대한 그의 비판의 기저에 있는 "그 무엇"이 어떤 것인지를 구체적인 언어로 표현하고 있다.

> 살림의 서사는 그를 절망으로 이끕니다. 그러나 이 서사는 나의 능력이 허락하는 한 인도의 끊임없는 자기 갱생의 능력이 정확하게 반향될 수 있도록 구술됩니다. 이 서사가 새로운 이야기를 계속해서 쏟아내는 것, 그것이 이야기들로 북적거리는 것도 바로 그러한 이유에서입니다. 이 나라의 무한한 가능성을 암시하는 소설의 다양한 형식은 주인공의 비극을 균형 잡는 낙관적인 균형추이지요.[96]

---

95) 같은 책, 458쪽.
96) Salman Rushdie, 앞의 책, *Imaginary Homelands*, 16쪽

위 인용문에서 자신의 서사의 긍정적인 면이 형식의 "다양성"과 서사의 "지속성"과 "생산성"에 있다고 루시디는 주장한다. 작가의 이러한 진술은 브레넌이나 아마드의 비판과 달리 『자정의 아이들』에 "애도적 민족주의"를 넘어서는 긍정과 가능성이 있다고 해석할 단초를 제공한다. 이러한 면은 주인공의 글쓰기 행위가 갖는 의미를 음미해볼 때 잘 드러난다. 단도직입적으로 말하면, 살림의 예정된 파편화가 주는 절망에도 그의 글쓰기는 "끊임없는 자책과 애도"의 수준을 넘어서는 어떤 비전에 토대를 두고 있는 것이다. 비전의 존재는 살림이 전하길 자신의 서사를 구성하는 각 장들이 "어떤 이들"의 입맛에는 맞지 않을 수도 있지만, 그럼에도 "참된 진실의 맛"[97]을 가지고 있다는 데서 암시된다.

'기억의 정치학'

살림이 말하는 "참된 진실의 맛"이 구체적으로 어떠한 정치적인 의미를 갖는지 『자정의 아이들』의 저술 배경과 동기를 설명하는 루시디의 글을 통해 알아보자.

> 세계에 대한 재(再) 서술은 그 세계를 변화시키는 데에 필요한 첫 단계입니다. 국가가 현실을 그 손아귀에 넣어 변형시키기 시작할 때, 그래서 국가의 현재의 필요에 맞추어 과거를 변형시킬 때, 기억의 소설과 같은 예술을 통해여 대안적인 현실을 제공하는 작업은 정치적으로 변합니다. 밀란 쿤데라가 말했지요. "권력에 대한 인간의 투쟁은 망각에 대한 기억의 투쟁이다." 작가와 정치가는 타고난 라이벌입니다. 두 집단 모두 세계를 자신의 이미지로 구성하려 하지요. 그들은 동일

97) Salman Rushdie, 앞의 책, *Midnight's Children*, 550쪽.

한 영토를 두고 싸움을 하는 것입니다. 소설은 공식적인 진실, 정치인들의 진실을 거부하는 하나의 방법입니다.[98]

앞서 민족국가의 기저에는 "망각에의 의지"가 있다고 한 바바의 주장을 언급했다. 바바의 이 주장을 염두에 두고 위 인용문을 읽을 때, 쿤데라의 경구에 대한 루시디의 인용에는 심오한 의미가 있다. 바바와 쿤데라에게 기억은 곧 저항을 가능하게 하는 것이다. 인도와 파키스탄에 대한 루시디의 서사도 이 국가들이 잊고 있거나 잊고 싶은 사실을 상기시키는 정치적 목적을 수행하고 있다.

"기억상실증에 걸린 나라"[99]들이 망각한 사실은 무엇인가? 그것은 국가들이 애초에 "피의 의식"을 통해 태어났을 뿐만 아니라 이 국가들이 표방한 민족적 정체성이 탈식민시대에조차 왜곡되어왔다는 사실이다. 그러한 점에서 루시디의 서사는 다양한 인물의 등장과 계속되는 여담(餘談, digression)으로 인해 언뜻 혼란스러운 서술 구조에도 불구하고 '기억의 정치학'을 일관되게 수행한다고 판단된다.

이처럼 현실 정치에 개입한다는 점에서 루시디의 세계는 역사적 시공간에서 분리된 추상화된 것이 아니다. 루시디가 "세계를 거대한 놀이텍스트로 만들어 소속되지도 않고 참여하지도 않는 데서 오는 쾌락을 합법화시키는"[100] 포스트모더니즘 계열에 속한다고 본 크리슈나스와미의 비평에 동의할 수 없는 것도 같은 이유에서다.

루시디의 문학은 정치적 또는 종교적 이유 때문에 금기시된 국가나 민족의 정체성에 대한 질문을 가능하게 한다. 이러한 질문 없이는 공동체의 정체성에 대한 민주적인 합의는 고사하고 그것을 재정의(再定義)

98) Salman Rushdie, 앞의 책, *Imaginary Homelands*, 14쪽; 필자 강조.
99) Salman Rushdie, 앞의 책, *Midnight's Children*, 549쪽.
100) Revathi Krishnaswamy, 앞의 글, 138쪽.

하려는 기획 자체가 제대로 설 수 없다는 점에서, 루시디의 작업은 단순한 냉소주의만으로 치부할 수 없는 행위다. 그가 그려내는 인도의 민중과 달리 돌아갈 안전하고 안락한 메트로폴리스의 가정이 그에게 있다는 점에서 그의 비판이 자칫 "아웃사이더의 사치"101)로 흐를 가능성이 없는 것은 아니다. 즉 아대륙에 대한 그의 재현이 '책임 없는 성토'로 흐를 가능성이 없는 것은 아니라는 말이다.

그러나 『자정의 아이들』이 인도에서 받았던 뜨거운 환호를 고려할 때 적어도 그가 이 부커상 수상작을 출간할 당시에 인도인들이 그의 작업의 진정성에 대해서 질문을 하지는 않았다고 판단된다. 루시디는 끊임없이 반근원주의를 노래하고 이주의 자유를 경축하면서도, 아대륙 인도에 대한 향수와 애착을 끊을 수가 없었던 인물이다. 자신의 서사가 사실 "사랑의 행위"102)라는 살림의 진술은 이러한 맥락에서 작가를 대변하는 것이다. 여기가 바로 디아스포라 지식인의 비판적 사유가 민족과 조우하는 지점이다.

또한 루시디의 문학을 반근원주의가 장거리 민족주의와 공존하는 형식의 문학, 힌두교 여신 '칼리'처럼 여러 얼굴을 가진 디아스포라 문학이라고 볼 수 있는 근거가 되는 부분이다. 나이폴도 루시디와 유사한 이주의 궤적을 그렸지만 그가 서구와 맺은 '특수한' 관계를 고려할 때 그가 제1세계와 제3세계 양쪽으로부터 동일한 비판적 거리를 확보하고 있다는 주장에는 수긍하기 힘들다. 제3세계 민족국가에 대한 그의 비판에 배어 있는 서구의 편견은 그의 정신세계가 사실 메트로폴리스에 뿌리를 두고 있음을 말해준다. 그러므로 나이폴을 세계주의자라고 부른다면, 그것은 메트로폴리스를 세계의 중심이라고 부르는 것과 같은 의미에서다.

---

101) 이 용어는 비평가 닉슨이 제3세계를 대하는 나이폴의 입장을 설명할 때 쓴 용어다. Rob Nixon, 앞의 책, 28쪽 참조.

102) Salman Rushdie, 앞의 책, *Midnight's Children*, 550쪽.

당신의 과거는 나의 과거가 아니고, 당신의 진실은 나의 진실이 아니고,

당신의 해결책은—그것은 나의 해결책이 아닙니다.

• 제이디 스미스, 『하얀 이빨』

9

재인종화와 마이크로 정치학

'갈색 시민'과 메트로폴리스의 혼종화

트리니다드 토바고와 인도는 나이폴과 루시디에게 단순한 서사의 배경 이상의 의미를 갖는다. 비록 국적을 바꿨어도 출신국의 문화는 이 작가들의 정신세계에서 중요한 자리를 차지하고 있어 세상을 바라보는 그들의 시각에 지대한 영향력을 행사하기 때문이다. 나이폴은 고국인 트리니다드 토바고에 민족적 정체성이나 문화가 있었다는 사실조차 부정했다. 그러나 그가 고유의 문화가 조국에 부재한다고 주장할 때조차도 그러한 '부재'는, 즉 출신국의 특수한 '문화적 사정'은 여전히 작가의 정신세계를 조건 짓는 중요한 요소다.

루시디 역시 자신이 "번역된 존재"임을 천명하나 아대륙 인도가 없는 그를 생각하기란 힘들다. 루시디는 귀화한 뒤에도 출신국과의 관계에서 '인연의 끈'을 완전히 놓지는 못했다. 루시디는 이민자가 출신국에 대해서 논할 자격이 없다는 주장에 대해 다음과 같이 반론을 제기한 적이 있다.

> 이방인! 침입자! 당신은 이 주제에 대해 말할 자격이 없다! [……] 나도 압니다. 하지만 아직 어느 누구도 나를 체포한 적은 없습니다. 앞

으로도 그럴 것 같지는 않습니다. 침입자! 해적! 우리는 당신의 권위를 거부한다. 우리는 당신을 안다. 외국어로 국기처럼 스스로를 감싼 당신. 두 갈래의 혀로 말하는 당신이 우리에 대해 거짓말밖에 더 하겠는가? 이에 나는 질문으로 답합니다. 역사는 참여자들만의 소유입니까? 그러한 권리가 어떤 법정에서 주장되었으며, 어떤 경계선 분쟁위원회가 그런 지역을 지도상에 그린 적이 있습니까?

죽은 자만이 말할 수 있습니까?

〔……〕 이 〔영역〕은 내가 좋아하든 싫어하든 내가 여전히—비록 고무줄에 의해서라도—연결되어 있는 세상의 일부입니다.[1)]

위의 인용문에서 루시디는 비록 출신국 국적을 더 이상 가지고 있지 않지만 그 문화에 대한 관심이 어느 누구 못지않게 강렬함을 밝힌다. 또한 출신국의 문화에 대해서 말할 자격은 '남아 있는 자'뿐만 아니라 '떠난 자'에게도 있음을 주장한다. 출신국에 대한 이러한 관심은 이 작가들이 이민 1세대라는 점과 무관하지 않다.

쿠레이시(Hanif Kureishi, 1954~)와 스미스(Zadie Smith, 1975~)는 영국의 소수민 작가다. 쿠레이시는 파키스탄 출신의 아버지와 백인 어머니 사이에서 태어났고, 스미스는 백인아버지와 자메이카 태생의 어머니 사이에서 태어났다. 두 작가 모두 부모 가운데 한쪽은 이민 1세대다. 그러나 나이폴이나 루시디와 달리 이들의 문학에서 부모의 출신국은 중요한 의제가 못 된다. 이들의 일차적 관심이 '도착국'의 상황이기 때문이다. 다시 말하면 쿠레이시와 스미스의 문학은 영국 주류사회 내의 소수민의 입지를 문제화할 뿐 인도나 자메이카의 정치적 · 문화적

---

1) Salman Rushdie, *Shame: A Novel*(1983; New York: Henry Holt, 1997), 21~22쪽; 고딕체는 원문 강조.

상황에 직접적인 관심을 표하지 않는다는 것이다.

그러므로 이들의 문학은 소수민의 문학이 궁극적으로 출신국의 상황을 반영하거나 대변할 것이라는 통념이 항상 옳지는 않다는 것을 보여준다. 이러한 점은 이들이 '이민 2세대'이고 백인과 유색인 부모 사이에서 태어난 혼혈아라는 점과 무관하지 않다. 사실 쿠레이시와 스미스 같은 이들을 '이민 2세대' 또는 '이민 3세대'라고 부르는 것이 공정한 것인가라는 의문도 생긴다. 엄정한 시각에서 보자면 영국에서 태어나고 자라났으며 스스로를 영국인이라고 생각하는 이들을 부모들이 겪었던 '이민'과 연결하여 생각하는 것 자체가 인종주의적 색안경을 통해 이들을 보는 메트로폴리스의 관행을 '답습'하는 꼴이 되기 때문이다.

물론 현지화가 비교적 성공적으로 이루어진 이민 2세대의 경우에도 부모의 고향이나 혈통적 뿌리에 대한 관심이 완전히 사라진 예는 드물다. 피부색 때문에 차별 받는 소수민이라는 의식이 개인에게 남아 있는 한 그는 디아스포라적인 존재라는 말도 있지만, 그런데도 쿠레이시와 스미스나 그들의 문학을 고전적인 의미에서 디아스포라라고 부르기에는 무리가 따른다. 작가의 정체성과는 별개의 문제로, 영국 사회의 인종차별을 서사화하고 유색 이민자들의 문화적 정체성에 대한 고민을 담았다는 점에서 이들의 문학을 넓은 의미에서의 '디아스포라 문학'에 포함시킬 수는 있다.

민족국가는 통합을 지향한다는 것이 일반적인 관측이다. 동질성을 요구한 사회적 여건의 변화가 민족주의로 표출되며, 민족국가의 출현은 이러한 역사적 맥락에서 이해해야 한다는 겔너의 주장이 대표적인 예다.[2] 앞서 언급한 앤더슨의 "상상의 공동체" 개념이나 "망각"이 민족

---

2) Ernest Gellner, *Nations and Nationalism*(Oxford: Basil Blackwell, 1983), 39쪽.

국가의 근간이 된다는 르낭의 이론도 민족주의와 민족의 통합 지향성을 지적하는 표현들이다.

다민족국가에서 소수민의 문화와 종교를 공교육에서 배제하거나, 민족국가의 형성 과정에서 박해받았던 소수민을 공적인 기억에서 삭제하려는 시도를 세계사에서 찾아보기란 그리 어렵지 않다. 북미 원주민을 농업 경제 내로 편입시키는 동시에 이들의 전통을 공식 역사에서 배제해온 미합중국의 정책이 대표적인 예일 것이다.

그러나 그렇다고 해서 배타적인 민족주의가 지배하는 메트로폴리스가 이민자 집단을 주류문화 내로 동화시키려는 노력만 기울여왔다고 생각하면 오산이다. 주류사회가 공교육이나 각종 사회제도를 통해 소수민의 문화적 차이를 삭제해왔다면, 이에 못지않게 그 차이를 유지하거나 더 나아가 이를 확대 재생산하려는 노력도 해왔기 때문이다. '동질화를 통한 통합'이라는 전통적인 민족주의 과제에 모순되는 노력을 메트로폴리스가 경주한 데는 그만한 이유가 있다. 소수민을 편입의 대상으로 삼기는 하되 이들을 위해서 민족국가 내에 '이등 시민'의 자리를 예약해놓으려는 것이다. "거의 동일하나 백인은 아닌"[3] 자들을 위해 '거의 동일해 보이나 똑같지는 않은 자리'를 마련해놓을 필요가 있는 것이다.

유색인종의 이민 역사가 비교적 짧은 영국에서 소수민을 통합시키려는 노력을 찾아보기란 그리 쉽지가 않다. 제2차 세계대전 직후 부족한 노동력을 구하기 위해 이민을 허락하기는 했지만, 영국은 유색인 이민자들을 자국민으로 받아들일 준비가 되어 있지 않았다. 그러나 1944년에는 수천 명에 불과했던 이민자의 수가 1970년경에는 140만 명에 이른다. 이러한 인구의 증가는 영국 여권을 소유한 영연방 출신자와 식민지

---

3) Homi Bhabha, 앞의 책, *The Location of Culture*, 89쪽.

출신 흑인들의 대대적인 유입을 법적으로 허락했던 1948년의 '영국 국적법'에서 시작된다.

이처럼 외국인이 대거 유입되면서 사회적 · 정치적 문제들이 발생하자, 영국 정부는 1962년, 1968년, 1971년 세 차례에 걸쳐 유색인종의 이민을 규제하는 법안들을 내놓는다. 급증하는 "흑인들"에 대한 영국인들의 공포는 인종적 편견을 강화시켰고, 이는 폭력 사태로 이어지기도 했다. 인종차별 문제를 다룰 '인종평등위원회'가 1976년에 이르러 처음으로 발족하니 정부 차원에서 행한 통합의 노력치고는 늦은 편이었다. 특히 최근까지도 대처 수상을 비롯한 영국의 정치 지도자들이 유색인 이민자들을 폄하하는 발언을 해왔다는 사실은, 주류사회가 소수민을 동질화하고 통합시키는 정책을 펴온 것이 아니라 이질화하고 배척해왔음을 시사한다. 이러한 맥락에서 '문화적 차이'와 '피부색의 차이'에 대한 강조는 차별을 정당화하는 알리바이를 제공해왔다.

동질성을 표방하는 민족국가 안에서도 피부색에 따라 '그들'이 '우리'로부터 나뉜다는 것은 새로운 사실이 아니다. 이러한 타자화는 종종 유색인 시민들을 "재인종화"(re-ethnicization)하는 수법을 동원해왔다.[4] "이민자의 나라"인 미국도 예외가 아니다. 1996년의 미국 대통령 선거 당시, 민주당의 선거자금 가운데 일부가 불법적으로 조달되었다는 주장이 제기됨에 따라 미국 행정부가 곤경에 처했던 적이 있었다. 선거자금을 불법으로 모금한 책임자들 가운데 중국계 미국인들도 있었는데, 이들이 중국 정보국에서 자금을 받았다는 주장이 제기된 것이다. 그 가운데 한 명이 존 황(John Huang)이다. 존 황이 모금한 선거자금 가운데 일부가 인도네시아의 신흥파 가문으로부터 흘러나온 것이 드러

4) 『교외의 부처』에 대한 논의는 이석구, 졸고 「쿠레이시의 『교외의 부처』와 "재인종화" 문제」, 『영어영문학』, 제54권 제2호(2008), 263~279쪽을 수정한 것이다.

나면서 존 황은 베이징이 고용한 스파이 혐의를 받아 청문회에 선다. 사건이 불거지자 당황한 민주당 전국위원회는 모금운동에 참여했던 중국인 성을 가진 기부자 모두를 상대로 "외국인 스파이" 색출 작업에 들어간다. 이 사건이 일으킨 정치적 파장을 분석하면서 디릭은 재인종화와 인종주의의 관계에 대해 다음과 같이 말했다.

> 존 황과 화교, 베이징 정부 사이에 관련이 있다는 시각은 중국인의 디아스포라에 대한 새로운 담론에 의해 용이하게 되었는데, 새로운 디아스포라 담론은 중국인을 본질화함으로써 새로운 인종주의를 양성하는 비옥한 토양을 만들어냈다. 디아스포라 개념에는 무엇보다도 중국계 미국인과 (중국 내의 중국인을 포함하는) 그밖에 중국인들 간의 차이를 삭제한 책임이 있다.[5)]

디릭은 인용문에서 디아스포라 담론이 메트로폴리스 안의 소수민을 출신국의 문화로 환원시키는 것을 지적하고 있다. 이 터키 출신의 동양사 학자에 따르면 이러한 환원적인 시각은 소수민에게 특정한 인종적인 꼬리표를 다시 부여함으로써 메트로폴리스나 출신국의 특정 계급의 이익에 봉사하게 만든다. 즉 중국계 미국인은 중국계라는 이유로, 중국인이라는 본질적 범주로, 정확히 말하자면 해외거주 중국인이라는 거대 범주로 흡수된다. 이러한 흡수는 그를 몸은 미국에 있으되 베이징을 위해 일하는 중국인으로 되돌려놓는다. 그러니 미국으로 이민온 지 몇 세대가 지났든지 중국계 미국인은 미국의 이익이 아니라 중국의 이익을 위해 행동할 혐의가 다분히 있는 외국인이요, 잠재적인 스파이다.

---

5) Arif Dirlik, *Postmodernity's Histories: The Past as Legacy and Project*(Lanham, MD: Rowman & Littlefield, 2001), 176쪽.

이러한 재인종화는 메트로폴리스에서만 이루어지는 것은 아니다. 맥락은 다소 다르지만 한국계 미국인이 국제 스포츠계에서 스타로 떠오를 때 한국의 명예로 여기거나, 또는 그가 중대한 범죄를 저질렀을 때 이를 '우리 가운데 한 사람이 저지른 범죄'로 수치스럽게 여기는 한국인들도 재인종화에서 자유롭지 않다. 사실 이민의 역사가 3대째 정도 내려가면 한국계라는 표현이 무색할 정도로 현지화되건만, 이들을 '가지는 담을 넘어가 열매를 맺었지만 뿌리는 내 마당에 있는 나무'인 양 생각하는 것은 재인종화의 색안경을 벗어버리지 못한 결과다.

이 장에서는 쿠레이시와 스미스의 문학에 대한 논의를 통해 메트로폴리스에서 행해지는 다양한 재인종화의 사례를 살펴볼 것이다. 이들의 작품은 디릭의 우려와 달리 재인종화가 반드시 이민자들의 이익과 상치되지는 않음을 보여준다. 메트로폴리스가 이민자들과 후손들을 주류사회로부터 분리시키려는 의도로 시행하는 재인종화 작업이 오히려 이방인들의 사회적 입지를 강화시킬 수도 있기 때문이다. 또한 이민자들이 자발적으로 행하는 재인종화의 경우도 반드시 오리엔탈리즘과의 '영합'을 최종적으로 의미하지는 않는다. 재인종화가 강조하는 인종적 차이는 문화적 순수성을 지키고자 하는 메트로폴리스의 의도와 달리 그것의 혼종화를 가속화시키는 결과를 낳기도 하기 때문이다. 이러한 논의는 물론 쿠레이시나 스미스의 낙관적인 비전이 메트로폴리스에 정착한 다른 소수민의 처지를 대변한다고 볼 수 없다는 전제 아래 이루어지는 것이다.

쿠레이시와 '재인종화' 문제

런던의 남부 외곽지대 브롬리에서 태어나고 자라난 쿠레이시는 주류사회가 인도계 영국인을 "인도인"이나 "흑인"으로 재인종화하는 것을 일상적으로 접해왔다.[6] 첫 소설 『교외의 부처』(*The Buddha of Suburbia*, 1990)에서 재인종화는 소수민에 대한 물리적인 폭력에서부터 특정한 인종적 정체성의 강요에 이르기까지 다양한 유형으로 나타난다. 뿐만 아니라 그의 소설에는 소수민이 자발적으로 실천하는 재인종화도 다뤄진다. 후자의 재인종화는 주류사회에 진입하는 기회를 소수민에게 제공하기도 하지만, 동시에 오리엔탈리즘이 만들어내는 정형화된 이미지를 강화한다는 점에서 '진정성'이나 '대표성'의 문제를 일으키기도 한다.

이처럼 재인종화에 대한 쿠레이시의 다면적인 묘사는 인종주의적 메트로폴리스에 정착한 소수민들이 어떠한 문제들을 안고 있는지를 드러낸다. 이러한 폭로는 소수민을 출신국의 문화로 환원시키려드는 메트로폴리스의 인종주의뿐만 아니라, 이들을 출신국이나 특정 인종의 이름으로 포용(?)하려드는 탈식민주의와 제3세계 민족주의 모두 비판의 대상으로 삼는다. 인종주의와 반인종주의적 연대 모두에서 개인의 억압을 발견한다는 점에서 쿠레이시의 소설은 "자유주의적 개인주의"[7]를 구현하고 있다는 평가를 받을 만하다. 또한 인종차별에 대해 근원적인 해결책이나 집단적인 대응방안을 제시하는 것보다는 메트로폴리스 내에서 '개인의 차이'와 '자리'를 지키는 데에 초점을 맞추었다는 점에서 쿠레이시의 의제는 "마이크로 정치학"이라 불릴 만하다.

이는 급진적이고도 효과적인 변화를 원하는 이들에게는 쿠레이시 소설의 단점이라고 여겨질 수 있는 부분이며, 동시에 '집단의 정치학'을

---

6) 쿠레이시의 작품 가운데 국내에 번역된 책으로는 다음이 있다. 『친밀감』, 이옥진 옮김(민음사, 2007); 『시골뜨기 부처』(*The Buddha of Suburbia*), 손홍기 옮김(열음사, 2007). 그밖에 *The Black Album*(1995), *Gabriel's Gift*(2001), *The Body*(2003), *Something to Tell You*(2008)가 있으며, 드라마와 영화 대본으로 *My Beautiful Laundrette*(1985), *My Son, The Fanatic*(1997)이 있다. 마지막 두 편은 영화로 만들어진 바 있다.

7) Ruvani Ranasinha, *Hanif Kureishi*(Devon: Northcote House, 2002), 76쪽.

상정하는 유형의 탈식민문학이나 민족문학으로부터 변별성을 획득하는 부분이기도 하다.

『교외의 부처』에 드러나는 다양한 형태의 재인종화 가운데 첫 번째 유형은 주인공의 친구인 헬렌의 아버지가 잘 예시한다. 그는 아시아인과 흑인을 혐오하는 전형적인 인종주의자이다. 주인공 카림이 딸을 만나러 오자, "우리는 에녹〔파웰〕과 같은 편"[8]임을 공공연히 선언할 뿐만 아니라 개를 풀어 그를 위협하기까지 한다. 카림은 뭄바이 상류계급 출신인 아버지 하룬과 노동계급 출신 백인어머니 사이에서 태어난 혼혈아다. 이처럼 혈통적으로는 혼혈이라고 해도 카림은 스스로를 "영국에서 태어나서 자라났기에 거의 영국인"이라고 느끼는 인물이다. "영국인" 카림을 헬렌의 아버지는 "흑인"이라고 뭉뚱그려 비하할 뿐만 아니라, 만약 딸의 몸에 그의 "검은 손"을 대면 망치로 그 손을 부숴 버릴 것이라고 협박한다. 이런 협박은 사실 카림에게 낯선 것이 아니다.

인종주의적 범죄에 대해 유색 이민자들이 일상적으로 느끼는 공포는 하룬의 친구이자 뭄바이 출신 이민자인 안와르가 거주하는 동네에 대한 묘사에서도 자세히 드러난다.

> 밤이면 이들은 거리를 배회하며 아시아인들을 두들겨 패고 그들의 우편함에 쓰레기와 불 붙은 넝마를 처넣었다. 증오에 찬 야비한 얼굴을 한 백인들이 경찰의 보호 아래 자주 공공의 집회를 열었고 유니온잭이 거리에서 휘날렸다. 이런 자들이 사라질 것이라는 증거, 이들의 힘이 증가하기보다는 줄어들 것이라는 증거는 없었다. 안와르, 지타, 자밀라는 폭력에 대한 공포 속에서 살았다.(56쪽)

---

8) Hanif Kureishi, *The Buddha of Suburbia*(New York: Penguin Books, 1990), 40쪽. 앞으로 이 소설의 인용은 본문에 쪽수만 표기한다.

카림이 다니는 학교의 환경도 이와 크게 다르지 않다. 주인공의 표현을 빌면 "한 아이는 뜨겁게 달구어진 쇠로 나의 팔에 낙인을 찍으려 했어. 누군가는 나의 신발에 오줌을 눴지만 아버지께서는 내가 의사가 되기를 꿈꾸고 계셨지. 도대체 아버지는 어떤 세상에 살고 계신지? 큰 사고를 당하는 일 없이 무사히 집으로 올 때마다 나는 오늘도 운이 좋았다고 생각했어."(63쪽)

이 작품이 배경으로 하는 70년대의 영국은 실제로 어떤 곳이었는가. 한 평자가 전하길, 이 시기는 "60년대의 이상주의는 시들어버리고 80년대의 보수주의가 뿌리를 내리기 시작한 시대"[9]였다. 『교외의 부처』가 기록하는 70년대의 영국 문화에는 펑크 록 · 패션 · 파티 · 도시 지역의 인종 소요 등이 있지만 그 가운데서도 '대처주의'(Thatcherism)로 이어지는 '우경화' 현상을 빼놓을 수 없다. 대처는 자신에게 영향을 준 위대한 보수주의자로서 조셉(Keith Joseph)과 파웰(Enoch Powell)을 꼽은 바 있다. 파웰은 이민자의 유입이 영국을 비극적 재앙에 빠뜨릴 것이라고 경고했던 극우파 인종주의자다. 당시 노동당 정부가 인종차별을 반대하는 주택 법안을 내놓자 파웰은 이러한 정책이 결국 영국을 "피로 넘쳐나는 테베르 강"[10]으로 만들 것이라고 예언한 바 있다.

쿠레이시의 아버지 라피우산은 당대에 표면화되고 있었던 인종주의에 대해 이렇게 증언한다. "영국인은 어떤 것이든 드러내놓고 말하지 않는 성격이지요. 그러나 이 사람들은 인종에 대해서는 노골적이었어요—집 밖으로 나가면 그들은 시비를 걸었습니다."[11] 쿠레이시 본인의 증언도 크게 다르지 않다. 그가 전하길, 당시의 영국은 "완고하고 인

---

9) Kenneth C. Kaleta, *Hanif Kureishi: Postcolonial Storyteller* (Austin: U of Texas Press, 1998), 82쪽.

10) Enoch Powell, "Like the Roman, I see the River Tiber foaming with much blood"; http://www.sterlingtimes.org. 17단락.

종주의적이며, 동성애 공포증에 걸린, 편협하고 권위주의적인 쥐구멍"[12]에 지나지 않았다. 70년대와 80년대의 배타적 민족주의와 극우 인종주의를 대표하는 "영국국민전선"은 『나의 아름다운 세탁소』(1986)에서 동양인들을 무차별하게 공격하는 남부 런던의 폭력적 젊은이들의 형태로 모습을 드러냈다.

『교외의 부처』에서 이민자와 그의 후손은 백인의 인종적 시각으로 정체성이 재단되는 수동적인 존재다. 이는 주류사회에 대한 카림의 비판에서 잘 드러난다. "사실 우리는 영국인이어야 옳았어. 그러나 영국인에게 우리는 항상 아시아 놈이었고, 검둥이였고, 파키스탄 놈이었고 기타 등등이었지."(53쪽) 본인의 의향과 무관하게 주류사회에 의해 "아시아 놈"으로 규정되어 차별을 받았다는 것이다.

20여 년간의 이민자 생활에서 하룬이 얻은 결론도 다르지 않다. 카림에 따르면 아버지 하룬은 "덜 우스꽝스럽게, 남의 눈에 띄지 않도록, 좀 더 영국인처럼 보이기 위해서 노력했다."(21쪽) 그러나 이민자로 보낸 긴 세월 동안 하룬이 깨달은 것은 자신이 영국에서는 결코 영국인으로 대접 받을 수 없다는 것이다. "백인들은 결코 우리를 진급 시켜주지 않아. [……] 지구상에 한 명의 백인이라도 남아 있는 한, 인도인은 단 한 명도 말이야."(27쪽)

이처럼 하룬과 카림은 영국 사회에서 백인이 세워놓은 인종 장벽에 부딪혔다. 이러한 점에서 하룬에게 영국은 결코 동화될 수 없는 나라였다. 그러나 쿠레이시의 소설은 이민자의 좌절과 패배에 대한 서사만은 아니다. 오히려 그의 소설은 이들이 어떻게 배타적인 주류사회로 진입

11) J.B. Miller, "For His Film, Hanif Kureishi Reaches for a 'Beautiful Laundrette'", *New York Times*(Late Edition; East Coast/ 2. Aug. 1992), 16쪽에서 재인용.

12) 같은 글, 16쪽에서 재인용.

하는지를 그려내는 서사라고 해야 옳다. 하룬과 카림이 영국 사회로 진입하는 문은 아이러니컬하게도 그들의 피부색이, 그들의 인종적 표식이 열어주는 것으로 드러난다. 재인종화는 한편으로 소수민을 이질적인 요소로 지목함으로써 이질화와 차별화라는 목적을 달성하지만, 다른 한편으로는 메트로폴리스 내에서 소수민을 위한 자리를 내놓기도 하기 때문이다.

소수민이나 외국인 거주자에 대한 메트로폴리스의 태도에서 발견되는 모순은 주류사회가 동질성을 지향함에도 메트로폴리스는 어쩔 수 없이 이미 다문화적이고도 다인종화되어 있다는 점과 무관하지 않다. 즉, 외국인들에 대한 경계심을 떨쳐버릴 수가 없으면서도 경제적으로는 이들의 값싼 노동력에 의존할 수밖에 없고, 이국적인 취향을 추구하면서도 외국인 혐오증을 버릴 수 없으며, 고도로 진전된 산업화와 물질문명을 자랑하면서도 역설적으로 "다른 문화"와 대안의 세계를 동경한 메트로폴리스의 복합적인 사정이 이면에 있는 것이다.

오리엔탈리즘의 역이용

하룬의 경우를 살펴보면 어느 날 갑자기 그는 '구루'로 행세하며 주위의 백인들에게 동양 철학과 종교를 강의하는 데 열을 올린다. 그는 좀더 이국적으로 보이기 위해 인도인의 억양을 과장하면서 요가·노장사상·불교 등을 섞은 일종의 '잡탕' 동양학을 강의한다. 그가 가르치는 도(道)는 사실 자신의 욕망만을 좇는 쾌락주의와 내용적으로 크게 다르지 않다. 그러나 놀랍게도 이 얼치기 동양학 강좌는 대단한 성공을 거두게 된다. 하룬과 불륜 관계인 이바와 그녀의 지인들은 그의 강연에 열띤 성원을 보낼 뿐만 아니라 하룬과 동서지간인 백인 테드는 그의 강연을 들은 뒤 인생관까지 바꾼다. 불철주야 일에 매달리는 테드에게

"일을 위해서가 아니라 스스로를 위해서 살아라"는 하룬의 한 마디가 그의 심금을 울린 것이다.

"권력과 돈으로 세상 사람들을 판단해온"(34쪽) 테드 부부 같은 중산층에게 물질주의는 세상을 움직이는 유일한 힘이요, 세상을 판단하는 유일한 기준이다. 이 기준은 그들을 오늘날 경제적으로 풍요로운 위치에 올려놓기도 했지만 동시에 그들을 무한 경쟁 속으로 밀어 넣었고, 일과 돈벌이, 합리성과 효율성 속에서 결국 자기 자신을 잃게 만들었다. 욕망을 따를 것을, 마음이 시키는 대로만 할 것을 가르치는 하룬의 강의는 돈의 노예가 되고 '중산층의 도덕과 의무'의 노예가 된 이들에게 대안적인 세상을 연 것이다.

주목받지 못하는 하급 공무원에서 백인중류층의 정신적인 지도자로 순식간에 변모한 하룬을 비평가 무어-길버트는 탈식민주의적 시각에서 이해했다. 이민 1세대인 하룬에 대한 무어 길버트의 주장을 옮기면 다음과 같다.

> 자신의 많은 백인친구들에게 [정신적인] 안내인 역할을 함에도 하룬의 경력은 동양을 정신적인 것과 종종 동일시하는 식민 담론을 비판하는 기능을 한다. [……] 더구나 쿠레이시는 하룬의 몇몇 열성적인 백인추종자들을 그려냄으로써 선교 기획으로서의 제국의 서사를 패러디하며 식민지에서 개종(改宗)에 관련된 권력 관계를 전복시킨다. 서양의 종교적 지혜를 원주민들이 착실히 수용하는 대신 이번에는 영국인 원주민들이 이민자 구루라는 대리인에게서 구원을 찾는 것이다.[13]

13) Bart Moore-Gilbert, *Hanif Kureishi: Contemporary World Writers* (Manchester: Manchester UP, 2001), 123쪽.

이 주장은 식민지배자와 피지배자라는 이분법적 구도에서 쿠레이시의 작품이 어떠한 의미를 갖는지 잘 보여준다. 탈식민주의라는 창구를 통해서 보았을 때, 쿠레이시의 작품에는 서구의 편협하고 자기만족적인 상상력을 반박하는 측면이 분명히 있다. 그러나 몇몇 백인들의 정신적인 자문 역을 한다고 해서 하룬을 식민 권력을 전복하는 게릴라로, 그의 행동을 반식민적 실천으로 보는 것은 좀 성급하지 않을까. 하룬은 '사회적 인정'이나 '생존'같이 극히 개인적이고도 세속적인 목표를 달성하기에 여념이 없는 인물이다. 오리엔탈리즘을 역이용해 영국 사회 내부로 편입한다는 해석이라면 모를까, 식민지 "권력 관계의 전복"으로 해석하기에 하룬의 구루 행각에는 정치적 동기가 결여되어 있다.

사실 주급 3파운드를 받는 "하찮은" 이 하급 공무원은 자신이 사는 동네의 길도 제대로 찾지 못할 만큼 영국 사회에 적응하지 못한 이민자다. 사교 활동이라고 해야 뭄바이 시절에서부터 친구이자 이웃인 안와르나 처형의 집을 방문하는 것이 고작이라는 점에서 그에게는 이른바 '인간적인 교류'의 삶이 결여되어 있었다. 아들 카림의 표현을 빌리면 "어느 누구도 외출하지 않았다. 갈 데가 없었다. 아버지는 사무실의 어느 누구와도 교류가 없었다."(46쪽) 주변의 냉대로 고통을 받던 하룬에게 백인중산층의 사회에서 구루로 등장하는 것은 그야말로 지옥 같은 '섬 생활'에서의 탈출이었던 것이다. 그러니까 요점은 권력 관계가 전복된 것이 아니라 인종주의적 사회에서 소외되었던 한 이민자에게 비로소 '삶'이 생겼다는 것이다. 그러한 새 삶에는 매력적인 백인여성 이바와의 육체적 관계도 포함된다. 그는 자신이 열렬한 숭배자 속에서 "밥 호프보다 더한 인기를 누리게 될 것"(21쪽)이라는 실현 불가능하지만은 않은, 즉 실현할 수 있는 꿈도 꾼다. 그러므로 하룬의 경우에 재인종화는 백인여성과 '사회적 인정'을 얻고 싶었던 소수민의 세속적 욕망이 성취되는 수단이 된다.

하룬이 서구의 오리엔탈리즘을 이용하여 주류사회에서 자신의 자리를 확보한다면, 아들 카림은 처음에는 주류사회에 봉사할 것을 강요받는다. 연극 감독 섀드웰과 파이크 모두 카림에게 낯선 '인종적 정체성'을 강요함으로써 메트로폴리스의 이국주의적 취향에 봉사하게 하는 것이다.

일례로 카림을 연극계에 취업시켜 달라는 이바의 청탁을 받자 감독 섀드웰은 그에게 「정글북」의 모글리 역을 맡기기로 한다. 이때 감독은 카림의 피부색을 진짜 인도인에 가깝게 만들기 위해 그의 몸을 검은 색으로 칠할 뿐만 아니라 인도인의 억양도 흉내 낼 것을 그에게 요구한다. 질색하는 카림에게 감독은 추상적인 호령을 한다. "너의 경험이 풍부해서가 아니라 〔인종적〕 진정성 때문에 널 발탁한 거야."(147쪽) 카림이 모글리 역에 거부감을 느끼는 데는 "인도인"의 연기가 자신의 정체성에 대한 폭력이라고 느끼기 때문이다. 비록 피부색은 희지 않을지몰라도 카림은 스스로를 영국인이라고 여기기에, 그러한 그에게 모글리를 연기하게 하는 것은 단순히 흉내의 차원이나 생계의 문제가 아니라—그의 표현에 따르면—"정치적인 문제"다.

'강요된 재인종화'는 카림이 「정글북」 공연 이후 함께 일한 좌파 감독 파이크와 한 연기 수업에서도 드러난다. 파이크는 배우들에게 주변의 인물들 가운데 극중 역할을 찾아보라고 했는데 이에 카림이 이바의 아들 찰리를 고른다. 그러나 파이크가 카림을 발탁했을 때는 다른 생각을 가지고 있었다.

> "너와 같은 배경을 가진 인물이 우린 필요해"라고 그가 말했다. "이를테면 흑인 말이야."
>
> "네?"
>
> 나는 알고 지내는 흑인이 없었다. 학교 다닐 때 알던 나이지리아 출

신의 학생이 있기는 했다. 그러나 지금에 와서 내가 그를 어디서 찾을 수 있으랴. "구체적으로 누구를 말씀하시는 건지?" 내가 물었다.

"가족이 있잖아?" 파이크가 말했다. "아저씨나 아주머니들 말이야. 그들이라면 연극을 다채롭게 만들 텐데. 틀림없이 환상적일 거야." (170쪽)

파이크가 흑인을 거명하자 대뜸 나이지리아인 학생을 떠올리는 카림의 순진한 면모는 독자에게 폭소를 자아낸다. 동시에 이 장면은 카림이 얼마만큼 백인과 동일시하는지를, 이러한 동일시와 "갈색 영국인"을 바라보는 백인일반의 시각 사이에 얼마나 큰 거리가 있는지를 드러낸다. 타인종을 바라보는 파이크의 시각은 아시아인 · 혼혈인 · 아프리카 흑인 모두를 구분 없이 '흑인'이라는 하나의 '거대 범주'에 넣는다는 점에서 새드웰보다 한 술 더 뜬 셈이다.

비록 타의에 의해 인도인 연기를 시작했지만 카림의 피부색은 그에게 커리어를 제공한다. 연극계로 뛰어들기 전 카림은 백인학생들과의 공동체 생활에 적응하지 못하고 전 과목에서 낙제점을 받는, 아버지의 표현을 빌리면 "완전한 무용지물"이었다. 아이러니컬하게도 이 사회 부적응자에게 '유색인 흉내'는 삶에 대한 자신과 사회적 인정을 가져다 준다. 연극 「정글북」이 성공을 거두면서 처음으로 가진 자신감을 주인공은 다음과 같이 표현한다. "여태껏 나는 세상에서 제대로 기능할 수 없을 것이라고 느꼈어. 어떻게 해야 할지를 모르고 있었던 거야. 나의 의지와 무관한 사건들이 나의 삶을 좌우했지. 그러나 이제 인생이 반드시 그래야 할 필요가 없다는 것을 깨닫게 되었어." (155쪽)

연기 경험이 없었던 카림이 이처럼 승승장구하자 동료 백인배우는 다음과 같은 불평을 제기한다. "〔내가〕 백인중산층만 아니었다면 나도 지금쯤은 파이크의 연극에 참여하고 있었을 거야. 요즘은 재능만으로는 성공하지 못하는 것이 분명해. 70년대의 영국에서는 불우한 계층만 이 성공을 거둔다 이 말이지." (165쪽)

'역차별'을 받고 있다는 백인의 진술은 주류사회에서 극히 제한된 기회를 갖는 소수민의 처지를 과장한 것이기는 하지만, 그럼에도 카림이 자신의 "크림색 피부" 때문에 연예계에서 중요한 커리어를 가진 것만은 부인할 수 없는 사실이다. 그러한 점에서 카림과 하룬이 '사회적 인정'과 '커리어'를 얻은 것은 소수민이 오리엔탈리즘을 역이용하여 메트로폴리스에서 사회적 입지를 굳히는 행위로 해석될 수 있을 것이다.

'사이비' 문화상품의 양가성

하룬과 카림의 성공은 다른 한편 주류사회의 인종적 편견에 대항하기를 포기하고 오리엔탈리즘에 '영합'한 행위로 비판받을 가능성에 열려 있다. 오늘날 오리엔탈리즘의 새로운 유행은 영미의 문화 시장이 20세기 후반에 겪은 변화와 무관하지 않다. 이 시기에 들어 영미의 문화 시장은 고도의 유동성 덕택에 자국 소비자들에게 지구 구석구석의 다양한 토착 문화를 손쉽게 갖다 바치게 되었다. 이러한 맥락에서 볼 때, 카림과 하룬은 이국적 취향을 기르게 된 서구 문화 소비자의 입맛에 맞게 진상된 '사이비' 제3세계 문화 상품이다.

하룬의 구루 행세도 동양을 전 근대적 정신세계나 또는 쾌락주의적인 세계 정도로 알고 있는 서양인의 오리엔탈리즘과 그 내용이 크게 다르지 않다. 또한 카림도 제국주의 문인 키플링의 오리엔탈리즘을 극화하는 데 필요한 정형화된 "흑인 역할을 한다. 파이크의 극단에 합류한 뒤 카림이 극중 배역으로 선택한 안와르와 그의 사위 창게즈도 정형화된 동양인의 이미지와 크게 다르지 않다.

카림이 극중 역으로 선택한 안와르는 인도의 전통적인 가부장이다.

안와르는 얼굴도 모르는 뭄바이의 노총각 창게즈와 딸 자밀라를 중매결혼시키려 하며, 진보적 페미니스트를 자처하는 자밀라는 청천벽력 같은 아버지의 명령에 불복한다. 딸의 고집을 꺾기 위해 단식투쟁에 들어간 이 "전제적인 무슬림 가부장"은 거리에서 고래고래 소리를 지르는데 이러한 비이성적인 모습을 카림은 자신의 극중 역할로 선택한 것이다.

카림이 두 번째로 택한 인물은 한쪽 손을 못 쓰는 창게즈다. 쿠레이시는 "남성"으로서 그의 한심한 면모를 그리는데 상당한 공을 들인다. 창게즈는 우여곡절 끝에 혼례식을 올리지만 아내로부터 신혼 첫날부터 잠자리를 거부당하고 결국에는 일본인 창녀를 찾아가서 욕구를 해결한다. 또한 그는 장인의 기대를 저버리고 처가의 가게 일을 도와주기는커녕 도둑이 코앞에서 물건을 훔쳐가는 줄도 모르고 가게 한 구석에서 졸고 있는 무용지물이다.

카림은 창게즈의 한심하기 짝이 없는 면에서 착안하여 타리크라는 극중 인물을 고안해낸다. 카림에 따르면, 세상 물정 모르는 타리크는 "영국에서는 옷을 벗으라고 속삭이기만 하면 백인여성들이 속옷을 벗어 던진다"는 말을 듣고 잔뜩 기대에 부풀어 영국으로 오는 인물이다. 이처럼 우스꽝스럽고 가련한 가상의 인도인에게서 파이크는 자신이 찾던 연극의 시나리오를 발견한다.

> 파이크가 말했다. "바로 그거야. 타리크가 영국에 오는 거지. 비행기에서 영국인 기자를 만나고—엘리너가, 아니, 캐롤이 연기해. 진짜배기 상류층의 섹시한 여성이지. 이 여성 덕택에 그는 잠시 상류계급과 섞이는데, 이거야말로 무대에 올려볼 만한 영역이란 말이야! 모성의 손길을 필요로 하는 나약한 녀석이라서, 가는 곳마다 아가씨들이 그와 사랑에 빠져. 그래. 계급이 있고, 인종이 있고, 섹스와 우스개가 있어. 하룻밤 여흥으로 무엇이 더 필요하겠어."(189쪽)

백인들의 취향을 위해 카림이 선택한 인물 가운데 한 사람은 모성애를 자극하는 존재이고, 다른 한 사람은 전형적인 부권주의를 표상하는 인물이다. 그런데도 둘은 인간으로서 존엄성을 상실한 '우스갯거리'라는 공통분모를 갖고 있다. 인종적인 다양성을 경험하는 영국은 이처럼 자국 내의 유색인에게 목소리를 부여하지만 타리크나 안와르처럼 위협적이지 않은 존재, 즉 '위생 처리된' 소수민을 대표자로 선택함으로써 외국인이나 비순응주의자들이 제기하는 위협을 재현의 영역에서 봉쇄한다. 또한 그런 소수자의 역할을 카림같이 "영국인이나 다를 바 없는" 혼혈아에게 맡김으로써 성가신 유색인들의 저항적 목소리가 현실 공간에 흘러나올 가능성을 사전에 차단한다.

인종주의로 인해 고통받는 이민자들이 내뱉는 신음과 저항의 목소리가 "섹스와 우스개"가 뒤섞인 하룻밤의 여흥으로 대체되고 마는 것이다. 앞서 하룬과 카림을 '순화된' 문화적 차이가 각인된 '사이비 제3세계 문화 상품'으로 간주될 수도 있다고 한 것은 바로 이러한 맥락을 염두에 둔 것이다.

그러나 이 소설에 대한 논의가 그리 간단하지만은 않은 이유는 동양인에 대한 이러한 '정형화'가 오리엔탈리즘에 봉사한다는 비판을 소설이 이미 '예견'하고 있기 때문이다. 텍스트에서 이 비판은 카림의 동료이자 카리브 해 출신인 흑인 트레이시가 제기한 바 있다. 카림이 혼신의 힘을 다해 안와르를 연기한 후 이어지는 토론 시간에서 트레이시는 다음과 같은 비판을 개진한다.

"두 가지가 있어요, 카림. 안와르의 단식 투쟁을 보니 걱정이 되는군요. 당신이 하려고 하는 게 내 마음을 상하게 해요. 내 속을 정말 쓰리게 해요. 우리가 그런 걸 굳이 무대에 올려야 되는지 잘 모르겠어요!"

"정말요?"

"그래요." 내게 약간의 사려분별만 있었으면 하는 투로 그녀가 내게 말했어. "당신의 연기는 흑인들의 모습을—."

"인도 사람인데—."

"흑인과 아시아인들을—."

"한 늙은 인도 남자일 뿐인데—."

"비이성적이고 우스꽝스러운 존재로, 히스테리컬한 존재로 그리잖아요. 그리고 광신적인 존재로도요."

"광신이요?"

〔……〕

"무어라고 말을 할까? 당신이 그려내는 것은 백인들이 우리에 대해 가지는 선입견이에요. 우리가 우스꽝스럽고, 기이한 습관과 별난 관습을 가졌다는 생각이요. 백인은 우리를 이미 인간성을 결여한 사람들로 여기는데, 당신은 안와르로 하여금 백인들에게 미친 듯이 막대기를 휘두르게 만드는군요. 어떻게 이런 일이 일어날 수 있는지 알 수가 없네요. 우릴 어설픈 공격자로 묘사하잖아요. 카림, 왜 당신은 자신과 흑인들을 전부 미워하는 거죠?"(180쪽)

서양인의 시각이 인도 남성들을 후진적이고 가부장적이며 비이성적인 관습과 미신의 포로라고 규정한다면, 카림이 그려내는 안와르의 모습이 바로 이러한 편견에 부합한다는 사실이 트레이시를 불편케 하는 것이다. 자신이 속한 민족이나 인종을 증오하지 않는 다음에야 서구의 재현 체계가 만든 '백인의 진실'을 하필이면 유색인이 확인해줄 필요가 있느냐는 것이 트레이시의 반론이다.

인종적 타자를 묘사하는 서구 제국주의 담론은 '일반화'나 '보편화'의 기법에 의존한다는 것이 정론이다. 즉 개개인의 다양한 모습은 무시하고 유색인종 전체를, 대륙 전체를 정형화된 이미지로 고정시켜버리는 것이다. 그렇다 보니 식민 피지배자를 그려내는 식민 담론에 개인은 없고 인종(人種)만 남는다. 유색인을 정형화하는 백인의 시각과 싸워 온 트레이시는 그러한 '백인의 진실'에 힘을 실어줄지도 모를 어떠한 인종적 재현도 용납할 수 없다. 설령 그러한 재현이 특정 개인에 관한 진실을 담고 있다고 할지라도 말이다.

카림의 연기가 인종 담론을 강화할 것이라는 트레이시의 비판에 대해 카림은 항변한다. 자기가 알고 있는 "한 늙은 인도 남자"의 모습을 그려냈을 뿐이며, 그 모습은 "진실"이기에 연기가 허락되어야 한다는 것이다. 카림의 이러한 태도는 개인의 진실도 인종적 이데올로기에 이용당할 수 있다는 현실을 무시한다는 점에서 순진한 것이며, 트레이시 같은 이의 관점에서 보면 "반동적"인 결과를 낳을 수 있다. 중요한 사실은 개인의 진실에 대한 카림의 옹호가 쿠레이시의 시각을 대변한다는 점이다.

유새프와의 인터뷰에서 쿠레이시는 「나의 아름다운 세탁소」가 뉴욕에서 상영되었을 때 영화관 앞에서 벌어진 시위에 대해서 언급한 적이 있다. 영화에서 아시아인이 동성애자로 "비하"되었다는 것이 시위의 이유다. 인터뷰에서 쿠레이시는 왜 그런 시위가 생겼는지 이해할 수 있다며 인종에 대한 다양한 재현을 해결책으로 제시했다. 이와 함께 그는 다음과 같이 소신을 밝혔다. "결론적으로, 다른 사람들이 원하는 대로 글을 쓸 수는 없는 노릇이지요. 아시아인들이 특정한 식으로 재현되어야 한다고 생각하는 사람들은 자기들이 직접 그 이야기를 써야 할 것입니다."[14)]

트레이시의 비판으로 돌아가면, 인종적 재현에 대한 그녀의 우려는

14) Nahem Yousaf, *Hanif Kureishi's* The Buddha of Suburbia: *A Reader's Guide*(London: Continuum, 2002), 10쪽.

귀담아들어야 할 성질의 것이다. 이와 동시에 지적할 점은 담론이나 연극이라는 매체로 이루어지는 재현이 반드시 일방적인 소통만은 아니며 다양한 의미론적 가능성을 띤 '간(間)주체적 과정'으로 이해해야 한다는 점이다. 그러니 텍스트가 갖는 의미론적 가능성은 '발화↔청취/해석'의 역학 관계에 따라, 또는 '각본↔감독의 의도↔배우의 연기↔관객의 수용'의 복합적인 관계에 따라 필연적으로 영향을 받는다.

'관객 수용'의 측면에서 볼 때 카림의 연기는 뿌리 깊은 인종적 이미지를 강화할 수도 있지만, 동시에 관객의 면전에서 백인들의 인종주의를 풍자하거나 비판하는 면도 있을 수 있다. 예컨대, 카림은 무대에 서는 것이 익숙해지자 모글리가 내는 과장된 인도인의 억양 사이에 자신의 런던 사투리를 끼워넣어 관객에게 웃음을 선물한다. 연극의 원본인 키플링의 소설에도 없었고 감독도 애초 의도하지 않았던 요소가 상연 과정에서 삽입된 것이다. 문명의 세례를 받은 적이 없는 인종적 타자 모글리의 입에서 런던 사투리가 튀어나오자 관객들은 폭소를 금치 못한다. 관객의 기대와 사실적 재현주의의 원칙을 완전히 뒤집는 연기자의 행동이 웃음을 유발한 것이다.

그러나 카림의 예상치 않은 돌발 행동은 단순히 여흥을 제공하는 것과는 다른 정치적 의미를 띨 수도 있다. 왜냐하면 이국적 무대 위에서 들려오는 런던 사투리는 관객들이 웃고 즐기는 장면이 실은 인도라는 "비(非)문명의 땅"에서 벌어지는 게 아니라 바로 자신들의 세계에서 벌어지는 것일 수도 있음을 암시할 수 있기 때문이다. 야만적 세계인 정글이 멀고 먼 이방의 땅에 존재한다는 생각에서 백인관객들은 카림의 연기에 마음놓고 웃을 수 있었지만, 그 과정에서 그들이 부지불식에 직면하는 사실은 정글을 지배하는 약육강식의 법칙이 백인들의 '지금, 여기'에 존재한다는 점이다.[15]

카림의 두 번째 연극도 다르지 않다. 카림의 타리크 연기를 본 뒤 세속적인 이바가 하는 논평은 카림이 제공하는 '사이비 문화 상품'이 애초에 감독이 의도한 단순한 여흥의 수준을 넘어서는 사회적 비판의 효과를 내고 있음을 시사하기 때문이다. 카림이 등장하는 연극에 대해 이바는 다음과 같이 평한다. 우리가 "얼마나 무신경해졌고 또 관용을 잃고 말았는지를 알려주는 것이었어. 관대하고 품위 있는 영국이라고 스스로 믿고 있었던 통념을 날려버리고 만 것이지."(228쪽) 그러니 카림의 동일한 연기를 두고 트레이시가 정형화된 인종주의적 이미지를 강화할 것이라고 우려한다면, 이바는 인종주의적인 영국의 추한 자화상을 대면하는 '불편한' 그러나 교훈적인 계기를 제공한다고 본다. 그러한 점에서 카림의 연기에는 인종주의를 강화할 가능성과 함께 이를 비판하는 면이 동시에 존재한다.

카림은 TV드라마에서 인도인 역할을 하는 기회도 얻는다. 그 드라마는 "임신 중절과 인종적 범죄같이 사람들이 일상적으로 경험하기는 하나 TV에서 결코 다루지 않았던"(259쪽) 동시대의 사회적 문제를 다룬다. 그러한 점에서 카림의 재인종화는 주류사회를 변화시킬 수 있는 가능성을 가지고 있다. 하룬의 경우에도 처음에는 말초적이고도 이기적인 목적을 위해 구루 행세를 시작했지만, 소설의 결말에서 이러한 구루 행세가 단순한 '행세'로 끝나지는 않을 것이라는 암시가 주어진다.

하룬은 아들에게 사색하는 삶에 더욱 충실하기 위해 공무원 직을 사임할 것이라는 말과 함께 다음의 각오를 들려준다. "이제 난 가르치고 사색하고 귀 기울여 들으려고 한단다. 우리가 삶을 어떻게 살고, 우리

---

15) 국내외 몇몇 비평가들도 카림이 하는 연기의 전복적인 성격에 주목한 바 있다. "카림의 연기는 자밀라가 염려했던 '인종적 편견에 영합'이 아니라 인종적 순수성과 문화적 정통성을 무력화시키는 결과를 가져온 것이다." 홍덕선, 「80년대 영국 유색인종 문학의 정체성: 하니프 쿠레이시의 『도시 교외의 부처』」, 『현대영미소설』, 제14권 제3호(2007), 220쪽 참조.

의 가치는 무엇이며, 우리가 어떠한 사람이 되고 말았는지, 우리가 원한다면 무엇이 될 수 있는지에 대해서 논했으면 해."(266쪽) 훗날 카림이 들려주는 바에 따르면 하룬은 공무원을 정말로 그만두고 요가 센터에서 사람들을 가르치는 데 전념한다.

이처럼 연극이나 TV, 강연 같은 대중문화의 장에서 "[이전에는] 결코 다루지 않았던" 영국의 추한 모습을 지적하는 하룬과 카림은 주류사회가 더 이상 무시할 수 없는 존재들이다. 이러한 "갈색 시민"의 목소리는 궁극적으로 메트로폴리스가 피하고 싶었던 자신의 모습, 즉 '혼종화된 자화상'의 발견을 가능하게 한다. 메트로폴리스가 한구석에 밀쳐놓으려 했던 존재들이 이제 메트로폴리스를—당당한 어조로—비판하는 구성원이 된 것이다.[16]

쿠레이시에게 인종적인 재현이 사이비 상품인가, 정품인가 하는 것은 그리 중요하지 않다. 적어고 그가 보기에 이민자와 후손들의 문화적 정체성을 두고 진정성이나 대표성 여부를 따지거나 윤리성을 논하는 일은 굳이 따지자면 출신국에 남아 있는 이들의 몫이기 때문이다. 어떤 점에서는 메트로폴리스에서 생존을 위해 차별과 싸워야 하는 이민자들에게 정체성의 진정성이나 대표성에 관한 논란은 '사치'다.

소설이 배경으로 하는 70년대의 영국 사회는 파웰의 극우 정당 '국민전선'이 활개를 치던 때였다. 백인민족주의를 표방하는 국민전선은 파웰이 1968년 4월 20일의 유명한 연설에서 제안한 바 있는 "[유색] 이민자들의 본국 송환"을 정책으로 삼아 거리 시위를 일삼았다. 생존을

16) 카룬과 하림의 이러한 '변신'에 주목할 때, 쿠레이시가 개인의 민족 정체성 문제를 후기구조주의의 관점에서 일종의 수행성 문제로 보았다는 주장이 있다. 민족 정체성이 "문화적 수행"(cultural performances)의 문제이거나 "수행이 곧 정체성"이라는 주장이 그 예다. Susie Thomas, *Hanif Kureishi: A Reader's Guide to Essential Criticism*(New York: Palgrave Macmillan, 2005), 64쪽; Ruvani Ranasinha, 앞의 책, 72쪽 참조.

위협받는 이러한 상황에서 진정성이나 대표성에 대한 질문은 이민자들에게 시의성이 떨어지는 이야기다. 특히 부모의 출신국으로부터 문화적 세례를 전혀 받지 못한 이민 2세대에게 그렇다.

카림의 경우를 다시 살펴보자. 아버지의 오랜 친구 안와르의 장례식 때 모여든 회교도들을 바라보며 카림은 다음과 같이 생각한다.

> 그러나 희한한 사람들을, 이 인도인들을 지금 보니까 어떤 점에선 이 사람들이야 말로 나의 동포인데 그 사실을 부정하거나 회피하며 살아왔다는 생각이 들었어. 나의 절반이 사라지고 없는 양, 나의 적들과, 인도인들이 자신과 같기를 원하는 백인들과 공모라도 한 양, 나 자신이 부끄러웠고 불완전하게 느껴졌지. 아버지에게도 부분적으로 책임이 있다는 생각을 했어. 안와르 아저씨처럼 아버지도 인도로 돌아가는 것에는 평생 동안 털끝만큼의 관심도 없었지. 아버지는 항상 이 점에서는 정직했어. 모든 면에서 영국을 선호한 거야. 사회는 제대로 돌아가고 있었고, 날씨는 무덥지도 않았고, 거리에서는 어찌할 도리 없는 참혹한 짓거리도 발생하지 않았으니까. 아버지는 과거를 자랑스럽게 생각하지도 않았지만 그렇다고 해서 부끄럽게 여기지도 않았어. 과거는 단순히 과거니까, 몇몇 자유주의자들이나 아시아계 급진주의자들이 그러듯 과거를 맹목적으로 숭배하는 건 의미가 없는 거였지. 그러니 만약 내 정체성에 인도의 유산을 보너스로 원한다면, 난 그걸 만들어 내야 해.(212~213쪽)

이 인용문에서 카림은 비록 자신이 인도인으로 자라나진 못했지만 자신이 인도인과 같은 편이라는 생각을 언뜻 깨닫는다. 인도에 대해서 아는 바가 없는 '반쪽 인도인'인 스스로를 부끄럽게 여긴다는 점에서 그의 각성에는 어느 정도 진정성이 깃든 듯하다. 동시에 이 인용문은 카림이 앞으로도 이른바 "진정한 인도인"이 될 가능성이 높지 않음도 지시한다.

가정과 학교 모두에서 인도에 대해서 배운 바가 없는 카림이 인도인의 정체성을 취득한다는 것은 불가능에 가깝다. 그가 인도인의 정체성을 갖추려면—그의 표현을 빌리면—스스로 그 유산을 "만들어낼 수밖에 없는데," 민족적 유산이나 정체성이라는 것이 단기간에 만들어내거나 취득될 수 있는 것이던가? 아이러니는 '영국인'이었던 카림이 자신의 뿌리에 관심을 갖게 만든 것이 바로 메트로폴리스의 인종주의라는 점이다. 그러나 작가가 강조하고자 하는 바는 카림이 아버지로부터 물려받은 것은 반쪽짜리 '인종적 혈통'이지 문화적 정체성은 아니라는 점이다. 또한 반쪽짜리 인종적 기원에 의해 현재의 문화적 정체성이 온전히 '쓰여야' 할 이유가 없다는 사실이다. 어찌 보면 이민 2세대에게는 그들의 여건이 허락하는 이른바 현지에서의 역할과 정체성이 있는 것이다.

그런데도 현지화된 세대가 부모의 옛 조국의 문화적 코드를 내재하기를 기대하는 것은, 피부색만으로 차별하는 것만큼이나 폭력적이다. 그러므로 카림 같은 혼혈아나 자밀라 같은 이민 2세대에게서 문화적 순수성이나 진정성을 기대하는 것 자체가 무리다. 쿠레이시의 관점에서 보았을 때, 그런 기대를 한다면 그것은 출신국에 남아 있는 자들의 욕심이자 희망사항인 것이다.

스미스와 다문화주의의 현실

쿠레이시의 소설처럼 스미스의 『하얀 이빨』(*White Teeth*)도 메트로폴리스와 소수민 간의 역학 관계를 보여준다.[17] 2000년에 출간된 이 소설을 두고 비평가들은 "다문화적인 런던에 대한 경축"[18]이라고 찬사를 보낸 바 있다. 한 비평에 따르면 이 소설이 그려내는 "어찌할 수 없는 이질성"은 "자신의 모습을 거울에 비추어보려고 애쓰는 잡종 민족"[19]의 이질성이다. 달리 표현하면 이 소설은 서인도제도인과 인도인, 아프리카인들이 뒤섞여 있는 탈식민시대의 영국에 대한 경축적인 초상화이며, 동시에 아직은 자신의 인종적 다양성과 복잡한 역사를 솔직히 받아들이지 못한 국가의 모습이기도 하다. 후자의 견해는 스미스의 소설이 영국 주류사회의 편견을 비판적으로 그려냄을 의미한다.

이러한 비평들을 종합적으로 고려해보면, 축하와 비판이 스미스의 소설에서 동시에 발견된다는 것인데, 둘이 항상 보조가 잘 맞는 짝은 아니다. 왜냐하면 정치·사회적인 문제를 제기하는 시각이 응당 가져야 할 '심각성'이 소설을 추동하는 낙관적인 비전에 따라서 손상될 수 있기 때문이다. 또는 반대로 현실 세계의 모순을 축소하거나 왜곡함이 없이 드러내고 이를 비판하는 작업에는 경축적인 낙관주의가 들어 설 여지가 많지 않기 때문이다. 그러한 점에서 쿠레이시나 스미스의 소설은 디아스포라 문학에서 저항적 글쓰기를 기대하는 독자들로부터 어느 정도 '진지함'이나 '비판적 통렬함'을 대가로 치르고 대중성을 확보한 경우라고 비판받을 가능성이 있다.

스미스의 소설은 세 가족, 즉 영국의 편에서 제2차 세계대전에 참전한 벵갈 출신의 이슬람교도 사마드의 가족과 그의 백인전우(戰友) 아치 가족, 또 다른 영국인 마커스 가족을 중심으로 진행된다. 방글라데

---

17) 그밖에 스미스의 작품으로는 *The Autograph Man*(2003)과 *On Beauty*(2005)가 있다. 국내 번역서로는 『하얀 이빨』, 김은정 옮김(민음사, 2009)이 있다.

18) Claire Squires, *Zadie Smith's* White Teeth: *A Reader's Guide* (New York: Continuum, 2002), 8쪽.

19) Caryl Phillips, "Mixed and Matched: Review of *White Teeth*", *The Observer*(9. Jan. 2000), 11쪽.

시에서는 지식인 계층에 속했던 사마드는 종전 이후에 영국으로 이민을 와서 웨이터로 생계를 이어간다. 아치 또한 우편 광고 회사에서 전단지 접는 일로 살아가니 두 가정 모두 영국 사회에서 하층 계급에 속한다. 사마드는 같은 벵갈 출신 아내 알사나와의 사이에서 밀라트, 마지드 쌍둥이 아들을 낳고, 아치는 두 번째 배우자인 자메이카계 여성 클라라와의 사이에서 딸 아이리를 낳는다. 그러니까 한쪽은 이민자 가정이요, 다른 한쪽은 이른바 다문화가정인 셈이다. 두 가정의 역사와 얽힌 마커스의 가족은 전형적인 영국의 백인중산층 가정이다.

『하얀 이빨』은 런던의 차별과 인종의 벽을 넘어서는 사마드와 아치의 우정, 이민 1세대와 그들의 자녀 사이 생겨나는 갈등을 코믹하게 그려낸다. 스미스의 첫 작품인 이 소설은 한편으로는 루시디나 쿠레이시의 문학에, 다른 한편으로는 디킨스(Charles Dickens)의 문학에 비견되는 예술적 성취도를 지닌 것으로 평가된다. 이러한 평가 가운데는 『하얀 이빨』이 소수민의 삶과 애환을 서사시적 스케일로 그려냄과 동시에 일종의 "판타지"[20]의 형태로 당대 문학의 정중앙에 위치시켰다는 평이 발견된다.

『하얀 이빨』의 배경이 되는 1975년은 영국으로의 본격적인 이민이 시작된 지 약 사반세기의 시간이 지났을 때다. 이때는 인종차별의 문제를 다루는 '인종평등위원회'가 발족되기 직전의 해다. 당시 영국의 인종적 상황은 소설에서 다음과 같이 예시된다.

> 거무스름한 색의, 갈색의, 하얀 색의 이방인들이 들이닥친 세기였다. 거대한 이민이 실험되던 세기였던 것이다. 하루 가운데 이렇게

---

20) Zadie Smith, "Interview with Zadie Smith: She's young, black, British……", *Observer*(16. Jan. 2000), *Guardian*; www.guardian.co.uk, 12단락.

> 늦은 때가 되어야 놀이터 연못가에서 아이작 렁을, 철망 두른 축구장에서 대니 라흐만을, 농구공을 튕기고 있는 쾅 오러크를, 노래를 흥얼거리는 아이리 존스를 발견한다. 성과 이름이 충돌하는 아이들. 집단적인 출국, 만원(滿員)인 배와 비행기들, 추위 속의 도착, 신체 검진을 숨기고 있는 이름들. 하루 가운데 이렇게 늦은 때라야, 아마도 윌즈덴에서만 절친한 친구가 된 시타와 샤론을 발견할 수 있을 게다. 둘은 항상 서로 혼동이 되는데, 시타가 백인이고(이 이름이 엄마의 마음에 들었기에) 샤론은 파키스탄 출신(이 엄마 생각에는 백인이름이 딸을 위한 최상의 선택이었기에—즉 여러 모로 덜 곤란할 것)이기 때문이다. 그러나 이렇게 뒤섞였음에도, 우리가 마침내 서로의 삶에 크게 불편함이 없이 섞여들어갔음에도, 〔……〕 인도인보다 더 영국적인 사람이 없으며, 영국인보다 더 인도인다운 이도 없음을 인정하기란 여전히 어렵다.(271~272쪽)

제2차 세계대전 직후 식민지 출신들이 대거 영국으로 이주해옴에 따라 런던은 급격한 인종적 · 문화적 혼성화를 경험한다. 뿐만 아니라 중국과 베트남 출신의 아시아인들도 메트로폴리스에서 소수민으로 자리잡게 된다. 이렇게 하여 중국인 렁의 아들은 아이작이라는 이름을 갖고, 회교도 라흐만의 아들은 대니라는 이름을, 아일랜드 출신 오러크의 아들은 베트남 이름 쾅을, 존스의 딸이 어머니의 혈통을 따라 자메이카 방언인 아이리를 이름으로 가진 것이다. 오랜 식민통치의 역사에 기인하는 유색인과 앵글로 색슨인 사이의 문화적인 '상호 침윤' 현상은 이민자들이 항구적으로 정착함에 따라 그 뿌리가 더욱 깊어졌다. 스미스가 태어나서 자란 런던 북부의 윌즈덴은 이처럼 다인종화되고 있던 지역 가운데 하나였다. 『하얀 이빨』은 작가의 이러한 다인종적 경험을 바탕으로 만들어진 것이다.

메트로폴리스는 자신의 문화적 풍경을 변화시켜온 이민자들에게 적대감을 느낀다. “이질적 요소”들이 백인들의 혈통적 · 문화적 순수성을 타락시킬 수 있는 “오염원”으로 여겨졌기 때문이다. 이민자들은 또한 그들대로 배척적인 환경에 대해 두려움을 느끼게 된다. 이 두려움과 적대감은 이민자들의 문화와 영국의 주류 문화를 분리하기 힘들 정도가 된 뒤에도 계속되었다. 『하얀 이빨』의 화자에 따르면 사실 문화적 혼종에 대한 두려움은 백인들보다 이민자들이 더욱 심각하게 느끼는 것이다.

메트로폴리스가 상대해야 할 대상이 아직까지는 소수에 불과한 외국인이라는 점에서 이들의 존재가 백인들에게는 불편한 삶의 ‘일부’에 지나지 않았지만, 끊임없이 적응할 것을 요구받는 이민자들에게는 메트로폴리스의 삶 자체가 위협과 역경이었다. 이민자들의 시각에서 보았을 때 런던이 표방하는 다문화주의는 잘해야 입에 발린 말이요, 어떤 경우에는 이민자들의 질곡의 삶을 가리는 반동적 이데올로기의 구호에 불과했다.

알사나도 이민자들에 대한 런던의 적대적인 태도에 대해 증언을 한다. 알사나는 이전에 살았던 화이트채플과 새로 전입한 윌즈덴을 비교하면서 인종차별에 대해서는 지역적인 차이가 있기는 하되 이러한 차이가 곧 주류사회에 변화가 있음을 의미하는 것은 아님을 꿰뚫어본다. 즉, 런던의 동쪽 지역에 비해 북쪽 지역이 인종차별이 덜한 것이 사실이나 그렇다고 해서 이러한 차이가 윌즈덴에 거주하는 백인들의 성향이 진보적임을 의미하지는 않는다는 것이다. ‘차이’의 내부에서 고스란히 발견되는 ‘동질성’에 대한 알사나의 논평을 직접 빌리면,

> 윌즈덴은 퀸즈파크처럼 근사하지는 않지만, 그래도 괜찮은 지역이야. 이것을 부정할 수는 없지. 화이트채플과는 달라. 그곳에서는 미치광이 에-노크래나 뭐래나가 사람들을 지하실로 숨게 만드는 연설

> 을 해대질 않나, 아이들이 단단한 군화발로 창문을 부수지 않나 말이야. 피의 강이니 뭐니 하는 헛소리도. 이제 그녀는 아기를 가졌으니 평화와 안정이 좀 필요했다. 그래도 어떤 점에서는 이곳도 다를 바가 없었는데 그 이유는 레인코트를 입고, 풍성한 머리채를 사방으로 휘날리며 하이로드를 활보하는 몸집 자그만 인도인 여성을 사람들이 모두 이상한 듯 쳐다보았기 때문이었다. 말리의 케밥, 청 씨(氏) 중화반점, 라지 인도요리점, 말코비치 제과점. 새로 들어선 낯선 가게 이름을 그녀가 지나가며 읽었다. 그녀는 똑똑했다. 그것들이 무엇을 의미하는지를 알았던 것이다. "진보적이라구? 말도 안 되는 소리!" 어느 누구도 어떤 다른 사람들보다 더 진보적이지는 않아. 차이가 있다면 이곳 윌즈덴에서는 어느 한 무리도 다른 무리들에게 집단적으로 덤벼들 만큼, 그래서 창문들이 박살나고 사람들이 지하실로 도망갈 만큼 수적으로 우세하지 않을 뿐이지.(52~53쪽)

알사나가 목격하는 윌즈덴은 음식점의 외래어 상호들이 지시하듯 아프리카 말리에서부터 중국 · 인도 · 동유럽에 이르는 다양한 출신의 인종들이 모여 사는 지역이다. 그러나 알사나는 윌즈덴의 다문화주의가 실은 이른바 "에스닉 음식점"들의 집합 그 이상도 이하도 아님을 알아채고 있다. 그녀에 따르면 에녹 파웰의 인종주의가 활개 치는 런던의 동부 지역이나 좀더 점잖아 뵈는 북부 지역에서나 백인은 어디까지나 백인이며 따라서 유색 이민자를 바라보는 이들의 시각이 근본적으로 다르지는 않다. 차이가 있다면 윌즈덴에 거주하는 유색 이민자들의 수가 만만치 않아서 백인들이 노골적으로 차별하지 못한다는 점이다.

소수민의 문화적 차이를 포용할 것을 천명하는 다문화주의의 '목표'에 맹목적으로 동의하지는 않는다는 점에서 스미스나 쿠레이시 모두 입장이 비슷하다. 서구의 포스트모던 문화 시장과 현대의 메트로폴리스가 표방하는 다문화주의는 잘해야 이상론에 입각한 것이다. 다문화주의가 추구하는 이상은 다양한 문화적 전통들이 평화롭게 공존하고 호혜적인 관계를 맺는 것이다.

이러한 이상이 사실 냉엄한 현실에서는 뿌리를 내릴 수 없는 한낱 수사에 지나지 않는다는 지적은 앞서 다룬 쿠레이시의 작품에서도 이루어진 바 있다. 예컨대, 『교외의 부처』에서 하룬이 나이가 들수록 영국을 점점 싫어하게 된다는 심정을 토로하자 헬렌이 다음과 같이 위로한다. "그러나 이곳이 아저씨의 고향이에요. [……] 우리는 아저씨가 이곳에 있는 것이 좋아요. 아저씨는 우리나라를 아저씨의 전통으로 유익하게 해주세요."(74쪽)

이때 헬렌은 소수민의 문화적 차이를 인정할 뿐만 아니라 이국적 문화의 존재가 영국의 문화를 다채롭게 해주는 것에 고마워한다. 그러한 점에서 헬렌의 감사는 다문화주의의 정신과 이상을 온전하게 표현하고 있다. 그러나 이런 발언이 은폐하는 현실도 있는데 그것은 이국적인 요소로 도착국의 문화를 풍요롭게 하기 위해서 소수민이 "백인집단이 우리를 죽일지도 모른다는 가능성"(56쪽) 때문에 늘 공포에 떨어야 한다는 점이다. 현실 세계에서 다문화주의적 이상이 어떤 모습으로 드러나는지, 소수민 문화에 대한 메트로폴리스의 태도가 진정 어떠한 것인지는 인도에서 사윗감으로 불려온 창게즈의 환영식에서 헬렌 본인이 가장 잘 드러낸다. 카림의 묘사에 따르면,

> 식사가 시작되었을 때 나는 창게즈 옆에 앉았다. 화환의 끝자락을 달 요리에 빠트린 채, 창게즈가 무릎 위에 접시를 올려놓고 성한 손의 손가락을 민첩하게 움직이며 음식을 먹는 모습 때문에 헬렌은 구역질을 느껴 음식을 먹지 못하고 방의 맞은편에서 바라만 보고 있었다. 어쩌면 창게즈는 나이프와 포크를 사용한 적이 한번도 없었나

보다.(82쪽)

손으로 식사하는 창게즈가 역겨워 음식을 먹지 못하는 헬렌의 모습은 이른바 "다문화주의적" 런던이 타문화에 대해 갖고 있는 '알레르기 반응'을 상징적으로 표현한다. 이러한 점에서 쿠레이시는 스미스와 함께 배타적인 영국의 민족주의를 비판할 뿐만 아니라 더 나아가 다문화주의가 표방하는 이상의 허구성을 폭로한다.

메트로폴리스의 적대적인 태도는 이민 1세대와 2세대를 가리지 않지만 이에 대한 이민자들의 반응은 세대 간에 차이가 있다. 이민 2세대가 느끼는 위기의식은 이민 1세대에 비할 바가 못 되었던 것이다. 이민 1세대에게 메트로폴리스는 그들의 정체성 전체를, 삶을 지탱해온 모든 가치와 신념과 원칙들을 와해시킬지도 모를 거대한 위협적인 존재로 여겨졌다. 이민자들에 대한 백인들의 두려움과 백인의 세계에 대한 이민 1세대의 두려움은 『하얀 이빨』에서 다음과 같이 비교된다.

전염 · 침투 · 인종 간의 통혼에 대해 〔백인〕민족주의자들이 느끼는 두려움을 들을 때 이민자들은 코웃음을 쳤다. 이민자들이 두려워하는 것들, 즉 와해와 소멸에 비교해보았을 때 그것들은 조무래기요, 시시한 것들이었기에.(272쪽)

전쟁 뒤 영국에서 가정을 꾸린 사마드는 시간이 지날수록 자신과 가족이 "영국 때문에 타락하여" 이슬람 전통으로부터 멀어졌음을 통탄한다. 냉자고 짐작한 성품의 소유자인 알사나조차 이러한 두려움으로부터 자유롭지 못하다. 그녀를 "땀으로 멱을 감은 채 잠에서 깨게 만드는 것"이 있었으니, 이는 아들이 백인여성과 결혼하는 악몽이었다. 적지 않은 이민 1세대에게 자식이 외국인과 결혼하는 것은 곧 자식을 잃는 것이요, 가계를 잇는 대(代)가 끊기는 것을 의미하는 일이었다.

이민 1세대가 보여주는 출신국 문화에 대한 집착은 쿠레이시의 작품에서도 드러난 바 있다. 아버지 안와르의 명에 의해 억지로 인도인과 결혼하게 된 자밀라가 하룬에게 자신의 처지를 하소연하자 하룬은 다음과 같이 말한다. "우리 나이 든 인도인들은 영국을 점점 안 좋아하게 되고 그래서 상상적 인도로 돌아가게 되지."(74쪽) 이처럼 하룬이 "상상적 인도"를 꿈꾼다면 『하얀 이빨』의 주인공 사마드는 "상상적 벵갈"을 꿈꾼다. 뿐만 아니라 사마드는 아들들을 위해서 이 꿈을 '대신' 꾸기도 하는데, 점점 백인화되는 마지드를 보다 못해 그를 방글라데시로 보냄으로써 벵갈의 문화가 고스란히 2세대에게 전수되도록 조치하는 것이다.

인종주의와 전통주의를 넘어

하룬이나 사마드 같은 이들이 문화적 정체성에 집착하는 데는 그만한 이유가 있다. 직장에서는 백인들로부터 팁을 받기 위해 발로 뛰어야 하고, 아내와의 관계에서는 가부장의 권위도 제대로 세우지 못하는 사마드에게 이 모욕적인 현실을 '상상으로나마' 극복하기 위한 방안이 바로 문화적 순수성의 회복이었던 것이다. 이러한 회복의 기도가 사마드에게는 증조부 판데와 자신을 동일시하면서 이루어진다. 판데는 1857년에 식민지 인도에서 있었던 '세포이의 반란'을 촉발시킨 역사적인 인물이다. 사마드는 인도의 저항 영웅 판데와의 혈연적 관계를 강조함으로써, 즉 그와 동일시함으로써 영국 사회에서 천시받는 설움에 대해 상상적인 보상을 받고자 하는 것이다.

이민 1세대가 시간이 지날수록 도착국의 시민으로 동화되기는커녕 오히려 "상상적 고향"으로 회귀하는 이유는 한 비평에서 다음과 같이 설명된다.

> 사람들은 문화를 유지하기 위해 집단으로 살아남으려는 투쟁을 하지는 않는다. 즉 자신의 문화적 정체성을 보존하기 위해 생존을 위한 투쟁을 하지는 않는다는 것이다. 오히려 생존하기 위해서, 〔……〕 개인적으로 살아남기 위한 방안으로서, 사람들은 문화적 정체성을 보존하는 투쟁을 한다. 그들은 개인으로서의 생존이 단결할 수 있는지, 정치화할 수 있는지, 집단적인 정체성 때문에 박해받는 하나의 집단으로서 목소리를 낼 수 있는지에 달려 있음을 인식하고 있다. 숫자가 많을수록 강력해지며, 단결할 때 가장 강해질 수 있다는 것이 냉혹한 정치적 현실이다. 이는 "정체성의 정치학"이 만들어낸 것도 아니요, 살아남기 위해서 "정체성의 정치학"을 실천해야만 했던 〔……〕 사람들이 잘 이해하고 있는 현실이다.[21]

이 관점에 따르면 적대적 환경에 놓인 소수민이 '전통문화'의 구호를 외칠 때 이것을 액면 그대로, 즉 단순히 한 집단의 '문화적 생존'을 위한 의지의 표현으로 이해해서는 안 된다. 소수민이 인종적 · 문화적 정체성을 구호로 삼는 것은 집단의 정치학에 기대어 '개인의 생존'을 도모하기 위해서다. 물론 이러한 태도가 디아스포라의 다양한 국면을 모두 포착한 것은 아니지만, 하룬이 인도를 점점 더 그리워하면서도 정작 인도로 돌아갈 여행은 '꿈도 꾸지 않는' 아이러니를 이러한 맥락에서 이해할 수 있다.

사마드의 경우에도 아들을 통해 출신국의 문화와 '행복한 일체감'을

21) Marlon B. Ross, "Commentary: Pleasuring Identity, or the Delicious Politics of Belonging", *New Literary Theory*, 31.4(2000), 836쪽.

대리만족 받으려 할 뿐 고국으로 돌아갈 계획은 애초에 없었다. 요점을 말하자면 조국은 '현재 이곳'에서의 삶을 위해서 필요할 뿐이다. 그러므로 하룬과 사마드 같은 인물들이 인종적 · 문화적 정체성에 집착하는 것도 메트로폴리스에서 이방인으로서 받는 차별을 극복하기 위한 일종의 생존 전략이라는 주장이 가능한 것이다.

『하얀 이빨』에서 전통문화의 끈을 놓지 않으려는 이민자들의 모습은, 이들과 이들의 자녀까지 인종적 기원으로 환원시키는 백인들의 모습과 병치를 이룬다. 편협한 백인중산층의 대표로 등장하는 인물들이 챌픈가 사람들이다. 중산층 가정과 이민자 가정의 만남은 밀라트가 학교에서 마리화나를 피우다 발각되어 아치의 딸 아이리와 함께 동급생 조슈아의 모범적인(?) 가정에서 가정 학습을 하는 벌을 받음으로써 시작된다. 조슈아의 아버지 마커스는 과학자이고, 어머니 조이스는 원예가다. 이들은 스스로를 진보적인 지식인이라고 믿으나 실은 자기 성취와 만족감에 도취되어 있는 속물에 지나지 않는다.

자신이 속한 영국 중산층의 삶 이외에는 이해하지 않으며, 또 이해할 수도 없는 챌픈가의 편협함과 가식적인 면은 이들이 이민자 가정의 아이들을 처음 대하는 장면에서도 잘 드러난다.

"뭘 좀 물어봐도 되겠니? 아버지께서는? 무얼 하시니?"

(조이스는 부모들의 직업이 무엇인지, 또는 과거에 무엇이었는지 궁금했다. [접목의 결과로 생긴] 잡종 꽃이 처음 필 때 그녀는 접가지가 어디서 왔는지 알고 싶어했다. 하지만 그건 잘못된 생각이었다. 부모나 단지 한 세대만의 문제가 아니었고 한 세기 전체가 문제였던 것이다. 봉오리가 아니라 숲이 문제였던 것이다.)

"카레 나르는 일" 밀라트가 대답했다. "식기 치우는 일. 웨이터지요."

"종이"라고 아이리가 말을 시작했다. "접는 일이라고 할까요…….

천공 작업도 하고……. 우편 광고업이라고 할 수 있지만, 실은 광고는 아니고요, 적어도 창의성의 면에서는 말이에요, 접는 일인데……." 그녀는 대답하는 것을 포기했다. "설명하기 힘드네요."

"아, 그래. 그래, 그래, 그렇구나. 역할 모델을 할 남성이 없을 때는 말이야……. 그때가 나의 경험에 비추어볼 때 상황이 정말로 뒤틀리게 되는 때야."(270쪽)

아들의 동급생들을 대하는 조이스는 일견 이들의 개인적인 문제에 관심을 기울이는 듯하지만 이러한 관심은 실상 '인간적인 온기'가 결여된 과학자의 태도에 비견될 만한 것이다. 우선 아이들의 문제를 원예실험이라는 냉정한 '인과'(因果)의 시각에서 이해하려고 한다는 점에서 그러하다. 뿐만 아니라 그녀는 아이들의 아버지들이 하층민에 속한다는 사실을 알게 되자 이 사실에서 곧 아이들에게 남성적 "역할 모델"이 없을 것이며, 이 아이들의 문제가 거기서 출발한다는 비약적인 결론을 내놓는다.

조이스의 '문제'는 하층민에 대한 그녀의 견해가 실은 계급적 편견에 지나지 않는데도 이를 과학적인 추론이나 경험적인 사유의 결과물이라고 믿는 데 있다. 밀라트와 아이리 같은 '문제아'의 문제를 분석하는 조이스의 시각은 그 원인을 가정의 소득 수준에서 찾는다는 점에서 경제적인 것이기는 하지만, 동시에 사회의 구조적인 원인을 외면한다는 점에서는 극히 미시적인 것이다. 이 시각의 가장 큰 문제점은 이민자 가정이 겪는 고통의 책임을 메트로폴리스가 아닌 이민자 개인에게 돌린다는 데 있다.

조이스의 개인주의적 관점은 근본적으로 인종주의적인 것이기도 하다. 이민자들의 문제가 궁극적으로는 출신국의 문화와 직접적인 관련이 있다고 보기 때문이다. 조이스가 밀라트와 아이리를 처음 만나는 장면으로 되돌아가보자. 조이스는 한 잡지 기고문에서 자신이 다루었던 이민자 가정의 아이들에 대해 들려준다. 한때 학교에서 일했던 그녀는 학생들에게 화초를 키우는 과제를 주면서 부모가 아이를 돌보듯 화초를 돌볼 것을 당부했는데, 곧 한 자메이카계 학생의 어머니로부터 항의 전화를 받는다. 아이에게 무슨 지시를 했기에 아이가 화초에게 펩시콜라를 먹이고 텔레비전 앞에 모셔두냐고. 이 웃지 못할 경험을 회고하면서 조이스가 내리는 평가는 다음과 같다. "정말 너무 지독하지, 그렇지 않니. 그러나 나는 이런 부모들 가운데 많은 사람들이 자식을 소중하게 여기지 않는다고 생각해. 부분적으로는 그들의 문화가 그런 거야, 알겠지만. 그런 사실에 너무 화가 나."(270쪽)

적대적인 메트로폴리스 내에서 살아남기 위하여 노동을 팔아야 하는 이민 1세대와 그러한 가정환경에서 자라나야 했던 이민 2세대의 비참한 상황은 조이스의 분석에서 최종적으로 "이들의 문화"의 탓으로 돌려진다. 이민자들에게 도착국에서 경험하게 되는 차별과 소외의 책임을 돌린다는 점에서 조이스의 분석은 "타자 징벌적"일 뿐만 아니라 이들을 도매금으로 출신국의 문화로 환원시키는 "재인종화"의 사례를 보여주는 것이다.

조이스가 밀라트를 대하는 태도는 피부색, 즉 인종적인 표식에 따라서 개인의 정체성을 판단하는 메트로폴리스의 관행을 드러낸다.

> "너는 아주 이국적으로 생겼구나. 어디서 왔니, 물어봐도 괜찮지?"
> "윌즈덴이요"라고 아이리와 밀라트가 동시에 대답했다.
> "그래. 물론, 그렇겠지. 그런데 원래는 어디서 왔니?"
> "아" 하고 인도에서 막 건너온 이민자들의 억양을 흉내 내며 밀라트가 말했다. "월래 어데서 왔냐구유."
> 조이스는 혼란스러워 보였다. "그래, 원래 말이야."

"화이트채플이요" 담배를 한 대 꺼내며 밀라트가 말했다. "로열 런던 병원을 거쳐서 207번 버스를 타고요."

부엌을 어슬렁거리던 챌픈 가족 모두가, 마커스, 벤저민, 잭 모두가 웃음보를 터뜨렸다. 조이스도 할 수 없이 따라 웃었다.(265쪽)

밀라트의 갈색 피부를 보고 즉시 그를 '출신국'과의 관계에서 이해하려는 조이스의 행동은, 이민 몇 세대이든 간에 피부색이 그대로인 한 이민자와 그의 후손을 민족국가 바깥에 세우는 주류사회의 관행을 반영한다. 영국에서 태어난 밀라트로서는 어디 출신이냐는 조이스의 질문이 황당하기 그지없을 뿐만 아니라 자신의 정체성을 인종적 표식이 지시하는 이국적 범주로 환원시키려 한다는 점에서 모욕적이기조차 한 것이다. 조이스의 의도를 짐짓 모르는 체 엉뚱한 대답으로 그녀를 조롱하는 밀라트를 통해 작가는 "다문화적" 런던의 무지와 편견을 비판한다.

유색 영국인을 '재인종화'하는 데 조이스는 혼자가 아니다. 자신이 가르치는 학급에서 인종적 편견을 없애고자 노력하는 음악 교사 버트 존스도 같은 인물군에 속한다. 그녀는 학생들에게 문화적 다양성을 가르치기 위해서 노력한다. 사마드가 아이들의 음악 수업 참관을 하던 날 버트 존스는 다음 시간에는 인도의 음악을 공부할 것이라고 학생들에게 공지한다. 학생들이 인도 음악을 흉내 내며 비웃자 그녀는 다른 사람들이 너희들의 여왕을 야유하면 기분이 어떻겠냐고 준엄하게 꾸짖는다. 자신이 생각하는 다문화 사회의 원칙을 버트 존스는 다음과 같이 표현한다.

"때로 우리는 다른 사람들의 음악이 이상하다고 여기는데 그 이유는 그들의 문화가 우리와 다르기 때문이에요"하고 버트 존스 선생님이 엄숙한 목소리로 말했다. "그러나 그렇다고 해서 그 문화가 우리

문화보다 열등함을 의미하는 것은 아니죠, 그렇지 않나요?"

"맞습니다. 선생님."

"그리고 우리는 서로의 문화를 통하여 서로를 배울 수 있지 않나요?"

"맞습니다. 선생님."

"예를 들면 밀라트, 어떤 음악을 좋아하지요?"(130쪽, 고딕체는 원문 강조)

버트 존스가 강조하는 '차이에 대한 존중'은 이상적인 다문화 사회의 근간이 되는 원칙일 것이다. 그러나 오늘날 다문화주의에 대하여 쏟아진 비판에서도 드러나듯, 현실 세계에서 "이상적인" 원칙은 종종 차이를 존중하는 것이 아니라 차이를 지속하거나 강요하는 결과를 낳기도 한다. 위의 인용문에서도 비록 문화적 차이를 존중하고자 했지만 버트 존스는 밀라트의 음악적 취향을 그의 피부색에 의해 예단하는 실수를 저지른다.

인도 음악이 거명될 것이라고 기대하는 선생님 앞에서 밀라트는 다음과 같이 행동한다. "〔그는〕 잠시 생각에 잠기더니 색소폰을 옆으로 걸쳐 메고서 기타를 치는 흉내를 내기 시작했다. '보온 투 런! 다 다 다 다 다 아아! 브루스 스프링스틴이요, 선생님! 다 다 다 다 다아아! 베이비, 우린 달리도록 태어났지이.'" 밀라트의 입에서 정작 나온 대답은 1975년에 인기가 있었던 미국의 대중음악가 스프링스틴의 록음악이다. 버트 존스는 재차 "집에서 듣는 음악 말이야"라고 채근하지만 밀라트는 마이클 잭슨의 「스릴러」를 꼽는다. 차이를 존중한다는 미명 아래에 소수민의 문화적 정체성을 오히려 차이 속에 가둬버리는 메트로폴리스의 관행은 밀라트와 음악 선생님과의 대화에서 웃음거리로 전락한다.

유색 영국인을 이국적 기원(起源)으로 환원시키는 조이스나 버트 존스의 인종주의적 시각이 밀라트와의 대화 장면에서 웃음거리로 전락한다면, 도착국의 문화에 적응하지 못하는 전통주의자들도 텍스트에서 희화화를 피하지 못한다. 앞서 논의한 바 있듯 이는 마지드를 납치하다시피 방글라데시로 보내는 사마드의 기획이 참담한 실패로 끝나는 데서 잘 드러난다. 마지드는 어릴 때부터 영국의 문화, 백인의 문화를 동경하던 아이였다. 백인의 문화에 경도된 그는 부모 몰래 '마크 스미스'라는 가명까지 만들어 사용한다. 이에 경악한 사마드는 아들이 백인문화에 물드는 것을 막기 위해서 그를 방글라데시로 보내버린다.

그러나 마지드는 알라를 경외하는 이슬람교도가 되기는커녕 더욱 철저한 영국 숭배자가 될 뿐만 아니라 마커스의 재정적 지원 아래서 영국법을 공부하기 위해 영국으로 돌아온다. 반면 영국에 남겨진 밀라트는 그의 외모에 반한 백인소녀들의 우상이 되어 섹스와 마약, 마리화나에 빠진 비행 청소년이 된다. 그러던 가운데 그는 우연히 이슬람 근본주의자들의 무리에 합세해 알라의 가르침대로 살아가려고 노력한다.

전통문화의 세례를 받고 알라에게 "복종하는 법을 배우도록" 고국으로 보낸 아들은 "영국인보다 더 영국적인" 무신론자가 되어서 돌아오는 반면, 영국에 남겨진 쌍둥이 둘째 아들은 이슬람 근본주의자가 되고 만 운명의 아이러니를 아버지 사마드는 다음과 같이 표현한다. "고향으로 보낸 녀석은 진짜 영국인, 흰색 정장을 차려입고 어쭙잖게 가발을 뒤집어 쓴 변호사가 되어 나타났어. 여기에 내버려둔 녀석은 푸른색 나비넥타이를 맨 근본주의 테러리스트가 되었고. 때론 다 귀찮다는 생각이 들어."(336쪽)

이 에피소드를 통해 작가는 완고한 전통주의적 기획으로는 더 이상 현대의 복잡한 세계를 살아갈 수도 없을뿐더러, 이러한 기획을 '이민 2세대'에 강요하는 것은 더더욱 불가능하다는 메시지를 웃음과 함께 전달한다. 이민 2세대는 2세대 나름의 삶이 있고 이는 1세대와는 필연적으로 다르다는 메시지가 알사나의 입에서도 들려온다. "제발 그 아이를 좀 내버려두세요. 2세대잖아요. 여기서 태어난걸요. 당연히 다른 식으로 살아갈 거예요. 당신이 모든 걸 다 기획할 수는 없잖아요."(240~241쪽)

아이러니컬한 사실은 전통을 고집하고 가족들에게까지 이를 강요하는 사마드 자신부터 전통에서 이미 멀어진 인물이라는 점이다. 아내와의 관계에서 만족을 얻지 못한 그는 율법학자를 찾아가서 자위행위가 율법에 어긋나는지 자문을 받은 적이 있다. 율법학자의 부정적인 답변에도 그는 '혼자만의 즐거움'을 맛보기를 계속한다.

그러던 어느 날 사마드는 5년 넘게 계속된 이 '금지된 쾌락'을 그만두리라고 결심한다. 자위를 그만두는 대신에 그는 스스로에게 음주를 허락한다. 그는 이 새로운 결정을 알라와 맺은 계약이라고 부르며 정당화한다. "거래는 이러했다. 1980년 1월 1일 정초에 다이어트를 하되 초콜릿은 먹고 치즈를 포기하겠다고 결심한 사람처럼 사마드는 자위를 포기하는 대신 술은 마시기로 했다. 그것이 그가 신과 맺은 거래요, 사업제안이었다."(117쪽)

'공정성'의 관점에서 보면 좋아하는 도락 하나를 희생했으니 알라신도 다른 하나를 즐기는 것을 허락하셔야 하지 않겠냐는 것이 사마드의 자기 변론이다. 그래서 그는 알라 신에게 "이보다 더 공정할 순 없잖아요" 또는 "한번쯤은 봐주셔야죠"라고 호소하며 친구 아치와 함께 음주에 탐닉한다. 그가 위반하는 이슬람교의 율법은 이뿐만이 아니다. 버트존스의 육체에 대한 상상으로 잠을 못 이루고 간음도 꿈꾼다는 점에서도 그는 알라의 가르침을 따르는 '착한 신도'와는 거리가 멀다. 이러한 사마드에 대해 텍스트는 어떠한 평가를 내리는가. 사마드가 "이보다 더 공정할 순 없다"고 자평하는 이 "사업제안"을 화자가 어떻게 평가하는지 살펴보자.

그러나 물론 〔사마드〕는 타협이나 거래, 계약, 인간의 약점이나

"이보다 더 공정할 순 없죠" 따위가 용인되기를 기대하기에는 엉뚱한 종교를 믿고 있었다. 공감이나 양보를 바랬다면, 『성경』에 대한 진보적인 해석을 원했다면, 한번쯤은 봐주기를 원했다면, 그는 여태껏 엉뚱한 팀을 응원하고 있었던 것이다. 그의 신은 성공회나 침례교나 가톨릭 교회의 흰 수염을 기른 매력적인 실수꾼과는 달랐다. 그의 신은 사람들을 한번쯤 봐주는 사업을 하고 있지는 않았던 것이다.

사마드가 믿는 신은 그를 용서하지 않을 것이라고 평함으로써 화자는 주인공이 이미 이슬람의 전통으로부터 멀어질대로 멀어진 인물임을 코믹하게 그려내고 있다.

문화 순수주의의 해체

스미스가 자신의 소설에서 일관되게 해체하고자 하는 것은 일종의 '문화 순수주의'라고 할 수 있다. 이슬람교의 이상을 추구하기는 하나 '인간적으로' 좌절할 수밖에 없는 사마드를 작가가 코믹하게 묘사한 것도 '문화적 순수성'이 현실적인 개념도 아니요, 인간을 '위한' 개념도 아님을 지적하기 위해서다. 이러한 지적은 사마드가 영국에서 계속 키웠던 쌍둥이 가운데 둘째인 밀라트를 통해서도 드러난다. 서구 대중문화의 해악에 물들어 자라나던 그는 어느 날 갑자기 극단적인 율법의 해석에 맞춰 살아가려고 할 뿐만 아니라 주변의 사람들에게도 이를 강요한다.

여성의 치장이 "남성의 시선에 몸을 팔기" 위한 창녀의 행위라고 배운 밀라트는 여자친구가 그녀의 외모를 대중의 시선으로부터 숨기지 않는다고 비난한다. 둘은 대판 싸우게 되고, 밀라트는 마침내 그녀를 차버리는데 이 사건 직후 밀라트의 심리는 다음과 같이 표현된다. "그렇지만 그는 카리나 케인의 일에 신경이 쓰였다. 왜냐하면 그녀는 그의 사랑이었으니까. 그의 사랑은 그의 차지여야지, 다른 사람의 것이 되어서는 안 되니까. 「좋은 친구들」에 나오는 리오타의 아내처럼, 「스카 페이스」에 나오는 파치노의 누이처럼 보호되어야 하니까."(310쪽, 원문 강조)

이 인용문은 밀라트의 부권주의를 드러낸다는 점에서 유의미하지만, 다른 한편으로 그의 내부에서 어떤 이데올로기들이 상충하는지를 드러낸다는 점에서도 중요하다. 여성에 대한 독점적 권리의 주장이 이슬람 문화에 고유한 특징은 아니지만, 적어도 그가 이처럼 갑작스럽게 변모한 배경에 이슬람 근본주의의 영향이 있음을 부정할 수는 없다.

그러나 이보다 더 주목해야 할 사실은 밀라트가 이슬람 근본주의의 강력한 영향 아래에 있을 때조차도 서구 대중문화의 담론이, 구체적으로 할리우드 갱 영화의 담론이 그의 의식에서 중요한 부분을 점유하고 있다는 점이다. '이슬람'과 '할리우드'가 자신의 의식을 지배하고 있지만 당사자는 이 영향으로부터 벗어나는 것이 불가능하다고 느낀다.

그가 문을 열 때마다—자동차의 문이든, 차 트렁크 문이든, KEVIN〔영원한 승리하는 이슬람 민족 지킴이라는 뜻〕 집회실의 문이든, 금방 열었던 자기 집 문이든—「좋은 친구들」의 서막이 그의 머릿속을 스친다는 것, 그리고 자신의 잠재의식이라고 여겨지는 곳에서 이 문장이 굴러다니는 것이 그의 가장 수치스러운 비밀이었다.

내가 기억하는 한 나는 항상 갱 단원이 되고 싶었다.

〔……〕 그럴 때마다 그는 필사적으로 그러지 않으려고, 고치려고 노력했지만 밀라트의 정신은 아수라장이었고 그래서 그는 종종 리오타 스타일로, 머리를 뒤로 젖히고 양 어깨를 앞으로 내민 채 문을 밀어 젖히며 생각하곤 했다.

내가 기억하는 한 나는 항상 이슬람교도가 되고 싶었다.

그는 이러는 편이 더 심한 불경임을 알고 있었지만 어쩔 수가 없었다.(368~369쪽, 원문 강조)

이슬람교도의 길을 걸어가고 싶다는 그의 종교적인 욕망마저도 그것이 표출되기 위해서는 타락의 온상으로 단죄하는 서구 대중문화의 언어를 빌릴 수밖에 없다는 사실은 밀라트의 문화적 정체성이 어떤 식으로 구성되어 있는지를 극명하게 드러낸다. 이러한 분열적 또는 혼종적 현상은 밀라트의 아버지 사마드도 일찍이 시인한 바 있다. "우리는 분열된 사람들이잖습니까, 그렇지 않습니까?"(149쪽)

『하얀 이빨』은 인종적, 문화적 순수성을 보존하려고 애를 쓰는 백인들 역시 '혼종화'의 현상으로부터 자유롭지 않다는 폭로를 한다. 영국 주류사회의 대표로 등장하는 챌픈 가족도 예외는 아니다. 아이리에게 이 영국인 가족은 자신의 가정과 비교할 때, 재력과 지력, 사회적 지위 등 모든 것을 갖춘 사람들이다. 챌픈 가족을 동경 어린 눈으로 바라보다 아이리는 마침내 "그들과, 그들의 영국성과 합쳐지고 싶다"(272쪽)는 생각을 한다. 그녀에게 챌픈 가족은 순수 영국성을 표상했고, 다문화가정에서 박탈감을 갖고 자라난 그녀에게 "영국성과의 결혼"만이 현재로부터의 유일한 탈출구였던 것이다. 이러한 아이리를 두고 화자는 "챌픈 가족도 나름대로는 이민자들이라는 사실"(273쪽)을 그녀가 모르고 있었다고 빈정거린다. 화자에 따르면 챌픈의 본래 성은 '챌프노프스키'로서 폴란드에서 영국으로 흘러 들어온 이민 3세대라는 것이다.

문화 순수주의나 인종적 순혈주의에 대한 해체주의적 시각은 이보다 훨씬 먼저 사마드와 알사나의 부부 싸움에서 등장했다. 인두 영화에 성신이 팔린 아내에게 사마드가 자신의 문화에나 좀 신경을 쓰라는 말을 하자 둘 사이에 자신의 문화가 무엇을 의미하는지, 이어서 '벵갈인'이 무엇을 의미하는지를 두고 말싸움이 벌어진다. 『리더스 다이제스트판

백과사전』을 펼쳐 든 알사나는 "벵갈인이 수천 년 전에 서구에서 방글라데시로 이주해온 인도-아리안 족의 후손"이라는 정의를 읽어준다. 읽기를 마친 알사나는 다음과 같은 말로 남편을 꼼짝 못하게 만든다.

> 어머, 이것봐요. 알고 봤더니 나도 서구인이네요. [……] 과거로, 과거로, 과거로 거슬러 올라가면 말이죠. 지구상에서 순수한 혈통을 가진 한 사람, 순수한 하나의 신앙을 찾기보다는 딱 맞는 사이즈의 후버 청소기 먼지 봉투를 찾기가 훨씬 쉬울 거예요. 정말 영국인이 한 사람이라도 있다고 생각하세요? 꾸민 이야기이죠.(196쪽)

여기서 '영국성'은 고색창연한 역사를 박탈당하고 한낱 꾸민 이야기로 전락하고 만다. 그러나 사실 알사나의 이러한 빈정거림은 단순한 농담이 아니다. 그녀의 직설적 언사에 담겨 있는 역사적 진실은 일찍이 앤더슨의 『상상의 공동체』에서도 언급된 바 있다. 영국적 정체성에 대하여 앤더슨은 다음과 같이 말한다.

> 영국 역사 교과서는 위대한 국부(國父)에 관련해 재미있는 이야깃거리를 제공하는데, 어린 학생이면 누구나 정복왕 윌리엄을 국부라고 부르는 교육을 받기 때문이다. 그러나 아이들은 윌리엄 왕이 영어를 몰랐다는 사실이나, 그의 시대에는 영어가 존재하지 않았기에 영어 자체를 말할 수가 없었다는 사실은 배우지 않는다. 또는 윌리엄이 "누구를 정복한 왕인지"도 배우지 않는다. 왜냐하면 이 질문에 대한 알기 쉽고 현대적인 유일한 대답은 "영국인들의 정복자"일 것이기 때문인데, 그럴 경우 오랜 노르만인 약탈자는 나폴레옹과 히틀러의 성공적인 선구자가 되고 말 것이다. 그래서 "정복왕"은 "성 바르톨로메오"와 같은 유의 생략법으로 작동하여, 떠올리는 즉시 의무적으로 잊

어버려야 할 어떤 것을 환기시키는 기능을 하는 것이다. 그래서 노르만인 윌리엄과 색슨인 해럴드는 헤이스팅스의 전투장에서, 춤 상대까지는 아니어도 적어도 형제로서 만나는 것이다.[22)]

위 인용문에서 앤더슨은 이른바 영국적 정체성이라는 것이 실은 얼마나 '자의적'이고 '허구적'인 개념인지를 드러낸다. 정복왕 윌리엄은 1066년에 노르만 군대를 이끌고 영국을 침략해 당시 영국왕 해럴드 2세를 헤이스팅스 전투에서 격파한 인물이다. 그의 침략과 함께 유입된 노르만 문화는 중세시대의 영국에 새로운 문화의 장을 열었다는 것이 일반적인 평가다. 이전에도 색슨 족의 영어가 있기는 했으나 이 언어가 오늘날의 영어와 비슷한 모습을 갖춘 것은 노르만 문화의 유입에 의해 비로소 가능했다.

영국은 외국인 침략자를 문화의 원조로 삼음으로써 민족적 정체성에 정복자의 '혈통적 아우라'뿐만 아니라 '유구한 문명의 역사적 후광'을 부여해왔다. 그러나 영국이 행해온 이러한 '민족적 영웅 만들기' 또는 '국부 모시기'는 이 영웅이 앵글로색슨 족에 속하지도 않을뿐더러 실은 앵글로색슨 족을 정벌한 '외국인'이라는 역사적인 사실을 은폐하고 있다. 이러한 관점에서 볼 때 윌리엄 왕의 출현은 앵글로색슨 족에게는 민족의 형성을 알리는 기념비적 사건이 아니라 "외상(外傷)적인 제국주의 사건"[23)]이다.

이와 유사하게 문화적 · 혈통적 '순수성'이 사실 한낱 신화에 지나지 않음을 폭로한다는 점에서 스미스의 소설은 쿠레이시의 『교외의 부처』보다 급진적인 사유에 한 걸음 더 다가서 있다. 쿠레이시가 메트로폴리

22) Benedict Anderson, 앞의 책, 201쪽.

23) Simon Gikandi, *Maps of Englishness: Writing Identity in the Culture of Colonialism*(New York: Columbia UP, 1996), 25쪽.

스 내에서 소수민을 위한 '지정학적 공간'을 요구한다면 스미스는 런던이 어떠한 인종도 다른 인종과의 본질적인 차이를 주장할 수 있는 그런 확실하고도 안정된 세상이 되지 못함을 그려내기 때문이다. 즉 쿠레이시가 메트로폴리스 내에서 이민자와 혼혈아가 자신의 입지를 구축하는 과정을 그려냈다면, 스미스는 메트로폴리스가 애초에 혼혈적이요, 혼종적임을 주장하는 것이다.

비평가 업스턴도 주장하듯 스미스의 소설이 그려내는 새로운 혼종성은 "문화들 사이에 끼어 있다"는 의미가 아니라 "문화란 본래 끼어 있는 것"임을 의미한다.[24] 혼종의 일상화(日常化)나 정상화(正常化, normalization)가 작가의 메시지인 것이다. 작가가 그려내는 불확실한 혼종의 세계는 아이리가 갖는 아이의 혈통에서도 극명하게 드러난다. 아이는 어머니로부터 영국 백인과 자메이카 흑인의 피를 물려받았으며, 아버지로부터는 벵갈인의 피를 물려받았다. 그러나 이민 3세대가 될 이 미래의 주역은 사실 생물학적 아버지가 누군지 불확실하다. 아이리가 밀라트와 성관계를 가진 뒤 25분 만에 마지드와도 성관계를 가져, 두 번의 연속적인 정사에서 생겨난 아이이기 때문이다.

비평가 모스가 전하길, 이 아이는 인종적인 "이분법의 사유를 붕괴시키고 미래의 영국을 지배할 인종적, 문화적 복수성(複數性)을 지시하는"[25] 상징적인 존재다. 미래 세상의 불확실성은 마커스가 만들어낸 실험용 '미래의 쥐'가 작품의 결미에서 사라지는 데서도 암시된다. 쥐는 챌픈 가가 상징하는 '도구적 이성'에 의해 만들어졌고 또 죽을

---

24) Sara Upstone, "'SAME OLD SAME OLD' Zadie Smith's *White Teeth* and Monica Ali's *Brick Lane*", *Journal of Postcolonial Writing*, 43.3(Dec. 2007), 336쪽.

25) Laura Moss, "The Politics of Everyday Hybridity: Zadie Smith's *White Teeth*", *Wasafiri*, 39(2003), 13쪽.

때까지 전시용 박스에 넣어져 통제될 운명이었으나, '우연'에 의해 자유의 몸이 된다. 과학적 통제와 예정된 운명을 우연과 불확실성이 이긴 셈이다. 한 인터뷰에서 스미스는 이 소설의 결말이 환상적인 해피엔딩임을 인정하면서도 자신의 서사가 자족적인 작품으로 읽히는 것을 경계했다.

스미스에 따르면 소수 민족이나 주류사회나 뿌리가 일천하기로는 오십보백보인 셈이니 어느 한쪽도 다른 쪽에 대해 우월함을 내세울 수가 없다. 바로 여기가 스미스의 낙관적 비전이 빛을 발하는 곳이요, 동시에 현실 정치의 냉정하고도 암울한 면을 놓치는 사각 지대이기도 하다. 인종적 순수성이 허구임을 밝히는 해체주의 작업이 현실에서 엄연하게 존재하는 권력 관계를 후경화시켜버릴 수 있기 때문이다. 오리엔탈리즘을 역이용함으로써 삶의 발판을 구축하는 이민자들의 당당한 모습을 그려내는 쿠레이시의 작업도 한편으로 메트로폴리스 내에 소수민을 위한 공간을 마련하는 긍정적인 면이 있지만 다른 한편으로는 오리엔탈리즘 때문에 여전히 고통받는 '다른' 소수민의 존재를 가리고 만다.

이처럼 이 작가들의 문학에서 발견되는 사각 지대는 이들이 일종의 '마이크로 정치학'을 표방한다는 사실과 무관하지 않다. '마이크로 정치학'의 기본 강령을 스미스는 다음과 같이 표현한다. "제가 살고 있는 공동체에서, 저의 주변의 사람들에게서 저는 경축할 사실을 많이 발견합니다. 〔……〕『하얀 이빨』이 그려내는 공동체가 영국에 거주하는 이민자들을 대표하기를 원하지는 않았습니다. 정작 그게 제가 할 일은 아니었지요. 저는 정치가가 아니니까요. 다른 사람들의 경험을 두고 낙관적인 비전을 주장할 수는 없지요. 〔……〕 나는 이곳에서 사는 것을 사랑합니다."[26] 다른 사람들이 원하는 대로 글을 쓸 수는 없다는 쿠레이시의 인터뷰가 생각나는 대목이다. 이러한 점에서 쿠레이시나 스미스 모두 메트로폴리스에 맞서는 대결적 식민 구도와는 거리가 있다. 이민 1세대와 달리 쿠레이시나 스미스가 가진 것은 영국뿐이며 따라서 그들이 재현하는 세상도, 비판하면서 또한 온전히 포용되고 싶어 하는 세상도 영국뿐이기 때문이다.[27]

몇 해 전에 싱가포르에서 열린 한 국제학회에서 디아스포라적 · 초국적 중국인에 대한 미국 학자의 주제 발표가 있었다. 발표가 끝난 뒤 중국계 싱가포르 학자가 자신은 "디아스포라도 초국적자도 아닌 싱가포르 사람"[28]일 뿐이라고 주장했다는 일화는 매우 시사적이다. 쿠레이시와 스미스의 작품은 출신에 의해, 또는 부모 한쪽의 인종이나 전통을 지표로 삼아 이들의 작품이 제3세계 민족주의와 친연하거나 또는 반식민적 경향을 띨 것이라고 판단하는 경향에 대해 경종을 울리는 표본이다. 다소 과격한 표현을 쓰자면, 이 작가들에게 인도나 파키스탄, 자메이카의 문화는 그 자체로서는 중요하지 않다. 이것들은 영국 사회와의 관계에서만 의미를 갖는다. 이러한 부분이 쿠레이시와 스미스의 문학이 이민 1세대의 문학과 다른 점이다.

인종차별을 비판했다는 점에서 이들의 문학은 메트로폴리스의 인종주의에 적극적으로 개입하고 있지만, 인종적 · 문화적 차이의 보존이 아니라 개인의 생존을 의제로 가졌다는 점에서 이들의 정치학은 '마이

---

26) "White Teeth: A Conversation with Author Zadie Smith", *Atlantis: A Women's Studies Journal*, 27.1(Fall 2002): 105~111쪽, Women's Studies Resources; http://bailiwick.lib.uiowa.edu. 26단락.

27) 일찍이 쿠레이시는 브롬리에서 보낸 어린 시절에 대해서 이렇게 말한 바 있다. "나는 정말 영국 아이처럼 길러졌습니다. [……] 나의 아버지는 매우 서구화된 분이셨지요—그는 이슬람교를 실천하지 않으셨고, 예를 들면 중매결혼이나 우리 주위의 환경과 갈등을 일으켰을 법한 종교적 의식을 믿지 않으셨습니다. 나는 아시아 문화의 영향을 전혀 받지 않았습니다." J.B. Miller, 앞의 글, 16쪽 참조.

28) Arif Dirlik, 앞의 책, *Postmodernity's Histories*, 173쪽.

크로 정치학'이며 이는 궁극적으로 탈인종적인 지평을 향하고 있다. 이러한 문학적 경향과 그 성과를 탈식민주의 비평에서도 얼마든지 논할 수 있지만, 마이크로 정치학을 두고 저항이나 전복으로 읽기에는 무리가 있으니 기존의 독법과는 다른 패러다임이 필요하다. 탈식민주의가 '또 다른 식민주의'라는 비판을 받지 않으려면 말이다.

항상 역사화하라!

• 프레드릭 제임슨

10
초민족시대 문학 비평의 책무

시대를 따라 변하는 영어권 문학의 의제

유럽의 식민통치에 종지부를 찍은 제2차 세계대전이 이제는 지난 세기의 일이 된 오늘날 영어권 문학은 그 면모가 다양해졌으며, 특히 최근 작가들의 작품은 초기의 저항문학이나 탈식민문학과는 서로 다른 모습을 보여주고 있다. 이 책의 후반에서 다룬 이민자문학과 이민 2세대의 문학이 대표적인 예다. 통상적으로 탈식민문학은 비록 개인에 초점을 맞추었을지라도 개인의 운명이 집단의 운명과 무관하지 않다. 즉 비록 개인적인 서사일지라도 그 서사를 추동하는 것은 '집단의 정치학'이었던 것이다.

오콘쿼의 개인적인 운명을 다룬 아체베의 『무너져내리다』가 영제국의 침략을 받은 이보 족의 집단 서사와 분리되어서 이해될 수 없듯, 배반자의 내밀한 내면 심리에 초점을 맞춘 것으로 평가받는 응구기의 『한 톨의 밀알』도 식민통치와 독립투쟁의 과정을 겪은 케냐의 집단적 서사를 떠나서는 제대로 이해할 수 없다. 이러한 점은 남아공의 작가 응코시나 라 구마의 서사뿐만 아니라 아프리카 여성 작가들의 작품에도 적용이 된다. 그러니 구 식민지가 배출한 작품들은 가장 개인적인 의제를 다룰 때에도 그 의제는 개인이 속한 공동체의 운명과 연계되는 것이었다.

이러한 주장이 제3세계의 서사는 필연적으로 알레고리의 성격을 띤다는 제임슨의 논거를 되풀이하는 것은 아니다. 제3세계에서 성적(性的)인 것은 필연적으로 정치적일 수밖에 없다는 이 마르크스주의 비평가의 주장은 이미 많은 평자들로부터 비판을 받았다. 이 글에서는 다만 개인의 서사가 집단의 서사에 영향을 받는 정도가 제1세계보다는 식민지에서 상대적으로 더 컸다는 지적을 하고 싶다. 유럽의 침략을 받은 제3세계 국가에서 식민주의는 공동체의 모든 구성원을 예외 없이 타격한 트라우마적인 경험이었기에, 개인의 서사가 억압과 수탈, 그에 대한 저항과 같은 집단적인 정치의제로부터 자유롭기가 그만큼 어려웠기 때문이다.

그러나 근자에 들어 이민자들이나 이민 2세대의 담론이 영어권 문학에서 부상했고 이러한 현상은 시간이 지남에 따라 가속화될 것으로 예상된다. 이와 무관하지 않게, 이전의 문학 비평에서 중요한 키워드였던 '집단의 정치학'은 그 중요성이 상대적으로 반감된 반면, 개인적인 의제를 중요시하는 '마이크로 정치학'이 향후 영어권 문학 비평에서 점차 비중이 커질 것으로 예상된다.

그렇다면 디아스포라 문학과 마이크로 정치학에 대해서 어떤 입장을 취할 수 있을 것인가. 오늘날 디아스포라 문학에 대해 이루어지는 논의는 양극화되어 있다. 한쪽에서는 디아스포라 문학을 해방의 담론, 식민 권력을 전복하는 탈식민 담론으로 치켜세우는가 하면, 다른 쪽에서는 메트로폴리스가 사전에 승인한 매판적인 기회주의적 담론으로 비판한다. 이러한 비평 경향에 대한 논의를 진전시키기 전에 우선 디아스포라 문학을 가능하게 한 인적 · 물질적 움직임, 즉 탈영토화 현상에 대해서 논의를 해보자.

교통과 통신의 발달로 시간적 거리가 기하급수적으로 좁혀지는 후기 산업사회에서, 개인과 집단이 국가 경계선 밖의 외래문화를 접하는 것이 이전 시대에서는 상상할 수 없을 정도로 수월하다. 일반적으로 이해하기로는, 개인과 물자, 정보의 유동성이 극대화되는 결과 문화의 혼종화 현상은 가속화되고, 따라서 개인의 삶에서 중대한 의미를 지녔던 전통적인 유대 관계도 상대적으로 약화된다. 소속의 단일성이나 항구성, 정체성의 진정성과 같은 의미가 점차로 상실되거나 약해지는 이 시대를 설명하는 새로운 패러다임을 꼽는다면 초민족주의가 될 것이다.

디아스포라나 이주를 대항문화(對抗文化)적인 관점에서 파악하는 이론가들에 따르면, 이주나 이민 같이 국경선을 벗어나는 이동 현상 때문에 궁극적으로 국가 엘리트들이 강요하는 민족문화 속에서 이질적인 요소, 즉 간문화적인 접촉의 결과 새로운 혼종적인 문화가 출현한다. 새롭게 출현한 이 문화는 민족국가의 근간인 단일성과 동질성에 대해 반작용의 관계를 가지고, 그에 따라 주류문화를 내부로부터 변모시키는 역동적인 가능성을 갖는다.

혼종문화의 출현은 제3세계 출신의 이민자들이 정착한 메트로폴리스에서뿐만 아니라 계절노동자나 여행자가 해외에서 문화적 접촉을 하고 돌아오는 제3세계 안에서도 일어날 수 있는 것이다. 이러한 변화가 가능한 것은, 급속도로 진전되는 전(全)지구적인 상호 관계라는 맥락에서 볼 때, 문화적 정체성이 더 이상 주어진 것이 아니라—클리포드의 표현을 빌리면—"협상되는 것"[1]이기 때문이다. 이러한 관점에서 보았을 때 디아스포라는 문화적 동일성이나 혈통적 순수성을 내세우는 주류문화의 헤게모니에 도전하는 전복적인 기능을 수행한다. 메트로폴리스뿐만 아니라 제3세계 민족국가까지 어쩔 수 없이 다문화적인 지형도를 갖는 것도 바로 이민자들이나 여행자들이 가지고 들어온 문화가, 새

1) James Clifford, *The Predicament of Culture: Twentieth-Century Ethnography, Literature, and Art*(Cambridge: Harvard UP, 1988), 273쪽.

롭게 협상된 그들의 정체성이 주류문화를 변모시키기 때문이다.

바바가 전하길, 문화적 혼종화는 흔히 생각하듯 한 차례의 이주나 이민의 결과가 아니라 인간의 필연적인 존재 조건이다. 존재론적인 혼종은 다음과 같이 표현된다.

> 상이한 역사적 세계주의들에 대한 기록과 지형도, 실천들은 〔……〕 세계주의가 하나의 중심에서 떨어져 나온 원이 아니라는 점, 그리고 **주변은 어디에도 없고 중심들만이 편재해 있음을 알게 해준다.**
>
> 이것이 궁극적으로 제시하는 바는 우리는 **이미 세계주의자일 뿐만 아니라 항상 세계주의자였다는** 사실, 그리고 우리가 단지 그러한 사실을 알지 못했을 뿐이었다는 점이다. 세계주의는 단순히 하나의 개념만은 아니다. 또는 하나의 개념이 결코 아니다. 세계주의는 무수한 존재 방식들이다. 이러한 존재 방식이 **정화(淨化) 작업**에 따라서 얼마나 많이, 얼마나 자주 위협을 받든지 간에, 우리가 이미 세계주의자임을 이해하는 것은 이러한 방식들을 폭넓게 이해하는 방법이다.[2]

"정화 작업"이란 다름 아닌 순수한 형태의 정체성과 문화를 추구하는 민족주의적 기획을 일컫는다. 바바와 그밖의 저자들에 따르면, 이러한 순수한 형태의 정체성과 문화는 결코 존재한 적이 없기에, 우리는 "이미" "항상" 혼성적인 존재라는 것이다. 또한 이들의 견해에 따르면, 문화와 정체성을 "특정한 지역에 귀속시키는" 민족주의는 "퇴행적 이데올로기"로 간주되어야 한다.[3] 타자와의 교류가 없는 자아의 존재를 생각

---

2) Sheldon Pollock, Carol A. Breckenridge, Homi K. Bhabha, & Dipesh Chakrabarty, "Cosmopolitanisms", *Cosmopolitanism*, Carol A. Breckenridge 외 다수 공편(Durham: Duke UP, 2002), 12쪽; 필자 강조.

3) 같은 글, 3쪽.

할 수 없음은 사실이다. 개인의 정체성 형성에는 국지적인 문화와 국제적인 문화가 동시에 참여함을 고려할 때, 이러한 교류를 막는다면 그것이 무엇이든지 간에 퇴행적이라는 비판을 받을 만하다.

바바가 역설하는 세계주의자의 초민족적 사유는 민족이나 국가에 대한 '소속'이 반드시 모든 개인에게 동일한 가치를 갖는 지상명령과 같은 선(善)은 아니며, 시민들의 충성심을 고취하기 위해서 국가가 내건 민족주의적 구호가 실은 개인을 효과적으로 통제하는 수단이 아닌지 질문할 것을 요구한다.

사실, 다국적 기업의 존재가 증거하듯 최후의 경제단위로서의 국가의 장벽을 허물어뜨리고 있는 후기 산업사회의 자본의 흐름이나, 여타 제 분야에서 이루어지는 국제적인 교류가 확대되는 양상을 고려하건대 이주나 그에 따르는 문화의 혼종화 현상이 확산되고 있음은 사실이다. 그러나 이주와 혼종화를 세계적인 현상으로 기정사실화하며 민족국가를 용도 폐기할 대상으로 간주하고 민족주의를 "퇴행적 이데올로기"로 거부한다면, 제3세계 국가들이 현실 세계를 지배하는 힘의 논리와 강대국의 패권주의에 어떻게 대처할 수 있을 것인가. 또는 특정한 소수의 국가들에 의해 방향이 좌우되는 세계화의 과정에서 생겨나는 제반 문제들을 어떻게 해결할 수 있을 것인가. 세계화의 동력을 제공하는 국가들이 그렇지 못한 국가들을 위하여 세계화의 부작용을 해결해주리라 기대하는 것은 안이한 발상일 것이다.

그러니 "주변은 없고 중심만이 편재한다"는 주장의 이면에는 계급이나 국가 간 또는 북·남반구 간의 현실적인 권력관계나 갈등관계를 배제하는 몰역사적(沒歷史的) 논리가 놓여 있음 또한 유의할 필요가 있다. 이러한 논리는 세계주의자의 등장에 물적 기반을 제공하는 세계화의 덕택으로 "전 세계의 개인소득이 3배나 증가했지만 〔……〕 빈부의 격차는 경제적·문화적 세계화의 세력에 의해 더욱더 커지고 있다"[4]는 사실을 망각하고 있다.

그러나 탈영토적 사유나 초민족적인 유동성이 민족국가를 좌초시킬 잠재적인 암초나 방해물이라고만 보는 것도 잘못된 생각이다. 오늘날 어느 누구도, 어떤 집단도 '섬'으로 남기란 거의 불가능에 가깝기 때문이다. 사실 어떠한 민족도 그 문화가 독자적으로 형성되거나 성장하는 경우는 없다. 외래문화와의 충돌 · 반발 · 제휴 · 차용 등의 과정이 반드시 민족문화의 형성과 발달에 개입하는 것이다. 그러니 민족문화는 국지적인(국내) 차원에서 일어나는 개인과 집단의 상호작용만큼이나 국제적 차원, 즉 국가 단위를 넘어서는 상호작용을 통해서 형성된다고 할 수 있다. 달리 풀이하면 민족문화는 민족적 씨줄과 초민족적 날줄이 함께 엮어내는 옷감이라고 할 수 있다. 씨줄과 날줄이 조화롭게 섞여서 무늬를 함께 만들 때 아름다운 옷이 짜여지듯, 민족국가가 그의 합법성을 질문하거나 동질성을 교란하는 초민족적 사유에 의해 끊임없이 도전받고, 그래서 이에 대한 응전과 자기 교정의 과정을 겪을 때만이 그 민족은 역사의 장에서 앞으로 나아갈 수 있는 것이다.

이와 더불어 지적하고 싶은 다른 점은 민족국가의 경계선을 뛰어넘는 초민족적 활동이 '필연적으로' 민족적인 정서나 네트워크를 약화시키는 결과를 가져올 것이라는 전제다. 디아스포라나 혼종화가 출신국과의 전통적인 유대 관계를 약화시키는 점이 있음은 부인할 수 없으나, 이것만으로 디아스포라의 다양한 면모를 온전하게 설명해내지는 못한다. 예컨대, 메트로폴리스에 자리 잡은 소수민의 경우, 그들의 문화적 차이는 한편으로는 정착과 동화의 과정을 거치면서 고유의 색을 잃기도 했다. 하지만, 다른 한편으로는 그들의 피부색은 그들을 영원한 인

---

4) Giles Gunn, "Introduction: Globalizing Literary Studies", *PMLA*, 116.1(Jan. 2001), 19쪽.

종차별의 표적으로 만드는 지표로도 작용한다. 이러한 재인종화는 문화적, 혈통적 혼성을 인정하지 않는 것이다. 무슨 말인가 하면, 흑인의 피가 한 세대에서 한번이라도 섞이면 몇 세대를 내려가면서 백인의 피를 "수혈"받아도 그 후손은 흑인으로 분류되는 것이다.

이와 같은 유색인의 차별이 존재하는 한, 출신국과의 연대의식이나 문화적인 동질감은 이민자가 대양을 건너올 때 가지고 왔던 옛 여권처럼 버려지고 잊히는 과거의 유물이 아니라 소중히 보존해야 할 정신적인 자산이 된다. 즉, 적대적인 메트로폴리스에서 활동하는 유색인들은 인종적 편견에 맞설 수 있는 정신적인 힘이나 위안을 출신국 문화와의 관계에서 찾는 것이다. 때론 이민자가 조국에 있을 때보다 국적을 바꾼 뒤에 더 열렬한 애국자가 되는 것도 이러한 맥락에서다. 특히 출신국의 주권이 위협받게 될 경우 이민자들이 보여주는 결속은 놀라울 정도다.

'장거리 민족주의'의 예는 '크로아티아 디아스포라'나 '아르메니아 디아스포라'가 잘 보여준다. 세르비아계가 크로아티아에서 분리운동을 일으켰을 때, 국제 사회가 분리주의자들이 아닌 크로아티아 정부에 우호적인 자세를 갖도록 서방 세계의 크로아티아인들이 노력한 것, 아제르바이잔에서 일어난 아르메니아계의 분리 운동이 아제르바이잔과 아르메니아 양국의 분쟁으로 발전하자 미국 내의 아르메니아인들이 자국과 아르메니아 분리운동을 지원하는 노력을 보여준 것이 그 예다. 즉 이제는 국지전의 전선이 더 이상 분쟁 당사국의 국경선에 한정되지 않는 것이다.

이처럼 디아스포라 공동체들이 민족 간의 분쟁에 개입했음을 고려할 때, 디아스포라 공동체의 정치적 영향력은 20세기 후반에 이르러 더욱더 증대되었다는 주장도 나온다.[5] 이렇게 말하고 보면, 디아스포라나 탈영토화가 반드시 전통과의 동일시를 약화시키는 결과만을 낳는 것은 아니라는 점이 명확해진다.

디아스포라의 여러 얼굴을 종합적으로 고려할 때 다음과 같이 말할 수 있다. 오늘날 디아스포라는 한편으로는 민족국가와 구성원의 유대 관계를 약화시키는 면이 있지만, 다른 한편으로는 메트로폴리스의 문화적 순수성에 도전하거나 심지어는 소수민들을 장거리 민족주의로 이끄는 통로의 역할을 하기도 한다. 다르지 않게 디아스포라 담론도 한편으로는 소수민의 주류문화로의 편입을 지원하거나 이들의 성공적인 정착을 노래하기도 하지만, 다른 한편으로는 제국에 대항해 소수민의 유대를 강화시키거나 제국의 문화적 동질성이나 순수성에 도전하는 역할도 한다. 또는 출신국의 민족주의에 끊임없이 개입해 둘 사이에서 변증법적인 관계를 만들어내기도 한다. 쿠레이시의 문학, 제이디 스미스의 문학, 루시디의 문학이 각각의 경우에 근접할 것이다. 강조하고 싶은 바는, 디아스포라 담론에는 본질적으로 해방적이거나 전복적인 요소가 있는 것도 아니요, 그렇다고 본질적으로 순응주의나 패배주의의 결과물도 아니라는 점이다. 디아스포라 문학을 분석할 때 경계해야 할 부분이 바로 범주화에 따르는 예단의 논리다.

역사적 맥락화의 중요성

이 책의 제목을 "제국과 민족국가 사이에서"로 정한 것도 이른바 제3세계의 탈식민문학뿐만 아니라 여성주의 문학, 심지어는 디아스포라 문학도 하나의 거대한 보편적 범주로 묶어버리는 기성의 비평이 어떤 오류나 문제를 안게 되는지를 지적하고 싶었기 때문이다. 이러한 관행

---

5) Jolle Demmers, "Diaspora and Conflict: Locality, Long-Distance Nationalism, and Delocalization of Conflict Dynamics", *The Public*, 9.1(2002), 86쪽.

에서는 탈식민문학이 민족문학과 동일시되고, 제3세계 여성들의 문학이 서양 페미니즘의 한 지류가 된다. 이러한 일련의 동일시 과정이 문제가 되는 것은 '범주화'가 '내부의 차이'를 억압하기 때문이다. 예컨대, 민족문학과 동일시 될 때 탈식민문학은 특정한 민족주의 세력에 대한 '용비어천가'로 전락하기 쉽고, 페미니즘의 지류로 간주될 때 아프리카 여성주의는 서양 페미니스트들의 의제를 그대로 물려받는다.

내부의 목소리를 틀어막는 관행은 디아스포라 문학 비평에서도 발견되는데, 디아스포라 문학은 평자에 따라서는 문화 게릴라의 무기로, 또는 오리엔탈리즘에 영합하는 문화상품이 된다. 소수민의 내부에서도 출발국의 문화에 대한 충성도나 메트로폴리스와 동일시하는 정도는 현지에서의 개인의 사회적 위치에 따라 다를 수 있다. 그런데도 이들의 정체성이나 정치적 신념을 출신국이나 도착국의 문화로 환원시켜 이해하거나 또는 모두 혼종이라는 단일하고도 추상적인 범주로 묶어버리는 것은 소수 집단 내부의 다양한 목소리나 차이를 억압하는 결과를 가져온다. 그러므로 개인적인 차이를 고려하지 않는 소수민 문학 연구는 개인을 유형화하는 인종주의 담론 못지않은 보편화의 과오를 저지르는 셈이다.

디아스포라나 혼종성이 추상적인 범주, 즉 고도로 일반화된 범주로 사용될 때 이는 다양한 형태의 역사적 궤적을 그리는 디아스포라들 간의 차이를, 지역에 따르는 정착 역사들의 특수성을 질식시킬 위험이 다분히 있다. 그러한 점에서 개인의 정치학, 즉 '마이크로 정치학'을 표방하는 이민자들의 담론은, 반인종주의적 연대도 내부의 차이에 유의하지 않을 때에는 서구의 인종주의와 유사한 정체성의 폭력을 저지를 수 있음을 환기시킨다는 점에서 중요하다. 쿠레이시에 대한 비평이 그 예다. 특정 인종이 특정한 식으로 재현되어야 한다고 생각한다면 당신이 그런 작품을 써야 할 것을 충고하는 작가를 두고 반식민저항을 논하는 것은 작가를 "저항적인 소수민"이라는 집단의 이름으로 '호명'하는 셈이며, 또한 탈식민주의 비평가의 개인적인 의제를 작품에 투사한 꼴이 된다.

통상 "반식민 저항"이라는 용어는 제국의 약탈이나 파괴로부터 보호해야 할 유 · 무형의 토착 자산의 존재를, 즉 민족문화와 정체성의 존재를 확립할 필요성을 상정한다. 이는 또한 식민주의의 영향을 벗어나 돌아갈 곳, 보호해야 할 곳을 상정하는 용어다. 그러나 작가가 반식민적 입장에 서 있다고 보기에는 출신국의 문화나 전통을 옹호하거나 대변하려는 의지가 쿠레이시 같은 이민 2세대의 텍스트에는 잘 보이지 않는 것이 사실이다.

문학 연구가 객관적이고도 공정한 비평을 수행하기 위해서는 이처럼 개별 담론의 역사성을 존중할 수 있어야 한다. 마이크로 정치학을 표방하는 작가들을 두고 반식민 담론의 사례로 읽어내서는 곤란하다는 말이다. 여기서 중요한 점은, 개별 담론의 역사성을 인정한다는 말은 디아스포라 문학의 의제를 하나의 의제로 인정하고 논의를 그것에 맞춘다는 것을 의미하지, 그 의제에 무조건 동의하는 것을 의미하지는 않는다. 왜냐하면 문학 연구는 특정한 담론이 발화되기 위해서 어떤 다른 담론이 침묵되었을 가능성을 항상 열어두어야 하기 때문이다. 무슨 말인가 하면 개인의 진실을 존중은 하되, 진실이 어디까지나 '개인의 것'임을 밝힐 수 있어야 한다는 것이다. 그러기 위해서 문학 비평가는 작품이나 작품이 그려내는 세상만을 볼 것이 아니라 작품이 그려내지 않는 세상도 볼 수 있어야 한다.

쿠레이시가 유새프와 가진 인터뷰로 다시 돌아가보자. 자신의 작품이 인종적 편견을 담고 있다는 비판을 접했을 때, 이 이민 2세대 작가는 특정한 재현을 원한다면 그것을 원하는 사람들이 글을 써야 할 것이라고 제안한 바 있다. 쿠레이시의 제안은 집단의 정치학을 위해 개인적인 진실(술)을 왜곡하지 않겠다는 소신을 표현한 것이다. 비유를 동원하여 설명하자면 이렇다. '원하는 물맛이 각자 다르니 다른 물맛을 원한다면 다른 우물에서 마시거나 자기 우물을 파도록 하십시오.' 어떻게 보면 이보다 더 공정한 제안이 있을 수 없다.

이 진술에는 사실 심각한 문제가 있을 수 있다. 이 진술이 진정으로 공정해지려면 다양한 물맛을 내는 상당한 수의 우물이 이미 존재하거나 또는 다른 사람들에게도 새 우물을 팔 수 있는 땅이 충분히 있어야 한다. 무슨 말인가 하면, 파 놓은 우물이 모두 비슷한 물맛을 낸다면, 또는 우물을 팔만한 땅을 누군가가 모두 독점하고 있다면, 다른 우물에서 물을 마시거나 그것도 여의치 않으면 당신 입맛에 맞는 우물을 파라는 제안은 시장을 선점한 자의 여유에서 나온 소리라는 말이다. 그러니까 각자가 개인의 진실을 말함으로써 재현의 공정성을 확보할 수 있다는 생각은 재현의 영역이 '이미' 공정함을 전제로 하고 있다.

개인이 자신의 진실을 말하는 것은, 그런 진실을 말할 수 있다는 것은 무엇보다 중요하다. 그러나 문학 비평가는 작가와 또 다르다. 작품이 말하는 진실 외에 '다른 진실들'이 있는지, 있다면 이들도 동일한 발언권을 누리는지를 조사해야 할 필요가 있다. 특정한 개인의 진실이라고 해서 존중하지 않는다는 뜻이 아님은 아무리 강조해도 지나치지 않다. 모두가 같은 진실을 말하는 세상만큼 악몽 같은 곳도 없다. 그렇지만 개인의 진실에 대한 대우는 그 진실이 전체 그림에서 어떠한 위치를 차지하는지를 보여줄 수 있을 때 비로소 공정해질 수 있다.

그러므로 오늘날의 문학 비평가에게는 일종의 모순된 행동이 요구된다. 그는 한편으로는 개별 작품의 목소리가 내는 특수성에 유의함으로써 그것이 집단의 정치학, 순응의 정치학에 함몰되는 억울한 일이 없도록 해야 한다. 다른 한편으로 그는 개인의 진실이 총체적인 진실로 행세하는 일이 없도록, 특정한 개인의 목소리가 그가 속한 집단 전체의 상황을 대변하거나 왜곡하는 일이 없도록 개인과 그가 소속된 집단에 관한 큰 그림을 그려낼 역사적인 안목을 갖춰야 한다.

전자의 작업에서 실패하게 되면 내부 식민주의에 동참하는 결과를 낳게 되며, 후자의 작업에서 실패하면 개인의 의제가 집단의 의제를 덮어쓰거나, 한 건의 성공 사례가 집단의 민원(民怨)을 삭제하는 결과를 낳게 된다. 그러므로 문학 비평가는 '마이크로 정치학'이라는 스킬라와 '집단의 정치학'이라는 카리브디스 사이를 조심스럽게 항해해야 하는 오디세우스다. 현대의 오디세우스가 난파되지 않기 위해 갖추어야 할 나침반은 '역사의식'이다. 텍스트를 그것이 생산된 정치적 · 경제적 · 문화적 조건, 즉 역사적 맥락 안에 위치시킬 때만 문학 비평이 공정성을 견지할 수 있기 때문이다. 그런 점에서 "항상 역사화하라!"는 제임슨의 경구는 오늘날의 문학 연구에서 여전히 유효하다.

인용문헌

1차문헌

국내 서적

고디머, 내딘, 『가버린 부르조아 세계』, 이상화 편역, 창작과비평사, 1988.
______, 『거짓의 날들』, 왕은철 옮김, 책세상, 2000.
______, 『내 아들의 이야기』, 안정숙 옮김, 성현출판사, 1991.
______, 『보호주의자』, 최영 옮김, 지학사 1987.
나이폴, 비디아다르, 『거인의 도시』, 김영희 옮김, 강, 1997.
______, 『미겔 스트리트』, 이상옥 옮김, 민음사, 2003.
______, 『세계 속의 길』, 최인자 옮김, 문학세계사, 1996.
______, 『잃어버린 그림자』, 안기섭 옮김, 길, 1994.
______, 『자유국가에서』, 오승아 옮김, 문학세계사, 1996.
______, 『자유의 나라에서』, 이명재 옮김, 친우, 1989.
______, 『흉내』, 정영목 옮김, 강, 1996.
로이, 아룬다티, 『작은 것들의 신』, 황보석 옮김, 문이당, 1997.
루시디, 살먼, 『분노』, 김진준 옮김, 문학동네, 2007.
______, 『무어의 마지막 한숨』, 오승아 옮김, 문학세계사, 1996.
______, 『악마의 시』, 김진준 옮김, 문학세계사, 2001.
______, 『자정의 아이들』, 정성호 옮김, 행림출판, 1989.
______, 『하룬과 이야기 바다』, 김석희 옮김, 달리, 2005.
______, 『한밤의 아이들』, 안정빈 옮김, 영학출판사, 1989.
스미스, 제이디, 『하얀 이빨』, 김은정 옮김, 민음사, 2009.
아체베, 치누아, 『모든 것은 무너진다』, 임정빈 옮김, 동쪽나라, 1994.
______, 『모든 것이 산산이 부서지다』, 조규형 옮김, 민음사, 2008.
______, 『신의 화살』, 권명식 옮김, 벽호, 1993.

______, 『제3세계 문학과 식민주의 비평: 희망과 장애』, 이석호 옮김, 인간사랑, 1999.
아체베, 치누아 외 공저, 『파키스탄행 열차; 아프리카의 어떤 여름; 민중의 지도자』, 박태순과 전채린 공역, 한길사, 1981.
어드릭, 루이스, 『발자취』, 이기세 옮김, 열음사, 1998.
______, 『사랑의 묘약』, 이기세 옮김, 열음사, 2000.
______, 『아름다운 눈물』, 이형식 옮김, 오솔길, 1993.
「오스트레일리아」, 바즈 루어만 감독, 니콜 키드먼, 휴 잭맨 주연, 20세기 폭스사, 2008.
응구기 와 티옹오, 『아이야 울지 마라』, 김윤진 옮김, 지학사, 1986.
______, 『중심 옮기기: 문화 해방을 위한 투쟁』. 박정경 옮김, 지식을만드는지식, 2009.
______, 『탈식민주의와 아프리카 문학』, 이석호 옮김, 인간사랑, 1999.
______, 『피의 꽃잎』, 김종철 옮김, 창작과비평사, 1983.
______, 『한 톨의 밀알』, 왕은철 옮김, 들녘, 2000.
캐리, 피터, 『도둑질: 연애 이야기』, 정영문 옮김, 동아일보사, 2008.
______, 『휴가지의 진실』, 김병화 옮김, 효형출판, 2004.
커넬리, 토머스, 『쉰들러 리스트』, 김미향 옮김, 크리스찬 월드, 1994.
______, 『쉰들러의 리스트』, 김영근 옮김, 청담문학사, 1994.
______, 『쉰들러의 리스트』, 서영일 옮김, 형상, 1994.
콘래드, 조지프, 『어둠의 심연』, 이석구 옮김, 을유문화사, 2008.
쿠레이시, 하니프, 『시골뜨기 부처』, 손홍기 옮김, 열음사, 2007.
______, 『친밀감』, 이옥진 옮김, 민음사, 2007.
쿳시어, 존, 『동물로 산다는 것』, 전세재 옮김, 평사리, 2006.
______, 『마이클 케이』, 조한중 옮김, 정음사, 1987.
______, 『마이클 K』, 왕은철 옮김, 들녘, 2004.
______, 『소년시절』, 왕은철 옮김, 책세상, 2004.
______, 『슬로우 맨』, 왕은철 옮김, 들녘, 2009.
______, 『야만인들을 기다리며』, 표완수 옮김, 두레, 1982.
______, 『야만인을 기다리며』, 왕은철 옮김, 서울: 들녘, 2003.
______, 『어느 운 나쁜 해의 일기』, 왕은철 옮김, 민음사, 2009.
______, 『어둠의 땅』, 왕은철 옮김, 들녘, 2006.

______, 『엘리자베스 코스텔로』, 왕은철 옮김, 들녘, 2005.
______, 『철의 시대』, 왕은철 옮김, 들녘, 2004.
______, 『추락』, 왕은철 옮김, 동아일보사, 2004.
______, 『포』, 조규형 옮김, 책세상, 2003.
______, 『페테르부르크의 대가』, 왕은철 옮김, 책세상, 2001.
투투올라, 아모스, 『야자열매술꾼』, 장경렬 옮김, 열림원, 2002.
「파워 오브 원」, 존 아빌드센 감독, 스티븐 도프, 가이 위처 주연, 워너 홈 비디오, 1992.

외국 서적

Abrahams, Peter, *Mine Boy*(1946), London: Heinemann, 1989.
Achebe, Chinua, *Anthills of the Savannah*(1987), New York: Anchor Books, 1988.
______, *Arrow of God*(1964), New York: Anchor Books, 1989.
______, *Conversations with Chinua Achebe*, Bernth Lindfors 엮음, Jackson: Univ. Press of Mississippi, 1997.
______, *A Man of the People*(1966), New York: Anchor Books, 1989.
______, *Morning Yet on Creation Day: Essays*, Garden City, NY: Anchor Press, 1975.
______, *No Longer at Ease*, London: Heinemann, 1960.
______, "The Role of Writer in a New Nation", *Nigeria Magazine*, 81(June 1964), 158~179쪽.
______, *Things Fall Apart*, New York: Fawcett Crest, 1959.
______, *The Trouble with Nigeria*(1983), Portsmouth, NH: Heinemann, 1984.
Aidoo, Ama Ata, *Anowa*(1970), Harlow, Essex: Longman, 1980.
______, *No Sweetness Here*, Harlow, Essex: Longman, 1970.
Brink, André, *A Dry White Season*(1979), New York: Harper Perennial, 2006.
Carey, Peter, *Oscar and Lucinda*, New York: Vintage Books, 1997.
______, "Powell's Interviews: Peter Carey", Powell's Books, n.d.; http://www.powells.com.

______, *True History of the Kelly Gang: A Novel*(2000), New York: Vintage, 2001.

Cary, Joyce, *The African Witch*(1936), London: Michael Joseph, 1959.

______, *Mister Johnson*(1939), New York: New Directions Publishing, 1989.

Casely-Hayford, J.E., *Ethiopia Unbound: Studies in Race Emancipation* (1911), London: Routledge, 1969.

Césaire, Aimé, *Discourse on Colonialism*(1955), Joan Pinkham 옮김, New York: Monthly Review, 1972.

Clune, Frank, *Jimmy Governor the True Story*, Sydney: Arkon, 1978.

Coetzee, J.M., *Age of Iron*, New York: Penguin Books, 1990.

______, *Disgrace*, New York: Penguin Books, 2000.

______, *Doubling the Point: Essays and Interviews*, David Attwell 엮음, Cambridge, MA: Harvard UP, 1992.

______, *Dusklands*(1974), Harmondsworth: Penguin Books, 1983.

______, "An Interview with J.M. Coetzee", *World Literature Today*, 70.1(Winter 1996), 107~110쪽.

______, *The Life and Times of Michael K*, New York: Penguin Books, 1983.

______, "The Novel Today", *Upstream*, 6.1(1998), 2~5쪽.

______, *Waiting for the Barbarians*, New York: Penguin Books, 1980.

Conrad, Joseph, *Heart of Darkness: An Authoritative Text, Backgrounds and Sources, Criticism*, Robert Kimbrough 엮음, 3rd ed., New York: Norton, 1988.

Davies, Brian, *The Life of Jimmy Governor*, Sydney: Ure Smith, 1979.

"A Declaration by the Representatives of the United States of America in General Congress Assembled"; http://www.ushistory.org.

Douglass, Frederick, *Narrative of the Life of Frederick Douglass, an American Slave, Written by Himself*(1845), Cambridge, MA: Harvard UP, 2009.

Emecheta, Buchi, *The Bride Price*, New York: George Braziller, 1976.

______, *Double Yoke*, New York: George Braziller, 1983.

______, "Feminism with a small 'f'!", *Criticism and Ideology, Second African Writer's Conference*, Kirsten Holst Petersen 엮음, Uppsala: Scandinavian Institute of African Studies, 1988, 173~185쪽.

______, *Head Above Water*, London: Fontana, 1986.

______, *The Joys of Motherhood*, New York: George Braziller, 1979.

______, *The Rape of Shavi*, New York: George Braziller, 1984.

Erdrich, Louise, *Bingo Palace*, New York: Harper Collins, 1994.

______, *Love Medicine* (1984), New York: Harper Collins, 1993.

______, *Tracks* (1988), New York: Harper Perennial, 2004.

Gordimer, Nadine, *The Conservationist*, New York: Penguin Books, 1974.

______, *Conversations with Nadine Gordimer*, Nancy Topping Bazin과 Marilyn Dallman Seymour 공편, London: U of Mississippi Press, 1990.

______, *The Essential Gesture: Writing, Politics & Places*, Stephen Clingman 엮음, New York: Alfred A. Knoff, 1988.

______, *A Guest of Honour* (1970), New York: Penguin Books, 1982.

______, "The Idea of Gardening: *Life and Times of Michael K* by J.M. Coetzee", *Critical Essays on J.M. Coetzee*, Sue Kossew 엮음, New York: G.K. Hall, 1988, 139~144쪽.

______, "Interview with Anthony Sampson", *Sunday Star*, Johannesburg (April. 5. 1987), 17쪽.

______, *July's People* (1981), London: Bloomsbury, 2005.

______, *The Late Bourgeois World*, New York: Penguin Books, 1982.

______, *The Lying Days* (1953), London: Bloomsbury Publishing, 2002.

______, "Nadine Gordimer" (Interview with Olga Kenyon), *Women Writers Talk: Interviews with 10 Women Writers*, New York: Carroll & Graf, 1989, 91~113쪽.

______, "South Africa: Towards a Desk-Drawer Literature", *The Classic: Johannesburg Quarterly*, 2.4(1968), 64~74쪽.

______, "South African Writers Talking" (with Es'kia Mphahlele and André Brink), *English in Africa*, 6.2(1979), 1~23쪽.

______, *A World of Strangers* (1958), Harmondsworth: Penguin, 1962.

Head, Bessie, *A Question of Power*, London: Heinemann, 1974.

Henty, G.A, *The Young Buglers: A Tale of the Peninsular War* (1880), London: Latimer House, 1954.

Jacobs, Harriet A., *Incidents in the Life of a Slave Girl*, Nell Irvin Painter 엮

음, New York: Penguin Books, 2000.
Johnson, Colin, *Doctor Wooreddy's Prescription for Enduring the Ending of the World*, New York: Ballantine Books, 1983.
Keneally, Thomas, *The Chant of Jimmie Blacksmith*(1972), New York: Penguin, 1973.
______, *A Commonwealth of Thieves: The Improbable Birth of Australia*, New York: Doubleday & Talese, 2006.
______, *The Place at Whitton*, London: Cassell, 1964.
Kelly, Edward, "Cameron Letter"; http://www. kellygang.asn.au.
______, "Jerilderie Letter", State Library of Victoria; http://www.slv.vic.gov.au.
Kureishi, Hanif, *The Black Album*, London: Faber and Faber, 1995.
______, *The Body*, London: Faber and Faber, 2003.
______, *The Buddha of Suburbia*, New York: Penguin Books, 1990.
______, *Gabriel's Gift*, London: Faber and Faber, 2001.
______, *Intimacy*, London: Faber and Faber, 1998.
______, *My Beautiful Laundrette and Other Writings*, London: Faber and Faber, 1996.
______, *My Son, The Fanatic*, London: Faber and Faber, 1997.
______, *Something to Tell You*, London: Faber and Faber, 2008.
La Guma, Alex, *And a Threefold Cord*, Berlin: Seven Seas Publishers, 1964.
______, *In the Fog of the Season's End*, New York: The Third Press, 1972.
______, *The Stone Country*, Berlin: Seven Seas Publishers, 1965.
______, *Time of the Butcherbird*, London: Heinemann, 1979.
______, *A Walk in the Night*(1962), Evanston, IL: Northwestern UP, 1967.
Madison, James, "Letter to William Bradford", *The papers of James Madison*, Vol. 1, William T. Hutchinson과 William M.E. Rachal 공편(Chicago: Chicago UP, 1962).
Momaday, Scott, *House Made of Dawn*(1968), New York: Perennial Classics, 1999.
Moore, Laurie와 Stephen Williams 공저, *The True Story of Jimmy Governor*, London: Allen & Unwin, 2001.

Morgan, Sally, *My Place*(1987), Fremantle, Western Australia: Fremantle Arts Centre, 2008.

Mukherjee, Bharati, *Darkness*, Markham, Ontario: Penguin Books, 1985.

Naipaul, V.S., *Among the Believers: An Islamic Journey*(1981), New York: Vintage Books, 1982.

______, *A Bend in the River*(1979), New York: Vintage International, 1989.

______, *Beyond Belief: Islamic Excursions among the Converted Peoples*, New York: Random House, 1998.

______, *Conversations with V.S. Naipaul*, Feroza Jussawalla 엮음, Jackson: Univ. Press of Mississippi, 1997.

______, *Half a Life*(2001), New York: Vintage Books, 2002

______, *India: A Wounded Civilization*(1977), New York: Vintage Books, 1978.

______, *The Middle Passage: The Caribbean Revisited*(1962), New York: Random House, 1990.

______, *The Mimic Men*(1967), New York: Random House, 1985.

______, *A Way in the World*(1994), New York: Vintage Books, 1995.

Ngugi wa Thiong'o, *Decolonising the Mind: The Politics of Language in African Literature*(1981), London: James Currey, 1986.

______, *Detained: A Writer's Prison Diary*, London: Heinemann, 1981.

______, *Devil on the Cross*(1980), London: Heinemann, 1982.

______, *A Grain of Wheat*(1967), Rev. Ed., London: Heinemann, 1994.

______, *Matigari*(1986), London; Heinemann, 1989.

______, *Moving the Center: The Struggle for Cultural Freedoms*, Oxford: James Currey, 1993.

______, *Penpoints, Gunpoints, and Dreams: Towards a Critical Theory of the Arts and the State in Africa*(1998), Oxford: Clarendon Press, 2003.

______, *Petals of Blood*, New York: Penguin Books, 1977.

______, *The River Between*(1965), London: Heinemann, 1988.

______, *The Trial of Dedan Kimathi*, London: Heinemann, 1976.

______, *Weep Not, Child*(1964), London: Heinemann, 1987.

Nkosi, Lewis, *Mating Birds: A Novel*(1986), New York: Harper & Row

Publishers, 1987.

Nwapa, Flora, *Efuru*, Oxford: Heinemann, 1966.

______, *The Lake Goddess*, Unpublished manuscript, 1995

______, *One is Enough*, Enugu: Tana Press, 1981.

Ogot, Grace, *The Promised Land*(1966), Nairobi: East African Educational Publishers, 1990.

Okri, Ben, *The Famished Road*, London: Vintage Books, 1991.

O'Sullivan, John L., "Annexation", *United States Magazine and Democratic Review*, 17.1(Jul.~Aug. 1845), 5~10쪽; http://web.grinnell.edu.

______, "The Great Nation of Futurity", *The United States Democratic Review*, 6.23(Nov. 1839), 426~430쪽.

Rabbit-Proof Fence, Dir. Phillip Noyce, Perf. Everlyn Sampi, Kenneth Branagh, David Gulpilil, Miramax Films, 2002.

Roy, Arundhati, *The God of Small Things*, New York: HarperPerennial, 1998.

Roughsey, Elsie, *An Aboriginal Mother Tells of the Old and the New*, New York: Penguin Books, 1984.

Rushdie, Salman, "A Dangerous Art Form", *Third World Book Review*, 1(1984), 3~5쪽.

______, *Imaginary Homelands: Essays and Criticism 1981~1991*, New York: Penguin Books, 1991.

______, "Light on Coetzee", *Sydney Morning Herald, Spectrum*(10. June. 2000), 7쪽.

______, *Midnight's Children*, New York: Penguin Books, 1981.

______, "*Midnight's Children* and *Shame*", *Kunapipi*, 7(1985), 1~19쪽.

______, *The Satanic Verses*, London: Viking, 1988.

______, *Shame*(1983), New York: Henry Holt, 1997.

Sekyi, Kobina, *The Anglo-Fante*(1918), *West African Magazine*, c. 1918, N. pag.

Senghor, Léopold Sédar, "Black Woman", *Negritude: Black Poetry from Africa and the Caribbean*, Norman Shapiro 편역, New York: October House, 1970, 131쪽.

______, "Negritude: A Humanism of the Twentieth Century", *Colonial Discourse and Post-Colonial Theory: A Reader*, Patrick Williams와 Laura Chrisman 공편, New York: Columbia UP, 1994, 27~35쪽.

Silko, Leslie Marmon, *Almanac of the Dead*, New York: Simon and Schuster, 1991.

______, *Ceremony*, New York: Penguin Books, 1986.

Smith, Zadie, *The Autograph Man*, London: Hamish Hamilton, 2002.

______, "Interview with Zadie Smith: She's young, black, British, and the first publishing sensation of the millennium", *Observer*(16. Jan. 2000), N. pag; *Guardian* (23. Jan. 2009); www.guardian.co.uk.

______, *White Teeth*, New York: Vintage Books, 2001.

______, "White Teeth: A Conversation with Author Zadie Smith (with Kathleen O'Grady)", *Atlantis: A Women's Studies Journal*, 27.1(Fall, 2002), 105~111쪽; Women's Studies Resources; http://bailiwick.lib.uiowa.edu.

Storm Boy, Dir. Henry Safran, Perf. Greg Rowe, Peter Cummins, David Gulpilil, Reel, 1976.

Tutuloa, Amos, *My Life in the Bush of the Ghosts*(1954), New York: Grove Press, 1970.

______, *The Palm-Wine Drinkard*(1952), New York: Grove Press, 1980.

Ulasi, Adaora Lily, *Many Thing Begin for Change*, London: Michael Joseph, 1971.

______, *Many Thing You No Understand*, London: Michael Joseph, 1970.

Vizenor, Gerald, "Dead Voices", *World Literature*, 66.2(Spr. 1992), 241~242쪽; http://web.ebscohost.com.

Walkabout, Dir. Nicolas Roeg, Perf, Jenny Agutter, David Gulpilil, Criterion, 1971.

Ward, Glenys, *Wandering Girl*, Broom, Western Australia: Magabala, 2000.

Welch, James, *Winter in the Blood*, New York: Harper & Row, 1974.

Wilson, Harriet E., *Our Nig: or, Sketches from the Life of a Free Black*(1859), P. Gabrielle Foreman과 Reginald H. Pitts 공편, New York: Penguin Classics, 2005.

2차 문헌

국내 논문

강자모, 「마마데이, 실코, 웰치 소설의 포스트 식민주의적 글읽기」, 『현대영미소설』, 제5권 제2호(1998), 5~29쪽.

고부응, 「나이폴의 『흉내내는 사람들』과 민족공동체」, 『초민족 시대의 민족정체성』, 문학과지성사, 2002, 282~308쪽.

구은숙, 「19세기 흑인 여성 작가의 글쓰기와 흑인 여성의 정체성—해리어트 윌슨의 자서전적 소설과 해리어트 제이콥스의 자서전」, 『영미문학 페미니즘』, 제4집(1997), 7~32쪽.

김광수, 「남아프리카 공화국의 문화적 정체성과 국가건설(nation-building)과 아프리카너(Afrikaner)의 역할」, 『아프리카 연구』, 제14집(2001), 107~204쪽.

김미현, 「기억과 글쓰기의 정치성: 토니 모리슨의 『어둠 속의 유희』, 『빌러비드』, 『노벨상 수상 연설』, 「레시터티브」」, 『비교문화연구』, 제12권 1호(2008), 215~236쪽.

김준년, 「Isn't Nyakinyua a Fifth Main Character of Ngugi's *Petals of Blood?*」, 『영미문화』, 제6권 제2호(2006), 19~43쪽.

김상률, 「Language and Literature: Caliban or Ariel?: The Politics of Language in Postcolonial African Literature」, 『한국아프리카학회지』, 제16권(2002), 179~191쪽.

______, 「아프리카계 미국인의 탈주의 정치학」, 『한국아프리카학회지』, 제21집(2005), 3~24쪽.

김순식, 「Chinua Achebe's *Things Fall Apart* as a Counter-Conradian Discourse on Africa」, 『비교문학』, 제25권(2000), 333~355쪽.

______, 「현대영국문학과 탈식민주의적 경험의 형상화」, 『현대영미소설』, 제1권(1994), 27~51쪽.

김영희, 「나이폴—주변인의 초상」, 『한국문학』, 제25권 제2호(1997), 456~467쪽.

______, 「떠도는 이방인의 눈으로 본 탈식민 사회」, 『거인의 도시』, 김영희 옮김, 강, 1997, 383~392쪽.

김준환, 「네그리뛰드와 민족주의: 생고르와 쎄제르」, 『비평과이론』, 제9권 제2호(2004), 5~35쪽.

김현아, 「J.M. 쿳시의 『추락』: 인종주의 공간에서 서술되는 윤리적 딜레마의 수사학」, 『영어영문학연구』, 제51권 제2호 (2009), 97~118쪽.
「남아공 인구 통계」, http://www.info.gov.za.
문상영, 「노예 제도와 종교: 프레드릭 더글러스의 자서전에 나타난 수사학적 전략」, 『근대영미소설』, 제6권 제2호(1999), 59~79쪽.
바트 무어 길버트, 『탈식민주의! 저항에서 유희로』, 이경원 옮김, 한길사, 2001.
박상기, 「콘래드의 독특한 아프리카 재현」, 『영어영문학』, 제51권 제2호(2005), 403~421쪽.
박인찬, 「전지구화 시대의 탈식민주의 민족소설: 아프리카 작가들을 중심으로」, 『한국아프리카학회지』, 제16집(2002), 223~235쪽.
박종성, 「문화비평가로서의 나이폴: '탈'식민사회 진단시각과 전략」, 『안과밖』, 제5호(1998), 184~203쪽.
______, 「탈식민담론에서 제3의 길 찾기」, 『실천문학』, 제55집(1999), 285~305쪽.
서강목, 「탈식민주의 시대에 다시 읽는 은구기—『한 알의 밀』과 『피의 꽃잎』을 중심으로」, 『실천문학』, 제55집(1999), 260~284쪽.
안경환, 「미국 독립선언서 주석」, 『국제 · 지역연구』, 제10권 제2호(2001), 102~126쪽.
양석원, 「미국의 인종 이데올로기와 인디언의 문화재 재현」, 『영어영문학』, 제47권 제4호(2001), 713~733쪽.
윤영필, 「쿳시의 소설에 드러난 몸과 언어: 『야만인을 기다리며』와 『포우』를 중심으로」, 『안과밖』, 제17호(2004), 248~76쪽.
윤정민, 「호주 원주민 작가 사리 모건과 그리니스 워드」, 『월간 말』, 제85호(1993년 7월), 208~215쪽.
윤혜준, 「호주 원주민 문학에 있어서의 역사의 문제」, 『외국문학연구』, 제16권(2004), 119~138쪽.
왕철, 「나이폴의 소설과 트리니다드 토바고, 그 애증의 역학」, 『현대문학』, 제543호(2001년 11월), 43~67쪽.
______, 「탈식민주의와 남아프리카 문학」, 『현대영미소설』, 제7권 제1호(2000), 109~130쪽.
______, 「콘라드의 소설과 아체베의 소설의 대화적 관계」, 『현대영미소설』, 제4권 제1호(1997), 137~151쪽.
______, 「J.M. 쿳시의 소설에 나타난 식민주의 및 제국주의—『야만인을 기다리며』의 상호 텍스트성에 관하여」, 『영어영문학』, 제49권 제1호(2004), 291~317쪽.

이경원, 「아체베와 응구기: 영어제국주의와 탈식민적 저항의 가능성」, 『안과밖』, 제12호(2002), 66~87쪽.
______, 「탈식민주의의 계보와 정체성」, 『비평과이론』, 제5권 제2호(2000), 5~42쪽.
이석구, 「국적 없는 작가들: 포스트모더니즘과 이산의 정치학」, 『문학과 사회』, 제16권 제1호(2003), 220~239쪽.
______, 「나이폴의 객관적 비전과 누락의 죄」, 『안과밖』, 제17호(2004), 275~303쪽.
______, 「루쉬디의 『자정의 아이들』에 나타난 문화적 혼종성과 민족주의 문제」, 『영어영문학』, 제52권 제3호(2006), 483~503쪽.
______, 「루이스 어드릭의 『사랑의 묘약』과 부재하는 내용으로서의 공동체」, 『미국학 논집』, 제39권 제3호(2007), 193~214쪽.
______, 「식민주의 역사와 탈식민주의 담론」, 『외국문학』, 제53호(1997), 136~157쪽.
______, 「아프리카 초기 여성문학에 나타난 여성주의: 누와파와 오콧의 비교」, 『비교문학』, 제44권(2008), 113~138쪽.
______, 「알렉스 라 구마의 『때까치의 계절』에 나타난 인종주의 비판」, 『현대영미소설』, 제15권 제2호(2008), 107~132쪽.
______, 「『오스트레일리아』에 나타난 "인정"의 정치학: 원주민 재현과 다문화주의」, 『문학과영상』, 제10권 제3호(2009), 709~730쪽.
______, 「죄의 알레고리인가, 알레고리의 죄인가?: 쿳시의 『치욕』과 재현의 정치학」, 『현대영미소설』, 제16권 제3호(2009), 229~254쪽.
______, 「치누아 아체베와 민족주의 문제」, 『영미문화』, 제1호(2001), 249~272쪽.
______, 「쿠레이쉬의 『교외의 부처』와 재인종화 문제」, 『영어영문학』, 제54권 제2호(2008), 263~279쪽.
______, 「쿳시의 『야만인을 기다리며』에 나타난 자유주의와 알레고리 문제」, 『비교문학』, 제46권(2008), 5~30쪽.
______, 「탈식민주의와 여성의 문제: 부치 에메체타의 여성주의」, 『현대비평과이론』, 제8권 제2호(1998), 80~109쪽.
______, 「J.M. 쿳시의 소설에 나타난 공동체의 정치학: 아파르트헤이트와 자유주의를 넘어」, 『현대영미소설』, 제9권 제2호(2002), 145~167쪽.
______, 「Narrative Strategies and the Issue of Traditional Culture in Ngugi's Early Novels」, 『영어영문학』, 제53권 제5호(2007), 829~847쪽.
______, 「A Reappraisal of Gordimer's Politics: Liberalism, Radicalism or

Communitarianism?」, 『현대영미소설』, 제11권 제2호(2004), 251~272쪽.
이석호, 「민족문학과 근대성: 응구기의 『마티가리』를 중심으로」, 『안과밖』, 제8호(2000), 47~64쪽.
이승렬, 「소멸과 해체의 변증법: 『모든 것은 무너진다』의 저항의 문제성과 성의 정치학」, 『비평과이론』, 제5권 제2호(2000), 125~144쪽.
이진준, 「쿳시의 『추락』을 통해서 본 '진실과 화해'」, 『영어영문학』, 제51권 제2호(2005), 423~447쪽.
전수용, 「탈식민주의 존재양태로서의 잡종성(Hybridity)—루시디(Rushdie)의 『악마의 시』(*The Satanic Verses*)를 중심으로」, 『현대영미소설』, 제4권 제1호(1997), 231~263쪽.
조규형, 「코스모폴리탄 문학과 민족문학」, 『안과밖』, 제8호(2000), 31~46쪽.
조청희, 「Burying the Dead: Nadine Gordimer's *The Conservationist*」, 『현대영미소설』, 제15권 제1호(2008), 193~219쪽.
한현진, 「다시 쓰는 역사와 리얼리티: 샐먼 루시디의 "자정의 아이들"」, 『영어영문학』, 제19권 제2호(2000), 207~233쪽.
홍덕선, 「80년대 영국 유색인종 문학의 정체성: 하니프 쿠레이쉬의 『도시 교외의 부처』」, 『현대영미소설』, 제14권 제3호(2007), 207~228쪽.
______, 「탈식민 담론의 주체성: 치누아 아체베의 *Things Fall Apart*에 나타난 문화적 다원성」, 『현대영미소설』, 제4집 제1권(1997), 265~288쪽.
황병주, 「박정희 체제의 지배담론과 대중의 국민화」, 『대중독재』, 임지현과 김용우 공편, 책세상, 2004, 475~516쪽.
황정아, 「너무 '적은' 정치와 너무 '많은' 윤리: J.M. 쿳시의 『치욕』(*Disgrace*)」, 『현대영미소설』, 제14권 제2호(2007), 179~198쪽.

외국 논문

Afzal-Khan, Fawzia, *Cultural Imperialism and the Indo-English Novel*, University Park, PA: Pennsylvania State UP, 1993.
"The Agony of Australia's Stolen Generation", BBC(9.Aug.2007): http://news.bbc.co.uk.
Ahmad, Aijaz, *In Theory: Classes, Nations, Literatures*, New York: Verso, 1992.
Allan, Tuzyline J., *Womanist and Feminist Aesthetics: A Contemporary*

View, Athens: Ohio UP, 1995.

Allen, Paula Gunn, *The Sacred Hoop: Recovering the Feminine in American Indian Traditions*, Boston: Beacon Press, 1986.

Anderson, Gregory, "National-Liberation, Neo-Liberalism and Educational Change: The Case of Post-Apartheid South Africa", Annual Meeting of the American Sociological Association, San Francisco, CA. (14. Aug. 2004); http://www.allacademic.com.

Appiah, Kwame Anthony, "Is the Post- in Postmodernism the Post-in Postcolonial?", *Contemporary Postcolonial Theory, A Reader*, Padmini Mongia 엮음, London: Arnold, 1996, 55~71쪽.

______, "Out of Africa, Topologies of Nativism", *The Bounds of Race, Perspectives on Hegemony and Resistance*, D. LaCapra 엮음, Ithaca: Cornell UP, 1991, 134~63쪽.

Armstrong, Robert G., "Amos Tutuola and Kola Ogunmola: A Comparison of Two Versions of *The Palm Wine Drinkard*", *Callaloo*, 8.10(Feb.~Oct. 1980), 165~174쪽.

Arndt, Susan, "African Gender Trouble and African Womanism: An Interview with Chikwenye Ogunyemi and Wanjira Muthoni", *Signs*, 25.3(Spring 2000), 709~726쪽.

Asein, Samuel Omo, "The Revolutionary Vision in Alex La Guma's Novels", *Phylon*, 39.1(1st Qtr. 1978), 74~86쪽.

Ashcroft, Bill. "Irony, Allegory and Empire: *Waiting for the Barbarians* and *In the Heart of Country*", *On Post-Colonial Futures*, New York: Continuum, 2001, 140~158쪽.

Attridge, Derek, "Age of Bronze, State of Grace: Music and Dogs in Coetzee's *Disgrace*", *Novel: A Forum on Fiction*, 34.1(Autumn 2000), 98~121쪽.

______, *J.M. Coetzee and the Ethics of Reading*, Chicago: U of Chicago Press, 2004.

______, "Literary Form and the Demands of Politics", *Critical Essays on J.M. Coetzee*, Sue Kossew 엮음, New York: G.K. Hall, 1998, 198~213쪽.

Attwell, David, *South Africa and the Politics of Writing*, Berkeley: U of

California Press, 1993.
"Australia Apology to Aborigines", BBC(13. Feb. 2008); http://news.bbc.co.uk.
Bartelt, Guillermo, "Hegemonic Registers in Momaday's *House Made of Dawn*", *Style*, 39(Winter 2005), 469~478쪽.
Belcher, Stephen, *African Myths of Origin*, New York: Penguin Books, 2005.
Bethlehem, Louise, "'A Primary Need as Strong as Hunger': The Rhetoric of Urgency in South African Literary Culture under Apartheid", *Poetics Today*, 22.2(Summer 2001), 365~389쪽.
Bhabha, Homi, *The Location of Culture*, New York: Routledge, 1994.
Bhabha, Homi K. 외 다수 공저, "Cosmopolitanisms", *Cosmopolitanism*, Carol A. Breckenridge 외 다수 공편, Durham: Duke UP, 2002, 1~14쪽.
Booker, Keith K., "*Midnight's Children*, History, and Complexity: Reading Rushdie after the Cold War", *Critical Essays on Salman Rushdie*, Keith Booker 엮음, New York: G.K. Hall, 1999, 283~314쪽.
Boostrom, Rebecca, "Nigerian Legal Concepts in Buchi Emecheta's *The Bride Price*", *Emerging Perspective on Buchi Emecheta*, Marie Umeh 엮음, Trenton, N.J.: Africa World Press, 1996, 57~94쪽.
Brennan, Timothy, *Salman Rushdie and the Third World: Myths of the Nation*, New York: St. Martin's Press, 1989.
Brooks, Alan & Jeremy Brickhill, "The Soweto Uprising, 1976", *The Anti-Apartheid Reader: South Africa and the Struggle against White Racist Rule*, David Mermelstein 엮음, New York: Grove Press, 1987, 228~235쪽.
Brown, Lloyd W., *Women Writers in Black Africa*, Westport, Connecticut: Greenwood Press, 1981.
Brubaker, Rogers, "The 'diaspora' diaspora", *Ethnic and Racial Studies*, 28.1(Jan. 2005), 1~19쪽.
Bryan, William Jennings 엮음, *The World's Famous Orations*, Vol. 8, New York: Funk and Wagnalls, 1906.
Bryceson, D.F., "Fragile Cities: Fundamentals of Urban Life in East and Southern Africa", *African Urban Economies: Viability, Vitality, or

Vitiation?, D.F. Bryceson과 Deborah Potts 공편, New York: Palgrave Macmillan, 2005, 3~38쪽.

Calloway, Colin G., *First Peoples: A Documentary Survey of American Indian History*, Bedford: St. Martin's, 2008.

Chavkin, Allan, "Vision and Revision", *The Chippewa Landscape of Louise Erdrich*, Allan Chavkin 엮음, Tuscaloosa, AL: U of Alabama Press, 1999, 84~116쪽.

Cheah, Pheng, "Given Culture: Rethinking Cosmopolitical Freedom in Transnationalism", *Cosmopolitics: Thinking and Feeling beyond the Nation*, Pheng Cheah와 Bruce Robbins 공편, Minneapolis: U of Minnesota Press, 1998, 290~328쪽.

Chicago Cultural Group, "Critical Multiculturalism", *Multiculturalism: A Critical Reader*, David Theo Goldberg 엮음, Oxford: Blackwell, 1994, 114~139쪽.

Clark, Manning, *A Short History of Australia*(1963), 3rd Ed., New York: Mentor, 1987.

Clifford, James, *The Predicament of Culture: Twentieth-Century Ethnography, Literature, and Art*, Cambridge: Harvard UP, 1988.

Clingman, Stephen, *The Novels of Nadine Gordimer: History from the Inside*, 2nd Ed., Amherst: U of Massachusetts Press, 1992.

Consentino, Donald J., "In Memoriam: Amos Tutuola, 1920~1997", *African Arts*, 30.4(Autumn 1997), 16~17쪽.

Cope, Jack, *The Adversary Within: Dissident Writers in Afrikaans*, Cape Town: David Philip, 1982.

Cornwell, Gareth, "Realism, Rape, and J.M. Coetzee's *Disgrace*", *Critique*, 43.4(Summer 2002), 307~322쪽.

Cowie, Nicky, "Ned Kelly's Armour—Enduring Aussie Icon", *NedKelly-Bushranger*(6. Mar. 2002); www.bailup.com.

Cudjoe, Selwyn R., *V.S. Naipaul: A Materialist Reading*, Amherst: U of Massachusetts Press, 1988.

Cundy, Catherine, *Salman Rushdie*, Manchester: Manchester UP, 1996.

Danaher, Kevin, "Neo-Apartheid: Reform in South Africa", *The Anti-*

Apartheid Reader, David Mermelstein 엮음, New York: Grove Press, 1987, 246~255쪽.

Davies, Daniel, "Ground Level", *The Lancet*(8. Jan. 2000), 152쪽.

Demmers, Jolle, "Diaspora and Conflict: Locality, Long-Distance Nationalism, and Delocalization of Conflict Dynamics", *The Public*, 9.1(2002), 85~96쪽.

Dirlik, Arif, *The Postcolonial Aura: Third World Criticism in the Age of Global Capitalism*, Boulder, CO: Westview, 1998.

______, *Postmodernity's Histories: The Past as Legacy and Project*, Lanham, MD: Rowman & Littlefield, 2001.

Dovey, Teresa, "*Waiting for the Barbarians*: Allegory of Allegories", *Critical Perspectives on J.M. Coetzee*, Graham Huggan과 Stephen Watson 공편, London: Macmillan Press, 1996, 138~151쪽.

Du Toit, André, "No Chosen People: The Myth of the Calvinist Origins of Afrikaner Nationalism and Racial Ideology", *American Historical Review*, 88.4(Oct. 1988), 920~952쪽.

Dubow, Saul, "Afrikaner Nationalism, Apartheid and the Conceptuali- zation of 'Race'", *The Journal of African History*, 33.2(1992), 209~237쪽.

"Edward (Ned) Kelly", *Australian Dictionary of Biography Online Edition*; http://www.adb.online.anu.edu.au.

Eggert, Paul, "The Bushranger's Voice: Peter Carey's *True History of the Kelly Gang*(2000) and Ned Kelly's *Jerilderie Letter*(1879)", *College Literature*, 34.3(Summer 2007), 120~139쪽.

Eko, Ebele, "Changes in the Image of the African Woman: A Celebration", *Phylon*, 47.3(1986), 210~218쪽.

Ettin, Andrew Vogel, *Betrayals of Body Politic: The Literary Commitments of Nadine Gordimer*, Charlottesville: Univ. Press of Virginia, 1993.

Ezeigbo, Akachi, "Conversation with Buchi Emecheta", *The Independent*, Lagos, Nigeria(Sep.~Oct. 1993), 19~25쪽.

Fanon, Frantz, *Black Skin, White Masks*(1952), Charles Lam Markmann 옮김, New York: Grove Weidenfeld, 1967.

______, *The Wretched of the Earth*, Constance Farrington 옮김, New York:

Grove Weidenfeld, 1963.
Ferris, Jr., William R., "Folklore and the African Novelist: Achebe and Tutuola", *The Journal of American Folklore*, 86.339(Jan.~Mar. 1973), 25~36쪽.
"Fight for Ned Kelly's Armour", *ABC*(18. May. 2001); www.abc.net.au.
Frank, Katherine, "Women Without Men: The Feminist Novel in Africa", *African Literature Today*, 15(1987), 14~34쪽.
Froude, James Anthony, *The English in the West Indies*, London: Green, 1888.
Gallagher, Susan VanZanten, *A Story of South Africa: J.M. Coetzee's Fiction in Context*, Cambridge: Harvard UP, 1991.
Garuba, Harry, personal interview(2. Dec. 2006).
Gellner, Ernest, *Nations and Nationalism*, Oxford: Basil Blackwell, 1983.
George, Rosemary, personal interview(6. Mar. 2010).
Gikandi, Simon, *Maps of Englishness: Writing Identity in the Culture of Colonialism*, New York: Columbia UP, 1996.
______, *Reading Chinua Achebe: Language and Ideology in Fiction*, Portsmouth, NH, Heinemann, 1991.
Gitzen, Julian, "The Voice of History in the Novels of J.M. Coetzee", *Critique: Studies in Contemporary Fiction*, 35.1(Fall 1993), 3~15쪽.
Gordon, Natasha M., "'Tonguing the Body': Placing Female Circumcision within African Feminist Discourse", *A Journal of Opinion*, 25.2(1997), 24~27쪽.
Gorra, Michael, "'This Angrezi in which I am forced to write': On the Language of *Midnight's Children*", *Critical Essays on Salman Rushdie*, Keith Booker 엮음, New York: G.K. Hall, 1999, 188~204쪽.
Gourevitch, Philip, "Naipaul's World", *Commentary*, 98.2(Aug. 1994), 27~31쪽; http://www.epnet.com.
Graham, Shane, "The Truth Commission and Post-Apartheid Literature in South Africa", *Research in African Literatures*, 34.1(Spr. 2003), 11~30쪽.
Grobbelaar, Janis, "Afrikaner Nationalism: The End of a Dream?", *Social Identities*, 4.3(Oct. 1998), 385~398쪽.

Gunn, Giles, "Introduction: Globalizing Literary Studies", *PMLA*, 116.1(Jan. 2001), 16~31쪽.

Halperin, Helena, *I Laugh so I Won't Cry: Kenya's Women Tell the Stories of Their Lives*, Trenton, NJ: Africa World Press, 2005.

Hammond, Dorothy와 Alta Jablow 공저, *The Africa That Never Was*, New York: Twayne Publishers, 1970.

Hardwick, Elizabeth., "Meeting with V.S. Naipaul", *The New York Times Book Review*(13. May. 1979), 1쪽.

Harney, Stefano, *Nationalism and Identity: Culture and the Imagination in a Caribbean Diaspora*, New Jersey: Zed Books, 1996.

Hasan, Mushirul, "The Myth of Unity", *Contesting the Nation: Religion, Community, and the Politics of Democracy in India*, David Ludden 엮음, Philadelphia: U of Pennsylvania Press, 1996, 185~208쪽.

Hassumani, Sabrina, *Salman Rushdie: A Postmodern Reading of His Major Works*, Madison, NJ: Fairleigh Dickinson UP, 2002.

Hexham, Irving, "Dutch Calvinism and the Development of Afrikaner Nationalism", *African Affairs*, 79.315(Apr. 1980), 195~208쪽.

Heyns, Michiel, "The Whole Country's Truth: Confession and Narrative in Recent White South African Writing", *Modern Fiction Studies*, 46.1(2000), 42~66쪽.

Hirschmann, David, "The Black Consciousness Movement in South Africa", *The Journal of Modern African Studies*, 28.1(Mar. 1990), 1~22쪽.

Howe, Irving, "A Dark Vision", *New York Times Book Review*(13. May. 1979), 1쪽.

Huggan, Graham, "Cultural Memory in Postcolonial Fiction: The Uses and Abuses of Ned Kelly", *Australian Literary Studies*, 20.3(May. 2002), 142~157쪽.

Hughes, Robert, *The Fatal Shore: The Epic of Australia's Founding*, New York: Vintage Books, 1988.

Hyslop, Jonathan, "White Working-Class Women and the Invention of Apartheid: 'Purified' Afrikaner Nationalist Agitation for Legislation against 'Mixed' Marriages, 1934~9", *The Journal of African History*, 36.1(1995),

57~81쪽.
"Indigenous People and the Vote", Australian Electoral Commission: http://www.aec.gov.au.
Irlam, Shaun, "Unraveling the Rainbow: The Remission of Nation in Post-Apartheid Literature", *The South Atlantic Quarterly*, 103.4(Fall 2004), 695~718쪽.
Jacobs, Connie A., *The Novels of Louise Erdrich: Stories of Her People*, New York: Peter Lang, 1981.
James, C.L.R., "The Disorder of Vidia Naipaul", *Trinidad Guardian Magazine*(21. Feb. 1965), 6쪽.
Jameson, Fredric, *The Political Unconscious*, Ithaca: Cornell UP, 1981.
______, "Postmodernism and Consumer Society", *Postmodernism and Its Discontents: Theories, Practices*, E. Ann Kaplan 엮음, New York: Verso, 1988, 13~29쪽.
______, "Postmodernism, or the Cultural Logic of Late Capitalism", *Postmodernism: A Reader*, Thomas Docherty 엮음, New York: Columbia UP, 1993, 62~92쪽.
JanMohamed, Abdul R., "Alex La Guma: The Literary and Political Functions of Marginality in the Colonial Situation", *Boundary 2*, 11.1-2(Autumn 1982~Winter 1983), 271~290쪽.
______, "The Economy of Manichean Allegory: The Function of Racial Difference in Colonialist Literature", *Critical Inquiry*, 12.1(Autumn 1985), 59~87쪽.
______, *Manichean Aesthetics: The Politics in Colonial Africa*, Amherst: U of Massachusetts Press, 1983.
Jaskoski, Helen, "From the Time Immemorial: Native American Traditions in Contemporary Short Fiction", *Louise Erdrich's* Love Medicine: *A Casebook*, Hertha D. Sweet Wong 엮음, Oxford: Oxford UP, 2000, 27~35쪽.
Jefferson, Thomas, *Notes on the State of Virginia*, NetLibrary Raleigh, N.C.: Alex Catalogue, e-book: http://www.netLibrary.com.
Jeyifo, Biodun, "For Chinua Achebe: The Resilience and the Predicament of Obierika", *Chinua Achebe: A Celebration*, Kirsten Holst Peterson과 Anna

Rutherford 공편, London: Heinemann, 1990, 51~70쪽.
"Jimmy Governor", *Australian Dictionary of Biography Online Edition*; http://www.adb.online.anu.edu.au.
Juraga, Dubravka, "The Mirror of Us All: *Midnight's Children* and the Twentieth Century Bildungsroman", *Critical Essays on Salman Rushdie*, Keith Booker 엮음, New York: G.K. Hall, 1999, 129~153쪽.
Kaleta, Kenneth C. *Hanif Kureishi: Postcolonial Storyteller*, Austin: U of Texas Press, 1998.
Kalu, Anthonia C. "Those Left Out in the Rain: African Literary Theory and the Re-Invention of the African Woman", *African Studies Review*, 37.2(Sep. 1994), 77~95쪽.
Kaplan, Sidney, "The 'Domestic Insurrections' of the Declaration of Independence", *The Journal of Negro History*, 61.3(Jul. 1976), 243~255쪽.
Kelly, Richard, *V.S. Naipaul*, New York: A Frederick Ungar Book, 1989.
Kenyatta, Jomo, *Facing Mt. Kenya: The Tribal Life of the Gikuyu*, New York: Vintage Books, 1965.
King, Bruce, "V.S. Naipaul", *West Indian Literature*, Bruce King 엮음, Hamden, CT: Archon Books, 1979, 161~78쪽.
King, John, "A Curious Colonial Performance: The Eccentric Vision of V.S. Naipaul and J.L. Borges", *The Yearbook of English Studies*, 13(1983), 228~243쪽.
Kingsley, Charles, *Miscellanies*, Vol. 2, London: Parker, 1859.
Kramer, Jane, "From the Third World", *New York Times Book Review* (13. Apr. 1980), 11쪽.
Krishnaswamy, Revathi, "Mythologies of Migrancy: Postcolonialism, Postmodernism and the Politics of (Dis)location", *ARIEL*, 26.1(Jan. 1995), 125~146쪽.
Langley, Lester D., *The Americas in the Age of Revolution 1750-1850*, New Haven: Yale UP, 1996.
Larrier, Rene, "Reconstructing Motherhood", *The Politics of (M)Othering: Womanhood, Identity, and Resistance in African Literature*, Obioma Nnaemeka 엮음, London: Routledge, 1997, 192~204쪽.

Leonard, Richard, "Down Under, Over Top: Baz Luhrmann's Australia", *America*(2. Feb. 2009), 33~35쪽.

Lindfors, Bernth, *Contemporary Black South African Literature: A Symposium*, Washington D.C.: Three Continents Press, 1985.

______, "Post-War Literature in English by African Writers from South Africa: A Study of the Effects of Environment upon Literature", *Phylon*, 27.1(1st Qtr. 1966), 50~62쪽.

Loomba, Ania, *Colonialism/Postcolonialism*, London: Routledge, 1998.

Lyotard, Jean-François, *The Postmodern Condition: A Report on Knowledge*(1979), Geoff Bennington과 Brian Massumi 공역, Minneapolis: U of Minnesota Press, 1984.

Marais, Michael, "'Little Enough, Less than Little: Nothing': Ethics, Engagement, and Change in the Fiction of J.M. Coetzee", *Modern Fiction Studies*, 46.1(Spr. 2000), 158~182쪽.

Maristuen-Rodakowski, Julie, "The Turtle Mountain Reservation in North Dakota: Its History as Depicted in Louise Erdrich's *Love Medicine* and *The Beet Queen*", *Louise Erdrich's* Love Medicine: *A Casebook*, Hertha D. Sweet Wong 엮음, Oxford: Oxford UP, 2000, 13~26쪽.

Marsh, Anne, "Ned Kelly by any other name", *Journal of Visual Culture*, 1(2002), 57~65쪽.

McClintock, Anne, *Imperial Leather: Race, Gender, Sexuality in the Colonial Contest*, New York: Routledge, 1995.

McCulloch, Jude, "Keeping the Peace or Keeping People Down? Policing in Victoria", History of Crime, Policing and Punishment Conference, Canberra(9~10. Dec. 1999) by the Australian Institute of Criminology, 1~15쪽; www.aic.gov.au.

McDermott, Alex, "In His Own Write", *Eureka Street Online*(Jan.~Feb. 2001); http://www.eurekastreet.com. au.

McGee, Patrick, *Telling the Other: The Question of Value in Modern and Postcolonial Writing*, Ithaca: Cornell UP, 1991.

McIntyre, Alasdair, "The Virtues, the Unity of a Human Life, and the Concept of a Tradition", *Liberalism and Its Critics*, Michael J. Sandel 엮음,

Oxford: Basil Blackwell, 1984, 125~148쪽.

McLaren, Peter, "White Terror and Oppositional Agency: Towards a Critical Multiculturalism", *Multiculturalism: A Critical Reader*, David Theo Goldberg 엮음, Oxford: Blackwell, 1994, 45~74쪽.

McQuilton, Francis John, *The Kelly Outbreak 1878~1880: The Geographical Dimension of Banditry*, Melbourne: Melbourne UP, 1979.

Michelman, Fredric, "The West African Novel since 1911", *Yale French Studies*, 53(1976), 29~44쪽.

Miller, J.B., "For His Film, Hanif Kureishi Reaches for a 'Beautiful Laundrette'", *New York Times*(Late Edition; East Coast/ 2. Aug. 1992), 16쪽.

Miller, Robert J., *Native America, Discovered and Conquered*, Westport, CT: Praeger Publishers, 2006.

Moore-Gilbert, Bart, *Hanif Kureishi: Contemporary World Writers*, Manchester: Manchester UP, 2001.

______, *Postcolonial Theory: Contexts, Practices, Politics*, New York: Verso, 1997.

Morphet, Tony, "Stranger Fictions: Trajectories in the Liberal Novel", *World Literature Today*, 70.1(1996), 53~58쪽; http://www.epnet.com.

Moss, Laura, "The Politics of Everyday Hybridity: Zadie Smith's *White Teeth*", *Wasafiri*, 39(2003), 11~17쪽.

Mphahlele, Es'kia, *The African Image*, London: Faber and Faber, 1974.

______, "South African Literature vs. The Political Morality(1)", *English Academy Review*, 1, 8~28쪽.

Nachman, Larry David, "The Worlds of V.S. Naipaul", *Salmagundi*, 54(Fall 1981), 59~76쪽.

Ndebele, Njabulo, "*The Rediscovery of the Ordinary: Some New Writings in South Africa*", *Journal of Southern African Studies*, 12.2 (1986), 143~157쪽.

Nicols, Roger L., *American Indians in U.S. History*, Norman: U of Oklahoma Press, 2003.

Nixon, Rob, *London Calling: V.S. Naipaul, Postcolonial Mandarin*, Oxford: Oxford UP, 1992.

Nkosi, Lewis, "Crisis and Conflict in the New Literatures in English: A

Keynote Address", *Crisis and Conflict*, G. Davis 엮음, Essen: Verlag die Blaue Eule, 1990, 19~26쪽.

______, "Resistance and the Crisis of Representation", Second Conference on South African Literature, Evangelische Akademie, Bad Boll, West Germany(11~13. Dec. 1987), *Dokumente Texte und Tendenzen: South African Literature: From Popular Culture to the Written Artefact*, 1988, 39~51쪽.

______, "Shades of Apartheid: On South Africa—The Fire Some Time", *Transition*, 75/76(1997), 286~292쪽.

______, "South African Fiction Writers at the Barricades", *Third World Book Review*, 2.1-2(1986), 43~45쪽.

Nnaemeka, Obioma, "Feminism, Rebellious Women, and Cultural Boundaries: Rereading Flora Nwapa and Her Compatriots", *Research in African Literatures*, 26.2(Summer 1995), 80~113쪽.

Norval, Aletta J., *Deconstructing Apartheid Discourse*, London: Verso, 1996.

Ogot, Grace, "Women's World", *East African Journal*, 3.7 (1966), 38~39쪽.

Ogundelel, Oladipo Joseph, "A Conversation with Dr. Buchi Emecheta", *Emerging Perspectives on Buchi Emecheta*, Marie Umeh 엮음, Trenton, N.J.: Africa World Press, 1996, 445~456쪽.

Ogude, James, "Ngugi's Concept of History and the Post-Colonial Discourses in Kenya", *Canadian Journal of African Studies*, 31.1(1997), 86~112쪽.

______, *Ngugi's Novels and African History: Narrating the Nation*, London: Pluto Press, 1999.

Ogunyemi, Chikwenye Okonjo, "Womanism: The Dynamics of the Contemporary Black Female Novel in English", *Signs*, 11.1(Autumn 1985), 63~80쪽.

Oliphant, Andries Walter와 그 외 공편, *Democracy X: Making the Present, Re-Presenting the Past*, Pretoria: U of South Africa P, 2004.

O'Reilly, Nathaniel, "The Influence of Peter Carey's *True History of the Kelly Gang*: Repositioning the Ned Kelly Narrative in Australian Popular Culture", *Journal of Popular Culture*, 40.3(Jun. 2007), 488~ 502쪽.

Owens, Louis, "Erdrich and Dorris's Mixed-bloods and Multiple Narratives", *Louise Erdrich's* Love Medicine: *A Casebook*, Hertha D. Sweet Wong 엮음, Oxford: Oxford UP, 2000, 53-66쪽.

Packer, George, "Age of Iron", *The Nation*, 215.21(1990), 777~780쪽.

Palaver, Wolfgang, "Schmitt's Critique of Liberalism", *Telos*, 102(1995), 43~71쪽; http://www.epnet.com.

Parker, Kenneth, "J.M. Coetzee: The Postmodern and the Post-colonial", *Critical Perspectives on J.M. Coetzee*, Graham Huggan과 Stephen Watson 공편, London: Macmillan, 1996, 82~104쪽.

Parry, Benita, "Speech and Silences in the Fictions of J.M. Coetzee", *Critical Perspectives on J.M. Coetzee*, Graham Huggan과 Stephen Watson 공편, London: Macmillan Press, 1996, 37~65쪽.

Patterson, Sheila, *The Last Trek: A Study of the Boer People and the Afrikaner Nation*, London: Routledge, 1957.

Petterson, Rose, *Nadine Gordimer's One Story of a State Apart*, Stockholm: Uppsala, 1995.

Phillips, Caryl, "The Enigma of Denial", *The New Republic*, 222.22(29. May. 2002), 43~49쪽.

______, "Mixed and Matched: Review of *White Teeth*", *The Observer*(9. Jan. 2000), 11쪽.

Pike, Andrew, "The Last Wave", *Rain*, 30(1979), 7~8쪽.

Pitock, Todd, "Unloved Back Home", *Tikkun*, 10.3(1995), 76~79쪽.

Podis, Leonard A.와 Yakubu Saaka 공저, "*Anthills of the Savannah* and *Petals of Blood*: The Creation of a Usable Past", *Journal of Black Studies*, 22.1(Sep. 1991), 104~122쪽.

Powell, Enoch, "Like the Roman, I see the River Tiber foaming with much blood"; http://www.sterlingtimes.org.

Price, Robert M., *The Apartheid State in Crisis*, New York: Oxford UP, 1991.

Ramadevi, N., *The Novels of V.S. Naipaul: Quest for Order and Identity*, New Delhi: Prestige, 1996.

Rampersad, Arnold, "V.S. Naipaul in the South", *Raritan*, 10(Summer 1990),

24~47쪽.

Ranasinha, Ruvani, *Hanif Kureishi*, Devon: Northcote House, 2002.

The Reader's Digest Association South Africa, *Illustrated History of South Africa: The Real Story*, Expanded 3rd Ed., South Africa: Reader's Digest Association Ltd., 1994.

Renan, Ernest, "What Is a Nation?" *Nation and Narration*, Homi Bhabha 엮음, London: Routledge, 1990, 8~22쪽.

Reynolds, Henry, *Aboriginal Sovereignty: Reflections on Race, State, and Nation*, St. Leonards, NSW: Allen & Unwin, 1996.

______, *The Other Side of the Frontier: Aboriginal Resistance to the European Invasion of Australia*, Sydney: U of New South Wales Press, 2006.

Rogin, Michael, "The Two Declarations of American Independence", *Representations*, 55(Summer 1996), 13~30쪽.

Ross, Marlon B., "Commentary: Pleasuring Identity, or the Delicious Politics of Belonging", *New Literary Theory*, 31.4(2000), 827~850쪽.

Ruoff, A. Lavonne, "History in *Winter in the Blood*: Backgrounds and Bibliography", *American Indian Quarterly*, 4.2(May. 1978), 169~172쪽.

Safran, William, "Diasporas in Modern Societies: Myths of Homeland and Return", *Diaspora*, 1.1(1991), 83~99쪽.

Said, Edward, "An Intellectual Catastrophe", *Al-Ahram Weekly On-line* 389(6~12. August. 1998); http://www.ahram.org.eg/ weekly.

San Juan, Jr. E., *Beyond Postcolonial Theory*, New York: St. Martin's Press, 1998.

Sands, Kathleen M., "*Love Medicine*: Voices and Margins", *Studies in American Indian Literature*, 9.1(Winter 1985), 12~24쪽.

Sangari, Kumkum, "The Politics of the Possible", *Cultural Critique*, 7(Fall 1987), 157~186쪽.

Sartre, Jean Paul, Preface, *The Wretched of the Earth*, By Frantz Fanon, New York: Grove Weidenfeld, 1963.

Schmidt, Alvin, *The Menace of Multiculturalism: Trojan Horse in America*, London: Praeger Publishers, 1997.

Seal, Graham, "Ned Kelly: The Genesis of a National Hero", *History Today*, 30.11(Nov. 1980), 9~15쪽.

Shatz, Adam, "Questions for V.S. Naipaul on His Contentious Relationship to Islam", *The New York Times* (28. Oct. 2001), 19쪽, c1.

"Short History of Immigration", *BBC NEWS*: http://news.bbc.co.uk/hi/english/static/in_depth/uk.

Singh, H.B, "V.S. Naipaul: A Spokesman for Neo-Colonialism", *Literature and Ideology*, 2(Summer 1969), 71~85쪽.

Skinner, Alanson, "The Cultural Position of the Plains Ojibway", *American Anthropologist*, 16(1914), 314~319쪽.

Slemon, Stephen, " Monuments of Empire: Allegory/Counter-Discourse/Post-Colonial Writing", Kunapipi, 9.3(1988), 1~16쪽.

Sookdeo, Anil, "Ethnic Myths from South Africa: Bigoted Boer and Liberal Briton", *The Journal of Ethnic Studies*, 18.4(Winter 1991), 26~45쪽.

Soyinka, Wole, Introduction, *Six Plays*, By Soyinka, London: Methuen, 1984, xi-xxi.

______, *Myth, Literature and the African World*, Cambridge: Cambridge UP, 1976.

Spivak, Gayatri, "Can the Subaltern Speak?", *Marxism and the Interpretation of Culture*, Cary Nelson과 Lawrence Grossberg 공편, Urbana: U of Illinois Press, 1988, 271~313쪽.

______, "Ethics and Politics in Tagore, Coetzee and Certain Scenes of Teaching", *Diacritics*, 32.3/4(Autumn~Winter 2002), 17~31쪽.

Squires, Claire, *Zadie Smith's* White Teeth: *A Reader's Guide*, New York: Continuum Contemporaries, 2002.

"State Library Buys Kelly's Armour", *The Border Mail*(1. Aug. 2001); www.bordermail.com.au.

Stookey, Lorena L., *Louise Erdrich: A Critical Companion*, Westport, CT: Greenwood Press, 1999.

Stratton, Florence, *Contemporary African Literature and the Politics of Gender*, London: Routledge, 1994.

Temple-Thurston, Barbara, *Nadine Gordimer Revisited*, New York: Twayne

Publishers, 1999.
ten Kortenaar, Neil, "*Midnight's Children* and the Allegory of History", *Ariel*, 26.2(Apr. 1995), 41~62쪽.
"Tests show metal not from Kelly gang armour", ABC(25. Jul. 2007): www.abc.net.au.
Thelwell, Michael, Introduction, *The Palm-Wine Drinkard*, By Amos Tutuola, New York: Grove Press, 1980, v-xviii.
Thomas, Lynn M., "'The Politics of the Womb': Kenyan Debates over the Affiliation Act", *Africa Today*, 47.3/4(Summer/Autumn, 2000), 151~176쪽.
Thomas, Susie, *Hanif Kureishi: A Reader's Guide to Essential Criticism*, New York: Palgrave Macmillan, 2005.
Tobias, Stephen M., "Amos Tutuola and the Colonial Carnival", *Research in African Literatures*, 30.2(1999), 66~74쪽.
Traor, Ousseynou B., "Why the Snake-Lizard Killed His Mother", *The Politics of (M)Othering Womanhood, Identity, and Resistance in African Literature*, Obioma Nnaemeka 엮음, London: Routledge, 1997, 50~68쪽.
Umeh, Marie, "Flora Nwapa as Author, Character, and Omniscient Narrator on 'The Family Romance' in an African Society", *Dialectical Anthropology*, 263-4(2001), 343~355쪽.
______, "The Poetics of Economic Independence for Female Empowerment: An Interview with Flora Nwapa", *Research in African Literatures*, 26.2(Summer 1995), 22~29쪽.
______, "Procreation Not Recreation: Decoding Mama in Buchi Emecheta's *The Joys of Motherhood*", *Emerging Perspectives on Buchi Emecheta*, Marie Umeh 엮음, Trenton, N. J.: Africa World Press, 1996, 189~206쪽.
Upstone, Sara, "'SAME OLD, SAME OLD' Zadie Smith's *White Teeth* and Monica Ali's *Brick Lane*", *Journal of Postcolonial Writing*, 43.3(Dec. 2007), 336~349쪽.
Van Dyke, Annette, "Of Vision Quests and Spirit Guardians: Female Power in the Novels of Louise Erdrich", *The Chippewa Landscape of Louise Erdrich*, Allan Chavkin 엮음, Tuscaloosa, AL: U of Alabama Press, 1999, 130~143쪽.

Vaughan, Michael, "Literature and Politics: Currents in South African Writing in the Seventies", *Critical Essays on J.M. Coetzee*, Sue Kossew 엮음, New York: G.K. Hall, 1998, 50~65쪽.

Wade, Michael, "The Allegorical Text and History: J.M. Coetzee's *Waiting for the Barbarians*", *Journal of Literary Studies*, 6.4(1990), 275~288쪽.

Wagner, Kathrin, *Rereading Nadine Gordimer*, Bloomington: Indiana UP, 1994.

Walcott, Derek, "History and Picong", *Sunday Guardian*(30. Sep. 1962), 9쪽.

Warhurst, John, "From Constitutional Convention to Republic Referendum: A Guide to the Processes, the Issues and the Participants", *Department of the Parliamentary Library, Information and Research Services, Research Paper No.25 1998-99*(29. June. 1999); http://www.aph.gov.au.

Watson, Stephen, "Colonialism and the Novels of J.M. Coetzee", *Critical Perspectives on J.M. Coetzee*, Graham Huggan과 Stephen Watson 공편, London: Macmillan Press, 1996, 13~36쪽.

Watt, Ian, *Conrad in the Nineteenth Century*, Berkeley: U of California Press, 1979.

Wilson, Monica와 Leonard L. Thompson 공편, *The Oxford History of South Africa*, Oxford: Oxford UP, 1971.

Wipper, Audrey, "Equal Rights for Women in Kenya?", *The Journal of Modern African Studies*, 9.3(1971), 429~442쪽.

Wolpert, Stanley, *A New History of India*, Oxford: Oxford UP, 1993.

Yarwood, A.T., *Attitudes to Non-European Immigration*, Melbourne: Cassell, 1968.

Young, James E., "The Biography of a Memorial Icon: Nathan Rapoport's Warsaw Ghetto Monument", *Representations*, 26(Spr. 1989), 69~106쪽.

Yousaf, Nahem, *Hanif Kureishi's The Buddha of Suburbia: A Reader's Guide*, London: Continuum, 2002.

Zamora, Lois Parkinson, "Allegories of Power in the Fiction of J.M. Coetzee", *Journal of Literary Studies*, 2.1(1986), 1~14쪽.

Zungu, Yeyedwa, "The Education for Africans in South Africa", *The Journal of Negro Education*, 46.3(Summer 1977), 202~218쪽.

찾아보기

1차 문헌

2차 문헌

■ 용어